Heinrich Steinfest

EIN DICKES FELL

Chengs dritter Fall

Piper München Zürich

Mehr über unsere Autoren und Bücher:
www.piper.de

Von Heinrich Steinfest liegen bei Piper vor:
Cheng. Sein erster Fall
Tortengräber
Der Mann, der den Flug der Kugel kreuzte
Ein sturer Hund. Chengs zweiter Fall
Nervöse Fische
Der Umfang der Hölle
Ein dickes Fell. Chengs dritter Fall
Die feine Nase der Lili Steinbeck
Gebrauchsanweisung für Österreich
Mariaschwarz
Gewitter über Pluto
Batmans Schönheit. Chengs letzter Fall
Die Haischwimmerin

Dies ist ein Roman. Alle Handlungen und Personen sind frei erfunden. Ähnlichkeiten mit realen Begebenheiten oder Personen sind rein zufällig. In diesem Roman spielt das Duftwasser 4711 eine Rolle, dessen genaue Rezeptur bis heute geheimgehalten wird. Dieser Umstand hat den Roman inspiriert, der eine Erklärung liefert, die mit der Wirklichkeit nichts zu tun hat, sondern vom Autor erfunden worden ist.

Ungekürzte Taschenbuchausgabe
1. Auflage November 2007
4. Auflage Juni 2012
© 2006 Piper Verlag GmbH, München
Umschlaggestaltung: semper smile, München
Umschlagabbildung: Karen Zukowski/Zefa/Corbis
Satz: EDV-Fotosatz Huber/Verlagsservice G. Pfeifer, Germering
Gesetzt aus der Sabon
Papier: Munken Print von Arctic Paper Munkedals AB, Schweden
Druck und Bindung: CPI – Clausen & Bosse, Leck
Printed in Germany   ISBN 978-3-492-25070-2

Inhalt

I	**Einführung in das Töten,** **den Biedermeier und den Hauskauf**	7
1	Eine Frau namens Gemini	8
2	Ein Gott namens Smolek	17
3	Reiz und Nutzen intakter Schutzbrillen	28
4	Das Haus, das den Weg wies	47
5	Finanzierungsmodelle	65
II	**Die Sache mit den Skandinaviern**	73
6	Ein Mann stirbt auf der Straße	74
7	Frauen, die helfen	92
III	**Orte & Worte**	99
8	Inzersdorf und seine Russen	100
9	Kein Wurm	107
10	Gespräch mit einem Podest	116
IV	**Ein Mann sucht seinen Arm**	133
11	Wien · Stuttgart · Kopenhagen	134
12	Heimat, du Gruft unserer Träume	151
13	Alte Küche, alte Kartäuser	160
14	Neue Kartäuser	173
15	Ein verirrter Sommer	184
V	**Gemini und Cheng**	193
16	Eine Waffe namens Bachmann	194
17	Kabeljau und Makrele	201
18	Konzert mit Waschmaschine	212
19	Die Verachtung	228

VI	**Viel, sehr viel Wasser**	243
20	Lauter Tote	244
21	Kein Monster	263
22	Aqua Mirabilis	273
23	Ein Stückchen Peking ist überall	291
24	Chengs Party	301

VII	**Zuspitzungen**	315
25	Diktatur und Rache	316
26	Was für ein Glück!	330
27	Komm zur Polizei!	349
28	Zwei Männer im Schnee	363
29	Ballett	373
30	Ein Mann liegt auf dem Rücken und freut sich des Lebens	402
31	Kein Kaffee	426
32	»100«	442
33	2 × 2	457
34	Fliegen im Winter	466

VIII	**Die Gude-Story**	485
35	3902	486
36	Wenn Aschenbrödel böse wird	514
37	Dürer und Tod	527
38	Fünf	539
39	Stadt der Zungen	551

IX	**Die Gefahren der Nachspielzeit oder Glück und Unglück der Finalisten**	557
40	Hamsun ohne Dame	558
41	Der Wind	567
42	Alibis	581
43	Zähne	589

Epilog für die, die immer alles genau wissen müssen 596

Anmerkungen des Autors 603

I

Einführung in das Töten,
den Biedermeier und den Hauskauf

Die Ergebnisse der Philosophie sind die Entdeckung
irgendeines schlichten Unsinns und Beulen, die sich
der Verstand beim Anrennen an die Grenze der Sprache
geholt hat. Sie, die Beulen, lassen uns den Wert
jener Entdeckung erkennen.

PHILOSOPHISCHE UNTERSUCHUNGEN, LUDWIG WITTGENSTEIN

1
Eine Frau namens Gemini

Es ist wichtig, eins von Anfang klarzustellen: Daß nämlich Anna Gemini ihr Kind in keiner Weise benutzte, um ihre Aktivitäten zu tarnen. Vielmehr ergab sich diese Tarnung als unabwendbare Begleiterscheinung. Der Umstand, an einem jeden Tag, praktisch zu jeder Stunde mit diesem Kind zusammen zu sein, bedeutete im Gegenteil eine immense Erschwernis und ein großes Risiko. Die Tarnung stellte somit einen Ausgleich für all die Komplikationen dar, die daraus erwuchsen, gleichzeitig Mutter und Killerin zu sein, gleichzeitig einen schwerbehinderten Jungen zu betreuen und im Auftrag wildfremder Menschen wildfremde Menschen umzubringen.

Gemini. Was für ein merkwürdiger Name, wenn man keine Raumkapsel war. Auch verfügte Anna nicht etwa über einen Zwilling, was dann immerhin einen Bezug zum lateinischen Original ergeben hätte. Vielmehr war sie zusammen mit einem sehr viel älteren Bruder aufgewachsen, und zwar in einem kleinen niederösterreichischen Dorf, das in einem engen Tal wie zwischen zwei prähistorischen Schulterblättern eingeschlossen lag. Diese Enge hatte Anna als Geborgenheit aufgefaßt und den ausbildungsbedingten Wechsel in die Stadt mit einer Art religiöser Demut ertragen. Die religiöse Demut war von Beginn an ihre Domäne gewesen, ihr eigentlicher »Knochen«, wenn man sich den Menschen aus einem einzigen wirklichen Knochen bestehend vorstellt.

Freilich hatte sie in der Stadt eine Existenz entwickelt, die sich auch außerhalb dieser Demut abspielte. Das bereute sie bis zum heutigen Tag, nämlich ein richtiger, ein lebendiger Mensch geworden zu sein, in erster Linie also ein geschlechtlicher Mensch. Und es lag ein verteufelter Widerspruch darin, daß das letztendliche Produkt dieser Geschlechtlichkeit, ihr Sohn Carl, ihr großes Glück bedeutete. Trotz jener Behinderung, die beträchtlich war und Carl mit seinen vierzehn Jahren auf dem geistigen Niveau eines Zweijährigen zurückhielt (eines brillanten Zweijährigen, muß allerdings gesagt werden). Dazu kamen diverse Probleme mit der Motorik. Mitunter war es so, daß Carls Gliedmaßen ein unkontrollierbares Eigenleben zu führen begannen, schlenkerten, rotierten, ausbrachen, den eigenen Rumpf und Schädel attackierten und Carl als eine Puppe erscheinen ließen, in die der Hauch des Lebens stromstoßartig geblasen wurde. Carl war eher großgewachsen und ausgesprochen dünn. Seine Haut besaß die Farbe eines ewigen Winters. Sein Gesicht war voller als der Rest, das blonde Haar wiederum dünn wie gehabt. Die hellbraunen Augen standen im Schatten herrlicher Wimpern, als wollten eben auch diese Wimpern den Zustand des Kleinkindes erhalten. Die meiste Zeit über hatte er seinen Mund leicht geöffnet und seinen Kopf etwas schräg gestellt, woraus sich wiederum ein nach oben gerichteter Blick ergab, der dem geneigten Betrachter heilig erscheinen konnte.

Phasenweise, in Momenten der Erregung, vielleicht auch in Momenten bloßer Langeweile, entließ Carl schrille Laute von einer solchen Intensität, daß Nachbarn schon mal die Polizei riefen. Selbige Polizei, die ja ständig mit dem Vorwurf konfrontiert war, nie dort zu sein, wo man sie brauchte, bewies nach einer ersten Phase der Gewöhnung viel Feingefühl. Diese beamteten Männer und Frauen waren schließlich nicht die Barbaren, als die der Bürger, diese ganze geistlose Autofahrergemeinde, sie gerne ansah. Wenn Polizisten bei Anna anläuteten, so nicht, um sich schikanös zu verhalten, sondern um Hilfe anzubieten. Und nicht selten tat Anna genau das: Sie nahm die Hilfe an. Woran sich die Polizisten freilich auch erst einmal gewöhnen mußten. In der Regel bat Anna die Beamten herein und animierte sie, wenn denn Zeit bestand, sich ein wenig mit Carl zu beschäftigen. So unverschämt konnte Anna Gemini sein.

Ein Kindsvater existierte nicht. Nicht einmal der Name eines solchen. Selbst sein Gesicht lag so weit zurück in der Geschichte, daß Anna es beim besten Willen nicht hätte beschreiben können. Genaugenommen hatte sie nur die Haare dieses Menschen in Erinnerung, Haare, die ihm in der allerdekorativsten Weise ins Gesicht gehangen waren. Ja, das war es gewesen, was sie damals – dreißigjährig, also mitnichten ein Küken – an diesem Mann in erster Linie beeindruckt hatte, seine rankenartig geschwungenen Strähnen dunkelblonden Haares, die sowohl seine Stirne als auch wesentliche Teile seines Augenpaares verdeckt hatten. Nicht in die Augen dieses Mannes hatte sie sich also verliebt, sondern in den Umstand ihres Verborgenseins, als schätze man an einem Gegenstand, ihn nicht ansehen zu müssen.

Jedenfalls war der Träger dieser Haare am Morgen danach verschwunden gewesen, ohne eine Adresse oder auch nur einen wirklichen Eindruck hinterlassen zu haben. Dafür war Anna schwanger gewesen. Und bloß ein klein wenig unglücklich, mit dieser Schwangerschaft alleine zu sein.

Eine Behinderung ihres Kindes hatte sich in keiner Weise angekündigt. Auch war immer unklar geblieben, woher der Defekt stammte und ob er sich möglicherweise erst aus dem Geburtsvorgang ergeben hatte. Carls »Unvollkommenheit« fehlte ein richtiger Name. Statt dessen Vermutungen. Was diverse Behandlungsmethoden zur Folge hatte, die sämtlich weite Bahnen um das eigentliche, aber eben namenlose Thema zogen. Ohnehin ging es natürlich nicht darum, einen Unheilbaren zu heilen, sondern eine gewisse Kontrolle über dessen Unheilbarkeit zu erlangen. Mit den Jahren aber ermüdete nicht nur Anna, es ermüdeten auch die Ärzte. Man reduzierte jene Unheilbarkeits-Kontrolle auf ein Minimum und überließ es der Mutter, im Rahmen des Verantwortbaren und der Regeln zu entscheiden, was zu tun oder zu unterlassen war. Und sie entschied sich nun mal – wie unter modernen Eltern so gesagt wird –, das Kind wachsen zu lassen. Was in Carls Fall auch bedeutete, in mancher Hinsicht eben nicht zu wachsen.

Die Liebe zu diesem Kind konnte größer nicht sein. Nicht wenige sprachen von Affenliebe und Übertreibung. Allerdings vertrat niemand die Ansicht, daß eine solche übertriebene Liebe Carl schadete. Wie denn, bei einem Kind, das nie und nimmer in eine selbstbestimmte Art von Erwachsensein würde entlassen werden können. Zudem schien es, daß auch Anna Gemini ohne ihr Kind vollkommen verloren gewesen wäre, im eigentlichen

Sinn obdachlos. Der eine verkörperte den Flaschengeist des anderen, der eine im anderen wohnend.

Das war nicht das Schlechteste, was zwei Menschen passieren konnte. Freilich barg das Leben auch Schwierigkeiten, die mittels einer solchen Verbundenheit nicht zu lösen waren. Und es nichts nutzte, das Schicksal demütig anzunehmen. Bankkredite beispielsweise sind kleine, blinde, blöde Frösche, die sich von der gottgefälligsten Demut nicht beeindrucken lassen. Sie hocken auf Steinen, halten sich für Prinzen oder Autorennfahrer oder noch Besseres und wollen bezahlt werden.

Anna, welcher als Alleinerzieherin eines schwerbehinderten Kindes natürlich eine staatliche Unterstützung zustand, war wegen mehrerer banaler Gründe dennoch gezwungen gewesen, einen Kredit aufzunehmen, wie andere Menschen auch, die auf dem Nagelbrett »banaler Gründe« über Frösche stolpern.

Nach einiger Zeit ergab sich nun die Notwendigkeit, in irgendeiner Form zusätzliches Geld zu verdienen, wollte Anna das Maß der Bescheidenheit, das sie sich und ihrem Kind zumutete, nicht unterschreiten. Und das wollte sie keinesfalls. Sie hielt es für unverzichtbar, ein Auto zu erhalten, mit dem man Tag für Tag Ausflüge unternahm, auch mal nach Italien fuhr, sogar nach Finnland. Carl tat sich schwer in öffentlichen Verkehrsmitteln, in der dröhnenden Kühle der Flugzeuge, in all diesen darmähnlichen Passagierschlünden. Er fühlte sich dann eingeschlossen wie in eine rollende Wassermelone, begann nicht selten zu schreien, erregte die Aufmerksamkeit. Woran sich Anna nie hatte gewöhnen können, an das Gestiere der Herschauenden, und noch weniger an das der Wegsehenden, deren Blicke gewissermaßen die Kurven kratzten und dabei unangenehme Geräusche verursachten. Kratzgeräusche eben.

Ein Auto war also unbedingt vonnöten. Auch war Anna wichtig, daß sie und der Junge gut gekleidet waren. Nicht auffällig, das nicht. Auch nicht teurer als nötig. Aber doch im Rahmen einer gehobenen Qualität und zeitgenössischen Verankerung. Einer Verankerung, die ihrer beider Alter entsprach: Annas in jeder Hinsicht schlanker Vierundvierzigjährigkeit und Carls Jungenalter, in dem ein jeder Bursche, der gesündeste noch, behindert aussieht. Vierzehnjährige machen einen verbogenen, körperlich instabilen Eindruck. So sportiv können sie gar nicht sein, um nicht doch an mißlungene Architektur zu erinnern. An Gebäude, die im Mischmasch der Stile auseinanderzufallen drohen. Es bedeutet somit eine unnötige Liebesmüh, einem Vierzehnjährigen mittels Kleidung so etwas wie Schick andichten zu wollen. Weshalb der Schick in diesem Alter zur Gänze vom Trend ersetzt wird, dessen soziale Komponente darin besteht, unabhängig von den einzelnen Körpern oder deren jeweiliger Verbogenheit zu bestehen. Die Kostenfrage ist leider Gottes eine andere. Die Kostenfrage führt die ganze Sache auf das übliche Niveau zurück.

Jedenfalls lief Carl nicht wie jemand herum, dessen Behindertenstatus man bereits allein an seiner Hose oder seinem Hemd hätte ablesen können, ganz abgesehen von den Brillen oder der Frisur. Nein, Carls Kleidung entsprach seiner Zeit und seinem Alter, entsprach jener Ästhetik des Amöbalen, der bis zu den Kniekehlen abgesackten Hosenböden, dieser ganzen textilen Expansion, hinter welcher der Körper – fett oder schlank oder verschwindend – etwas Geisterhaftes besaß. Daß diese Jungs zur Sexualität fähig waren, oder demnächst fähig sein würden, war nicht wirklich glaubwürdig. Ihr pubertierender Leib schien sich in diesem Outfit zu erschöpfen, diesen weiten Hosen und diesen Turnschuhen, die aussahen wie geschwollene Backen, diesen flatterigen Gymnastikjacken und kopfschluckenden Wollmützen. Samt Accessoires, die als nahe und ferne Trabanten den vierzehnjährigen Körper wie einen bloß theoretischen Planeten begleiteten. Einen Planeten ohne wirklichen Sex.

Auch Anna war ohne Sex, nur daß man ihr das nicht ansah. Gut, sie war ein wenig der verhungerte Typus, der Typus mit Schatten unter den Augen und kantiger Nase und einem eher kleinen Busen und dünnen, blonden Haaren und einer insgesamt verbitterten Erscheinung. Aber das war nun mal auch die Art von Frau, die hervorragend in hautfreundliche Sportunterwäsche paßte und somit in eine Kleidung, die sehr viel mehr die Phantasie der Männer beschäftigte als jene sogenannte Reizwäsche, deren Bedeutung auf dem Irrtum beruhte, die Farbe Rot habe in der Erotik dieselbe Bedeutung wie in der Politik und der Malerei. Und auf dem Irrtum, man könnte den Liebreiz einer gestickten Tischdecke auf einen Büstenhalter übertragen. Die Oberbekleidung, die Anna Gemini trug, stellte eigentlich nichts anderes dar als ein Anführungszeichen, das jene Sportunterwäsche gleichzeitig verdeckte, aber eben auch apostrophierte. Wobei die Tragebänder des BHs im Falle sommerlicher oder festlicher Kleidung des öfteren von der Verdeckung ausgenommen waren und solcherart die Nacktheit bloßer Schultern noch betonten, ja, sie verdoppelten. *Doppelt nackt*, das war wie *weißer als weiß*, unmöglich zwar, aber gut vorstellbar.

Darum ging es Anna. Jene Nachlässigkeit zu vermeiden, mit der nach allgemeiner Vorstellung alleinstehende Mütter mit ihren behinderten Kindern durch die Gegend liefen. Statt dessen kultivierte sie den strengen Reiz einer dürren, eleganten Blondine und stattete ihren Sohn soweit als möglich mit passender Markenware aus. In dem Maße, in welchem es der mittelständischen Lebenswelt entsprach. Oder auch der kleinbürgerlichen. Die Zeiten waren vorbei, da man das wirklich auseinanderhalten konnte. Die Stände waren verschmolzen wie die Schichten heller und dunkler Schokolade.

Diese Maxime Annas, und einiges andere, führte nach dem ersten Jahrzehnt ihrer Mutterschaft, in dem sie mit ihrem Kind wie im Fraßgang einer Raupe gelebt hatte, dazu, ihr finanzielles Problem in den Griff bekommen zu wollen und sich um einen Job zu bemühen. Einen Job natürlich, bei dem sie Carl dabeihaben konnte. Sie vertrat den Standpunkt, daß wenn Tausende von Arbeitnehmern ihre Haushunde mit ins Büro nahmen, es doch wohl möglich sein müßte, von einem Zehnjährigen begleitet zu werden, dem völlig die Möglichkeit fehlte, durch penetrante Altklugheit irgendwelche Arbeitsprozesse zu stören. Aber da hatte sie sich getäuscht. Ein Zehnjähriger sei kein Haushund, sagten die Leute, bei denen sie vorsprach. Das war so richtig wie verlogen. Man wollte sich ganz einfach Probleme ersparen, von denen schwer zu sagen war, worin genau sie hätten bestehen können. Was machte so ein behindertes Kind? Wozu war es fähig? Und inwieweit widersprach sein Verhalten jeglicher Bürosituation? Während ja zumindest kleine Hunde sich in die meisten Bürosituationen wie in eine letzte, dackelförmige Lücke einfügen ließen.

Verzweifelte Menschen stellen naturgemäß verzweifelte Überlegungen an. Und verzweifelt war Anna nun mal gewesen, nachdem sich eine Jobmöglichkeit nach der anderen zerschlagen hatte. Und zwar im Rahmen größter Freundlichkeit. Die meisten ihrer Gesprächspartner verhielten sich ausgesprochen aufgeklärt, zeigten Verständnis und Interesse und nahmen sich viel Zeit, mehr Zeit, als sie sich eigentlich für jemand nehmen durften, dessen Bewerbung sie längst abgehakt hatten. Man schenkte ihr Zeit. Komisch, diese Menschen waren mächtig stolz darauf, Anna Gemini etwas zu schenken, was sie nicht brauchen konnte.

In dieser Verzweiflung bildete sich nun ein Gedanke, der Anna überraschte und erschreckte, wie es einen überrascht und erschreckt, morgens neben einem völlig fremden Menschen zu erwachen. Ein Schrecken, der noch verstärkt wird, indem dieser fremde Mensch seinerseits mit aller Vertraulichkeit sich nähert.

Anna Gemini war mit der ihr bislang fernen Idee erwacht, wie es denn wäre, den Beruf einer Auftragsmörderin zu ergreifen. Wobei sie sich bereits schwertat, die richtige Bezeichnung zu wählen. Die für *sie* richtige. Sie mußte innerlich stottern, weshalb es ihr wesentlich erschien, einen neuen, passenden Namen für diese Sache zu finden. Einen Namen, der etwas von der Poesie besaß, die eine solche Tätigkeit ja auch beinhalten konnte.

Aber ein solcher Name fand sich nicht. Wen wundert's?

Bis zu diesem Zeitpunkt hatte Anna Gemini nie auch nur eine Waffe in Händen gehalten. Jemand umzubringen war außerhalb ihrer Gedankenwelt gestanden. Wie auch außerhalb ihres Weltbildes, das als ein katholisch-fortschrittliches für die Ermordung von Menschen aus Verdienstgründen kaum Berechtigungen anbot.

Aber da war er nun mal gestanden, der Gedanke, ziemlich massiv und nicht ohne Reiz. Sicher auch darum, weil Anna Gemini überzeugt gewesen war, daß der Gedanke ein Gedanke bleiben würde. Was auch sonst?

Doch der Gedanke erwies sich als ein Kobold.

Es war dann jener berühmte Film *Léon – der Profi* mit Jean Reno als schüchternem, Milch trinkenden, melancholischen Killer gewesen, welcher Anna Gemini veranlaßt hatte, sich diesen Beruf anders als widerwärtig zu denken. Im Gegenteil: Der Killer avanciert hier zur absolut sympathischen Figur, welche bezeichnenderweise das mittels der Tötungen verdiente Geld kaum anrührt. Die Figur hat etwas Weihevolles, Christliches, ist allerdings frei von Prophetie. Der Held verkündet nicht, er leidet, leidet mit jedem Blick, der aus feuchten Augen fällt. Wenn er zum Schluß stirbt und einen niederträchtigen Bullen mit sich zieht, stirbt er einen Passionstod.

So ein Film ist natürlich kein Programm für die Wirklichkeit, umso mehr, als dieser Léon eine zirkusartige Perfektion an den Tag legt und Anna weit davon entfernt war, sich aufwendige gymnastische Kunststückchen vorstellen zu wollen. Obgleich sie ja nicht unsportlich war. Aber nicht unsportlich zu sein, brauchte noch lange nicht zu heißen, an Wänden hochzuklettern und ein Dutzend Scharfschützen auszutricksen. Vor allem aber mußte Anna natürlich bedenken, daß ganz gleich, wozu sie möglicherweise in der Lage sein würde, die Anwesenheit Carls zu berücksichtigen war. Fassadenkletterei und ähnliches kamen also keinesfalls in Frage. Aber Fassadenkletterei war ja ohnehin ein Element eher der Fiktion. Die Fassaden der Wirklichkeit waren viel zu glatt oder zu brüchig oder zu schmal, um eine vernünftige Kletterei zu gewährleisten. Zudem lag der Sinn eines Auftragsmordes ja in einer größtmöglichen Zurückhaltung, die der Dramatik einer jeden Fassade und der diesbezüglichen Kletterei widersprach.

Um die Sache nun irgendwie anzugehen, mußte Anna die Frage nach der Moral zunächst einmal zur Seite stellen. Statt dessen widmete sie sich dem Handwerk. Sie begann, sich für Waffen und ihren Gebrauch zu interessieren, erwarb einen sogenannten Waffenführerschein und trainierte an einem Schießstand.

Ein wenig hatte sie erwartet, beziehungsweise erhofft, über ein Talent zu verfügen, von dem sie dann selbst hätte erstaunt sein können. Ein Talent fürs Schießen, das auf einen höheren Plan verwies. Doch das Talent fehlte. Zwar hielt sich der Ekel, den Anna beim Anfassen der Pistolengriffe empfand, in Grenzen, aber die Gabe, mit dem anvisierten Ziel eins zu werden, also mittels des Projektils einen Faden zu spinnen, der sie mit einem gewollten Punkt verband, diese Gabe blieb ihr verwehrt. Wohin sie traf, schien von Faktoren abhängig zu sein, die sie kaum erriet. Immerhin war die Diskrepanz zwischen Anspruch und Wirklichkeit nicht so enorm, daß Anna davon hätte ausgehen müssen, später einmal alles und jeden zu treffen, nur das ausgewählte Opfer nicht. Auch nahm ihre Unsicherheit nach und nach ab, blieb aber dennoch eine Unsicherheit. Dazu kam, daß Anna nicht die Zeit und das Geld besaß, ewig in eine Ausbildung zu investieren, deren eigentlichen Zweck sie zu verheimlichen hatte. Vor allem bedauerte sie, ohne einen dezidierten Instrukteur auskommen zu müssen. Sie hätte jenen Zauber dringend nötig gehabt, den sogenannte Meister mitunter in ihre Schüler einzupflanzen verstehen. Den Zauber, der auch Talente hervorbringt, die im Grunde gar nicht bestehen.

2
Ein Gott namens Smolek

Anna Gemini zweifelte an ihren Fähigkeiten. So sehr, daß sie es weiterhin unterließ, sich um die ethische Frage zu kümmern. Sie war wie jemand, der angesichts einer ungeöffneten Weinflasche wenig Lust verspürt, einen möglichen Alkoholismus zu diskutieren. Zudem blieb völlig unklar, wie sie jemals an einen Auftrag herankommen sollte.

Aber wenn der einmal gedachte Gedanke ein Kobold war, dann war das nun folgende Schicksal ein Superkobold. Anna Gemini sollte einen Mann kennenlernen, mit dem sich alles veränderte. Und das, obgleich er weder ihr Lehrmeister noch ihr Mentor wurde und genaugenommen auch von einem Agenten nicht die Rede sein konnte. Denn dieser Mensch, der als mittlerer Beamter im Wiener Stadt- und Landesarchiv beschäftigt war, blieb an einem finanziellen Profit desinteressiert.

Will man ihm gerecht werden, so muß man ihn wohl als eine diabolische Figur bezeichnen. Wobei das Diabolische hier nicht mit dem Teuflischen oder eindeutig Negativen gleichgesetzt werden sollte. Es schien, als wollte dieser Mann aus purem Interesse am Leben den Tod fördern. Und zwar aus jener Distanz heraus, die einen vernünftigen Beobachter von einem unvernünftigen unterscheidet. Siehe Journalisten. Sein Name: Kurt Smolek.

Dieser Smolek gehörte zu jenen unauffälligen Leuten, welche die Unauffälligkeit aber nicht auf die Spitze treiben, also nicht etwa in ihr oder mit ihr explodieren und solcherart Lärm verursachen.

Eine solche Übertreibung der Unauffälligkeit hätte beispielsweise darin bestanden, nicht nur explizit unverheiratet auszusehen, sondern es auch zu sein. Smolek in seiner untersetzten, durch und durch gräulichen Gestalt – er badete geradezu im Grau –, mit seinem runden Gesicht, den wenigen Haaren, die seine Glatze schüchtern umkreisten, und der altväterischen Hornbrille wirkte zwar ziemlich unverheiratet, war es aber nicht. Vielmehr führte er eine Ehe ohne offenkundige Geheimnisse, und zwar mit einer Frau, die wie er selbst nicht den geringsten Anlaß bot, sich irgendeine Abartigkeit oder auch nur Abenteuerlichkeit vorzustellen. Das Ehepaar Smolek stand vor der Welt wie die beiden Figuren eines Wetterhäuschens, sich also im Einklang mit der Gesetzmäßigkeit des Wetters befindend, durch dieses Wetter gleichzeitig verbunden und getrennt.

Die Wirklichkeit freilich war eine andere. Aber die Wirklichkeit ist natürlich immer eine andere.

Kurt Smolek, der auf die Sechzig zuging wie auf einen ozonbedingten Klimawechsel, betrieb seinen Beruf mit großer Akribie und ohne Verzettelung. Von den Kollegen wurde er geachtet, aber nicht wirklich wahrgenommen. Bei Diskussionen gleich welcher Natur hielt er sich zwar nicht heraus, vertrat jedoch eine unpersönliche, eine statistische und mathematische Position. Dazu gehörte auch, in Gesellschaft ein, zwei Gläser Wein zu konsumieren, also jene Menge der Vernunft und der Mitte. Ja, er war ein Musterbeispiel für einen Vertreter der Mitte, in welcher er wie in einem bequemen, unverrückbaren, nicht zu großen und nicht zu kleinen Fauteuil saß. Er galt als langweilig und ungefährlich.

Was für ein Irrtum! Denn wenn Herr Kurt Smolek etwas durch und durch war, dann gefährlich.

Die, die von seiner Macht wußten, hatten nicht das geringste Interesse, sie publik zu machen. Wahrlich nicht. Es handelte sich um Leute, die Smolek zu größtem Dank verpflichtet waren und denen der Tod eines bestimmten Menschen irgendeine Form von Erleichterung verschafft hatte. Eine Erleichterung, die in der Regel ohne Gewissensbisse auskam, natürlich aber nicht ohne Furcht vor Enthüllung. In diesem Punkt stand Smolek wie ein Schutzpatron über der Sache. War ein Fall abgeschlossen, ein Mensch ermordet, ein anderer erleichtert, so verhielt sich Smolek wie der Archivar, der er war. Verschwiegen, unbestechlich, korrekt, die Fäden in Händen haltend, ohne sie wirklich zu regen. Mehr am Stillstand als an der Bewegung interessiert.

Begonnen hatte alles, nachdem ein großer Förderer des Stadt- und Landesarchivs sich mit seiner Not ausgerechnet an den subalternen Smolek gewandt hatte. Ohne freilich von Smolek eine Lösung des scheinbar unlösbaren Problems zu fordern. Der Mann hatte einfach reden wollen, über einen jüngeren Bruder, der trickreich das Familienerbe an sich zu reißen drohte. Eine dieser üblichen üblen Familiengeschichten, die dem Teufel mehr Freude bereiten als jeder politische Konflikt.

Smolek, der ja bei aller Unauffälligkeit auch überraschen konnte, erklärte nun, daß in einem solchen »juristisch ungünstigen Fall« man die Regeln in Richtung auf eine »freie Handhabung« verschieben müßte.

»Was meinen Sie, was ich tun soll?« zeigte sich der Hilfesuchende verwirrt.

»Sie sollen gar nichts tun. Zumindest nicht viel mehr, als einen angemessenen Geldbetrag investieren, um das Problem für alle Zeit aus der Welt zu schaffen.«

»Um Himmels willen, Herr Smolek ...«

»Den Himmel kümmert nicht, wie der Mensch sich aus einem Dilemma befreit. Die Welt wäre eine andere, wollte der Himmel, daß wir etwas Bestimmtes tun oder etwas Bestimmtes unterlassen.«

»Das mag Ihre Meinung sein ...«

»Sie haben mich, denke ich, um einen Rat gebeten«, sagte Smolek. »Und es wäre unstatthaft, Ihnen einen zu geben, der sich zwar als korrekt, aber wenig effektiv herausstellt. Was soll ich Ihnen denn vorschlagen? In die Kirche gehen und beten? Einen weiteren inkompetenten Anwalt engagieren? Ihre Füße in kaltes Wasser tauchen? Mit dem Bauch atmen? Auch habe ich nicht gesagt, Sie sollen Ihren Bruder eigenhändig erwürgen, um für den Rest Ihres Lebens eingesperrt zu werden.«

»Aber ich bitte Sie! Auch einem Anstifter droht Gefängnis.«

»Wer stiftet hier wen an?« fragte Smolek. »Ich bin es doch. Es handelt sich um *meine* Idee.«

»Ich wäre mein Lebtag an Ihre Verschwiegenheit gebunden«, stellte der irritierte Mann fest.

»Manche Bindung geht man ein«, erklärte Smolek, »um nicht eine andere eingehen zu müssen. Es ist wie mit dem Heiraten. Wir heiraten jemanden, um nicht jemand anders zu heiraten. Wir handeln in einer Weise, um nicht in einer anderen zu handeln. Wir bestellen Gemüse, um nicht Fleisch zu bestellen. Gehen in die Fremde, um nicht in der Heimat zu bleiben. Alles was wir tun, bedeutet eine Verhinderung oder Unterdrückung von etwas anderem.«

»Großer Gott, Smolek. Seit wann sind Sie Philosoph?«

»Eine Unart«, meinte der Archivar, »die es eigentlich zu unterdrücken gilt. Aber wenn man schon mal so weit ist, über einen Mord zu sprechen ...«

»Wovon ich nichts mehr hören will.«

Smolek nickte auf seine graue, steinerne Art und wandte sich ab. Aber der andere war natürlich so wenig konsequent wie die meisten, die eine große Sorge gepackt hat. Nach einer kurzen, einer sehr kurzen Pause, kam er hinterhergelaufen und fragte: »Wie genau, Herr Smolek, stellen Sie sich das eigentlich vor? Sie wären doch wohl kaum bereit, das selbst in die Hand zu nehmen.«

»Wo denken Sie hin? Ich würde jemand engagieren.«

»Wen?«

»Das ist genau das, was Sie nicht zu interessieren braucht.«

»Und worin bestünde Ihr eigener Nutzen?«

»Kein Nutzen.«

»Das ist nicht Ihr Ernst.«

»Kein Nutzen im klassischen Sinn. Vor allem nichts, was zwischen uns beiden stehen würde. Kein Geld, keine Versprechungen, keine Schuld.«

»Den ... Killer ... müßte man aber wohl bezahlen. Nur einmal angenommen.«

»Das ist etwas anders«, erklärte Smolek, »einem Profi seine Arbeit abzugelten. Das gehört schließlich dazu. Bleibt aber folgenlos, womit ich meine, daß solche Leute sich niemals auf nachfolgende Erpressungen einlassen. Zumindest nicht, wenn sie einen guten Ruf zu gewinnen oder zu verlieren haben. Derartiges ist zu beachten: ein guter Arzt, ein guter Installateur, ein guter Killer.«

»Sagen Sie nicht, Sie kennen einen guten Arzt. Das wäre dann ein kleines Wunder.«

»Nein. Aber einen hervorragenden Installateur. Und von einem Wunder zu sprechen, wäre übertrieben. Man muß sich umsehen und zu vergleichen wissen.«

Was Smolek bei alldem verschwieg, war der Umstand, über einen solchen Killer gar nicht zu verfügen. So überlegt und überlegen er sich auch gab, als spreche er von etwas längst Vertrautem, so bestand die Wahrheit darin, daß ihm jener ungewöhnliche Vorschlag gleichsam als Laune über die Lippen gekommen war. Wobei der Einfall an sich seine Geschichte besaß. Smolek hatte also nicht über etwas gesprochen, was ihm nicht schon mehrmals durch den Kopf gegangen war. Er stand in diesem Thema mit festen Beinen. Doch ein Killer, wie gesagt, fehlte. Andererseits hatte bislang auch der Anlaß gefehlt, einen solchen zu engagieren.

Und dabei blieb es zunächst auch. Denn jener hilfesuchende Mann beendete unversehens die Unterhaltung und erklärte in einem übertrieben distanzierten, geradezu kindischen Ton, alles Gesagte aus seinem Gedächtnis verbannen zu wollen. Nie und nimmer hier gestanden und mit Smolek gesprochen zu haben.

Der Ton aber überholte sich. Wie auch die Distanz. Wenige Tage später erschien derselbe Mann erneut bei Smolek, diesmal wütend und entschlossen.

»Ihr Bruder treibt's auf die Spitze, nicht wahr?« schätzte der Archivar.

»Er kennt kein Pardon.«

»Ja, diese Pardonlosigkeit ist es, die die Menschen in ihr Unglück stürzt. Sie wollen einfach nicht aufhören. Wenn es dann zu spät ist, können sie es kaum fassen.«

»Sie werden es also übernehmen …?«

»Ich halte mich an mein Angebot«, sagte Smolek.

»Aber der Verdacht …«

»Es wird keinen Verdacht geben, jedenfalls keinen, der Sie oder mich betrifft.«

»Und die Frage der Bezahlung? Ich spreche von der Person, die dann …«

»Ja, das ist ein wichtiger Punkt«, meinte Smolek mit gespielter Nachdenklichkeit, seine Brille wie ein zweites Gesicht hin und her schiebend. Er hatte sich das bereits gründlich überlegt und erläuterte nun, daß dieser Aspekt nicht nur in einem sicherheitstechnischen, sondern auch in einem sittlichen Sinn beantwortet werden müsse, da ja die Ermordung eines solchen Menschen auf dessen eigenes, asoziales Verhalten zurückzuführen sei. So könne man das sehen, so müsse man das sehen. Es sei somit nur folgerichtig, den zu Ermordenden die Ermordung selbst bezahlen zu lassen. Wenngleich dies leider ohne dessen Wissen geschehen müsse. Jedenfalls wäre es sinnvoll, etwas in der Art einer Schuldverschreibung zu konstruieren, die dann aus dem Nachlaß des Toten beglichen werden müsse.

»Das ist nur fair«, betonte Smolek, »und hat den Vorteil, daß sich die Polizei kaum darum kümmern dürfte. Wer kommt schon auf die Idee, daß die Tilgung einer Schuld, die ein Toter hinterlassen hat, der Bezahlung seiner Ermordung dient. Somit, mein Guter, bleiben Sie in dieser Geschichte vollkommen unbehelligt. Und auch das ist nur fair.«

»Klingt traumhaft. Aber wie wollen Sie…?«

»Lassen Sie das meine Sache an. Denn wie man so sagt: Umso weniger Sie wissen, umso besser.«

Nun, leicht war das natürlich wirklich nicht. Aber es stachelte Smoleks Intelligenz an, die so gering nicht war.

Leider erwies es sich als nötig, eine Menge Leute zu involvieren, was grundsätzlich ein großes Risiko bedeutet. Ein Risiko, das sich aber vermindern läßt, wenn man diese Leute mit Bedacht auswählt, das Geflecht der Verbindungslinien gering hält und jeden Beteiligten vernünftig entlohnt. Darin bestand Smoleks oberstes Gebot, das eines adäquaten Honorars. Das Unglück der Welt, fand er, rühre zu großen Teilen daher, daß arbeitende Menschen nicht ordentlich bezahlt wurden. Nicht zuletzt im Bereich des Illegalen, wo jeder einen jeden zu betrügen versuche. Als bedürfe nicht gerade das Illegale einer strengen Disziplin und strengen Rechnung. Und einer hohen sittlichen Maxime. Denn wenn das Illegale ein Spiegelbild des Legalen war, dann war es auch mit jener Fragilität versehen, die ein verspiegeltes Glas nun mal mit sich bringt. Dennoch meinten die Leute, gerade im Bereich des Illegalen sich unverschämt, rücksichtslos und…nun, sie meinten sich kriminell aufführen zu müssen. Was für eine Dummheit!

Anders Smolek. Und Smolek war es also, der die Position des Dirigenten übernahm und die Regeln vorgab.

Ein Dirigent, der seine Musiker im Griff hatte. Etwa jenen Antiquitätenhändler, der knapp vor der Ermordung jenes »jüngeren Bruders« diesem eine Rechnung für eine nie erhaltene Orpheus-Tischuhr aus dem sechzehnten Jahrhundert, ein äußerst wertvolles Stück, zusandte. Eine Rechnung, über die zu wundern und gegen die Einspruch zu erheben das Opfer nicht mehr kam.

Entscheidend war bei alldem natürlich die Ermordung selbst. Bei der Auswahl des Ausführenden verzichtete Smolek auf Personen aus der Unterwelt. Aus gutem Grund und eigenem Vorurteil. Er hielt diese Figuren für unverläßlich, nicht wirklich Fachleute, sondern Laien, die ihren Dilettantismus so oft wiederholten, bis sich daraus ein quasi professioneller Charakter ergab. Man kennt das ja aus der Kunst.

Smolek suchte nach einem absoluten Außenseiter, einem einzelgängerischen Amateur ohne eigene Handschrift. Handschriften waren das schlimmste. Ihr Zweck schien allein darin zu bestehen, daß ein halbwegs aufmerksamer Kriminalist daraus ein naturalistisches Porträt des Täters entwickeln konnte. Darum wurden sie ja auch gefaßt, all diese Ganoven, die sich für Genies hielten und deren Verbrechen so leicht zu verifizieren waren wie ein kleiner Ausschnitt aus einem Gemälde. Man sieht einen Farbflecken und weiß: Monet.

Smolek suchte und fand, und zwar einen jungen Mann, einen Studenten, der zwischen echtem Fleiß und echter Faulheit hängengeblieben war und vollkommen paralysiert auf der Stelle trat. Smolek holte ihn von dieser Stelle weg und war auch gar nicht überrascht, wie rasch sich der junge Mann dafür begeistern ließ, einen Mord zu begehen. Dieser Mord würde – so pervers das klang – aus dem jungen Mann einen Menschen machen. Und das spürte der junge Mann. Er drang also mit dem Geschick seines Alters in die Villa des Opfers ein und ließ sich von diesem bei einem fingierten Einbruch überraschen. Beziehungsweise natürlich nicht überraschen. Sondern schlug ihn nieder und tötete ihn mit einem Dutzend, scheinbar ungezielter Hiebe auf den Hinterkopf. Die vorgetäuschte Brutalität sollte auf eine Täterpersönlichkeit verweisen, die wenig bis nichts mit dem tatsächlichen Mörder zu tun hatte. Der ja auch kein Mörder war, sondern ein bezahlter Killer. Und das ist ein Unterschied wie zwischen einem Mann, der eine fettige Currywurst verzehrt und einem Mann, der ein Buch über Currywürste schreibt.

Nachdem nun der Hausherr tot war, wurde die Täuschung vervollständigt, indem der junge Mann mehrere wertvolle Tischuhren aus der Sammlung des Opfers entwendete. Wobei dieses »Diebesgut« niemals wieder auftauchen sollte. Smolek achtete auf solche Dinge, ja, er wies den Killer an, die gesamte Ware von nicht unbeträchtlichem Wert noch in derselben Nacht zu zerstören, wobei sich herausstellen sollte, daß es einfacher war, einen Kerl von neunzig Kilogramm zu erschlagen als fünf Tischuhren bis zur Unkenntlichkeit zu demolieren und zu entsorgen. Aber es funktionierte. Und was vor allem funktionierte, war Smoleks Annahme, daß man im Zuge der Nachforschungen auch jene in Rechnung gestellte Orpheus-Tischuhr in die Liste der gestohlenen Objekte aufnehmen würde.

Die Sache zog sich natürlich eine Weile hin. Die Polizei operierte mit verständlicher Neugierde, auch aus dem Grund, da man lieber in vornehmen Kreisen herumstocherte, als sich in die Schicksale armer Schlucker einzufühlen. Lieber Tischuhren umdrehte als grindige Bierdeckel. Lieber die Stockwerke einer Villa hinauf- und hinuntermarschierte, als sich in Zwei-Zimmer-Wohnungen auf die Zehen zu steigen.

Nachdem aber die Kriminalisten einfach nichts hatten entdecken können, was über das Faktum eines brutalen Raubmordes hinausgegangen wäre, oblag es der Witwe, ein beträchtliches Erbe anzutreten und die Geschäfte ihres Mannes fortzuführen. Eine aufwendige, teils erfreuliche, teils unerfreuliche Aufgabe. Zu den bitteren Momenten gehörte es, jene Rechnung zu bezahlen, die ihr Gatte nicht mehr hatte begleichen können. Darin lag eine tiefe Tragik, für eine Uhr aufzukommen, die einerseits als gestohlen galt und andererseits noch nicht versichert worden war, und derentwegen man ihren Mann offensichtlich umgebracht hatte. Während sie selbst – und Smolek hatte dies frühzeitig in Erfahrung gebracht – nicht das geringste

Interesse an solch altertümlichen Großuhren besaß und auch nie verstanden hatte, wie man ein kleines Vermögen dafür ausgeben konnte. Was zudem bedeutete, daß ihre Kenntnis der Sammlung eine geringe war und sie keinesfalls bemerkt hätte, daß jene Orpheus-Tischuhr niemals geliefert und aufgestellt worden war. Das waren Dinge, welche die Witwe stets von sich ferngehalten hatte. Aber selbstverständlich wußte sie um ihre Pflicht, Ordnung zu schaffen, und beglich die Rechnung anstandslos. Sodaß die Ordnung in diesem Augenblick – da jeder auf seine Weise seinen Frieden gefunden hatte – nicht hätte größer sein können.

Nachdem nun alles erledigt war, stellte Smolek fest, wie sehr der Tod eines bestimmten Menschen sich eignen konnte, eine Situation zum Guten zu wenden. Was soweit ging, daß die kinderlose Witwe nach einer angemessenen Zeit den Bruder des Verstorbenen heiratete, wodurch nicht nur zwei Menschen, sondern auch zwei Vermögen zueinanderfanden. Und zwar in idealer Weise. Die beiden Menschen wie die beiden Vermögen vermehrten sich.

Für all das hätte sich Smolek eigentlich bedanken und belohnen lassen müssen. Doch er blieb seiner eisernen Regel treu, indem er nie wieder ein Wort über die Sache verlor, die beteiligten Personen ohne Umstände bezahlte, dem Bruder des toten Bruders ausschließlich im Stadtarchiv begegnete und sich selbst allein die Freude des Gelingens zugestand. Er hatte bei alldem kein einziges Telefonat geführt, keinen einzigen Fingerabdruck hinterlassen, er hatte niemandem gedroht, niemanden betrogen. Die Perfektion seines Dirigats hatte darin bestanden, daß er – obwohl hinter dem Rücken seiner Musiker stehend – von diesen wahrgenommen worden war. Man muß es sagen: Kurt Smolek war sich wie ein kleiner Gott vorgekommen, ein kleiner wohlgemerkt, der eine alte Welt durch eine neue Welt ersetzt hatte, eine schlechtere durch eine bessere, wie unschwer zu erkennen war. Dieses Gefühl, eine göttliche Kontrolle zu besitzen, machte ihn ein wenig süchtig, obwohl er eigentlich das Gegenteil eines suchtabhängigen Menschen darstellte. Aber da bestand nun mal das Bedürfnis nach Wiederholung. Allerdings auch der Wille, sich zu beherrschen, also nicht etwa nach einem neuen Kunden zu suchen oder die eigenen Dienste in halboffizieller Weise anzubieten. Er wartete ab. Er war kein zorniger Gott, er war ein geduldiger. Er wartete zwei Jahre, dann war es soweit.

Jener glücklich verheiratete Förderer des Stadtarchivs, dessen Förderung parallel zu seinem Vermögen angewachsen war, erschien bei Smolek und fragte vorsichtig an, ob er Smoleks Namen einer Dame, einer guten Freundin, nennen dürfe, die sich in einer ähnlich prekären Situation befinde, wie er damals. Eine Dame, die nicht wisse, wie damit umzugehen sei. Es scheine so, als lasse sich ihr Problem kaum noch in gütlicher Weise lösen. Eine Eskalation sei unvermeidlich. Frage sich nur, welche Art von Eskalation. Laut oder leise?

»Sie kennt die Bedingungen?« fragte Smolek.

»Das versteht sich. Eine Frau, wenn ich das sagen darf, die imstande ist, den Mund zu halten.«

»Das kann ich glauben oder nicht.«

»Und wenn Sie mit ihr sprechen, um sich zu überzeugen?«

»Dann ist es zu spät für einen Rückzieher. Ich muß mich hier und jetzt entscheiden.«

Smolek dachte nach. Natürlich hätte er sich über diese Frau in Not genau informieren, ihre Persönlichkeit aus der Ferne studieren können. Das aber wäre seinem »göttlichen Instinkt« zuwidergelaufen, mit dem er seinen ersten Fall so erfolgreich gelöst hatte.

Er schob seine Brille in der bekannten Manier quer über den Nasenrücken und sagte: »Gut. Der Dame soll geholfen werden.«

Die Dame erwies sich als gescheit genug, die Arbeitsprinzipien Smoleks zu begreifen und zu akzeptieren. Sie sagte, was zu sagen war, dann schwieg sie. Smolek verabschiedete sich und trat nie wieder in einen persönlichen Kontakt mit ihr. Dafür aber löste er ihr Problem. Und in den folgenden Jahren noch die Probleme einiger anderer Personen.

Die Leute, die Smolek dazu engagierte, waren nicht immer die gleichen. Manche kamen öfters zum Einsatz, andere nur ein einziges Mal. Was hingegen als durchgehendes Prinzip die ganze Zeit über erhalten blieb, war die Regel, daß die Mordopfer ihre Liquidation selbst zu bezahlen hatten. Eine Lösung, die

Smolek sehr schätzte, da sie ihn ästhetisch befriedigte. Ihm allerdings auch den einzigen Wermutstropfen bescherte. Er fand es betrüblich, daß die Opfer zu ihren Lebzeiten nichts von jenem Finanzierungsmodell erfuhren, in das sie selbst so stark eingebunden waren. Darin allein bestand ihre Macht, in dieser glücklichen Unwissenheit. Ein Punkt, der an dem kleinen Gott Smolek nicht unwesentlich nagte.

3
Reiz und Nutzen intakter Schutzbrillen

Anna Gemini und Kurt Smolek lernten sich im August 1999 kennen, genau an dem Tag, an dem der Kernschatten des Mondes sich endlich einmal wieder über jene stark bewohnten Teile Europas legte, wo die Begeisterung für Naturphänomene es eigentlich rechtfertigen würde, weit mehr Mond- und Sonnenfinsternisse stattfinden zu lassen. Aber die Natur ist nun mal ein bockiger, ungerechter Geist, und ihr bockigster, ungerechtester Charakterzug ist sicherlich das Wetter. Kein Wunder also, daß ausgerechnet an diesem besonderen Tag sich über vielen Regionen Europas eine deprimierende Phalanx von Wolken zusammenzog, Wolken, die sich in bösartiger Weise zwischen die Europäer und das Weltall zu schieben versuchten, obgleich doch niemand das Weltall so sehr liebt wie die Europäer, weit mehr als die Amerikaner, deren Weltallbegeisterung bloß politisch und ökonomisch zu verstehen ist. Die Europäer denken anders, sie sind allesamt sentimentale Astronomen.

Verständlich also, daß die Aufmerksamkeit der Medien und des Publikums sich gar nicht so sehr auf das eigentliche Schauspiel bezog, sondern vielmehr auf die Gefahr, es als ein bloß theoretisches, hinter tränenden Wolken verborgenes Ereignis zu erleben.

Beziehungsweise nicht zu erleben. Bereits am Morgen lag viel weniger eine Vorfreude denn eine Verzweiflung in der Luft. Allerorts bereitete man sich auf ein Scheitern vor. Und inwieweit dieses Scheitern zu kompensieren sei. Es war ganz klar: Eine Sonnenfinsternis, die nicht zu sehen war, war auch keine. Auf eine unsichtbare Corona wurde, wie man so sagt, geschissen. Die Radio- und Fernsehkanäle berichteten in einer selbst für ihre Verhältnisse ungewöhnlich hysterischen Weise über die jeweilige Entwicklung der Wetterfronten und unterschieden das Land und den Kontinent nur noch in wolkenfreie und wolkenverhangene Orte, wobei diese beiden Zustände häufig einem Wechsel unterzogen waren. Die Wolken hatten einen ganzen Vormittag Zeit, das Publikum an der Nase herumzuführen, Meteorologen in den Wahnsinn zu treiben, Europa zu verunsichern und also eine Irritation zu verursachen, hinter der das eigentliche Ereignis wie ein Glück hinter ein Unglück zurückfiel. Das Wetter war eine Krankheit, und jeder hatte Angst sich anzustecken.

Im Falle der Stadt Wien kam nun noch hinzu, daß sie aus einer tragischen Bestimmung der Verhältnisse heraus – einer Bestimmung, die ja seit Anbeginn der Zeit existierte, als es noch kein Wien und keinen einzigen Wiener gegeben hatte –, daß die Stadt also knapp außerhalb des Kernschattens lag und somit eine bloß partielle Sonnenfinsternis zu erwarten hatte. Der Umstand, daß dieser Anteil am Halbschatten ein sehr hoher sein würde, tröstete die meisten Wiener in keiner Weise.

Natürlich war niemand so kindisch, dem lieben Gott wegen der Konstellation der Gestirne einen Vorwurf machen zu wollen, was sich aber sehr wohl ergab, war eine tiefe Aversion gegen den Mond. Einen Mond, der zwar abstruse Orte wie Stuttgart und Bad Ischl mit einer lückenlosen Totalität versah, dem Weltzentrum Wien jedoch die Schmach eines nachlässigen Anstrichs antat. Eines Anstrichs, der gerade wegen seiner Neunundneunzigprozentigkeit als purer Hohn begriffen wurde. Als werde man von jemand geküßt, aber eben bloß auf die Wange, während dieselbe hübsche Person jemand anders die ganze Zunge in den Mund schiebt. Es ist nicht übertrieben zu sagen, daß das Verhältnis der Wiener zum Mond aus diesem Grund einen negativen Beigeschmack erfuhr, der sich nie wieder ganz verflüchtigen sollte.

An diesem elften August warteten nun eine ganze Menge Wiener die Wetternachrichten ab, bevor sie sich entschieden, ob sie in der Unvollkommenheit Wiens verbleiben wollten oder aus der Stadt hinaus und in den Kernschatten (den man eigentlich als Kronschatten hätte bezeichnen müssen) hineinfuhren. Denn eines war natürlich klar, daß es nämlich besser war, eine partielle Sonnenfinsternis zu sehen als eine totale nicht zu sehen (die armen Stuttgarter etwa standen im Regen und fühlten sich einmal mehr als eine benachteiligte Spezies, eine Spezies, deren materieller Reichtum nichts daran änderte, in eine permanente Pechsträhne eingeschlossen zu sein).

Auch Anna Gemini, die schon wegen ihres Familiennamens eine gewisse Vorliebe für Satelliten aller Art und diese gewisse Einsamkeit ihres Wesens besaß (auch wenn diese Einsamkeit eine zwillingshafte sein mochte), wünschte sich, die Finsternis in ihrer Gänze zu erleben, ließ sich aber viel zu lange Zeit und geriet dann mit ihrem Sohn am Stadtrand von Wien in einen Stau der Zögerlichen.

Als das Ereignis nun eintrat und der Verkehr völlig zum Erliegen kam, tat Anna das, was alle taten. Sie verließ mit ihrem Sohn den Wagen und verfolgte vom Straßenrand aus die Wiener Beinahe-Verfinsterung der Sonne.

Wenn nun immer wieder jene Stille der Natur, jenes Schweigen der Vögel, jener irrtümliche Glaube der Tierwelt, die Nacht breche an, beschrieben wird, so ergab sich im Falle Anna Geminis und der anderen betroffenen Verkehrsteilnehmer ein Erschlaffen der Welt, das seinen primären Ausdruck im Stillstand der Autos, vor allem aber im Stillstehen der Autobenutzer fand. Ansonsten hatte alles seine Ordnung. Das Licht wurde nicht etwa schwächer, sondern verstärkte sich in der Verwandlung, sodaß auch die Konturen der Gegenstände schärfer hervortraten, als stünden sie im Schein einer mit bläulichen Filtern versehenen Bühnenbeleuchtung. In die Lautlosigkeit hinein tönte ein Wind, oder auch nur die Einbildung eines Windes. Man traute sich nicht, etwas anzufassen, alles wirkte verstrahlt, vor allem natürlich die Karosserien, die jetzt an verlassene Kernkraftwerke erinnerten. Eine beängstigende Stimmung, als sei es also doch möglich, mit allen Sinnen in einem Traum zu erwachen und sich zu denken: Und was, wenn ich da nicht wieder rauskomme?

In diese windige Stille hinein, in diese glasartige Konsistenz einer hinter einem Röntgenschirm stehenden Welt, brachen ohne jegliche Vorwarnung die Schreie Carls, die zu beschreiben unmöglich ist. Sie waren zu fundamental, als daß ein Bild oder Wort ihnen hätte gerecht werden können. Das waren nun mal Carls Schreie, die dem unbedarften Zuhörer ziemlich außerweltlich erscheinen mußten. Erst recht in dieser Situation, die zwar auch zutiefst außerweltlich anmutete, aber nach allgemeinem Verständnis der ungeeignetste Moment war, welchen Lärm auch immer zu erzeugen. Die Leute fühlten sich in ihrer Andacht mehr als nur gestört, sie fühlten sich bedroht.

Anna Gemini nahm ihren Sohn in die Arme, hielt ihn fest. Mehr tat sie nicht. So unangenehm es ihr war, von anderen Menschen begafft zu werden, wäre sie niemals auf die Idee gekommen, Carl anzufahren. Zu zischen oder so. Statt dessen umfaßte sie seinen knochigen, schiefen Körper, vollzog einen sanften Druck, als stütze sie eine Hülle aus Packpapier, und wartete ab.

In der Regel beruhigte sich Carl nach dem siebenten oder achten Schrei und wechselte in die aufgeregte Wiederholung eines jener Wörter, die seinem Sprachschatz entstammten, der nun wirklich ein Schatz war, bestehend aus wenigen Begriffen, die einen rätselhaften Glanz besaßen. Wie man sich vielleicht vorstellt, daß eine Maschine sprechen würde, wenn sie denn mit wirklichen Gefühlen ausgestattet wäre. Eine Maschine mit einer komplizierten, mysteriösen Intelligenz.

In diesem Moment aber, da ein kleiner, wienfeindlicher Mond eine große, gleichgültige Sonne zu neunundneunzig Prozent abdeckte, hörte Carl nicht auf, in den verdunkelten Himmel zu schreien. Einige der Umstehenden begnügten sich nun nicht mehr damit, herüberzustieren und den Kopf zu schütteln, sondern keiften Richtung Anna und erklärten es für verantwortungslos, ein behindertes Kind einer derartigen Situation auszuliefern. Einer Sonne, die zur falschen Zeit erlosch.

Das war nun der Moment, da der kleine Gott Smolek in Anna Geminis Leben trat. Der Archivar, der mit seinem Wagen auf der Nebenspur zum Halten gekommen war und wie alle anderen mit schwarzen, in Kartongestellen eingerahmten Gläsern zur Sonne gesehen hatte, kam jetzt herüber. Anna nahm augenblicklich eine Abwehrhaltung ein, befürchtete weniger einen Vorwurf als eine Hilfestellung. Hilfestellungen waren das schlimmste. Überall rannten Leute herum, die sich für Experten in Sachen Kinder, erst recht in Sachen behinderte Kinder hielten.

Nun, eine Hilfestellung bot Smolek tatsächlich an. Allerdings keine pädagogische. Vielmehr erklärte er in seiner ruhigen, sachlichen Art – nicht ohne sich zuvor förmlich vorgestellt zu haben –, daß eine Menge desolater Schutzbrillen im Umlauf seien, durch die man so gut wie nichts erkennen könne, oder viel zu viel, oder einfach einen Unsinn. Jedenfalls sei er gerne bereit, seine eigene zur Verfügung zu stellen.

»Ach was denn!« fuhr Anna den Mann verärgert an. Und folgerte: »Sie meinen also, mein Kind schreit, weil es die falsche Brille trägt?«

»Sie entschuldigen, gnädige Frau. Das war so ein Gedanke. Eine defekte Schutzbrille ist ein Ärgernis. Ich selbst mußte mir drei besorgen, bevor ich endlich eine hatte, die auch wirklich funktioniert hat. Ich hätte auch schreien mögen, glauben Sie mir.«

Anna zögerte. Dann sagte sie: »Gut. Probieren wir's.«

Sie zog Carl seine Brille vom Gesicht, während sie gleichzeitig seinen Kopf nach unten neigte. Tatsächlich beendete er augenblicklich sein Geschrei und verfiel in ein unregelmäßiges Schnaufen, wie nach einer beträchtlichen Anstrengung. Eigentlich hätte es sich angeboten, diesen willkommenen Zustand nicht zu gefährden. Aber Anna wollte unbedingt, daß ihr Sohn in die verdunkelte Sonne sah. Alle Kinder taten das in diesem Augenblick. Und es war ihr durchaus wichtig, daß Carl soweit als möglich all das tat, was die anderen taten. Tolle Klamotten tragen, laute Musik hören, ein Skateboard fahren, in Schuhen schwimmen, Farben trinken und eben zur rechten Zeit in die Sonne sehen, wenn sie mit ihrer Mondmaske am Himmel stand.

Nun verfügte Anna natürlich auch selbst über eine Schutzbrille, die aber noch in ihrer Tasche steckte. Doch anstatt nach dieser zu greifen, nahm sie jene, die ihr Smolek entgegenhielt. Nicht nur, weil diese Brille mit Sicherheit intakt war, wie Smolek versichert hatte, sondern auch aus Respekt vor dessen freundlicher Geste.

Es klappte. Carl begann nicht wieder zu schreien, sondern gab ein schmatzendes Geräusch von sich. Was auch immer er sah und fühlte, es beruhigte ihn. Er öffnete seine Hände, spreizte die Finger und griff in die Höhe, als berühre er das Ereignis.

»Wollen Sie meine Brille?« fragte Anna und zog die ihre aus der Tasche.

»Wechseln wir uns ab«, schlug Smolek vor.

Das taten sie dann auch. Und man darf sagen, daß es eine gelungene Sache für alle Beteiligten wurde. Natürlich auch aus dem simplen Grund heraus, daß die Wolken, die kurz zuvor noch diesen Abschnitt Wiens überdacht hatten, im einzig richtigen Moment davongezogen waren. Brave, gute Wolken.

Als nun der Mond nach und nach aus dem Sonnenhintergrund heraustrat – wie einer dieser Jack-Lemmon-Typen, die beleidigt ein Restaurant verlassen, nicht ohne sich die Namen sämtlicher Kellner notiert zu haben –, da kehrten auch die Geräusche und der Hang zur Aktivität in die Welt zurück. Nicht wenige zückten ihre Mobiltelefone, um in Erfahrung zu bringen, wie es Freunden oder Familienmitgliedern ergangen war, die sich im Bereich des Kernschattens aufgehalten hatten. Und ob auch in ihrem Fall ein kleines Wolken-Wunder oder aber ein wettertechnisches Desaster sich ergeben hatte. Insgesamt war natürlich eine euphorische Stimmung unter diesen Menschen am Straßenrand zu spüren. Partiell hin oder her, sie hatten etwas zu sehen bekommen. In ihrem Fall hatte das Jahrhundert seine Pflicht erfüllt, seine letzte Möglichkeit gewahrt, nicht nur schlecht dazustehen.

Anna nahm Carl die Brille vom Gesicht und reichte sie Smolek, freilich feststellend, daß man all diese Dinger jetzt wegwerfen könne. Denn bis zur nächsten totalen Sonnenfinsternis…

»Wann ist die überhaupt?« fragte Anna.

»Juni 2001«, antwortete Smolek, »aber man müßte nach dem südlichen Afrika fliegen. Und ich finde, in der Fremde verliert diese Sache ihren Reiz. In irgendeiner Wüste hockend, auf irgendeinem Berg. Es geht ja darum, das Vertraute in einem unvertrauten Licht zu betrachten. Was in unserem speziellen Fall bedeutet, es in etwa zu sehen, wie es einst Adalbert Stifter gesehen hat.«

»Stifter?« fragte Anna. »Habe ich Sie richtig verstanden?«

»Oh, verzeihen Sie. Ich vergesse manchmal, in welcher Zeit ich lebe. Und daß man eigentlich nicht mit Stifter daherkommen sollte. Zumindest nicht, wenn man ihn nicht zumindest mit einem Stückchen Handke unterlegt hat. Stifter ohne Handke ist für den gebildeten Zeitgenossen wie eine Torte ohne Tortenboden, eine Torte, die zerfällt.«

Anna aber, erneut ärgerlich, meinte: »Für Stifter braucht man sich nicht entschuldigen.«

»Nicht?«

»Nein, sicher nicht«, bekräftigte Anna Gemini und erklärte, eine große Freundin des Stifterschen Werks, der Stifterschen Sprache und jener Präzisierung der Idylle zu sein. Daß dieser Autor ein fetter Reaktionär gewesen war, störe sie dabei nicht. Das sei ja wohl *ein* Sinn hoher Literatur – mitunter, nein, eigentlich sehr oft, eigentlich notwendigerweise –, von Monstren verfaßt zu werden.

»Das freut mich«, sagte Smolek. »Ich meine, daß Sie Stifter mögen. Man trifft selten jemand, der das ernsthaft von sich behauptet.«

»Halten Sie mich für ernsthaft?«

»Das tue ich. Auch wenn ich gestehen muß, daß wenig an Ihnen eine Begeisterung für Stifter vermuten ließe.«

»Wie müßte ich aussehen, um Stifter lieben zu dürfen?«

»Weniger elegant, weniger heutig. Aber lieben darf man natürlich auch die Dinge, die nicht zu einem passen.«

»Ich könnte eine Germanistin sein. Elegante, heutige Germanistinnen soll es ja wohl geben.«

»Germanistinnen lieben nicht. Schon gar nicht die Literatur. Wußten Sie das nicht? Wenn eine Frau sich für dieses Fach entscheidet, entspringt das ihrer Verachtung gegen das Wort und die Sprache.«

»Wie? Und bei Männern ist das anders?«

»Sie halten mich jetzt sicher für parteiisch.«

»Der Gedanke könnte einem kommen.«

»Wenn Männer Germanistik studieren, steckt dahinter eine Leidenschaft, eine dumme und lächerliche, mag sein, aber eine Leidenschaft. Bei Frauen ist es immer die Verachtung.«

»In der *Brigitte* haben Sie das aber nicht gelesen. Klingt nach eigenem Vorurteil.«

»Ein gebildetes Vorurteil. Sie müssen wissen, ich arbeite für das Stadt- und Landesarchiv. Da trifft man natürlich auf eine

Menge Damen vom Fach. Übrigens wäre zu sagen, daß die Verachtung nichts mit der Qualität zu tun hat. Vielleicht ist sogar das Gegenteil der Fall. Die Distanz der Frauen zur Materie ist selten ein Nachteil. Aber wie gesagt, von Liebe kann nicht die Rede sein. Schon gar nicht bei Stifter.«

»Tja, eine Germanistin bin ich wirklich nicht. Ich bin Mutter. Bis vor kurzem dachte ich, das genügt. Aber es genügt nicht. – Meine Güte, warum erzähle ich das? Geht Sie ja nichts an.«

»Das müssen Sie schon selbst wissen.«

»Wahrscheinlich macht mich das sentimental, die Sache mit der Brille.«

»Daß uns das ein klein wenig verbindet, gnädige Frau, finde ich, ist kein Unglück.«

»Stimmt auch wieder. Ein Unglück ist das nicht.«

Und das war es ja nun wirklich nicht. Denn obwohl Anna Gemini die Position Smoleks gegenüber österreichischen Germanistinnen für einen therapiewürdigen Altherren-Spleen hielt, war ihr seine unverblümte und zugleich trockene Art sympathisch. Ungeachtet des zutiefst Persönlichen seiner Sichtweise, war er ja nicht wirklich persönlich geworden.

Smolek wiederum konnte sich nur wundern, wie offen er gesprochen hatte. Im Kreis seiner Kollegen und Freunde hätte er sich nie und nimmer zu einer solchen Behauptung verstiegen. Und wenn er tausendmal recht hatte. Recht zu haben war kein Argument. Er war Beamter, nicht Rechthaber.

Hingegen ergab sich durchaus ein Argument aus der Notwendigkeit, einen Verkehrsstau aufzulösen. Die meisten Lenker saßen wieder in ihren Autos, und da nun Gemini und Smolek je eine Spur versperrten, ertönte ein forderndes Gehupe.

»Ja, wir müssen wohl«, sagte Smolek. »Wenn Sie einmal Lust haben, besuchen Sie mich im Rathaus. In meinem Büro, soweit man das als Büro bezeichnen kann.«

»Ich dachte«, erwiderte Anna, »daß Stadt- und Landesarchiv sei nach Simmering gezogen, in einen dieser Gasometer.«

»Richtig. Aber mich hat man zurückgelassen. Um das Unwichtige zu ordnen, das Übriggebliebene, den Rest der Historie.«

»Im Rest kann so manche Überraschung stecken.«

»In meinem Rest nicht. Also, wenn Sie Lust haben…«

Anna Gemini hatte Lust. Nicht sofort, da sie zunächst einmal überlegte, daß dieser ältliche Mann sich möglicherweise einbildete, irgendeinen Eindruck auf sie gemacht zu haben, und daraus die falschen Konsequenzen zog. Doch als sie dann einige Wochen später mit Carl eine vormittägliche Veranstaltung besuchte, die auf dem Rathausplatz stattfand, jener Fläche, die wie ein betonierter Truppenübungsplatz das Wiener Burgtheater und das Wiener Rathaus weniger trennt als verbindet, da beschloß sie kurzerhand, jenem »Archivar der Reste« einen Besuch abzustatten.

Während sie jetzt mit Carl in den zentralen Innenhof des sandburgartigen Rathauses trat, wurde ihr allerdings bewußt, sich nicht einmal mehr an den Namen des Mannes erinnern zu können. Auch wäre ihr schwergefallen, die äußerliche Unauffälligkeit seiner Person beschreiben zu wollen. Was natürlich gar nicht nötig war. Es hätte gereicht, sich nach jener im Rathaus verbliebenen Stelle des Stadt- und Landesarchivs zu erkundigen. Doch Anna beschloß, dies bleiben zu lassen. Etwas in ihr wehrte sich. Etwas in der Art eines hellsichtigen Antikörpers.

In diesem Moment spürte sie Carls festen Griff. Er hatte sie am Ärmel gepackt und zog sie in Richtung auf einen vom Schatten verstellten Teil des Hofs. In diesem Schatten, zunächst für Anna kaum erkennbar, stand Smolek und unterhielt sich mit einer Frau. Besser gesagt die Frau unterhielt sich mit ihm. Er selbst wirkte kleiner und beleibter als noch im toxischen Licht der Sonnenfinsternis. Die Frau redete mit dem gestreckten Finger auf ihn ein, wobei Smolek keinesfalls gebeugt anmutete, sondern stämmig in der Art eines Steinquaders, der einen Weg markiert. Auf einen solchen Stein konnte man vielleicht einreden, ihn aber heben, das war eine andere Sache. Und tatsächlich erwies sich die Position Smoleks innerhalb des Archivs bei aller Bedeutungslosigkeit und inselhaften Isolierung gefestigt wie kaum eine. Wer wollte den Mann versetzen, der die Reste verwaltete?

Anna sah ihren Sohn an, lächelte und sagte, sich jetzt des Namens erinnernd: »Ja, du hast recht, das ist Smolek.«

»Smooolek«, wiederholte Carl, wie man sagt: Guuute Reise. Oder wie man sagt: Schööönen Abend.

Ganz offensichtlich hatte Carl nicht vergessen, wer ihm einen einwandfreien Blick auf jene Sonnenfinsternis ermöglicht hatte. Der Junge besaß ein gutes Gedächtnis und einen scharfen Blick. Vielleicht sogar für die Dinge an sich, in jedem Fall für ihre sichtbare Gestalt. So liebte er etwa Katzen und katzenartige Wesen, und zwar in jeder Form. Ein Löwe, der steinern in einer Fassade steckte, an der man mit der Straßenbahn vorbeifuhr, blieb Carl unter keinen Umständen verborgen. Bloß, daß man kaum verstand, wenn er, auf seine Entdeckung weisend, »Löwe« sagte. Aber das war ja auch nicht der Punkt. Was nützte es denn umgekehrt, das Wort »Löwe« richtig und deutlich auszusprechen, wenn man blind für Löwen war und sie unentwegt übersah?

Carl übersah keine Löwen. So wenig wie eine vertraute Person. Und offensichtlich empfand er Smolek als eine solche. Er winkte. Smolek bemerkte ihn, winkte zurück. Die Dame mit dem Finger sah verärgert herüber. Sie mochte es wohl nicht, gestört zu werden. Ihr Gesicht war ein böser Strich.

»Bleib hier«, sagte Anna.

Carl blieb stehen, hörte aber nicht auf zu winken. Er hätte Stunden so stehen können. Denn bei aller Hektik, die seinen Körper des öfteren erfaßte, verfügte er auch über eine erstaunliche Geduld, mit der er etwas tat oder etwas beobachtete. Es war die Geduld eines Kleinkindes, das Wasser von einem Becher in einen anderen schüttet und wieder zurück, den Vorgang unentwegt wiederholend, wie um eine Kleinigkeit zu entdecken, eine wesentliche Kleinigkeit, etwas, das sich als besonders richtig oder besonders falsch erweisen würde. Aber auf den ersten Blick nicht zu erkennen war.

Von Geduld konnte im Falle der Dame mit dem gestreckten Finger keine Rede sein. Sie fühlte sich von dem winkenden Jungen regelrecht unter Druck gesetzt, wobei ein Junge nun mal winken durfte, solange er wollte. Mitten in Wien stehend, im Herzen des Rathauses, sowieso.

Die Dame mit dem Strichgesicht redete noch eine halbe Minute auf Smolek ein, wandte sich sodann tiefer in den Gebäudeschatten und verschwand hinter der Schwärze der Arkaden.

37

Smolek kam auf Anna und Carl zu und reichte zuerst der Mutter, dann dem Jungen die Hand, wobei er nach den noch immer winkenden Fingern griff, Carls Hand sachte nach unten führte, um sie dann aber ordentlich zu schütteln. Es beeindruckte Anna Gemini, wie selbstverständlich und respektvoll sich dieser Mann verhielt, indem er nicht etwa Carl über die Haare strich oder ihn schamvoll übersah. Smolek schien nicht zu vergessen, daß er es mit einem Vierzehnjährigen zu tun hatte, nicht mit einem Baby. Die wenigsten Menschen waren dazu in der Lage.

»Schön, Sie beide zu sehen«, sagte Smolek. »Und entschuldigen Sie, daß ich Sie habe warten lassen.«

»Eine Germanistin?« fragte Gemini.

»Wer?«

»Die Frau, mit der Sie sprachen.«

»Wie kommen Sie auf die Idee?«

»Diese Verbissenheit des Ausdrucks«, konstatierte Anna und erinnerte Smolek an seine geäußerte Theorie über das Wesen mancher studierter Frauen.

»Ach, und das konnten Sie auf die Distanz feststellen? Sie haben nämlich recht. Die Frau ist wirklich Germanistin. Eine Dame aus der Bibliothek. Eine, gelinde gesagt, ungemütliche Person.«

»Eigentlich sollte es bloß ein Scherz sein.«

»Der Scherz ging ins Schwarze, Frau Gemini. Kommen Sie, ich zeige Ihnen mein Reich.«

Smolek führte seine beiden Gäste zur Nordflanke des Gebäudes, dirigierte sie ins Innere und einige Stufen hinauf, um sodann eine schwarz lackierte, schmiedeeiserne Türe zu öffnen, die hinunter in den Keller führte, dorthin, wo mehrere langgestreckte Räume hohe Zettelkästen bargen.

»Der Rest«, stellte Smolek vor und vollzog eine umfangreiche Geste.

Im hintersten Teil, abgeschieden und fensterlos, befand sich sein Büro, nicht irgendein Kämmerchen, sondern ein Raum, der von allen »Smolek's End« genannt, eine buchtitelartige Bedeutung innerhalb des nach Simmering umgezogenen Archivs sowie auch der Rathausverwaltung besaß. Eine gewisse surreale Konnotation haftete dieser ganzen unterirdischen Situation an, etwas Gestriges. Obsolet, aber spannend. Als habe sich ein kafkaeskes Element in seiner ursprünglichen Form erhalten, als ein lebendes Fossil, während man überall anders dem Kafkaesken die Haut abgezogen hatte, um es sodann einer Revitalisierung zuzuführen, die sich gewaschen hatte. Wie ja ganz Wien einer aufpolierten Geisterbahn glich.

Smolek's End wirkte bei alldem aber weder spukhaft noch ungemütlich. Sämtliche Wände waren bis zur Decke hin mit Büchern ausgekleidet, selten aufrecht gereiht, zumeist in Stapeln plaziert. Aus vielen Bänden ragten zungenartig Lesezeichen. Obgleich alles sehr sauber war, roch man den Staub. Obgleich mehrere Lampen brannten, herrschte Dunkelheit. Der Bildschirm eines Computers präsentierte die Abbildung eines Aquarells. Anna Gemini erkannte augenblicklich, daß es sich um eine Arbeit Peter Fendis handelte. Mit derselben Bestimmtheit, mit der ihr Sohn Löwen aus Fassaden filterte.

»Sie begeistern sich scheinbar nicht nur für Stifter.«

»Ich liebe den ganzen Biedermeier«, sagte Anna Gemini.

»Es gab bessere und schönere Zeiten in dieser Stadt.«

»Halten Sie mich für einen Trottel«, fuhr Anna den Archivar an, »daß ich das nicht weiß? Ich habe nicht behauptet, ich würde das Elend dieser Epoche lieben. Ich liebe allein die Weise, mit der man dieses Elend ertragen hat.«

»Soll das heißen, Sie lieben die Verdrängung?«

»Verdrängung wäre etwas anderes. Ich spreche aber von Ausgleich. Von Gestaltung. Von der Erhöhung der Dinge, eben der wirklichen Dinge, der wirklichen Menschen und tatsächlichen Ereignisse. Etwa die Würde, mit der Waldmüller seine bäuerlichen Figuren ausgestattet hat. Ist diese Würde denn Kitsch, nur weil sie nicht wirklich existiert hat? Um ehrlich zu sein, mir ist eine erfundene Würde lieber als keine. Drehen Sie den Fernseher auf, dann wissen Sie, was ich meine.«

»Ich bin trotzdem verwundert, Frau Gemini. Wie schon beim letzten Mal. Sie sehen einfach nicht aus, als wären Sie ein Feind der Zeit, in der Sie leben. Sie sehen nicht aus, als wäre Ihnen Stifter näher als *Ally McBeal* oder *Sex and the City*. Ich aber, ich sehe so aus.«

»Ja, das tun Sie wirklich.«

Eine Weile schwiegen Anna und Smolek. Carl brabbelte vor sich hin und tippte mit einem Finger auf die nachgebende Kunststoffscheibe des Monitors, wodurch sich kurzlebige Spuren ergaben, Spuren wie auf Wasser. Als liege der Fendi in einem seichten Bach, was nun zwar ein passender, aber konservatorisch unglücklicher Ort für ein Biedermeier-Aquarell gewesen wäre.

Anna Gemini fühlte sich unwohl. Warum bloß meinte sie diesem Mann gegenüber so offenherzig sein zu müssen? Nur, weil er einen Fendi auf seinem Schirm hatte? Nur, weil er höflich gegen Carl war?

»Ich tarne mich«, sagte Anna Gemini. »Ich tarne mich und mein Kind. Ich möchte modern aussehen und modern leben. Ich möchte nicht wie eine Oma daherkommen, bloß weil ich für den Biedermeier schwärme. Und denken Sie jetzt bitte nicht, ich hätte Kunstgeschichte studiert, was ja alles erklären würde. Diese Stifter-Liebe und Fendi-Liebe trotz kurzem Rock und Lippenstift.«

»Soll ich Ihnen sagen«, fragte Smolek, »was ich von Kunstgeschichtlerinnen halte?«

»Ich kann es mir denken. Frauen, die für die Germanistik zu blöd sind.«

»Das wäre übertrieben. Aber die Richtung stimmt.«

»Ihr Haß auf Akademikerinnen scheint mir krankhaft zu sein. Zumindest ziemlich auffällig.«

»Da mögen Sie recht haben. Ich bin ein alter Mann, der sich schwertut mit einer bestimmten Art gebildeter Frauen.«

»Nun, da haben Sie aber Glück, daß sich meine Bildung in Grenzen hält.«

Smolek erwiderte, daß einen Fendi auf Anhieb zu identifizieren, nicht gerade für Unbelesenheit spreche.

»Ich werde doch noch die Objekte meiner Liebe erkennen«, sagte Anna, und das war kein bißchen kokett gemeint. Ihr Wissen war tatsächlich alles andere als enzyklopädisch oder auch nur umfangreich. Sie suchte sich aus, was ihr gefiel. Um das übrige kümmerte sie sich nicht. Alles von Stifter, nichts von Grillparzer. Alles von Fendi (also auch seine berüchtigten pornographischen Arbeiten), nichts von Gauermann.

Bevor Smolek den Aspekt der Liebe kommentieren konnte, äußerte Anna, daß man im Falle eines Peter Fendi doch wohl kaum von einem »Rest« oder »Abfall« der Historie sprechen könne.

»Natürlich nicht«, sagte Smolek. »Aber hin und wieder darf ich mich auch um Wesentliches kümmern. Mein Alltag aber...«

Er zog eine Mappe von einem Stoß, hielt sie stoppschildartig in die Höhe und erläuterte, daß sich darin Briefe aus den Achtzigerjahren des neunzehnten Jahrhunderts befänden, die von einem unbekannten Arzt stammten und an einen nicht minder unbekannten Patienten adressiert seien. Zeithistorisch aufschlußreich, aber natürlich nichts, was die Welt bewege. Derartiges zu bearbeiten, darin bestehe sein Geschäft. Nun, bearbeiten sei genaugenommen der falsche Begriff. Eher müsse von einem Ablegen die Rede sein. Er habe die Aufgabe, all diese verzichtbaren Dokumente und Kunstwerke endgültig zu Grabe zu tragen, nachdem verabsäumt worden sei, dies zur rechten Zeit zu tun. Was habe denn irgendein im Grunde bedeutungsloser, hundertzwanzig Jahre alter Briefverkehr im Jetzt verloren? Obgleich Archivar, sei er der Ansicht, daß viel zu viel aufgehoben werde. Wahrscheinlich aus dem Irrtum heraus, ein vollständiges Bild führe zu einer objektiven Sichtweise. Als wäre das überhaupt möglich. Als entspreche nicht jede Sichtweise notgedrungen einem Tunnelblick.

»Das mag schon sein«, sagte Anna Gemini. »Wer aber will bestimmen, was aufzuheben sich lohnt und was nicht?«

»Die Gegenstände selbst. Es ist wie mit den Menschen. Manche wollen leben, andere sterben. Manche wollen erfolgreich sein, andere in Ruhe gelassen werden. Es gibt Objekte, die man geradezu nötigen muß, erhalten zu bleiben. Die Objekte fallen auseinander, wir kleben sie zusammen. Bilder dunkeln nach, wir hellen sie auf. Die Objekte wehren sich, unternehmen immer neue Versuche des Verfalls, wir aber zwingen sie unter lebenserhaltende Glasstürze und Vitrinen, in temperierte Schaukästen und Tresore. Eigentlich widerwärtig. Lauter Komapatienten.«

»Merkwürdige Sicht für einen Wissenschaftler.«

»Wer sagt Ihnen, daß ich Wissenschaftler bin. Ich bin Bürokrat, genauer gesagt Totengräber. Einer, der die Dinge lebendig begräbt.«

»...öwe!« kam es von Carl her, während er noch immer über den Bildschirm tippte. Gleichzeitig jedoch hatte er seinen Kopf aufgerichtet und sah hinauf zur vorletzten Regalreihe. Zwischen zwei Büchern, auf einem Stapel überbreiter Zündholzschachteln plaziert, befand sich ein hamstergroßer, metallener Löwe, der knapp außerhalb des Lichtkegels einer nach oben gebogenen Schreibtischlampe stand. Eigentlich schwer zu erkennen, wäre da nicht Carl gewesen, der mit sicherem Blick das Katzentier ausgemacht hatte.

»Wozu die Zündhölzer?« fragte Anna. »Zündhölzer in einem Archiv haben etwas Unheimliches.«

»Die lagen bereits dort oben, als ich vor dreißig Jahren hier anfing. Wie auch der Löwe. Carl ist der erste Mensch, der ihn bemerkt. Erstaunlich. Ich hatte ihn schon längst vergessen, den Löwen.«

»Es gibt keinen Löwen, der Carl entgeht«, erklärte Anna. »Und mir entgehen keine Brandwerkzeuge.«

»Eine gute Kombination«, sagte Smolek, sah auf die Uhr und schlug vor, auf eine Schale Kaffee ins Landtmann hinüberzugehen. Eines jener Wiener Kaffeehäuser, die von einer Atmosphäre leben, welche die Gäste in das Lokal hineindichten und hineinschwärmen, wie jemand, der in einem leeren Swimmingpool steht und behauptet, nie schöner geschwommen zu sein.

Anna nahm die Einladung an. Bevor man aber ging, stieg der Archivar auf eine Leiter, holte den Löwen von seinem Hochsitz und fragte Carl, ob er ihn haben wolle. Carl sagte etwas, was Smolek nicht verstand. Das Lächeln des Jungen jedoch war eine kleine Grube voll Glück. Smolek drückte ihm die Figur in die Hand, die der Hamstergröße zum Trotz das Gewicht einer Kanonenkugel besaß. Ein Gewicht, das Carl nicht störte. Im Gegenteil. Ein Löwe, wie klein auch immer, hatte schwer zu sein.

Nach diesem ersten und auch letzten Besuch in Smolek's End und dem darauffolgenden Kaffeehausbesuch, sahen sich der

»Archivar der Reste« und die beiden Geminis alle paar Wochen. Man wurde vertrauter und blieb sich dennoch auf eine unkomplizierte Weise fremd. Es war ein guter Zustand. Nicht zuletzt für Carl, der in Smoleks Nähe einen Übermut an den Tag legte, der niemals kippte.

Smoleks Gattin spielte bei alldem keine Rolle. Sie schien nicht eigentlich vorhanden zu sein, wenngleich ihre Präsenz in anderen Zusammenhängen durchaus deutlich sein konnte. Allerdings achtete Smolek darauf, auseinanderzuhalten, was sich empfahl auseinanderzuhalten.

Natürlich hatte er nie vorgehabt, Frau Gemini in sein Geheimnis einzuweihen oder sie gar in seine Mannschaft zu holen. Das wäre ein verrückter Gedanke gewesen, einer solchen Frau einen Mordauftrag zukommen zu lassen. Einer Frau, die täglich in die Kirche ging, jedoch die Messen mied, um – mit Carl die Intimität eines leeren Gotteshauses nutzend – zu ihrem himmlischen Favoriten, dem heiligen Franz von Sales zu beten, dessen Festtag, der vierundzwanzigste Jänner, mit Carls Geburtstag zusammenfiel. Ja, diese Frau sprach Gebete voller Demut, schätzte die Naturverehrung Stifters, die Menschenverehrung Waldmüllers, die Mutterverehrung Amerlings, und war selbst eine liebende Mutter, wie selten eine. Das war keine Frau, der man antrug, für Geld einen Menschen umzubringen.

Sie war es dann selbst, die an einem späten Abend – Smolek war zu Besuch und Carl schlief bereits – das Thema erstmals ins Spiel brachte, indem sie von ihren Schießübungen erzählte und in einer betont humorigen Weise erklärte, von dieser Fähigkeit irgendwann einen Nutzen ziehen zu wollen.

»Wie meinen Sie das?« fragte Smolek. »Was wollen Sie tun? Försterin werden? Legionär?«

»Gibt es denn weibliche Legionäre?«

»Ich weiß nicht.«

»Nun, das ist es auch nicht, woran ich dachte«, sagte Gemini.

»Und woran dachten Sie?«

»An etwas, mit dem man auch wirklich Geld verdienen kann.«

»Haben Sie Geldsorgen?«

»Nur das Übliche. Ich würde es nicht Sorgen, sondern Ansprüche nennen. Jedenfalls könnte ich mir vorstellen…«

»Was?«

Ein paar Sekunden sagte sie nichts, dachte nach, so wie man überlegt, ob es denn ginge, sich nackt oder halbnackt auf den Balkon zu stellen. Mitten am Tag und mitten in der Stadt. Oder ob es nicht besser wäre, einfach im Bett liegenzubleiben.

»Ich habe mich gefragt«, begann sie und fühlte ein Befremden tief in sich, wie man einen Wurm oder Pilz ahnt, »ob das möglich wäre, eine berufsmäßige Killerin zu sein.«

»Jetzt ziehen Sie mich aber auf.«

»Darf man über so etwas Witze machen?«

»Nicht wirklich«, sagte Smolek.

»Eben. Ich meine es ernst. Also… also nein, ich weiß selbst nicht, wie ernst man so etwas meinen kann. Einen Menschen töten für Geld. Dann wieder denke ich, wenn man die richtigen Prinzipien hat, könnte es möglich sein.«

»Was soll das heißen? Nur die Bösen umbringen?«

»Das wäre eine hübsche Variante. Aber wer will sicher sagen können, hier stehen die Bösen und hier nicht? Außerdem spreche ich vom Geldverdienen, nicht von einer Verbesserung der Welt. Die Prinzipien würden allein den Rahmen bestimmen, in dem man handelt, das Berufsethos. Etwa im Unterschied zu einem Geldinstitut, welches sich ja wenig darum kümmert, wer das ist, der da ein Konto eröffnet. Was ich niemand vorwerfe. Das würde zu weit gehen. Der Bäcker kann auch nicht überprüfen, wem er eigentlich sein Brot verkauft. Ein Killer jedoch, wie ich ihn mir vorstelle, muß wissen, für wen er arbeitet und warum er nicht viel eher für den arbeiten sollte, der sein Opfer sein wird.«

»Das hört sich jetzt aber doch nach einer Verbesserung der Welt an.«

»Nun, ein bißchen besser darf sie ja wirklich werden.«

»Was wollen Sie sein? Eine gütige Mörderin?«

»Wie gesagt, ich dachte eher ans Geldverdienen.«

»Und Ihr Gott? Was würde der wohl dazu sagen?«

»Das frage ich mich auch«, sagte Gemini. »Als mir erstmals der Gedanke kam, war ich verwirrt und unglücklich. Wie kann man so was denken? Es ist fürchterlich. Dann wieder fand ich es feige, die Vorstellung zu verdrängen. Abgesehen davon, daß man so einen Gedanken nicht einfach abschütteln kann. Gedanken dieser Kategorie besitzen eine hohe Virulenz. Unmöglich, sich aus der eigenen Krankheit herauszuhalten. Weshalb ich also begonnen habe, den Umgang mit Waffen zu erlernen. Um mal zu sehen, wie es sich anfühlt. Man simuliert, vergißt aber keinen Moment sich vorzustellen, die Zielscheibe sei eine Person. Wer etwas anderes behauptet, lügt. Ich bin überzeugt, daß der Jäger, der ein Tier schießt, viel lieber einen Menschen schießen würde. Er sieht das Tier, denkt aber an den Menschen. Sein Bezug zur Kreatur ist gleich Null. Für ihn ist das ein bloßer Ersatz, ein legaler Ersatz in Friedenszeiten.«

»Und an wen denken *Sie*, wenn Sie eine Zielscheibe sehen?«

»An niemand bestimmten. Am ehesten an große, dicke Männer.«

»Was haben Sie gegen die Dicken?«

»Gute Frage. Ich weiß es nicht, aber wenn ich eine Zielscheibe sehe, kommen mir solche Gestalten in den Sinn. Vielleicht auch nur der Masse wegen, weil man meint, sie leichter zu treffen als die Dünnen. Auch zappeln die Dicken weniger herum. Ich muß nämlich gestehen, ein Genie bin ich nicht. Ein Genie als Schützin. Was ich schade finde, denn wär ich eines, könnte ich darin eine Bestimmung erkennen. So wie man eine Bestimmung erkennt im Klavierspielen, wenn man es leicht erlernt. Aber eine Killerin, die schlecht schießt, ist natürlich ein Witz.«

»Wie schlecht denn wirklich?«

»Zumindest nicht gut genug, als daß ich denken könnte, Gott will, daß ich das tue.«

»Und wenn doch?«

»Ja. Vielleicht muß ein jeder schuldig werden. Jeder auf seine Art. Und die Frage ist nur, auf welchem Niveau das geschieht.«

Anna hielt sich die Hand vor ihre roten Lippen und murmelte dann: »Meine Güte, was rede ich da für einen Unsinn?«

»Ach, ich weiß nicht...«

»Okay«, sagte Anna Gemini, »ich stehe hin und wieder am Schießstand und stelle mir dicke Männer vor. Das ist es auch schon.«

45

»Und wer paßt in der Zwischenzeit auf Carl auf?«

»Carl ist immer dabei. Die Leute dort haben nichts dagegen. Sie finden es richtig bei einem Jungen in seinem Alter. Sogar bei einem behinderten Jungen. Das ist wahrscheinlich der Höhepunkt ihrer Toleranz. Wobei ich mich nicht beschweren darf. Keine Nazis, keine Revolverhelden, keine Wahnsinnigen. Die einzige Wahnsinnige bin ich wohl selbst.«

»Ich würde Ihnen gerne einmal zusehen. Ich meine, wenn Sie schießen.«

»Was erwarten Sie sich?«

»Ein Genie«, sagte Smolek und lachte ein graues Lachen.

4
Das Haus, das den Weg wies

Nur wenige Tage später besuchte Smolek jene ehemalige Bowlinghalle, die nun einem zumeist älteren Publikum als Schießplatz diente. Wie Smolek feststellen konnte, war Anna Gemini tatsächlich eine mittelmäßige Schützin. Aber was sagte ihm das? Daß sie eine schlechte Killerin sein würde? Nein, um diesen Beruf ausüben zu können, waren ganz andere Fähigkeiten vonnöten als ein goldenes Händchen für Waffen und ein teleskopischer Blick. Auch nicht etwa Kaltblütigkeit oder gar ein brutales Wesen. Für Schlächter gab es andere Jobs. Eine Person hingegen, wie Smolek sie suchte – und er suchte aus einem konkreten Anlaß –, mußte vor allem durch ihre Unsicherheit bestechen. Es gab ein Maß an Unsicherheit, das sich immer wieder als Vorteil erwies. Was für einen jeden Lebensbereich galt. Menschen, die in moderater Weise an einer Sache zweifelten, waren viel eher in der Lage, genau diese Sache durchzuziehen. Der Zweifel war das Gerüst, auf dem sie sicher standen, in etwa wie ein bei Hitze schwitzender Mensch schlußendlich die Hitze besser aushält als ein nicht schwitzender. Jene, die nie und nimmer zweifeln, brechen nicht selten unterhalb des Gipfels zusammen. Derart erschöpft von der eigenen Entschlossenheit, daß sie nicht einmal mehr dazukommen, sich zu wundern, trotz ihres enormen Talents und ungeheuren Muts wieder einmal versagt zu haben.

Smolek benötigte einen Killer, der weder von sich noch von seiner Aufgabe restlos überzeugt war. Und er suchte jemand, der neu in diesem Gewerbe war und die Fähigkeit besaß, über das Augenscheinliche hinauszusehen, auch über das Augenscheinliche des Zielobjektes. Dabei dachte er jetzt immer öfter an Anna Gemini als die ideale Person, obgleich die permanente Anwesenheit des Kindes natürlich zu denken gab. Gleichzeitig konnte sich Smolek seine ideale Killerin nur als einen Menschen mit Hindernissen vorstellen. Begeisterung für Adalbert Stifter, Kirchenbesuche, treue Mutterschaft, mediokre Schießkünste, Auftragsmord – das erschien ihm als eine interessante, schlußendlich zwingende Mischung. Er war jetzt wieder ganz der kleine Gott, der die Dinge in einer ungewöhnlichen Weise in die Hand zu nehmen gedachte. Daß er dabei eventuell ein großes Unglück provozierte, kümmerte ihn wenig, denn er war ja kein lieber Gott, sondern eben nur ein kleiner.

Bei einem Ausflug in den Wienerwald, als ein heißer Sommer mit aller Gewalt die letzten kühlen Plätze aufstöberte und der Boden wie frisches Brot dampfte, wagte es Smolek, von seiner »zweiten Tätigkeit« zu berichten, davon, daß er ... ja, daß er Frieden schuf. Denn es gab nun einmal Konstellationen im Leben der Menschen, da eine Verständigung so wenig fruchtete wie eine Einschaltung der Gerichte. Auf den Punkt gebracht, mußte man sagen, daß im Zuge solch schwieriger Konstellationen einfach zu wenig Platz für zwei Leute auf dieser Welt war. Und somit einer davon aus der Welt genommen werden mußte. Danach war dann alles sehr viel besser, sehr viel entspannter. Mit Dingen wie Krieg und Völkermord und allerlei sinnlosem Gemetzel war dies nicht zu vergleichen. Die Interventionen, die er, Smolek, veranlaßte, führten niemals zu Gegengewalt und Haß, zu Unruhe und Bitterkeit, sondern eben immer nur dazu, daß Frieden einkehrte. Und mancher dauerhafte Friede wurde allein möglich, indem ein bestimmter Mensch von der Bildfläche verschwand.

Smolek schloß mit der Bemerkung, daß es also durchaus als Bestimmung angesehen werden könne, daß er und Anna sich begegnet seien.

Anna Gemini war fassungslos. Natürlich war sie das. Alles bisher Besprochene war pure Theorie gewesen, ein gedankliches Experiment, ein Hinterfragen des Gewohnten, im Grunde ein Spaß, so wie es ein Spaß war, Kugeln auf Scheiben abzufeuern, ganz gleich, wieviel dicke Männer einem dabei durch den Kopf gingen. Smolek aber hatte von wirklichen Tötungen gesprochen, Tötungen, die er beschlossen und deren Durchführung er mit Bedacht und Übersicht organisiert hatte.

»Wie konnten Sie mir antun, davon zu erzählen?«

»Das mußte ich ja wohl«, meinte Smolek, »wenn ich Sie jetzt frage, ob Sie für mich arbeiten wollen.«

»Gütiger Gott«, schrie Anna in den Wald hinein, während Carl in einiger Entfernung versuchte, an einem viel zu glatten Baumstamm hinaufzuklettern. Er kam kein Stück vorwärts, hielt es immer nur wenige Sekunden in der Baumumarmung aus. Dann rutschte er ab, sprang auf den Waldboden und versuchte es von neuem. Schweiß tropfte von seinen Haaren. Sein von dunklen Flecken maseriges Hemd hing ihm aus der Hose. Das Sonnenlicht, das in Portiönchen, in Scherben, Flocken, Schnipseln und Perlen durch das Geäst drang, verlieh allem und jedem eine zebraartige Erscheinung. Carl war somit ein Zebra, das einen Baum erklimmen wollte. Seine Mutter hingegen war ein Zebra im Zustand der Bestürzung. Kurt Smolek jedoch war kein Zebra. Er saß derart in einen Schatten eingekleidet, daß kein Funken Licht ihn erreichte. Zudem wirkte er überaus gelassen. Denn auch wenn die Hitze den gesamten Wienerwald eingenommen hatte, die Grauheit Smoleks, welcher bei fünfunddreißig Grad ein langärmeliges Hemd trug, war unangetastet geblieben. Man hätte ihn für einen Untoten halten können. Und das war er wohl auch in Anna Geminis Augen. Mit einem Kopfschütteln fragte sie, was sich Smolek denn vorstelle, was sie für ihn tun könne. Waffen reinigen? Den Kaffee kochen? Die Buchhaltung führen?

Als handle es sich um eine ernsthafte Frage, antwortete Smolek: »Wir haben keine Buchhaltung. Was ich zuweilen bedaure. Aber auf Schriftliches muß natürlich so weit als möglich verzichtet werden. Um auf die Zukunft gefaßt zu sein. Denn so perfekt kann eine Sache nicht sein, daß sie nicht auch irgendwann einmal schiefgeht. Das ist ganz natürlich, das Scheitern, welches den Kern der Zukunft bildet. Aber vorbereitet sollte man eben sein. Darum also *keine* Buchhaltung.«

»Würde ich Sie anzeigen wollen, wären meine Chancen wohl gering?«

»Sehr gering. Aber warum sollten Sie das tun? Ihre Empörung, die Sie hier zur Schau tragen, ist bloß ein Versuch, sich zu schützen. Nicht vor mir, sondern vor sich selbst. Vor Ihren Ansprüchen und Ideen. Überlegen Sie doch! Warum beginnt ein

Mensch, der Fendi und Stifter liebt und zu Franz von Sales betet, mit dem Schießen?«

»Ich hätte nie mit Ihnen darüber sprechen dürfen.«

»Sie haben es aber getan. Und das ist gut so. Sie haben sich dem Richtigen anvertraut. Jeder andere hätte es mißverstanden. Ich nicht. Ich biete Ihnen einen Auftrag an. Ich spreche nicht von Kaffeekochen und Buchhaltung, das wissen Sie. Ich spreche davon, daß jemand getötet werden muß.«

»Nein!«

Anna Gemini sprang in die Höhe, nahm ihren Rucksack und lief hinüber zu Carl, den sie gegen seinen Willen vom Baum wegzog. Er begann zu schreien und hörte – wie damals während der Verfinsterung – nicht wieder auf. Sie ließ ihn los. Er stand jetzt auf der Stelle. Anna redete auf ihn ein, konnte ihn aber nicht dazu bewegen, sich zu rühren. Er gab sich versteinert, ein schreiender Stamm. Anna war nervös wie noch selten. Sie wollte weg von hier, weg von Smolek, der herübersah, ohne etwas zu sagen.

Anna wäre durchaus in der Lage gewesen, ihr Kind an einen anderen Platz zu zerren. Sie war kräftiger, als es den Anschein hatte. Doch sie hielt an sich. Schlimm genug, daß sie Carl so abrupt gepackt hatte. Sie nahm seine Hand und führte ihn zurück zu jenem Baum. Carl beendete sein Geschrei und begann augenblicklich, seine Kletterversuche fortzusetzen. Anna setzte sich auf einen benachbarten Stein, der die Form eines halbierten Apfels besaß. Sie vergrub ihr feuchtes Gesicht in nicht minder feuchten Händen. Ein Streifen Licht zog wie eine Schiene über ihren Scheitel. Die Luft surrte im Stil einer Niederfrequenz. Wespen flogen vorbei, Jongleure ihrer selbst. Erste Blätter im freien Fall. Irgendwo der Herbst, der hinter einem Baum steht und bis hundert zählt.

Als Anna Gemini ihren Kopf wieder hob, war Smolek verschwunden. Mit ein wenig Phantasie konnte man erkennen, daß dort, wo er gesessen hatte, ein grauer Abdruck in der Luft klebte.

Es war ein Haus, eine hundert Jahre alte, baufällige Villa, die Anna Gemini zurück zu Smolek führte. Sie hatte das Gebäude auf einem Spaziergang entdeckt, nachdem sie mit Carl in der Wotrubakirche gewesen war, jener grandiosen Umwandlung einer Skulptur in ein Gotteshaus, welches am äußeren Zipfel einer Stadtrandgegend namens Mauer gelegen war und sich aus einer Anhöhe werkzeugartig herausschraubte.

Soeben war ein Gottesdienst zu Ende gegangen, und ein Teil der Leute strömte aus der Kirche, Sporträdern und Joggingschuhen entgegen, während kleinere Gruppen im Inneren verblieben waren und die Akustik des Raums auf die Probe stellten. Das Geplärr der Frommen tönte wie ein Dutzend wahnsinniger Glocken. Anna konnte diese Leute nicht ausstehen, junge und wieder jung gewordene Christen, welche Fröhlichkeit mit Gottgefälligkeit verwechselten, Jazzmessen mit Moderne, die Bibel mit einem Schmöker, Afrika mit einer Missionsstation eigener Träume, und welche insgesamt Gott mißverstanden, wie man einen Bettler mißversteht, indem man ihm Geld nur unter der Bedingung zusteckt, sich etwas Ordentliches zum Essen oder Anziehen zu kaufen.

Natürlich war Anna ungerecht gegen diese Leute, die sie ja nicht kannte und die da in geselligen Grüppchen beisammenstanden und halt ein wenig laut waren. Und ein wenig respektlos gegen das Licht, das zwischen den mächtigen Betonkuben ins Innere strömte und dem schweren Bau etwas Schwebendes verlieh, etwas von einer fliegenden Orgel oder einem fliegenden Mammut.

Anna führte Carl in einen menschenleeren Seitentrakt, wo man sich zwischen zwei Quadern, die Rücken gegen das Fensterglas gestützt, auf einer steinernen Sitzfläche niederließ. Anna Gemini unterließ es übrigens, vor dem Heiland auf die Knie zu sinken oder ähnliche Unterwürfigkeiten zu praktizieren. Derartiges empfand sie als frevelhaft und pervers, und man kann ruhig sagen, daß sie in diesem Zusammenhang einem antipolnischen Reflex erlag. Gerne erlag. Denn die Polen waren es ja, die am liebsten winselnd durch die Gegend krochen und deren verlogene Kriecherei – nach Annas Meinung – Gott beleidige. Die Polen, und alle, die sich polnisch aufführten, kritisierte sie als Sektierer, die nicht an den Allmächtigen, sondern allein an sich selbst und ihre Widerspiegelung im Ritual glauben würden. Das

Polnische, sagte sie, arbeite an der Zerstörung der Kirche, wolle die Auflösung der Kirche zugunsten einer Zirkusnummer eitler Gebärden.

Nun, streng konnte Anna Gemini wirklich sein.

Wenn Anna betete, dann tat sie es, ohne die Hände zu falten, ohne sich vorzubeugen, ohne etwa die Lider zu senken. Sie betete, als rede sie mit jemand, der sich auf Augenhöhe mit ihr befand. Einen Gott abseits der eigenen Augenhöhe konnte sie sich nicht vorstellen. Ein solcher Gott, der irgendwie anderswo war und dem man kriechend oder aufschauend oder meditativ hätte begegnen müssen, wäre ihr als Karikatur erschienen. Oder als Gott für kleine Kinder. Sie war aber kein kleines Kind. Wenn sie betete, dann sagte sie, was zu sagen war. Wobei sie gleichzeitig die Anschauung vertrat, daß die Frage nach Erhörung oder Nichterhörung sehr wohl auch abhing von der Formulierung und Gestaltung des Gebets. Die Schönheit spielte dabei eine wesentliche Rolle. Ein schönes Gebet war ein besseres.

In der Wotrubakirche sitzend, eine Hand auf Carls Schulter, betete Anna Gemini zu ihrem Favoriten, dem heiligen Franz von Sales, betete darum, von gewissen finanziellen Problemen befreit zu werden. Was ihr übrigens in keiner Weise profan erschien, um derartiges zu ersuchen. Fehlendes Geld bereitete Sorgen. Und Sorgen waren es doch wohl, derentwegen man die Heiligen anrief. Heilige, die zuhörten oder nicht zuhörten. Und wenn sie zuhörten, war alles gewonnen. Wenn Sie aber nicht zuhörten, noch nichts verloren. Eine gute Philosophie.

Als die beiden eine halbe Stunde später die Kirche verließen und den Hügel abwärts stiegen, wandte sich Anna mehrmals um und erkannte dabei, wie sehr dieses Monument aus der Ferne seine beachtliche Lockerheit im Gefüge großer, schwerer Steine verlor und nun sehr viel kompakter anmutete, gepreßt, wehrhaft, wieder in der Art eines Werkzeuges, einer futuristischen Drehbank. Dabei meinte Anna Gemini etwas zu registrieren, was sie als eine stillstehende Bewegung empfand, im Gegensatz zu einer erstarrten Bewegung oder kristallisierten Explosion. Diese Architektur hier hätte jederzeit »losfahren« können.

Anders war die Sache mit dem Gebäude, welches etwa hundert Meter unterhalb der Wotrubakirche in einem wildwuchernden Garten lag. In einer Reihe schmucker Gärten und passabler Häuser war dies der einzige Bau, der merkliche Spuren des Verfalls erkennen ließ. Soweit überhaupt etwas zu sehen war, da die Bäume und Sträucher hinter dem rostigen Stacheldrahtzaun den Blick beträchtlich einschränkten. Die mit zwei schmalen, spitzen Türmen ausgestattete Villa schimmerte wie atomisiert durch das Blätterwerk hindurch, wobei die Vorderfront aus zwei verglasten, atelierartigen Veranden bestand, die auf Dachhöhe einen offenen Balkon trugen.

Was auch immer Anna wirklich erkannte, oder sich bloß gedanklich zusammenreimte, sie war sofort hingerissen gewesen. Ja verliebt. Dieses Haus war ganz eindeutig *ihr* Tiffany-Erlebnis. Wobei grundsätzlich seit langem der Wunsch bestand, aus der kleinen Gemeindebauwohnung in ein eigenes Haus zu ziehen, also an einen Ort, an dem die Nachbarn sich in einem halbwegs vernünftigen Abstand befanden, und eben nicht hinter einer tragenden Wand, sodaß man sich mitunter nur wenige Schritte entfernt voneinander aufhielt, manchmal auch Ohr an Ohr, bloß durch das Stück Mauer getrennt, nicht aber vom Gesagten, Gebrüllten, von der Musik und den Fernsehsendungen, von erwachsenen Männern, die aus diversen Gründen nach ihrer »Mama« schrien, Weibern, die heulten oder Orgasmen zelebrierten, Kindern, die Türen zuschlugen und virtuelle Kampfroboter eliminierten. Oder von jener beklemmenden Stille, die auf all den Lärm folgte und alles mögliche bedeuten konnte.

Nachbarn waren für Anna das allerletzte. Aber für wen nicht? Beinahe jeder ist gleichzeitig ein Nachbarnhasser und ein gehaßter Nachbar. Der Haß mag blind sein oder gemäßigt, er ist da, er ist das größte Problem, welches diese Gesellschaft wirklich hat. Und ein Haus zu besitzen, ist nun sicher besser, als sich zu zwingen, mit seinen Nachbarn gut auszukommen oder gar zu fraternisieren. Um aus der Not eine Tugend zu machen.

Dieses Haus war *ihr* Haus. Sie wußte es sofort. Der ganze Zustand, das Fehlen eines Türschildes und einer Klingel, der ramponierte Postkasten, eine eingeschlagene Scheibe, steinerne

Stufen, die etwas von einer zertrümmerten Klaviatur besaßen, Unkraut und wilde Rosen, das alles ließ erkennen, daß dieses Gebäude unbewohnt war. Allerdings auch, daß es ein Vermögen kosten würde, es herzurichten. Abgesehen von dem Vermögen, es anzuschaffen. Wenn es denn überhaupt zu verkaufen war.

Aber da nun Anna Gemini überzeugt war, dieses Haus stehe nur darum so schön verlassen an dieser Stelle, um einmal das ihre und das ihres Sohnes zu werden, und sich somit jeder Gebäudeteil in Erwartung der Geminischen Kleinfamilie befand, beziehungsweise die Renovation nichts anderes sein würde als die Erfüllung eines Plans, ignorierte sie die eigenen Bedenken und erkundigte sich bei den Bewohnern des Nebenhauses nach dem aktuellen Eigentümer.

Sie war wenig begeistert zu hören, es handle sich um eine Immobiliengesellschaft. Eine dieser netten, kleinen Firmen, in denen lauter Zeitreisende sitzen, ehemalige Raubritter und Piraten und Steuereintreiber und Gehilfen des Sheriffs von Nottingham. Das Unternehmen hatte das Objekt erst vor kurzem von den bislang zerstrittenen Erben erstanden und plante einen Abriß, der sich allerdings wegen einiger behördlicher Einwände verzögerte.

Auch Zeitreisende, die Makler werden, sind natürlich Menschen, die bisweilen vom Schicksal geschlagen sind. Und so bedeutete der Umstand, daß Anna Gemini mit ihrem Sohn im Büro des Chefs dieser Firma erschien, einen Vorteil, mit dem nicht zu rechnen gewesen war. Denn dieser Chef hatte aus erster Ehe selbst ein Kind mit einer schweren Behinderung. Auch wenn er deshalb nicht gleich Solidaritätsbonusse verteilte oder in pure Nächstenliebe verfiel, so war er dennoch bereit, Frau Gemini zuzuhören. Und zwar genauer zuzuhören, als es seiner Art entsprach.

Nachdem Anna Gemini nun dargelegt hatte, daß eine Instandsetzung des Hauses wohl viel eher die Behörden befriedigen würde als ein problematischer Neubau in gewachsener Umgebung, und es wohl auch für die Immobiliengesellschaft von Vorteil wäre, ein unsicheres Projekt gegen ein sicheres einzutauschen, beugte sich der Makler ein wenig vor, machte ein

Gesicht, als beiße er auf eine Zwiebel, und fragte: »Sie verlangen hoffentlich nicht von mir, daß ich Ihnen diese Liegenschaft schenke?«

»Wie kommen Sie denn da drauf? Mir ist bewußt, daß es teuer werden wird.«

»Ich darf annehmen, daß Sie sich das leisten können. Oder zumindest Ihre Bank.«

»Ich würde sonst nicht hier sitzen, nicht wahr?« pokerte Gemini.

»Das heißt gar nichts«, erklärte der Makler, »bei mir sitzen manche Leute des Sitzens wegen, scheint mir. Oder um mir die Zeit zu stehlen. Aus reiner Wut gegen meinen Berufsstand.«

»Meine Wut wäre bedeutend geringer, wenn Sie mir endlich einen Preis nennen würden.«

»Dazu muß ich erst wissen, ob ich das Grundstück unter solchen Bedingungen überhaupt verkaufen möchte. Wir haben bereits in die Planung eines Neubaus investiert. Ich kann jetzt nicht alles umdrehen, nur weil Sie daherkommen und die Schönheit dieser alten Villa preisen. Ich lebe nicht von Schönheit, wie Sie sich denken können.«

»Das verlangt auch niemand. Aber Sie sind doch der Chef hier, wenn ich das richtig vestanden habe. Sie können entscheiden, ob Sie mir dieses Haus und dieses Grundstück verkaufen wollen. Zu einem Preis, der sich für Sie lohnt.«

»Das muß überlegt sein.«

»Überlegen Sie. Und dann rufen Sie mich bitte an«, sagte Anna und schrieb eine Telefonnummer auf ein Blatt Papier, das sie vom Tisch ihres Gegenübers genommen hatte.

Hätte sie es ihm aus seiner Hosentasche gezogen, wäre der Makler nicht minder beeindruckt gewesen. Dabei war er jemand, der sich selten begeistern ließ. Er hatte in der Regel wenig für seine Kundschaft übrig, ganz gleich, wie vermögend sie sein mochte. Er war ohne echte Lust in dieses Gewerbe hineingewachsen, hätte lieber Häuser entworfen, als sie zu verkaufen. Er spürte diese gewisse Verachtung seiner Person gegenüber, die sich selbst noch die größte Niete anmaßte. Als veräußere er Diebesgut. Er tat sich oft schwer, fremden Menschen gegenüber seinen Beruf zu erwähnen, trotz seines Erfolgs,

55

dessen plakativer Ausdruck darin bestand, schnelle, flache Autos zu fahren und auf Madagaskar ein Haus zu besitzen, das wie ein abhebender Albatros an den Rand einer Klippe gebaut worden war. Aber derartiges erschien den meisten Leuten im Falle eines Maklers als selbstverständlich, angeboren, Teufelswerk, während der Umstand, daß dieser Mann über eine gediegene Sammlung historischer Fotografien verfügte, an einem Buch über mittelalterliche Mystik mitgearbeitet hatte und einer gemeinnützigen Stiftung ehrenamtlich vorstand, als reine Staffage betrachtet wurde. Wenn irgendeine dahergelaufene Prinzessin sich mit aidskranken Kindern ablichten ließ, wurde sie für einen Engel gehalten. Ein Makler aber war jemand, dem man nicht die geringste menschliche Regung zugestand. Wie eben auch niemand auf die Idee gekommen wäre, unter den Gehilfen des Sheriffs von Nottingham auch ein paar gute Kerle zu vermuten.

Nun, ein harter Geschäftsmann war Clemens Armbruster zweifelsohne, und zwischenzeitlich auch viel zu sehr in die Härte des Geschäfts eingebunden, um sich eine Pause und ein zartes Gefühl erlauben zu dürfen. Dies änderte jedoch nichts daran, daß Anna Gemini ihn für sich eingenommen hatte. Vor allem, da von ihr nicht jene Maklerverachtung ausgegangen war, mit der er sich so oft herumzuschlagen hatte. Er konnte nicht ahnen, zu welcher Verachtung diese Frau fähig war. Er erkannte allein ihre nüchterne Zielstrebigkeit, mit der sie für sich und ihr Kind genau dieses Haus beanspruchte. Kein kleineres, kein größeres, kein anderes. Dieses Haus, um darin zu leben wie in einem zweiten Kopf. Das gab es, daß Leute, gleich über welche finanziellen Möglichkeiten sie verfügten, auf ein Objekt stießen, von dem sie hundertprozentig wußten, daß es nicht nur zu ihnen paßte, wie Frisuren und Brillen und Haustiere und eine bestimmte Farbe zu einem passen, sondern sie zu diesem Gebäude gefunden hatten wie zu einem fehlenden Glied ihrer selbst. Das Haus machte sie nicht nur glücklich, sondern verlieh ihnen die Anmut der Vollständigkeit. Als sei ein gespendetes Organ nachgewachsen oder ein geliebter Verstorbener zurückgekehrt, oder als habe sich ein amnestischer Zustand verflüchtigt.

Derartiges zu fördern, war nun sicher nicht die Aufgabe Clemens Armbrusters. Aber in Frau Geminis Fall entschloß er sich, ein wenig auf die Bremse zu steigen. Was ja nicht bedeuten würde, ihr ein Geschenk zu machen oder etwa günstige Konditionen zu formulieren. Gott behüte.

Er rief sie also an und erklärte sich bereit, einen Verkauf unter den aktuellen Verhältnissen in Erwägung zu ziehen. Dieses ganze bürgerliche Dornröschenschloß, das wahrscheinlich den Spuk defekter Wasserrohre und einer grenzwertigen Elektrik barg, als ein Paket, gewissermaßen ein Überraschungspaket zum Kauf anzubieten.

»Wie?« staunte Anna. »Soll das heißen, ich darf es mir nicht ansehen, bevor ich es kaufe?«

»Ich dachte, Sie wüßten ganz sicher, daß das *Ihr* Haus ist«, erklärte Armbruster, um gleich darauf zu betonen, einen Scherz gemacht zu haben.

»Lustig«, sagte Anna und vereinbarte einen Termin.

Der Zustand des Hauses war aus nächster Nähe betrachtet lange nicht so schlimm wie erwartet. Der Verfall erwies sich als oberflächlich, soweit man das beurteilen konnte. Keine Feuchtigkeit, kein aufgesprungenes Parkett, kein Mauerwerk, durch das man den bloßen Finger hätte bohren können. Keine herausgerissenen Geräte oder offenen Leitungen. Kein perforiertes Dach, keine Mäuseplage. Bloß ein wenig Kot von einem größeren Tier. Die Heizkörper stammten aus den Achtzigern, und die vielen Fensterscheiben waren nicht blind, sondern einfach dreckig. Der Rückzug aus diesem Haus mußte ein geordneter gewesen sein. Der Staub stammte von den sechs, sieben Jahren, die seither vergangen waren. Die Räume, in denen kein einziges Möbel stand, atmeten einen gewissen Zauberberg-Charme. Kränklich, aber elegant. Verrückt, aber gebildet. Mehrsprachig und schwermütig. Also typisch lungenkrank.

Der Makler selbst war erstaunt ob des guten Zustands der Innenräume.

»Waren Sie denn niemals hier?« fragte Anna.

»Ich hatte es sehr viel schlechter in Erinnerung. Außerdem stand damals ein Erhalt des Gebäudes nicht zur Diskussion. Bei einem Haus, das niedergerissen werden soll, ist es einerlei, wie gut oder schlecht seine Substanz ist. Wenn wir nicht gerade von einem Bunker oder Hochhaus sprechen.«

»Wollen Sie es immer noch an mich verkaufen?«

»Nun, meine Mitarbeiter würden mir wohl raten, es erst einmal renovieren und auf den neuesten Stand der Wohnkultur bringen zu lassen. Wenn denn schon auf einen Abriß verzichtet wird.«

»Designerküche und Whirlpool?«

»Ich bin kein Prolet, Frau Gemini. Ich sehe durchaus, wie sehr diese Räume einer gewissen Zurückhaltung bedürfen. Daß die Jugendstilfliesen im Bad keinen flippigen Kunststoffboden vertragen, und die Küche keinen Herd, der an einen Großrechner erinnert.«

»Schön, daß Sie das begreifen. Dann muß ich mir also keine Sorgen machen, das Haus nicht wiederzuerkennen, wenn ich in ein paar Jahren zufälligerweise daran vorbeispaziere.«

»Geben Sie immer so schnell auf?«

»Ich gebe nicht auf«, erklärte Anna in einem Tonfall von hartem Brot.

»Ausgezeichnet«, sagte der gute Mann aus Nottingham. »Etwas in mir sträubt sich nämlich, eine Renovierung selbst vorzunehmen. Das wäre eine kostspielige, aufwendige Angelegenheit, viel kostspieliger und aufwendiger, als irgendeinen besseren oder schlechteren Kasten hochzuziehen. Wogegen leider der Ensembleschutz spricht. Es gibt da einen Beamten, der sich in der lästigsten Weise querstellt. Der Mann ist ein Fanatiker, und wie alle Fanatiker unbestechlich. Ich frage mich, warum ich mich weiter mit diesem Haus herumärgern soll? Wenn ich es recht bedenke, wäre es vielleicht besser, wenn Sie, Frau Gemini, sich damit herumärgern.«

»Das glaube ich auch. Und was würde mich das kosten, mich ärgern zu dürfen?«

Clemens Armbruster nannte ihr eine Summe, so wie man jemand eine Pistole in die Hand drückt und ihm empfiehlt, Selbstmord zu begehen.

Das war nun ein Betrag, den Anna eigentlich nur aus der Ferne betrachten konnte, wollte sie ihn überblicken. Nicht, daß sie hörbar schluckte, aber ein kurzes Schweigen ließ sich nicht vermeiden, um eben jene Distanz herzustellen, von der aus man eine solche Zahl als Ganzes wahrnehmen und begreifen konnte.

»Das ist viel Geld«, sagte Anna, um eine Stimme bemüht, die nicht vollkommen unterging.

»Darunter ist nichts zu machen. Das ist eine gute Gegend, nicht die allererste, aber gut genug, um einen solchen Preis zu rechtfertigen. Der Zustand des Hauses spielt dabei keine Rolle. Das Haus ist nicht das Thema.«

»Mein Thema schon.«

»Tja, Sie kennen jetzt den Betrag, um den es geht, um den es gehen muß. – Darf ich Ihnen eine Frage stellen?«

»Bitte!« sagte Anna, wie man sagt: Stirb!

»Auf wieviel würde sich Ihr Eigenkapital belaufen? Ich frage nur, weil ich Ihnen Vorschläge zu diversen Finanzierungsmodellen machen könnte.«

»Wieso wollen Sie das tun?«

Der Makler vollzog jetzt einen für seine Verhältnisse geradezu verträumten Blick und gestand, daß ihm der Gedanke lieb wäre, dieses Haus tatsächlich an Anna Gemini zu verkaufen. Selbstverständlich verfüge er über gute Bankkontakte und entwerfe zuweilen für seine Klienten Beschaffungskonzepte. Darum die Frage nach dem Eigenkapital. Eine nicht ganz unwesentliche.

Anna lächelte wie jemand mit einem Patzen Geld, dem es aber schwerfällt, Zahlen zu nennen. Faktum war jedoch, daß sie ein solches Geld nicht besaß. Faktum war auch, daß sich ihre Überzeugung, dieses Haus sei *ihr* Haus, in einer derartigen Weise verselbständigt hatte, daß der Umstand ihrer fehlenden Mittel schlichtweg zur Seite gerückt worden war. Gleich einem häßlichen Möbel. Nur war das halt das einzige Möbel, über das sie verfügte. Ihre durchschnittliche Kreditunwürdigkeit.

Worauf hatte sie eigentlich gehofft? Auf ein Wunder? Allein des Gespürs wegen, den einzig richtigen Ort für sich und ihren Sohn gefunden zu haben. Natürlich, sie hatte Gebete gesprochen. Aber abgesehen von dem Wunsch, dieses Haus zu besitzen und renovieren zu wollen, war ihr Gebet ja in höchstem Maß vage geblieben. Worum hätte sie auch bitten sollen? Denn so blöde war sie nun wirklich nicht, Gott um etwas derart

59

Absurdes wie einen Lottogewinn oder eine überraschende Erbschaft zu ersuchen. Also um Dinge, die in der Zeit festgeschrieben waren und die zwingend geschahen oder zwingend nicht geschahen, und die dem einzelnen, wenn er denn auserwählt war, wie ein passender Zahnersatz ins Maul flogen. Zahnprothesen, die seit Anbeginn der Geschichte bestanden. Und die natürlich auch ein Gott nicht auswechseln konnte. Was wiederum ein Glück war. Man stelle sich vor.

Anna Gemini wußte nicht, was sie sagen sollte. Die Wahrheit war ihr ein solches Greuel, daß sie auch jetzt noch ihre Schwindelei aufrechterhielt, eine Schwindelei, die sie ja gar nicht so sehr gewollt oder konstruiert hatte, sondern die gewissermaßen im Zuge einer Austrocknung übriggeblieben war. Mit einem Mal aber war Anna entschlossen, auf Basis einer solchen Täuschung die Sache voranzutreiben. Sie erklärte, daß es ihr zum gegenwärtigen Zeitpunkt widerstreben würde, Aussagen bezüglich ihrer Finanzen zu machen. Nicht bevor sie sich endgültig entschlossen habe, dieses Haus zu erwerben. Dann könne man darüber reden.

»Sie haben wirklich noch einen Zweifel?« wunderte sich der Makler.

»Vielleicht zweifle ich am Preis.«

Da war es wieder, dachte sich Armbruster, dieses Mißtrauen, dieser fortwährende Verdacht der Leute, von Maklern betrogen zu werden. Natürlich war der Preis hoch. Aber bestand denn darin nicht der ganze Sinn eines Geschäfts, einen bestmöglichen Preis zu erzielen. Bestand denn nicht etwa der Antrieb eines Schriftstellers in dem Plan, statt einem halben Buch ein ganzes zu schreiben, der Ehrgeiz eines Chirurgen, einen Patienten am Leben zu erhalten, anstatt ihn sterben zu lassen. Ein Haus zu verkaufen, konnte also beim besten Willen nicht heißen, seinen Wert um zwanzig Prozent herunterzusetzen, wenn man mit zwanzig Prozent in die Höhe gehen konnte.

»Der Preis steht«, verkündete Armbruster mit leisem Ärger.

»Ich habe verstanden«, sagte Anna. Und: »Lassen Sie mir ein paar Tage Zeit. Ich muß mir das alles überlegen. Ich wäre Ihnen dankbar, bis dahin nichts zu unternehmen. Wenn Sie so nett sein könnten.«

»So nett bin ich. Ich erwarte Ihren Anruf.«

Am nächsten Tag meldete sich Anna bei Kurt Smolek und vereinbarte ein Treffen in einem kleinen, nein, einem winzigen Park, nicht unweit jener Villa, die ihr im wahrsten Sinne am Herzen lag und solcherart einen famosen Herzschrittmacher abgeben würde. Dieser Park mit seinen zwei Bäumen und zwei Bänken und dem bißchen Wiese füllte ein Dreieck aus, das sich aus der Vereinigung zweier Straßen ergab. Kein wirklich idyllischer Platz, aber einer, an dem man alleine war, von den Autos abgesehen, die in kleinen Gruppen intervallartig die leichte Erhöhung aufwärts fuhren.

Es ging auf den Abend zu, alles schien gedämpft, weniger grell, gleichzeitig farbiger, ein Deckfarben-Abend. Ein paar Vögel machten ein ziemliches Theater. Carl sah hinauf in den Baum. Er mochte Bäume, er behandelte sie freundlich. Er grüßte sie. Er lächelte ihnen zu. Und wenn er auf ihnen herumkletterte, achtete er darauf, nicht etwa einen Zweig abzubrechen. Carls Baumliebe war somit ein weiterer guter Grund, dieses Haus, um das herum eine ganze Menge Bäume standen, zu erwerben.

Anna Gemini erzählte davon. Als sie geendet hatte, fragte Smolek: »Und Sie verfügen über soviel Geld?«

»Nein, ich verfüge nicht darüber.«

»Und was kann ich jetzt tun? Sie wollen doch, daß ich etwas tue, nicht wahr?«

»Sie sagten vor einiger Zeit, Sie hätten einen Job für mich.«

»Ja, das sagte ich. Und daran hat sich auch nichts geändert.«

»Ich gehe davon aus«, meinte Anna Gemini, »daß die Tötung eines Menschen halbwegs ordentlich entlohnt wird. Das würde für mich dann bedeuten, ein Eigenkapital vorweisen zu können, mittels dessen sich ein Kredit begründen ließe. Wie sagt mein Makler: Geben Sie mir Zucker, die Torte backe ich schon selbst. Er will also ein wenig Zucker, der gute Mann. Den muß ich ihm nun mal besorgen.«

»Und Sie wären bereit, einen Auftrag zu erfüllen, ganz gleich, wer das Opfer ist?«

»Natürlich nicht. So wenig wie Sie das tun. Ich gehe aber davon aus, daß unsere Prinzipien in dieser Hinsicht nicht völlig aneinander vorbeiführen«

»Wie müßte der Mann aussehen«, fragte Smolek, »den Sie *gerne* töten? Optisch gesehen.«

»Das ist doch wohl kaum eine Frage der Optik.«

»Ich denke schon. Immerhin haben Sie von dicken Männern erzählt, die Ihnen auf dem Schießplatz durch den Kopf gehen.«

»Ist der Mann denn schlank, den ich töten soll?«

»Würde es Sie stören, wenn es eine Frau wäre? Eine schlanke Frau?«

»Nein, das ist nicht unbedingt der Punkt. Aber ich denke, es würde mir schwerfallen, auf eine Frau zu zielen, die auch Mutter ist.«

»Und auf einen Vater?«

»Kein Problem«, erklärte Anna. Es klang ziemlich herzlos. Zudem vollzog sie eine abfällige Grimasse. Wahrscheinlich war sie der Meinung, daß Väter nicht wirklich existierten, daß ihre Bedeutung für Kinder eine bloß theoretische war, ein Gerücht, dessen Unsinnigkeit weitgehend unerkannt blieb, weil ungeprüft. Väter bestanden vor allem in Bildern, Bildern etwa der Werbung und des Films, Bilder, die dann in der Wirklichkeit nachgestellt wurden, selten freilich mit Liebe zum Detail, sodaß Männer, die kurzfristig Väter spielten, den Eindruck einer miserablen Aufführung hinterließen. Selbst noch die allerengagiertesten mit ihren Tragetüchern und Stoffwindelkenntnissen erinnerten an jene Maxime Adornos, daß es kein richtiges Leben im falschen gebe. Der Vater als aktive Figur war eine Erfindung der Moderne, die auf wackeligen Beinen stand. Eine Erfindung, die vor allem von den Männern selbst in keiner Sekunde wirklich ernst genommen wurde.

Kurt Smolek erläuterte nun, daß es sich bei dem potentiellen Opfer um ein ideales, zumindest ein halbwegs ideales Opfer handle, einen Geschäftsmann mit dubiosen Kontakten und dubiosen Freundschaften, dessen Kinder längst erwachsen seien und dessen Rolle als Großvater über das Posieren auf Familienfotos nicht hinausgehe. Wenn man zumindest seiner Frau glauben dürfe. Und das sei nun mal das vernünftigste.

»Was ist das vernünftigste?« fragte Anna.

»Na, dieser Frau zu glauben, was sie erzählt.«

»Sie ist es doch, die ihren Mann gerne tot sehen möchte. Oder?«

»Aus gutem Grund«, sagte Smolek. »Aber bitte, wir dürfen nicht verlangen, die ganze Wahrheit zu kennen. Das wäre vermessen. Begnügen wir uns mit der halben.«

Sodann unterstrich er, ausschließlich privaten Personen mit privaten Gründen zu helfen, ihre Sorgen loszuwerden. Etwas anderes verbiete sich. Keineswegs aber verbiete sich, vom eigentlichen Motiv abzulenken. Was im vorliegenden Fall bedeute, daß die Art der Tötung nicht auf die familiären, sondern viel eher auf die geschäftlichen Aktivitäten des Opfers verweisen sollte. Der Mann sei ja glücklicherweise alles andere als der koschere Typ.

»Solche Leute«, wendete Anna ein, »werden von Profis umgebracht.«

»Sie sind ein Profi. Vergessen?«

»Ach je. Ein Profi also, ohne noch einen einzigen Auftrag erfüllt zu haben.«

»Das stört nicht, glauben Sie mir. Profi ist man von Anfang an oder niemals.«

»Ich frage mich, ob Sie mir eine Falle stellen.«

»Das wäre möglich. Diese Befürchtung kann ich Ihnen nicht nehmen. Fallen werden gestellt, ununterbrochen, selbst von den nettesten Leuten.«

»Sie sind nicht nett.«

»Was wiederum für mich spricht. Also, Anna, wären Sie bereit, diese Sache zu erledigen?«

»Sie meinen, diesen Menschen zu erledigen.«

»Wie auch immer Sie es ausdrücken möchten.«

»Der Betrag muß stimmen. Ein Betrag, den ich dann als *Eigenkapital* bezeichnen kann, ohne daß man mich auslacht.«

»Ich werde mit unserer Auftraggeberin sprechen und ihr erklären, worum es geht und wie sehr Ihnen dieses Haus am Herzen liegt.«

»Ist das klug, einer Klientin gegenüber so offen zu sein? Ihr die Möglichkeit zu geben, Stricke zu drehen?«

»Meine Arbeitsweise ist ein wenig unkonventionell, das ist richtig. Aber von Stricken droht keine Gefahr, wirklich nicht.

Ich werde unserer Dame einfach nur beschreiben, wie sehr ihr eigenes Glück von dem Ihren abhängt. Wie sehr zwei Frauen, die sich nicht kennen und auch nicht kennenlernen werden, durch den Tod eines Dritten sinnvoll – ich betone das! –, sinnvoll miteinander verbunden sind. Kein Glück ohne das Glück des anderen. Das ist hart, aber kein bißchen unrichtig. Und es ist wesentlich, zwischen einer simplen Bezahlung und einer Ermöglichung von Glück zu unterscheiden. Sie wollen dieses Haus? Sie sollen es bekommen. Das muß man der Auftraggeberin begreiflich machen.«

»Sie könnte auf einem anderen Killer bestehen.«

»Sie müssen sich das merken, Anna, daß *ich* es bin, der die Konditionen vorgibt. Ein Kunde im üblichen Sinn, mit Ansprüchen und Anmaßungen, existiert nicht. Unser Unternehmen ist das kundenunfreundlichste, das sich denken läßt. Aber unsere Kunden wissen das und erkennen den Sinn.«

»Schön, wenn das der Fall ist. Und wie geht es weiter?«

»Ich melde mich«, sagte Smolek und erhob sich. Er wirkte ausgesprochen fröhlich, alberte noch ein wenig mit Carl herum und verließ sodann den Platz, wobei sein Gang wie die Vorausschau auf ein höheres Alter wirkte. Gar nicht so sehr gebeugt, jedoch stark verzögert, als stapfe er durch Schnee.

5
Finanzierungsmodelle

Nur zwei Wochen später stand Anna Gemini jenem von seiner Gattin wenig geliebten Geschäftsmann gegenüber, der zwischen dem Dubiosen und dem Hochoffiziellen derart hin und her pendelte, daß ihm selbst ganz schwindelig wurde und er nur noch schwer das eine vom anderen zu unterscheiden wußte. Was er freilich meinte sehr gut auseinanderhalten zu können, war eine Gefahr von einer Nicht-Gefahr. Und daß es sich um letzteres handelte, davon war er überzeugt, als er Anna Gemini begegnete. Obwohl er sie noch nie zuvor gesehen hatte, diese Frau, die ihm da zulächelte. Und zwar in einer Weise zulächelte, wie man das von in jeder Hinsicht ausgehungerten Blondinen kennt, zu kennen meint.

Die beiden standen alleine in dem schmalen Gang, der das Restaurant mit einem Konferenzsaal verband. Das wurde übrigens zum weiteren Prinzip Anna Geminis, nämlich öffentliche Orte privaten vorzuziehen, so wie sie grundlegend auf eine größere Distanz zwischen sich und dem Opfer verzichtete. Die Vorteile, die sich aus der Entfernung ergaben, wurden wesentlich eingeschränkt von der Möglichkeit, das Ziel zu verfehlen. Im Gegensatz dazu, wenn man dem Ziel direkt gegenüberstand. Und das tat Anna Gemini nun eindeutig, als sie diesen Mann, der sich für unwiderstehlich hielt, in einen kleinen Nebenraum bugsierte, und zwar derart, daß der Mann meinte, er selbst sei es gewesen, der da bugsiert hatte. Er kam ihr so nahe – wobei er seinen Mund wie ein Schwalbennest auf den ihren preßte –, daß Anna Mühe hatte, die Pistole aus ihrer Tasche zu ziehen und zwischen sich und ihr Gegenüber zu befördern. Ja, sie sagte sogar »Pardon!« und mußte den Kerl ein wenig von sich schieben, um überhaupt den mit einem Schalldämpfer ausgestatteten Lauf der Waffe in eine vernünftige Position manövrieren zu können. Die Schwierigkeit ergab sich paradoxerweise aus dem

Umstand, daß dieser Mann blind war für das eigentliche Ereignis, für die Waffe und was sie für ihn bedeutete. Er sah nur die Frau und erkannte allein die scheinbare Realisation einer seiner typischen Phantasien. Es törnte ihn mächtig an, nicht einmal ihren Namen zu kennen und ihn auch niemals kennenlernen zu wollen. Sich bloß mit ihrem Körper zu arrangieren.

Nun, das mit dem Namen ging in Erfüllung. Er würde ihn nicht erfahren. Nicht in diesem Leben. Der Schuß ging los, und das Projektil drang durch seinen Anzug, seine Haut und seinen Brustkorb in sein Herz und machte augenblicklich einen toten Menschen aus ihm. Es ging so schnell, daß in seinem Hirn noch eine kurze Weile – so wie ein Barthaar weiterwächst – der ängstliche Gedanke an eine frühzeitige Ejakulation bestand. Ein paar Sekunden lang überlebte der Gedanke den Denkenden.

Bezüglich der Gedanken Anna Geminis wäre zu sagen, daß sie keinen Moment über die Person nachsann, die sie da tötete. Auch, weil sie viel zu sehr mit der konkreten Handlung, der komplizierten Umsetzung beschäftigt war. Der Mann selbst war ihr bei alldem wie ein Schauspieler vorgekommen, der sich dumm anstellt, dabei völlig vergißt, umgebracht zu werden, und also nur noch mit Begeisterung den Liebhaber mimt.

Nachdem das Opfer nun reglos auf dem Boden lag, steckte Anna die Waffe zurück in ihre Tasche und ging, ohne eine weitere Vorsorge zu treffen, wieder in das Restaurant, wo Carl an einem Tisch wartete. Es war durchaus möglich, ihn kurz alleine zu lassen oder jemand zu bitten, ihn für einen Moment zu unterhalten. Er ließ sich gerne unterhalten. Ein paar Minuten lang. Dann aber konnte er unruhig werden, sehr unruhig. Und es gab viele gute Gründe, dies zu vermeiden.

Diesmal aber war es ein Fisch gewesen, der ihn amüsiert hatte. Carl war die ganze Zeit über damit beschäftigt gewesen, die bestellte Forelle genauest zu untersuchen und mit Hilfe der Gabel das weiche, weiße Fleisch in kleine Streusel aufzuspalten. Die Speise auf seinem Teller machte den Eindruck einer hügeligen Kokostorte.

Anna wiederum verbat sich jegliche Hektik. Sie kam also nicht etwa auf die Idee, so rasch als möglich das Lokal zu verlassen und Carl von seinem Fisch wegzuzerren wie damals von seinem Baum. Niemals wieder sollte so etwas geschehen.

Natürlich erwuchs ein gewisses Risiko aus der Möglichkeit, daß man demnächst die Leiche entdeckte. Ein Risiko jedoch, das Anna Gemini nicht schreckte. Sie war jetzt ungemein kalt, davon überzeugt, einer möglichen Kontrolle ihrer Person mit Leichtigkeit zu entgehen. Was sich als unnötig erweisen sollte, da man das Verschwinden jenes wohlbekannten Gastes mit einem wichtigen Termin in Verbindung brachte und auch nicht etwa wegen einer unbezahlten Rechnung nervös wurde. Nervös wurde man erst, als eine Putzfrau sehr viel später auf den zu Ende gelebten Körper stieß.

Übrigens erinnerten sich sämtliche der Kellner an Anna Gemini und ihren Sohn, der da einen Fisch zerstückelt und zerquetscht und zwischen den Zinken seiner Gabel hindurchgedrückt hatte, ohne auch nur einen einzigen Bissen zu sich zu nehmen und ohne dafür von seiner Mutter gescholten worden zu sein. Sie erinnerten sich, die Kellner, das schon, erwähnten die Frau, den Jungen und den Fisch aber mit keinem Wort. Weder der Polizei noch der Presse gegenüber. Warum auch hätten sie das tun sollen? Und so würde es in Zukunft immer sein.

Die Ermordung des Geschäftsmannes, von den Medien als »Hinrichtung« tituliert, wurde von allen Seiten als das begriffen, als was es begriffen werden sollte, als Racheakt einer jener mafiosen Vereinigungen, mit denen sich das Opfer eingelassen hatte. Ein anderer Verdacht ergab sich nicht, obgleich die Polizei natürlich alle Möglichkeiten durchspielte. Eine Art Unterwelt-Mord war nun mal die einzige Option, die sich aufrechterhalten ließ. Zu perfekt, zu kaltblütig war die Liquidierung erfolgt. Somit erwies sich einmal mehr, daß immer stärker italienische und russische Verhältnisse in Österreich Einzug hielten und man also mit gutem Grund an eine Verstärkung der Prophylaxe zu denken hatte.

Soweit das Offizielle. Hinter diesen Kulissen aber lächelte eine trauernde Witwe, deren neugewonnenes Glück nur darum bestehen konnte, weil auch das Glück einer anderen Frau gewährleistet war. Anna Geminis Glück. Dank des Verkaufs eines Aktienpakets, das ursprünglich aus dem Besitz des Verstorbenen stammte, konnte sie jenes Grundkapital unter die Nase des Maklers reiben, welches ihn, den Makler, vollends überzeugte. Man darf sagen, daß Clemens Armbruster, ohne sich eine Blöße zu geben, ebenfalls ein großes Glück dabei empfand, nun mit Anna Gemini eine Geschäftsbeziehung eingegangen zu sein. Eine erste Art von Beziehung. Das Finanzierungsmodell, das er für sie entwarf, wie man ein perfektes Kostüm für einen ganz bestimmten Körper schneidert, war wie ein uneingestandener, stark chiffrierter Liebesbrief. Auch das soll es geben.

Natürlich kann ein solches Aktienpaket nicht ohne jegliche Umstände den Besitzer wechseln. Allerdings waren die Geschäftspraktiken des lieben Toten in höchstem Maße geeignet gewesen, jenen Smolekschen Imperativ zu erhalten, nachdem das Opfer seine Ermordung selbst zu bezahlen habe. Der Verstorbene mochte, wo auch immer seine Seele nun einsaß, angesichts dieser Manipulation toben, vielleicht jedoch erkannte er die sanfte, versöhnliche Ironie, die darin bestand, nicht nur den eigenen Tod finanziert, sondern damit auch seiner Mörderin eine bessere Zukunft ermöglicht zu haben. Das hatte etwas Gutes und Richtiges, umso mehr, als zwischen Täter und Opfer ja nichts Persönliches gestanden hatte. Außer diesem heftigen Kuß Marke Schwalbennest.

Anna Gemini kaufte also jenes Haus unterhalb der Wotrubakirche, das von ihr selbst, und von allen, die sie kannten, von da an nur noch als die Gemini-Villa bezeichnet wurde. Wobei Villa ein hochtrabendes Wort war, angesichts eines Gebäudes, das sich bei noch näherer als der bisher nahen Betrachtung doch wieder als ziemlich baufällig erwies. Holzwürmer hatten ihren Beitrag geleistet und leisteten ihn weiter. Einer der beiden kleinen, spitzen Türme drohte abzustürzen, und die Winddurchlässigkeit des ganzen Gebäudes ließ recht bald herbstliche Gefühle aufkommen.

Doch keinesfalls wurde Annas Glück dadurch geschmälert. Auch nicht jenes Carls, der inmitten der Bäume und Sträucher das Leben eines großstädtischen Baummenschen führte, sich jedoch insofern von Italo Calvinos zwischen den Ästen hausendem Grafen unterschied, indem er erstens auch noch woanders lebte und zweitens einen Dialog mit den Bäumen pflegte. In einer Sprache, von der auch Anna nicht sagen konnte, ob es nun eine berauschend perfekte Kunstsprache oder bloß ein recht kunstvolles, aber unkontrolliertes Geplapper darstellte. Sich eine Sprache der Bäume zu denken, die Carl beherrschte, so weit ging Anna nicht. Allein schon darum nicht, weil sie eine Abscheu vor der Esoterik hegte und Leute nicht ausstehen konnte, die in jeder Topfpflanze einen Therapeuten sahen und aus dem Zustand ihrer Bettwäsche die Zukunft lasen.

Mit dem Erwerb des Hauses war es also nicht getan. Ein Kredit mußte zurückgezahlt und eine gründliche Renovierung des Gebäudes vorgenommen werden. Wobei Anna Gemini nicht nur nicht das Vermögen besaß, einfach einen Bautrupp und eine Horde Handwerker zu bestellen, sondern es ganz grundsätzlich vorzog, die Sache selbst in die Hand zu nehmen. Soweit das eben möglich war. Sie hatte schon immer ein Faible für solche Tätigkeiten wie das Aufstemmen von Wänden gehabt, nur daß es bisher an den richtigen Wänden gefehlt hatte. Jetzt aber konnte sie stemmen, bis ihr die Hände abfielen.

Freilich verfügte sie über eine erstaunliche Kondition. Ihre Kraft, ihr Geschick, auch ihr Geschick im Umgang mit Verhängnissen, die in der üblichen inflationären Weise auftraten, ihre Unnachgiebigkeit angesichts der Probleme, sodaß schlußendlich die Probleme nachgaben, das alles überraschte und begeisterte und machte aus Anna eine Frau, vor der sich vor allem die Männer in einer erregenden Weise zu fürchten begannen, ohne natürlich ahnen zu können, wie sehr diese Furcht begründet war. Was auch für jenen Makler namens Armbruster galt, der immer wieder mal vorbeisah und vorsichtig seine Hilfe anbot. Indem er etwa Ausschau nach einer bestimmten Art von Bodenfliesen hielt, um den hundertjährigen Urzustand des Badezimmers zu erhalten.

Nicht, daß Anna vorhatte, aus diesem Haus ein Museum zu machen, aber die Frage, ob originale Teile instand zu setzen waren oder sich eher eine Neugestaltung anbot, konnte man in derselben Weise wie im Falle eines schwerverletzten Menschen beantworten: Gegen die Implantation einer fremden Niere, war dies nötig, hatte wohl kein Patient etwas einzuwenden. Aber man stelle sich vor, ganze Partien des eigenen Gesichts ausgetauscht zu bekommen, sodaß man dann also mit einer fremden Nase oder fremden Augen durch die Gegend liefe, mit Hundenase und Fischaugen. Die meisten würden wohl auf einer Rettung und Restaurierung ihres natürlichen Gesichtsteils beharren, ganz gleich wie riskant das wäre. Und genau dies galt eben auch für die Gemini-Villa. Es gab Bereiche des Hauses, wo das Alte bloß noch aus seinem Alter bestand und eine völlig Umgestaltung sich aufdrängte, während eben Orte wie das Badezimmer und die Küche oder die hölzerne Verschalung der Vorderfront sowie die Glashausarchitektur der beiden Veranden unbedingt in ihrem historischen Zustand erhalten werden mußten. Das hatte sich Anna Gemini geschworen, ganz gleich, wieviel es sie an Geld und Arbeit und Nerven kosten würde.

Ach ja, das liebe Geld. Über selbiges zu verfügen, war für die Hausbesitzerin Gemini dringender denn je. Und es darf nicht überraschen, daß sie – nachdem nun mal eine Hemmschwelle leichter als erwartet überschritten worden war – in ihrem neuen Job weitermachte und daranging, jene Professionalität, die Smolek ihr von Beginn an zugestanden hatte, auszubauen.

Wenn Anna Gemini im Zuge ihrer anfänglichen Waffenübungen ein geringes Talent für die ganze Schießerei erkannt hatte, so mußte sie andererseits feststellen, im Umgang mit ihren Opfern über einiges an Gewandtheit zu verfügen. Genau wie Smolek es vorausgesagt hatte. Es kam nicht darauf an, eine Kugel in hundert Metern Entfernung zentimetergenau ins Ziel zu setzen. Anna Geminis Opfer waren stets so nahe, daß Anna ihnen in die Augen sehen konnte. Also auch nahe genug, um sie mit großer Sicherheit zu treffen. Die Nähe an sich störte Anna nicht. Es war ihr lieber, jene Menschen, die sie tötete, zuvor kennengelernt zu haben, und wenn auch nur für Sekunden.

Natürlich brauchte Anna Gemini nicht alle paar Wochen irgendwo auf der Welt einen Mord begehen, um eine ausreichende Menge Geld zu verdienen. International tätig wurde sie allerdings tatsächlich. In Wien allein hätte es auch gar nicht so viele Klienten gegeben, die in Frage gekommen wären. Anna Gemini achtete darauf, daß man ihren Namen nicht weitergab wie eines dieser ausgefransten Taschenbücher. So wie natürlich auch Smolek bemüht war, über Anna so wenig wie möglich zu verlautbaren.

Es waren ausschließlich weibliche Kunden, die Anna Gemini engagierten beziehungsweise deren Anwerbung sie akzeptierte. Das ergab sich so. Wobei es nicht reichte, eine Frau zu sein und sich über einen großen, dicken Mann zu ärgern. Andererseits konnte Anna selten sagen, warum sie sich für oder gegen eine bestimmte Kundin entschied. Einige lernte sie persönlich kennen, war aber selten von jemandem angetan. Und bei jenen Aufträgen, die über die Vermittlung Smoleks stattfanden, mußte sie sich ohnehin mit der Charakterisierung des Archivars begnügen. Somit resultierten ihre Entscheidungen meistens aus einem bloßen Gefühl, einer Eingebung, und wohl auch aus einem Instinkt, der die Gefahr dort witterte, wo selbige der altgedienten Torte entsteigen würde.

Daß Anna auch ohne Smolek arbeitete, änderte aber nichts daran, daß sie für alle Zeiten an die Smoleksche Sphäre gebunden blieb. Das war ihr bewußt. Wer auch wollte sich einem kleinen Gott entziehen?

Diese gesamten »Erledigungen« smolekscher und nichtsmolekscher Natur, die Anna vornahm, führten zu einer finanziellen Situation, die es ihr erlaubte, die Renovierung und Erhaltung von Haus und Garten zu sichern und die Kreditraten pünktlich zu begleichen. Sie wußte ihr Leben mit Carl frei von Mangel. Unterließ aber Übertreibungen. Weder kaufte sie einen neuen Wagen, noch hörte sie auf, beim Strom zu sparen – eine alte Krankheit. Immerhin erwarb sie einen Konzertflügel, einen mächtigen, schwarzen Klangkasten, auf dem sie zusammen mit Carl vierhändig spielte, wobei Carl zwischen wildem Gehämmer und dem sorgsamen Anschlagen einzelner Töne die große Palette seiner Leidenschaften bediente.

Dazu kamen die Reisen ins Ausland. Diese Reisen waren Urlaube, und zwar nicht nur als Urlaube getarnt, sondern auch als solche verlebt. Der jeweilige Mord dann nur noch eine gut organisierte, aber letztendlich nebensächliche und zeitlich stark begrenzte Angelegenheit.

Selbstverständlich wurde Carl niemals Zeuge, hielt sich aber stets in der unmittelbaren Nähe auf. Ein Scheitern Annas wäre somit fatal gewesen. Doch war sie überzeugt, mit einer jeden Eventualität fertigzuwerden, ja, mittels weiser Entscheidungen solche Eventualitäten ausschließen zu können. Ihr Selbstbewußtsein in dieser Sache hatte etwas Schwindelerregendes. Die Leichtigkeit, mit der sie an ihre Opfer herantrat, sie in Gespräche und andere Annäherungen verwickelte, sie in eine Ecke oder Nische dirigierte und sodann eine Tötung vornahm, die stets mit einem einzigen Schuß auskam. Es wäre ihr zuwider gewesen, ihre Opfer spielfilmartig zu durchlöchern. Auf gewaltige Blutlachen konnte sie gerne verzichten.

In die Kirche ging Anna Gemini weiterhin, so wie sie weiterhin mit Vorliebe zum heiligen Franz von Sales betete. Für ihre Opfer aber betete sie nicht. Das wäre zuviel des Guten gewesen. Auch waren ihre Taten kein Thema, welches sie mit ihrem Gott und ihren Heiligen hätte debattieren wollen. Man kann nicht über alles reden, nicht alles erklären. Auch war Anna in der Zwischenzeit überzeugt, das Richtige zu tun. Nur, daß dieses Richtige außerhalb ihres eigentlichen Lebens stand, außerhalb ihrer alltäglichen Gedanken und Handlungen und damit eben auch außerhalb ihrer gewohnten Religiosität.

II

Die Sache mit den Skandinaviern

Ein philosophisches Problem hat die Form:
»Ich kenne mich nicht aus.«

PHILOSOPHISCHE UNTERSUCHUNGEN, LUDWIG WITTGENSTEIN

6
Ein Mann stirbt auf der Straße

Er haßte solche Abende. Folglich bedeutete es ein verdammtes Unglück, daß die meisten davon in der verhaßten Richtung abliefen. All diese Empfänge, diese Premieren und Wohltätigkeitsbälle und Ausstellungseröffnungen, diese lächerlichen Besäufnisse von Menschen, die sich auf Kosten ihrer Gastgeber extravagante Räusche antranken. Er haßte diese Abende, und haßte es in erster Linie, zusehen zu müssen, wie sich seine Frau herausputzte, wie sie ewig lang vor dem Spiegel stand und ihren einundfünfzigjährigen, völlig unbeschadeten und in keiner Weise aus den Fugen geratenen Körper in Kleider fügte, die gleich zu welcher Jahreszeit den Charakter lauer Sommernächte besaßen. Man kennt das ja, diese funkelnden Abendkleider, in denen manche Frauen aussehen, als würden sie vom Busen abwärts nur noch aus ihren Beinen bestehen.

Nun, er hatte keine Wahl. Er gehörte nicht zu den Leuten, deren Fernbleiben von wichtigen Anlässen geradezu als Leistung interpretiert wurde. Er war kein Genie, sondern Botschafter. Norwegischer Botschafter in Dänemark, was wie ein Witz klang. Nachdem er in Chile und Honduras, später dann in der Türkei, in der Schweiz und Belgien sein Land repräsentiert hatte, war er zur eigenen wie allgemeinen Überraschung zum Botschafter in Kopenhagen ernannt worden. Ihm war vorgekommen, man wolle ihn bestrafen, ohne, daß er hätte sagen können, wofür. Vielleicht aber war auch das Gegenteil der Fall. Vielleicht hatte man überlegt, daß jemand, der im weit entfernten Chile seine diplomatische Karriere begonnen und sich immer näher an sein Heimatland herangearbeitet habe, es verdiene, in nächster Nähe seinen beruflichen Ausklang zu finden.

Doch wie auch immer es nun gemeint gewesen war, für Einar Gude jedenfalls bedeutete es eine Strafe. Diese Dänen behandelten ihn wie einen der ihren, wie einen Bruder, einen Bruder frei-

74

lich, den man nicht mochte. Ja, den man insgeheim zum Teufel wünschte. Verständlich also, daß Einar Gude gerne an die alten Zeiten dachte, da er noch die Rolle des freundlichen Exoten verkörpert hatte. Eine Rolle, die ihm interessanterweise vor allem in der Schweiz zugestanden worden war.

Die Schweiz! Was für ein Land?! Eines, in dem auch der Großteil der Eliten ein ruhiges, unauffälliges Leben dem gesellschaftlichen Wahnsinn vorzog. Die Schweizer Jahre waren die besten in Gudes Leben gewesen. Zürich erschien ihm als ein Goldkind in Vergleich zu Kopenhagen.

Vorbei. Alles war so ziemlich vorbei. Was wenig daran änderte, daß der Rest noch gelebt werden mußte. So ein Rest konnte mitunter beträchtlich sein.

Nicht, daß Einar Gude lebensmüde gewesen wäre. Er liebte das Leben, die Vorzüge seiner Stellung, den Luxus, den er sich leisten konnte, ohne irgendein augenfälliges Verbrechen begehen zu müssen, liebte seine Liebhabereien, die konventionellen, den Wein und die Zigarren, nicht minder die unkonventionellen, etwa die Pflege seiner fünfhundert Aquariumsfische oder die Freundschaft zu einer Dame namens Nicole, deren erotische Qualifikation für Gude darin bestand, daß sie Schweizerin war. Das war kein Spaß. Das meinte er ernst. Allerdings fühlte er sich mit seinen zweiundsechzig Jahren hin und wieder zu alt für Nicole und für den Wein und die Zigarren. Allein seine Leidenschaft für Fische erschien ihm prädestiniert, die nächsten zwanzig oder dreißig Jahre in einer schonenden, würdevollen und ausdauernden Weise zu durchleben. Weshalb er sich entschlossen hatte, mit dem Ende seiner Berufslaufbahn eine mehrfache Abstinenz zu versuchen und den Wein, die Zigarren und die Schweiz an den Nagel zu hängen.

Die nächsten paar Jahre jedoch würde alles beim alten bleiben müssen, somit auch das tägliche Gesellschaftstheater, dem seine Gattin weit besser gewachsen schien. Sie war diese typische Mittelpunktsfrau, die aus einer Tonne Charme und einer Tonne Intelligenz bestand, aber nie mehr als sechzig Kilo wog, und zwar mit Schuhen. Sie stellte sich ausnahmslos mit ihrem Schuhwerk auf die Waage, ohne irgendwann einen Grund dafür angegeben zu haben. Sie tat es ganz einfach. Und hätte sie es je vergessen, wäre vielleicht nicht gleich die ganze Welt untergegangen, aber zumindest Skandinavien und verzichtbare Orte wie Flensburg und Lübeck. Doch sie vergaß es nun mal nicht, auch jetzt nicht, da man sich auf einen Empfang in der Königlichen Bibliothek vorbereitete und Magda Gude zu Ende geschminkt auf die Waage stieg, nackt, nackt bis auf die Schuhe, Highheels aus silbernen Plättchen, woraus sich eine Fläche ergab, die an die gleißende Helligkeit einer sonnenbeschienenen Wellblechdeckung erinnerte. Man konnte auch sagen, daß die ganze Magda Gude etwas Gleißendes besaß, als sie da – auf dieser Waage stehend und von ihrem zweifachen Spiegelbild flankiert – verlautbarte: »Achtundfünfzig Kilo.«

»Das ist eigentlich zuviel«, sagte ihr Mann, sich eine Schleife um sein Smokinghemd bindend, »wenn man bedenkt, was es heute wieder alles zum Essen geben wird. Die Festtafeln anläßlich von Schriftstellergeburtstagen sind immer die schlimmsten. Als bestünde die Förderung dieser Künstler darin, sie zu mästen. Die meisten sind ja wirklich extrem fett. Ist dir das schon einmal aufgefallen? Fette Schriftsteller, wohin du siehst.«

»Nein, ist mir nicht aufgefallen. Und ich glaube auch nicht, daß du recht hast. Schriftsteller sind wohl kaum fetter als Diplomaten.«

»Ich weiß, wie sehr du Diplomaten verachtest.«

»Nur, weil ich sie nicht für die besseren und schlankeren Menschen halte?«

»Vergiß nicht, von wessen Geld du lebst.«

»Wie? Und deshalb muß ich unsere armen, hungrigen Autoren verleumden?«

»Du könntest mir einfach mal recht geben«, schlug der Botschafter als Ehemann vor. »Nur so. Um zu sehen, was daraus entsteht.«

»Das wäre kindisch, mein Lieber«, sagte Magda, eine geborene Deutsche, die in England aufgewachsen war, ohne je das Englische wirklich angenommen zu haben. Ein Kuckuck im fremden Nest. Nach einigen Jahren als Ärztin hatte sie ihren Mann kennengelernt und war im Zuge zweier Geburten aus ihrem Beruf herausgerutscht wie aus einem dieser Freundeskreise, die über das Erinnerungsvermögen defekter Anrufbeant-

76

worter verfügen. Wobei sie nicht wirklich unglücklich gewesen war. Die Medizin war ihr nicht die Welt gewesen. Und schon gar nicht die Kranken, die dazugehören.

Die Diplomatie allerdings auch nicht. Aber sie hatte das beste daraus gemacht. Wenn sie sich die Frage stellte, wie gut sie mit ihren einundfünfzig Jahren denn eigentlich aussah, brauchte sie nicht extra zum Spiegel zu laufen, sondern bloß eins dieser Boulevardmagazine zur Hand nehmen und nachsehen, wie prima sie trotz miserabler Fotografen und schwachsinniger Kommentare zur Geltung kam. Das war das Nette. Weniger nett fand sie die Betonung ihrer Bildung und Intelligenz in diesen Artikeln, und wie sehr darin ihre Freundschaft zu allen möglichen fetten Schriftstellern herausgestellt wurde. Nicht, daß es sie wirklich störte, allerdings war ihr bewußt, daß man sie verspottete. Die Art nämlich, wie diese Intelligenz Erwähnung fand, hörte sich an, als sei von einem dritten Busen die Rede.

»Stimmt es?« erkundigte sich der Botschafter, wie man sich erkundigt: Schmeckt es? Bei aller Unliebe gegenüber gewissen abendlichen Verpflichtungen war Gude natürlich durch und durch ein Botschafter, auch im privaten Bereich, auch wenn er zusammen mit seiner ziemlich nackten Frau im Badezimmer stand.

»Was denn?« fragte Magda, nachdem sie einige Sekunden gewartet hatte, ob da noch etwas nachkommen würde. Sie war wieder von der Waage gestiegen und hatte sich auf einen Stuhl gesetzt, um ihre Beine in ein Paar schwarze Nylonstrümpfe einzukleiden.

»Du weißt doch, wovon ich spreche.«

»Nein, tut mir leid, weiß ich nicht«, erklärte Magda. »Es geistern zu viele Gerüchte durch deinen Kopf, als daß ich sagen könnte, welches du gerade meinst.«

»Mit einem Gerücht hat das nichts zu tun. Du triffst dich mit diesem Schriftsteller.«

»Ich bitte dich, ich treffe mich mit einer ganzen Menge Schriftsteller. Und einer ganzen Menge Männer. Meine Güte, Darling, wir sind erwachsen. Sogar unsere Kinder sind erwachsen. Es gibt wirklich keinen Grund, daß ich den ganzen Tag damit verbringe, alte Möbel zu restaurieren, Kochbücher zu schreiben oder Tapeten zu entwerfen. Ich verabrede mich mit Leuten, na und? Das braucht dich nicht zu kümmern.«

»Es kümmert mich aber, wenn du mit diesem...Wie heißt der Kerl?«

»Was stört dich an ihm? Daß er nicht fett ist, so wie du dir vorstellst, daß er sein müßte?«

»Ich will nicht, daß man über dich redet. Ich will nicht, daß du dich lächerlich machst.«

»Ich mache mich nicht lächerlich«, sagte Magda und fuhr in die Schlaufen ihres Büstenhalters, als drücke sie einen Tanzpartner an sich. Sie besaß einen großen, schweren, mütterlichen Busen. Hätte sie sich für eine Welt ohne Büstenhalter oder für eine Welt ohne Männer entscheiden müssen, sie hätte gar nicht erst nachzudenken brauchen.

»Der Kerl«, äußerte der Botschafter, »ist mehr als zwanzig Jahre jünger als du.«

»Ich sagte schon einmal, er ist nicht der einzige Mann, mit dem ich ausgehe. Manche sind jünger, andere älter. Ist das eine Überraschung?«

»Jedenfalls wäre mir lieber«, erklärte der Botschafter, »wenn du den Kontakt beenden würdest. Ich schreibe dir das nicht vor, natürlich nicht. Es ist eine Frage der Vernunft. Dieser Kerl...Wie heißt er?«

»Ich dachte, du hast seine Bücher gelesen.«

»Absoluter Schrott«, kommentierte der Botschafter.

»Gib zu, mehr als ein paar Seiten hast du nicht durchgestanden.«

»Mehr ist auch nicht durchzustehen.«

Magda schwieg. Mit einem Finger fuhr sie über die leichte Wölbung ihres Bauches, so sanft, als streichle sie den Rücken einer Katze. Sodann legte sie eine Perlenkette um ihren Hals und richtete ihr Haar. Ein volles Haar, das hervorragend zu ihrem Busen paßte.

»Dieser Typ«, fuhr Einar Gude fort, »hat alles andere als einen guten Ruf. Es heißt, er sei viel eher ein Zuhälter als ein Schriftsteller.«

»Er ist ein Popstar, Darling, kein Zuhälter. Das ist ein Unterschied.«

78

»Gehst du mit ihm aus, weil er ein Popstar ist?«

»Hör zu, Einar, ich lasse mich hin und wieder von ihm zum Essen einladen. Du weißt doch, der Mensch muß auch essen.«

»Haha!«

»Entspanne dich, Darling. Ich schlafe nicht mit dem Jungen.«

»Die Presse könnte es aber glauben.«

»Tut sie aber nicht. Die Journalisten sind gut zu mir, weil ich gut zu ihnen bin. Hör also endlich auf, dir Sorgen zu machen. Und laß uns jetzt über etwas anderes reden.«

»Und zwar?«

»Ich bräuchte Geld.«

»Ach, bräuchtest du. Wieviel?« fragte Einar, dieser explizit weißhaarige Mann mit seinem rechteckigen Gesicht, seinem Hals von der Kürze eines Hundehalsbands und einem Brustkorb, der in der Art einer Tiefkühltruhe seinen Körper, seine ganze Erscheinung definierte. »Wieviel?«

Das Ehepaar Gude hatte sich angewöhnt, gleich an welchem Ort der Welt man sich gerade befand, größere Beträge immer nur in Dollar anzugeben. Und während nun Magda in ihr kurzes, artischockenfarbenes Kleid schlüpfte, sagte sie, durch das dünne Gewebe redend: »Fünfzigtausend.«

Wie hoch auch immer ein Betrag war, Magdas Stimme betonte stets diese gewisse Banalität monetärer Erscheinungen. Es klang nie, als hätte sie ein Problem damit, eine bestimmte Summe nicht zu erhalten. Es klang eher, als könnte sie einfach nichts dafür, daß irgendwelche Dinge auf dieser Welt, Dinge wie Essiggurken oder Kleider von Givenchy, Geld kosteten. Magda war nicht dumm, das war sie bekanntermaßen nicht. Aber sie nahm sich die Freiheit, dem Geld gegenüber eine Verachtung auszudrücken. Nicht aber gegenüber den Dingen, die man damit erwarb.

»Fünfzigtausend!?« wiederholte Einar, der ja ein gutverdienender, aber sicher kein schwerreicher Mann war. »Das ist ein Haufen Geld. Wofür?«

»Um jemand zu bezahlen.«

»Und wen, wenn ich fragen darf? Ich darf doch fragen?«

»Es betrifft dich, Darling. Es hängt mit dir zusammen.«

»Wie mit mir?«

»Eine Überraschung.«

»Also, in der Regel«, erklärte Einar, »weiß ich selbst ganz gut, was ich brauche und was nicht. Und ob es fünfzigtausend Dollar wert ist. Um ehrlich zu sein, fällt mir auf die Schnelle gar nichts ein, wofür ich hier und jetzt einen solchen Betrag ausgeben wollte.«

»Weil du nicht an dich denkst.«

»Hör zu, Magda, wenn du planst, mir um fünfzigtausend Dollar ein Geschenk zu machen, dann wäre es mir lieb, du würdest diesen Betrag von deinem eigenen Konto abheben.«

»Du weißt ganz genau, daß ich über soviel Geld nicht verfüge.«

»Da glaube ich aber etwas anderes zu wissen.«

»Dann irrst du dich eben. Außerdem: Lenk nicht ab! Wenn ich soviel Geld von dir verlange, dann habe ich einen guten Grund. Ich werde sicher nicht so blöd sein, ein dämliches Motorboot anzuschaffen. Oder noch ein paar tausend Aquariumsfische. Oder überteuertes Teegeschirr. Und ich werde auch keine Kaviarfabrik erwerben, um Schriftsteller durchzufüttern.«

»Trotzdem möchte ich gerne wissen, worum es geht.«

»Würdest du es jetzt erfahren, wäre es keine Überraschung und würde jeglichen Sinn verlieren.«

»Nun, da kann man nichts machen«, sagte der Botschafter, nahm auf einem Hocker Platz und beugte sich zu einem Paar schwarzer Schuhe.

»Wäre es dir lieber«, fragte Magda, »ich würde dir eine halbwegs plausible Geschichte auftischen, an der rein gar nichts stimmt?«

»Dafür soll ich dir fünfzigtausend Dollar geben? Dafür, daß du mich *nicht* anlügst?«

»Vergiß es«, sagte Magda und strich ein paar letzte Falten ihres Kleides glatt. Eine Künstlerin und ihr Kunstwerk. Dann ergänzte sie: »Fünfzigtausend sind nicht die Welt. Es gibt wohl noch andere Möglichkeiten.«

»Ich habe nicht gesagt, du sollst einen deiner Freunde anbetteln.«

»Wer bettelt hier? Ich nicht. Du bettelst. Du bettelst darum, daß ich dir etwas erzähle, was zu erzählen sich im Moment verbietet. Verhältst dich wie ein Siebenjähriger, der Weihnachten nicht erwarten kann.«

»Siebenjährige müssen sich ihre Geschenke nicht selbst finanzieren.«

»Dafür haben sie auch selten Spaß an dem, was sie bekommen.«

»Und du meinst, ich würde später meinen Spaß haben, wenn ich dir jetzt Fünfzigtausend überweise?«

»Keine Überweisung. Ich brauche das Geld in bar.«

»Wird ja immer toller. Geld in bar. Wie vor hundert Jahren. Sag mal, spielt dein kleiner Schriftstellerfreund dabei eine Rolle?«

»Der Popstar?«

»Ja, der Zuhälter, der sich als Popstar ausgibt, welcher Bücher schreibt.«

»Nein«, sagte Magda, »er hat meine Fünfzigtausend nicht nötig. Seine Zuhälterei scheint sich zu lohnen.«

»Schön für ihn«, sagte der Botschafter und beugte sich erneut zu seinen Schuhen, als wollte er sich zwei freundlichen Zwerghündchen widmen. Sodann band er seine Schuhriemen in der Art von Zwerghündchenschleifen.

Damit war das Gespräch fürs erste beendet. Wortlos fuhr das Ehepaar hinüber zur Königlichen Bibliothek, wo man sich nach Absolvierung einiger unerläßlicher Übungen voneinander trennte. Einar Gude trat ohne Begeisterung, jedoch mit einem Gefühl der Sicherheit ob vertrauter Rituale, in eine diplomatische Runde, während Magda in Musenmanier die Versammlung fetter und auch gar nicht so fetter Schriftsteller für sich in Anspruch nahm. Irgendwo standen auch Diplomatengattinnen und Gesellschaftskühe und Schriftstellerinnen. Aber die hielten sich fern. Magda Gude verbrauchte viel zu viel von der speziell weiblichen Luft, als daß andere ehrgeizige Damen in ihrer Nähe ordentlich hätten atmen können.

Später am Abend, nachdem die Vertreter des Königshauses gegangen waren, erfaßte eine gewisse Lockerheit die Veranstaltung. Die Schriftsteller zogen in deutlichem Maße das Ruder an sich. Das Ruder, die Stimmung und die Gattinnen diverser Diplomaten.

Während Einar Gude in einen der zahlreichen Nebenräume abgetaucht war, um im Plauderton ein paar Weltkrisen zu besprechen, liefen sich Magda Gude und jener schreibende Popstar über den Weg.

»Was tust du hier, Magda?« fragte der junge Mann, der einen violetten Samtanzug trug, dazu ein Hemd aus dem Nachlaß von Liberace.

»Ich bin mit Einar hier.«

»Genieße deinen Mann, solange es geht.«

»Man muß auch loslassen können«, erklärte Magda Gude und bewegte sich an dem Schriftsteller wie an einer Häuserkante vorbei, die sie eigentlich sehr viel lieber weggesprengt hätte. Wenn die beiden tatsächlich ein Liebespaar waren, dann in der Art von Bestien, wo einer den anderen danach verspeist und nur die Frage bleibt, wer als erstes zubeißt.

Im Weggehen sagte Magda: »Verlaß dich auf mich.«

Und tatsächlich war Verlaß auf Magda Gude. Noch in derselben Nacht setzte sie sich neben ihren Mann aufs Bett, als dieser recht umständlich das Smokinghemd von seinem massiven Oberkörper schälte, half ihm seine vom Alkohol ein wenig mürben Arme aus den Ärmeln zu ziehen und ging sodann daran, seine Hose zu öffnen und sein Geschlecht in diesem Ach-was-haben-wir-denn-da-Gehabe aus der Hose zu ziehen, die Eichel zu entblößen und mit der Zungenspitze ein System ziemlich gerader Linie aufzuzeichnen.

»Was soll das, Magda?« stöhnte Einar und verkrallte sich in die Bettdecke.

Die Frage war mehr als berechtigt, denn seine Frau hatte sich in den beiden Jahrzehnten ihrer Ehre konsequent geweigert, eine derartige Praktik vorzunehmen. Der orale Part war ihr zutiefst zuwider, und zwar keineswegs, weil sie ganz allgemein für einen konventionellen Sex votierte. Diese spezielle Handlung aber, mit all ihren Versionen und Steigerungen, bereitete ihr Übelkeit. Es war ihr zuwider, etwas Lebendes im Mund zu haben. Ganz abgesehen von dem Lebenden, das da noch folgen konnte. Sie mußte dabei an Quallen denken. Und wenn man an Quallen denkt, denkt man auch an Nesseln.

Dies galt in gewisser Weise auch für Zungenküsse. Wenngleich eine Zunge sich bei weitem netter anfühlte, geschmeidiger, auch bescheidener. Zudem traf ja eine Zunge auf eine andere Zunge, woraus sich so etwas wie Fairneß ergab. Als wär's allein eine Sache der Zungen, nicht der Zungenbesitzer. Jedenfalls hatte Magda deswegen noch nie einen Mann von sich gewiesen. Wenn selbiger aber einen geblasen haben wollte, dann bekam er Schwierigkeiten. Und das galt im Falle eines jeden Mannes. Ohne Ausnahme. Genau das aber hatte ihr Gatte seit jeher bezweifelt. Er konnte einfach nicht glauben, daß für Magda alle Schwänze gleich waren. Absolut gleich. Dazu kam, daß Einar Gude seit jeher eine große Vorliebe für ausgerechnet diese Form der Lusterfüllung verspürte. Darum auch hatte er sich entgegen jeglicher Vernunft der »jungen Schweiz« überantwortet. Jener zwanzigjährigen Person namens Nicole, die keine Schwierigkeiten hatte, alles mögliche in den Mund zu nehmen. Wieviel Spaß ihr das bereitete, war eine andere Frage. Eine Frage, die sich Einar nicht stellte. Sehr wohl aber dachte er über die Abneigung seiner Frau nach. Das war ein Thema, das ihn beschäftigte, wie kaum ein anderes. Und zwar in einer Weise, als sei der Verzicht auf oralen Geschlechtsverkehr entweder Ausdruck einer schweren Psychose oder entspringe einer tiefgründigen Bösartigkeit.

Dementsprechend überrascht war er nun, daß ausgerechnet in einer recht betrüblichen Phase seiner Ehe Magda seinem sehnlichsten Wunsch entsprach. Denn die Schweiz allein war ihm ja immer nur Ersatz gewesen, so wie die Schweiz ganz allgemein als Ersatz fungiert, als Ersatz für die Welt und als Ersatz für das Leben.

Natürlich drängte sich dem Botschafter sofort ein bestimmter Gedanke auf, und während er bereits im Mund seiner Frau erblühte, erklärte er fest: »Wenn du meinst, das wäre mir fünfzigtausend Dollar wert, dann täuschst du dich.«

Sie sagte nichts. Was hätte sie auch sagen sollen? Ganz abgesehen davon, daß sie an dem Ding zwischen ihren Lippen und Zähnen wie an einer im Weg stehenden Person hätte vorbeisprechen müssen.

Magda wußte zu gut, wie sehr dieser Augenblick ihren Mann verwirrte und beglückte, und wie sehr ihn dies veranlassen würde, ein paar Dinge zu überdenken. Also gab sie sich Mühe, indem sie in keinem Moment ihren Widerwillen zur Geltung brachte, jetzt nicht, und auch nicht danach. Was also bedeutete, daß sie, nachdem Einar sich entladen hatte, nicht etwa ins Badezimmer stürmte, sondern das Zeug schluckte. Wobei sie sich leichter tat, als erwartet. Sie war jetzt kalt und geschäftsmäßig. Auch verlogen, aber in einer Weise, die ihr nichts von ihrer Würde nahm.

»Warum?« fragte Einar, nachdem er ein wenig zur Ruhe gekommen war und die Glut in seinem Gesicht abgenommen hatte. »Du kannst mir nicht erzählen, daß das nichts mit dem Geld zu tun hat.«

»Natürlich hat es das. Wenn ich dich um fünfzigtausend Dollar bitte und nicht sagen möchte, wofür ich das Geld benötige, dann ist wichtig, daß du mir vertraust. Du vertraust mir aber nicht. Also wollte ich dir zeigen, was Vertrauen bedeuten kann.«

»Indem du mir einen bläst?«

»Indem ich etwas tue, was ich gar nicht möchte. Indem ich genau *das* tue, was ich am allerwenigsten ausstehen kann.«

»Ein Kompliment ist das nicht.«

»Hör auf damit. Ich habe oft genug erklärt, daß es nicht an dir liegt. Umso mehr solltest du zu schätzen wissen, daß ich's mir anders überlegt habe. Und zwar nicht in den Armen eines Schriftstellers oder Popstars liegend, sondern hier bei dir, dem Mann, dem ich vertraue. Vielleicht fällt es dir schwer, zu begreifen, was eine solche Schwanzlutscherei mit einem Fünfzigtausend-Dollar-Vertrauen zu tun hat, aber…«

»Sag nichts«, meinte Einar, in einem Kniefall plötzlicher Rührung, »ich habe verstanden. Mach dir keine Sorgen. Du kriegst das Geld, gleich, was du damit vorhast. Und ich verlange auch sicher nicht, daß du mir jetzt jeden Tag…«

»Davon war auch nie die Rede. Wo denkst du hin? Ich wollte dir bloß zeigen, worum es geht.«

»Schade nur,…«

»Gute Nacht, Herr Botschafter.«

»Ja. Gute Nacht«, sagte der Botschafter, nicht wirklich zufrieden, aber auch nicht ganz unglücklich, immerhin eins mit seinem Unterleib, wenn schon nicht eins mit seinem Kopf.

Einar Gude war eigentlich entschlossen gewesen, die Reise nach Wien zu vermeiden. Und hatte sich bereits die allerhöflichsten Ausreden parat gelegt. Keineswegs, weil er jenen Landsmann und diplomatischen Kollegen nicht leiden konnte, der die Einladung anläßlich einer Dürerausstellung ausgesprochen hatte. Das nicht. Auch war er nicht etwa an Dürer desinteressiert. Immerhin geschah es selten, daß derart viele von diesen unerträglich schönen und unerträglich wertvollen Bildwerken sich an einem Ort massierten. In der Art einer Automobilausstellung. Und die berühmte Albertina, die nach ihrer Renovierung den Charme eines nagelneuen Kosmetikstudios besaß, war natürlich der geeignetste Ort, um all die Dürers zu vereinen und einem Publikum vorzusetzen, das sich in der Penibilität der Striche verlieren und wiederfinden konnte. Ja, der Mensch, der ein Bildnis Dürers betrachtete und dabei nicht selten von einem feinen Detail zu einem noch feineren abrutschte, zerfiel gewissermaßen in alle Einzelteile seiner Betrachtung, um schlußendlich als ein neu geordneter, vielleicht als ein wertvollerer Mensch ins Leben hinauszutreten.

Gegen Dürer war nun also wirklich nichts einzuwenden. Doch was Wien betraf, verspürte Botschafter Gude eine gewisse Aversion. Nicht etwa jenen deutlichen Greuel, den die Wiener selbst empfinden, jenen Eins-a-Greuel. Nein, was Gude fürchtete, war bloß ein ungutes Déjà-vu, wie man es kennt, wenn man unter einem Baugerüst hindurchmarschiert. Oder das Haar einer Frau öffnet. Oder im Begriff ist, eine Steckdose zu wechseln.

Jedesmal wenn er in dieser Stadt ankam, packte Gude ein Schnupfen, keine richtige Verkühlung, bloß ein Tropfen der Nase, ein Niesen, eine leichte Verstopfung der Höhlen, ein Druck auf Augen und Kopf. Über die Ouvertüre der Erkrankung fand er aber nie hinaus. Ein Umstand, der ihm übler erschien, als richtig krank zu werden und sich in die Obhut eines Hotelbettes flüchten zu dürfen. Was nicht geschah. Gude verblieb in den Startlöchern einer Unpäßlichkeit, die allein aus diesen Startlöchern zu bestehen schien.

Folglich empfand er nicht das geringste Bedürfnis, ohne einen handfesten Grund und dienstlichen Auftrag nach Wien zu reisen. Doch hatte er nicht mit Magda gerechnet. Seine Frau bestand mit einem Mal darauf, unbedingt diese in der Albertina vereinten Dürers sehen zu wollen, gar nicht so sehr jenen berühmten Hasen, der zusammen mit dem nicht minder berühmten Bugs Bunny bis heute das abendländische Bild vom großohrigen Nagetier prägt, auch nicht wegen der Gemälde, sondern auf Grund einiger Landschaftsaquarelle, ja, man müsse eigentlich von Landschaftseroberungen sprechen, die mit zum Schönsten gehörten, was sie, Magda, an Schönem zu kennen meine.

Einar beeilte sich, Einwände vorzubringen. Einwände abseits purer Kunstbetrachtung. Einwände, die Magda aber nicht gelten ließ. Vielmehr gestand sie nun, jenem einladenden Botschafter in Wien bereits ihrer beider Kommen zugesagt zu haben.

»Wie kannst du das tun?« Einar war völlig verblüfft. Er stotterte ein wenig. Es war ein Stottern wie aus einer geschlossenen Eierschale oder einem miniaturisierten Hallenbad. Ein Tönen, aber ein gedämpftes Tönen. Er sagte: » Du ... du bist nicht mein Sekretär, sondern ... meine Frau. Es könnte eine Menge Gründe geben ... viele Gründe, gar keine Zeit für Wien zu haben.«

»Für Wien vielleicht nicht«, erklärte Magda. »Aber für Dürer muß man sich die Zeit eben nehmen. Hör zu, Darling, ich wollte dich nicht überfahren. Ich wollte bloß verhindern, daß du aus purer Angst vor dieser Stadt eine wunderbare Ausstellung opferst.«

»Ich habe keine Angst vor Wien«, äußerte Einar im Ton eines beleidigten Kindes.

»Dann ist es ja gut«, meinte Magda lächelnd. Es gab eine Form des Lächelns, derentwegen man eigentlich ins Gefängnis hätte gehen müssen.

Das Gedränge in den lichtarmen, fensterlosen Räumen der Dürerausstellung war so enorm, daß man gar nicht anders konnte, als sich weniger um die Kunstwerke zu kümmern, als um die Besucher, mit denen man in einer körperlichen Konkurrenz stand. Vor allem die älteren und wirklich alten Leute, die ja nicht nur über ein eingeschränktes Augenlicht verfügten, sondern auch über eine beträchtliche Schamlosigkeit in der Durchsetzung ihrer Bedürfnisse, ließen die Betrachtung der Bilder zu einem kämpferischen Gerangel entarten. Ein Gerangel, in dem es Botschafter Gude kaum noch aushielt. Er war wütend, daß er trotz seiner gesellschaftlichen Stellung einer solchen Horde von Besuchern, einem kunsthistorisch versierten Bauernvolk ausgeliefert war, obgleich natürlich eine spezielle Führung für ihn und einige andere Gäste organisiert worden war, eine Führung jedoch, die sich im Wirbel der führungslosen Massen aufgelöst hatte.

Gude stand nun ein wenig verloren in einem halbwegs schwach frequentierten Bereich. Schwach darum, weil von diesem Punkt aus nur schwer eins der umliegenden Bilder studiert werden konnte. Oder was man eben zu sehen bekam, wenn man über die Köpfe der anderen lugte.

Es reichte ihm. Er wollte nicht länger in der schlechten Luft stehen, inmitten einer Geräuschkulisse aus nachhaltigen Tönen der Entzückung, einer Entzückung, die einer Demonstration glich. Er hatte es satt, daß ununterbrochen einer von diesen blinden Rentnern gegen seine Schulter stieß oder ihm auf die Zehen trat. Zu seiner Wien-Aversion gesellte sich eine Aversion gegen alte Leute, aber auch ganz allgemein gegen Museumsbesucher, gegen Menschen, die genausogut auf Wanderwegen hätten stampfen können, aber eben lieber ein Dach über dem Kopf hatten.

Gude verließ Dürer. Seine Frau ließ er uninformiert. Sie würden sich schon irgendwo im Haus wieder über den Weg laufen. Er trat aus der Dunkelheit konservatorischer Ängstlichkeit in die massive Helligkeit eines vom Tageslicht erfüllten Treppenhauses und ging hinunter. Die Präsentation großformartiger Baselitz-Graphik quittierte er mit einem kurzen Blick, wie man etwa einen in sich zusammengefallenen Kuchen zur Kenntnis nimmt. Die Kunst, ein schlechtes Bild auf den Kopf zu stellen, hatte ihn noch nie begeistert. Nicht, daß er seine Ablehnung angesichts chronischer Kopfstände je geäußert hätte. Die große Kunst war so heikel wie die große Politik. Und die großen Künstler das wehleidigste Völkchen, das diese Welt je gesehen hatte. Noch im Moment, da diese Malerfürsten und Topavantgardisten eine bedeutende Auszeichnung erhielten, fühlten sie sich vernachlässigt, verfolgt, mißverstanden, ungeliebt, unbezahlt, verdammt und von Gott verlassen. Es verbat sich also gerade einem Diplomaten, eine negative Meinung bezüglich eines zeitgenössischen Kunstwerkes zu vertreten. Es verbat sich eigentlich, etwas Derartiges auch nur zu denken. Aber Gedanken waren nun mal kleine Teufel, elastisch, rasant und rücksichtslos.

Gude sah nun – und hatte es bisher völlig übersehen –, daß die Albertina nicht nur Dürer und Baselitz ausstellte, sondern auch Fotografien Brassaïs. Die Kunst der Fotografie war Gude sowieso um einiges lieber, zumindest wenn sie, wie im Falle Brassaïs, nicht so tat, als wäre es ihre Aufgabe, Tafelbilder zu ersetzen und in mächtiger Aufgeblasenheit hohe, weiße Räume zu füllen.

Brassaï aber war in Ordnung. Und noch viel mehr in Ordnung war der Umstand, daß Gude von einer geradezu klösterlichen Ruhe empfangen wurde, als er nun über eine abwärts führende Rolltreppe in den langgestreckten, ebenfalls fensterlosen, in ein Schlechtwettergrau gehüllten Ausstellungsraum gelangte. Dank einer Konstruktion aus Stellwänden ergab sich eine Art primitives Labyrinth, wodurch es unmöglich war, den gesamten Raum zu überblicken. Vielmehr vernahm Gude allein die Schritte einiger ferner Personen, wenn es denn überhaupt mehr als zwei waren.

Er genoß die Ruhe und Leere und genoß nicht zuletzt die hohe Kunst Brassaïs, die in der Behauptung gipfelte, daß nichts so surreal sei wie die Wirklichkeit. Eine Wirklichkeit, die vor Ort darin bestand, daß sich in den darüberliegenden Stockwerken Menschenmassen in der unglaublichsten und rücksichtslosesten Weise auf die Füße traten, um Kunst zu betrachten, während die Kunstbetrachtung hier unten beinahe völlig zum Erliegen gekommen war. Und Gudes Zehen somit verschont blieben.

Da sich nun die Möglichkeit ergab, die Ausstellung auch von ihrem Ende her zu beginnen, entschied sich Gude für diese kleine Ungehörigkeit. Da war niemand, der ihn aufhielt, niemand, der ihn behindert hätte. Erst als er an die entfernte Breitseite des rechteckigen Raums gelangt war, begegnete er einer Frau, einer uniformlosen Museumswärterin, die ihr Funkgerät wie einen kurzen, starren Schwanz hinter ihrem Rücken hielt. Sie wirkte verträumt, ihr Schritt absichtslos. Als sie an Gude vorbeiging, bemerkte sie ihn nicht einmal. Vielleicht war sie sediert, vielleicht verliebt. Vielleicht drehte sie schon zu lange ihre Runden in dieser grauen Öde, in welcher die Fotografien wie Ausblicke hinunter ins Tal des Lebens anmuteten.

Nachdem Gude und die Wärterin sich passiert hatten, wie Jeeps, die mitten in der Wüste beinahe kollidieren, bog der Botschafter um die Ecke einer Stellwand und blieb vor einer Serie von Abbildungen mit dem Titel »Ein Mann stirbt auf der Straße« stehen. Die einzelnen Aufnahmen verhielten sich in der Art von Standfotos eines Films, zeigten denselben Teil einer Straße, von der immergleichen, erhöhten Position aufgenommen. Auf dem Trottoir lag ein Mann, zu weit entfernt, um seinen genauen Zustand beurteilen zu können. Aber da lag er eben, bewegungslos, zunächst von nur wenigen Menschen umringt, dann aber begafft von einer größer werdenden Menge von Passanten. Jemand versuchte ihm zu helfen, wirkte jedoch selbst recht hilflos, einen Arm anhebend wie ein zu breites, zu schweres Ruder. In der Folge fuhr ein Wagen vor, und der Tote oder Halbtote wurde verladen, die Menge zerstreute sich, zum Schluß blieb eine leere Straße, das war es dann.

Bei der Betrachtung dachte Gude weniger an den sterbenden Mann als an den Fotografen, bedachte die Kaltblütigkeit, die darin bestand, dem Sterbenden nicht zu Hilfe zu eilen, sondern auf der Position des Beobachters zu beharren und das Geschehen festzuhalten. Ein Mann stirbt und ein Kunstwerk entsteht. Gude erschien in dieser Kaltblütigkeit das eigentliche Wesen der Kunst zu bestehen. Ein Fotograf, der sich hätte verleiten lassen zu helfen, wäre dann ein Fotograf ohne Fotografien gewesen und damit gescheitert. Gude dachte an all die Künstler, welche die Kreuzigung Christi thematisiert hatten und fragte sich, ob einer von ihnen bereit gewesen wäre – wenn er denn die Möglichkeit besessen hätte –, diese Kreuzigung zu verhindern, damit aber auch sein Thema zu verlieren. Theoretisch selbstverständlich. Aber auch praktisch? War es denn nicht so, fragte sich Gude, daß jeder Maler, der je eine Kreuzigung zu Bild gebracht hatte, und egal welch hehre Gründe er dafür angab, sich in Wirklichkeit an der Umsetzung dieser Kreuzigung beteiligt, sie gewissermaßen im nachhinein ermöglicht hatte.

Das waren merkwürdige Gedanken für einen braven Diplomaten. Gedanken, die Gude verstörten, die er eigentlich nicht gedacht haben wollte. Er löste sich – nicht ohne Mühe – von jener Bilderserie eines sterbenden Mannes und setzte seinen Gang durch die Ausstellung fort, betrachtete nun Bilder von Prostituierten, Kleinkriminellen, Barbesuchern, von nächtlichen Straßen und raumfüllenden Schatten, betrachtete das Fleischige nackter Frauen und das Ausgestopfte angezogener Männer, bemerkte die Parallelität der Arbeitslosen in Les Halles und der Fleischer in Les Halles (alle wie auf einem Rembrandtschen Gruppenbildnis) und setzte sich schließlich – die Arbeitslosen und die Fleischer vor sich – auf eine rotbraune, längliche Lederbank. Eine große Müdigkeit überfiel ihn, wie sie in solchen luftarmen Großraumtresoren früher oder später einen jeden packt. Er verschränkte die Arme und schloß seine Augen. Er träumte nicht, er dachte nicht, und sein Atem war eine feine Brise, die hin und her schwang. Ein Diplomat in Ruhestellung.

Es mochten zwei, drei Minuten vergangen sein, da bemerkte Gude, ohne zuvor Schritte wahrgenommen zu haben, wie zu seiner Linken das Leder der Sitzbank nachgab. Er öffnete die Augen und blickte zur Seite. Eine Frau hatte sich neben ihn gesetzt. Nun, das wäre an sich nicht weiter erstaunlich gewesen. Es gab eben auch noch andere Leute, die sich von Dürer und dieser ganzen Zehentreterei entfernen wollten. Erstaunlich war nur, wie nahe sich diese Frau plaziert hatte, zu nahe, wenn man die Länge der Bank berücksichtigte und in Ermangelung weiterer Besucher sich eine Platznot nicht ergab.

Gude überlegte, daß seine Sitznachbarin in einem derartigen Maße an den Arbeitslosen und den Fleischern von Les Halles interessiert war, daß sie nicht hatte warten wollen, bis sie diese Bank für sich alleine haben würde.

Genau das war es nun, was Gude ihr zu ermöglichen gedachte. Ihr die Bank überlassen. Er wollte sich erheben. Doch etwas hielt ihn ab. Nicht das feingeschnittene Gesicht der Frau, nicht ihr blondes, glattes, hörgerätartig hinter die Ohren geschobenes, an der Stirn gefranstes Haar, nicht der Cord-Anzug, der ihren hageren Körper umspannte. Er konnte diesen ausgehungerten Sekretärinnentypus nicht leiden, er mochte keine Fältchen unter den Augen, schon gar nicht mochte er spitze Nasen und dünne Lippen und lange Hälse. Was er nun am allerwenigsten ausstehen konnte, waren Frauen, die mit Waffen umgehen konnten.

»Was wollen Sie von mir?« fragte Gude und blickte auf den Schalldämpfer, der auf seine Brust gerichtet war. So nahe, daß er hätte versuchen können, der Frau die Waffe aus der Hand zu schlagen oder auch nur den Lauf von sich wegzuschieben. Allerdings war ihm klar, daß diese Person sich keine Blöße geben würde. Und daß seine Chance allein darin bestand, Zeit zu gewinnen und etwa auf die Museumswärterin zu hoffen, die ja irgendwann um die Ecke kommen mußte. Weshalb Gude nun so tat, als fände er rein gar nichts dabei, bedroht zu werden. Als halte er das alles für einen Scherz und für undenkbar, daß sich im Magazin dieser Pistole etwas anderes als Leitungswasser befand.

»Ich erfülle einen Auftrag«, erklärte die Frau. »Aber das können Sie sich ja denken.«

»Etwas Politisches?« fragte er.

»Würden Sie das denn für möglich halten?«

»Eigentlich nicht«, gestand Gude. »Das wäre schon sehr komisch, einen politischen Mord ausgerechnet an mir zu begehen. Eine private Sache also. Magda, nehme ich an.«

»Fünfzigtausend Dollar«, sprach die Cord-Anzug-Trägerin zwischen ihren dünnen Lippen hindurch. Und fügte an: »Es gibt eben Leute, deren Wert sich mit ihrem Tod beträchtlich steigert.«

Gleichzeitig mit dem letzten Wort drückte sie ab.

Gude wollte noch etwas sagen. Sein Mund ging in die Höhe und blieb praktisch in der Luft stehen, wie ein Hochspringer, der für einige Sekunden über einer Latte schwebt. Sodann fiel sein Mund herunter und mit ihm der ganze Botschafter. Er kippte nach hinten. Ein Satz torkelte durch sein verlöschendes Hirn: *Ein Mann stirbt im Museum.*

Zum Schluß blieb nur noch dieser Satz. Aber keiner, der ihn dachte.

7
Frauen, die helfen

»Sehr freundlich von Ihnen«, sagte Anna Gemini zu der eleganten, großgewachsenen Frau, welche so nett gewesen war, sich inmitten des Gedränges von Museumsbesuchern kurz um Carl zu kümmern.

Anna hatte erklärt gehabt, die Toilette aufsuchen zu wollen, wohin sie ihren Sohn weder mitnehmen könne noch wolle. Ein Vierzehnjähriger, behindert oder nicht, habe schlichtweg nichts auf einem Damenklo verloren. Andererseits verbiete es sich, das Kind einfach alleine zu lassen, auch wegen jener Kunstwerke, die man nun mal nicht berühren dürfe wie Obst am Früchtestand.

Im Grunde hatte Anna niemand Bestimmten gebeten, ihr zu helfen, sondern – ohne etwa laut zu werden – in die Menge hineingesprochen. Und da war nun eben jene attraktive, auffällig damenhafte und auffällig langbeinige Person auf sie zugeschritten und hatte sich ohne viel Gerede bereit erklärt, auf den Jungen achtzugeben. Soweit das überhaupt nötig sei.

Nachdem Anna nun wieder zurückgekehrt war, berichtete die Frau, daß sie und Carl großen Spaß miteinander gehabt hätten.

»Max! Ax! Fax!« posaunte Carl, nahm eine Halbprofil-Pose ein und vollzog eine Grimasse, die in der erstaunlichsten Weise an Dürers Porträt Kaiser Maximilians I. erinnerte. Obgleich Carl eine ziemlich gerade, nicht sonderlich große Nase besaß, gelang es ihm, die markante Biegung des kaiserlichen Zinkens mittels einer Art von Nasenverkrampfung darzustellen.

»Ihr Sohn«, sagte die freundliche Dame, »besitzt einen ungemein genauen Blick. Das erlebt man selten bei größeren Kindern. Umso älter sie werden, umso mehr stumpfen ihre Sinne ab. Mit achtzehn können sie dann kaum noch einen Vogel von einem anderen unterscheiden. Und halten jedes Gemälde, das sie nicht verstehen, für einen Picasso. Und jede Vase für eine chinesische. Bei ihrem Sohn wird das anders sein.«

»Schön, daß Sie das glauben. Jedenfalls danke ich Ihnen«, sagte Anna.

»Ich danke Ihnen«, erwiderte die Frau, reichte Anna die Hand, verabschiedete sich und ging.

Als Anna und Carl eine Weile später die Dürerausstellung verließen und zur Haupttreppe gingen, drangen bereits deutlich die Geräusche großer Erregung und Hektik nach oben. Von der Straße her waren die Sirenen von Polizei und Rettung zu vernehmen. Anna Gemini wußte natürlich, daß die Sanitäter allenfalls eine Betreuung jener Personen würden übernehmen können, die beim Anblick des Toten einen Schock erlitten hatten. Denn tot war der Mann mit Sicherheit. Wobei sie leider nicht hatte verhindern können, daß er mit dem Hinterkopf voran auf den Boden gestürzt war und solcherart eine ziemlich ruhmlose Position eingenommen hatte. Wie jemand, der an einer Turnübung scheitert und nun in diesem Scheitern verharrt.

Anna unterließ es ganz prinzipiell, ihre Opfer nachträglich anzufassen, selbst mit Handschuhen nicht, da ja auch Handschuhe durchaus Spuren hinterließen. Aber um Spuren ging es nicht wirklich. Es ging um Pietät. Es gehörte sich nicht, jemand umzubringen und dann etwa nach seiner Halsschlagader zu tasten, als wäre man sein Freund und Arzt. Oder eben seine Position verändern, als hätte man die Aufbahrung zu verantworten.

Unten an der Treppe wurden Anna und Carl zusammen mit anderen Besuchern zurückgehalten, um Teilen des Einsatzkommandos einen freien Weg in das Brassaïsche Schattenreich zu gewährleisten. Man hätte meinen können, die Bewältigung eines Geiseldramas sei hier in vollem Gange, derart rasant und motiviert wirkte die Bewegung der bewaffneten Polizisten, welche durch die Halle eilten und sowohl über die Rolltreppe als auch den Aufzug sich dem Toten auf die konzentrierteste Weise näherten. Geradeso, als sei die Bedrohung, die von einem einzelnen Toten ausging, ungleich animierender.

Aus alldem ergab sich eine für Anna nicht ganz einfache Situation, da sich in ihrer Handtasche jene mit einem Schall-

dämpfer versehene Pistole befand. Aber es entsprach nun mal
ihrem Prinzip, sich unter keinen Umständen augenblicklich von
einem Tatort zu entfernen. Schon allein, um Carl nicht zu hetzen. Davon abgesehen hatte sie Eile noch nie leiden können.
Eilige Menschen erschienen ihr als deformiert, verwittert und
ausgespült.

Aber natürlich existiert auch eine Eile, die aufrecht und gerade daherkommt. Und genau mit einer solchen kontrollierten
Rasanz hatte man das Gebäude der Albertina abgeriegelt. Nicht
zuletzt, da rasch klar gewesen war, daß es sich bei dem Erschos-
senen um einen norwegischen Diplomaten handelte, was der
Angelegenheit eine überaus heikle Bedeutung verlieh. Und den
Druck auf die Beamten erhöhte. Sie waren angewiesen worden,
keine der üblichen zwangsläufigen Fehler zu begehen. Man
wollte sich nicht später von irgendwelchen skandinavischen
Affen vorwerfen lassen, geschlafen zu haben.

Tatsächlich operierte die Wiener Polizei in der aufgewecktes-
ten Weise und versperrte sämtliche Ein- und Ausgänge, sodaß
also eine beträchtliche Anzahl von Museumsbesuchern gewissermaßen in der Wiener Polizeifalle saß. Jeder, der das Gebäude
verlassen wollte, mußte sich einer Kontrolle unterziehen, da
man scheinbar den Täter und die Tatwaffe noch im Gebäude
vermutete. Oder ganz einfach eine solche Möglichkeit – ob
wahrscheinlich oder nicht – in Betracht zog.

Nachdem der Platz vor der Treppe wieder freigegeben worden war, gelangten Anna und Carl in das dem Ausgang vorgelagerte Atrium, in dem sich Hunderte aufgeregter und in ihrer
Aufregung ungemein gutgelaunter Menschen befanden. Kaum
jemand wußte, was genau geschehen war. Man hoffte, daß es
etwas Bedeutendes sein würde und man sodann die eigene Zeu-
genschaft langfristig würde kultivieren können. Und dies alles
unter dem Bannstrahl der Dürerschen Jahrtausendkunst.

Während Anna noch überlegte, in welcher Weise sie zusammen mit ihrem Jungen und zusammen mit einer problemati-
schen Handtasche nach draußen gelangen könnte, vernahm sie
eine Stimme hinter sich, die ihr zu gelten schien. Sie wandte sich
um. Ein junger Mann war herangetreten und bat sie, ihr freund-
licherweise zu folgen.

Anna unterließ es, sich zu erkundigen, was das zu bedeuten habe. Auch wurde sie in keiner Weise nervös. Sie war jemand, der die eigene Nervosität hinauszuzögern verstand, wie etwa den Appetit oder den Schlaf.

In der Ferne erkannte sie jetzt – in einem abgesperrten Bereich – jene vornehme, langbeinige Person, die sich zusammen mit Carl über Maximilian I. und seine spezielle Physiognomie amüsiert hatte. Von Amüsement war nun natürlich keine Rede mehr. Die Frau stand steif und ernst in einer Runde von Männern, die sich an dieser Stelle die Verantwortung teilten. Die Verantwortung nämlich, später nicht als österreichische Schlafmützen vor der Welt dazustehen.

Nachdem auch Anna und Carl in einen isolierten Bereich geführt worden waren, trat ein Mann auf sie zu, der sich als ein Kriminalbeamter vorstellte.

»Frau Gude«, begann er, »hat mir gesagt, Sie seien eine Freundin, und ich solle mich darum kümmern, Sie und Ihren Sohn aus dem Gebäude zu bringen.«

»Eine Freundin?«

»So sagte Frau Gude«, erklärte der Polizist und zeigte auf die steife, ernste Frau.

»Ach wissen Sie«, sagte Anna, »die Dame war so freundlich, mir mit meinem Jungen zu helfen.«

Der Inspektor betrachtete Carl, registrierte die weiträumigen Bewegungen, den ausufernden Blick, den schräg gestellten Kopf, die gespitzten Lippen, vernahm einzelne befremdliche Laute und meinte nun zu verstehen. Er sagte: »Frau Gude möchte nicht, daß Sie hier drinnen, zusammen mit Ihrem Kind, ewig warten müssen.«

»Das ist sehr liebenswürdig von ihr.«

Das fand auch der Polizist und sagte: »Bemerkenswert, daß sie in einer solchen Situation noch die Kraft hat, sich um andere zu kümmern. Eine faszinierende Frau.«

»Was ist denn überhaupt geschehen?« fragte Anna Gemini.

»Der Botschafter, Herr Gude, kannten Sie ihn?«

»Nein, wie ich schon sagte, ich habe die Dame eben erst kennengelernt. Ich wußte nicht einmal ihren Namen.«

»Ihr Mann, er wurde erschossen.«

»Um Himmels willen.«

Mehr sagte Anna nicht. Mehr wäre ihr peinlich gewesen. Peinlich vor Gott, welcher ja vielleicht die Tötung eines Mannes akzeptieren konnte, aber sicher keine wilden Lügen und schon gar keine Scheinheiligkeit.

Mehr sagte auch der Polizist nicht. Es war nicht sein Job, Details an jemand weiterzugeben, der mit dieser Sache nichts zu tun hatte. Vielmehr bestand sein Job darin, dieser Frau und ihrem Jungen eine unnötige Leibesvisitation zu ersparen. Ohnehin würde es eine saublöde Arbeit werden, ein paar hundert Museumsbesucher zu überprüfen, darunter sicher Leute, die eine solche Behandlung als persönliche Beleidigung auffassen und lautstark protestieren würden. Eine undankbare Aufgabe für die Polizei. Wieviel besser war es da, zwei Unbeteiligte aus dem Gebäude zu geleiten. Und dabei als ein höflicher Mensch auftreten zu dürfen.

»Soll ich Sie nach Hause fahren lassen?« fragte der Beamte, nachdem man durch das Museumsrestaurant und eine Absperrung nach draußen gelangt war.

»Aber warum denn?« staunte Anna und erklärte, alles sei in bester Ordnung und sie bedanke sich herzlich

»Gut. Dann verlasse ich Sie jetzt.«

»Könnten Sie bitte dieser Dame...«

»Frau Gude«, sagte der Polizist.

»Richten Sie ihr aus, er täte mir so leid für sie.«

Der Polizist preßte die Lippen zusammen, nickte und ging zurück in das Gebäude.

War Anna Gemini nun doch noch ins Lügen verfallen, indem sie gemeint hatte, es täte ihr leid für Frau Gude, einer Person, die im Moment vielleicht ein klein wenig angespannt sein mochte, aber sicher nicht unglücklich?

Nun, irgend etwas Passendes hatte Anna zum Abschluß natürlich sagen müssen, das war eine Frage des Anstands. Immerhin war ein Mann gestorben. Und der Tod eines Menschen, gleich welche Hintergründe er besaß, mußte nun mal in einer kondolierenden Weise unterstrichen werden. Auch hatte es eine Art von Gruß an Frau Gude sein sollen, welcher Anna ja niemals wieder zu begegnen gedachte. Und der sie heute zum ersten Mal persönlich über den Weg gelaufen war. Bloß zwei Telefongespräche waren zuvor geführt worden. Und da Anna allein das Aussehen des Botschafters in Erfahrung gebracht hatte, nicht aber das seiner Frau, hatte sie auch nicht wissen können, daß ausgerechnet ihre Auftraggeberin es gewesen war, welche die Freundlichkeit besessen hatte, sich kurz um Carl zu kümmern. Was Anna im Rückblick betrachtet, als überaus passend, ja stimmig empfand. Und als tröstlich.

Auch Magda Gude war es ähnlich ergangen. Auch sie hatte diesen Akt der Beihilfe als beruhigend empfunden. Wie Heiligenbildchen einen beruhigen.

Die Sache selbst hatte hingegen aus Zufall und Improvisation bestanden. Dieses spezielle Improvisationstalent von Frauen war schon eine bemerkenswerte Sache. Bevor Männer eine Entscheidung revidierten oder einen Zufall als Chance erkannten, waren sie tot oder bankrott oder machten eine lächerliche Figur. Eigentlich hätte man sich wünschen müssen, daß in Zukunft die Leitung militärischer Auseinandersetzungen weiblichen Personen überlassen bliebe. Nicht, weil dann mit weniger Brutalität zu rechnen war, aber doch mit mehr Esprit. Man stelle sich vor: ein raffinierter, ansprechender Krieg. Ein Krieg wie ein Kostüm, das sitzt. Wie ein Ring, der paßt.

Die fünfzigtausend Dollar würden also nicht von einer Frauenhand in die andere wandern, sondern über einige komplizierte, aber notwendige Umwege auf Annas monegassischem Konto landen, wo sich das Geld gewissermaßen ausruhen sollte, bevor es einer sinnvollen Verwendung unterzogen werden konnte. Übrigens war es jener Immobilienmakler Clemens Armbruster, der immer stärker die Verwaltung von Annas Finanzen übernommen hatte. Solcherart dauerhaft seine Liebe auslebend. Was ein Aspekt war, den Anna Gemini sich in keiner Weise eingestand. Sie stellte nur fest, daß dieser Mann mit Geld umgehen konnte und daß er nur Fragen stellte, die er auch wirklich stellen mußte.

Das Smoleksche Prinzip wiederum, den Ermordeten die Ermordung selbst bezahlen zu lassen, besaß derart viel Charme und moralische Kraft, daß Anna Gemini auch bei Aufträgen, die ohne Vermittlung Smoleks zustande kamen, sich daran hielt. Unbedingt daran hielt.

Der Tod eines Menschen bereitete ihr wie üblich keine Gewissensbisse, obwohl ihr dieser Mann und Botschafter auf den ersten und gleichzeitig letzten Blick nicht unsympathisch gewesen war. Aber wenn sie einmal soweit war, ihre Waffe aus der Handtasche zu ziehen, spielte Sympathie natürlich keine Rolle mehr. Das hätte sie sich dann früher überlegen müssen.

III

Orte & Worte

Wenn man sich den Schmerz des Andern nach dem Vorbild
des eigenen vorstellen muß, dann ist das keine so leichte Sache:
da ich mir nach den Schmerzen, die ich *fühle*,
Schmerzen vorstellen soll, die ich *nicht fühle*.

PHILOSOPHISCHE UNTERSUCHUNGEN, LUDWIG WITTGENSTEIN

8
Inzersdorf und seine Russen

Der Sommer, der sich in diesem Jahr wie eine getrocknete Frucht gehalten hatte und dieses ganze Europa in eine schwitzende, stöhnende, sich selbst permanent in Wetterdiskussionen und Wetterklagen verstrickende, sensible Land- und Menschenmasse verwandelt hatte, dieser Sommer also mit seinem Flair des Ewigen, war nun vorüber. Die Menschen taten, als sei das ein Wunder, als hätten sie ernsthaft befürchten müssen, um einen kommenden Herbst betrogen zu werden. Beinahe war es so, daß die hysterische Klimadebatte des Sommers sich dadurch fortsetzte, daß das Doch-noch-Erscheinen des Herbstes als ein mysteriöser Umstand erlebt wurde, als eine nicht erwartete Normalität, die somit nicht wirklich normal war, sondern ebenfalls ein untrügliches Zeichen dafür, daß etwas nicht stimmte. Mit der Welt nicht und mit dem Wetter sowieso nicht.

An einem dieser finsteren Oktobertage, da die Wolken wie ein schwarzes Schaumbad über Wien standen, trat Anna Gemini mit ihrem Sohn durch das kleine, aber massive Tor des Inzersdorfer Friedhofes. Sie trug einen dunklen, knielangen Mantel, schwarze, glatte Stiefel und eine schwarze Strickhaube, unter der sie ihr Haar fest zusammengeschraubt hatte. So wie es sich gehört. Sie mochte es nicht, wenn die Menschen auf geweihter Erde herumliefen wie in Supermärkten oder auf Fußballplätzen. Das war ihr unverständlich, diese Verfreizeitlichung jeglicher Bekleidung, als sei es vollkommen gleichgültig, an welchem Ort man sich gerade aufhielt, als seien ein paar häßliche Leggins geeignet, immer und überall getragen zu werden.

Auch Carl trug schwarz. Allerdings hatte ihm seine Mutter Mantel und Anzug erspart. Statt dessen schlurfte er in der üblichen überdimensionierten Allwetterausrüstung an den Gräbern vorbei, die Mütze tief ins Gesicht gezogen, scheinbar schwermütig, vielleicht auch nur gelangweilt. Jedenfalls gab er keinen Ton von sich, imitierte also auch nicht – wie er das sonst gerne tat – das Rauschen der Bäume, sondern drehte bloß einen Finger propellerartig durch die Luft, wie um einen Wirbelsturm zu begründen.

»Ein Freund?« fragte Anna, nachdem sie hinter Kurt Smolek zu stehen gekommen war.

»Wer?«

»Na, der Tote.«

»Ach, ich stehe hier nur, um mir die Leute anzusehen.«

»Und was sehen Sie?«

»Menschen in Mänteln.«

»Nicht mehr?«

»Die Trauer hält sich in Grenzen. Sogar die Heuchelei. Komischer Toter, der so rein gar nichts auszulösen vermag.«

»Was verlangen Sie?« fragte Anna. »Tränen? Zusammenbrüche?«

»Ein wenig mehr Blumen würden schon reichen. Es ist ein dunkler Tag. Blumen wären kein Fehler. Na, lassen wir das. Gehen wir hinüber zu den Russen.«

Mit den »Russen« meinte Smolek jene mit Steinen und Ketten und roten Sternen umgrenzte Fläche, die die intime Größe eines Schrebergartens besaß und in deren österreichischer Erde gefallene Soldaten der Roten Armee bestattet lagen. Ein monolithischer Grabstein erhob sich aus einem Grund aus rostigem Laub. Das Rot der Sterne, die aus niedrigen Pfeilern wuchsen, bröckelte, besaß aber dennoch – erst recht an diesem lichtfaulen Tag – eine illuminierende Kraft. Überhaupt schienen diese Sterne mit einem Zauber versehen zu sein, wie man das von Märchen kennt, in denen eine Menge guter Menschen in Gegenstände oder Tiere verwandelt werden. Jedenfalls konnte man trotz einer gewissen Schäbigkeit den Eindruck bekommen, daß hier die Sowjetunion noch existierte, daß sie richtiggehend blühte, mittels dieser Sterne in die Welt hinausblühte, zumindest in die Inzersdorfer Welt.

Inzersdorf beherbergt einen kleinen Teil des südlichen Stadtrands von Wien, besitzt den Charme jener Gesichtslosigkeit, welche ein Gesicht bildet, und ist einigermaßen berühmt geworden durch seine gleichnamigen Fleischkonserven. Fleischkonserven und Sowjetunion, das paßte gut zusammen. Auch die Sowjetunion lagert in einer Konserve. Und jetzt war nur noch die Frage, ob jemand den richtigen Dosenöffner besaß. Und wie die Sache mit den Konservierungsstoffen ausgegangen war.

Hinter dem Grabmal roter Sterne, gegen die Wand der Friedhofsmauer gedrückt, lagen die Ruhestätten jener alten Bürger, die noch als Fabrikanten und Hausbesitzer gestorben waren, als Fräuleins und unvergeßliche Gattinnen. Smolek mochte diese Ecke, in welcher Großbürger und Rotarmisten in denselben Boden gezwungen worden waren, praktisch in ein und dasselbe Zimmer. Gottes Käfig, wenn man so will.

Wobei nun Smolek sicher kein verkappter Kommunist war. Ebensowenig ein Freund von Fabrikanten. Die Mischung aber gefiel ihm.

Dieser Ort war es nun, an dem sich Smolek vorzugsweise mit Anna Gemini traf. Wollte er mit ihr in Kontakt treten, so rief er sie an und brauchte nur einen Tag und eine Uhrzeit zu nennen. Anna wußte dann, daß man sich bei den »Russen« oder zumindest in der Nähe der »Russen« treffen würde, so inkorrekt die Bezeichnung im Falle einer Vielvölkerarmee auch sein mochte.

Carl überstieg eine der bodennahen Ketten, die die Grabfläche der Rotarmisten begrenzten, stellte sich an die beschriftete Platte, die in die Front des Obelisken eingelassen war, und fuhr mit seinem Finger von einem kyrillischen Buchstaben zum nächsten, was nun den Eindruck machte, als entziffere er mühsam einen Namen nach dem anderen. Nicht, daß er etwa Russisch gekonnt hätte.

Manchmal erschien es Anna, ihr Kind treibe eine sehr spezielle Form von Hochstapelei. Als besitze Carl einen Verstand, der gerade ihn, den Behinderten, zu der Einsicht geführt hatte, wie nötig es sei, etwas Ungewöhnliches und Rätselhaftes zu tun. Nicht, daß Anna einige besondere Begabungen ihres Sohnes bezweifelt hätte. Aber sie sah, daß Carl übertrieb, mitunter auch schauspielerte. Daß er bemüht war, eine Art Wunderkind vorzuspiegeln.

Smolek riß Anna aus ihren Überlegungen heraus, indem er so kurz wie behutsam ihren Arm berührte, geradeso, als überzeuge er sich bloß von der Realität dieses Arms.

Anna wandte sich ihm zu und fragte: »Um wen geht es?«

»Der Mann heißt Janota, Apostolo Janota.«

»Meine Güte, was für ein Vorname«, stöhnte Anna Gemini, die in bezug auf Namen eigentlich den Mund hätte halten müssen. »Ich meine, für jemand, der Janota heißt.«

»Könnte sich um einen Künstlernamen handeln«, spekulierte Smolek.

»Künstelt der Mann?«

»Er ist Komponist.«

»Das ist einer von diesen Berufen«, sagte Anna, »die den Klang von etwas Ausgestorbenem besitzen.«

Da hatte sie recht. Komponist hörte sich an wie Feldmarschall. Nur, daß Feldmarschalls tatsächlich zur Vergangenheit zählten. Komponisten aber, richtige Komponisten mit Komponistenpathos, mit dieser ganzen Ernste-Musik-Attitüde, erinnerten an Viecher aus Urzeiten, die auch heute noch lebten. Ohne das klar war, wozu das gut sein sollte.

Smolek erklärte, daß der vierzigjährige Janota durchaus mit beiden Beinen im Geschäft stehe, weniger mit seinen Opern und kammermusikalischen Klangteppichen im Stil eines undogmatischen Minimalismus als mit seiner Filmmusik, dank derer er zu den erfolgreichsten seines Faches gehöre. Mehr erfolgreich als berühmt. Jedenfalls erfolgreich genug, um über jene Geldsumme zu verfügen, mit der die Bezahlung einer möglichen Liquidation seiner Person durch ihn selbst erfolgen müßte. Freilich sei noch ungeklärt, wie man an dieses Geld herankomme. Aber das würde nicht das Problem sein.

Nun, das war es erstaunlicherweise noch nie gewesen.

»Verdient er den Tod«, fragte Anna, »unser apostolischer Tscheche? Ich frage nur interessehalber.«

»Das kann ich nicht beurteilen«, sagte Smolek. »Die Auftraggeberin hält sich sehr bedeckt. Sie möchte mit Ihnen persönlich sprechen.«

»Wie? Das würden Sie zulassen? Einen derartigen Regelbruch.«

103

»Ich bin auch nicht zufrieden damit. Aber das ist eine von diesen alten Damen, an deren Sturheit man sich die Zähne ausbeißt.«

»Wie alt?«

»Ich weiß nicht genau. Eher neunzig als achtzig. Sie sitzt im Rollstuhl, wirkt aber so, als könnte sie in diesem Stuhl noch eine kleine Ewigkeit aushalten. Der Typ, der nicht sterben will. Zumindest nicht, bevor alles erledigt ist. Ich habe ihr bereits angekündigt, daß wir unter den gegebenen Umständen möglicherweise ablehnen werden.«

»Was ist sie für ein Mensch?« fragte Anna Gemini.

»Verbittert, aber kraftvoll. Nicht ohne Humor, aber eben ein galliger Humor. Sie lebt drüben in Liesing, im öffentlichen Pflegeheim.«

»Nicht gerade der vornehmste Platz.«

»Nein, bei Gott nicht.«

»Und wie kam sie dorthin?«

»Wie es scheint freiwillig. Offensichtlich hält sie diesen Ort für einen halbwegs sicheren.«

»Wieso sicher?«

»Sicherer als draußen. Sie fühlt sich bedroht.«

»Von diesem Janota?«

»Wahrscheinlich. Auch wenn mir Herr Janota weder als Bestie noch sonderlich durchtrieben vorkommt.«

»Sie kennen ihn?«

»Ich habe ihn mir angesehen. Anläßlich eines Konzerts.«

»Und seine Musik. Was ist davon zu halten?«

»Fragen Sie mich etwas Leichteres. Mein Gehör ist eine kleine Wand, an der alles abprallt, was nach Mahler kommt.«

Anna Gemini produzierte eine Kerbe zwischen ihren Augen. Es sah aus, als halte sie es für fatal, die Musikgeschichte ausgerechnet mit Mahler enden zu lassen. Sodann betonte sie die Merkwürdigkeit der Konstellation, die hier bestehe. Eine mittellose Rentnerin, die sich den Tod eines Komponisten wünsche.

»Sind die beiden verwandt?«

»Ich weiß es nicht.«

»Sie wissen doch sonst alles.«

»Diesmal ist es eben anders.«

»Und trotzdem wollen Sie, daß ich den Fall übernehme?«

»Eigentlich nicht.«

»Aber?«

»Da ist jemand«, sagte Smolek, »dem ich sehr verbunden bin und der sich wünscht, daß ich der alten Dame beistehe. Aber wie gesagt, die alte Dame ist ein Dickschädel. Und sie scheint begeistert von der Vorstellung, daß nicht ein Killer, sondern eine Killerin Janota töten könnte. So begeistert, daß sie sich unbedingt Ihnen, und nur Ihnen, erklären möchte.«

»Und wer ist das, lieber Herr Smolek, dem Sie sich derart verbunden fühlen?«

»Ach bitte ... Sie wissen doch ganz gut, daß ich Ihnen so etwas nicht sagen darf. Ein Prinzip. Ein strenges dazu.«

»Na schön. Aber was ist mit dem Prinzip, mich von den Auftraggebern fernzuhalten? Sie wissen doch, Intimitäten stören. Der wunderbarste Mensch wird einem unleidig, wenn man ihm persönlich begegnet. Und umgekehrt.«

»Sie übertreiben.« Smolek beutelte sich wie von Schnee befallen. Zu Ende gebeutelt sagte er: »Allerdings haben Sie recht. Regeln sollte man einhalten. Andererseits zeigt sich der tiefere Sinn einer Regel erst in dem Moment, da man sie durchbricht.«

»Und danach«, folgerte Anna, »ist es dann meistens zu spät, aus der Erkenntnis einen Nutzen zu ziehen.«

»Ja, das ist bedauerlich«, sagte Smolek. »Trotzdem würde ich vorschlagen, Sie fahren nach Liesing.«

»Ich dachte, Ihnen wäre lieber, ich lehne ab.«

»Reden Sie mit der alten Dame. Sie heißt Mascha Reti. Hören Sie sich an, was sie zu erzählen hat. Sie können dann immer noch nein sagen.«

»Ich fühle mich unwohl bei dieser Geschichte«, meinte Anna. »Bei aller Neugierde, wie ich zugeben muß. Aber ich habe Verantwortung für ein Kind. Ich kann es mir nicht erlauben, Fehler zu machen.«

»Ich denke nicht, daß Frau Reti verrückt ist. Und über das Risiko kann man ja noch gar nichts sagen.«

»Ich merke schon, Sie sind diesmal nicht objektiv.«

»Nein, bin ich nicht. Machen Sie mir einfach die Freude, sich die Sache anzusehen.«

»Warum sollte ich Ihnen eine Freude machen?« fragte Anna.

»Um zu probieren, wie das ist«, schlug Smolek vor.

Anna vollzog eine Grimasse, die ihren Schmerz offenbarte. Den Schmerz, sich nicht wirklich wehren zu können. Mit einer dieser Küchenreinigerbewegungen wischte sie die offenen Fragen zur Seite und erklärte sich bereit, Frau Reti zu treffen. Um wenigstens zu erfahren, warum denn ausgerechnet ein Komponist sterben solle. Was allein schon phantastisch klinge.

Smolek nickte, wobei er nicht etwa erleichtert oder erfreut wirkte. Sein Gesicht war ein grauer Fleck vor grauem Hintergrund. Kaum vorstellbar, daß dieser Mann auch nur halbwegs weiße Zähne besaß. Tat er aber. Allerdings waren sie so gut wie nie zu sehen. Sie blitzten nicht. Auch wenn er lachte nicht, soweit man sagen konnte, dieser Mann würde lachen.

»Wann soll ich Frau Reti treffen?« fragte Anna Gemini.

»Morgen. Drei Uhr. Sie wird dann im Anstaltspark zu finden sein, gleich wie das Wetter ist. Sie scheint auch so ihre Prinzipien zu haben.«

»Und ist klug genug, sich daran zu halten«, meinte Anna und winkte ihrem Sohn. »Es ist Zeit für uns. Wir müssen gehen.«

»Eine Frage noch«, hielt Smolek sie zurück. »Die Ermordung dieses norwegischen Botschafters, hatten Sie damit etwas zu tun? Ganz Ihr Stil, fand ich, wenn man das Fehlen eines persönlichen Stils bedenkt.«

»Nicht, daß ich wüßte, je einem Botschafter begegnet zu sein«, sagte Anna, faßte Carl an der Schulter, und gemeinsam verließen sie den Friedhof.

Smolek blieb noch lange stehen. Er blickte auf die Russen, auf die roten Sterne, schob dann seinen Kopf ins Genick und sah in den wolkenverhangenen, tiefliegenden Himmel wie in einen Spiegel.

9
Kein Wurm

Am frühen Nachmittag des nächsten Tages fuhren Anna und Carl hinüber nach Liesing und betraten die weitläufige Parkanlage des Geriatrischen Zentrums. Früher hatte es Pflegeheim geheißen. Aber offensichtlich störte man sich neuerdings an einem solchen Begriff, wie man sich ja an einer Menge dieser alten und unmißverständlichen Wörter störte und begonnen hatte, Schwammigkeit mit Würde zu verwechseln. Es war jedoch kaum würdevoll zu nennen, Begriffe durchzusetzen, die richtig auszusprechen, Mühe bereitete. Geriatrie war ein dämlicher Zungenbrecher, ein Wort, das sich einem solange im Mund verdrehte, bis man dann eben doch wieder von Altenpflege redete.

Es war kalt. Der Wind klopfte die Regentropfen der vergangenen Nacht von den Bäumen. Was nichts daran änderte, daß sich Frau Reti wie angekündigt im Freien aufhielt. Sie saß ohne Decke in ihrem Rollstuhl, ohne Hut, mit einem dünnen Mantel bekleidet, weißhaarig, hager, sonnengebräunt, ganz der unerbittlich vitale Leni-Riefenstahl-Typus. Hinter ihr, eine Zigarette rauchend, stand ein großer, schlanker Mann, der eine dunkelgrüne Jacke über seiner weißen Dienstkleidung trug.

Mascha Retis Stimme war fest, nicht ohne den einen oder anderen Sprung, aber eben fest, wie eine dieser gekitteten Kaffeetassen, die dann ewig halten. Sie sagte: »Schön, liebe Frau Gemini, daß Sie sich entschlossen haben, mich zu besuchen.«

Anna nickte, wies neben sich und sagte: »Das ist mein Sohn Carl.«

»Grüß dich, Carl.«

Der Junge gab einen freundlichen Ton von sich und verzog seinen Mund, wie auch die alte Frau ihn beim Sprechen krümmte. Es war ein deutliches Zeichen für Carls Sympathie, das Gesicht einer Person zu kopieren. Ein Zeichen, welches Frau

Reti zu verstehen schien. Sie lächelte, und zwar nicht mit diesem milden, trotteligen Ausdruck, wie viele alte Menschen meinen, man erwarte derartiges von ihnen, nein, ihr Lächeln besaß dieselbe verklebte Festigkeit, die auch ihrer Stimme eigen war.

Sodann drehte sie ihren Kopf ein kurzes Stück rückwärts und erwähnte den Mann hinter sich: »Herr Thanhouser ist der gute Geist an meiner Seite. Ich könnte auch sagen, der starke Mann. Denn einen solchen habe ich nun mal nötig. Ich rede nicht von meiner Gebrechlichkeit. Einen Rollstuhl anzuschieben, bedarf es keiner besonderen Kräfte. Diese Geräte fahren praktisch von alleine. Auch ohne Motor. Eher bedarf es jemand, der hin und wieder auf die Bremse drückt. Nicht wahr?«

Thanhouser verdrehte die Augen.

»Hören Sie auf«, sagte die alte Dame, die ihren Pfleger gar nicht sehen konnte, »die Augen zu verdrehen. Ich kann es hören, wenn Sie das tun. Es knirscht.«

Entgegen dieser Behauptung muß gesagt werden, daß die Augenverdrehung Thanhousers eine maßvolle gewesen war. Mehr ein Räuspern seiner Pupillen. Jedenfalls meinte Anna weder die typische Genervtheit noch die leise Verachtung eines von schlechter Bezahlung und Überstunden gequälten Krankenpflegers zu erkennen. Freilich ebenso wenig die glühende Herzensgüte eines Idealisten. Hier machte jemand seinen Job und schien damit im reinen zu sein. Verwirrend war nur sein Name, Thanhouser. Der Name paßte ganz und gar nicht zu diesem Mann, dessen dunkler Teint in die arabische Richtung wies und kaum an einen anglisierten Sänger des Wartburgkrieges denken ließ.

»Herr Thanhouser«, berichtete Frau Reti von sich aus, »stammt aus Ägypten. Er war einige Zeit in London und dort mit einer Frau Thanhouser verheiratet, deren Namen er angenommen hat.«

»Ich bin noch immer verheiratet«, sagte Thanhouser in einem Deutsch, das die fremden Akzente wie unter einer Heizdecke beherbergte.

»Das ist unwichtig«, bestimmte die alte Dame. »Darum sind wir nicht hier. Ich wollte nur geklärt haben, weshalb Sie heißen, wie Sie heißen.« Und an Gemini gewandt: »Entscheidend ist, daß Herr Thanhouser mich beschützt. Das ist natürlich nicht seine offizielle Aufgabe. Allerdings habe ich ihn überreden können, ein wenig mehr auf mich achtzugeben, als es seine Pflicht wäre. Genaugenommen tut er nichts anderes. Wenn er sich um andere Patienten kümmert, dann nur, um das letzte Stückchen Fassade zu erhalten.«

»Wer bedroht Sie?« fragte Anna und ließ Carls Hand los. Der Junge stellte sich auf sein Skateboard, stieß sich wie eine ins Meer springende Robbe ab und glitt über die von Herbstblättern befallenen Wege.

»Das ist verboten«, sagte der Pfleger.

»Schon gut, Herr Thanhouser«, winkte Frau Reti ab. »Sehen Sie irgendeinen von unseren debilen Flaneuren? Na also. Da ist niemand, den der Junge umfahren könnte. Lassen Sie ihm gefälligst seine Freude. – Wo waren wir?«

»Wer bedroht Sie?« wiederholte Anna.

»Richtig. Deswegen sind Sie hier.«

»Das werden wir noch sehen«, meinte Anna, die Arme vor die Brust schiebend. Sie war fest entschlossen, sich von dieser offensiven, herrischen Rentnerin nicht einwickeln zu lassen.

»Thanhouser!« tönte Frau Reti. »Lassen Sie uns bitte allein.«

Der Pfleger drehte sich ohne ein Wort um, tat dann einige Schritte zur Seite, stellte sich neben eine Sitzbank und zündete sich eine weitere Zigarette an. Er wirkte gelangweilt, doch Anna bemerkte sein Adlerauge. Ein aufmerksamer Mann. Auch ein schöner. Das nebenbei.

»Sie wissen«, fragte Frau Reti, »wer das ist, den ich Sie bitten möchte, umzubringen?«

»Einen Komponisten namens Apostolo Janota. Ich bin Katholikin. Es würde mir gar nicht behagen, einem Mann mit einem solchen Vornamen etwas anzutun.«

»Pah! Der Mann ist ein Schwein. Kein Vorname kann daran etwas ändern. Er hat meine Enkelin auf dem Gewissen.«

»Sie ist tot?«

»Sie ist verrückt. Was nicht sein müßte. Unser Herr Komponist hat sie in den Wahnsinn getrieben. Und zwar gezielt.«

»Zu welchem Zweck?«

»Das herauszufinden, wäre eine interessante Aufgabe. Aber mir fehlt die Zeit und die Kraft, das zu tun. Natürlich, ich könnte jemand damit beauftragen. Aber das wenige Geld, über das ich verfüge, investiere ich, mir die Gunst Herrn Thanhousers zu erhalten. Und Herr Thanhouser ist kein Detektiv, sondern Leibwächter. Was soll überhaupt die Frage? Ich dachte, eine Killerin kümmert nicht, aus welchem Grund sie jemanden töten soll.«

»Ein bißchen möchte man sich doch auskennen«, sagte Anna. »Der eigenen Sicherheit zuliebe. Es geht nicht um die Frage, ob ich einen guten oder schlechten Menschen eliminiere. Vielmehr ist es so, als ginge man auf die Jagd. Und es besteht ja wohl ein Unterschied, einen Hasen, einen Hirschen oder einen Elefanten zu schießen. Oder einen Wurm. Jagen Sie mal einen Wurm.«

»Janota ist kein Wurm, sondern ein Monster. Er hat Nora jahrelang terrorisiert, sie an sich gebunden, um sie dann unentwegt von sich zu stoßen. Wie man jemand ins Gesicht boxt, während man ihn gleichzeitig zu sich herzieht.«

»Das tun Männer mitunter«, konstatierte Anna.

»Seine Art ist speziell, sehr speziell«, erklärte die Frau im Rollstuhl. »Ich hatte nie den Eindruck, daß es ihm etwa eine Befriedigung bedeutet. Da war nichts im Spiel von der Art, wie sexkranke Männer das zu tun pflegen. Sein Terror war nicht heiß, sondern kalt. Darum sage ich auch, er ist ein Monster. Nicht ein Mensch, der Macht will, weil er sie nötig hat. Kein Wurm eben. Sondern jemand, der einen Plan verfolgt. Einzig und allein diesen Plan, ohne Leidenschaft, ohne Gefühl, ohne Reue. Janota verhält sich wie ein...die jungen Leute würden sagen wie ein Programm. Er ist schlimmer als einer von diesen perversen Typen, die zwanghaft ihr Unglück in die Welt tragen und Lämmer schlachten, als könnte man damit eine Biographie ungeschehen machen. Ich kenne nicht den Sinn, der hinter Janotas Plan steht, und vielleicht existiert dieser Plan auch nur um seiner selbst willen. Aber ich weiß sicher, daß Janota kein Mensch ist, sondern eine Maschine.«

»Wie wörtlich soll ich das nehmen?«

»Wie ich es sage. Janota ist eine Apparatur, die einem Muster folgt, deren eine Aufgabe darin bestand, Nora in den Wahnsinn zu treiben, und deren andere lautet, mich zu töten. Ersteres konnte ich nicht verhindern. Wie auch? Ich bin über neunzig und sehr viel schwächer, als man vielleicht annimmt. Ich sitze im Rollstuhl. Was denken Sie, was ich von diesem Rollstuhl aus zu bewegen in der Lage bin? Ich beziehe eine kleine Rente. Die meisten der Menschen, auf die ich mich früher verlassen konnte, sind längst gestorben. Und die, die noch leben, sind keine Hilfe, sondern Pflegefälle wie ich selbst. Zu meinem Neunzigsten hat mich der Bürgermeister von Wien besucht. Was hätte ich ihm sagen sollen? Daß er meine Enkelin vor einer bösen Maschine retten soll? Einer Maschine, die soeben den Staatspreis für Komposition erhalten hatte?«

»Das wäre wohl zuviel verlangt gewesen«, meinte Anna Gemini mit dem Lächeln einer Zahnarzthilfe.

»Sehen Sie. Es blieb mir nichts anderes übrig, als freiwillig in dieses Heim zu ziehen. Ein halbwegs sicherer Ort. Die Betonung liegt freilich auf halbwegs.«

»Was ist mit Ihrer Familie?«

»Nora ist die letzte, von der ich weiß. Es mag andere Enkel geben. Irgendwo. Diese Familie ist, wenn ich das so sagen darf, vor langer Zeit explodiert. Jetzt fliegen die Teile durch die Gegend. Und nichts wird sie wieder zusammenführen.«

»Was ist mit Noras Eltern?«

»Beide tot. Woran Janota aber keine Schuld trägt. Das war vor seiner Zeit.«

»Wie können Sie eigentlich so sicher sein«, fragte Anna, »daß unser Staatspreisträger Sie unbedingt unter der Erde sehen möchte? Ich will offen sein, Frau Reti. Sie verdienen Offenheit. Sie provozieren sie.«

»Aber bitte. Gerne.«

»Sie sagten selbst, Ihnen bleibe nicht mehr viel Zeit. Warum sollte Janota jemand töten wollen, für den das Ende ohnehin nahe ist?«

»Ich habe es Ihnen doch erklärt. Er ist eine Maschine und hat einen Plan. Er kann und will sich nicht darauf verlassen, daß der Herr im Himmel mich schon morgen zu sich ruft. Es könnten noch Jahre vergehen. Natürlich, ich bin alt und kein bißchen gesund. Aber man weiß ja, wozu kranke Menschen in der Lage sind.«

111

»Das sei Ihnen zu wünschen. Würde aber nichts daran ändern, daß Sie alles andere als eine Bedrohung für diesen Mann darstellen. Ihnen sind mehr als nur Ihre beiden Beine gebunden. Sie sagten es selbst.«

»Ja und nein, liebe Frau Gemini. Immerhin stehen *Sie* hier. Janota kann sich denken, daß ich etwas unternehmen werde. Das hat mit der Gebundenheit meiner Füße nichts zu tun. Solange mein Hirn sich bewegt – und das tut es –, kann sich Janota nicht sicher sein.«

»Verzeihen Sie«, sagte Anna, »aber das ist alles sehr, sehr vage.«

Doch insgeheim begriff Anna, wie recht Frau Reti hatte. Die Tatsache, daß sie, Anna Gemini, die Killerin, erschienen war, eignete sich durchaus als Beginn einer Bedrohung für den Komponisten. Wenn nur annähernd an dem etwas dran war, was die alte Dame behauptete, und Janota um Frau Retis Entschlußkraft wußte, dann mußte er sie fürchten. Aber würde er deshalb zum Äußersten neigen, so wie Frau Reti zum Äußersten neigte? Möglicherweise war dieser Apostolo Janota in der Tat ein durchtriebener, kleiner Mistkerl, aber war er auch das Monster, als daß Frau Reti ihn, ohne ein stichhaltiges Argument anzuführen, darstellte?

Natürlich hatte es auch etwas für sich, wenn Mascha Reti meinte, es bräuchte einen Killer nicht zu interessieren, ob die Beweggründe seines Auftraggebers einen umwerfenden Charme besaßen. Entweder war die Bezahlung umwerfend oder – wenn man sich denn gegenüberstand, wie dies hier der Fall war – der Charme des Auftraggebers. Und Charme besaß die alte Dame in der Tat. Allein die Art, wie sie ihren Kopf hielt, als stehe sie auf einem eben erklommenen Berg, dessen Erstbesteigung sie für sich in Anspruch nehmen konnte. Frau Reti besaß die Gabe, ihre altersbedingte Ermattung zu veredeln. Neunzig Jahre Edelstahl.

Anna Gemini war durchaus angetan von diesem Habitus. Ihr Instinkt allerdings riet ihr, sich umdrehen und zu gehen. Augenblicklich. Das Problem aber war, sie hätte nie hierher kommen dürfen. Auch wenn sie gedacht hatte, sich jegliche Option freihalten zu können. Als schlucke man ein Stück Brot mit der Vorgabe, sich dessen Verdauung noch überlegen zu wollen.

»Wie ist das, Frau Reti«, fragte Anna, ein Scheingefecht führend, »hat dieser Janota je versucht, Ihnen etwas anzutun?«

»Ich glaube kaum, daß er persönlich erscheinen würde, mir den Hals umzudrehen.«

»Also nicht.«

»Er wird jemand schicken.«

»Einen Killer?« fragte Anna.

»Genau«, sagte Frau Reti, den Kopf anhebend. Man hätte meinen können, sie verfüge über zwei, drei zusätzliche Halswirbel. Ihr Hals schlenkerte.

»Glauben Sie wirklich«, fragte Anna, »Herr Thanhouser könnte einen solchen Killer aufhalten, zu tun, wofür er bezahlt wird?«

»Nicht wirklich, Frau Gemini. Nicht wirklich. Umso wichtiger wäre mir, Janota zuvorzukommen. Und wenn nicht, so doch zu wissen, daß auch *seine* Zeit abgelaufen ist. Ich verlange ja nicht, daß Sie morgen zu ihm hingehen und mit ihm Schluß machen. Ich weiß, daß solche Geschäfte der nötigen Vorbereitung bedürfen. Und ich weiß, daß ich mich in Ihre Arbeit nicht einzumischen habe. Sie malen das Bild. Sie bauen das Haus. Sie schreiben das Gedicht. Und ich bezahle das alles nicht einmal. Könnte mir das auch gar nicht leisten.«

»Ja, für die Bezahlung würde Herr Janota selbst aufkommen müssen.«

»Ein reizvoller Gedanke.«

»Kennen Sie Kurt Smolek?« fragte Anna, sich endgültig von ihren Prinzipien verabschiedend.

»Nicht persönlich. Man sagte mir, er sei der Mann, der die Vermittlung vornimmt.«

»Wer hat das gesagt?«

»Eine Freundin, die ich um Hilfe gebeten habe.«

»Hat die Freundin einen Namen?«

»Nein«, sprach Frau Reti, einen ihrer Halswirbel zurücknehmend.

»Auch egal«, meinte Anna. »Ich werde so oder so ablehnen, obwohl es mir leid tut. Denn ich mag Sie. Aber das spielt hier keine Rolle. Smolek wird jemand anders finden müssen. Er macht das schon.«

113

»Es wäre mir lieb gewesen, eine Frau hätte den Fall übernommen. Eine Frau wie Sie ...«

»Werden Sie nicht larmoyant oder politisch, das paßt nicht zu Ihnen.«

»Sie haben recht. Entschuldigen Sie. Jedenfalls war es freundlich von Ihnen, mich besucht zu haben.«

»Ich war neugierig«, sagte Anna.

»Da wäre noch ... könnte ich Sie dennoch um einen kleinen Gefallen bitten?«

»Wie klein?«

»Nora. Sie ist jetzt in der Anstalt von Steinhof untergebracht. Wie eine Irre. Nun, sie ist ja auch eine Irre. Eine Irre geworden. Thanhouser fährt mich so oft wie möglich hin. Obgleich es mir das Herz bricht, sie zu sehen. Redet kein Wort, und ihr Blick ist eine Mauer, hinter der sie sich begraben hat. Sie ist taub für alles, was die Welt ist.«

»Was soll ich tun?« fragte Anna mit ansteigender Schärfe.

»Besuchen Sie Nora.«

»Wozu? Um dann ebenfalls eine Larmoyanz zu entwickeln? Und vor lauter Betroffenheit meine Meinung zu ändern? Nein!«

»Da ist niemand außer mir, der sich um das Kind kümmert.«

»Wie alt ist dieses sogenannte Kind?«

»Für mich war sie immer nur ein Kind, nie eine Frau. Sie ist zweiundvierzig. Aber was heißt das schon? Sie sieht auch aus wie ein Kind. Mehr denn je. Sie werden sehen.«

»Werde ich nicht«, sagte Anna, die nun ärgerlich wurde. Mascha Reti verspielte gerade ihren Charme. Sie verhielt sich dumm und verlor ihre trickreiche Altdamenwürde, mit der sie Anna für sich eingenommen hatte.

»Auf Wiedersehen, Frau Reti! Passen Sie auf sich auf.«

»Herr Thanhouser wird so frei sein.«

Anna nickte. Und nickte in der Folge auch hinüber zu jenem mächtigen Ägypter, der eine frische Zigarette wie einen Hundekuchen fallen ließ und sich zurück zu seiner in jeder Hinsicht Schutzbefohlenen begab.

Eine Weile noch sah Anna ihrem Sohn zu, wie er seine Schlangenlinien zog. Er war mitnichten ein begnadeter Skateboarder, wobei sein gekrümmtes Rückgrat und seine motorischen Defizite viel weniger ins Gewicht fielen als seine schlichte Talentlosigkeit. Was ihn mit mehr Menschen verband, als von ihnen trennte. Dinge zu tun, für die man nicht geboren war, die man sich aber mit einem liebenswerten Ungehorsam gegen Gott und die Natur einverleibte. War hingegen ein Talent vorhanden, so gab es kein Defizit, keinen Makel, der sich nicht in das Gegenteil verwandelt hätte. Im Talent mutierte der Makel zum Juwel. Das ganze Gequatsche von wegen, daß erst der Fleiß das Genie gebar, entsprach einem bürgerlichen Traum, den selbst noch die unbürgerlichen Künstler träumten. Die Fleiß-Theorie war ein einziger Betrug an allen und an sich selbst.

Carl war also kein begnadeter, aber dafür ein glücklicher Skateboarder. Man sah es. Man hörte es. Und Anna genoß den Anblick ihres herumkurvenden Sohnes. Das war sehr viel besser, als sich über die Maschinen-Existenz eines Mannes namens Apostolo und das Elend einer Frau namens Nora Gedanken zu machen.

10
Gespräch mit einem Podest

Aber Gedanken sind natürlich das, was allgemein von Insekten behauptet wird: lästig. Anna hatte in den folgenden Tagen Mühe, sich auf ihre Renovierungsarbeiten zu konzentrieren. Ihr Kopf steckte in der Vorstellung fest, das Ansinnen Mascha Retis nicht in einer korrekten Weise verworfen zu haben, ja, genaugenommen gar nichts verworfen zu haben. Sie hatte nicht gesagt »ich lehne ab«, sondern »ich werde ablehnen«. Das war ein Unterschied, ein großer dazu. Das klang, wie wenn ein Politiker androhte, er werde zurücktreten, dann und wann, vielleicht, vielleicht in hundert Jahren, und es natürlich eh nie tat. Nein, Anna war sich dessen bewußt, daß nicht nur Frau Retis Bericht diffus geblieben war, sondern daß auch sie selbst eine vollkommen unklare Position eingenommen hatte. Weshalb es nötig gewesen wäre, auch aus Achtung vor diesem alten Menschen, sich ins Auto zu setzen, nach Liesing zu fahren und in eindringlicher und unmißverständlicher Weise darzulegen, in keinem Fall die Ermordung Apostolo Janotas vornehmen zu wollen.

Genau das wäre zu tun gewesen. Und tatsächlich unterbrach jetzt Anna Gemini ihre Arbeit, rief Carl von einer Kletterübung herunter, und gemeinsam stieg man in den Wagen. Anstatt aber nach Liesing zu fahren, wie die Vernunft mit schwächlichem Flehen eingab, lenkte Anna den Wagen Richtung Norden und fuhr hinüber nach Hütteldorf, um schlußendlich die Baumgartner Höhe anzusteuern, ein idyllisches Stück Wien, grob gesprochen ein lang ausholender Hügel, der nach Süden hin eine aufsteigende Reihe separater Pavillons beherbergte und zuoberst in eine kompakte Jugendstilkirche mündete.

Diese Anlage, die zu Beginn des zwanzigsten Jahrhunderts als Heilstätte für Nerven- und Geisteskranke »Am Steinhof« und als ein – man darf das sagen – Gesamtkunstwerk der Psychiatrie errichtet worden war, und selbstredend während der Nazizeit der Reinwaschung des Volkskörpers gedient hatte, fungierte nun als »Sozialmedizinisches Zentrum«. Das war zwar ein Begriff, den man aussprechen konnte, ohne sich die Zunge zu verknoten, der aber ähnlich wie »Geriatrie« dazu diente, absolut nichts zu sagen. Das war gewissermaßen die Lehre, die man aus den diversen Schrecken der Vergangenheit gezogen hatte, Formulierungen zu kreieren, die nichts sagten, die vollkommen weichgekocht waren. Es gab eine Sprache, die sich von den realen Verhältnissen verabschiedet hatte. Ähnlich wie Architekturen, die den Inhalt und Sinn eines Gebäudes verleugnen. Schornsteine in der Gestalt von Blumenkästen.

Natürlich wäre es unangemessen gewesen, wie das gemeine Volk von einer Irrenanstalt zu sprechen. Aber »Sozialmedizinisches Zentrum« hörte sich nun mal an, als würden an diesem Ort das ganze Jahr über Weihnachtskekse gebacken werden. Was ja wohl nicht der Fall war. Zumindest nicht während des ganzen Jahres.

Anna erinnerte sich an einen äußerst populären Spottgesang ihrer Kindheit, den man auf jedermann hatte anwenden können und den sich die Kinder im Wechselschlag zugeworfen hatten: *Steinhof, Steinhof, mach's Türl auf, die Anna kommt im Dauerlauf, und haut si glei aufs erste Bett und schreit i bin der größte Depp.*

So sind Kinder nun mal. Nicht sehr korrekt. Und mitunter ziemlich grausam. Ihr großes Plus aber, das der Kinder, besteht wohl darin, nicht auf die Idee zu kommen, sich einen lauen Begriff wie »Sozialmedizinisches Zentrum« auszudenken.

Noch während der Fahrt brachte Anna Gemini per Handy den Namen der Ärztin in Erfahrung, welche Nora Janota – ja, sie war mit dem Komponisten verheiratet – betreute. Wobei Anna auf den Umstand verwies, auf ausdrücklichen Wunsch Mascha Retis mit Nora sprechen zu wollen.

»Aber sehr gerne«, meinte Frau Doktor Hagen. Die überfallsartige Ankündigung Annas schien sie in keiner Weise zu irritieren. Vielmehr erklärte die Medizinerin, Anna und ihren Sohn am Haupteingang in Empfang zu nehmen. Es sei ein herrlicher Tag. Viel zu schade, sich in einem Büro zu unterhalten.

»Sie wußten, ich würde kommen«, sagte Anna, als sie der Ärztin die Hand reichte und sodann ihren Sohn vorstellte, der soeben feuchtes Gras von den Rädern seines Skateboards pflückte.

»Natürlich habe ich das«, antwortete Doktor Hagen und schob ihre Hände zurück in die Taschen eines weißen, offenen Kittels.

»Nein, ich meine, Sie kannten meinen Namen bereits und haben damit gerechnet, daß ich irgendwann anrufen würde.«

»Exakt. Frau Reti hat mich unterrichtet, daß eine Frau Gemini sich demnächst bei mir meldet und daß ich sie doch bitteschön unterstützen möchte.«

»Ist das therapeutisch klug?«

»Was haben Sie denn vor?« fragte die Ärztin, eine von diesen kleinen, dicken Personen, die immer aussehen, als hätten sie eine ganze Semmel im Mund. Was nichts daran änderte, daß sie ein freundliches Gesicht besaß, die Ärztin. Ein freundliches Semmelgesicht.

»Nun, ich möchte mich mit ihr unterhalten«, sagte Anna. »Ich kenne Nora nicht, ich kenne nur Frau Reti. Und ich denke, Frau Reti will nicht sterben, ohne vorher erfahren zu haben, was eigentlich geschehen ist.«

»Frau Janota redet nicht. Aber das wissen Sie sicher.«

»Ja, das weiß ich. Ich habe auch keineswegs vor, ein Schweigen zu brechen, das nicht gebrochen werden möchte. Ich bin eigentlich nur hier, um ... Frau Reti ist zu alt, als daß man ihr einen Wunsch abschlagen könnte.«

»Ja«, meinte die Ärztin mit Leidensmiene, »diese alten Leute haben so eine gewisse Art sich durchzusetzen. Fragile Eisbrecher. Man müßte ihnen ausweichen können. Aber für Eisbrecher sind sie wiederum ziemlich wendig.«

»Ich will keinen Schaden anrichten«, sagte Anna.

»Sie sind eine Besucherin, das ist alles. Eine Besucherin, die willkommen ist. Was bedeutet, daß Frau Janota einverstanden ist, Sie zu sehen. Darauf kommt es an, auf nichts anderes. Ich weiß nicht warum, aber sie hat mir zu verstehen gegeben, daß sie bereit ist, sich mit Ihnen zu treffen. Und das ist Frau Janotas gutes Recht. Ob sie mit Ihnen auch tatsächlich reden möchte, ist eine andere Geschichte. Was mich im übrigen nichts angeht. Ich bin Frau Janotas Ärztin, nicht mehr. Wenn sie Besuch erhält, ist das eine Privatsache.«

»Ihr Krankheitsbild?«

»Das wiederum, Frau Gemini, geht *Sie* nichts an. Zumindest kann ich Ihnen keine Auskunft geben. Aber jemand, der nicht mehr redet ... Ich bitte Sie.«

»Wo ist Frau Janota?«

»An ihrem Lieblingsplatz. Hinter der Kirche. Sie ist jeden Nachmittag dort oben.«

»Kann ich hinaufgehen?«

»Ich begleite Sie ein Stück«, sagte die Ärztin.

Anna gab Carl ein Zeichen, wies hinauf zu der Kirche, die man von hier unten aber nicht sah. Carl verstand. Er klemmte sein Board unter die Achsel wie einen steif gefrorenen Hasen und lief voraus. Sein Kopf flatterte geradezu im Wind. Ein Wind, der viel zu mild war für die Jahreszeit. Es roch nach Frühling, es roch nach einem überstandenen Winter. Kaum vorstellbar, daß dieser Winter sich gerade erst vorbereitete, vergleichbar einem dieser Gewichtheber, die da ewig lange ihre Hände mit Magnesit einreiben und heftig schnaufen.

»Sie betreuen Ihren Sohn alleine?« fragte die Ärztin.

»Ja, von Anfang an. Er ist ein problemloser Junge, vorausgesetzt man hat die Zeit, in seiner Nähe zu bleiben. Ich habe die Zeit, ich nehme sie mir.«

»Das ist schön. Und es ist schön, wenn eine Mutter ihren heranwachsenden Sohn als problemlos bezeichnet.«

»Sie meinen, obwohl er behindert ist?« fragte Anna und kniff die Augen zusammen.

»Ganz allgemein. Die meisten Eltern verzweifeln, schauen weg oder nehmen Medikamente. Es tut gut zu sehen, daß es auch anders geht.«

»Haben Sie Kinder?«

»Keine Zeit und keinen Mann. Dafür habe ich meine Patienten. Die kosten mich mehr Nerven, als ich in zwanzig Leben opfern kann. Gott weiß, warum ich diesen Beruf gewählt habe. Vielleicht, weil ich diesen Ort so liebe. Es gibt kaum einen schöneren in Wien.«

119

»Ja«, sagte Anna, »als laufe man durch eine Villengegend. Eine, die über mehr Platz verfügt als anderswo.«

»Ein Bühnenbild«, erklärte Doktor Hagen. »Alles hier ist ein Bühnenbild. Daran kann auch die Generalsanierung nichts ändern.«

Tatsächlich waren mehrere Baustellen zu sehen, und über der ganzen beschaulichen Gegend lag der Lärm, den die Maschinen verursachten. Ein Lärm, der nahe der Kirche vom Geschrei der Vögel und dem symphonischen Klang bewegter Bäume überlagert wurde.

»Ich verlasse Sie jetzt«, sagte Doktor Hagen. »Sie werden Frau Janota schon finden. Man kann sie, merkwürdigerweise, kaum übersehen. So still und dünn und blaß sie ist, fällt sie auf. Ihre Flüchtigkeit hat einen deutlichen Ausschlag.«

Anna Gemini dankte der Ärztin und sah ihr nach, wie diese mit ihrem Semmelkörper über eine der bemoosten Treppen wieder abwärts stieg. Der Blick auf die Stadt war von Bäumen verdeckt, sodaß man eigentlich nur eine Art Aura wahrnahm, einen gelblichen Schimmer, schwefelig, Teufels Küche, aber eine gute Küche, Wiener Küche eben. Über dem Schwefel stand der blaue Himmel. Wolken in der Gestalt von Fäustlingen zogen rasch vorbei.

Anna wandte sich zur Kirche hin, die zur Gänze in einem massiven Gerüst steckte, wie in einer mehrfachen Zahnspange. Wodurch der wehrhafte, kastenartige Charakter des Baukörpers noch verstärkt wurde. Die Kuppel, die aus dem Gerüst herauswuchs, erinnerte an eine goldene Badehaube. Insgesamt konnte man sagen, daß diese in Renovation befindliche Jugendstilkirche als ein hocheleganter Panzerschrank hätte durchgehen können. Ein Panzerschrank mit Badehaube.

Anna, die die Stufen zur Pforte gestiegen war und durch das Gitter und das Glas des verschlossenen Eingangs ins Innere lugte, erkannte einen beleuchteten Altar. Sie drückte ihre Nasenspitze gegen das Glas und schloß die Augen. Ein kleines Gebet ging durch ihren Kopf: *Heiliger Franz von Sales, weise mir den Weg. Und wenn dieser Weg nicht ohne eine Grube, ohne ein Falleisen sein darf, weise mir die Stelle, da ich halten muß.*

Anna küßte das Medaillon, das sie stets um ihren Hals trug,

und stets verborgen unter Hemd oder Bluse. Kuß ist vielleicht das falsche Wort. Sie legte ihre Lippen sachte auf der silbernen, ovalen Hülse ab, in deren Innerem sich ein Bild ihres favorisierten Heiligen befand, eine originale Miniatur aus der Zeit, da Sales von Papst Pius IX. zum Kirchenlehrer ernannt worden war. Daß Anna dieses fein gemalte, eher für den Biedermeier typische Bildchen in einem kleinen Laden entdeckt hatte, unter allem möglichen Ramsch versteckt, mißbraucht als Lesezeichen in einem Erbauungsbüchlein, war ihr als endgültiges Zeichen dafür erschienen, daß es zwar so etwas wie Zufälle gab, daß aber die Zufälle quasi im Wettstreit miteinander lagen, daß ein Zufall grandioser als der andere sein wollte. Und daß sich aus dieser natürlichen Tendenz der Zufälle eine Bestimmung ergab. Die Bestimmung, den grandiosesten und passendsten unter ihnen anzunehmen. Und genau das hatte sie getan, indem sie im Angesicht dieser Graphik sich endgültig der Verehrung für Franz von Sales verschrieben hatte. Ihre Verehrung war in diesem Moment eine blinde geworden. Darauf bestand sie, auf dem Umstand der Blindheit.

Anna trat zurück auf den schmalen Platz vor dem Gebäude und sah nach oben. Auf dem Gerüst standen ein paar Männer herum, tatenlos, in Mänteln, wahrscheinlich Ingenieure.

Anna winkte Carl zu sich. Er war soeben zum zweiten Mal nach oben gekommen. Die Anlage mit ihren serpentinenartigen Fahrwegen war ideal für einen Skateboardfahrer, obgleich eine derartige Nutzung verboten war. Aber die Verwendung eines solchen Bretts war naturgemäß an Verbote gebunden, führte zwangsläufig in den Bereich einer gewissen Illegalität. Darin bestand ein nicht geringer Teil des Spaßes, sich vierzehnjährig und mit schwungvoller Rasanz über Vorschriften zu erheben. Und Carl war durchaus in der Lage, die Bedeutung von Vorschriften zu erkennen. Und den Reiz ihrer Brechung.

»Komm«, sagte Anna zu ihrem Sohn, »wir machen einen Spaziergang.«

Carl vollzog einen Laut, der einen gurrenden Klang besaß. Sodann zeigte er auf die Kirche und blähte seine Wangen auf, um solcherart die massige Gestalt des Gebäudes nachzuformen. Denn Carl imitierte ja nicht nur die Gesichter von Menschen und Tieren, sondern auch die von Gebäuden. Es gelang ihm allen Ernstes ein turm- und brückenartiges Gesicht zu machen, ein Gesicht mit der Schnörkeligkeit einer barocken Fassade oder der durchtriebenen Schlichtheit einer gläsernen Front. Er konnte das. Er schnitt eine fürchterliche Grimasse, und ein architektonisch versierter Mensch hätte sagen können: Hollein. Oder Holzbauer. Oder was auch immer.

Frau Doktor Hagens Beurteilung erwies sich als gerechtfertigt. Tatsächlich hob sich die mädchenhaft vage und spindelige Gestalt Nora Janotas vor dem Hintergrund des noch immer überaus kräftigen Grüns der Bäume und Sträucher stark ab, jedoch nicht in der Art einer Lichterscheinung. Das wäre auch zu banal gewesen, wenn dieses stumme Wesen zu allem Überfluß etwas Engelhaftes oder Auratisches besessen hätte. Nein, diese Frau war schlichtweg abgemagert und eingefallen und stand mit hängenden Schultern und gesenktem Kopf in der Landschaft. Auch trug sie nicht etwa helle Kleidung, sondern einen dunkelblauen, verwaschenen Trainingsanzug, dessen über die Seiten verlaufendes Muster den ganzen Körper zu stabilisieren schien. Es war betrüblich, mit ansehen zu müssen, wie ein unfrei gewordener Mensch nur noch von Addidas-Streifen aufrecht gehalten wurde. Doch das war eben nicht alles. Diese schwächliche Gestalt besaß die deutliche Ausstrahlung einer Skulptur, einer auf einem Podest stehenden Figur. Das Podest verlieh ihr jene auffällige Präsenz, von der Doktor Hagen gesprochen hatte, auch wenn da natürlich kein Podest zu sehen war. Aber es existierte. Und das gibt es ja wirklich, daß manche Menschen lebenslang auf einer unsichtbaren Erhöhung durch die Gegend laufen und auf diese Weise, so kümmerlich sie sonst wirken mögen, etwas Auserwähltes vermitteln. Als seien sie nicht bloß vom Schicksal, sondern von Gott höchstpersönlich geschlagen worden. Darum das Podest. Als Gottesbeweis.

Versteht sich also, daß die Katholikin Anna Gemini einer solchen Erscheinung einiges abgewann. Sie näherte sich auf zwei, drei Schritte und stellte sich mit ihrem Namen vor, wobei sie auch jetzt betonte, von Mascha Reti geschickt worden zu sein.

»Ihre Großmutter hat mich gedrängt herzukommen«, sagte

Anna und fügte an, sich unsicher zu sein, ob dies eine gute Idee gewesen sei. Mit jemand sprechen zu wollen, der ja wohl seit geraumer Zeit das Sprechen verweigere.

»Es gab nichts zu sagen«, erklärte Nora Janota mit einer Stimme, die aller Schwäche zum Trotz eine prägnante Klangfarbe besaß, die Farbe zerstampfter roter Ameisen. Eine Farbe, die das Vorhandensein eines Podests unterstrich.

»Und jetzt?« fragte Anna. »Jetzt gibt es was zu sagen?«

Nora Janota hob den Kopf an und blickte ihr Gegenüber mit zwei Augen an, die gut zu einem sentimentalen Boxer gepaßt hätten. Einem Boxer, welcher, möglicherweise ohne wirklich getroffen zu sein, einen getroffenen Eindruck macht. Und der selbst noch im Moment des Triumphs den Standpunkt der Niederlage vertritt. So wie es ja umgekehrt Kämpfernaturen gibt, die mit ausgeschlagenen Zähnen lächeln.

»Manchmal glaubt man zu wissen«, sagte die sentimentale Boxerin, »es könnte sich etwas ändern. Indem jemand Bestimmter erscheint.«

»Und jetzt wollen Sie, daß ich so jemand Bestimmter bin.«

»Meine Großmutter hat von Ihnen gesprochen. Allerdings habe ich ihr nicht geglaubt. Ich hielt Anna Gemini für eine Erfindung. Die Erfindung einer alten Frau, die schon immer zum Phantasieren geneigt hat. *Gemini*, Gütiger, allein dieser Name.«

»Was hat sie erzählt?« fragte Anna.

»Sie hat gemeint, Sie wären Apostolo gewachsen.«

»Wie Sie schon sagten, Ihre Großmutter neigt zum Phantasieren. Woher sollte sie wissen, wem ich gewachsen bin? Sie kennt mich doch kaum.«

»Manche Dinge wünscht man sich.«

»Und was wünschen Sie sich?« fragte Anna.

»Daß sich Apostolo fürchtet.«

»Wovor?«

»Vor Ihnen. Und vor dem Tod, der ihm droht. Durch Sie droht.«

»Jessasmaria!« stöhnte Anna. »Hat Ihre Großmutter Ihnen also versprochen, ich würde Ihren Mann töten.«

»Er ist nicht mein Mann.«

123

»Sie tragen seinen Namen.«

»Ich trage auch diese Klamotten, und es sind nicht meine. Ich mußte Apostolo heiraten, er hätte mich ansonsten umgebracht.«

»Ihre Großmutter sieht das anders.«

»Mag sein. Jedenfalls habe ich diesen Menschen nicht aus Liebe geheiratet, sondern um mein Leben zu retten.«

»Hört sich an«, fand Anna, »als seien Sie in einen Käfig gestiegen, um sich vor einem Löwen zu schützen, der genau in diesem Käfig sitzt.«

»Manche Geschäfte sind schlechte Geschäfte«, konstatierte Nora. »Aber es führt kein Weg vorbei. Ich weiß schon, daß ich nicht wie jemand aussehe, der gerne lebt. Niemand hier glaubt, daß ich gerne lebe. Man hält mich für eine potentielle Selbstmörderin. Aber das ist ein Irrtum. Ich liebe das Leben. Ich träume von einer Zukunft. Und jetzt, wo Sie hier stehen, halte ich eine Zukunft sogar für möglich.«

Anna Gemini widersetzte sich erneut ihrer eigenen Philosophie des sich Heraushaltens aus intimen Details, indem sie erklärte: »Wenn Sie wirklich wollen, daß ich Ihnen helfe, sollten Sie mir sagen, was los ist. Ich begreife immer noch nicht, worin Herrn Janotas teuflisches Wesen besteht.«

»Genügt Ihnen das nicht? Daß ein Mann einer Frau mit dem Tod droht, um sie zu heiraten.«

»Wozu sollte diese Heirat gut sein? Oder möchten Sie, daß ich glaube, es handelt sich um eine Art verrückter Liebe?«

»Nein, sicher keine Liebe. Er wollte einfach dieses Haus.«

»Welches Haus?«

»Das Haus meiner Eltern. Als sie starben, bin ich dort eingezogen. Ein kümmerliches Häuschen mit Garten. Schlechte Gegend, schlechte Luft. Nichts, weswegen es sich lohnen würde, ein Verbrechen zu begehen. Sollte man meinen. Eines Tages stand Apostolo vor der Türe. Wie hingezaubert. Ein eleganter, humorvoller Mann. Meiner Seel! Ich war sofort hingerissen. Und blind und blöd. Viel zu blind und blöd, um zu begreifen, was der Mann eigentlich vorhatte. Und daß diese Geschichte mit seiner Autopanne und dem verlegten Handy ein Trick war. Ein Trick, um in dieses Haus zu kommen. Und zwar für immer.

124

Fragen Sie mich nicht, welche Bedeutung die verdammte Hütte für ihn hat. Aber es muß eine ungeheure sein. Es wäre mir leichter, wüßte ich es. Aber ich weiß es nicht, ich weiß nur, daß es ihm von Anfang an allein darum ging, dieses Haus zu besitzen. Was für ihn geheißen hat, mich zunächst einmal zu heiraten. Aber da hatte ich schon begriffen, was er wirklich wollte. Diese läppischen achtzig Quadratmeter samt Gemüse- und Blumenbeet und ein paar knorrigen Bäumen und verhungerten Sträuchern. Also habe ich mich geweigert, habe geglaubt, ich könnte diesen Mann so einfach vor die Türe setzen.«

»Und er hat Ihnen definitiv mit dem Tod gedroht? Nicht etwa eine Umschreibung gewählt, die man interpretieren kann?«

»Sie halten mich für paranoid, nicht wahr?«

»Das entscheide ich später«, sagte Anna Gemini.

»Er hat mir ohne Umstände erklärt, daß es ihm ein leichtes wäre, mich aus dem Weg räumen zu lassen. Daß er Typen kennt, die für ein paar Groschen dumme Kühe lebendig begraben. Und daß diese Drohung auch für meine Großmutter gelte. Er hätte keine Lust, sich mit einer alten, engstirnigen Frau wegen des Hauses herumärgern zu müssen.«

»Er hat also offen bekannt, das Haus zu wollen.«

»Das hat er. Hätte es sich um ein Schloß gehandelt, oder zumindest um ein Grundstück, durch das demnächst eine Autobahn führen würde ... Aber nichts davon ist der Fall. Dieses Haus ist ein Witz.«

»Ein böser Witz, wie es scheint.«

»Ich mußte Apostolo heiraten«, wiederholte Nora, »um mich und Mascha zu schützen.«

»Ihre Großmutter behauptet, dieser Mann sei eine Maschine.«

»Das könnte man manchmal meinen. Es ist diese unaufgeregte, sachliche Art, mit der er selbst noch das Schrecklichste darlegt. Er sagt, er könnte dich töten lassen, sagt es aber in einem Ton, als bespreche er den Einkaufszettel.«

»Sie sagten, er sei humorvoll.«

»Sein Humor ist gestellt. Das habe ich bald einsehen müssen. Ein Humor wie ein auswendig gelerntes Gedicht. Perfekt, aber unecht. Ich kann schon verstehen, daß Mascha ihn für einen

125

künstlichen Menschen hält, auch wenn das natürlich eine fixe Idee von ihr ist. Das entspricht ihrem Golem-Tick.«

»Golem-Tick?«

»Sie war als junge Frau in Prag, eines Mannes wegen, eines Juden, der dann später umkam, nicht während der Verfolgung, sondern absurderweise nach dem Krieg, durch die Kugel eines amerikanischen Soldaten. Wie Webern. Das ist eigentlich das schlimmste, durch eine Kugel sterben, die einem nicht wirklich gilt. Das ist dann nur noch zynisch. Jedenfalls hat Mascha nie aufgehört, diesen Mann und diese Stadt zu lieben. *Ihr* Prag. Wozu auch der Glaube an den Golem gehört. Sie hält solche Dinge für wirklicher als jedes Zeitungsfoto.«

»Sie glaubt wohl an das Böse«, sagte Anna. »Der Golem, wenn ich mich recht erinnere, war ja geschaffen worden, um die Juden zu beschützen. Hat dann aber auf Berserker umgeschult. Kein freundlicher Dämon mehr, sondern ein dämonischer Unhold. Denkt Frau Reti vielleicht, Apostolo Janota sei ein Golem, einer von der ausgeklügelt perfiden Art?«

»So könnte man sagen. Nicht, daß sie meint, er würde aus Lehm oder Maschinenteilen bestehen. Sie glaubt durchaus an sein Fleisch und Blut. Aber sie hält seinen Geist für künstlich, für einen Geist aus Lehm.«

»Wozu, frage ich mich, braucht ein Golem ein Achtzig-Quadratmeter-Häuschen in Wien?«

»Für meine Großmutter ist das ganz klar.«

»Ja?«

»Die früheren Besitzer dieses Hauses hießen Altschul.«

»Und das bedeutet?«

»Der Legende zufolge verschwand der Golem des Prager Ghettos stets in einem alleinstehenden Haus in der Altschulgasse.«

Anna Gemini blies hörbar Luft aus und meinte dann, daß das doch ziemlich an den Haaren herbeigezogen sei.

»Das ist ja auch nicht das Thema«, sagte Nora. »Zumindest nicht *mein* Thema.«

»Dann erzählen Sie mir von *Ihrem* Thema«, forderte Anna. »Erzählen Sie mir, warum Sie hier sind und nicht in Ihrem ominösen Altschul-Häuschen.«

»Ein Jahr hat Apostolo gebraucht, ein Jahr des Zusammenlebens. Er hat mich nicht geschlagen, mir nie wieder mit Mord gedroht, hat an seiner Musik gearbeitet, das war's. Und zwar wirklich. Sein Jawort war auch das letzte, das er an mich gerichtet hat. Danach Sendepause. Er hat aufgehört, mit mir zu sprechen. Radikal. Keinen Satz, kein Wort, nicht eines. Auch nicht vor unseren Freunden, wobei es ihm tatsächlich gelungen ist, sich völlig normal mit den anderen zu unterhalten. Niemand außer Mascha hat es bemerkt. Keinem ist aufgefallen, daß er mich vollständig ignorierte. Nicht mit mir, nicht einmal über mich sprach. Für die anderen schien er unverändert. Brillant, freundlich, schick, einnehmend. Waren wir aber wieder alleine, sofort Schweigen. Nicht einmal ein böser Blick. Gar nichts. Ich habe für ihn gekocht, und er hat das Essen zu sich genommen, als hätte ein Party-Service es vorbeigebracht. Er ist mir nicht ausgewichen, hat niemals einen Bogen gemacht, sondern ist durch dieses kleine Haus marschiert, als wäre er vollkommen alleine. Und das war er ja auch. Ich habe in diesem Jahr aufgehört, zu existieren. Ich bin in sein Schweigen hineingefallen wie ein abgeschossener Vogel. Plumps! Und zu war der Sack.«

»Ach! Und da sind Sie auf die Idee gekommen, selbst zu schweigen.«

»Ja, nur daß mein Schweigen als ein geisteskrankes verstanden wurde. Und ist es ja auch.«

»Hat Ihr Mann … hat Apostolo Sie einliefern lassen?«

»Hat er. Und es war mir sehr recht. Ich war froh, von ihm fortzukommen. Von ihm und diesem Haus, dem ich den ganzen Wahnsinn verdanke. Ohne zu ahnen, was überhaupt dahintersteckt. Ich kann mir schwerlich vorstellen, daß in der Erde meines Grundstücks irgendein dummer Schatz liegt, den Apostolo jetzt in aller Ruhe ausbuddeln kann.«

»Das wäre schon ein wenig banal. – Besucht er Sie?«

»Ja. Das gehört dazu. Ohne ein Wort zu sagen, versteht sich. Er sitzt da und sieht an mir vorbei aus dem Fenster. Nachdenklich, vergnügt, ernst. Mal so, mal so. Alle glauben, er will mich nicht drängen, zu reden. Frau Doktor Hagen findet ihn ganz großartig. Alle tun das. Ein wenig fürchte ich, daß auch Sie, Frau Gemini, das tun werden: den Scheißkerl großartig finden.«

127

»Wenn ich ihm so nahe komme, um das zu beurteilen, ist sein Schicksal so oder so besiegelt. Und wenn er der großartigste Scheißkerl der Welt wäre.«

»Sie tun es also?«

»Es würde Sie aber – vergessen Sie das nicht! – der Wahrheit nicht näher bringen, wenn ich diesen Mann töte. Das aber allein wäre mein Job, ihn töten. Man bezahlt mich nicht, um die Wahrheit herauszufinden. In der Regel ist das Gegenteil der Fall.«

»Wie ich Ihnen schon sagte«, erinnerte Nora, »ich möchte, daß er es mit der Angst zu tun bekommt. Daß er spürt, bedroht zu sein.«

»Es gehört nicht zu meiner Technik«, erinnerte ihrerseits Anna, »die Leute, die ich liquidiere, vorher darüber zu informieren, daß sie sterben werden. Das würde die Sache doch sehr komplizieren.«

»Das ist mir schon klar. Und glauben Sie mir bitte, ich habe nicht vor, ihm etwas zu erzählen. Ich kann ... ja, ich kann schweigen, wie ich tagtäglich beweise. Und auch Mascha kann schweigen. Ich meine ja auch nicht, daß ihn jemand warnen soll. Natürlich nicht. Aber ich denke ... ich bin überzeugt, daß er es spüren wird. Er kann sich ja vorstellen, daß Mascha nicht klein beigibt, so wie ich klein beigegeben habe. Mascha ist eine Weltkriegsfrau, eine Nichtjüdin, die aus Liebe ins Ghetto ging. Solche Frauen kann man nicht einfach abservieren. Das weiß Janota. Ja, er wird die Bedrohung spüren, wie man in einem vollkommen dunklen Raum sitzt und weiß, daß da jemand ist.«

»Ich denke nicht«, überlegte Anna Gemini, »daß mir das recht wäre, wenn mein Opfer mich vor der Zeit spürt. Janota könnte auf die Idee kommen, sich zu wehren.«

»Es wird ihm nichts helfen. Im Gegenteil, es wird ihn nervös und unsicher machen. Er, der nie Fehler macht, wird Fehler machen. Versprochen.«

»Sie wissen«, fragte Anna, »daß Janota seine Tötung selbst zu bezahlen hat? Das ist ein Prinzip. Und nachdem in dieser Sache schon so viele Prinzipien nicht eingehalten wurden, erscheint es mir wichtig, wenigstens dieses eine zu bewahren. Auch um den Preis, daß sich alles in die Länge zieht.«

»Ja, ich weiß davon. Und ich habe selten von etwas Gerechterem gehört.«

»Kennen Sie auch den Mann, der das alles organisiert?«

»Nein.«

»Na, immerhin«, zeigte sich Anna erleichtert. Nicht, daß es viel nützte.

»Ihr Sohn?« fragte Nora und zeigte auf Carl, der soeben dabei war, den Stamm einer Föhre hochzuklettern.

»Er liebt Bäume. Er liebt es, in ihnen zu hocken.«

»Wie in dieser Geschichte…«

»Nicht so schlimm«, sagte Anna. »Carl ist … Er ist ein normaler Junge. Er bleibt nicht so lange auf den Bäumen, daß man sich Sorgen machen müßte.«

»Das ist gut«, sagte Nora. »Man soll nichts übertreiben.«

»Jemand töten lassen«, meinte Anna, »hat aber schon etwas von einer Übertreibung. Oder?«

»Nicht im Falle dieses Mannes.«

»Das denken alle Auftraggeber.«

»Vielleicht haben alle recht«, sagte Nora und erinnerte, daß nicht sie, sondern ihre Großmutter diese Sache in Angriff genommen hatte. Und ergänzte: »Ich war doch nicht mal imstande, mich auch nur eine Sekunde zu wehren. Sehen Sie mich an. Ich bin das typische Opfer. Ich bin ein Huhn.«

Anna erwiderte nichts. Was hätte sie auch sagen sollen? Nora Janota lag ja völlig richtig, so wie sie da stand, zwar auf einem Podest, aber nichtsdestotrotz in Auflösung begriffen. Ein Mensch, oder auch nur ein Huhn, das sukzessive verschwand, sodaß schlußendlich allein dieses Podest übrigbleiben würde. Wenn nicht bald etwas geschah.

Aber würde das wirklich etwas ändern? Würde der Tod Apostolo Janotas wirklich eine Rettung für diese Frau bedeuten?

Nun, das war nicht Annas Aufgabe, sich über die Folgen einer Tötung Gedanken zu machen. Sie mußte endlich zurückfinden zu ihrer üblichen Verfahrensweise. Ja oder nein. Nichts anderes zählte, als die einmalige Entscheidung. *Heiliger Franz von Sales weise den Weg…*

»Ja«, dachte Anna, und dann sagte sie es auch, obgleich sie das für einen Fehler hielt. Strategisch gesehen. Aber Nora sollte

129

darum wissen, sollte das Gefühl der Macht entwickeln, nach welcher sie sich aus guten Gründen sehnte.

»Ich danke Ihnen«, sagte Nora.

»Ich tue meine Arbeit«, meinte Anna kalt. Nach all dem Gefühlsballast hatte sie das bißchen Kälte bitter nötig. Sie rief Carl. Sagte ihm, es sei an der Zeit, vom Baum zu steigen.

Carl sprang aus einer gefährlich anmutenden Höhe herunter. Er war ein guter Springer. Beziehungsweise gut im Landen. Sehr viel besser als im Skateboardfahren. Was nichts daran änderte, daß er jetzt mit großer Freude zurück zur Straße lief, sein Brett auf den Beton warf, sich selbst auf die schnabelige Fläche katapultierte und mit flügelartig ausgebreiteten Armen und der für ihn typischen schlenkernden Bewegung des Kopfes den Hang abwärts fuhr. Rasch geriet er außer Sicht. Ohne, daß Anna deshalb in Panik geraten wäre. Sie meinte zu wissen, daß Carl seine Grenzen kannte. Und daß er diese Grenzen nicht überschreiten würde. Niemals. Ja, daß ein Teil seiner Behinderung genau darin bestand, sich immer nur innerhalb dieser Grenzen zu bewegen. Während die meisten Menschen ständig kleine oder große Schranken durchbrachen und das Unglück, das dabei herauskam, für Fortschritt hielten.

»Wir werden uns nicht wiedersehen«, erklärte Anna Gemini.

»Das dachte ich mir schon.«

»In dieser Angelegenheit wird ohnehin viel zuviel geredet und überlegt und spekuliert. Diese Haus- und Golemgeschichte ist eine Katastrophe. Chaotische Verhältnisse sind das. Es wäre also günstig, wenn Sie sich fürs erste wieder in Ihr Schweigen zurückziehen würden. Sehr günstig wäre das.«

»Nichts anderes hatte ich vor«, erklärte Nora Janota mit einem flüchtigen Blick aus traurigen Boxeraugen. »Wenn Sie weg sind, Frau Gemini, gibt es für mich keinen Grund, den Mund nochmals aufzutun. Doktor Hagen kann mich mal.«

»Ja«, sprach Anna, »Ärzte brauchen nicht mehr zu erfahren, als sie ohnehin herausbekommen.«

»Lauter Schnüffler.«

»Jeder hat seinen Beruf«, äußerte Anna und meinte abschließend, es sei so eine Sache mit dem Schweigen. Man gewöhne sich daran, wie an die Jahreszeiten oder Schimmel im Bad.

»Ich warte auf die freudige Nachricht«, erklärte Nora. »Danach fange ich wieder mit dem Leben an.«

»Gut«, sagte Anna und nahm ihren Weg auf.

Hab Erbarmen, Heiliger Sales, mit denen, die einen Weg nicht nur einschlagen, sondern auch zu Ende gehen.

IV

Ein Mann sucht seinen Arm

Der Philosoph behandelt eine Frage;
wie eine Krankheit.

PHILOSOPHISCHE UNTERSUCHUNGEN, LUDWIG WITTGENSTEIN

11
Wien · Stuttgart · Kopenhagen

Die Luft war feucht. Und diese Feuchtigkeit schwebte flocken-
artig über dem Boden. Weshalb die Passanten sich wie durch
eins dieser aufwendigen Molekül-Modelle bewegten, zwar
durch die Ketten aus kugeligen Atomen ungehindert hindurch-
marschierend, aber dennoch mit dem Gefühl von etwas Un-
gehörigem. Vergleichbar jemand, der im Zuge unglaublicher
Ereignisse ein ihm fremdes Schlafzimmer quert.

Nun, es lag Nebel über Kopenhagen, flockiger Nebel. Nebel,
der durch das Gewebe der Mäntel und Pullover schlüpfte. Es
gab somit wenig gute Gründe, diesen hüpfenden und knistern-
den großmaschigen Schwaden die Straße streitig machen zu
wollen. Es war zehn am Vormittag, und in den meisten Büros
hatte sich nach einer ersten kleinen Hektik – so einer Art Schrei
nach Liebe – eine stille Betriebsamkeit oder auch nur ein
betriebsames Dahindämmern eingestellt.

Markus Cheng stand vor seiner Kaffeemaschine und betrachtete sie feindselig. Es handelte sich um eines dieser alten Filter-
geräte, die einen beträchtlichen Lärm verursachen, eine Menge
Strom verbrauchen und deren Kaffee nach etwas Totgeschlage-
nem schmeckt. Das Totgeschlagene war gerade dabei, sich
tröpfchenweise zu ergießen.

Wieso Kopenhagen? Das war eine Frage, die Cheng selbst
nicht so richtig beantworten konnte. In erster Linie war es darum gegangen, von Stuttgart wegzuziehen, aber nicht wieder
nach Wien zurückzukehren. So wie man eine deftige Mahlzeit
einnehmen möchte, ohne davon Sodbrennen zu bekommen.
Einen Betrug begehen, ohne in den Verdacht zu geraten, ein
Betrüger zu sein. Zigaretten ohne Hustenanfälle. Thermalbäder
ohne Fußpilz. Ausflüge ohne Wetterumstände. Und so weiter.
Das also bedeutete Kopenhagen. Oder hätte es zumindest
bedeuten sollen.

Kopenhagen war Cheng gewissermaßen vor die Füße gefallen, indem er der Einladung eines Freundes dorthin gefolgt war. Der Freund hatte sich dann allerdings als Nervensäge erwiesen, mit der Cheng es keine drei Tage aushielt. Dennoch hatte er diesen Wink des Schicksals mit der für ihn typischen Ergebenheit angenommen und die dänische Hauptstadt zu seinem neuen Wirkungsfeld erkoren. Entgegen jeder Vernunft, da Cheng – dieser in jeder Hinsicht geborene Wiener – weder Dänisch gekonnt noch über eine Kenntnis der hiesigen Gepflogenheiten verfügt hatte. Aber Handikaps waren nun mal seine Stärke. Etwas *nicht* zu besitzen, etwas *nicht* zu beherrschen, führte in seinem Fall zu einem eigentümlichen Appeal. Freilich waren einige Leute irritiert, es mit einem Privatdetektiv zu tun zu haben, der nur über einen Arm verfügte, seinen rechten, auf Grund einer Beinverletzung schlecht zu Fuß war, zunächst gar kein, dann mit der Zeit ein recht holperiges Dänisch sprach, kaum eine technische Ausrüstung besaß und trotz seines asiatischen Aussehens dieses ganze Karatezeug für unwürdig hielt. Man kann ja reden, pflegte er zu sagen.

Stimmt schon. Doch Chengs Dänisch blieb...nun, es blieb sonderbar.

Außerdem war Markus Cheng schon lange nicht mehr bereit, Observationen von Ehepartnern und ähnliche Geschmacklosigkeiten zu übernehmen. Das war nichts für ihn. Zunächst aus dem simplen Grund, daß er sich mit dem Fotografieren oder Filmen schwertat. Die Fotos, die er schoß, selten genug, gingen immer an der Sache vorbei. Auf seinen Bildern waren Bäume, Vögel, Fassaden, natürlich Hunde zu sehen, doch so gut wie nie die Zielperson. Oder bloß in diesem abgeschnittenen Zustand halber Gesichter oder aus dem Off hineinragender Hände und Beine. Cheng hätte einen passablen Künstler abgegeben. Aber die Kunst schreckte ihn wie eine Lade, die sich als Geheimfach herausstellte.

Dazu kam, daß es ihn bedrückt hätte, seine Klienten mit einer in der Regel traurigen oder beschämenden Wahrheit konfrontieren zu müssen. Lieber hätte er sie angelogen. Sich jedoch für eine Lüge bezahlen zu lassen, widerstrebte Cheng natürlich ebenso.

Man konnte sich fragen, warum ein solcher Mann – ein Mann mit solchen Ansprüchen – ausgerechnet als Privatermittler tätig sein mußte. Aber Cheng ging es wie einem Tier, das ja auch nicht überlegt, warum es denn ein Tier geworden war und nicht vielleicht eine Glühbirne oder ein schnellebiger Krautsalat. Er war Detektiv, und selbst eine weitere Lädierung seines Körpers oder auch Geistes hätte daran nichts ändern können. Cheng behauptete, es existiere diesbezüglich ein höherer Wille. Daran glaubte er unbedingt. Ja, er witterte sogar einen Sinn dahinter.

Cheng war sicher kein Philosoph, aber seine Detektivexistenz besaß eine philosophische Note. Wurde gesagt, jemand übe diesen oder jenen Beruf aus, war damit ja nur ein Teil seiner Persönlichkeit beschrieben. Im Falle Chengs hingegen konnte behauptet werden, daß er durch und durch Detektiv war: Detektivmensch.

Daß er nun dem üblichen Bild seiner Profession so gar nicht entsprach, mutete fast wie ein Beweis für das vollkommene Detektivsein dieses Menschen an.

Selbstverständlich war es nicht so, daß Cheng in diesem Beruf in einer karrieristischen oder obsessiven Weise aufgegangen wäre, so wenig wie ein Tier in seiner Animalität aufgeht. Cheng lebte seinen Tag, das war's. Er schlief als Detektiv, atmete als solcher, war als solcher faul oder fleißig, beklagte als solcher Geldnöte, erfüllte als solcher hin und wieder ein Klischee, hin und wieder das Gegenteil.

Und er besaß einen Hund, ein langohriges, kurzbeiniges, kompaktes, höchstwahrscheinlich schwerhöriges, vielleicht intelligentes, vielleicht auf eine raffinierte und originelle Weise saublödes Wesen namens Lauscher.

Lauscher war eins von diesen Haustieren, die es haßten, sich bewegen zu müssen. Was nichts mit seinem zwischenzeitlich hohen Alter zu tun hatte. Ein Alter, das deutlich mittels der weißen und grauen Haare sichtbar wurde, welche der Dackel-Schnauze und den hoch aufragenden Schäferhund-Ohren etwas Metallisches, etwas von einer Ummantelung verliehen. Zu Lauschers früher Schwerhörigkeit war nun eine späte Blindheit hinzugekommen. Seine dunklen Augen glänzten fischig, wie in Paprika eingelegte aufgerollte Heringe. Es war schwer zu sagen, wie Lauscher es überhaupt schaffte, den Büroraum zu durchqueren, ohne gegen irgendwelche Tisch- und Sesselbeine zu stoßen.

Nun, die meiste Zeit lag Chengs Weggefährte auf einem flachgedrückten, dunkelroten Kissen, die kurzen Beine von sich gestreckt und den schuhschachtelartig kräftigen Rumpf auf die Seite gebettet, während der Kopf über die Kissenkante baumelte. Vor allem schlief er und träumte. Er träumte geradezu in Richtung auf sein Ende. Er träumte also nicht von seiner Jugend, träumte nicht davon, nie gejagte Hasen zu jagen, sondern träumte davon, auf einem Kissen zu ruhen und seine Knochen zu schonen.

Um hier nicht den Eindruck entstehen zu lassen, dieser einarmige Detektiv und sein blinder, tauber Hund hätten ein mitleiderregend groteskes Paar erheblicher Invalidität abgegeben, muß gesagt werden, daß Lauscher einen trotz allem robusten und zufriedenen Eindruck machte, während Cheng wiederum ein eleganter Mann war, der ausgesprochen gesund wirkte. Gesünder als noch in Stuttgart und bei weitem gesünder als während seiner Wiener Zeit. Diverse Gesichtsnarben, die er sich einst zugezogen hatte, waren soweit in das eingeborene Muster seines Gesichts übergegangen – praktisch verstaatlicht worden –, daß sich eine gediegene Einheitlichkeit ergab. Chengs melancholischer Blick war nicht ohne Kraft. Eine Kraft, die auch daraus resultierte, Stuttgart und Wien überlebt zu haben. Wobei es natürlich sehr viel schwieriger ist, die alte kakanische Nutte zu überleben, diese schlimmste unter allen Rabenmüttern, die ja nicht nur die Psychoanalyse, die Philosophie und die Barmherzigkeit aus ihren Gefilden verjagt hat, sondern auch immer wieder unbedeutende, kleine Bürger in der brutalsten Weise von sich stößt. Darin besteht wiederum die seltsame Größe Wiens, sich auch um die unbedeutenden Gestalten in aufwendiger Weise zu kümmern. Ihnen mehr zuzusetzen, als sie eigentlich verdient haben.

Cheng war so ein Bürger gewesen. Nichtsdestotrotz hatte er Wien nicht ohne Wehmut verlassen, während er aus Stuttgart wie aus einer Badewanne gestiegen war, deren leicht verdrecktes Wasser man nicht noch einmal aufwärmen möchte.

Und dann also Kopenhagen, ein Ort, der bei weitem nicht die erfrischende Bösartigkeit Wiens besitzt und dem auch die Listigkeit und anfallartige Phantastik Stuttgarts mangelt. Kopenhagen ist wie ein Loch. Aber nicht eines, in das man tief fällt oder von dem man verschluckt wird. Nein, ein Loch, in dem man wie in einer Pfütze steht und sich seine Schuhe naß macht. Nicht mehr als die Schuhe, weshalb man – eine intakte Sohle vorausgesetzt – kaum zu Schaden kommt. Freilich ergibt sich auf diese Weise ein Gefühl der Lächerlichkeit, nämlich in einem Loch zu stehen, das kein richtiges ist. In einem Loch für Käfer.

Doch Cheng war dieser Mangel an Tiefe und Gefährlichkeit gerade recht. Denn Kriminalität bestand natürlich trotzdem. Auch hier verschwanden Leute. Auch hier verschwanden Dokumente. Die Schnüffeleien, die sich daraus ergaben, konnte Cheng reinen Gewissens durchführen. In der Hauptsache arbeitete er für eine Frau von der Presse, die es vorzog, sich auf jemand außerhalb ihrer Redaktion zu verlassen. Diese Aufträge blieben derart dem Detail verhaftet, daß Cheng kaum erkennen konnte, worum es sich im Grunde handelte und worauf seine Detailarbeit eigentlich zielte. Was ihm natürlich auch lieber so war, eine Adresse auskundschaften, sich in harmloser Weise mit ein paar Leuten unterhalten, den Namen eines Schiffs in Erfahrung bringen, ja selbst noch eine Person beobachten, ohne aber in deren Schlafzimmer zu lugen. Keine Schlafzimmer, das war eine seiner Bedingungen gewesen.

Sein Job für die Pressefrau glitt niemals ab, in keinen Bereich von Gefahr oder Unanständigkeit. Im Prinzip hätte diese Arbeit irgendein Rentner erledigen können. Und es muß vielleicht auch gesagt werden, daß gerade die Kriminalistik in stärkerem Maße von Pensionisten belebt gehört. Von Leuten, die über Zeit und Ruhe verfügen. Die Zeit und Ruhe, die nötig ist, zwei vollkommen identische Objekte so lange zu beobachten, bis der Unterschied zwischen ihnen nicht mehr länger ruhig halten kann und aus seinem Versteck kriecht.

Cheng war kein Rentner, aber er besaß gewisse Fähigkeiten ruheständischen Daseins. Sitzen können und warten. So gesehen war sein Hund der richtige Hund. Keine Bewegung zuviel, keine Panik, keine Energie. Ein klein wenig Instinkt. Cheng und Lauscher liefen den Dingen nicht hinterher, sondern stellten sich an einer bestimmten Ecke auf, in der berechtigten Hoffnung, daß die Dinge einmal um den Block laufen und wieder an die alte Stelle zurückkehren würden. Es kehrten nämlich nicht nur die Verbrecher an die Orte ihrer Verbrechen zurück, sondern alles und jeder verhielt sich so. Die Rückkehr war das eigentliche Thema des Lebens. Der Sinn der Bewegung die Umrundung. In einer kugeligen Welt war das nur logisch.

Cheng saß hinter seinem vierbeinigen Schreibtisch, rauchte eine Zigarette und wartete. Wartete auf den Kaffee. Welcher sich Zeit ließ und einer Damenstimme Vortritt ließ, die sich über die hausinterne Sprecheinrichtung meldete und Cheng mitteilte, ein Herr Dalgard wäre für ihn hier.

Natürlich verfügte Cheng über keine eigene Sekretärin. Er war froh, sich selbst und seinen Hund erhalten zu können. Aber entgegen der Privatheit seines Stuttgarter und seines Wiener Büros, entsprachen seine Kopenhagener Verhältnisse dem Geist der Zeit. Zusammen mit ein paar Architekten und Graphikern teilte er sich eine Bürohausetage, und somit auch jene Infrastruktur, die eine Empfangsdame mit sich brachte.

»Was will Herr Dalgard?« fragte Cheng in seinem Stolper-Dänisch.

Die Frauenstimme erklärte, nicht dafür bezahlt zu werden, Cheng die Kundschaft vom Leibe zu halten.

»Davon kann doch keine Rede…Lassen wir das. Herr Dalgard soll kommen.«

Diese Frau hätte auf den Mond geschossen gehört. Doch die Leute-auf-den-Mond-schießen-Zeit war für Cheng vorbei. Auch nie wirklich seine Stärke gewesen.

Ludvig Dalgard erwies sich als ein Mann, dessen Brustkorb an einen Bauch erinnerte, also bei aller Mächtigkeit einen weichen, runden und freundlichen Eindruck machte. Der eigentliche Bauch fiel dabei kaum ins Gewicht. Klein war er trotzdem nicht.

Bei Dalgard handelte es sich um einen auch insgesamt mächtigen Mittfünfziger. Er besaß kräftige Wühlhände, einen vergleichsweise kleinen Schädel, eine blanke, beinah flache Kuppe im offenen Kranz hellbrauner Haare, eine gerade Nase, einen nicht ganz so geraden Mund sowie ein Augenpaar, welches – obgleich brillenlos – im Schatten leicht dunklen Glases zu stehen schien. Damit aber auch im Licht einer Sonne, die einen solchen Schatten erst ermöglichte. Und dieses Licht war es wohl, das seinen Teint wesentlich erhellte und seinem gräulichen Schnurrbart etwas von einem Hauch verlieh. Wie hingeblasen.

Dalgard reichte Cheng seine Möbelpackerhand und nahm in dem einfachen, harten Stuhl Platz, den Cheng ihm angeboten hatte. Chengs Service bestand sicher nicht darin, es seinen Kunden gemütlich zu machen. Das war auch so ein Punkt, der sich seit Stuttgart verändert hatte, als er noch die Freundlichkeit besessen hatte, Gesprächspartnern ein Glas Weißwein anzubieten.

Jetzt aber servierte Cheng nichts anderes als eine aufrechte Haltung und die unterstützende Pose eines gestreckten Arms, dessen Hand auf der Tischfläche auflag. Er fragte, was er für Dalgard tun könne.

Dalgard machte Cheng die Freude, auf deutsch zu antworten, ein Deutsch, das sehr viel besser klang als Chengs unglücklich verrenktes Dänisch. Auch hielt sich Dalgard in einer für Norweger untypischen Weise daran, sein Gegenüber mit »Sie« anzusprechen, als er jetzt erklärte, Cheng engagieren zu wollen.

»Wozu?« fragte Cheng im Ton eines Verkäufers, der nichts verkaufen möchte.

»Sie sollen nach Wien fahren«, sagte Dalgard.

»Oje!« meinte Cheng.

»Schlechte Erinnerungen, wie?«

»Wien ist meine Heimat. Da kann man nicht von gut oder schlecht reden. Heimat ist das Gewehr, das man sich Tag und Nacht an die Stirn hält, ohne je abzudrücken.«

Dalgard runzelte die Stirne. Das war wohl nicht die Art von Vergleich, die er zu schätzen wußte.

»Was soll ich in Wien?« fragte Cheng. Um gleich darauf anzufügen: »Zuerst aber will ich wissen, wer mich Ihnen empfohlen hat.«

»Ich kenne Ihre Freundin von der Zeitung«, erklärte Dalgard, noch immer darum bemüht, auf dem viel zu schmalen und harten Sessel eine erträgliche Position einzunehmen.

»Ach so, Vivi. Wundert mich, daß sie über mich redet. Es paßt nicht zu ihr, Kontakte preiszugeben.«

»Vivi kann mir schlecht etwas abschlagen.«

»Wieso das denn?«

»Na ja, ich arbeite für den Staat.«

»Das soll ein Grund sein?« staunte Cheng. Und erkundigte sich: »Dänischer Geheimdienst?«

»Was haben Geheimdienste schon mit dem Staat zu tun?« fragte Dalgard. Und gab sich selbst die Antwort: »Nichts. Ich gehöre vielmehr zu denen, die diese Wilden in Schach halten. Soweit das überhaupt möglich ist.«

»Also von der Regierung.«

»Wenn Sie so wollen. Aber nicht von der dänischen.«

»Sondern.«

»Ich stamme aus Norwegen, Herr Cheng.«

»Auch gut. So oder so bin ich der Falsche, wenn es darum geht, Wilde in Schach zu halten. Mein Schach ist elendiglich.«

»Fein«, meinte Dalgard, der endlich auf seinem Hintern zur Ruhe gekommen war. »Es soll bei dieser Sache auch nicht darum gehen, einen Bauern zu opfern.«

»Hört sich vernünftig an. Das Leben der Bauern ist hart genug. Also, worum geht es?«

»Sie erinnern sich sicher an den norwegischen Botschafter hier in Kopenhagen, Einar Gude? An den Mann, der in Wien erschossen wurde?«

»Nun, ich müßte taub und blind wie mein Hund sein, um das nicht mitbekommen zu haben. Merkwürdiger Fall, wenn man bedenkt, wie wenig sich Gude für einen politischen Mord qualifiziert hat. Soweit allgemein bekannt.«

»Das ist richtig«, bestätigte Dalgard. »Trotz seiner Zeit in Chile. Aber der Mann war stets ein lupenreiner Diplomat. Immer um Ausgleich bemüht. Im Grunde unpolitisch, ein Parteiloser. Er hat nie etwas unternommen, was irgend jemand hätte verärgern können.«

»Schade um einen solchen Menschen«, sagte Cheng. Das bißchen Ironie, das mitschwang, schwang immer mit, wenn er seinen Mund auftat. Ironie in der Art von Staub. Unvermeidlich.

»Schade ist das falsche Wort«, meinte Dalgard. »Jeder ist ersetzbar. Auch der Beste. Auch der Unschuldigste. Aber es beschäftigt uns natürlich, wenn man einen unserer altgedienten Diplomaten liquidiert und nicht dazusagt, weshalb eigentlich.«

»Vielleicht etwas Privates.«

»Möglich. Aber das würden wir dann ganz gerne wissen. Die Machart spricht dagegen. Zu perfekt. Zu operativ. Zu öffentlich. Jedenfalls dürfen wir uns nicht mit Vermutungen begnügen. Wir benötigen Klarheit. Es wäre fatal, wäre Gude bloß eine Art Probelauf gewesen, den wir nicht als solchen erkennen. Ein Schuß vor den Bug, und wir zucken mit den Achseln.«

»Ich glaube kaum«, sagte Cheng, »daß ich das Format besitze, ein Komplott aufzudecken. Ehrlich. Und ich bin nicht minder geeignet, einen Verrückten zur Strecke zu bringen. Wenn denn da ein Verrückter herumschwirrt.«

»Das verlangt auch niemand. Wir wollen bloß, daß Sie sich in Wien umsehen. Sie können sich denken, daß uns die Hände gebunden sind. Unsere Spezialisten, die wir da hinunterschicken, hängen am Gängelband der Österreicher.«

»Wer hängt schon gerne?« bemerkte Cheng.

»Sie sind Österreicher, ich will also nichts gegen diese Leute sagen.«

»Ich tät es überleben.«

»Es gibt Regeln«, erklärte der Mann mit der bauchigen Brust. »Wir können nicht, wie wir wollen. Und das letzte, was wir vorhaben, ist, einen von unseren Wilden zu entsenden. Die Österreicher lieben ihr Porzellan, wie man so sagt. Menschen mit Porzellan sind immer kleinlich. Meine Frau sammelt Porzellan. Ich weiß, wovon ich spreche.«

»Sie wollen Scherben verhindern.«

»Genau das ist der Punkt.«

»Was stellen Sie sich vor, das ich im Detail tun soll?«

»Uns interessiert, wieso Gude in Wien erschossen wurde. Sein Besuch war kein offizieller. Er wollte ja nur in diese Ausstellung.«

»Dürer, nicht wahr?«

»Ja. Allerdings erwischte es Gude in einem anderen Saal. Inmitten von Fotografien Brassaïs.«

»Guter Geschmack«, stellte Cheng fest.

»Meinen Sie den Geschmack des Täters?«

»Eher des Opfers, wenn es sich dort freiwillig aufgehalten hat.«

»Möglicherweise war er verabredet.«

»Mit seinem Mörder?«

»Wir wissen es nicht. Wir tappen völlig im dunkeln. Auch seine Frau konnte uns nicht weiterhelfen.«

»Wo war sie?«

»Nun, bei Dürer. Sie sagt aus, ihr Mann sei plötzlich weg gewesen. Was natürlich nicht ungewöhnlich ist, daß man sich in einem überfüllten Museum verliert.«

»Was ist von der Witwe zu halten?«

»Sie kennen sie nicht?«

»Sollte ich?« fragte Cheng.

»Eine Dame der Gesellschaft. Eine Muse, könnte man sagen. Eine moderne Muse.«

Cheng gestand, sich wenig um die »besseren Dänen und besseren Norweger« zu kümmern. Er lese keine Klatschspalten. Überhaupt keine Zeitungen.

»Und? Was lesen Sie dann?« fragte Dalgard.

»Bücher über Gartenpflege. Das beruhigt mich. Ich tue gerne Dinge, die beruhigen. Woran Sie erkennen können, daß dieser Fall schlecht zu mir paßt. Zu aufregend. Wenig Blumiges.«

»Sie sind kokett, Herr Cheng. Was ich so hörte, haben Sie ein paar aufregende Geschichten hinter sich.«

»Es gibt Leute, die hassen Regen und Matsch und kräftigen Wind. Was nichts daran ändert, daß sie immer wieder in ein Unwetter geraten.«

»Das ist dann Schicksal«, kommentierte Dalgard. »Aber keine Sorge. Niemand verlangt von Ihnen, ein Unwetter aufzusuchen. Wir wollen nur, daß Sie sich ein wenig in Wien umsehen. Hinhören, was so geredet wird. Finden Sie heraus, ob Gude aus gutem Grund dort und nicht woanders ermordet wurde.«

»Einen Grund muß es wohl geben.«

»Ja, aber die Frage stellt sich, ob der Grund maßgeblich oder belanglos ist. Es gibt Umstände, die niemand aufregen müssen. Andere wiederum gefährden die nationale Sicherheit.«

»Warum ich?« fragte Cheng. Wie man fragt: Warum Krieg?

»Sie sind Österreicher, Wiener«, sagte Dalgard, »ohne wie ein solcher auszusehen. Ich halte das für einen Vorteil. Sie kennen die dortigen Verhältnisse.«

»Ich bin lange weg.«

»Trotzdem. Außerdem wollen wir jemand engagieren, der auf unserer Seite steht. Und das tun Sie doch, nicht wahr?«

»Ich bin zu Gast bei den Dänen, nicht bei den Norwegern.«

»Die dänischen Behörden unterstützen unsere Bemühungen. Die wollen genauso wissen, was von der Sache zu halten ist. Denn wenn eine Gefahr besteht, dann vielleicht auch für die Dänen.«

»Ich bin loyal mit meinem Auftraggeber«, versicherte Cheng.

»Das versteht sich. Ich war schon mit ganz anderen Leuten loyal.«

»Danke«, sagte Dalgard säuerlich und begann erneut, auf seinem Sessel herumzurücken.

Cheng meinte, daß er, Dalgard, doch wohl eine genaue Vorstellung davon hätte, was in Wien zu tun sei.

»Es gibt da eine Sache«, begann Dalgard, »die ich für bemerkenswert halte. Auffällig, ein wenig verwirrend. Auch wenn es sich mit großer Wahrscheinlichkeit um etwas durch und durch Harmloses handelt.«

»Das wäre?«

»Wir haben da in Wien eine Museumswärterin, die Gude sah, als er zwischen den Fotografien herumschlenderte. Und als sie ihm dann wieder begegnete, war er eine Leiche. Dazwischen, so erklärt sie, habe sie nur einen einzigen weiteren Besucher bemerkt, und auch bloß von hinten, als dieser soeben den Raum verließ. Eine schlanke, blonde Frau.«

»Das heißt nicht viel, obwohl ich mit Blondinen so meine Erfahrungen habe. Das kann ich Ihnen verraten.«

»Ja, viel heißt es wirklich nicht. Doch interessant wird dieser Bericht erst durch die Beobachtung eines weiteren Wärters.« Dalgard beschrieb, wie Magda Gude noch in den Räumen der Dürerausstellung einer Frau – auch diese schlank und blond – behilflich gewesen sei. Dadurch, daß sie eine Weile auf deren behinderten Sohn aufgepaßt habe. Was für jedermann offen-

144

sichtlich gewesen sei. Eine freundliche Geste bloß. Und eine weitere freundliche Geste habe nun darin bestanden, daß Magda Gude – nachdem man ihren Mann tot aufgefunden hatte und das Gebäude gesperrt worden war – die Polizei ersucht habe, ebenjene Frau mit ihrem Sohn aus dem Museum zu eskortieren, um den beiden die Umstände einer langen Warterei und unnötigen Visitation zu ersparen. Des Jungen wegen, versteht sich.

»Ein Wunsch«, sagte Dalgard, »dem die Wiener Polizei nachgekommen ist. Frau Gude war soeben Witwe geworden und hatte mehr als nur einen Wunsch frei.«

»Selbstverständlich«, sagte Cheng unter Ausschüttelung ironischen Staubes.

»Wie gesagt, die Sache scheint harmlos. Eher ein Beweis für die Menschlichkeit Magda Gudes, die sich selbst noch in einer solchen Situation um jemand anders kümmert.«

»Ich nehme an«, sagte Cheng, »genau das ist es, was Ihnen verdächtig vorkommt.«

»Ich will wissen, was es zu bedeuten hat. Ich glaube ja nicht wirklich, daß eine Frau mit ihrem behinderten Sohn in eine Ausstellung marschiert, ihr Kind der künftigen Witwe zur Beaufsichtigung überläßt, um sodann mit Ruhe und Übersicht einen norwegischen Diplomaten zu erschießen.«

»Weiß man etwas über diese Frau?«

»Nichts. Magda Gude hat erklärt, sie nie zuvor gesehen zu haben. Auch der Polizist, der die Frau und das Kind begleitet hat, konnte uns nicht weiterhelfen. Ohnedies hält man das Ganze für unwichtig. Nicht nur in Wien. Auch hier bei uns.«

»Sie aber nicht, scheint mir.«

»Ich weiß nicht, was ich denken soll. Aber ich halte es für sinnvoll, an diesem Punkt anzusetzen. Chirurgisch gesprochen, wäre das die Stelle, wo man mit der Sektion beginnen sollte.«

»Stelle ist gut«, meinte Cheng. »Das ist ein ganzer Sektor, ein riesiger Quadrant. Eine Frau ohne Namen, von der man ihre Haarfarbe und ihre Schlankheit kennt. Na toll!«

»Das ist wohl kaum Ihre erste Frau ohne Namen.«

»Richtig. Sehr, sehr richtig. Leider Gottes. Ich will nicht zum Spezialisten für Namenlose werden.«

»Immerhin wissen wir«, meinte Dalgard, »daß unsere Namenlose ein Kind hat. Nicht irgendeines. Einen zehn- bis vierzehnjährigen Jungen, der auffällt.«

»Genauer geht es nicht?«

»Sie kennen das doch. Die Leute sehen die Behinderung. Davon sind sie gefesselt und abgestoßen. Wissen nachher nicht einmal mehr, wie klein oder groß jemand war.«

»Welche Art von Behinderung?«

»Auch da gehen die Aussagen auseinander. Sicher ist, daß der Junge sich weder normal bewegt, noch normal gesprochen hat.«

»Meine Güte, in meinen Ohren hört sich kein Vierzehnjähriger normal an.«

»Hören Sie auf«, mahnte Dalgard, »die Sache komplizierter zu machen, als sie das ohnehin ist. Finden Sie diese Frau. Und wenn Sie soweit sind, rufen Sie mich an, kassieren Ihren Lohn und vergessen die Geschichte.«

»Sie bezahlen mich doch gut?«

»Wir leben hier im Wohlstand. Also überweisen wir Ihnen einen Vorschuß, der diesem Wohlstand entspricht und Sie auch davon abhalten wird, uns irgendwelche Spesen zu verrechnen. Ihre Spesen sind Ihre Sache.«

»Aber gerne«, sagte Cheng und fragte mit wippender Nase: »Kaffee?«

»Nein danke.«

Dalgard erhob sich, tat einen Schritt zur Seite, wie um so rasch als möglich von diesem feindlichen Stuhl wegzukommen, und sah kurz aus dem Fenster, hinaus auf Häuser im Nebel.

»Gibt es eine Kontaktperson in Wien?« fragte Cheng, der ebenfalls aufgestanden war, um hinüber zu seiner Kaffeemaschine zu gehen.

»Gibt es«, sagte Dalgard. »Der Mann heißt Kurt Smolek, ein kleiner Beamter, der in irgendeinem unnötigen Archiv sitzt und Handschriften verwaltet.«

»Was hat er mit den Norwegern zu schaffen?«

»Nichts anderes, als daß er hin und wieder für uns arbeitet.«

»Das klingt jetzt aber doch sehr nach einem Agenten.«

»Ein viel zu derbes Wort«, fand Dalgard, »für jemand wie unseren Herrn Smolek. Schließlich stöbert der Mann in keinen Geheimfächern, verlegt keine Wanzen, spioniert nicht, liquidiert nicht, springt nicht aus Fenstern. Ein Mann wie Smolek springt nicht einmal über Stufen.«

»Ich auch nicht«, sagte Cheng, der ja nicht so gut zu Fuß war. Er hinkte ein wenig. Allerdings mit einiger Grandezza. Chengs Hinken besaß etwas Aristokratisches, ohne deshalb in pure Clownerie abzugleiten, wie das leider nicht wenige Aristokraten tun, die dem eigenen Anspruch in der Art von »Trottel des Jahres« hinterherhinken. Cheng aber hinkte gewissermaßen nicht nach, sondern vor. Wenn er sein schlechtes Bein bewegte, war das wie ein winziger Schritt in die Zukunft. Ein Sprung über Treppen war freilich etwas anderes. Über Treppen konnte sich Cheng nicht anders bewegen als angestrengt. Und mitnichten, indem er sprang.

Smolek und Cheng waren also keine Springer. Soviel war klar. Was für Cheng hingegen unklar blieb, war die genaue Funktion dieses Herrn Smolek.

»Es ist nun mal nötig«, sprach Dalgard, »auch außerhalb einer diplomatischen Vertretung eine Person zu beschäftigen, die die Interessen unseres Landes wahrt. Natürlich geht es dabei meist um Kleinigkeiten.«

»Was für Kleinigkeiten?«

»Nichts, was Sie zu interessieren braucht. Es genügt, wenn Sie Herrn Smolek in vernünftigen Abständen darüber informieren, wie weit Ihre Nachforschungen jeweils gediehen sind. Sie treffen ihn morgen abend in einem Gasthaus namens *Adlerhof*.«

»Morgen? Was Sie nicht sagen. Welche Adresse?«

Dalgard legte eine Mappe auf Chengs Schreibtisch und erklärte, daß sich darin alles befinde, was er benötige. Auch sein Flugticket.

»Bevor ich überhaupt noch zugesagt habe?« zeigte sich Cheng überrascht.

»Man kommt nicht weit, wenn man den Menschen Zeit läßt, sich Gedanken zu machen.«

Cheng wandte nun ein, daß er seinen Hund nicht alleine lassen könne. Nicht in diesem Alter.

»Kein Problem«, sagte Dalgard. »Er darf mitfliegen. Als Handgepäck sozusagen. Wir erledigen das.«

»Trotzdem. Sie überschätzen meine Fähigkeiten.«

»Da wäre ich dann aber schlecht informicrt.«

»Sie meinen, weil Vivi mich empfohlen hat?«

»Vivi ist clever«, sagte Dalgard.

»Ja, das ist sie«, meinte Cheng nachdenklich. War das gut oder schlecht?

Nun, Cheng mußte eine Entscheidung treffen. Als Detektiv, der er war. Er schenkte Dalgard einen flüchtigen Blick – etwa, wie man die Plakate eines Sexkinos im Vorbeigehen betrachtet – und erklärte sich nun endgültig bereit, den Auftrag anzunehmen. Sodann füllte er Kaffee in eine Tasse. Der Dampf stieg in sein Gesicht. Er zwinkerte. Das war die Art von Nebel, die er mochte.

»Ich habe noch eine Bedingung«, drang Chengs Stimme zwischen seinem Geschlürfe hervor. Wie ein Papierflieger, der durch eine Waschküche segelt.

»Und zwar?« Dalgard atmete tief ein. Einen Moment schien es, als würde er aufsteigen. Ein schwerer Mann als Heißluftballon.

»Ich möchte nicht direkt nach Wien fliegen«, sagte Cheng. »Man soll immer den Weg zurückgehen, den man gekommen ist. In meinem Fall also über Stuttgart.«

»Das ist umständlich und unnötig.«

»Nicht für mich«, äußerte Cheng.

Dalgard wandte ein, daß man keine Zeit zu verlieren habe. Außerdem sei das Ticket ja bereits bezahlt.

»Jetzt werden Sie nicht schwäbischer als die Schwaben.«

»Was für Schwaben?«

»Stuttgarter sind Schwaben. Na, das müssen Sie nicht verstehen. Jedenfalls denke ich, sollte das bißchen Geld nicht ins Gewicht fallen. Und auf einen Tag wird es kaum ankommen. Ich könnte noch heute abend fliegen, den Samstag in Stuttgart verbringen und Sonntag den ersten Flieger nach Wien nehmen.«

»Da müßten wir Ihr Treffen mit Smolek verschieben. Der Mann ist ein wenig kleinlich, wenn es um seine Termine geht. Nicht, daß er viel zu tun hätte, aber er scheint mir ein über Gebühr stolzer Mensch zu sein.«

»Er wird diese kleine Korrektur überleben.«

»Sie lassen sich nicht umstimmen?« fragte Dalgard.

»Lieber verzichte ich auf diesen Job. Das mit dem Weg, den man zurückgeht, ist mir heilig. Direkt nach Wien zu reisen, käme mir vor, als würde ich ein Zimmer nicht wieder mittels einer Türe verlassen, sondern durch den Kamin flüchten.«

»Krasser Vergleich«, meinte Dalgard. »Aber gut, wenn Sie unbedingt wollen.«

Der große Mann mit Bauchbrust sah auf seine Armbanduhr, stellte fest, daß es kurz vor elf war, griff dann nach seinem Handy, entschuldigte sich kurz und trat aus dem Zimmer auf den Gang hinaus. Ein paar Minuten später kam er zurück und erklärte, Cheng könnte um sechs am Abend abreisen. Allerdings würde der Flug über Zürich gehen. Ein Direktflug sei nicht möglich. Cheng müsse sich schon damit anfreunden, auf dem Weg nach Stuttgart Züricher Boden unter den Füßen zu spüren.

»Ausgezeichnet!« rief Cheng aus. »Über Zürich kam ich damals nach Kopenhagen. Somit hat alles seine beste Ordnung. Selbst noch im Detail einer ... Schweizer Brücke.«

»Ich buche also.«

»Ja, tun Sie das. Und vergessen Sie nicht meinen Hund. Ein Zwinger im Laderaum kommt nicht in Frage.«

»Das ist mir schon klar«, sagte Dalgard. »Das wäre, als wollte man Sherlock Holmes' Assistenten Dr. Watson in das Fahrradabteil eines Zuges sperren.«

»Wer denkt sich hier die krassen Vergleiche aus?« schüttelte Cheng den Kopf und schenkte dem schlafenden Lauscher einen stolzen Blick, der wohl besagen sollte, daß der überschätzte Dr. Watson bei weitem nicht an einen solchen Hund heranreichte. Wobei Cheng alles andere als einer dieser geisteskranken, in ihrer Tierliebe lebenslänglich inhaftierten Menschen war. So wenig wie Lauscher jemals Anstalten gemacht hatte, eine hündische Abhängigkeit und Treue zu zelebrieren. Nein, diese beiden Wesen gehörten zusammen, wie Kaffee und Zucker zusammengehören, wobei ja der Kaffee und der Zucker durchaus allein bestehen können, also nicht etwa als ein Gemisch dieselbe Dose zu füllen brauchen. Daß Lauscher Cheng auf seinen Spaziergängen begleitete und daß Cheng die Ernährung des Hundes sicherstellte, wurde von beiden als Selbstverständlichkeit empfunden. Kein Grund, sich tiefe Gefühle einzureden.

Wenn nun Cheng darauf beharrte, den Hund mitzunehmen, so darum, weil dies der Anstand verlangte. Denn bei aller Ungebundenheit von Tier und Mensch, war dennoch ein Bild zu erfüllen, das Bild von Hund und Herr. Schließlich stellt man den Zucker auch nicht in der Garage ab, sondern sieht zu, daß er in der Nähe des Kaffees steht. Also in der Küche. Cheng und Lauscher befanden sich in der Küche ihres gemeinsamen Lebens. Und dabei würde es auch bleiben.

»Soll ich Sie zum Flughafen bringen lassen?« fragte Dalgard.

»Nicht nötig. Ich beginne einen Auftrag gerne, indem ich mich in ein Taxi setze. Es ist wie im Film. Jemand steigt in ein Taxi, und wir wissen, daß er jetzt einen Fehler macht.«

»Fehler gehören dazu«, meinte Dalgard. »Allerdings sollte man aus ihnen lernen.«

»Man sollte ihre eigentliche Bedeutung erkennen«, sagte Cheng. »Fehler sind genaugenommen gelöste Rätsel. Es hat etwas Reizvolles, den Sinn eines Fehlers zu begreifen. Ganz gleich, ob man daraus noch etwas lernen kann oder nicht.«

»Das fatalistische Wesen des Detektivs«, definierte Dalgard abfällig, zog sich seinen Mantel über und ging mit einer seitlichen Bewegung, den Blick weiterhin auf Cheng gerichtet, zur Türe, deren Klinke er wie einen Gänsehals packte.

»Aber nein!« widersprach Cheng. »Ich bin ein vorsichtiger, ängstlicher Mensch, dem es gar nicht gleich ist, wo und wie er endet. Aber es wäre töricht, sich den Erfolg, etwas begriffen zu haben, dadurch nehmen zu lassen, daß dieses Begreifen nichts mehr nutzt. Der Mensch – ganz allgemein gesprochen – kommt immer zu spät. Die Typen da, die auf Godot warten, warten natürlich auf jemand, der längst hier war.«

»Existentialist also«, sagte Dalgard, den Gänsehals drückend.

»Nüchtern«, antwortete Cheng. »Einfach nüchtern.«

Dalgard hob seine Hand zum Gruß an, eine schwächliche Geste, die rasch verflog. Dann schloß sich die Türe, ohne daß ein weiteres Wort gefallen wäre.

12
Heimat, du Gruft unserer Träume

Es war Cheng übrigens in keiner Weise bewußt, daß die Regel, stets den Weg, den man gekommen war, auch zurückzugehen, beziehungsweise zurückzufliegen, im Einklang damit stand, daß Teufel und Gespenster stets genau an jener Stelle, an der sie in einen Raum geschlüpft waren, auch wieder hinausgelangen mußten.

Teufel sind Engel, das weiß man. Und auch Detektive sind zumeist Engel, auch wenn das nicht ganz so bekannt ist. Jedenfalls entsprach es einer höheren Ordnung, daß Cheng nach Stuttgart reiste, wo er zwei Nächte und einen Tag blieb, ohne allerdings die Stadt wirklich zu besuchen. Er verbrachte beinahe die gesamte Zeit in der Wirtsstube des kleinen Innenstadthotels. Dort saß er wie in einer Kapsel, als schütze er sich vor Strahlung.

Nur einmal ging er mit Lauscher auf die Straße. Die beiden traf ein kalter Wind. Zusammen standen sie in diesem Wind wie in einer dauernden Ohrfeige.

Der Detektiv und der Hund kamen mittags in Wien an. Es herrschte ein abendliches, vorweihnachtliches Dunkel. Regen schaukelte durch die Luft. Die Straße, die vom Flughafen in die Stadt führte, glänzte wie die feuchte Haut eines Seehundes. Die Landschaft war kaum wahrnehmbar. Aber Cheng wußte ja, wie vollkommen gesichtslos dieses flache, dem Südosten Wiens vorgelagerte Flughafenland war. Er saß im Fond eines nach poliertem Leder stinkenden Taxis, den nassen, dampfenden Lauscher zu seinen Füßen, auch selbst dampfend, und blickte auf ein auf der Rückseite der Nackenstütze aufgeklebtes Abziehbild, das einen leicht schwammigen Supermann zeigte, dessen halb geöffneter Mund balonartig eine Sprechblase entließ. Darin stand geschrieben: *Ich fahre Sie ans Ende der Welt. Und wenn es sein muß, sogar bis nach Budapest.*

Daß dieser untersetzte Supermann Budapest hinter dem Ende der Welt ansiedelte, war schon klar, aber wo meinte er denn, daß sich das Ende befinde? In Wien?

Nun, lange Zeit hatte diese Stadt tatsächlich den Anstrich einer letzten Station westlicher Zivilisation besessen. Für einen Amerikaner nach dem Zweiten Weltkrieg war es definitiv ein mythischer Außenposten gewesen, eine baufällige Oase am Rande des Universums, ein Ort für dritte Männer, ein auch ohne Freud psychoanalytischer Hexenkessel, eine auch ohne Schönberg zwölfarmige Krake, ein vom Slawischen und Ungarischen dominierter Scherbenhaufen der Kulturen, eine Kloake, hintergründiger noch als Paris.

In Wirklichkeit aber war diese Stadt stets das Zentrum der Welt gewesen, in guten wie in schlechten Tagen, den Westen und den Osten verbindend, den Süden notgedrungen akzeptierend und den Norden berechtigterweise als marginal übersehend. Berlin einmal ausgenommen. Von Wien waren die entscheidenden Impulse für die europäische Kultur und ihre Zerstörung, für den Fortschritt und ihre Umkehrung ausgegangen. Jedes Ding konnte sich hier in sein Gegenteil verkehren, und zwar mit einer Selbstverständlichkeit, die den Eindruck von etwas Naturgegebenem vermittelte. Weshalb auch der moralische Standpunkt in dieser Stadt kaum zu halten war, so wie man schwerlich der Sonne einen Vorwurf daraus machen kann, daß sie scheint und beim Scheinen so manche Haut verbrennt. Andererseits gilt Wien geradezu als Brutstätte für Moralisten. Nicht nur im Bereich der Kultur, sondern ganz allgemein. Kein Ort hat je so viele Apostel gesehen. Das Moralistentum dringt in jeden Lebensbereich ein. Selbst noch die Beurteilung eines Abendkleides oder eines Fußballspiels wird primär über Standpunkte der Ethik abgehandelt. In diesem Umstand liegt auch die weltberühmte und oft zitierte Gemütlichkeit und Lustigkeit der Wiener begründet. Sie fühlen sich zu einem heiteren Wesen moralisch verpflichtet. Mit einem kreatürlichen Hang zum Humor hat das nichts zu tun. Der Wiener Humor ist Ausdruck einer sehr persönlichen Sittenstrenge. Er gehört sich.

»Last year I was in Shanghai«, berichtete der Taxifahrer, ein Mann mit herabhängenden Wangen, geäderter Haut und glasigem Blick. »Fabulous. A crazy town. They build their new houses like on a board-game.«

Cheng war niemals in Shanghai gewesen. Die Stadt interessierte ihn so wenig wie irgendein anderer Ort in China. Von ihm aus konnte dieses Land sich zum Kasperl machen und häßliche Hochhäuser hinstellen, bis es platzte oder einen Magendurchbruch erlitt.

Das hätte er dem Taxifahrer sagen können, in breitestem Wienerisch. Doch Cheng verzichtete auf einen solchen Überraschungseffekt. Zu clownesk. Man muß auch erdulden können.

»Nice dog«, sagte der Taxifahrer, der den Hund ja gar nicht sehen konnte.

Cheng schwieg. Ja, er schwieg sogar angesichts des eindeutigen Umwegs, den der englischsprechende Taxifahrer nahm, um in den zwanzigsten Bezirk zu gelangen, in eine Gegend namens Brigittenau, welche die nördliche, kniekehlenartige Ecke füllte, die sich zwischen der Donau und dem Donaukanal gebildet hatte. In der Art wie sich Hühneraugen bilden.

Es gehört zu jenen Zufällen, von denen Anna Gemini meinte, sie würden gleich Jungtieren den Weg an die Brust der Mutter finden, daß Cheng ausgerechnet in der Adalbert-Stifter-Straße sein Quartier bezog. Er selbst ahnte natürlich nicht, wie sehr der Name dieses Mannes in die ganze Geschichte eingewoben war, wenn auch nur als Ornament. Er ahnte es nicht, und doch fühlte er sich eigenartig berührt davon, in die Straße eines Schriftstellers gelangt zu sein, dessen Werk ihm einst Trost gespendet hatte.

Grundsätzlich muß man sagen, daß kaum ein Mensch in dieser Stadt – belesen oder nicht – an Stifter vorbeikommt. Gleich, was ein Wiener tut oder unterläßt, irgendwann stolpert er über Stifter und landet im Schoß des wuchtigen, traurigen Nationaldichters, somit auch im Schoß beschriebener Figuren, die leblos scheinen, in denen aber so etwas wie ein Kerzenstumpf brennt. Und das kennt man ja ganz gut von sich selbst. Dieses letzte Quentchen Licht. Und wenn wir es hin und wieder erkennen, dieses Licht, dieses Lichtlein, dann fallen wir geradezu um vor lauter Glück und übervollem Herzen. Darum Stifter.

Nun, die Zeit, da Cheng ein übervolles Herz besessen hatte, lag Jahre zurück. Er stieg aus dem Taxi, hob Lauscher mit einem Unterarmgriff nach draußen und bezahlte eine unverschämt hohe Rechnung. Ohne mit der Wimper zu zucken.

»Du Depperl!« sagte der Taxifahrer, legte ein breites Lächeln zwischen seine Hängebusenwangen und ergänzte: »Beautiful days in Vienna.«

Daß Cheng auch jetzt noch auf eine Bemerkung verzichtete, war eigentlich übermenschlich. Allerdings meinte er, daß dieser Verzicht ihm ein Recht einräumte. Ein ganz bestimmtes. Worin genau es aber bestehen würde, das Recht, würde er noch sehen, wenn sich die Notwendigkeit ergab, auf selbiges zu insistieren.

Zunächst einmal aber hob Cheng die Reisetasche auf, rief seinen alten, von der Taxihitze schläfrigen Hund und ging auf das Haus zu, dessen Adresse ihm ein gewisser Bertram Umlauf am Tag zuvor telefonisch übermittelt hatte.

Bertram Umlauf, dreißigjährig, früher von allen nur Berti genannt, gehörte jenem Wiener Kreis an, aus dem sich der erste von Chengs Mitarbeiterstäben rekrutiert hatte. Der damals so gut wie mittellose Umlauf hatte im Dienste Chengs kleine Erkundigungen vorgenommen. Beziehungsweise hatte sich Cheng stets an Berti gewandt, wenn eine Frage allgemeiner oder spezieller Bildung zu beantworten gewesen war. Denn ausgerechnet Bertram Umlauf war der mit Abstand klügste Mensch, dem Cheng je begegnet war. Worin eine beträchtliche Ironie bestand, da Umlauf die Basis seiner Bildung dem Besuch einer Sonderschule verdankte. Mittels eines Lehrers, der, von den Behörden unbemerkt, eine kleine Elite exzellenter Sonderschulabgänger herangezogen hatte. Dieser Lehrer hätte in die Geschichte der Pädagogik eingehen können. Daß er dies nicht tat, hing auch damit zusammen, daß all seine brillanten Schüler sich in der gleichen Weise wie er selbst einer Karriere verweigerten und geradezu fanatisch auf ihrem Sonderschulstatus beharrten. Ohne dafür einen Grund angeben zu wollen. Elitärer geht es schon nicht mehr.

Die Außerordentlichkeit des Bertram Umlauf steigerte sich noch, wenn man wußte, daß er ein Nachfahre jenes Kapellmeisters Umlauf war, welcher 1814 den umgearbeiteten Fidelio dirigiert hatte, und es auch gewesen war, der während der Aufführung von Beethovens »Wellingtons Sieg oder die Schlacht bei Vitoria« hinter den dirigierenden, tauben Komponisten getreten war, um dessen allein der Taubheit verpflichtete musikalische Leitung in orchesterfreundlicher Weise zu ergänzen. Wie er das schon öfters praktiziert hatte. Diesmal aber – ungewollt versteht sich – den beschämten (vielleicht auch amüsierten) Beethoven aus dem Saal getrieben hatte. Was nichts daran änderte, daß Kapellmeister Umlauf zu jenen Auserwählten gehörte, die den Sarg Beethovens auf ihren Schultern trugen. Aus gutem Grund und in treuer Anhängerschaft.

Und nun, zweihundert Jahre später, lebte ein Nachfahre dieser Beethovschen Hintergrundstrahlung in einem ziemlich heruntergekommenen Haus in der Adalbert-Stifter-Straße und führte das Dasein eines kleinen Gewerbetreibenden, und zwar dadurch, daß er einen Gemüsestand auf dem Leopoldstädter Karmelitermarkt betrieb. Was durchaus einen sozialen Aufstieg bedeutete, wenn man wußte, daß Bertram Umlauf über viele Jahre anderen Gemüsehändlern als Faktotum gedient hatte. Und nicht selten allein dadurch bezahlt worden war, daß er sich abends etwas von der übriggebliebenen Ware hatte aussuchen dürfen. Wieviel besser war es da, einen eigenen Stand zu besitzen, auch wenn dieser Stand nicht gerade einen reichen Mann aus Umlauf gemacht hatte.

Es ist übrigens eine weitere spezifische Wiener Eigenart, daß die meisten Genies sich in eine solche Existenz als Gemüsehändler zurückziehen, während die Lehrstühle von ganz merkwürdig unbegabten Menschen besetzt werden. Und das ist nur gerecht. Das ist Wiener Gerechtigkeit, daß nämlich der Unbegabte nicht etwa leer ausgeht, sondern sogar auf frei gewordenen Lehrstühlen und ähnlich komfortablen Sitzgelegenheiten Platz findet, während jene mit genialen Zügen ohnehin reich beschenkten Sonderschulabgänger sich ins Kleinbürgerliche oder Abseitige zurückziehen. Freiwillig zurückziehen, wie nicht oft genug betont werden kann. Denn anderswo in Europa heißt es ja, das Genie werde unterdrückt und alles Mittelmäßige gefördert. In Wien aber wählen die meisten Genies aus freien Stücken ein ihrem Talent ungemäßes Leben. Für jemand wie Bertram

Umlauf war es selbstverständlich, sich mit dem Verkauf von Gemüse und Obst über Wasser zu halten. Ein Wort der Klage war ihm fremd. Was nun wiederum als ziemlich unwienerisch bezeichnet werden muß.

Nachdem Markus Cheng den Auftrag der norwegischen Regierung angenommen hatte, war ihm sehr bald die Frage in den Sinn gekommen, wo er denn in Wien wohnen wollte. Möglicherweise würde sich diese ganze Angelegenheit in die Länge ziehen. Somit war es nicht gleichgültig, wo er schlafen, wo er ein improvisiertes Büro errichten wollte. Ein Hotelzimmer kam dabei nicht in Frage, aus prinzipiellen wie aus sicherheitstechnischen Überlegungen. Hotels waren Fallen.

Einen kurzen Moment dachte er an seine Ex-Frau, die seit einiger Zeit mit einem liebenswerten, noblen und rücksichtsvollen Handtaschenverkäufer namens Helwig verheiratet war und entweder ihre eigene oder die Wohnung ihres aktuellen Gatten hätte zur Verfügung stellen können. Aber so freundschaftlich das Verhältnis zu seiner Geschiedenen auch war, schwang dennoch etwas wie Bitterkeit mit. Die Bitterkeit, die man etwa empfindet, wenn man ein gutes Fernsehprogramm versäumt oder einen schönen Tag verschläft. Oder, eines finanziellen Engpasses wegen, ein seltenes, frühes Mickey-Mouse-Heft veräußert. Es tut einfach weh, daran erinnert zu werden. Weshalb Cheng es unterließ, seine Ex-Frau von seinem Wien-Besuch zu benachrichtigen. Auch kam er gar nicht erst auf die Idee, alte Freunde anzurufen. Alte Freunde waren wie alter Spinat. Kalt. Von den Giftstoffen einmal abgesehen.

Daß die Wahl dann auf Bertram Umlauf fiel, war eigentlich geradezu logisch. Zwischen den beiden Männern hatte stets ein großes Vertrauen bestanden, niemals aber ein Gefühl von Intimität. Umlauf war viel zu grandios, als daß man mit ihm hätte intim werden können. Mit einem Menschen, der ernsthaft daran arbeitete, den Beweis des Fermatsatzes auf eine bestechendere Weise zu erbringen, als hundertdreißig Seiten unverständlicher, japanisch-englischer Mathematik vorzulegen, mit einem solchen Menschen vertraut werden zu wollen, hätte sich als selbstmörderisch, zumindest enervierend erwiesen. Da war es schon besser gewesen, diesem fulminanten Sonderschüler ab und zu einen Schein zuzustecken und ihn mit einer kleinen Recherche zu beauftragen.

Das war lange her. Heute besaß der geniale Mann seinen eigenen Gemüsestand und seine eigene kleine Wohnung. Allerdings war er für zwei Tage verreist. Jemand aus seiner burgenländischen Verwandtschaft hatte das Handtuch geworfen. Somit war eine letzte Ehre zu erweisen. Was Bertram Umlauf aber nicht daran hinderte, Cheng eines der beiden Zimmer in der Adalbert-Stifter-Straße zur Verfügung zu stellen. Ohnehin war ihm dieser zweite Raum stets als ein absurder Überfluß erschienen, ein Appendix, ein Anhang ohne echten Sinn.

Wie angekündigt war das Haustor unversperrt, und Cheng betrat ein von einer einzigen nackten Glühbirne beleuchtetes Treppenhaus, dessen schlechter Zustand – das Mauerwerk bröckelte in der Art eines kalbenden Eisbergs – nichts an einer gewissen herrschaftlichen Gestaltung änderte. Mit seinem lädierten Deckenstuck, den mäandrischen Leisten, den bauchigen Säulen, den beiden muschelig zugespitzten Nischen, in denen die Büsten alter, strenger Denker standen, sowie den breiten Stufen, die mit einer eleganten Biegung nach oben führten, wirkte das Innere dieses Hauses palastartig. Ein verkommener Palast, ziemlich märchenhaft.

Was übrigens im alten Wien nicht selten ist. Großzügig dimensionierte Treppenhäuser. Wegen all der Klaviere, die hinauf und hinunter geschleppt werden und welche tatsächlich in dieser Stadt einheimisch sind, ob auf ihnen nun gespielt wird oder nicht. Denn dies ist der tiefere Sinn Wiens, nämlich nicht etwa Wiener hervorzubringen, sondern Klaviere.

Umlaufs Wohnung lag im vorletzten Stock. Der Schlüssel steckte im Schloß. Offenkundig handelte es sich um eines dieser Häuser, in die ein halbwegs intelligenter Einbrecher nie und nimmer seinen Fuß setzte. Und tatsächlich besaß ein steckender Schlüssel wenig Einladendes, wirkte eher wie eine Warnung. Achtung Grube!

Cheng freilich war es verwehrt, um diese Grube einen Bogen zu machen. Er drehte den Schlüssel, öffnete die Türe, ließ dem blinden Lauscher den Vortritt und folgte ihm sodann in den kleinen Vorraum, der sich in die auf die Stiftersche Straße weisenden Haupträume gabelte.

Chengs Zimmer war so gut wie leer. Auf dem staubfreien Parkett lag eine Matratze samt Bettzeug, und in einer der Ecken vegetierte ein Gummibaum. Dazu kam nur noch eine kleine Bodeninstallation, die aus zwei Näpfen, mehreren Dosen Hundefutter, zwei verpackten Knochen, einer zusammengelegten Decke und einem Plastiktierchen bestand. Auf das Plastiktierchen konnte Lauscher verzichten, der Rest war okay. Lauscher hatte auch in jüngeren Jahren nie gespielt. Ihm war diese Art der Beschäftigung stets als ein Ausdruck von Verzweiflung erschienen. So verzweifelt war er aber nie gewesen, hinter toten Dingen herzujagen.

Ernährung war eine andere Sache. Ernährung war notwendig, ihr Sinn stand außer Frage, auch wenn viel Unglück in der Welt auf dieser Notwendigkeit beruhte. Mit dem Fressen beginnt der ganze Wahnsinn des Tötens und Getötetwerden, der Wahnsinn einer permanenten Unruhe, des Zwangs, sich umzusehen, wachsam zu sein, neidisch, gierig, durchtrieben, nervös, unausgeglichen. Es wird immer zuviel oder zuwenig gegessen, und selbst noch das vernünftige Mittelmaß hinterläßt ein Gefühl der Leere. Aber wie gesagt, man kann darauf nicht verzichten, will man am Leben bleiben. Und das wollte Lauscher unbedingt. Selbstaufgabe hielt er für das Allerpeinlichste. Sich derart ernst zu nehmen.

Andererseits war Lauscher kein verfressener Typ. Und als Cheng nun einen der Näpfe mit Fleisch füllte, blieb Lauscher in seiner für ihn typischen Art vor der Speise stehen und unternahm zunächst einmal gar nichts. Weder faltete er seine Nüstern auf, noch verstärkte sich sein Speichelfluß. Er stand einfach da, wie der erste oder letzte Hund, wie das fossilisierte Leben. Und dann, als etwas wie ein kleiner Heiligenschein über seinen gewaltigen Ohren aufzuleuchten drohte, senkte er seinen Kopf, öffnete nußknackerartig sein Maul und schlug seine erstaunlich gut erhaltenen Zähne in das ungehörig weiche Fleisch.

Währenddessen ging Cheng unter die Dusche, wusch sich ausgiebig und schlüpfte danach in ein frisches weißes Hemd. In der Folge führte er seinen Kopf durch die Schleife einer Krawatte, die allen Ernstes noch von seiner Wiener Ex-Frau gebunden worden war. Einen solchen Knoten aufzulösen, verbot sich einem Einarmigen. Und im Grunde waren die Knoten von Chengs kleiner Krawattensammlung – die Knoten der Frauen in seinem Leben – ihm lieb und teuer. Auch war es ja kein Zufall gewesen, daß Cheng ausgerechnet diese bestimmte Krawatte auf seine Wienreise mitgenommen hatte. Er war nun mal ein sentimentaler Bursche, der trotz aller Fluchtwege, auf die er gelangt war, mit seiner Vergangenheit nicht brechen konnte.

13
Alte Küche, alte Kartäuser

Diese Vergangenheit kam ihm nun deutlich zu Bewußtsein, als er aus dem Haus trat und sich in der aufkeimenden Dunkelheit und dem abklingenden Regen stadteinwärts bewegte. Und zwar ohne Lauscher, dem er eine späte Wanderung nicht zumuten wollte. Lauscher lag wieder vor einem Ofen, auf seinem Polster, eine Windel um den Unterleib geschnallt, und bewältigte schlafend die Zeit, die ihm blieb.

Es dauerte nicht lange, da steckte die Stadt in der Nacht fest, und das Licht aus Röhren und Fenstern verlieh ihr eine feierliche, milde Stimmung, verstärkt durch den Umstand, daß Sonntag abend nur wenige Menschen die Straßen bevölkerten. Am Donaukanal entlang – der mehr stand als floß, ein *Lauscher* unter den fließenden Gewässern –, bog er an der Roßauer Kaserne ab, passierte die Rückseite des burgartigen Backsteinbaus, hielt ein wenig vor der zweitürmigen Gestalt der Votivkirche inne und marschierte dann auf der Ringstraße hinüber zu Rathaus und Parlament, um sich hinauf zur Lerchenfelderstraße zu begeben, und somit in eine Gegend, die er bestens kannte. Hier befand sich das Haus, in dem er viele Jahre sein Detektivbüro gehabt hatte. Samt Wohnung, die beinahe unerkannt in dieses Büro eingebettet gewesen war. Wie bei Beuteltieren.

Der einarmige und hundelose Detektiv stand jetzt vor dem fünfgeschossigen Gründerzeitbau und sah hinauf zu den erleuchteten Fenstern. Er verspürte große Lust, zu klingeln und nachzusehen, wer jetzt dort lebte und in welcher Weise das Vergangene aufgehoben worden war. Natürlich gehörte sich das nicht, wildfremde Menschen zu stören, schon gar nicht Sonntag abends.

Doch die Neugierde überwand das gute Benehmen. Cheng trat an die Gegensprechanlage. Zu seiner Zeit hatte es das nicht gegeben. Glücklicherweise wurden neben den Namen der Mieter auch deren Türnummern ausgewiesen, sodaß Cheng gleich wußte, wo er zu läuten hatte.

Als sich die kleine Stimme eines Mädchens meldete und in der wichtigtuerischen Art einer Zehnjährigen einen langen Namen nannte, erschrak Cheng. Mit einer Familie hatte er nicht gerechnet. Die Wohnung war nicht groß, zwei Zimmer, enge Nebenräume. Nein, Familie überraschte ihn.

Noch hatte er die Möglichkeit, diese unsinnige und ungehörige Idee aufzugeben, unschuldige Bewohner zu überfallen. Statt dessen erklärte er dem Kind, mit dessen Vater oder Mutter sprechen zu wollen.

»Wieso?« fragte das Mädchen.

»Weil ich früher hier gewohnt habe«, sagte Cheng ein wenig barsch. Ihm widerstrebte, irgendeiner Göre Auskunft zu geben.

»Sind Sie Jude?«

Meine Güte, dachte Cheng und stellte sich eines dieser altklugen Kinder vor, die in Geschichtsbüchern stöberten, um dann mit einem Halbwissen hausieren zu gehen. Und die ständig falsche Schlüsse zogen.

»Was ist denn los, Lena?« hörte Cheng die Stimme einer erwachsenen Frau aus dem Hintergrund. »Gib mir den Hörer, Schätzchen.«

»Da ist ein Mann, der unser Haus zurückhaben will. Du darfst ihn nicht reinlassen.«

»Ach was«, sagte die Frau, griff dann wohl nach dem Hörer und sprach: »Ja?«

Cheng nannte seinen Namen, entschuldigte sich für die Störung und beschrieb sein Anliegen. Er sei keineswegs gezielt hierher gekommen, sondern mehr zufällig in seine alte Wohngegend geraten, und da habe es sich eben ergeben...Cheng wußte nicht weiter.

»Kommen Sie rauf«, schlug die Frau vor.

»Sehr freundlich«, sagte Cheng erleichtert und drückte gegen die surrende, aufspringende Türe.

Er stellte fest, daß das Haus sich in einem sehr viel besseren Zustand befand. Eine geschmackvolle Renovierung war vollzogen worden. Auch jener Geruch, den alte Menschen verursachen, indem sie alles mögliche anbrennen lassen, war verschwunden. Auf dem dunklen, glänzenden Holz der hohen Wohnungstüren prangten Schilder, auf denen jede Menge Vornamen malerisch aufgezeichnet waren. Väter, Mütter, Kinder, wahrscheinlich auch Meerschweinchen und Kaninchen präsentierten sich solcherart dem Vorbeigehenden. Zudem waren ein Zahnarzt und eine Anwaltskanzlei eingezogen.

Zahnärzte und Anwälte, stellte sich Cheng vor, würden die letzten herkömmlichen Berufe sein, wenn alles andere dem Fortschritt zum Opfer gefallen war. Darum auch würde dieser Fortschritt nichts nutzen. Diese neue Welt keine bessere sein.

Die Frau und das Kind standen an der Türe. Das Kind feindselig, offensichtlich noch immer den Juden witternd, der irgend etwas zurückhaben oder auch nur einen Vorwurf anbringen wollte. So chinesisch der auch anmutete. Die Mutter hingegen erwies sich als freundlich, erklärte, sich an Chengs Namen zu erinnern, und bat ihn ohne Umstände in die Wohnung.

Bereits der Vorraum verriet, daß auch Chengs ehemaliges Quartier einem großen Wandel unterzogen worden war. Der Mief der Jahre, die Patina eines halben Jahrhunderts waren dahin, dieser Eindruck einer in Räumlichkeiten umgewandelten Krankengeschichte. Auch hier hatte sich der Geruch verkohlter Speisen, der Geruch jener Rückstände, die ewig lange auf der Rückseite von Küchenherden kleben und Biotope der besondern Art bilden, verflüchtigt. Und zwar zugunsten eines Aromas, welches der frische Parkettboden, die frische Dispersion und ein Übergewicht an Zuversicht verströmten.

Die Frau, der diese Zuversicht wie eine liebenswürdige Kriegsbemalung ins Gesicht geschrieben stand, stellte sich mit Namen Rubinstein vor.

Beinahe hätte Cheng mit Blick auf das finster dreinschauende Kind seiner Verwunderung ob eines jüdischen Namens Ausdruck verliehen. Zumindest klang Rubinstein für ihn um einiges jüdischer als Cheng. Aber er hielt sich natürlich zurück, dankte der Frau für ihre Gastfreundschaft, ließ sich seinen Mantel abnehmen und folgte ihr in das Wohnzimmer, in dem früher einmal sein Büro gelegen hatte.

Das sagte er jetzt auch. Er sprach laut: »Mein Büro!«

»Ja«, antwortete die Frau ein wenig verlegen, als rede man über jemand Verstorbenen, »die Vermieterin sagte uns, daß Sie hier gearbeitet haben. Wir fanden es ... interessant. Das Zimmer eines Detektivs.«

Nun, dieses Detektiv-Zimmer war nicht wiederzuerkennen. Modern, dennoch gemütlich. Etwa das Sofa von der Farbe blassen Eidotters, welches dastand wie ein langer, dünner Mann, der auf dem Rücken lag. Von einem Herrn Rubinstein war allerdings nichts zu sehen oder zu hören. Dafür ruhte ein Pudel auf dem dicken, ovalen, roten Teppich, der als ein wahrhaftig rotes Meer den Raum dominierte. Der Pudel war jedoch nicht lebendig, sondern aus Stoff, wie Cheng erst im zweiten oder dritten Moment bemerkte. An Lauscher gewöhnt, war das absolute Stillhalten eines Tiers für ihn nicht unbedingt ein Ausdruck von Künstlichkeit.

»Sehr schön haben Sie es hier«, sagte Cheng und betrachtete ein Gemälde an der Wand, eins von diesen Farbtupfenbildern, deren edelster Sinn darin besteht, den Betrachter in Frieden zu lassen und sich mit den Zimmerpflanzen zu vertragen.

»Wir mußten einige Änderungen vornehmen lassen«, gestand Frau Rubinstein im Ton der Entschuldigung.

»Es hat zu meiner Zeit schrecklich ausgesehen«, versicherte Cheng. »Nicht schmutzig oder chaotisch, das nicht. Aber allein der Teppichboden war ein Graus. Gebraucht gekauft. Ein gebrauchter Teppichboden, das ist, als würde man fremde Sokken anziehen.«

»Fremde Unterhosen«, mischte sich das Kind ein.

»Lena, Schätzchen«, bat Frau Rubinstein, »sei nicht vorlaut.«

Lena-Schätzchen machte ein Gesicht, als kenne es keinen einzigen anderen Grund für die eigene Existenz, als den, vorlaut zu sein.

»Jedenfalls war der Teppich eine schlimme Sache«, meinte Cheng, um sich sodann zu erkundigen, ob Frau Kremser noch lebe. Die Nachbarin mit den drei Kartäuserkatzen.

»Die Katzen leben«, sagte Lena.

»Frau Kremser ist vor einem halben Jahr gestorben«, berichtete Rubinstein. »Waren Sie mit ihr befreundet?«

»Das nicht. Aber ich hatte auch eine Katze. Und einen Hund. Da kommt man sich natürlich näher. Woran starb Frau Kremser?«

Rubinstein verzog ihr Gesicht, sodaß der Ausdruck totaler Zuversicht etwas in Mitleidenschaft gezogen wurde. Sie wies ihre Tochter an, in die Küche zu gehen, und erlaubte ihr, sich ein Stück Schokolade zu nehmen.

Lena verzichtete mit Leichtigkeit auf eine Süßigkeit, die ja nicht davonlief, und erklärte, Frau Kremser habe sich aufgehängt.

»So sagt man das nicht«, sagte Frau Rubinstein, ohne aber zu sagen, wie man das sagte.

Cheng meinte verwundert: »Die Kremser war eigentlich nicht der depressive Typ.«

»Fand ich auch«, äußerte Rubinstein. »Sie hatte etwas Unverwüstliches. Wie ihre Katzen. Wenn jemand ihr dumm kam, hat sie ihn bei der Türe rausgeworfen. Eine furchtlose Frau.«

»Breitbeinig«, fand Cheng.

»Ja, so könnte man es ausdrücken. Wir waren alle sehr überrascht, als sie sich das Leben nahm. Aber man kann natürlich nicht in einen Menschen hineinsehen.«

»Na klar, Mama, daß man das nicht kann«, sagte Lena mit der Augenverdrehung gebildeter Stände, schien nun aber doch gelangweilt und wechselte hinüber in die Küche.

»Keine Schokolade«, rief ihr die Mutter hinterher. »Du hast deine Chance verspielt.« Und an Cheng gerichtet, mit der Achsel zuckend: »Die kommen immer früher in die Pubertät.«

Hätte man die Pubertät nicht, dachte Cheng, man müßte sie erfinden. Nickte aber mit einer Mimik uneingeschränkten Verstehens. Dann fragte er erneut nach Frau Kremser, wollte wissen, ob denn vielleicht eine Krankheit im Spiel gewesen sei.

»Nicht, daß ich wüßte. Am Tag, bevor das geschah, hat sie mir geholfen, einen Tisch nach oben zu tragen. Die Frau war kräftig. Sollte sie krank gewesen sein, hat man es ihr nicht angemerkt. Verwunderlich auch, daß sie sich umgebracht hat, ohne ihre Katzen zu versorgen. Nicht ihr Stil. Gar nicht.«

»Die Verzweiflung verändert den Menschen«, sagte Cheng in einem Ton, als sei dies eine Weisheit, für die man mindestens vierzig Jahre werden mußte.

»Natürlich...« Frau Rubinstein zeigte sich erleichtert. Sie meinte, es beruhige sie, daß selbst ein Detektiv an einem solchen Selbstmord nichts Eigentümliches erkennen könne.

»Das habe ich nicht gesagt. Man muß nur aufpassen, nicht gleich das Gras wachsen zu hören, bloß weil ein Mensch etwas Unerwartetes tut. Andererseits erinnere ich mich gut an diese fetten Katzen und wie sehr Frau Kremser darauf geachtet hat, daß die Viecher ihr Idealgewicht behalten. Daß jemand Selbstmord begeht, ist ja nicht ungewöhnlich. Daß jemand aber so einfach aufhört, seine Katzen zu mästen...schon komisch. Wer lebt jetzt in Frau Kremsers Wohnung?«

»Ein Mann, über den ich nicht viel sagen kann. Leitender Angestellter. Etwas mit einer Bank. Ich sehe ihn kaum, könnte ihn kaum beschreiben. Nicht gerade die Art Mann, der ich mein Kind anvertrauen würde, auch wenn es unfair ist, so etwas zu sagen.«

»Was ist aus den Katzen geworden?«

»Die hat Frau Dussek zu sich genommen. Die alte Dame aus dem letzten Stock.«

»Ach was?« staunte Cheng. »Ausgerechnet die Dussek? Ich habe in Erinnerung, daß sie Kremsers Katzen unausstehlich fand.«

»Davon weiß ich nichts«, erklärte Frau Rubinstein.

»Was soll's?« gab sich Cheng gleichmütig. »Wie ich schon sagte, man kann sich in den Leuten irren. Man hält jemand für einen Katzenliebhaber und jemand anders für einen Katzenhasser – und siehe da! Gerade, weil ich mich darin auskenne, kann ich sagen: Nicht hinter jeder Ungereimtheit steckt ein Verbrechen.«

Als würde dies jedoch für jede Unhöflichkeit gelten, fragte Frau Rubinstein nun, ob sie Cheng etwas anbieten könne. Cheng lehnte dankend ab, bat aber darum, sich die restlichen Räume ansehen zu dürfen. Und fügte mit gekünsteltem Bedauern an, wie lächerlich sentimental er sich aufführe.

»Unsinn!« meinte Rubinstein. »Ich verstehe das. Ich gehe

165

heute noch an meiner alten Schule vorbei. Dabei war ich nicht einmal eine gute Schülerin. Aber wenn ich in der Nähe bin ... Es besteht, wie man so sagt, eine magische Anziehung. Es gibt Personen, die fahren Kilometer, nur um bei ihrem alten Bäcker Semmeln zu kaufen. Auch wenn die Semmeln aus der Maschine kommen und auch so schmecken. Aber sie können nun mal von diesem Bäcker und diesen Semmeln nicht loslassen.«

Zufrieden mit ihrem Semmelbeispiel, führte Frau Rubinstein Cheng in das Schlafzimmer, das ja auch sein Schlafzimmer gewesen war. Doch statt Chengs bodennahem Ein-Mann-Futon bestimmte nun die trampolinartige Erhöhung eines in spiegelblankem Nußholz eingerahmten Doppelbettes den Raum. Die elegante Liegestatt suggerierte die einstige Existenz eines Herrn Rubinstein, wo auch immer er sich nun befinden mochte. Daß er noch hier lebte, schloß Cheng aus. Das war ganz eindeutig die Wohnung einer Frau und eines Kindes, in die ein Gatte und Vater die längste Zeit seine Ordnung oder Unordnung eingebracht hatte. Die Doppelbetthälfte war ein letzter Hinweis auf diesen Mann. Ein Hinweis ohne echte Spur. Ein glatt gebürsteter Überrest.

Es versteht sich, daß Cheng es unterließ, sich nach einem Herrn Rubinstein zu erkundigen. Statt dessen tat er einen Blick in das kleine Kabinett, das hinter dem Schlafzimmer lag, jedoch auch mit dem Flur verbunden war. Cheng hatte darin alles mögliche aufbewahrt, um die übrige Wohnung vom Plunder freizuhalten. In diesem ehemaligen Plunderraum war nun ein perfektes Kinderzimmer untergebracht. Heimelig und fröhlich und bunt und materialbewußt, allerdings auch nicht so fröhlich und bunt, daß einem nach fünf Minuten schwindlig geworden wäre.

Cheng sah die üblichen Poster von Pferden und Popstars und fragte sich, welchen Grund es haben konnte, daß Mädchen dieses Alters zumeist gleichzeitig für Pferde und Popstars schwärmten. Das konnte ja kein Zufall sein. Gar nichts in dieser Welt kam aus purem Zufall nebeneinander zu stehen.

Einen kleinen Moment zermarterte sich Cheng den Kopf: Pferde? Popstars? Mähnen? Naßgeschwitzte Körper? Trübe Blicke?

»Was haben Sie denn?« fragte Frau Rubinstein, als sie den angestrengten Ausdruck ihres Gastes bemerkte.

»Ein schönes Zimmer«, wich Cheng aus. »Sie haben wirklich etwas Nettes aus dieser Wohnung gemacht. Man glaubt es kaum.«

»Danke schön«, sagte Frau Rubinstein, wie man sagt: Küß mich.

Die Toilette ersparte man sich und wechselte hinüber in die Küche, die sich zu Chengs Erstaunen kaum verändert hatte. Bloß, daß sie um einiges sauberer war, ein neuer Herd metallen glänzte und ein orangefarbenes Stück kürbisförmige Designerlampe den Raum sehr viel lebensbejahender erhellte. Alles andere war unverändert, die Anrichte, die Spüle, die türkisen Hängeschränke aus den Sechzigern, der dunkelgelb lackierte Kühlschrank sowie jener kleine, einfache Holztisch, der aussah, als sei er gerade noch seiner Bestimmung, eine Puppenküchenexistenz zu führen, entkommen. Selbst der Abtropfständer war derselbe geblieben, und das war ja fast so gewagt wie die Nutzung eines gebrauchten Teppichbodens oder fremder Socken. Doch wie gesagt, die beinahe unveränderte Küche wirkte nun lange nicht so griesgrämig wie zu Chengs Zeiten. Man konnte sich vorstellen, wie an diesem Ort auch richtig gekocht wurde und nicht bloß Tiefkühlnahrung und Tierfutter aufbereitet wurden.

»Sie sehen«, sagte Frau Rubinstein, sichtlich vergnügt ob der Überraschung, »daß ich es nicht übers Herz gebracht habe, Ihre Küche zu verändern.«

»Na, ein bißchen hübscher sieht sie jetzt schon aus.«

Chengs Bemerkung ignorierend, zeigte Frau Rubinstein auf die Schränke und sprach allen Ernstes von »treuen Gehilfen, die man nicht einfach abservieren könne«. Eine Küche müsse gewachsen sein. Alte Regel. Weshalb diese ganzen neuen Edelstahlküchen den unguten Eindruck von Operationssälen vermitteln würden. Man könne darin nicht kochen, ohne an Skalpelle und Aderklemmen zu denken.

Lena betrachtete mit schokoladigem Mund ihre Mutter, als zweifle sie an deren Verstand.

»Nun, ich werde jetzt gehen«, sagte Cheng, pro forma auf seine Uhr schauend. »Es tut gut, zu sehen, daß nicht alles auf der Welt schlechter wird. Beispielsweise diese Wohnung. Mir kommt vor, als dürfte ich endlich auch dieses Kapitel abschließen. Meine Lerchenfelder Episode.«

»Sie sind uns trotzdem jederzeit willkommen«, sagte Frau Rubinstein.

»Wieso?« fragte ihre Tochter.

Cheng dachte an Robert Mitchum in *Die Nacht des Jägers*, wie dieser als mordender Prediger die beiden Kinder einer Witwe schikaniert. Nur so ein Gedanke.

»Hören Sie gar nicht hin«, riet Frau Rubinstein.

»Kein Problem«, sagte Cheng und verbeugte sich einarmig. Eine einarmige Verbeugung ist fraglos die hübschere Variante. Zweiarmige Menschen klemmen deshalb gerne einen ihrer Arme hinter den Rücken oder pressen die Hand gegen den Schenkel. Aber das sieht immer ein wenig behindert aus. Nicht so bei Cheng. Logischerweise.

»Ich meine es ernst«, sagte die Frau, nachdem sie Cheng zur Türe gebracht hatte, während Lena in der Küche und bei der Schokolade geblieben war.

»Was denn?«

»Daß wir uns über Ihren Besuch freuen würden. Wie lange werden Sie denn in Wien bleiben?«

»Noch unklar.«

»Ein Auftrag? Sagt man das so?«

»Ja, das sagt man so. Ein Auftrag.«

»Ich notiere Ihnen unsere Telefonnummer«, erklärte Frau Rubinstein und griff hinter der Eingangstüre nach Papier und Kuli. »Wenn Sie Luft und Lust haben, rufen Sie doch an. Ich könnte dann ein Essen vorbereiten. Verstehen Sie mich nicht falsch, ich will Sie nicht belästigen. Ich suche auch keinen Vater für meine Tochter.«

Cheng nahm den Zettel und versicherte, daß ihm so etwas nicht in den Sinn gekommen wäre. Er fühle sich nicht belästigt, sondern geehrt, und werde gerne auf diese Einladung zurückkommen. Zeit finde sich immer, wenn man diese Zeit auch finden wolle. Und das wolle er unbedingt. Obgleich er sich frage, womit er Frau Rubinsteins Freundlichkeit verdiene. Die kleine Lena habe schon recht, wenn sie das wundere.

»Es ist so«, erklärte Frau Rubinstein, »daß ich unsere Wohnung sehr mag. Es ist eine Ruhe in ihr…eine Ruhe, Herr Cheng, die Sie vorbereitet haben.«

»Meinen Sie?«

»Ja, das meine ich. Auch wenn man sich das bei einem Detektiv schwer vorstellen kann und eher an Hektik als an Ruhe denkt. Aber jetzt, wo ich Sie kennengelernt habe, weiß ich, daß ich recht habe.«

»Das ist schön zu hören«, sagte Cheng, der Frau seine Hand reichend, »ich möchte lieber mit Ruhe als mit Hektik verbunden werden.«

»Bleiben Sie gesund«, wünschte Frau Rubinstein abschließend. Ein Wunsch, den ihr Cheng gerne erfüllen wollte.

Die Türe schloß sich, und Cheng ging die Stufen hinunter. Dabei begann er, sich Frau Rubinsteins Äußeres bewußtzumachen und überlegte, daß sie gut fünfzehn Jahre jünger als er selbst sein mochte.

Jetzt hätte man natürlich wissen müssen, wie alt Cheng war. Aber das war schwer zu sagen. Cheng selbst blieb eine präzise Aussage schuldig. Nicht, daß sein Alter nicht festgestanden wäre. Wenn sich hin und wieder die Notwendigkeit ergab, das Geburtsjahr anzugeben, sprach es Cheng wie im Schlaf aus, ließ sich aber niemals dazu hinreißen, nachzurechnen, ob er denn die Fünfzig bereits erreicht hatte oder nicht. Das ist kein Witz. Sein Alter schwebte über ihm, in spürbarer Nähe, aber doch so weit entfernt, daß auch ein Luftsprung nicht genützt hätte, es zu fassen. Abgesehen davon, daß er keine Luftsprünge zu tätigen pflegte.

Cheng überlegte, ob man Frau Rubinsteins Aussehen als jüdisch bezeichnen durfte. Aber wie hatte man sich das vorzustellen, ein jüdisches Antlitz? Umso mehr, als auch für Cheng das dezidiert Jüdische nur als bösartige Karikatur bestand. Als eine Karikatur, die ohne Hintergrund auskommen mußte, ohne reales Vorbild, als erläutere man einem Menschen, der noch nie einen Vogel gesehen hat, ausgerechnet an Hand flugunfähiger Emus und Kiwis, wie er sich Vögel vorzustellen habe.

Nein, wenn sich Cheng schon festlegen wollte, dann hätte er Frau Rubinstein als einen italienischen Typus bezeichnet, obgleich sie recht großgewachsen war und eher athletisch als zierlich. Aber der dunkle Teint, das gekräuselte, schwarze, zeltartig den Kopf überdachende Haar, die schlanke Nase, die Augen von dunkelbraunem Flaschenglas, die Man-Ray-Lippen, überhaupt das Gepflegte und Gemäldehafte dieses Gesichts erschienen ihm als ein Gruß aus Rom. Ein herzlicher Gruß, den man gerne auch ein zweites Mal empfing.

Nicht, daß Cheng sich eine erotische Verwicklung vorstellen konnte oder wollte. Allein die Existenz der kleinen Lena hielt ihn davon ab. Wie auch das eigene unklare Alter. Seine Einarmigkeit hingegen war kein Thema, für ihn nicht und eigentlich auch nie für die Frauen. Zumindet nicht im negativen Sinn. Da war schon eher von Bedeutung, daß ihm seine Sammlung an Krawattenknoten vollständig erschien.

Andererseits sprach nichts dagegen, sich von dieser Frau einmal bekochen zu lassen. Auch wenn es kaum noch Frauen gab, die kochen konnten. – Das muß man sagen dürfen. Es hat sich als unnötiger, selbstzerfleischender, brachialer Akt der Emanzipation herausgestellt, mit der Verweigerung der Männerbedienung unsinnigerweise das Kochen verlernt zu haben, als würde ein Unkraut jätender Gärtner zur Sicherheit gleich seinen ganzen Garten in die Luft sprengen. Schade drum.

Jedenfalls hatte Frau Rubinstein bei der Renovierung von Chengs alter Küche Feingefühl bewiesen. Schon aus diesem Grund war Cheng fest entschlossen, sie demnächst anzurufen. Zudem war er überzeugt, daß der Gude-Fall ihn eine ganze Weile in dieser Stadt festhalten würde.

Was ihn aber zunächst einmal festhielt, daß war der Anblick jener drei silberblauen, kurzbeinigen Kartäuserkatzen, die in einer der bogenförmigen Fensternischen des Treppenhauses kauerten und deren orangefarbene Augen sich in einer synchronen Bewegung Cheng zuwandten. Die drei Tiere waren lang nicht mehr so fett als zu der Zeit, da Cheng sie das letzte Mal gesehen hatte, wenngleich natürlich auch weniger gut genährte Kartäuser aufgeblasen anmuten und in keiner Weise an die mönchisch-regide Lebensweise ihrer Namensgeber denken lassen.

Wie hatten diese drei Viecher bloß geheißen? Diese schrecklichen Drillinge, die einst Chengs Kater Batman terrorisiert hatten? Etwas Biblisches, soweit sich Cheng erinnern konnte. Aber gab es das, biblische Drillinge? Er wußte es nicht. Und es war ja auch nicht wichtig. Wichtig war vielmehr der Eindruck, den Cheng gewann, indem diese ehemals bis an die Grenze des Verstehbaren gehegten, gepflegten und gefütterten Rassekatzen nun verwahrlost aussahen. Ihr Fell hatte den Glanz polierten Stahls verloren, eines der Augen tränte, ein anderes war von einer Kruste umgeben, ein drittes völlig geschlossen. Auch wirkten die drei lange nicht so erhaben und selbstbewußt, wie das früher der Fall gewesen war, eher eingeschüchtert, nervös, im Zustand dauernden Geducktseins.

Wie um diese Wahrnehmung bestätigt zu bekommen, vernahm Cheng nun die kräftige, durchdringende Stimme der alten Frau Dussek, die vom obersten Stockwerk her nach ihren »Gfrießern« rief. Das war nun kaum der biblische Name dieser drei Katzen, obgleich selbige mit Sicherheit gemeint waren.

Cheng konnte nicht genau verstehen, was alles Frau Dussek das Treppenhaus herunterbrüllte, aber freundlich war es wohl kaum gemeint, wenn die alte Dame wissen wollte, welche »Sau« schon wieder »neben's Kisterl gschissen« habe. Offenkundig hatte sich Frau Dusseks alter Katzenhaß in keiner Weise gelegt, wogegen nichts zu sagen gewesen wäre, wäre nicht ausgerechnet sie es gewesen, die die Lieblinge der erhängten Frau Kremser bei sich aufgenommen hatte. Ein Umstand, der, wie man so sagt, Frau Kremser fraglos im Grabe rotieren ließ.

Nun, das ging Cheng nichts an. Er hatte ja nur seine alte Wohnung besuchen wollen, was nicht zu heißen brauchte, sich schon wieder eine Katzen-Geschichte und eine daraus resultierende Katzen-Rettung anzutun.

Nein! Er schrie es förmlich, wenn auch lautlos.

Umso schlechter war sein Gewissen, als er jetzt an den drei Kartäusern vorbeiging, ihren Blick spürte, diese Mischung aus Furcht und Hoffnung. Die Furcht, Cheng könne mit der Dussek unter einer Decke stecken, wie die Hoffnung, es handle sich bei ihm um einen von Frau Kremser entsandten Engel.

Und es ist ja schon einmal gesagt worden, daß Detektive im weitesten Sinn der Familie der Engel angehören.

171

Wenn nun Cheng ein solcher war, wollte er es in diesem Moment nicht wahrhaben. Er blieb unnachgiebig, unterließ es, die Katzen mit einer freundlichen Bemerkung zu beschenken oder gar zu streicheln, sondern marschierte vorbei, den Blick starr nach vorn gerichtet, entschlossen, verbissen. Taub für das Gejammer, das die drei nun anstimmten. Wahrscheinlich hatten sie einfach begriffen, mit wem sie es da zu tun hatten. Und daß also Hoffnung angesagt war. Beziehungsweise Gejammer.

Cheng aber wehrte sich. Noch.

Kein Engel kann sich auf Dauer seiner eigentlichen Funktion entziehen.

14
Neue Kartäuser

Als Cheng jenes Wirtshaus betrat, das den Namen *Adlerhof* trug, erstaunte es ihn, niemals zuvor hier gewesen zu sein. Niemals auch nur davon gehört zu haben. Immerhin lag diese Lokalität keine fünf Minuten von seinem ehemaligen Büro entfernt.

Nun, das taten natürlich auch andere Restaurants und Kneipen, die er nicht kannte und an deren Fassaden er jahrelang achtlos vorbeigegangen war. Die Gegend war reich gesegnet an Gaststätten. Vergleichbar einem Ort, an dem ständig die Sonne scheint oder es ständig regnet, wovon die Leute ein bißchen komisch werden.

Freilich muß gesagt werden, daß kaum eins von diesen vielen Etablissements die gleiche unbedingte Aufmerksamkeit und stille Bewunderung verdiente, wie jener *Adlerhof* sie nun bei Cheng hervorrief. Die anderen Lokale mochten schön oder häßlich sein, dreckig oder sauber, hip oder rustikal, aber im Falle des *Adlerhofs* lag die Sache tiefer. Dieses Wirtshaus war ein Planet. Und ob ein Planet als hip oder rustikal gelten mußte, war nun mal nicht die Frage. Die Frage bei einem Planeten war immer die: Ist dort Leben denkbar?

Der ganze Raum besaß den Charakter eines tausendfach, nein, eines millionenfach zusammengelegten, auseinandergebreiteten und wieder zusammengelegten Leintuchs. Eines niemals gewaschenen Gewebes, das aber im Zuge dieses andauernden Zusammengelegt- und Entfaltetwerdens so etwas wie eine Säuberung erfuhr. Eine Säuberung abseits dieser unsäglich weißen Tischtücher, welche die allergrößte kulinarische Scheiße zu überblenden berufen sind. Eine Säuberung dadurch, daß sich der zwangsläufige Staub in ständiger Umverteilung und Neuverteilung befand. Mehr kann man ernsthaft auch nicht verlangen. Alles andere in bezug auf Sauberkeit ist eine Illusion.

Illusionen aber schienen im *Adlerhof* nicht zu existieren. Alles sah nach dem aus, was es war, ohne deshalb gleich häßlich zu sein. Der Fernseher über dem Ausschank war noch als ein Apparat zu erkennen, welcher das Maschinenhafte seines Wesens und das Ausschnitthafte seiner Bilder nicht leugnete, während ja neuartige Fernsehgeräte den Eindruck vermitteln, ihre Bilder würden mit beiden Beinen mitten im Zimmer stehen und gewaltig das Maul aufreißen. Ironischerweise steigert sich mit der Flachheit der Monitore ihre Präsenz. Die Bilder zerschneiden den Raum.

Nicht so im *Adlerhof*, wo der Fernseher noch eine richtige Kiste war. Und die Stühle Stühle, was bedeutete, daß sie nicht bloß eine praktische oder unpraktische Funktion erfüllten, sondern auch ohne diese Funktion zu bestehen imstande waren. Wie auch etwa Schildkröten bestehen können, ohne den Inhalt einer Suppe abzugeben. Adlerhofstühle besaßen die Autonomie von Schildkröten, weshalb dieses Lokal auch im leeren Zustand einen belebten Eindruck machte.

Was jetzt beinahe der Fall war, da nur zwei Gäste sich den Raum teilten. Mit dem eingetretenen Cheng waren es drei.

Ein mit einem schweren Mantel und einer Pelzkappe bekleideter Mann lehnte an der Theke, hielt sein Glas Weißwein fest und sah hinauf zum Fernseher, wo gerade jemand sprach, der im Gegensatz zu Adlerhofstühlen und Schildkröten nicht den Eindruck machte, außerhalb seiner Funktion eine glaubwürdige Existenz nachweisen zu können.

Hinter der Theke stand der Wirt, der ebenfalls zum Fernseher blickte, während er gleichmäßig den Rand eines Glases polierte, und zwar genau in dieser Art zigfachen Öffnen und Schließens. Er ging wohl auf die Sechzig zu, ein eher kleiner, schlanker, robuster Mensch, ein Mensch in der Art einer Echse. Er warf Cheng einen knappen, man könnte sagen einen vorsichtigen Gruß zu, um gleich wieder nach oben zu sehen, ein wenig um die Ecke. Keine Frage, dieser Wirt war einer von denen, die spielend um eine Ecke zu lugen verstanden.

Im hinteren Teil des hohen, von korbartig angeordneten Neonröhren lückenlos erhellten Raums, gegen eine mit Veranstaltungsplakaten verklebte Wand hin, saß ein Gast im Alter des Wirtes, beleibter als dieser, aber sehr viel unscheinbarer.

Nicht, daß Cheng ihm je zuvor begegnet war. Nicht, daß ihm Ludvig Dalgard etwa ein Bild dieses Mannes gezeigt hatte. Und doch war Cheng sofort klar, daß es sich nur um Kurt Smolek handeln konnte.

»Herr Smolek, mein Name ist Cheng.«

»Schön, Herr Cheng«, sagte Smolek und hob die rechte Hand von seinem Schoß, als ziehe er ein Ei aus einem warmen Nest. Mit einer kleinen Geste lud er den Detektiv ein, sich zu setzen.

Cheng löste sich aus seinem Mantel, den er auf der Lehne des Nebenstuhls ablegte, und nahm Platz, wobei er sich um eine Haltung bemühte, die zwischen höflicher Konzentration und der Neigung pendelte, nur nichts zu übertreiben.

»Hatten Sie einen guten Flug?« fragte Smolek, während er fast gleichzeitig, wie aus einem zweiten Mund, nach dem Wirt rief: »Herr Stefan, bitte!«

Cheng wandte sich zu dem Wirt hin, wie um das Verhältnis zwischen Namen und Namensträger zu überprüfen. Jedenfalls machte Herr Stefan keine Anstalten, die Politur des Glases zu beenden und seinen Blick vom Bildschirm zu lösen. Mag sein, daß er nickte, mag sein, daß er etwas murmelte.

»Ich bin über Stuttgart gekommen, wie Sie wissen«, sagte Cheng. »Der Umweg war nötig. Ich hoffe, Sie haben dafür Verständnis.«

»Herr Dalgard hat mir das erklärt. Na, er hat es versucht. Was soll's? Man muß ja nicht alles verstehen.«

»Wie meinen Sie das?«

»Ich wundere mich, daß Sie derart an Stuttgart hängen. Ich kenne die Stadt. Eine Cousine lebt dort. Wenn man das ein Leben nennen darf. Man könnte ebensogut in einem Krankenhaus liegen.«

»Wieso? Wegen der Langeweile?«

»Dagegen hätte ich nichts. Es ist diese Luft. Wie unter einem Sauerstoffzelt, das nicht funktioniert. Oder gerade soviel, daß man nicht erstickt.«

»Es hat rein formale Gründe, daß ich über Stuttgart kam.«

Es klang durchaus wie eine Entschuldigung. Soweit war Cheng ein richtiger Stuttgarter geworden und geblieben. Indem er sich für seine Stadt genierte.

»Na, jetzt sind Sie ja hier«, meinte Smolek, um Cheng sogleich davor zu warnen, sich allzu viele Eigenheiten zu leisten. »Ich will offen sein, Herr Cheng. Ich kann unsere norwegischen Freunde nicht ganz verstehen. Einen Mann wie Sie zu engagieren. Soweit ich weiß, ziehen Sie das Unglück an.«

»Das war einmal«, sagte Cheng. »Die Zeiten haben sich geändert. Wenngleich mein Beruf ganz zwangsläufig eine Nähe zur Katastrophe mit sich bringt. Was verlangen Sie denn? Ich bin nicht Florist, sondern Detektiv. Und habe den Tod eines Botschafters aufzuklären.«

»Moment!« unterbrach Smolek und blickte in Richtung des sich nähernden Wirtes.

Herr Stefan betrachtete Cheng nun um einiges freundlicher als noch zuvor. Offenkundig war Smolek ein gerngesehener Gast und somit ein jeder sakrosankt, der an seinem Tisch Platz nehmen durfte.

Herr Stefan erwies sich als Ungar, der seit langem in Wien lebte. Sein Akzent schwang dahin wie der Stock eines Polospielers. Sehr elegant, aber nicht ohne Wucht. Zudem zeigte sich – nachdem Smolek Stuttgart und Kopenhagen erwähnt hatte –, daß Herr Stefan über eine große Kenntnis des schwäbischen wie des dänischen Fußballsports verfügte.

So kam es, daß der Wirt sich minutenlang über das aktuelle Stuttgarter Fußballwunder ausließ, wobei seine Bemerkungen gescheit und kompetent wirkten. Er schien einer von diesen Experten zu sein, nach denen in den Verbänden und Vereinen dauernd gesucht wurde, und die es ja tatsächlich in nicht geringen Mengen gab. Nur nicht im Fernsehen und nur nicht in den Clubs.

Herrn Stefans gleichmäßiger Redeschwall brachte allerdings mit sich, daß Markus Cheng nicht dazu kam, eine Bestellung aufzugeben. Er saß wie auf Nägeln. Nicht allein des Durstes wegen. Er fand es einfach unpassend, in einem Wirtshaus zu sein, ohne wenigstens ein leeres Glas vor sich stehen zu haben.

Doch weder Cheng noch Smolek, der für Fußball rein gar nichts übrig hatte, unterbrachen den Wirt. Niemand tat das. Und soviel Leute konnten gar nicht in diesem Lokal sitzen, daß Herr Stefan – der stets ohne Assistenz war – darauf verzichtet hätte, jemand bei einem leeren oder gar keinem Glas über etwas

Bestimmtes aufzuklären, wobei es nichts zu geben schien, was nicht auf die eine oder andere Weise in die Lust und Qual der Fußballerei mündete. Herr Stefan redete und man hörte zu oder hörte eben nicht zu. Warten mußte ein jeder.

Es war somit der Wirt selbst, der sich schließlich unterbrach, um in eine kurze, priesterhafte Nachdenklichkeit zu verfallen. Dabei neigte er leicht den Kopf und kreuzte seine Hände über einer sauberen, weißen, aber eben nicht blendendweißen Arbeitsschürze.

Eine Weile stand er so da, dann löste er die Kreuzform seiner Hände, zog einen Bierdeckel aus dem Gestell, legte ihn wie einen Elfmeterpunkt vor Cheng hin und fragte, was er ihm bringen könne. Den zweiten Arm hielt er dabei seitlich gegen den Rücken. Sehr gefaßt. Sehr präzise. Sehr souverän. Geradezu einarmig.

Cheng bestellte ein Viertel Weißwein. In einem solchen Lokal ein anderes Getränk zu bestellen (außer man besaß eine Körper- und Gesichtsform, die den Genuß von Bier erzwang), hätte von wenig Verstand und noch weniger Stil gezeugt. Und beides besaß Cheng nun einmal.

»Was genau wollen Sie in Wien tun?« fragte Smolek, nachdem sich der Wirt entfernt hatte und man wieder alleine wie in einem Extrazimmer saß.

»Ich verstehe nicht«, sagte Cheng. »Ich habe einen Auftrag.«

»Sie haben diesen Auftrag angenommen. Das ist ein Unterschied, Herr Cheng. Sie hätten ablehnen können.«

»Ich lebe nicht zuletzt davon, Aufträge anzunehmen statt abzulehnen.«

»Schon richtig. Aber Wien? Ich bitte Sie! Jemand mit Ihren Erlebnissen müßte um Wien einen großen Bogen machen. Genau den Bogen, den Sie ja in den letzten Jahren auch gemacht haben. Warum ändern Sie das plötzlich? Was suchen Sie wirklich?«

»Na gut, wenn Sie etwas hören wollen, dann sage ich eben, ich suche meinen fehlenden Arm.«

Smolek schien zu überlegen. Und erklärte dann auch, daß dies ein plausibler Grund sei. Wenngleich im übertragenen Sinn zu verstehen.

»Keineswegs«, sagte Cheng, wie jemand, der auf einen Zug aufgesprungen war, auf den er gar nicht hatte aufspringen wollen. »Den Arm gibt es. Er liegt im Eis begraben.«

»Im Ernst?«

»Im Ernst.«

Tatsächlich war Chengs abgetrennter Unterarm in der Nähe eines dubiosen österreichischen Wintersportorts in eine Gletscherspalte gefallen und verschwunden geblieben. Wobei nicht wirklich nach ihm gesucht worden war. Wozu denn auch? Eine Anfügung der Gliedmaße wäre in keinem Fall möglich gewesen.

Rein theoretisch war also durchaus die Chance gegeben, daß dieser Arm in seinem ursprünglichen Zustand existierte, eingeschlossen im Gefrierfach eines gefährlichen Berges.

Wien war dann natürlich der falsche Ort, um nach diesem Arm zu suchen. Aber andererseits war es so, daß die Geschichte von Chengs verlorenem Arm in Wien begonnen und in Wien geendet hatte. Und es somit logisch war, auch die Suche nach diesem Arm in Wien zu beginnen.

»Ihr Arm also«, meinte Smolek nachdenklich. Er machte ein Gesicht, als spüre er einen Zahn. Keinen Schmerz, nur den Zahn. Kein Unglück, nur die Ankündigung eines solchen. Aber dagegen war nun mal nichts zu machen. Smolek räusperte sich und meinte, daß es an der Zeit wäre, über die Gude-Sache zu sprechen.

Cheng nickte, während der Herr Stefan ein Glas Grünen Veltliner vor ihn hinstellte. Der Wein besaß einen blassen Teint. Sehr vornehm. Wie eine zerquetschte Prinzessin. Und schmeckte auch ganz hervorragend.

»Was haben wir in der Hand?« fragte Cheng, nachdem er das Glas behutsam auf den Tisch zurückgestellt hatte.

»Nicht viel«, antwortete Smolek. »Aber genug, um überhaupt einen Anfang machen zu können. Punkt eins: Einar Gude wurde in Wien und im Museum erschossen, obgleich er nie etwas mit dieser Stadt und diesem Museum zu tun hatte. Punkt zwei: Seine Frau war anwesend, aber nicht in seiner Nähe, als es geschah. Punkt drei: Genau diese Magda Gude hat einer unbekannten Frau und deren behindertem Sohn die Möglichkeit verschafft, das Museum ungeprüft zu verlassen. Diese gute Tat der

Frau Gude braucht natürlich nicht unbedingt etwas zu bedeuten. Frau Gude ist wie die meisten Personen der besseren Gesellschaft in diversen Stiftungen tätig. Sie wissen schon, Leute, die ständig vom geteilten Brot und nie vom geteilten Ferrari sprechen. Jedenfalls könnte man Frau Gudes Handlung als puren Affekt eines karitativen Menschen begreifen. Nichts weiter.«

»Sie glauben aber, es steckt mehr dahinter, nicht wahr? Auch Dalgard glaubt das. Ich säße sonst kaum hier. Diese unbekannte Frau und ihr Kind sind alles, was wir haben.«

»So ist es«, sagte Smolek. »Allerdings müßten wir dann also ernsthaft glauben, daß diese unbekannte Frau ihren Sohn in die Obhut der Botschaftergattin gab, um in aller Ruhe den Botschafter zu liquidieren.«

»Eine professionelle Killerin?« fragte Cheng.

»Wenn sie es war, dann ist sie vom Fach. So tötet niemand, der etwas Persönliches zu erledigen hat.«

»Das würde auch die Sache mit ihrem behinderten Sohn erklären. Sie nimmt ihn quasi in die Arbeit mit. Sie wäre folglich keine schlechte, sondern eine gute Mutter. Wenn ich das mal so sagen darf.«

»Das ist der Punkt«, stimmte Smolek zu und erklärte, sich kundig gemacht zu haben. Wobei er anfügte: »Wenn Sie das nicht stört, daß ich Ihnen ein wenig ins Geschäft pfusche. Laienhaft, aber engagiert.«

»Ich bitte darum«, sagte Cheng, der längst begriffen hatte, daß dieser unscheinbare Mann in harmlosen Staatsdiensten ein gefährlicher Mann war. Wie gefährlich und für wen, war noch die Frage.

Kurt Smolek winkte hinüber zu Herrn Stefan, zeigte auf sein leeres Glas, nickte und wandte sich wieder Cheng zu, indem er nun seine guten Beziehungen zu einem höheren Kriminalbeamten erwähnte, dessen Name aber nichts zur Sache tue. Jedenfalls sei es dank dieses Kontakts möglich gewesen, sich einmal mit jenem Polizisten zu unterhalten, welcher auf Frau Gudes Wunsch hin die Mutter und den Jungen aus dem Museum geführt hatte.

»Ich habe nach der Kleidung der beiden gefragt«, erzählte Smolek. »Mitunter sagt die Kleidung eines Menschen mehr über ihn aus als sein Gesicht und seine Sprache. Trotz Stangenware. Zeigen Sie mir eine Person, die exakt das gleiche trägt wie eine andere. Wir sind schließlich keine Kommunisten. Unsere Kleidung ist unsere Signatur. Die DNA, die wir sichtbar für alle tragen.«

»Schön. Und was kam heraus?«

»Im Falle der Mutter nicht viel. Nichts Auffälliges, sauber und modisch im Rahmen des Gewohnten, soweit der Polizist mir berichtet hat und das überhaupt beurteilen kann. Aber der Junge ... der Junge ist interessant. Er trug das, was man heutzutage Klamotten nennt. Gute Qualität, scheint es, Markenware. Und er hatte eine schwarze, wollene Mütze, die auf der Stirnseite ein recht auffälliges Emblem besaß. Genauer gesagt ein Signum. Nicht, daß sich der kleine Polizist, mit dem ich da sprach, in katholischer Symbolik auskannte. Aber seine Beschreibung hat mir genügt, dieses Zeichen auf der Mütze zu identifizieren. Ein mit dem unteren Teil in einen Kreis eingefaßtes lateinisches Sockelkreuz, das nach oben hin von sechs Sternen halbkreisförmig umgeben ist.«

»Und was soll das sein?«

»Das Signum des Kartäuserordens. Stat crux dum volvitur orbis.«

»Sie scherzen«, meinte Cheng, nicht zuletzt eingedenk der drei Kartäuserkatzen, die ihm eine Stunde zuvor über den Weg gelaufen waren.

»Womit sollte ich scherzen?« fragte Smolek ernst. »Mit christlichen Symbolen? Das nun wirklich nicht, Herr Cheng. Ich habe ja auch nicht behauptet, daß dieser Junge ein richtiger Kartäuser ist. Aber dennoch ist er Mitglied eines Ordens.«

»Sektierer?«

»Kein Sektierer, Skateboardfahrer. Wenngleich sich das ziemlich weltlich anhört. Fragen Sie mich nicht, was nett daran ist, auf ein paar Quadratzentimetern Brett durch die Welt zu wackeln. Umgekehrt könnte man sich natürlich auch fragen, welche Lust darin besteht, in einer Mönchszelle zu darben.«

»Skateboards? Habe ich Sie richtig verstanden?«

»Ich kenne da eine Dame aus der Jugendbetreuung.«

»Sie kennen viele Leute.«

»Wenn man alt genug wird. Ich habe mich also bei dieser Dame erkundigt, was so ein Kartäuserkreuz auf der Mütze eines Jugendlichen verloren hat. Sie war gar nicht verwundert und erwähnte eine Gruppe von Skateboardfahrern, die sich *Die Patres* nennen.«

Smolek erklärte nun, daß diese Bezeichnung tatsächlich auf die einsiedlerische Vaterkaste der Kartäuser verweise. Nicht, daß diese Jugendlichen besonders katholisch wären und sich nur von Wasser und Brot ernähren würden. Allerdings hätten sie einen speziellen, stark reglementierten Fahrstil entwickelt. Keine Mätzchen. Kaum Figuren und Sprünge. Zudem sei eine Erneuerung des Bretts verboten. Ein Mitglied der Patres sei verpflichtet, ein einziges Board bis ans Ende seines Lebens zu benutzen.

»Wobei ich nicht glaube«, sagte Smolek, »daß diese Kinder sich eine Vorstellung davon machen, wie lange so ein Leben dauern kann.«

»Der Sinn einer Regel«, sagte Cheng, auch so ein kleiner Privattheologe, »besteht ja wohl darin, ungemütlich zu sein.«

»Nun, theoretisch kann man sich so ein Brett auch in die Wohnung hängen, sich davor hinknien und beten, nicht wahr? Beten ist nun mal leichter als balancieren.«

»Haben Sie den Jungen ausfindig gemacht?« fragte Cheng.

»Ich sagte schon, ich bin ein Laie. Ein paar Leute kontaktieren und die richtigen Fragen stellen, von mir aus. Das aber reicht dann auch. Nein, Feinarbeit, das ist Ihr Job.«

»Es wäre aber gut zu wissen, wo diese Patres sich treffen.«

»Damit kann ich noch dienen. Wenn meine Dame von der Jugendbetreuung richtig informiert ist, rotten sich unsere Freunde gerne vor der Wotrubakirche zusammen. Durchaus passend, wenn man deren Hang zum Religiösen und Abgehobenen bedenkt. Zudem gibt es dort eine steile Abfahrt. Sie wissen, wo die Wotrubakirche liegt?«

»Natürlich«, schlug Cheng einen beleidigten Ton an. In bezug auf seine Wienkenntnisse konnte man ihn leicht kränken. Und wie um diesem Beleidigtsein einen obskuren Ausdruck zu verleihen, sagte er: »Ich bin hungrig.«

»Eine Speisekarte, Herr Stefan!« rief Smolek, erklärte aber seinerseits, sich nun zu verabschieden. Er pflege früh zu Bett zu gehen. Und immerhin stehe eine Arbeitswoche bevor, wenngleich er nicht behaupten dürfe, daß ihn seine Arbeit umbringe. Aber auch das müsse ausgestanden werden.

»Ich hörte«, sagte Cheng, »daß Sie ein Archiv betreuen.«

»Archiv ist ein großes Wort. Aber lassen wir das.«

Smolek erhob sich und bezahlte im Stehen seine Rechnung. Gleichzeitig erhielt Cheng die mit Schreibmaschine gefertigte Speisekarte, die offenkundig seit sehr vielen Jahren dieselbe geblieben war. Und damit ist das Papier gemeint, das von mehr oder weniger sichtbaren Korrekturstellen übersät war. Denn die Preise hatten sich natürlich im Laufe der Zeit verändert, waren allerdings noch immer erstaunlich moderat.

»Wir treffen uns«, bestimmte Smolek, »von heute an jeden zweiten Abend. Acht Uhr. Dieser Tisch hier. Herr Stefan wird ihn für uns freihalten, falls das nötig ist.«

»Kann ich Sie telefonisch erreichen?« fragte Cheng.

»Lieber nicht«, meinte Smolek, verzichtete jedoch darauf, seine Vorsicht zu begründen. Statt dessen schlüpfte er in seinen Mantel, setzte sich einen steifen Altherrenhut auf seinen Altherrenkopf, schüttelte Herrn Stefan die Hand und verließ den *Adlerhof*. Zurück blieb … Nun, was war es?

Jeder Mensch, der aus einem Raum tritt, hinterläßt einen Rückstand, einen Bodensatz seiner selbst. So grau und unauffällig kann der Mensch gar nicht sein. Wobei dieser Rückstand mal abstrakt, mal konkret ausfällt. Manche Leute lassen einen brillanten oder einen schwachsinnigen Gedanken zurück, andere wiederum nicht mehr, als einen Rotweinfleck auf dem Tischtuch, hingestreute Asche, Spritzer von Bratensaft. Aber irgend etwas vermacht ein jeder. Das war wohl auch der Grund, daß der Herr Stefan prinzipiell keine Tischtücher auflegte. So konnte er die Spuren seiner Gäste auf die schnellste Weise mit einem feuchten Lappen beseitigen.

Ein brillanter Gedanke war freilich nicht so leicht zu bereinigen. So wenig wie ein Geruch. Und genau das war es, was Kurt Smolek, der österreichische Beamte in geheimen dänischen Diensten, hier zurückgelassen hatte, einen Geruch. Wobei dieser Geruch auch schon vorher präsent gewesen war, als Smolek noch an seinem Platz gesessen hatte. Doch erst mit dem Verlassen des Lokals war das Odeur zur vollen Wirkung gereift, gleich einer Flamme, die sich geruchlich ja dann am stärksten auswirkt, wenn man sie ausbläst.

Odeur war genau das richtige Wort, weil nämlich ein altes Wort. Auch jener Smoleksche Duft hatte etwas Altes, etwas Gestriges an sich. Zudem erfüllte er beide Bedeutungen des Begriffs. Er war so wohlriechend wie seltsam. Seltsam am Rande zum Unheimlichen. Zumindest entsprach dies Chengs Empfindung, wobei er allerdings nicht sagen konnte, was er da eigentlich roch. Es war allein eine gewisse zitronige Schärfe und Frische, die er feststellte, und zugleich etwas Blumenhaftes. Kein Rasierwasser. Eher etwas Medizinisches. Etwas, das er kannte. Aus seiner Kindheit kannte.

Aber Cheng kam nicht drauf. Und weil es ja auch keine Bedeutung hatte, verschloß er gleichsam seine Nase und versank in die Speisekarte, während sich nun – als gebe Smoleks Verschwinden dafür Anlaß – das Lokal füllte. Junge Leute kamen herein, wohl Studenten, wenn man den abendlichen Sonntag bedachte, den die meisten Wiener vor Fernsehapparaten, auf Autobahnen oder mittels eines frühen Schlafs zu bewältigen versuchten. In den abendlichen Sonntag pflegte sich die Depression zu mischen. Leider auch auf Autobahnen.

Nicht aber im *Adlerhof*. Zumindest nicht an diesem Abend. Ein Vergnügen ging durch den Raum, eine Begeisterung für die eigene untypische Sonntagsexistenz. Was nichts daran änderte, daß sich Herr Stefan mit der Aufnahme der Bestellungen die übliche, wohl dosierte Zeit ließ und präzise Analysen zu diversen Sonntagsspielen abgab.

Als dann Cheng an der Reihe war und sogenannte Kaspreßknödel mit Sauerkraut bestellte, notierte Herr Stefan diese Order mit einer derartigen Fürsorge auf einen eng beschriebenen Block, als nehme er eine punktgenaue Personenbeschreibung seines Gastes vor. Aber vielleicht war genau das ja auch der Fall.

Soviel noch: Die Kaspreßknödel – Kartoffelpuffer in der Art einer mächtigen, dicken Zunge – waren ein Gedicht. Was nicht zu wundern braucht, angesichts eines Planeten, der ein Wirtshaus ist. Und umgekehrt.

15
Ein verirrter Sommer

Als Cheng am nächsten Morgen erwachte, konnte er sich zunächst einmal kaum rühren. Woran sicher nicht die Kartoffelzunge von Herrn Stefans Kaspreßknödel schuld war, eher die harte Matratze von Bertram Umlaufs japanischem Gästebett. Daß man neuerdings die Vorteile derartiger Matten in Frage stellte, wunderte Cheng gar nicht. Auch wenn es hieß, Millionen Japaner könnten nicht irren. Konnten sie doch. Ununterbrochen irrten Millionen. Das Irren von Millionen schien geradezu *das* Gesetz in der Welt zu sein.

Es war kalt im Zimmer. Cheng trat an den Ofen und erhöhte die Wärmestufe. Das Gerät sprang mit einem Geräusch an, das sich eher nach einem Absturz anhörte, als sei eine Ente oder ein Supermann ins Trudeln geraten. Dann aber wurde der Chorgesang aufrecht stehender Flammen hörbar. Wie auch ein verwandter Ton aus Lauschers leicht geöffnetem Maul. Gleichzeitig vollzog er eine minimale Bewegung, die ihn noch näher an den Heizkörper heranführte. Seine Augen blieben geschlossen.

Cheng, nackt bis auf die Unterhose, beugte sich hinunter zu seinem dösenden Hund und wechselte ihm die Windel. Wozu ein zweiter Arm nicht geschadet hätte. Dennoch arbeitete Cheng mit der Routine trainierter Eltern. So sehr er im Grunde einarmige Taschenspielertricks verabscheute, verfuhr er in dieser Sache geradezu akrobatisch. Lauscher wiederum blieb bei alldem vollkommen gefaßt.

Nachdem das erledigt war, trat Cheng ans Fenster, vergrößerte den Spalt zwischen den Vorhängen und sah hinaus auf die Adalbert-Stifter-Straße, die im trüben Licht eines von Schneewolken beschatteten und von fallenden Flocken gemaserten Tages ziemlich naturhaft anmutete. Trotz Autoverkehr. Aber natürlich besaßen auch Autos eine lebendige Ausstrahlung, erst recht, wenn sie im Schneetreiben ihre eigentliche Form verloren und sich in der Art von Rotwild bewegten. Allerdings blieb der Schnee nicht liegen, zu warm war der Boden, zu gering die Masse der Flocken. Das gab Cheng Hoffnung. Immerhin hatte er vor, Skateboarder zu beobachten.

Tatsächlich hörte es bald wieder zu schneien auf, sodaß eine bloß feine Schneedecke begünstigte Flächen wie Gartenanlagen oder die Dächer geparkter Wagen seidig überspannte. Dieser erste Schnee war gleich einem Fehlstart gewesen. Die Läufer waren aus ihren Startblöcken regelrecht herausexplodiert, um bald darauf in ein sinnliches Traben zu verfallen und kehrtzumachen. Aber das Publikum besaß nun eine Ahnung, wozu diese Muskelpakete in der Lage sein würden, wenn sie es schafften, gleichzeitig aus ihren Löchern zu springen.

Später am Vormittag machte Cheng einen kleinen Spaziergang, damit Lauscher sein Quentchen frische Luft konsumieren konnte. Auf der Adalbert-Stifter-Straße stadteinwärts gelangten Mensch und Hund über den Donaukanal zur sogenannten Spittelau, einem grandios verbauten Flecken, auf dem sich auch jene berühmte und berüchtigte Müllverbrennungsanlage befand, deren Fassade und hoch aufragender Schornstein von einem sehr späten Jugendstilkünstler umgestaltet worden waren. Derart, daß man meinte, bei dem Müll, der hier verbrannt wurde, handle es sich um Kristallvasen von Fabergé, Kommoden aus dem achtzehnten Jahrhundert, Stühle der Wiener Werkstätte und irgendeinen famosen Inka-Goldschatz. Es gab natürlich eine Menge gebildeter Menschen, die eine solche Architekturlüge schrecklich, ja abstoßend fanden. Allerdings war jener späte Jugendstilkünstler vor einiger Zeit gestorben, und als orthodoxer Wiener, der Cheng war, vertrat er die Anschauung, daß man über einen Toten nichts Schlechtes sagen dürfe. Auch nicht über seine Schornsteine. Und daran hielt er sich. Sogar in Gedanken, als er nun mit seinem bereits erschöpften Hund an dem pittoresken Komplex vorbeispazierte.

Lauscher war jetzt ohne Windel, weshalb er von seinem Herrchen auf ein schmales Stück Wiese geschickt wurde, das unter einem Schleier aus Schnee trauerte. Man befand sich auf

dem Josef-Holaubek-Platz, benannt nach einem Wiener Polizei-
präsidenten, der bezeichnenderweise dadurch berühmt geworden war, in der saloppesten Weise mit zwei entlaufenen Häftlin-
gen geplaudert zu haben. Vor allem der Umstand, sich den
verschanzten Kriminellen mit »Ich bins, der Holaubek, euer
Präsident« vorgestellt zu haben, machte ihn zur Legende und
schien auch die Vermutung zu bestätigen, daß in einem derart
von der Bürokratie beherrschten Land ein Polizeipräsident eine
absolute Autorität darstellte und in gewisser Weise auch die
Obhut über die Unterwelt für sich in Anspruch nehmen konnte.
Darüber hinaus ist diese Episode – in der Tat überredete der
Präsident *seine* Verbrecher zur Aufgabe – ein schönes Beispiel
für den wienerischen Hang zum Operettenhaften. Ganz im
Gegensatz zum Opernhaften, wie es in vielen anderen Städten
vorherrscht und Plätze wie Berlin, Tokio oder Rio als gespensti-
sche, humorlose und in lauter tödliche Arien verstrickte Orte
erscheinen läßt. Daß auch Wien etwas von einer Oper hat, ist
ein großer Irrtum. Selbst die Wiener Staatsoper ist natürlich
eine Operettenbühne, auf der noch das ernsthafteste Musik-
werk fröhlich und belanglos wirkt. Noch der schwergewichtig-
ste Tenor verfällt hier in einen Bonvivant-Stil.

Leute wie der selige Unser-aller-Polizeipräsident Holaubek
haben eindrucksvoll bewiesen, wie wenig in dieser Stadt das
Dramatische eigentlich zählt und wie übermächtig das Komische und Leichtfüßige ist.

Der Hund Lauscher bewegte sich vorsichtig und unglücklich
über die mit jedem Schritt einbrechende Schneefläche und ging
sodann in eine halbe Hocke, um mit einem Ausdruck des Ekels
seinen Darm zu entleeren. Der Ekel galt dem Akt im ganzen, der
Entleerung wie dem Ort der Entleerung. Die Privatheit einer
Windel wäre Lauscher sehr viel lieber gewesen. Er begriff nicht,
weshalb sein Herrchen ihm diese Ausgänge zumutete. Welchen
Zweck sie erfüllten. Wollte er nicht annehmen, pure Bosheit sei
im Spiel.

Lauscher registrierte, wie das kleine Stück Kot durch die zar-
te Verkettung der Schneekristalle brach. Und auch wenn er so
gut wie taub war, so vollzog sich ein Lärm in seinen Ohren, der

Lärm von Schnee. Dazu kam die Kälte, die Nässe und das Gefühl, daß etwas von der Kacke an seinem rechten Hinterlauf hängengeblieben war. Sehr viel schlimmer ging es nicht mehr.

Zurück nahm man den Bus. Denn auch Chengs Glaube daran, die Lebenserwartung seines Hundes durch solche windellosen Spaziergänge zu fördern, hielt sich in Grenzen. Zu Hause angekommen, legte er dem erschöpften Tier erneut ein Höschen an, stellte Futter bereit und ließ Lauscher für den Rest des Tages in Frieden.

Nachmittags fuhr Cheng dann alleine hinaus nach Mauer, um jene über der Stadt gelegene Wotrubakirche aufzusuchen. Er wollte bloß mal sehen. Und hatte Glück. Vielleicht ganz einfach, weil das Wetter endgültig umschlug, die Wolken aufrissen, das Licht durchkam und sich eine plötzliche und heftige Wärme ausbreitete, ein verirrtes Stück Sommer. Solche Sommerstücke existieren. Wie Leute, die immer zu früh oder zu spät erscheinen und die wir dafür auch noch lieben. So wie ja auch im gegebenen Fall unklar blieb, ob dieser Einbruch von Licht und Wärme vom letzten Sommer stammte oder einer Jahreszeit angehörte, die erst kommen würde.

Jedenfalls war eine ganze Gruppe von Skateboardern vor Ort. Die meisten standen oder hockten vor dem Kircheneingang, und jeder hielt sein Brett wie einen vom Rücken gebrochenen Flügel. Auch hier konnte man, wenn man wollte, eine Schar von Engeln erkennen. Unfähig zum Fluge, eine Straußenfamilie von Cherubinen.

Gesprochen wurde nichts. Man blickte konzentriert auf den einen Akteur, welcher soeben den betonierten, aber unebenen, in einer steilen Kurve abwärts führenden Weg dahinratterte, wobei dieser Weg von einer Vielzahl von Stufen unterbrochen wurde. Die Unterbrechungen freilich bedeuteten den eigentlichen Spaß, die Herausforderung, die Prüfung, die göttliche Klippe, über die man sich gläubig stürzte.

Im Gegensatz aber zu der bekannten Manier, solche Barrieren im Fluge zu nehmen, nach dem Board fassend einen Sprung zu wagen, versuchten die Jungs hier, die Stufen als solche zu bewältigen. Ihnen nicht auszuweichen.

Mit großer Rasanz, die Knie nur leicht angewinkelt, die Arme dachartig ausgestreckt, holperten sie über die schwierige Strecke, mit allen Rädern am Boden bleibend.

Darin schien der Clou zu bestehen. Sich das Springen zu verbeißen. Was um einiges schwieriger anmutete, als in der üblichen Weise über ein Hindernis zu hechten. Zudem meinte Cheng zu erkennen, daß die gesamte Körperhaltung einem genauen Muster entsprach. Auch wenn sich Unsauberkeiten und Abweichungen einstellten. Aber darum war man ja hier, der Exerzitien wegen. Dazu kam, daß all die Jungs – Mädchen waren keine zu sehen – eine schwarze Mütze trugen, darauf das immergleiche Symbol zu erkennen war. Keine Frage: Kartäuser.

Cheng marschierte über einen zweiten, gegenüberliegenden und von den Patres unbenutzten Weg nach oben und stellte sich nahe der Kirche in den Schatten. Obgleich es natürlich in der Sonne angenehmer gewesen wäre. Aber aus dem Dunkel heraus hatte er die bessere Sicht. Auch wäre er ansonsten gezwungen gewesen, sich mitten unter die Skateboarder zu mischen. Was er keinesfalls wollte. Die Nähe zu jungen Menschen war ihm grundsätzlich unangenehm. Nicht, weil er Kinder haßte. Aber sie waren ihm nun mal fremd, wie einem Spinnen fremd sein mögen, oder Mäuse, die sprechen können, oder Fernsehgeräte, die sich von selbst einschalten, oder Autos, die eigenhändig das Tempo erhöhen. So war das für ihn. Auch darum sein Stillhalten im Schatten.

Es dauerte nicht allzu lange, da erkannte Cheng den Jungen, nach welchem er suchte. Zunächst war dieser auf die Entfernung hin von den anderen nicht zu unterscheiden gewesen. Er trug dieselbe Kleidung, hatte dasselbe Zeichen auf seiner tief ins Gesicht gezogenen Wollmütze und besaß wie alle hier ein dunkelfarbenes Board, schwarze Turnschuhe und eine beim bloßen Stehen knorrige Körperhaltung. Erst als er an der Reihe war, sich den Weg hinunterzustürzen, bemerkte Cheng dessen Andersartigkeit. Obgleich der Junge den gleichen Stil wie seine Ordensbrüder praktizierte, waren seine Armbewegungen heftiger und ausgreifender. Auch das Schlenkern des Kopfes fiel auf. Zudem schrie dieser Junge mehrmals kurz auf, und zwar in der Art eines Bellens, während bisher allein das Poltern und Knirschen der Räder zu vernehmen gewesen war. Er fuhr nicht schlechter und nicht besser als die meisten anderen hier, nahm die Stufen mit einigen Problemen, ohne aber zu stürzen oder auch nur absteigen zu müssen. Unten angekommen, stieg er vom Brett und nahm es in den Arm, und zwar indem er sich hinunterbeugte und es aufhob. Wie auch die anderen Patres, verzichtete er auf die Unart, sein Board mit einem Tritt auf die hintere Kante in die Höhe zu bugsieren. Zudem erfolgte weder ein Applaus noch ein Zeichen von Ablehnung. Es wurde geschwiegen. So war das nun mal mit Mönchen. Diese gewisse Aversion gegen das gesprochene Wort. Und vor allem gegen die Äußerung von Emotionen. Diese gewisse Arroganz gegen das Leben.

Cheng sah sich um. Die Möglichkeit einer Verwechslung bedenkend, blickte er sich nach einem zweiten Behinderten um, studierte die Fahrweise der nacheinander Antretenden. Aber da war sonst niemand, der das normierte Verhalten der Skateboard-Kartäuser um eine deutlich individuelle Note bereichert hätte. Oder etwa durch eine fehlende Gliedmaße aufgefallen wäre.

Ja, man muß es so sagen. Der zweite Behinderte an diesem Ort war Cheng selbst, auch wenn er sich ungern so sah. Aber das war ein Faktum und brauchte nicht diskutiert zu werden.

Chengs Widerwille, sich allzu sehr den Patres zu nähern, verminderte sich zusehends in der Kälte des Schattens. Aus dem er nun endlich heraustrat, einige Blicke über sich ergehen ließ und sich sodann gegen einen von der Sonne aufgeheizten Stein der Kirche lehnte. In dieser Position verblieb er noch eine ganze Stunde. Man hätte ihn für einen Päderasten halten können. Ein Gedanke freilich, den keiner der Kartäuser dachte. Sie hatten rasch aufgehört, sich um diesen komischen Chinesen zu kümmern. Ohnehin gab es nichts, was sie fürchteten, nichts, was jenseits ihrer Zwiesprache mit Gott lag, dem sie sich über ein schmales Brett auf Rollen mitteilten.

So rasch wie das verfrühte oder verspätete Stückchen Sommer sich eingefunden hatte, verschwand es auch wieder. Mit dem Einbruch der Dämmerung kam der Winter zurück und fiel mit einem zweiten, ungleich heftigeren Schneeschauer über die Stadt herein. Diesmal klappte der Start, diesmal kamen alle Winterteufel gleichzeitig aus ihren Startblöcken heraus.

Nun war es natürlich so, daß sich Kartäuser von solchen Teufeln nicht schrecken ließen. Wäre ja noch schöner gewesen. Schon gar nicht fühlten sie sich zu einer raschen Flucht veranlaßt. Sie fuhren und standen noch eine ganze Weile herum. Einige von ihnen mit kurzen Leibchen. In diesem Alter schien man nicht zu frieren. Zudem trugen ja alle ihre Wollmützen, während jetzt neunzig Prozent der Wiener Passanten vollkommen barhäuptig von diesem Neustart des Winters – nach sehr, sehr kurzer Sommerpause – überrascht wurden.

Der Aufbruch der Kartäuser erfolgte sodann ohne jede Eile und ohne die Würdelosigkeit um ihrer Frisuren besorgter Menschen. Man beendete die Exerzitien in der vereinbarten Form und begab sich nach Hause, und damit wohl in jene bürgerliche Sphäre, in der die wahre Bedeutung eines Skateboards unerkannt blieb.

Cheng folgte dem Haufen Jugendlicher durch den schräg herabstürmenden Niederschlag. Einen langen Weg befürchtend, durfte er mit Erleichterung feststellen, daß besagter Junge sich bereits am unteren Ende jener steil auf die Kirche zu- und wegführenden Straße von seinen Kameraden verabschiedete und ein von dicht stehenden Bäumen bewaldetes, eingezäuntes Grundstück betrat. Hinter den Bäumen und hinter dem Vorhang aus Schnee erkannte Cheng vage ein Haus, eine kleine Villa, deren Zustand bei diesen Verhältnissen nicht zu beurteilen war.

Jedenfalls wußte Cheng nun, wo der Junge wohnte. Und es war anzunehmen, daß hier auch die Frau zu finden war, von der Smolek gesprochen hatte. Die Mutter und Killerin. Wenn es denn so war.

Cheng überlegte, ob er die Sache frontal angehen solle. Der Schnee aber störte ihn, und zwar gewaltig. Für ihn war Schneefall ein böses Omen. Aus gutem Grund. Allerdings widerstrebte ihm auch, in diesem Wahnsinnswetter nach der in Stadtrichtung gelegenen Autobushaltestelle zu suchen. Oder auf ein Taxi zu warten, das er ja erst hätte bestellen müssen. Wozu eine Telefonzelle oder Gaststätte nötig gewesen wäre. Und diese Gegend war alles andere als eine Telefonzellen- und Gaststättengegend. Nein, so sehr dieser heftige Schneefall als ein schlechtes Zeichen

190

verstanden werden mochte, zwang er Cheng zu einer offensiven Verfahrensweise.

Er trat an das Tor und entzifferte zwischen rasenden Schneeflocken einen Namen: *Gemini*.

War das ein Name oder ein Witz?

Nun, warum sollte nicht jemand wie eine amerikanische Raumfahrt-Kapsel heißen? Oder wie ein Sternbild? Es gab Schlimmeres. Manche Leute hießen wie ein Rasierapparat. Auch eignete sich der Name Gemini in keiner Weise, an etwas zu Schreckliches zu denken. Im Gegensatz zu Rasierapparaten.

Cheng drückte den Knopf sehr viel rascher als sein Verstand arbeitete. Er hatte sich noch nicht einmal überlegt, wie er seinen Auftritt begründen wollte. Hier war nicht die Lerchenfelder Straße. Hier hatte er niemals ein Büro gehabt.

Er stand einfach da, wie jemand, der bedroht war, von den Strudeln aus Schnee verschluckt zu werden.

Und als nun die Stimme einer Frau durch den Lautsprecher drang, um sich zu erkundigen, wer denn da sei, sagte Cheng ganz einfach die Wahrheit. Weil nun mal in der Not und auf die Schnelle die Wahrheit einem sehr viel leichter über die Lippen geht. Er sagte also: »Mein Name ist Markus Cheng, und ich bin Privatdetektiv.«

Mitunter konnte die Wahrheit ganz schön lächerlich klingen. Da hätte er gleich davon sprechen können, ein Engel zu sein.

Tatsächlich fragte die Frau: »Detektiv? Sie sind wohl einer von den Spaßvögeln, denen jedes Mittel recht ist, einen Staubsauger zu verkaufen.«

»Keine Staubsauger«, versprach Cheng. »Keine Zeitschriften. Und schon gar keine Versicherungen.«

»Also gut«, meinte die Frau. »Wenn Sie wirklich Detektiv sind, werde ich Sie ja ohnehin nicht so schnell los. Ersparen wir uns also die Umwege.«

»Sehr freundlich!« dankte Cheng und drückte gegen die surrende Gittertüre. Die kalte Schnalle vibrierte. Es kam Cheng vor, als habe er den Arm oder das Beinchen einer batteriebetriebenen Puppe erfaßt. Ein Moment der Übelkeit stellte sich ein. Es gab Vergleiche, die man lieber nicht dachte.

V

Gemini und Cheng

Ich beschreibe Einem ein Zimmer, und lasse ihn dann,
zum Zeichen, daß er meine Beschreibung verstanden hat, ein
impressionistisches Bild nach dieser Beschreibung malen. –
Er malt nun die Stühle, die in meiner Beschreibung grün
hießen, dunkelrot; wo ich »gelb« sagte, malt er blau. –
Das ist der Eindruck, den er von diesem Zimmer erhielt.
Und nun sage ich: »Ganz richtig; so sieht es aus.«

PHILOSOPHISCHE UNTERSUCHUNGEN, LUDWIG WITTGENSTEIN

16
Eine Waffe namens Bachmann

Anna Gemini trat hinaus auf die Straße, die – noch feucht vom ersten Schnee – im Licht des zu frühen oder zu späten Sommerstücks einen metallischen Glanz besaß. Überhaupt hätte man die steil aufragende Straße in diesem Moment für ein monumentales Silberbesteck halten können, das den Weg hinauf zur Wotrubakirche wies. Gewissermaßen als einen katholischen Tortenheber.

Auf einen mühsamen Aufstieg konnte Anna allerdings verzichten. Ein solcher war auch gar nicht nötig. Es genügte vollauf, daß sie sich das mitgebrachte Fernglas an die Augen hielt, eine genaue Einstellung vornahm und sodann die Unversehrtheit ihres Jungen feststellen konnte. Er stand inmitten des Pulks auf der Kuppe und verfolgte die Fahrt eines seiner Mitbrüder. Hochkonzentriert. Das waren sie alle. Sie schienen keine Sekunde mit etwas anderem als jener Betrachtung beschäftigt zu sein. So gesehen waren sie tatsächlich echte Kartäuser, indem sie nämlich in ihrer jeweiligen Isoliertheit, ihrer geistigen und konkreten Einsiedelei doch eine Gemeinschaft bildeten. Eine verschworene Truppe, für die weder Schabernack noch Eigensinn zählte. Und schon gar nicht ein persönlicher Fahrstil. Wenn sich dieser ergab, war er ungewollt. Etwas, das es auszumerzen galt.

Anna Gemini war froh um diese Bruderschaft und daß ihr Sohn darin eine Heimat gefunden hatte. Denn es war ja nun keineswegs so, daß Carl irgendeinen Platz in der Gesellschaft besaß. Vielmehr galt er als Störung. Uneingestanden und unausgesprochen, aber als Störung. Die Zeiten, da man ihn dank diverser Schulmodelle integriert hatte, waren vorbei. Genug geblödelt. Mit vierzehn war man entweder geheilt oder man wurde ins Territorium der Deppen verbannt, zur Korbflechterei oder ähnlichem Unsinn. Nicht, daß Carl Körbe flechten mußte.

194

Aber nur darum nicht, weil seine Mutter derartiges rigoros unterband und sich quer zu diversen Beschäftigungsprogrammen stellte. Selbst noch zu Dingen wie Kunsttherapie. Warum sollte ihr Sohn, während Gleichaltrige mit Computern spielten, Kunstwerke herstellen? Nur, um den Job irgendeines Therapeuten zu rechtfertigen? Nur, damit diese Kunstwerke – dieses nachlässig hingeschmierte Zeug, wie eben Halbwüchsige, gesund oder nicht, nachlässig zu schmieren pflegen – die Gänge von Instituten schmücken konnten?

Anna schützte ihren Sohn. Und schützte ihn auch gegen seine Vereinahmung als Geisteskranken. Umso mehr war sie erfreut gewesen, als Carl auf jene Kartäuser gestoßen war, die in völlig anderen Kategorien dachten. Und deren Radikalität soweit ging, nicht etwa gegen die Gesellschaft Position zu beziehen, wie man sich vor eine Lawine hinstellt und »Halt!« sagt, sondern sich außerhalb ihrer zu bewegen. Zwischen Lawinen. Und dabei eine Demut zu praktizieren, die die Fahrt auf einem Skateboard nicht nur zuließ, sondern geradezu erzwang, allerdings jegliche Exaltiertheit unterband. Darum keine Sprünge. Darum der Verzicht auf eine gewollt eigene Note.

Anna Gemini hatte sofort begriffen, daß dieser Skateboard-Orden für ihren Sohn eine Zuflucht darstellte, wie sie selbst unter bester mütterlicher Pflege nicht zustande kam. Und das war gut so. Carl konnte sich auf diese Weise unter seinesgleichen bewegen. Ein Junge unter Jungs. In einer Gruppe, die ihre Spiritualität bezeichnenderweise zwar in der Nähe einer Kirche, aber dennoch unter freiem Himmel ausübte. Also auch an dieser Stelle die Lawine mied.

Wie auch in einem weiteren wesentlichen Punkt. Es fehlten Mädchen. Die schlimmsten Lawinen von allen.

Daß sie fehlten, war Anna sehr recht. Nicht nur, weil sie als Mutter eine angeborene Aversion gegen die potentiellen Gespielinnen ihres schutzbefohlenen Kindes verspürte. Sondern auch, da sie erfahrungsgemäß den Einfluß junger Frauen auf junge Männer für zerstörerisch hielt. Nicht die Schule, nicht der Beruf, nicht das Militär, nicht die Onanie oder der Alkohol oder schlechte Filme machten aus jungen Männern junge Idioten. Nein, es waren jene mehr oder weniger gleichaltrigen Mädchen, die in diesem bestimmten Alter schlichtweg bösartig zu nennen waren. Hochintelligent und hochbösartig. Virulent, könnte man sagen. Oder toxisch.

Das ist das Drama unserer Gesellschaft. Von solchen in jungen Jahren zerstörten Männern dominiert zu werden. Wie schon immer. Natürlich auch zu Zeiten, als man versucht hatte, junge Frauen und junge Männer getrennt zu halten. Aber das geht nun mal nicht. Der ruinösen Kraft junger Frauen mit Restriktion oder einschnürendem Mieder zu begegnen, zeugt von der Dummheit jener, die zuvor ja ebenfalls junge Männer waren, die zu jungen Idioten wurden.

Genau dies dachte Anna Gemini, ohne sich dabei schlecht vorzukommen. Oder sich als Verräterin gegen das eigene Geschlecht zu empfinden. Was sie zu erkennen glaubte, hielt sie für gottgegeben, für durchschaubar und nicht zuletzt für vermeidbar. Zumindest im Einzelfall. Weshalb sie meinte, daß es für ihren Sohn besser sein würde, seine Pubertät und Adoleszenz in Sphären zu verbringen, die frei von jenen mehr oder weniger gleichaltrigen Weibsstücken waren. Darum und aus vielen anderen Gründen unterstützte sie Carls beinah tägliche Aufenthalte im Kreis der Kartäuser.

Daß Anna Gemini in bezug auf Mädchen, beziehungsweise *ein* Mädchen, schon bald ihre Meinung ändern würde, konnte sie nicht ahnen. Eigentlich weniger die Meinung als die Bestätigung ihrer Meinung mittels einer Ausnahme von der Regel. Welche dazu dient, die Ausnahme von der Regel, sich ständig selbst zu widersprechen, ohne daran etwas zu finden.

Die meisten dieser Kartäuser lebten in jener Gegend, die sich unterhalb der Wotrubakirche großzügig und gartenreich ausbreitete. Hin und wieder traf man sich auch an anderen Kirchen, wie der Kalksburgkirche, doch stellte der Platz vor der Wotrubakirche das eigentliche Zentrum des Ordens dar. Was natürlich ein Glück für Anna Gemini war. Zumindest bedeutete es eine große Erleichterung. Man darf ja nicht vergessen, wie sehr Mutter und Kind aneinander gebunden waren, sodaß sich der eine vom anderen ungern entfernte. Und nur unter bestimmten idealen Bedingungen.

Selbige waren hier gegeben. Im Kreis der Kartäuser fühlte sich Carl sicher. Dazu kam, daß das Haus der Geminis und die Wotrubakirche kaum hundert Meter auseinanderlagen und sich von der Straße aus eine direkte Linie ergab.

Es gehörte nun zu den üblichen Ritualen mütterlicher Pflege, daß Anna ab und zu ihre Renovierungsarbeiten unterbrach, Haus und Grundstück verließ und mittels Fernstecher nach oben sah. Carl wußte davon, und es war ihm recht. Auch die anderen Kartäuser waren unterrichtet. Doch niemand fühlte sich gestört oder beobachtet. Man akzeptierte Annas Handlungsweise als eine formale Übung, als einen schmückenden Akt ihrer Sorgsamkeit. Denn immerhin unterließ sie es, hinauf zur Kirche zu kommen und sich in die Belange der Kartäuser zu mischen. Nein, Anna ging nicht einmal so weit – wie es andere Mütter versuchten –, die ganze Gruppe auf Cola und Kuchen einzuladen. Sie wußte, wie wenig die Patres solche Anbiederung schätzten.

Anna Gemini stand also auf der Straße und betrachtete durch die Optik eines überaus praktikablen Geräts ihren Sohn und seine Freunde. Nicht, daß sie auf der Suche nach etwas Bestimmtem war. Sie überzeugte sich bloß davon, daß alles seine Ordnung hatte.

Hatte es aber nicht. Ihr mit dem Okular und dem Objektiv langsam dahingleitender Blick stoppte angesichts jener Gestalt, die da im Schatten des kubischen Kirchenkörpers weniger stand, als daß sie sich verborgen hielt. Die Gestalt eines Mannes, wie sie jetzt erkannte. Eines Mantelträgers, welcher die Jugendlichen beobachtete. Daran konnte kein Zweifel bestehen.

Das war zunächst einmal nichts, was einen aufzuregen brauchte. Natürlich fanden sich immer wieder Spaziergänger ein, die angesichts dieser Gruppe von Skateboardfahrern eine Weile innehielten. Allerdings handelte es sich fast ausschließlich um ältere Leute, die über die Zeit verfügten, an einem Montag nachmittag zur Kirche hinaufzusteigen, um dann tatenlos herumzustehen.

Der Mann jedoch, der sich da an den Rand gestellt hatte, war kein Pensionist. Auch kein Arbeitsloser, der die Zeit totschlug.

Es war ganz eindeutig, daß er nicht zu seinem bloßen Vergnügen gekommen war, daß er im Schatten fror, auch der dünnen Halbschuhe wegen. Nicht, daß Anna auf diese Entfernung sein Schuhwerk ausmachen konnte. Aber es handelte sich nun mal um den Typ Mann, der niemals etwas anderes als Halbschuhe trug. Auch auf Bergen nicht. Immer die gleichen dünnen Schühchen. Keine Frage.

Auch meinte Anna zu erkennen, der Mann sei Asiat. Oder besitze zumindest asiatische Züge. Ganz sicher hingegen war, daß er die Jugendlichen beobachtete. Nicht die Gruppe als solche. Vielmehr ging sein Blick durch die Reihen, als suche er jemand Bestimmten. Auch dann noch, als er sich endlich aus dem Schatten löste und in den sonnenbeschienenen Eingangsbereich wechselte.

Als nun Carl an der Reihe war und in Kartäuser-Manier sein Skateboard bedächtig auf die Rollen stellte, um ebenso bedächtig sich selbst auf diesem zu plazieren, da führte Anna ihren fernstechenden Blick näher an die Visage des Mannes heran, dessen nun deutlich zu erkennende Augenform keinen Zweifel mehr über seine mongolische Herkunft ließ. Chinese wohl.

Sie behielt den Blick auf seinem Gesicht. Was sie sah, machte ihr wenig Freude. Denn soviel verstand sie von physiognomischen Regungen, daß sie sicher sein konnte, daß der Mann soeben gefunden hatte, wonach er suchte. Nämlich ihren Sohn.

Ganz offensichtlich hatte er Carls Andersartigkeit registriert. Den Umstand, daß Carl nicht nur mit dem Board, sondern auch mit der Unruhe des eigenen Körpers zu kämpfen hatte. Obgleich er bei alldem ein waschechter, ein disziplinierter Kartäuser blieb.

Da nun Anna Gemini kaum glauben konnte, daß dieser Chinese hier war, um einen behinderten Skateboardfahrer für den Nationalzirkus zu entdecken, und daß er ebensowenig für irgendeine bürokratische Stelle arbeitete, die Carl in die Korbflechterei zu holen versuchte, mußte sie davon ausgehen, daß dieser Mann in letzter Konsequenz nicht an Carl, sondern an ihr, Anna Gemini, interessiert war. An einer Frau mit einem behinderten, Skateboard fahrenden Vierzehnjährigen.

Sie hatte sich schon immer gefragt, wie es sein würde, wenn man einmal auf ihre Spur stieß. Denn so sehr die meisten der Morde, die sie beging, eher zur Beruhigung einer Situation beitrugen und eine allgemeine Zufriedenheit auslösten, gab es auch Tote, die ein Nachspiel erzwangen. Tote, die irgend jemand dazu provozierten, sich um die näheren Umstände zu kümmern.

Und eben dies schien nun geschehen zu sein, wenngleich Anna Gemini noch nie etwas mit Asiaten zu tun gehabt hatte. Genaugenommen kannte sie Asiaten nur aus dem Restaurant und aus dem Fernsehen. Nun, das würde sich jetzt wohl ändern.

Die Möglichkeit, dieser Mann könnte hier und jetzt ihren Sohn entführen, schloß sie aus. Wenn eine solche Gefahr überhaupt bestand, so war es noch zu früh dafür. Der Chinese befand sich ganz offensichtlich erst am Beginn, hatte eben erst Carl entdeckt und würde noch eine ganze Weile benötigen, um eine vollständige Addition vornehmen zu können. Es war also nicht nötig, in Panik auszubrechen.

Anna Gemini verfolgte ungebrochen die Beobachtungen des Chinesen und bemerkte sodann – quasi über seinem Kopf auftauchend – das Nahen eines erneuten Wintereinbruchs. Silbrigblaue Wolken. Man könnte sagen, riesige Kartäuserkatzen.

Anna senkte ihr Fernglas und begab sich zurück ins Haus, wo sie in den Keller ging. Wie die meisten Menschen hatte sie ihre Waffe im Keller. Und nicht unter dem Bett, wie zwar oft angenommen wird, aber völlig zu Unrecht. Anständige Menschen tun so etwas nicht. Praktisch auf ihren Waffen schlafen. Das tut man so wenig, wie man Liebesbriefe in Matratzen oder Kissen versteckt.

Anna holte also ihre einzige Handfeuerwaffe und legte sie hinter der Bücherreihe eines zu Dreiviertel gefüllten Regals ab. Hinter das Gesamtwerk Ingeborg Bachmanns. Genau so lange war ihre Pistole, von welcher sie aus diesem Grunde stets als von ihrer *Bachmann* sprach, beziehungsweise dachte, da von Waffen richtiggehend zu sprechen sich natürlich verbot.

Auch war noch nie der Fall eingetreten, die *Bachmann* an dieser Stelle verstecken zu müssen. Um sie solcherart parat zu haben. Aber der Platz war nun mal seit längstem für einen solchen Anlaß bestimmt. In Griffnähe, auf Hüfthöhe. Falls es zum Äußersten kommen würde.

Dieses Äußerste wollte Anna gerne vermeiden. Allerdings war ihr auch bewußt, daß es Probleme gab, die sich durch kein noch so gutes Wort aus dem Weg räumen ließen. Durch keine Formel, kein Gedicht, kein Gebet. Selbst durch bestes Benehmen nicht. Mancher Knoten ließ sich allein dadurch lösen, daß man ihn in die Luft sprengte.

Anna Gemini setzte sich und wartete. Wäre Carl in Gefahr gewesen, sie hätte es gespürt. Beziehungsweise hätte der heilige Franz von Sales ihr ein Zeichen gegeben. Heilige tun das, und nicht nur die. Davon war sie überzeugt. Daß nämlich unentwegt Zeichen gegeben wurden, ja, daß man schon ziemlich abgestumpft sein mußte, um all diese Zeichen zu übersehen und zu überhören.

Trotzdem muß gesagt werden, daß Anna Gemini sich um einiges besser fühlte, als die Eingangstüre aufging und ihr vom Schnee beleckter Sohn hereintrat. Er schlüpfte aus seinen nassen Schuhen, gab einige Laute von sich, die in fabelhafter Weise das Getöse des Schneesturms imitierten, umarmte seine Mutter so, als fange er sie mit einem Lasso, und ging hinauf in sein Zimmer im ersten Stock. Alle Patres taten das, daß sie nach den erfolgten Exerzitien sich für eine Weile zurückzogen und unter ihre Bettdecken krochen. Wozu auch immer. Der Zweck blieb ihr Geheimnis, wobei sich wohl kaum etwas Grandioses oder gar Unaussprechliches dahinter verbarg. Für die Skateboard-Kartäuser galt nämlich dasselbe wie für ihre mönchischen Namensbrüder: Daß nichts von dem, was die Welt bewegte, für sie einen Wert besaß, nicht einmal die Eigenschaft, anders und besonders zu sein.

17
Kabeljau und Makrele

Ein klein wenig überrascht war Anna Gemini schon, als es klingelte. Eher hatte sie damit gerechnet, daß es noch einige Zeit, einen Tag mindestens, dauern würde, bis dieser Chinese auftauchte. Aber er schien einer von der schnellen Sorte zu sein. Oder von der übereilten.

Und dann besaß dieser Mensch auch noch die Unverfrorenheit...

War das unverfroren, sich als Detektiv vorzustellen? Also höchstwahrscheinlich die Wahrheit zu sagen. Als spucke man auf einen blitzblanken Parkettboden.

Nun, immerhin beeindruckte es Anna Gemini. Auch beeindruckte sie, daß der Mann, dem sie nun die Türe öffnete, sich weder schmierig noch aggressiv gab, sondern tatsächlich in der Art derer, die immer dünne Halbschuhe trugen. Nämlich gebildet. Und zwar dadurch, daß er sogleich beim Eintreten jenen im Flur aufgehängten Dobrowsky erkannte. Was nun keineswegs selbstverständlich war. Die Gemälde dieses späten Expressionisten mochten zwar unter einschlägigen Sammlern bekannt sein, besaßen aber nicht den Emblemcharakter eines Kokoschka und schon gar nicht den Bekanntheitsgrad von Kalenderblättern, die an jeder Ecke hingen und Schiele oder Klimt hießen.

Und da kam also dieser Chinese bei der Türe herein, grüßte höflich und akzentfrei, warf einen kurzen Blick in den Raum und sagte: »Ein Dobrowsky. Sehr schön.«

»Oha! Sie verstehen sich auf Kunst«, konstatierte Anna, während ihr gleichzeitig auffiel, daß der linke Ärmel von Markus Chengs Mantel flach in die Tasche führte.

»Ich kenne mich mit allem aus«, erklärte Cheng. »Mit allem ein wenig. Zum Spezialisten hat es nicht gereicht. In keiner Disziplin. Leider. Darum der Beruf des Detektivs. Ein Beruf für Autodidakten.«

»Autodidakten kenne ich mehr, als mir lieb ist. Allerdings sind Sie der erste Detektiv, der mir begegnet«, sagte Anna und dachte sich, daß sie auf diese Weise auch gleich mit dem ersten einarmigen Detektiv ihres Lebens zusammentraf. Manche Dinge geschehen, wie man so sagt, in einem Aufwasch.

Cheng beteuerte, daß es eigentlich nicht Usus bei ihm sei, mit der Türe ins Haus zu fallen. Ja, es wäre ihm peinlich, wie sehr sein Vorgehen das Klischee bediene, gerade Detektive würden notorisch ihre Schuhspitzen in Türspalten schieben. Er wolle nicht mißverstanden werden.

»Inwieweit?« fragte die Hausherrin.

»Ich will Sie nicht überfallen.«

»Das wird sich erst entscheiden«, meinte Anna Gemini und half dem Mann aus seinem Mantel. Seine Sprache wies ihn eindeutig als jemand aus, der in dieser Stadt aufgewachsen war. Als jemand, dem das Wienerische wie eine lebenslängliche Mundfäule – oder auch wie eine ewige Blüte – einsaß. Das schuf nun doch ein wenig Vertrauen. So wie man als Seehund wohl eher einem anderen Seehund vertraut als etwa Eisbären oder Schneeleoparden. Aber selbstverständlich hörte dieser Mann nicht auf, eine Bedrohung darzustellen. Wahrscheinlich sogar eine größere, als Anna anfangs befürchtet hatte. Ein Schneeleopard als Seehund verkleidet.

Zunächst jedoch präsentierte sich dieser Markus Cheng als ein gut gekleideter, taktvoller Mensch, dessen Gesicht einige feine Narben aufwies, die ihm eigenartigerweise etwas Jugendliches verliehen.

Tatsächlich aber hatte er die Vierzig wohl schon einige Zeit hinter sich. Wobei es mitnichten sein dunkles Haar war, das seinen ungefähren Jahrgang offenbarte. Und ebensowenig das leichte Hinken, mit dem er jetzt den Raum durchschritt. Nicht wie er hinkte, sondern wie er sich setzte, verriet sein Alter. Er setzte sich nämlich dergestalt, als wollte er nicht wieder aufstehen. Nie wieder. (Man kann dies, wenn man so will, als Lauscher-Syndrom bezeichnen, unter dem die Mehrzahl aller über Vierzigjährigen leidet, ganz gleich wie vital sie sich geben. Ein genauer Beobachter sieht es sofort: Da sitzt einer wie in einem Sitzgrab seiner selbst.)

»Darf ich Ihnen etwas anbieten?« fragte Anna, die stehenge-
blieben war. »Kaffee? Ein Glas Wein? Oder ... wenn ich nach
draußen sehe, denke ich an Glühwein. Der Winter hat begonnen.«

Cheng sah auf seine Armbanduhr, als sei darauf der Winter
abzulesen. Eine Freimaureruhr, die ein ehemaliger Kunde ihm
testamentarisch vermacht hatte. Ohne dies begründet zu haben.
Und weil nun Cheng der Freimaurerei vollkommen emotionslos
gegenüberstand, sie weder ablehnte noch mit ihr sympathisierte,
ging er davon aus, daß die Bedeutung dieser Uhr für ihn eine
andere zu sein hatte als die ursprünglich intendierte. Eine andere als die, das Herz eines Freimaurers höher schlagen zu lassen.
Etwa jene, die Zeit zu erfahren, worum es bei Uhren sehr viel
seltener geht, als man glauben sollte.

Tatsächlich las Markus Cheng die Zeit ab und meinte dann,
daß man ruhig schon etwas trinken könne. Ohnehin sei Glühwein nicht wirklich alkoholisch zu nennen, sondern stelle eher
eine »Spielerei« dar. Vergleichbar dem Aufstellen von Schnee-
männern oder Weihnachtsbäumen.

»Ach ja?!« meinte Anna. Und dachte: »Holla!«

Während sie den Rotwein unter bedächtigem Rühren erhitzte,
blickte sie über eine Anordnung von insgesamt drei Wandspie-
geln hinüber ins Wohnzimmer und beobachtete den Mann, der
hier als Detektiv auftrat. Nicht, daß sie hätte sagen können,
was einen typischen Detektiv ausmachte. Jedenfalls sah sich
Herr Cheng zwar eingehend um, tat dies aber in einer Weise,
die durchaus zu jemand paßte, der auf Anhieb einen Dobrowsky erkannte. Und der wahrscheinlich auch erkannte, daß es
sich bei sämtlichen Möbeln im Raum – ob Jugendstil, Biedermeier oder klassische Moderne – um Originale handelte. Was
folglich zu der Annahme führen mußte, daß die Eigentümerin
dieses Hauses und dieser Einrichtung über einiges an Geld verfügte.

Anna Geminis Sparsamkeit, ja, ihre Knausrigkeit in einigen
Belangen, konnte Cheng nicht sehen. Nun, er würde es späte-
stens bemerken, wenn sie ihm diesen Glühwein servierte, für
den sie einen überaus billigen Roten verwendete. Den billigsten,

203

den sie hatte kriegen können. Und keineswegs darum, weil sie vorgehabt hatte, ihn als Glühwein zu kredenzen.

Demgemäß wirkte Cheng wenig begeistert, als er daran nippte. Er lächelte auf jene verkrampfte Art, mit der man Sorgen hinunterschluckt. Sodann stellte er den Becher auf dem Tisch ab. Und statt nun das Getränk zu loben, was ja ein Witz gewesen wäre, lobte er den Tisch.

»Ein Tisch von Adolf Loos. Ein Original. Ein Einzelstück«, sagte Anna. Sie konnte es nicht lassen. Sie war einfach schrecklich stolz auf diesen Tisch, der ja nicht nur ein kleines Vermögen, sondern vor allem enorme Mühen der Überredung gekostet hatte. Es gab Tische, die konnte man nicht einfach nur kaufen. Die mußte man sich erarbeiten. Für die mußte man – wie oft leichthin gesagt wird – ein klein wenig sterben.

»Schöne Sachen hier«, bemerkte Cheng. »Wertvolle Sachen.«

»Überschätzen Sie das nicht. Ich bin nicht reich, ich bin sparsam. Haben Sie meinen Wagen draußen gesehen?«

»Nein.«

»Der Wagen hat weniger gekostet als meine Waschmaschine. Meine gebrauchte Waschmaschine, wie ich betonen muß. Wenn man sich bei Waschmaschinen und Autos zurückhält, kann man sich plötzlich Dinge leisten, die man nicht für möglich hielt.«

»Einen originalen Loos-Tisch ... Ich weiß nicht?«

»So teuer war er gar nicht«, behauptete Anna. »Allerdings mußte ich ein Stückchen meiner Seele dafür hergeben.«

»Ihrer Seele?«

»Bildlich gesprochen. Das gilt für die meisten schönen Dinge. Will man sie haben, muß man einen Teil von sich opfern. Das ist der Grund, daß die meisten großen Sammler vollkommen hohl, zumindest vollkommen leblos inmitten ihrer Sammlungen stehen. Man muß das mit der Seele ein wenig dosieren können.«

»Und Sie können das?«

»Ich bin keine große Sammlerin. Sie sehen ja selbst. Ich weiß mich zu begnügen.«

»Sie leben alleine hier?« fragte Cheng.

»Mit meinem Sohn. Er ist oben«, sagte Anna, betrachtete ihr Gegenüber scharf und dachte sich: Schweinebacke.

»Nun, warum ich hier bin…«, begann Cheng, griff nach dem Glühwein-Becher, überlegte es sich aber.

»Ja?«

»Es geht um den Dobrowsky. Das Bild im Flur. Darum auch hatte ich den Namen des Malers sofort parat. Ich kannte das Bild von einer Fotografie. Sie sehen also, Frau Gemini, daß es mit meinen Kenntnissen die Malerei betreffend nicht so weit her ist. Ich wußte, was mich erwartet.«

Raffiniert, der Kerl, dachte sich Anna. Sie zweifelte keinen Moment, daß es eine Lüge war, wenn er behauptete, wegen des Dobrowskys hier zu sein. Ganz gleich, was jetzt noch kommen würde. Es mußte eine Lüge sein, denn um des Gemäldes willen hätte Cheng nicht an der Kirche stehen und ihren Sohn beobachten müssen. Nie und nimmer.

Doch es war nun mal raffiniert zu nennen, daß Cheng seine Kunstkenntnis verleugnete, um irgendeine erfundene Geschichte zu untermauern und sich selbst wieder in die Position eines ziemlich gewöhnlichen Detektivs zu versetzen.

Anna Gemini spielte mit, indem sie ihm erklärte, sich überhaupt nicht vorstellen zu können, daß irgend etwas mit dem Bild nicht stimme. Sie habe es in völlig korrekter Weise bei einer Auktion ersteigert.

»Darum geht es auch nicht«, sagte Cheng. »Mein Auftraggeber – sein Name braucht nicht genannt zu werden – möchte dieses Bild erwerben. Und zwar auf eine genauso korrekte Weise, wie Sie es fraglos ersteigert haben. Darum bin ich hier. Um mit Ihnen zu verhandeln.«

»Verhandeln? Hören Sie auf. Was soll ich davon halten? Dobrowsky gehört nicht zur ersten Liga. Er besitzt nicht den Wert, welcher die Kosten eines Detektivs rechtfertigen würde.«

»Ach wissen Sie«, meinte Cheng, »man hat mich schon für Geringeres bezahlt.« Und fügte hinzu: »Sie sprachen zuvor von denen, die für irgendein Stück Kunst gleich ihre ganze Seele veräußern. Mein Auftraggeber, denke ich, ist so jemand. Geld fällt da wirklich nicht ins Gewicht.«

»Warum gerade dieses Bild?« fragte Anna. Gleichzeitig dachte sie: Was läßt du dir jetzt wohl einfallen, einarmiges Detektivchen?

Nun, Cheng bewies zumindest, daß er von Dobrowsky wirklich eine Ahnung besaß, indem er darlegte, sein Auftraggeber habe Anfang der Sechzigerjahre bei dem damals über siebzigjährigen Expressionisten studiert. Und auch wenn er selbst, der Auftraggeber, sich später von der Kunstausübung entfernt und gänzlich der Industrie zugewandt habe, sei er stets bemüht gewesen, Bilder seines Lehrmeisters zu erstehen. Nicht kritiklos, nicht ohne den Anspruch, nur gelungene Werke in die eigene Sammlung aufzunehmen. Wer schon bereit sei, seine Seele zu opfern, wolle das nicht wegen einer Belanglosigkeit tun. Und natürlich seien auch Meister nicht davor gefeit, Belanglosigkeiten herzustellen.

»Und Ihr Auftraggeber«, folgerte Anna, »meint also, mein Dobrowsky ist ein meisterhafter Dobrowsky. Nicht wahr? Da frage ich mich nur, warum er ihn nicht selbst ersteigert hat.«

»Ein Mißgeschick, an dem ich leider selbst etwas Schuld trage. Darum bin ich ja hier, um die Sache auszubügeln.«

»Verzeihen Sie, aber Ihr Mißgeschick geht mich nichts an. Bügeln Sie woanders. Was ich sagen will: Ich verkaufe das Bild nicht. Sie brauchen sich also gar nicht bemühen, mir einen Betrag zu nennen, von dem Sie meinen, er würde mich schwach werden lassen. Es gibt keine Beträge, die mich schwach machen.«

»Das ist schade, liebe Frau Gemini. Denn das wäre natürlich der einfachste Weg gewesen.«

»Gottes willen, was haben Sie vor? Wollen Sie mich ausrauben lassen? Wollen Sie meinen Sohn entführen und mich erpressen?«

Cheng zeigte sich ehrlich entrüstet. Er hob das Kinn an und drehte den Kopf zur Seite, wie um einer unangenehmen Berührung zu entkommen. Als bringe er sich vor einem feuchten Kuß in Sicherheit. Zugleich erklärte er, in keiner Weise beauftragt zu sein, irgendwelche kriminellen Handlungen vorzunehmen. Das sei nicht sein Ding.

»Schon gut«, meinte Anna Gemini und vollzog eine kleine Geste der Entschuldigung. Eher unsichtbar als klein.

»Allerdings«, wandte Cheng ein, den Kopf wieder gerade stellend, »können Sie nicht verlangen, daß ich so einfach aufgebe. Dafür werde ich schließlich nicht bezahlt, dafür, in die Knie zu gehen.«

»Vergessen Sie Ihre Knie. Sie werden sich die Zähne ausbeißen«, prophezeite Anna und fragte wie nebenbei, ob ihm der Glühwein nicht schmecke. Er hätte kaum davon getrunken.

»Der Glühwein ist scheußlich«, sagte Cheng.

»Werden Sie jetzt beleidigend, weil ich Ihnen meinen Dobrowksy nicht verkaufe?«

»Beleidige ich Sie denn, indem ich die Qualität dieser Brühe in Frage stelle?«

»Sie haben recht«, sagte Anna.

»Womit?«

»Daß der Wein scheußlich ist. Und daß es mich nicht kümmert.«

»Trotzdem wissen Sie doch wohl ein gutes Essen zu schätzen«, stellte Cheng mehr fest, als daß er fragte.

»Was wollen Sie damit sagen?«

»Ich möchte Sie zum Abendessen einladen«, sagte Cheng.

Anna Gemini lachte auf, nicht so laut, daß es unhöflich geklungen hätte. Vielmehr besaß ihre Amüsiertheit einen bitteren Ton. Als sei es lange her, von einem Mann zum Abendessen eingeladen worden zu sein.

Sie lachte zu Ende, dann fragte sie kalt: »Was erwarten Sie sich davon?«

»Es ist ein Versuch.«

»Was für ein Versuch? Glauben Sie vielleicht, daß wenn ich Sie nett finde, ich meinen Dobrowsky hergebe? Ich finde Sie auch ohne Abendessen nett. Den Dobrowsky kriegen Sie trotzdem nicht.«

Cheng lehnte sich zurück wie jemand, der damit drohte, nie wieder dieses Haus zu verlassen. Bloß weil man ihn nett fand.

Anna Gemini wiederum ließ sich – wie so oft in letzter Zeit – zu einer Improvisation hinreißen. Sie sagte: »Machen wir es umgekehrt. Ich lade Sie ein. Heute abend findet ein Konzert statt. Eine Uraufführung. Haben Sie Lust?«

Cheng überlegte, dann sagte er: »Musik ist nicht wirklich meine Sache. Aber im Falle einer Uraufführung kann man wenigstens sagen, daß die Musik frisch ist.«

»Das klingt nach frischem Fisch.«

»Ja, warum nicht?« meinte Cheng. »Ich esse lieber einen frischen Kabeljau als eine verdorbene Makrele, obgleich ich Makrelen mag und Kabeljau nicht. Anders gesagt: Ich habe früher immer gemeint, wenn schon Musik, dann die Rolling Stones. Aber seit der letzten Platte weiß ich, daß eine verdorbene Makrele einfach nicht schmecken kann.«

»Die Musik«, erläuterte Anna, »um die es heute abend geht, ist ein wenig sperriger als die der Stones. Aber nicht uninteressant. Der Komponist heißt Apostolo Janota. Schon mal gehört?«

»Tut mir leid, nein. Wenn ich mich nicht vorbereiten kann, sieht es mit meiner Bildung traurig aus. Auf Dobrowsky war ich vorbereitet, nicht auf sperrige Musik.«

Auch so eine Lüge, dachte Anna. Die größte von allen. Denn wer konnte diesen Cheng geschickt haben, wenn nicht Apostolo Janota? Janota mußte Wind davon bekommen haben, daß Nora Besuch erhalten hatte. Und von der guten Frau Doktor Hagen wußte er wohl, daß Mascha Reti dahintersteckte. Da waren alle seine Alarmglöckchen auf einmal losgegangen.

So oder so ähnlich mußte es gewesen sein. Zumindest dann, wenn Mascha Retis Vorwürfe nicht völlig aus der Luft gegriffen waren und Apostolo Janota in irgendeiner Form tatsächlich ein Monster war. Wovon Anna nun mal ausging, auch wenn dies für ihre Entscheidung, den Auftrag anzunehmen, keine Rolle gespielt hatte. Dafür hatte allein die Erscheinung Nora Janotas den Ausschlag gegeben. Dieses Huhn von einem Menschen. Allerdings ein Huhn auf einem Podest.

Freilich hatte Anna geglaubt, Zeit zu haben. Was sich nun als Irrtum herausstellte. Sie hatte keine Zeit. Sie saß einem Mann gegenüber, dessen Aufgabe höchstwahrscheinlich darin bestand, zu ermitteln, welche Rolle sie in dieser Geschichte spielte und aus welchem Grund sie von Mascha Reti zu deren Enkelin Nora Janota geschickt worden war.

Daß ich eine Killerin bin, dachte Anna, weiß er nicht, dieser Cheng. Kann er nicht wissen. Woher denn auch? Er steht noch am Anfang. Er will herausbekommen, was mit mir los ist. Was ich mit Nora und ihrer Großmutter zu schaffen habe. Darin besteht sein Job.

Vielleicht aber ging sein Job weit darüber hinaus. Mascha Reti hatte davon gesprochen, daß Apostolo Janota einen Killer losschicken würde. War Cheng dieser Killer? Nun, für Anna Gemini wirkte dieser gerade mittels seiner Einarmigkeit gewandte Mann sehr viel eher als ein Killer, denn als ein Detektiv. In ihrer Vorstellung hatte ein Detektiv etwas von einem Schlammteufel, also einer Amphibie, die nicht nur zwischen Wasser und Land pendelte, sondern auch noch mit der Uneindeutigkeit einer Dauerlarve behaftet war.

Cheng ein Schlammteufel? Das nun wirklich nicht. Eher eine Schlange, auch wenn das nun wieder ziemlich chinesisch klang.

Im Grunde hatte Anna Gemini gar nicht vorgehabt, zu jenem Konzert zu gehen. Die Karten waren mit der Post gekommen. Dazu eine Notiz von Mascha Reti, in der sie empfahl, sich Janota einmal aus der Nähe anzusehen, da er seine »Symphonie für Tierfilme« selbst dirigieren werde. Allein sein Dirigat beweise, daß er nie und nimmer ein Mensch, sondern eine Maschine sei.

Es war nicht sicher, ob Reti bereits informiert war, daß Anna sich entschlossen hatte – Maschine hin oder her –, den Auftrag anzunehmen. Smolek freilich wußte davon. Anna hatte den kleinen Gott auf dem Inzersdorfer Friedhof getroffen und erklärt, sie nehme den Auftrag an, müsse sich aber noch überlegen, welcher Ort der geeignetste sei. Auch der passendste. Janota etwa auf der Toilette einer Imbißstube abzuknallen, widerstrebte Gemini. Natürlich gab es auch Künstler, die nichts anderes verdienten, als neben einem Getränkeautomaten zu sterben. Doch ein Gefühl sagte Gemini, daß dem Tondichter Janota etwas Besseres zustand.

Doch nun geriet die ganze Angelegenheit ins Schleudern. Zumindest ging alles sehr viel rascher, als es Anna lieb war. Umso mehr schien es ihr angeraten, zu handeln. Die Zeit zu nutzen, die blieb, bis dieser Cheng so weit war, selbst etwas Einschneidendes zu unternehmen. Etwas, das über »Dobrowsky« hinausführte.

»Also, Herr Cheng«, drängte Anna, »was ist? Begleiten Sie mich?«

»Gerne. So kann ich zumindest versuchen, am Ball zu bleiben. Ich meine, wegen des Gemäldes.«

»Ich hoffe, Sie werden nicht lästig dabei.«

»Kein Wort mehr über das Bild. Heute abend, meine ich«, versprach Cheng.

»Gut«, sagte Anna und dachte, daß wenn dieser Abend vorbei sein würde, sich auch das Dobrowsky-Thema erledigt hätte. Unter anderem. Sodann bestimmte sie, sich mit Cheng um acht Uhr gegenüber dem Gartenbaukino treffen zu wollen.

»Kino?« staunte Cheng.

»Ja. Janotas Vorliebe für Filme. Selbst wenn er gerade keine Filmmusik schreibt, schreibt er Musik zu Filmen. Musik für Filme, Musik gegen Filme. Alle seine Aufführungen finden in Kinos statt. Da ist er rigoros, der gute Mann. Er hat ein Verbot ausgesprochen, seine Kompositionen in Konzerthäusern zu spielen. Für dieses Verbot wird er von einigen Leuten geradezu vergöttert. Aber davon wissen Sie wohl.«

»Wie ich schon sagte«, blieb Cheng hartnäckig, »solche Musik ist nicht mein Thema. Aber ich komme sehr gerne. Im Gartenbaukino war ich das letzte Mal ...«

Er dachte nach. Dann sagte er: »Das ist länger her, als ich mir vorstellen kann.«

»Ausgezeichnet! Es wird Sie sicher aufmuntern, die eigene Jugend zu schnuppern, auch wenn sich dort einiges verändert haben dürfte.«

Cheng erhob sich und blickte nach draußen. Der Sturm hatte sich gelegt. Der Schnee fiel gemächlich. Die Dämmerung drängte sich vor das dünne Tageslicht hin. Cheng fuhr mit einer Fingerkuppe über die polierte Fläche des Loos-Tisches. Es war, als wollte er solcherart beweisen, wie zärtlich er sein konnte.

»Seien Sie pünktlich«, sagte Anna, wie um dieser Zärtlichkeit etwas Sachliches entgegenzusetzen. Sodann begleitete sie Cheng in den Vorraum, half ihm in seinen Mantel und öffnete die Türe. Die Kälte drang so heftig ein, als hätte sie die ganze Zeit über an der Türe gehorcht.

»Ich freue mich auf später«, formulierte Cheng seine Verabschiedung.

»Achten Sie auf Ihre Schuhe«, sagte Anna Gemini und zeigte auf den zugeschneiten Weg.

Was hätte Cheng tun sollen? Fliegen?

Anna Gemini ging zurück ins Zimmer, nahm das Telefon, wählte eine Nummer und sagte nichts anderes als: »Heute abend.« Dann legte sie auf.

18
Konzert mit Waschmaschine

So richtig zufrieden war Cheng nicht. Jetzt einmal abgesehen davon, daß Schneewasser in seine tatsächlich recht dünnwandigen Halbschuhe eindrang, störte ihn der Umstand, daß Anna Gemini das Ruder an sich genommen und die Gestaltung des Abends bestimmt hatte.

Aber was war ihm anderes übriggeblieben, als ihrer Einladung zu folgen? Es stimmte schon, er mußte am Ball bleiben. Denn auch wenn er nun über den Namen und die Adresse dieser Frau verfügte, deren Sohn das Zeichen der Kartäuser auf seiner Mütze trug, so reichte dies bei weitem nicht aus, seinem norwegischen Kunden gegenüber zu behaupten, die Mörderin Einar Gudes entlarvt zu haben.

Vor allem irritierte Cheng, wie schnell alles gegangen war, wie perfekt Smoleks Informationen zu sein schienen. Überhaupt war ihm Smolek suspekt. Was tat dieser Mann? In einem österreichischen Archiv sitzen und für die norwegische Regierung arbeiten. War so etwas normal zu nennen? Wenngleich natürlich das Normale auf dieser Welt ein Würmchen war, das noch keiner gesehen hatte.

In jedem Fall wollte Cheng diesem Kurt Smolek gegenüber eine gewisse Vorsicht an den Tag legen. Und somit auch alles hinterfragen, was dieser Mann so selbstverständlich auf dem Tablett servierte.

Die Sache mit dem Dobrowsky-Gemälde hingegen war Cheng quasi in den Schoß gefallen. Denn beim Eintreten in Anna Geminis Haus hatte er ja noch immer nicht gewußt, wie er sein Erscheinen begründen sollte. Und als er nun ein wenig hilflos im Vorraum gestanden hatte, war sein Blick auf dieses Bild gefallen, eine in vielen Blautönen gehaltene, hügelige Landschaft, deren schmaler, heller Himmel den oberen Bildrand in der Art einer breiten Krone bestimmte.

Cheng hatte augenblicklich den Stil Dobrowskys erkannt. Was alles andere als selbstverständlich war. Denn wie bereits erwähnt, verfügt das Werk Dobrowskys nicht über jene Prägnanz, nicht über jenen unverwechselbaren Duktus, aus dem sich ein weithin bekanntes Logo hätte ergeben können. Man mußte sich schon auskennen. Und Cheng kannte sich nun mal aus. Was nichts damit zu tun hatte, daß er als gelernter Landschaftsarchitekt auch durch das Studium der Kunstgeschichte gegangen war. Wie man durch einen Kanalschacht geht. Nach diesem Studium hätte er keine Suppendose von einem Warhol unterscheiden können. Nein, sein Wissen die Malerei betreffend verdankte er den vielen Stunden, da er alleine in seinem Lerchenfelder Büro gesessen und sich Kunstbücher angesehen hatte. Kunstbücher waren wie Modejournale. Man konnte darin blättern, ohne sich großartig aufregen oder anstrengen zu müssen. Ein wenig Bildung blieb dabei aber dennoch hängen.

Wenn also Cheng dieses Bild als ein »schönes« bezeichnet hatte, dann war dies alles andere als eine Phrase gewesen, sondern seiner Kenntnis der Materie entsprungen. Allerdings war er erst im Angesicht des Loos-Tisches auf die Idee gekommen, daß Anna Gemini eine echte Sammlerin war und daß er vorgeben könnte, ihr im Auftrag eines namenlosen Kunden die Dobrowsky-Landschaft abluchsen zu wollen.

Er war richtiggehend glücklich ob dieses Einfalls gewesen, da er ja die völlige Unschuldigkeit Anna Geminis nicht ausschließen wollte und für diesen Fall sich selbst damit beruhigen konnte, eine gar harmlose Lüge zur Anwendung gebracht zu haben, um den Kontakt zu ihr herzustellen.

Eine harmlose Lüge für eine harmlose Frau.

Harmlos? Chengs Erfahrung mit »harmlosen« Frauen war Legende. Aber er war über den Punkt hinausgekommen, wo ihn die Vorstellung störte, die Dinge könnten sich wiederholen. Das taten sie ohnedies in einem nur beschränkten Maße. Man verlor denselben Arm kein zweites Mal.

Zunächst einmal war aber wichtig, nach Hause zu gelangen, um die Schuhe zu wechseln und Lauscher zu füttern. Weshalb Cheng ein wenig herumirrte, schließlich in einen Bus stieg und

213

einige Stationen lang die vorsichtige Fahrt über die schnee-
bedeckte, jedoch bereits mit Streusand versehene Straße mit-
machte. An einem Kirchenplatz stieg er aus, um in ein Taxi zu
wechseln.

Da er zu wenig Zeit hatte, den kreuzfahrtartigen Charakter
üblicher Taxitouren über sich ergehen zu lassen, erklärte er,
weder ein Chinese noch ein Trottel zu sein und auf dem schnell-
sten Weg in die Adalbert-Stifter-Straße zu wollen.

»Bei dem Wetter?« fragte der Lenker.

»Was hat das mit dem Wetter zu tun? Haben Sie vor, mich
dreimal um die Stadt zu fahren, nur weil's gerade geschneit
hat?«

»Sie beleidigen mich«, beschwerte sich der Fahrer, ohne sich
umzudrehen. Wahrscheinlich Inder. Dem Klimbim nach zu
urteilen, der von seinem Rückspiegel baumelte.

»Fahren Sie jetzt bitte los«, sagte Cheng. »Und tun mir
einfach den Gefallen, einen halbwegs direkten Weg zu nehmen.«

Der Fahrer sagte etwas in seiner Landessprache. Es klang, als
zerbeiße er eine Mundharmonika.

»Ja, ja«, murmelte Cheng und vergrub sich in die Wärme, die
das Innere des Wagens polsterte.

»Kennst du einen Apostolo Janota?« fragte Cheng.

»Hat eine Menge Filmmusik geschrieben«, antwortete Bertram Umlauf, der so aussah, als sei er nur deshalb auf einem
ländlichen Begräbnis gewesen, um sich ein paar Tage nicht zu
rasieren.

»Das mit der Filmmusik ist mir bekannt. Gibt es sonst noch
was, das ich wissen sollte?«

»Wieso? Was hast du mit dem Mann zu tun?«

»Eigentlich nichts«, sagte Cheng. »Aber die Frau, mit der ich
zu tun habe, hat mich für heute abend zu einem Janota-Konzert
eingeladen.«

»Oh ja, die Aufführung im Gartenbau!«

»Genau die.«

»Janota ist beliebt«, sagte Umlauf, »ich meine, beliebt in
Wien. Er sieht gut aus, kennt die Welt nicht nur vom Hörensa-

214

gen, wie die meisten von unseren Prominenten, und produziert eine Musik, die bei aller Strenge einen nicht umbringt. Gesellschaftsfähige Avantgarde, würde ich sagen. Delikat und pompös. Pfiffig. Filmreif eben.«

»Und die Person Janota?«

Umlauf zuckte mit den Schultern und meinte: »Was soll ich sagen? Der Typ hat gerade ein paar Schlagzeilen gemacht, indem er eine Hymne komponiert hat.«

»Was für eine Hymne?«

»Für eine Nation, die es gar nicht gibt. Zumindest nicht anerkannterweise. Irgend so eine Insel in der Antarktis, die ein paar Amateurfunker besetzt halten. Symbolisch, versteht sich. Von ihren Funkstationen aus. Als erstes haben sie die Einfuhr sämtlicher europäischer Produkte untersagt. Nicht, daß man dort etwas einführen könnte. Auf der Insel leben ein paar tausend Pinguine und Robben. Und jetzt haben diese Robben also eine Nationalhymne bekommen. Jedenfalls ist das die Art von Schlagzeilen, die Janota macht. Was Persönliches kommt da nicht zur Sprache. Rauschgift, Weiber und so. Im Grunde scheint der Mann ziemlich solide zu sein.«

»Na ja, wahrscheinlich spielt das ohnehin keine Rolle. Ich wollte mich nur auskennen.«

»Kommst du weiter in deiner Sache?« fragte Umlauf.

»Sieht so aus. Allerdings habe ich den Eindruck, mich auf einer gemähten Wiese zu befinden. Und du weißt ja, was von gemähten Wiesen zu halten ist.«

»Wenn man nicht sagen kann, wer gemäht hat…«

»Genau das meine ich«, zwinkerte Cheng und kraulte Lauscher hinter den Ohren.

Der Hund lag auf seinem Schoß. Auch wenn das unnötig war. Aber der Sinn einer jeden Familie, so klein sie sein mochte, bestand natürlich darin, sich hin und wieder auf engstem Raum zu begegnen. Also in Nestern, Höhlen, in Betten oder auf Sofas. Im Falle Chengs und Lauschers genügte ein Fauteuil.

»Ich lasse den Hund hier«, sagte Cheng. »Ist das in Ordnung?«

»Wenn du zurückkommst«, meinte Umlauf, »ist es in Ordnung.«

215

»Versprochen!« sagte Cheng, vergleichbar den vielen Leuten, die sich so leichthin mit »auf Wiedersehen!« verabschieden. Als könnte man das guten Gewissens sagen. Als müßte man nicht mit derselben Berechtigung, mit der man in der Früh meint, es wird wohl ein schöner Tag werden, sagen, das wird wohl der längste Tag in meinem Leben.

Cheng stand vor dem kleinen Ententeich. Auch so eine Keimzelle. Sie bildete das Zentrum des zwischen zwei Bezirken großzügig eingeklemmten Stadtparks.

Für Cheng war dieser Ort in mehrfacher Hinsicht ein magischer. In erster Linie natürlich, da er ihn aus seiner Kindheit und Jugend kannte. Denn so touristisch der Stadtpark mit Kursalon und Johann-Strauß-Denkmal und lärmenden Pfauen und seiner Innenstadtlage auch sein mochte, so war das ja nichtsdestotrotz eine zutiefst wienerische Lokalität. Eine unheimliche dazu, wenn man bedachte, daß hier der unterirdisch geführte Wienfluß ins Freie trat und in einem breiten, tiefen, prunkvoll angelegten Kanalbett den Park in zwei Teile spaltete. Wobei jener schmalere, von der City abgewandte und sich hinüber zum dritten Bezirk neigende Abschnitt alles Touristische ablegte und über das herbe Gesicht eines bloßen Parks samt betoniertem Fußballplatz verfügte.

Hier hatte Cheng, nachdem er mit seinen Eltern von Kagran in die Ungargasse gezogen war, seine Kindheit verbracht, im Dauerschatten hoher, dicht stehender Bäume sowie auf der weiten Fläche des harten Sportplatzes, wo man sich in idealer Weise die Knie hatte aufschlagen können. Das aufgeschlagene Knie war derart üblich gewesen, daß ein vollkommen heiles Knie sonderbar, ja abartig angemutet hätte, in etwa wie der Blindband eines Buches. Jungs mit heilen Knien waren an diesem Ort undenkbar gewesen. Daß sie möglicherweise existierten, verschanzt hinter Klavieren, eingewoben in eine ominöse Hirnexistenz, hatte hier niemanden gekümmert. Ein Leben jenseits von Fußball und jenseits dem Durchbrechen aufgebauschter Verbote war als bedeutungslos empfunden worden.

Die tunnelartige Öffnung, aus welcher der Wienfluß aus seinem Untergrund heraustrat und als zumeist moderates Bächlein

Richtung Donaukanal floß, bildete den Gipfel des Mysteriösen. Soweit Cheng zurückdenken konnte, hatte er dieses regulierte Gewässer nie anders erlebt als eine Reihung lose verbundener Pfützen oder als ein flaches Rinnsal, das in einer riesenhaften steinernen Wanne dahintrieb und somit den Eindruck eines fünfjährigen Thronfolgers hinterließ, welcher mit Säbel und Uniform und Stupsnase inmitten großgewachsener Offiziere paradiert.

Natürlich hatte es in diesen Jahrzehnten auch in Wien mal Hochwasser gegeben, sodaß der Wienfluß angeschwollen sein mußte. Doch in Chengs Erinnerung war er nie so breit oder gar heftig gewesen, um auch nur annähernd die mächtige Konstruktion zu rechtfertigen, in die man ihn gebettet hatte. Und welche an der Stelle, an der die vollständige Umwölbung nach oben hin aufriß, ja auch weltberühmt geworden war. Nicht so sehr wegen der Ausschmückung durch den Architekten Ohmann, als wegen jener Szene aus dem *Dritten Mann*, da Harry Lime durch eben diese Tunnelöffnung in das Wiener Kanalsystem flüchtet. Die Pforte, dieser wahrhaftige Rachen, der sich hier auftat und zu dem hinabzusteigen es einiger Kletterkünste bedurfte, hatte Cheng und seine Freunde eine Kindheit lang in Atem gehalten. Und hatte einen Schrecken bewahrt, den auch keine Mondlandung hatte auflösen können. Denn daß irgendwelche Amerikaner unverletzt auf einem Steinhaufen gelandet waren, war kaum geeignet gewesen, die Alpträume und Sehnsüchte zu verjagen, die sich im Angesicht dieser Röhre und in Gedanken an alles Dahinterliegende ergeben hatten.

Es muß gesagt werden, daß Cheng zwar einige Male die steile Verbauung hinuntergerutscht war, sich jedoch niemals in den umwölbten Bereich vorgewagt hatte. Da war ihm ein jedes Mal das Schlottern in seine lädierten Knie gefahren. Aber auch die Mutigen unter seinen Freunden hatten sich bloß kurze Stücke in das Innere der Röhre getraut, um sodann mit dem Rücken voran wieder herauszukommen. Und das war gut so. Denn auf diese Weise war das Geheimnis des Wienflusses erhalten geblieben. Und welchen anderen Sinn könnte ein Geheimnis besitzen, als erhalten zu bleiben. (Um noch einmal auf den Mond zurückzukommen: Die Mondlandung – gestellt oder nicht – war ein Ver-

217

brechen. Ein Verbrechen am Mond und einer phantasiebegab-
ten Menschheit, die von ein paar kalten Kriegern dazu gezwungen wurde, diesen zauberischen Trabanten als eine staubige
Hügellandschaft wahrzunehmen. Und als nichts sonst.)

Mit dem Wechsel von der Kindheit zur Jugend hatte sich
Cheng auch immer öfter in den jenseitigen, der City zugewand-
ten Teil des Parks begeben, so wie man eben in die Welt hinaus-
schreitet. In eine fremde Welt, die aber – im Gegensatz zu jenen
unentdeckten Schlünden – ohne Geheimnis blieb. Außer man
hält es für geheimnisvoll, daß Menschen unterschiedlichster
Kulturen in ähnlicher Weise ein Vergnügen darin finden, sich
vor einem mit Blumen verunzierten, wenngleich kaum noch ver-
unzierbaren Monument des Herrn Johann Strauß fotografieren
zu lassen.

In der Nähe dieses Denkmals stand nun Cheng im Schnee und
sah hinüber auf den Teich, auf dem ein paar nachtaktive Enten
schwammen und solcherart das sich spiegelnde Licht zerschnit-
ten. Hinter dem Park ragte das Hilton in die Höhe, das mit
Abstand häßlichste Hilton der Welt, welches dennoch sehr gut
an diese Stelle paßte, diesen ganzen Ort erst komplett erscheinen ließ. Vergleichbar einem wirklich schlechten Schauspieler,
der aber in einer ganz bestimmten Rolle einen perfekten Eindruck vermittelt. Man denke an sämtliche Darsteller der ersten
Star-Trek-Generation.

Hinter sich vernahm Cheng das Rauschen der Autos, die
pulkweise über den Parkring donnerten. Er sah auf die Uhr,
wandte sich um und spazierte hinüber zum Zelinka-Denkmal,
um sodann die Gartenanlage zu verlassen, den Ring zu überqueren und sich auf jenes Hochhaus zuzubewegen, in dessen Erd-
und Untergeschoß sich das Gartenbau-Kino befand. Wahrlich
eine Institution. Das Kino war 1960 errichtet worden und seiner Größe wegen bestens geeignet gewesen, Filme in Cinema-
scope zu zeigen. Ins Gartenbau-Kino zu gehen, hatte viel weniger bedeutet, sich einen Film anzusehen, als in diesen Film – wie
man so sagte – hineinzugehen.

Vierzig Jahre später war es noch immer das größte richtige
Kino der Stadt, wenn man unter richtigem Kino einen einzelnen

Saal verstand, und nicht eines dieser Center, in deren Labyrinthen sich die Älteren verloren, um schließlich zu meinen, im falschen Film zu sitzen.

Um das Kino herum drängte sich eine Masse von Besuchern, wobei die wenigsten winterliche Kleidung trugen. Kein Wunder. Denn wer verstand es noch, sich in dicken Mänteln und dicken Kapuzen zu präsentieren, würdevoll zu präsentieren, wie das einst die Mitglieder des Obersten Sowjets gekonnt hatten? Heutzutage hingegen wagte kaum jemand – war eine Fernsehkamera in der Nähe – sich in winterfester Kleidung zu zeigen. Und Fernsehkameras waren hier nun mal in der Nähe. Immer wieder ging für einen Moment ein Scheinwerfer an und tauchte ein bestimmtes Gesicht in grelles Licht, so wie man jemand einen Eimer Wasser überstülpt und der solcherart Begossene auch noch dankbar lächelt.

Ganz offensichtlich handelte es sich bei dieser Uraufführung um ein gesellschaftliches Großereignis. Limousinen fuhren vor und entließen Frauen auf langen Beinen und Männer, deren einziges Zugeständnis an diesen Wintereinbruch in einem Stückchen Schal bestand. Wobei natürlich ein Teil dieser Leute – vor allem ältere Intellektuelle – das ganze Jahr über mit Schals durch die Gegend liefen, selbst noch im Sommer in Salzburg, ohne daß der Sinn dieser Schals erkennbar geworden wäre. Vor allem ästhetisch nicht.

»Hallo!«

Cheng spürte eine Hand auf seiner Schulter, als wäre ein kleiner Vogel auf ihr gelandet. Ein so gut wie gewichtsloses Wesen, das aber im Zuge einer solchen Landung etwas Gewichtiges und Eindeutiges annahm. Als sei eigentlich ein Dämon gelandet.

Cheng wandte sich um und sah in das schmale, helle Gesicht Anna Geminis. Daneben ihr Sohn, der dank seines silbergrauen Parkas und vor allem wegen seiner wollenen Kartäuser-Mütze als einer der wenigen hier eine Nacht im Freien überlebt hätte. Seine Mutter hingegen folgte der allgemeinen Unvernunft und hatte ihren von einem rotgoldenen, engen Strickkleid umspannten Körper bloß noch mit einem Trenchcoat abgedeckt. Der übergeworfene Männermantel verlieh dieser Frau etwas Improvisiertes. Sehr französisch. Sehr Romy Schneider. Als sei sie gerade mal zum Zigarettenholen auf die Straße getreten.

»Ich dachte nicht«, meinte Cheng, »daß wir uns in diesem Gewirr finden würden.«

»Eine Frage des Instinkts«, sagte Anna, wie man sagt: Knollenblätterpilze sind giftig.

Sodann stellte sie ihren Sohn Carl vor.

Cheng reichte dem Jungen die Hand und betrachtete das unfertige Antlitz eines Vierzehnjährigen. Dabei ging es Cheng wie den meisten Erwachsenen. Er konnte dieses Gesicht in keiner Weise einordnen, so wenig wie den Blick des Jungen, seine ganze Haltung. Er hätte nicht sagen können, ob Carl vollkommen desinteressiert oder vollkommen konzentriert war, ob er als ein kleines Aas oder kleiner Engel diese Welt bereicherte oder belastete. Und am allerwenigsten hätte er Carls Behinderung bewerten können. Ob er es hier tatsächlich mit einem zurückgebliebenen oder nicht vielmehr mit einem durch und durch listigen Menschen zu tun hatte, der auf der eigenen Behinderung geschickt balancierte, geschickter als auf seinem Skateboard.

Natürlich bemerkte Cheng das Verzogene der Mundwinkel, die Schrägstellung der Augen und der Schultern, einen Anflug von Basedow, vernahm den Laut, den Carl ausstieß und welcher wie die Parodie auf Chengs eigenes »Servus Carl, freut mich!« klang. Aber was hieß das? Es mit einem Trottel zu tun zu haben?

Trottel waren anders. Sehr viel eindeutiger. Cheng wußte das, er war in seinem Leben einer Menge von ihnen über den Weg gelaufen. Nein, ein wirklicher Trottel funktionierte wie eine voraussehbare, chemische Reaktion. Man brauchte nur zu wissen, womit man ihn zu füttern hatte. Im Falle Carls aber – das war Cheng bereits bei der Wotrubakirche in den Sinn gekommen – fehlte diese Berechenbarkeit. Carl war undurchsichtig. Richtige Trottel hingegen aus Glas.

Dazu kam ein Zwinkern Carls, welches genausogut eine nervöse Zuckung wie eine spöttische Geste bedeuten konnte. Auch besaß Carls Händedruck weder eine glitschige noch eine knochenlose Konsistenz, noch fühlte er sich ungestüm oder übermäßig fest an. Ein Händedruck wie von einem anderen Stern.

Sehr kartäusermäßig, also nicht einmal besonders. (Dieses Nicht-besonders-sein-wollen der Kartäuser – aller Kartäuser – erscheint paradoxerweise als vollkommen fremdartig, als nicht von dieser Welt.)

»Mir ist kalt«, sagte Anna. »Gehen wir!«

»Gerne«, antwortete Cheng, der zwar seine Schuhe gewechselt hatte und einen Wintermantel trug, sich jedoch vom schwermütigen Herumstehen im Stadtpark einen unterkühlten Körper geholt hatte.

Wenn nun die Anwesenheit Carls für Cheng ein Problem war, dann darum, weil dies die Vermutung bestärkte, es handle sich bei Anna Gemini um jene Person, die mit Unterstützung der Wiener Polizei aus der Albertina geleitet worden war. Und damit in der komfortabelsten Weise einen Tatort verlassen hatte. Eine Frau, deren Eigenart es zu sein schien, ihren Sohn an einen jeden Ort, zu einer jeden Veranstaltung mitzunehmen. Ganz gleich, welche Umstände sich daraus ergaben.

Die Umstände, die nun als erstes entstanden, waren freilich für die meisten der Gäste gegeben. Man mußte sich drängeln, mußte im Dampf einer menschlichen und klimatischen Feuchtigkeit stehen, um vorbei an der Security in den Saal zu gelangen. Vorbei an Schnöseln, welche nicht nur einfach die Karten abrissen, sondern zusätzlich die Eintretenden studierten, als sei eine Paßkontrolle im Gange.

Einer dieser Schnösel faßte Cheng am Arm. Ein Reflex, mag sein. Jedenfalls ein unglücklicher Reflex, da Cheng ja nicht nur nichts Verbotenes in jener Tasche trug, in die sein Ärmel mündete, sondern auch der Ärmel leer war. Was der Schnösel endlich merkte und zurückzuckte, als hätte ihn etwas gestochen.

Cheng verzichtete darauf, sich aufzuregen. Er lächelte nicht einmal, sondern tat, als sei rein gar nichts geschehen.

Es war Anna Gemini, die den Kartenabreißer einen Kretin hieß.

»Na, hören Sie mal«, beschwerte sich der Schnösel.

»Halt's Maul!« sagte Anna. Es klang überzeugend. Ein Widerspruch schien unmöglich. Geschah auch nicht, da der Schnösel sich fluchtartig den Nachfolgenden zuwandte.

»Wie kommen Sie eigentlich zu gleich *drei* Karten?« fragte Cheng, nachdem man in einer der vorderen Reihen, die Randsitze der rechten Seite belegend, Platz genommen hatte.

»Ich habe eine Freundin ausgeladen.«

»Das beschämt mich jetzt aber.«

»Keine Übertreibungen. Die Freundin wird es überleben.«

Anna und Cheng sprachen über Carl hinweg, der tief in den Polstersessel gerutscht war, die Knie gegen den Vordersitz gestemmt, die Augen halb unter seiner Mütze vergraben, während er den Klang einer Violine imitierte.

Eine solche Violine wurde soeben von einem der Musiker gestimmt. Er stand zusammen mit drei, vier Kollegen auf einem weißen, etwa zwei Meter hohen, mit einer filigranen goldenen Brüstung ausgestatteten Podest. Derartige Podeste waren über die Seiten des gesamten Raumes verteilt, auch im Bereich der Filmleinwand, sodaß das Publikum sich umgeben von lebenden Denkmälern denken konnte. Das Filigrane und Flüchtige der Brüstungen ergab sich aus der Tatsache, daß es sich dabei um bloße holographische Projektionen handelte und somit die Musiker ungeschützt im Freien standen. Aber es waren nun mal Berufsmusiker und daher einiges an Zumutungen gewohnt.

Ein Teil dieser wie in einem barocken Lustgarten aufgestellten Erhöhungen beherbergte konventionelle Orchesterinstrumente und konventionell, also mit Frack und Fliege und bodenlangem Abendkleid ausgestattete Musiker und Musikerinnen. Dazwischen aber trugen die Podeste auch eine vierköpfige Rockband, einen ältlichen Zitherspieler, eine Frau, die eine Waschmaschine bediente sowie einen Jungen, der ein Didgeridoo in Händen hielt.

Die Stimmung war bestens, sehr viel besser, als man das von üblichen Konzerten gewohnt war. Auch hier noch wurden Fernsehkameras durch den Raum getragen, leuchteten Scheinwerfer auf, knipsten Pressefotografen, trieben Wellen vielstimmigen Gekichers und Gelächters dahin.

Das Licht ging abrupt aus, der Lärm verebbte augenblicklich. Endlich war es wie bei einem richtigen Konzert. Niemand raschelte, niemand sprach, letzte Huster wurden in vorgehaltene Hände gepreßt. Siebenhundertfünfzig Menschen befanden sich in konzentrierter und respektvoller Erwartung. Immerhin stand eine Symphonie auf dem Programm, also ein Produkt, dem der Begriff der Würde, der Übermenschlichkeit und des selbst noch im Humor spürbaren Leidens wie Blut durch die Venen trieb.

Nachdem das Publikum eine halbe Minute lang in dieser Dunkelheit – in diesem symphonischen Ausgangspunkt, dieser tonlosen Singularität – belassen worden war, eingelegt in die eigene Stille, begann ein Glimmen, welches einzig und alleine die goldenen, holographischen Geländer wiedererstehen ließ. Erst als diese Geländer eine Weile in der schwarzen Luft gestanden hatten, fiel ein schwacher, stärker werdender Schein von unten her auf die Musiker und begleitete zunächst einmal das musikalische Erwachen der Orchesterinstrumente. Ja, es war tatsächlich so, als belausche man die morgendlichen Regungen und Zuckungen all dieser Resonanzkörper, dieser Klarinetten, Flöten und Hörner. Es vollzog sich ein Gähnen und Strecken und Wälzen. Man konnte dieser Ouvertüre jenen Widerwillen anhören, der darin besteht, aus dem Bett zu müssen, und zwar viel zu früh. Man hätte meinen können, die Instrumente würden sich einen Moment lang der Symphonie verweigern. Sich Decken über den Kopf ziehen, bocken, in kindlicher Weise Krankheiten vortäuschen, um nicht aufstehen und in die Schule zu müssen.

Erst mit dem zweiten Satz, dem eintretenden »Vormittag«, ergab sich eine Bejahung, eine Struktur, ein Klangmuster und eine zeitweilige Heftigkeit. Zudem griffen nun die Rockband, das Didgeridoo, der Zitherspieler und die Waschmaschine in das Geschehen ein, wobei der Klang der Waschmaschine ganz eindeutig einen elegischen Charakter besaß. Es war anfangs nur schwer zu glauben, aber der Bedienerin dieses handelsüblichen Haushaltsgeräts gelang es tatsächlich, einen melancholischen Ton anzustimmen, sodaß sich der Eindruck eines dümmlichen Gags rasch verlor. Die Musik der Waschmaschine stellte mehr als alles andere einen Tribut an die Wiener Klassik dar.

War zunächst der Dirigent, also Apostolo Janota, unsichtbar gewesen, so sah man ihn später – mit Beginn des »Vormittags« – auf der Filmleinwand, riesenhaft und in Echtzeit. Wobei das mit der Echtzeit eine bloße Vermutung darstellte, denn der leibhaftige Janota blieb dem Publikum verborgen. Es war aber davon auszugehen, daß er von einem der Nebenräume aus, durch die Live-Übertragung mit seinen Musikern verbunden, diese dirigierte. Etwas anderes als Echtzeit hätte ja eine reine Staffage, eine nichtige Show bedeutet. Und davon wollte nun einmal niemand ausgehen.

Bertram Umlauf hatte recht gehabt. Der Mann sah gut aus, bewegte sich gut, schnitt gute Grimassen und wirkte bei allem Pathos weder wie ein Schauspieler noch wie ein irrer Weltenlenker, während ja die meisten Dirigenten eine Leidenschaft vorspiegeln, die das Göttliche betonen soll, aber nur eine gewisse Ungelenkigkeit bestätigt. Einen gewissen Hang, die Arme zu heben.

Wenn man je einen Dirigenten gesehen hatte, der sich elegant bewegen und dabei auf jene als genial mißverstandene mimische und gestische Blödelei verzichten konnte, dann war es Janota. Was man wiederum von seiner Musik zu halten hatte … nun, das war eine Geschmacksfrage, welche Cheng schwer beantworten konnte. Er erkannte durchaus, wie geschickt diese Klangteppiche ineinandergriffen und solcherart eine Teppichlandschaft ergaben, auf der die Waschmaschine, die Rockmusik, das Didgeridoo und das Zitherspiel ausreichend Platz fanden. Andererseits begriff Cheng nicht, was das alles mit einem Tierfilm zu tun haben sollte. Immerhin war im Rahmen dieser ganzen Inszenierung kein einziges Tier oder tierähnliches Konstrukt zu sehen oder zu hören. Also auch kein eingeblendeter Tierfilm.

Cheng empfand dieses Manko als geradezu symptomatisch für die Avantgarde, nämlich sich dem Thema zu verweigern, etwas Nacktes anzukündigen und dann etwas Angezogenes zu präsentieren. Beziehungsweise umgekehrt. Themenverfehlung als Prinzip. Hätte dieses Werk etwa »Symphonie für eine Waschmaschine« geheißen, so wäre – davon war Cheng überzeugt – auf keinen Fall eine Waschmaschine oder auch nur ein Haushaltsgerät zum Einsatz gekommen.

Aber wie gesagt, Cheng anerkannte die Qualität dieser Komposition. Die Manier, mit der Janota das Populäre mit dem Sperrigen verband, ohne daß dabei eine Kröte mit zwei Köpfen herausgekommen wäre. Sondern etwas Symbiotisches, also eine Flechte.

Nach drei weiteren Sätzen, die einen glitzernden Mittag, einen beschaulichen Nachmittag und einen wilden Abend vertonten, endete die Musik folgerichtig mit einem Ermüden der Instrumente, mit einem Abklingen und Ausklingen, einem erneuten Gegähne, mit kleinen Zusammenbrüchen, Träumereien, Nachtmusik und regelrechtem Geschnarche. Als letztes Instrument beschloß die Waschmaschine ihren langen Lauf. Das Signallicht verlosch. Sodann auch jedes andere Licht, die Notbeleuchtung natürlich ausgenommen.

Der Applaus kam rasch und stürmisch. Man bedankte sich mehr als höflich bei den Akteuren. Richtig euphorisch aber wurde es, als Janota erschien, wobei man hätte meinen können, er sei aus der Leinwand gestiegen. Er stand mit einem Mal da, lebensgroß, nur noch ein Mensch, ein Mensch freilich im Licht der Scheinwerfer, ein Mensch, von dem es hieß, er würde mit Robert de Niro vierhändig Klavier spielen. Er trug eine Sonnenbrille, dazu schulterlanges, glattes, braunes Haar und einen blaßblauen Anzug, der so verknüllt war, als sei er gerade aus eben jener Waschmaschine gezogen worden.

Dieser dunkel bebrillte, kunstvoll zerknautschte Mensch verbeugte sich. Nicht zu viel und nicht zu wenig, selbst diese Verbeugung noch als einen Teil seines Dirigats einsetzend. Ja, er dirigierte das Publikum. Und als es an der Zeit war, streckte er einen Finger aus, wischte durch die Luft und beendete überlegen die Ovation.

Danach folgte zwar der Lärm des sich von den Plätzen erhebenden und in einen Zustand halb privater, halb öffentlicher Erregung verfallenden Publikums, aber selbst da noch schien man einer Anweisung zu folgen. Es dauerte eine ganze Weile, bis die Leute aus der Gebundenheit an den Komponisten wieder herausfanden.

Selbiger befand sich umringt von Fans und Kameras und empfing die Gratulationen gleich einem Priester, der milde Spenden nicht für sich selbst, sondern für eine gute Sache entgegennimmt. Nun, Musik, noch dazu nicht ganz einfache Musik, war sicher eine solche gute Sache. Und ein wahrer Priester im Grunde uneitel. Im Grunde.

Nachdem Apostolo Janota lange genug die Huldigungen einiger Damen und Herren ertragen und die Fragen der Fachjournalisten in der Art und Weise beantwortet hatte, mit der man Fische fängt, ihnen die Schädel einschlägt und sie dann wieder ins Wasser zurückwirft, bat er um Verständnis, aber eine kleine Feier im Kreise der Musiker, der Förderer und Freunde stehe an, zu der er sich nun begeben wolle. Und tat dies auch, sich ein letztes Mal verbeugend, sodann aufrecht und wirkungsvoll, aber im Prinzip unaufwendig eine Schneise durch die Menge schlagend.

»Könnten Sie ein bißchen bei meinem Sohn bleiben?«

»Wie bitte?«

»Er bleibt nicht gerne alleine.«

»Wir sind nicht alleine«, sagte Cheng und wies mit einer ausholenden Handbewegung auf die zahlreichen Personen, die diskutierend, Wein schlürfend und Brötchen kauend um sie herumstanden.

»Ich meine jemand, den er kennt.«

»Er kennt mich nicht«, sagte Cheng in einem erbosten, aber auch hilflosen Ton. Er wand sich.

Wer das freilich nötig hat, sich zu winden, hat auch schon verloren. Aber das war Cheng noch nicht bewußt, weshalb er versuchte, der Bitte Anna Geminis zu entgehen. Zu sehr erinnerte diese Szene an jene, die kurz vor der Ermordung Botschafter Gudes stattgefunden haben mußte. Als nämlich dessen Gattin Magda die Obhut über einen behinderten Jungen übernommen hatte.

Nicht, daß Cheng dachte, es drohe ein weiteres Attentat, bloß weil man sich an einem Ort der Kultur befand. Auf einen Albertina-Mord brauchte nicht notwendigerweise ein Gartenbau-Mord zu folgen. Dennoch verspürte er ein deutliches Unbehagen, das sich aus der drohenden Wiederholung einer bestimmten Konstellation ergab. Und eine solche Wiederholung wollte Cheng vermeiden. Weshalb er Anna Gemini darauf aufmerksam machte, ihren Sohn gerade mal eineinhalb Stunden zu kennen. Ganz abgesehen davon, daß Carl nicht den Eindruck mache, gleich tot umzufallen, wenn man ihn ein paar Minuten alleine ließ.

»Das ist eben ein Irrtum«, widersprach Anna.

»Wie? Er würde tot umfallen?«

»Er würde kollabieren. Er benötigt einen Menschen, der mich ersetzen kann. Wobei er diesen Menschen keine eineinhalb Stunden zu kennen braucht. Da genügt ein Augenblick. Aber dieser jemand muß für ihn da sein, muß meinen Platz einnehmen. So ist das. Das ist die Regel. Und daran muß man sich halten. Hören Sie also bitte auf, lieber Herr Cheng, hier den Schwierigen zu spielen. Ich verlange ja nicht, daß Sie Carl adoptieren. Sie sollen ihm bloß Gesellschaft leisten, solange ich fort bin.«

Gerne hätte Cheng eingewandt, daß Carl augenscheinlich wenig Probleme damit habe, ohne Mutter oder Mutterstellvertreter sich auf einen Skateboard-Hügel zu begeben. Freilich war auch klar, daß Carl dort oben im Kreis seiner Ordensbrüder stand, und nicht in einem Haufen erregter Premierengäste. Davon abgesehen sah Cheng es als ungünstig an, seine Kenntnisse offenzulegen und von der Wotrubakirche zu sprechen. Weshalb er sich nun dazu erblödete, sich bei Anna Gemini zu erkundigen, was sie denn eigentlich vorhabe.

»Na, was glauben Sie denn, wo ich hingehe?« fragte Anna und verdrehte die Augen. Sodann setzte sie dem Gespräch ein Ende, indem sie ihren Sohn auf die Wange küßte und ohne ein weiteres Wort zu verlieren zwischen den engstehenden Musikliebhabern aus dem Saal drängte.

19
Die Verachtung

Cheng war sogleich aufgefallen, daß die Toiletten auf der anderen Seite lagen, wenngleich natürlich auch draußen im Foyer welche untergebracht sein mußten. Jedenfalls hatte Anna Gemini einen längeren, umständlicheren Weg gewählt. Andererseits war nicht explizit die Rede davon gewesen, daß sie eine Toilette oder einen Waschraum aufsuchen wollte. Sie hatte dies bloß mittels einer Augenverdrehung als naheliegend dargelegt.

Nun, manchmal war das eigentlich Naheliegende sehr viel weiter entfernt als die nächste Toilette.

Cheng stand da und wußte nicht, was er denken sollte. Wieder einmal in seinem Leben war er in eine Art von Überfall geraten. Und das war ja wohl ein Überfall gewesen, ihm die Sorgfaltspflicht über den Jungen zu übertragen. Was er nicht leiden konnte. Hunde und Katzen und Kunden, das ging in Ordnung. So ein Kind aber ...

Wie um seine Mutter zu bestätigen, war Carl näher an Cheng herangerückt, keineswegs ängstlich oder gar zitternd, sondern mit jener Selbstverständlichkeit, mit der man inmitten einer Menschenmenge die Nähe eines Freundes oder Familienmitglieds sucht.

Schwer zu sagen, dachte sich Cheng, was geschehen würde, wenn er den Jungen einfach stehenließ. Würde er wirklich kollabieren? Würde er heulen und schreien und die Leute vom Sicherheitsdienst auf den Plan rufen? Oder ganz einfach zusammenbrechen? Oder etwas tun, wofür man Cheng später zur Rechenschaft ziehen würde? Und dies alles sodann vor dem Hintergrund, daß Anna Gemini sich tatsächlich auf eine der Toiletten begeben hatte und dabei aus irgendeinem vollkommen simplen Grund hinaus ins Foyer gegangen war.

Nun, im Grunde sprach nichts dafür, Carl alleine zu lassen. Wäre da nicht die Augenscheinlichkeit dieser zunächst ange-

228

drohten und dann eingetretenen Wiederholung gewesen. Eine Wiederholung, die Cheng irritierte.

»Hör zu, Carl…«, begann er.

»Huuu!« sagte der Junge und etwas, das wie »Preßburg« klang, wobei er seinen Kopf in der biegsamen Art einer Zeichentrickfigur dem Detektiv zuschob.

»Ich würde gerne…Die Luft hier ist scheußlich. Ich würde gerne nach draußen gehen.«

»Geeehn wa!« bestimmte Carl. »Russ usn Bus!«

»Ja!« sagte Cheng und wollte Carl an die Hand nehmen wie einen Fünfjährigen.

Es war dann aber der Junge, der sich mit einem freundlichen Grinsen bei Cheng unterhakte und gewissermaßen die Führung übernahm. Solcherart ergab sich ein ungemein familiäres Bild, obgleich ja deutlich das Fehlen einer biologischen Zugehörigkeit zu erkennen war. Und dennoch schienen die beiden in diesem Moment in einer freundlichen Weise aneinandergekettet zu sein. Ein eleganter, einarmiger Chinese und ein bleicher Junge in Weltraumhosen. Woraus sich der Eindruck einer symbiotischen Qualität ergab, wie sie zuvor bereits für Janotas Musik beansprucht worden war, die Qualität einer Flechte.

Auch im Foyer herrschte Großbetrieb, als hätte sich das Publikum mit dem Ende der Musik verdoppelt. Es war ungemein eng und laut. Ein Patronengürtel von Stimmen umspannte den Raum. Die Leute explodierten geradezu vor guter Laune.

Diese Enge, dieser Mangel an guter Luft, überhaupt an Luft, war in keiner Weise geeignet, einen klaren Gedanken zu entwickeln. Ein solcher war aber dringend vonnöten. Cheng mußte sich bewußt werden, was er eigentlich glaubte, was genau es war, das ihn in diese Panik versetzte, und was er zu unternehmen gedachte. Gefühle allein waren zu wenig. Auch konnte er schwerlich aufs Damenklo gehen, um die Anwesenheit Anna Geminis zu überprüfen. Eher stellte sich die Frage, wie lange eine normale Frau sich auf einer solchen Toilette aufhalten konnte. Beziehungsweise vor den Spiegeln des Waschraums. Und ob man im Falle Anna Geminis überhaupt von einer normalen Frau sprechen durfte.

»Dieser verdammte Smolek!« sagte Cheng. Natürlich zu sich selbst. Zu wem auch sonst? Ihn ärgerte ganz einfach, daß der Archivar ihn auf diese Spur geführt hatte. Ja, es war so, daß Cheng die Spur nicht mochte. Daß es ihm mißfiel, eine Frau namens Anna Gemini zu verfolgen. Fehlte noch, daß er ihr tatsächlich bis in die Toilette nachschnüffelte. Und weil er also höchst unzufrieden mit der ganzen Entwicklung war, mit dieser Spur und allen Fragezeichen, die sich ergaben, sagte er: Dieser verdammte Smolek! Sagte es laut. Warum auch nicht? Neben ihm stand ja bloß ein vierzehnjähriger Junge, seines Zeichens Kartäuser.

Dieser Kartäuser aber drehte sich erneut zu Cheng hin und betrachtete ihn aus Augen, die mit einem Mal eine gerade Linie bildeten. Wie zurechtgerückt. Carl gab seiner ganzen Visage eine Wendung ins Erwachsene und Belanglose und sagte mit der Stimme eines älteren Mannes, so deutlich wie nur denkbar: »Klosterfrau Melissengeist.«

Einige Sekunden lang verharrte Cheng in einer vollkommenen, einer körperlichen wie geistigen Starre. Die Erkenntnis, die ihn einen Moment später erfassen würde, stand bereits in der Türe, hatte sich mächtig vor ihm aufgebaut. Nur, daß Cheng noch nicht sagen konnte, was sie eigentlich darstellte. Es war, als betrachte er einen Gegenstand, bei dem es sich genausogut um einen Elefanten wie um ein Haus handeln konnte.

Dann aber wurde er ... ja, man könnte sagen, er wurde gebissen. Und weil nun mal Häuser nicht beißen, wußte Cheng, es mit einem Elefanten zu tun zu haben. Und was für einem.

Klosterfrau Melissengeist. Für alle, die noch nie davon gehört haben, wäre zu sagen, daß es sich dabei um ein klares, heilendes Wässerchen handelt, um die im alkoholischen Destillat schwimmenden ätherischen Öle von dreizehn Arzneipflanzen, allen voran jener namensstiftenden Melisse. Dieses Wässerchen, welches innerlich wie äußerlich zur Anwendung kommt, darf mit gutem Recht als ein Mittel angesehen werden, das im Grunde gegen alles hilft. Typisch Hausmedizin. Vergleichbar dem täglichen Glas Wein oder einem dieser Schnäpse, die der Verkrampfung und Verbitterung des Menschen entgegenwirken. Zudem kann man den Klosterfrau Melissengeist als einen Beitrag zur

Schönheitspflege verstehen. Ein paar Spritzer auf den Nacken, einige Tupfer auf Stirn und Schläfen, und der solcherart behandelte Mensch blüht auf. Gewinnt zumindest ein wenig an Frische und Farbe. Daneben muß allerdings auch gesagt werden, daß diese Substanz einen recht markanten Geruch verströmt und seinen Benutzer in eine Wolke sogenannter Terpene und neunundsiebzigprozentigen Alkohols einschließt.

Chengs Mutter war eine begeisterte Benutzerin jenes Melissengeistes gewesen. Vor allem, um ihrer Kopfschmerzen Herr zu werden, die mit dem Umzug von Wuhan nach Wien sich koboldartig einstellten und aus einem bis dato wetterunabhängigen einen wetterfühligen Menschen machten. Der Wiener Bodennebel, der Wiener Hochnebel, vor allem die berüchtigten Wiener Wärmeeinbrüche, die in Form rascher Konter eine Wiener Winterlandschaft in einen modrigen Badeteich verwandeln konnten, wahrscheinlich aber auch eine ganz persönliche, auf diese Stadt bezogene, jedoch uneingestandene Disposition konnten Frau Cheng einen zeitweiligen Kopfdruck bescheren, den sie mit Klosterfrau Melissengeist einzudämmen versuchte. Was nur bedingt funktionierte. Der Schmerz war gegen alles mögliche resistent, auch gegen jene von der Firma Klosterfrau beschworene »einzigartige Terpenstruktur«.

Nichtsdestoweniger genoß Frau Cheng den scharfen Geruch, die kühlende Wirkung, vor allem das Eingebundensein in die Wolke, die ja auch einen Schutzwall gegen den Alltag bildete, wenn schon nicht gegen die feindliche Kraft umstürzender Wetter. Zudem erlebte sie ein jedes Mal ein Aufleben der eigenen Gesichtszüge. Trocken gesagt: Sie fühlte sich sehr viel anmutiger, wenn sie ein wenig Melissengeist auf den Schläfen, der Stirn, den Wangen und über ihren Brustansatz verteilt hatte. Kein Wunder also, daß sie nicht unbedingt Kopfschmerzen zu haben brauchte, um sich einzureiben.

Sie war übrigens eine wirklich hübsche Frau, die aber wenig unternahm, um ihr Aussehen zu steigern oder zu konservieren. Sie verwendete nichts anderes als Nivea und Klosterfrau Melissengeist sowie natürlich jenes zu Recht hochgeschätzte Wiener Leitungswasser, das man eigentlich in Flaschen füllen und zu Goldpreisen ins Ausland verkaufen müßte. Dieses Leitungswasser auf der Haut und im Körper eines gläubigen Menschen, stellt einen wahren Jungbrunnen dar. Umso mehr muß man sich fragen, was die meisten Wiener damit eigentlich tun. Ihre mehligen Würstchen darin kochen? Ihre Kanarienvögel tränken? Täglich ihre Autos waschen? Gartenteiche füllen?

Oder liegt es am fehlenden Glauben? Jedenfalls kann wirklich nicht behauptet werden, daß die Menschen in dieser Stadt aussehen, als lebten sie an den Gestaden eines Jungbrunnens. Obwohl sie genau das tun.

Und im Falle der Frau Cheng schien dies ja auch eine Auswirkung zu besitzen. Wenngleich natürlich ihre Mandelaugen Anlaß gaben, dem Wunder ihrer ewigen Jugend einen asiatischen Ursprung anzudichten. Was ein großer Irrtum war. Und das wußte Frau Cheng. Aber gegen Irrtümer kommt man in der Regel nicht an. Irrtümer besitzen einen pornographischen Reiz. Den Reiz der Stilisierung.

Irrtümer waren ohnedies ein prägendes Element in Frau Chengs Leben. Irrtümer der gütigen Sorte. So war es einem puren Zufall zu verdanken, daß sie – damals noch in China – auf einem berühmten Foto posierte, welches im Jahre 1950 entstanden war und das Selbstbewußtsein der gerade erst entstandenen Volksrepublik dokumentieren sollte. Vier junge Frauen sind darauf zu sehen, die auf dem Erdwall einer zu errichtenden Straße stehen, ihre Schaufeln wie Gewehre haltend, dabei aber mit freundlichem Blick. Wer auf solche Weise Schaufeln zu halten verstand, würde dem Volk mit mehr dienen können als der bloßen Zeugung neuen, hungrigen Lebens.

Frau Cheng, damals sechzehnjährig, war nun keineswegs an dieser Straßenbaugeschichte beteiligt gewesen, sondern gerade mit ihrem Rad vorbeigekommen, als der Fotograf, ein Amerikaner übrigens, sie von selbigem herunterkommandiert und mit einer Schaufel ausgestattet hatte. Und indem die junge Frau nun ein paar Sekunden dagestanden und auf wirklich famose Weise gelächelt hatte, hatte sie dem neuen China ein Gesicht geschenkt, nämlich ihr eigenes.

Dieser nette kleine Umstand konnte nichts daran ändern, daß sie sechs Jahre später an der Seite ihres Mannes das Land zu verlassen suchte. Jedoch nicht, um einer Verfolgung oder Not zu entgehen, oder auch nur dem Kommunismus zu entfliehen, sondern vielmehr aus einem puren Interesse an der Welt, genauer gesagt einem Interesse an der Welt von Wien.

Man traut es sich kaum zu sagen, weil es gar so phantastisch und rührend klingt, aber es war ausgerechnet die Leidenschaft für den Wiener Walzer, die das Ehepaar Cheng antrieb. Ja, die beiden hingen in einer fanatischen Weise an dieser Musik und dieser Tanzform. Der Walzer war ihnen der Sinn des Lebens.

Verständlich, daß eine gewisse Enttäuschung sich einstellte, als die beiden feststellen mußten, daß nur ein geringer Teil der Wiener Bevölkerung diesen Tanz wirklich beherrschte. Nichtsdestotrotz waren sie glücklich, an einem Ort zu leben, der die Musik eines Strauß und Lanner stellenweise atmete.

Wenn man sich nun fragt, wie das denn möglich sei, daß Leute im Jahre 1956 – als sich Mao gerade von der Sowjetunion zu distanzieren begann –, daß Leute also in einer solchen Zeit aus China auswandern und in Wien einwandern konnten, bloß weil sie eine Vorliebe für den Dreivierteltakt besaßen, muß vermutet werden, daß auch hier einer der vielen glücklichen Fügungen in Frau Chengs Leben stattgefunden hatte.

Als Universitätsangestellte waren weder ihr Mann noch sie abkömmlich gewesen, zudem hatte keiner von ihnen über eine offizielle Einladung von österreichischer Seite verfügt. Ja, sie hatten nicht einmal einen familiären Kontakt nach Europa vorweisen können. Dennoch war ihr Antrag von sämtlichen Stellen, den österreichischen wie den chinesischen, positiv beschieden worden.

Ein Wunder? Gottes Wille? Nun, sehr viel wahrscheinlicher ist, daß die schon absurd zu nennende Ehrlichkeit der beiden eine Rolle spielte. Indem sie nämlich allen Ernstes ihre Walzerleidenschaft als vorrangiges Argument angeführt und präzise dargelegt hatten. Ohne auch nur einmal die Unwahrheit zu sagen.

Die Bürokratie, eine jede Bürokratie, rechnet mit der Verlogenheit ihrer Bürger. Folgerichtig stellen die meisten bürokratischen Akte eine Reaktion auf einen solchen als gegeben angenommenen Betrugsversuch dar. Der Mensch, der einen Antrag stellt, bekommt dies rasch zu spüren. Selbst wenn er entschlos-

233

sen ist, korrekt vorzugehen, scheint ihm der Vorwurf der Lüge eine einzige Möglichkeit zu lassen: zu lügen. So entsteht ein Antagonismus zwischen Bürokratie und Bürger, der auf einer sich selbst erfüllenden Prophezeiung basiert. Der Bürger wird ein schlechter Mensch, weil sich die Bürokratie einen anderen gar nicht vorstellen kann. Der Bürger lügt gewissermaßen aus Pflicht.

Wenn nun in diesem Schlamassel jemand die Wahrheit sagt und hartnäckig an ihr festhält, dann hat dies etwas ungewollt Raffiniertes. Eine solche Wahrheit kann sich in der Art einer Droge auswirken. Die Bürokratie wird davon high, und sie reagiert anders, als es ihrer Art entspricht. Und bei den beiden Chengs scheint genau dies der Fall gewesen zu sein. Jene ausführliche Darlegung eines ... nun, eines Walzertraums wurde von sämtlichen Stellen anstandslos akzeptiert. Man ließ die beiden aus China hinaus und nach Österreich hinein. Ein Fenster wurde geschlossen, ein anderes geöffnet. Ganz einfach.

Die Chengs reisten ohne Unterbrechung in ihre neue Heimat und ließen sich zunächst einmal in Kagran nieder. Einer dieser vorstädtischen Orte, an denen man gut eine Idee davon entwickeln konnte, warum Menschen sich einst die Erde als Scheibe vorgestellt hatten. Hinter jedem Haus und am Ende jeder Straße schien ein Abgrund zu lauern. Ein ganzes Stückchen Ewigkeit.

In dieser flachen und öden Gegend eröffneten die zwei Eingewanderten, immerhin gelernte Naturwissenschaftler, einen kleinen Gemüseladen. Nun, Gemüse und Naturwissenschaft bedeutet ja nicht unbedingt einen Widerspruch. Auch muß betont werden, daß dieses Geschäft in keiner Weise einen chinesischen Anstrich besaß. Wie gesagt, man schrieb 1956. Noch dauerte es, bevor die chinesische Küche das Szenario einer gelben Gefahr wenigstens in kulinarischer Hinsicht bestätigte.

Zudem war das Ehepaar Cheng auch gar nicht daran interessiert, die eigene Herkunft herauszustellen. Deshalb war man ja nicht nach Wien gekommen, um hier die Exoten zu geben. Im Gegenteil. Man war an diesen Ort gezogen, um der eigenen Walzerleidenschaft den passenden geographischen Rahmen zu verleihen.

Vor allem während der sogenannten Ballsaison existierte wohl kein Tanzpaar in dieser Stadt, welches derart viele Veranstaltungen besuchte und mit einer solchen Körperbeherrschung – einer Dreieinigkeit von Gehör, Bein und Tanzpartner – einen Walzer hinzulegen verstand. Die beiden hätten daraus einen Beruf machen können. Was sie nicht taten. Sie waren keine Clowns.

Frau Cheng, deren Anmut auch den alles andere als weltoffenen Kagranern nicht verborgen blieb, führte den kleinen Laden mit Übersicht und betreute ihre Kunden mit einer Freundlichkeit, die frei von Hinterlist oder Unterwürfigkeit blieb. Sie sprach – im Gegensatz zu ihrem schweigsamen, aber souveränen Gatten – ein gutes Deutsch und bald auch ein gutes Wienerisch. Als sie nach eineinhalb Jahren noch ein wenig hübscher wurde, als sie ohnehin war, konnten sich die in solchen Dingen wiederum hellsichtigen Kagraner denken, daß Frau Cheng schwanger war. Und das war sie ja auch. Was übrigens kaum zu Einbußen ihrer Walzerleidenschaft führte. Sie war überzeugt, daß ihr Kind dieses Dahinschweben und Dahingleiten mochte, von der Musik ganz abgesehen. Und so war es also nicht weiter verwunderlich, daß die Wehen kamen, als sich Frau Cheng gerade über den Boden eines Kagraner Tanzsaales drehte.

Markus Cheng hatte eine leichte Geburt. Ja, seine Mutter erlebte das Austragen ihres Kindes wie einen tänzerischen Höhepunkt, als sei die Zeugung, diese ganze Schwangerschaft, eine einzige großartige Walzernacht, die jeden Aspekt erfüllte, selbst noch den wunder Füße. Und wunde Füße gehörten nun mal dazu.

Folgerichtig kam das Kind in den frühen Morgenstunden zur Welt. Also zu einer Zeit, welche der Mystik und der Statistik zufolge als die Stunde des Todes gilt, von hartgesottenen Ballbesuchern jedoch als der Moment erlebt wird, da man so erschöpft wie glücklich in die ersten offenen Wirtsstuben und Kaffeehäuser einfällt.

Das Bezeichnendste an dieser Geschichte ist freilich, daß Markus Cheng sein Lebtag lang nicht den geringsten Bezug zur Walzermusik und zur ganzen Tanzerei entwickelte. Nicht einmal in einem ablehnenden Sinn. Die Sache war und blieb ihm

235

gleichgültig. Und wenn sich überhaupt eine Auswirkung feststellen läßt, dann kann sie eigentlich nur in Chengs später Vorliebe für perfekt sitzende Anzüge bestehen. Denn selbstverständlich hatte sein Vater – klein, drahtig und biegsam – sich in der idealsten Weise zu bekleiden verstanden. Ohne darum ein Vermögen verschleudert zu haben. Ein einziger Anzug und ein einziger Smoking, noch dazu beide gebraucht, hatten ausgereicht. Hatten Chengs Vater in einer stichhaltigen Weise *umgarnt.*

So waren die Männer damals gewesen, Ende der Fünfzigerjahre. Es mögen, wie zu allen Zeiten, ziemliche Idioten gewesen sein, aber sie hatten die Fähigkeit besessen, auch mit bescheidenen Mitteln ihrem Aussehen einen Stil beizufügen. Man kann es auf den alten Fotos sehen. Jedermann ein Sir. Heutzutage aber gilt die Regel, es bedürfe einer Kleiderstange voll sündteurer Markenmodelle, um aus einem Mann einen Menschen zu machen. Oder, wie die Emanzen meinen, aus einem Planeten der Affen einen Planeten der Abteilungsleiter.

Die elefantenhafte Erkenntnis, die Cheng nun inmitten des Kinofoyers ereilte, bestand darin, daß er endlich begriff, welcher Geruch es gewesen war, den sein Verbindungsmann Kurt Smolek im Wirtshaus *Adlerhof* zurückgelassen hatte. Und warum ihm dieser Geruch, dieses markante Odeur, so vertraut gewesen war.

Das Licht, das ihm aufging, entsprach einem dieser gewaltigen Kristalluster, deren Betrachtung zu der bangen Frage nach Gewicht und Verankerung führt. Aber es war nun mal angegangen, das Licht. *Klosterfrau Melissengeist* – jawohl!

Das war freilich nicht alles. Der Elefant der Erkenntnis verfügte über ein Junges. Und gleich jenem berühmten kleinen Dickhäuter aus dem Dschungelbuch, war auch dieser hier die Hauptfigur. Denn wenn Cheng eins und eins zusammenzählte, dann konnte Carls klar verständliche Aussage nur bedeuten, Kurt Smolek zu kennen, zumindest vom Sehen, zumindest vom Riechen. Was wiederum die Vermutung nahelegte, daß Anna Gemini und Kurt Smolek in irgendeinem Verhältnis zueinander standen.

Der Verdacht, Kurt Smolek sei nicht ganz koscher, war Cheng ja sehr früh gekommen. So wie es aussah, hatte der Archivar nur einen Teil seines Wissens offenbart und Cheng auf eine Spur gelockt, die ganz zwangsläufig zu Anna Gemini führen mußte. Zu welchem Zweck aber? Wer sollte hier eigentlich in die Falle gehen? Anna Gemini? Er selbst? Beide von ihnen?

Es wunderte Cheng, sich entgegen seinem Mißtrauen in das Smoleksche Fahrwasser begeben zu haben. Hingegen wunderte es ihn kein bißchen, daß Carl über die Fähigkeit verfügte, zwischen einer bestimmten Person und einem bestimmten Geruch eine Verbindung herzustellen. Das war nun ziemlich typisch für einen Kartäuser. Dieser Hang zum Detail, zur Präzision und zum Überblick. Sowie die Kenntnis eines Produkts, welches die Begriffe »Klosterfrau« und »Geist« in sich trug.

Cheng wollte augenblicklich mit Anna Gemini sprechen und sie nicht wieder aus den Augen lassen. Die Annahme, daß sie sich tatsächlich auf der Toilette befand, verwarf er. Eine Folge seiner Elefanten-Erkenntnis bestand darin, diesen Abend als einen bedrohlichen wahrzunehmen. Etwas sollte sich ereignen. Etwas, das es zu verhindern galt.

»Wo ist deine Mutter?« fragte Cheng.

Der Junge stierte an Cheng vorbei und machte Glotzaugen wie Peter Lorre. Aus gutem Grund. Dann auf der gegenüberliegenden Wand hing ein meterhohes Standfoto, welches genau jenen erhitzten, großäugigen Peter Lorre in seiner Paraderolle als Kindermörder zeigte. Carl imitierte also wieder einmal und war im übrigen nicht mehr ansprechbar.

Cheng blickte sich um. Wo man hinsah Prominenz. Zumindest konnte man diesen Eindruck bekommen. Auch Botschafter mochten darunter sein, auch norwegische Bürger. Was wußte Cheng schon? Er brauchte gar nicht erst mit dem Spekulieren zu beginnen. Immerhin konnte er davon ausgehen, daß wenn Anna Gemini tatsächlich jemanden umbringen wollte, sie in ähnlicher Weise wie im Gude-Fall verfahren würde, unauffällig und abseits. Weshalb sich anbot, an diesem von Menschenmassen frequentierten Ort nach einer ruhigen Stelle zu suchen.

Cheng nahm Carl an die Hand und setzte sich und ihn in Bewegung, wobei er nicht an dem Jungen zerrte, sondern ihn etwa so kräftig hielt wie den Griff eines Tennisschlägers. An einem Tennisschläger zerrt man nicht, man trägt ihn.

Chengs Instinkt für Katastrophen ließ ihn auf eine Türe zusteuern, die sich dadurch auszeichnete und abhob, daß sie ohne jede Aufschrift oder Symbol war und mit ihrer dunklen, glatten, hölzernen Oberfläche vollkommen schmucklos eine Öffnung ausfüllte. Auch standen nicht etwa Sicherheitsleute davor, wie das an anderen Plätzen des Kinos der Fall war. Diese Türe schien gänzlich unbedeutend. Mehr wie eine Attrappe, die ein desolates Stück Wand verbirgt. Oder einen unbegehbaren Abstellraum.

Nun, begehbar war der Raum sehr wohl. Cheng ließ den Jungen los und drückte die metallene Klinke. Hinter der Türe eröffnete sich ein schmaler, fensterloser, durchgehend violetter und mittels münzgroßer Bodenleuchten erhellter Gang. Die Strahlen zogen in der Art von Gitterstäben zur Decke hoch. In den Lichtsäulen schneite es Staub. Mit dem Schließen der Türe brach der Lärm ab wie ein geknickter Stamm. Oder wie einer dieser Finger, die geradezu gesetzmäßig in Kreissägen geraten.

Der tunnelige Gang verlief quer zur Türe, somit in zwei verschiedene Richtungen, und bog jeweils nach wenigen Metern um die Ecke. Cheng faßte erneut Carls Hand und wählte die rechte Seite. Diese endete jedoch an einem Notausgang, der hinaus auf die Straße führte, sodaß der Detektiv und der Junge den Weg zurückgingen und auf die gegenüberliegende Seite wechselten. Auch hier mündete der enge Flur in eine einzige Türe, hinter der allerdings nicht nochmals die Straße, sondern ein kleiner, intimer Vorführraum lag. Ein gemütlicher Ort mit riesenhaften, gepolsterten Kinosesseln, auch diese in einem dunklen Violett gehalten. Ein Dutzend Sitze, sechs zu jeder Seite, zwei auf jeder Höhe. Es roch nach Pfefferminz. Aus den Wand- und Bodenleuchten, größer als Münzen, strömte mildes Licht, das den Raum weitgehend erhellte. Aus dem Fensterchen des Geräteraums fiel ein flimmernder Kegel auf die Leinwand. Ironischerweise war in dem Film, der gerade lief, ein ähnlicher Vorführraum zu sehen. In welchem ein paar Akteure standen oder saßen und diskutierten, berühmte Leute, die Französisch sprachen und Zigaretten rauchten. Der eine aber, der Englisch redete, ein Amerikaner, donnerte Filmrollen gegen die Wand und auf den Boden, als würde allein darin das amerikanische Wesen bestehen: sich ungehobelt zu benehmen.

Jedenfalls meinte Cheng, sich zu erinnern, besagten Film vor einer kleinen Ewigkeit gesehen zu haben. Damals, als er noch ins Kino gegangen war, um sich an all den cineastischen Diskussionen beteiligen zu können, die nötig gewesen waren, um eins der Mädchen herumzukriegen. Die ganze Sexualität in den Siebzigerjahren hatte über die Rezeption von Filmen funktioniert. Man sprach über Filme und danach schlief man miteinander. Im besten Fall. Des öfteren blieb es beim Quatschen, versteht sich. Aber eine Frau zu erobern, ohne ihr vorher erklärt zu haben, warum man 2001 für genial, aber 451 für läppisch halte, war eigentlich undenkbar. Man konnte ein noch so haariges Monster sein, Hauptsache man verstand es, den neuesten Woody Allen brillant zu analysieren. Auf diese Weise entwickelte sich natürlich fast ein jeder zum Cineasten, auch die Filmehasser.

Cheng sah auf die Leinwand und erkannte Monsieur Piccoli und Madame Bardot sowie den tobenden Jack Palance. Wer aber war der ältere, feine Herr im leuchtend blauen Nadelstreif, welcher ein Monokel trug und dieses typisch kunstvolle, überkorrekte Französisch und Englisch eines Wiener Emigranten sprach? War das nicht...?

»Verdammt, Cheng, was tun Sie hier? Wie können Sie mir das antun? Wie können Sie Carl hierher bringen?«

Es war Anna Gemini, die gesprochen hatte, gewissermaßen über einen Dialog zwischen Michel Piccoli und Jack Palance hinweg. Sie stand seitlich im Raum, sodaß ihr Schatten auf den Rand des Films fiel. Vor ihr, auf einem der äußeren Kinosessel, saß Apostolo Janota. Er machte dieses Gesicht von jemand, der schon einmal mehr gelacht hatte. Was wohl kaum mit dem Film zusammenhing. Eher mit der Pistole, welche Anna Gemini ihm noch kurz zuvor ins Gesicht gehalten, jedoch beim Eintreten Chengs und Carls rasch gesenkt hatte und nun hinter ihrem rechten Oberschenkel zu verbergen suchte. Nicht vor Cheng. Vor ihrem Jungen.

239

Cheng jedenfalls hatte die Waffe bemerkt, hatte sie ja auch erwartet. Gleichwohl meinte er jetzt: »Sie haben mich doch gebeten, auf Ihren Sohn achtzugeben.«

»Ich sagte, Sie sollen bei ihm bleiben. Draußen!«

»Tut mir leid«, entgegnete Cheng, »aber das war ganz unmöglich. Das sehen Sie doch selbst ein, nicht wahr?«

»Sie hätten zumindest Carl heraushalten müssen. Ihn bei jemand anders lassen. Ich sagte Ihnen ja schon, er mag auch fremde Menschen.«

»Ich mußte ihn mitnehmen«, erklärte Cheng. »Seine Anwesenheit garantiert mir, daß Sie unterlassen, was Sie beabsichtigen, zu tun. Ich wüßte nicht, wie ich Sie sonst hindern könnte. Sie haben ja wohl Ihre Anordnungen.«

»Die halten sich in Grenzen. Sicher nicht mit denen zu vergleichen, die Ihnen unser Herr Janota aufgetragen hat.«

»Ich und Janota? Wie kommen Sie auf so was?«

»Hören Sie auf«, bat Anna, »Theater zu spielen. Und bringen Sie endlich Carl hinaus. Seine Anwesenheit garantiert gar nichts. Solange er hier ist, werden wir das Problem nicht lösen.«

Nun, Cheng mußte Gemini recht geben. Ihm war unbehaglich, Carl an seiner Seite zu wissen. Egal, was passieren würde, es gehörte sich einfach nicht, einen Vierzehnjährigen wie ein Faustpfand einzusetzen.

»Versprechen Sie mir«, probierte es Cheng, »nichts zu unternehmen, solange ich weg bin?«

»Ich verspreche es«, sagte Anna. Und an ihren Sohn gerichtet: »Schatz, geh mit Herrn Cheng hinaus. Tu, was er sagt. Und vergiß nicht, du bist mein Leben und mein Glück.«

Carl zwinkerte. Aber sein Gebrabbel besaß einen unsicheren Klang. Er spürte wohl, daß etwas nicht in Ordnung war. Ganz und gar nicht in Ordnung. Während Cheng den Jungen aus dem Raum und zurück ins Foyer führte, dachte er sich, wie blödsinnig es sei, dem Versprechen einer Killerin zu trauen. Wahnsinn eigentlich. Er schüttelte den Kopf. Aber was sollte er tun? Er war Cheng. Und Cheng war so. Er hatte die Regeln Anna Geminis akzeptiert, wie er ja immer wieder die Regeln ausgerechnet jener Menschen akzeptierte, die seine Gegner waren. Nicht ganz untypisch für einen Engel als Detektiv.

Er sah sich nun nach jemand um, an den er seine Rolle als Sitter eines Kartäusers abgeben konnte. Und traf eine rasche Entscheidung. Eine ziemlich konventionelle. Indem er nicht etwa eine von den Modepuppen anredete, die hier massenweise herumstanden und so gar nichts Mütterliches oder auch nur Menschliches an sich hatten. Eher wie Raketen aussahen, dünne Raketen. Auch keinen von den Männern, gewissermaßen die Raketenwerfer. Nein, es war ein ausgesprochen mächtiges Weib, das er auswählte, eine Walküre mit Architektenbrille. Er trat auf sie zu, stellte sich und Carl vor und redete von einem Notfall, der ihn dazu zwinge, seinen Adoptivsohn kurz alleine zu lassen, weshalb es sehr freundlich von Frau…Frau…

»Frau Dr. Sternberg.«

»Oh ja! Dr. Sternberg, sehr gut. Wenn Sie vielleicht einen kleinen Moment bei Carl bleiben könnten. Er liebt Gesellschaft. Er liebt Frauen mit Brillen. Aber er haßt es, wenn niemand für ihn da ist.«

»Er sieht aber nicht aus, als wäre er ein Baby«, stellte Frau Dr. Sternberg fest.

Cheng hatte keine Zeit, ihr beizupflichten. Er drängte Carl in Richtung der großen, bebrillten Frau, sagte: »Bis gleich!«, wandte sich um und ging.

»Warum ich?« rief die Frau hinterher.

Cheng war schon viel zu weit weg, um eine Antwort zu geben. Es war jetzt Carl, welcher sprach. Man konnte nicht sicher sein, was genau er da sagte. Es klang ziemlich russisch. Doch gemäß seiner Art, hin und wieder eine vollkommen verständliche Formulierung in sein kunstvolles Kauderwelsch einzuflechten, war nun deutlich zu vernehmen, wie er sagte: »Schöne Brille.«

Frau Dr. Sternberg lächelte. Und zwar mit den Augen, passenderweise.

VI

Viel, sehr viel Wasser

Woran glaube ich, wenn ich an eine Seele im Menschen glaube? Woran glaube ich, wenn ich glaube, diese Substanz enthalte zwei Ringe von Kohlenstoffatomen? In beiden Fällen ist ein Bild im Vordergrund, der Sinn aber weit im Hintergrund; d. h., die Anwendung des Bildes nicht leicht zu übersehen.

PHILOSOPHISCHE UNTERSUCHUNGEN, LUDWIG WITTGENSTEIN

20
Lauter Tote

Ein Geräusch drang durch den Telefonhörer, als hätte das Rad eines Lasters einen kleinen Vogel zerquetscht. Knatsch und Punktum! Der Anrufer hatte aufgelegt.

Nun war Apostolo Janota zwar kein wirklicher Star, wie das für einen Schauspieler oder Rockmusiker hätte gelten können. Andererseits war der Umstand, mit Robert de Niro vierhändig Klavier gespielt zu haben und als Komponist für die Neuverfilmung von *Citizen Kane* im Gespräch zu sein, dazu geeignet, ein paar Verrückte anzuziehen. Und Verrückte gab es natürlich immer, die Geheim- und Handynummern erkundeten, um sodann die Reichen und Berühmten zu terrorisieren. Oder ihnen zumindest ein Gefühl für die Wirklichkeit zu geben, die ja darin besteht, nicht alleine auf dieser Welt zu sein. (Was nützt der ganze Solipsismus, wenn einem auf der Ebene des Realen, so imaginiert das Reale sein mag, die allerschrecklichsten Menschen begegnen, so imaginiert sie auch sein mögen.)

Die Frage, die sich nun allerdings für Janota stellte, war die, ob es sich bei diesem Anrufer wirklich um einen Verrückten handelte. Oder nicht doch um jemand, der nur zu gut wußte, wovon er sprach, wenn er behauptete: »Sie sind in größter Gefahr, Janota. Und wenn Sie das für einen Scherz halten, tun Sie mir leid.«

»Scheiße einfach!« sprach Janota zu sich selbst. Er stand vor dem Spiegel, nackt bis auf die faltige, blaßblaue Leinenhose, und rasierte sich. Sein Handy hatte er auf den schwarzen Stein zurückgelegt. Neben die Sonnenbrille hin, die er neuerdings trug, um diese komische Welt, in die er geraten war, nicht länger in vollem Licht betrachten zu müssen. Er hatte sie satt, die Welt. Und wie er sie satt hatte.

Das mochte auch ein wenig damit zu tun haben, daß er bezüglich dieser Welt ein rundes Jubiläum feierte. Er war jetzt zehn Jahre hier. Zehn Jahre, in denen er sich an einiges gewöhnt hatte. Das meiste allerdings war ihm unerträglicher denn je. In erster Linie natürlich der simple Umstand, ein fremdes Leben führen zu müssen. Wenn das überhaupt ein Leben war und nicht bloß etwas, das alleine in seinem Kopf geschah.

Zehn Jahre! Vor zehn Jahren hatte das Unglück begonnen, ohne daß Janota den Tag genau hätte bestimmen können. Denn zunächst war er viel zu verwirrt gewesen, um sich auf ein Datum zu konzentrieren. Er war wie ein Tier durch diese ihm unbekannte Dimension geirrt. Ein Tier, das nicht hierher gehörte, dessen Körper und Funktionen, dessen Sinne und Instinkte einer anderen Epoche und Landschaft entstammten.

Er selbst hatte etwas Derartiges für unmöglich gehalten, für eine lächerliche Theorie und mediale Mär: in ein Zeitloch zu fallen. Alter dummer Menschheitstraum. Wobei es freilich ein gewaltiger Unterschied war, ob man in irgendwelchen intelligenten Maschinen saß und bequem durch die Zeiten reiste – die guten ins Töpfchen, die schlechten ins Kröpfchen – oder ob man unwillentlich in eins dieser Löcher hineinstolperte. Letzteres war Apostolo zugestoßen. Er war gestolpert und gestürzt und durch die löchrige Pampe aus Zeit und Raum gefallen.

So kurz dieses Fallen gewesen war, erwies sich die Distanz als beträchtlich. Die Gegenwart, aus welcher er kam, war von jener, in die er geraten war, so weit entfernt, daß man gar nicht erst nachzurechnen brauchte.

Damit nicht genug, war Janota ausgerechnet an einem Höhepunkt seines Lebens aus selbigem gerissen worden. Wie jemand, der nur Sekunden, bevor er ein verdientes Glück einlöst, von einem entlaufenen Nashorn niedergetrampelt wird. Oder ähnlich obskur um seinen Segen gebracht wird.

Janota war im Begriff gewesen, eine führende Position einzunehmen, im Begriff gewesen, eine wunderbare Frau zu heiraten, ein traumhaftes Grundstück zu erwerben, zum Katholizismus überzutreten (der wunderbaren Frau und ihres Vaters wegen), seine Doktorarbeit zu beenden, das letzte Element seiner feststehenden Aura zu erwerben und, und, und. Alles Gute und Schöne, das es gab, hatte sich ihm dargeboten. Und genau in diesem Moment, Millimeter vor dem Triumph, wollte das Schicksal es, daß er in ein Zeitloch fiel, um sich in einer Welt wiederzufinden, die mit seiner bisherigen nur soviel zu tun hatte, als daß man auch hier Doktorarbeiten schrieb, konvertierte, heiratete, führende Positionen übernahm und so weiter und so fort.

Aber auf welchem Niveau?! Einem ganz und gar scheußlichen. Abgesehen davon, daß Janota zunächst einmal – ohne Paß, ohne Familie, ohne Biographie – sich außerstande gesehen hatte, auf welchem Niveau auch immer, irgendein Glück zu erobern. Auch war er wegen des Sturzes durch die Zeit lädiert und verdreckt und völlig aus dem Gleichgewicht gewesen.

Daß es ihm in diesen zehn Jahren gelungen war, sich den neuen – eigentlich alten, sehr, sehr alten – Verhältnissen anzupassen, eine alte Sprache zu erlernen und sich die alten Sitten und Gebräuche anzueignen, um in der Folge zu einem anerkannten Mitglied der alten Gesellschaft zu mutieren, ist natürlich kein Wunder. Seine Intelligenz hätte zu weit mehr gelangt. Hingegen schien sie nicht auszureichen, in ein rückführendes Zeitloch zu springen. In das richtige, wenn möglich. Aber nicht einmal ein falsches glückte. Janota hätte mit Leichtigkeit ein Goethe-Gedicht fehlerlos in dreiundzwanzig Sprachen aufsagen können, doch dem Mysterium der Zeitlöcher stand er hilflos gegenüber. Wenn auch nicht tatenlos.

Als besonders perfide an dieser Misere schien paradoxerweise ein Phänomen, das gläubige Theoretiker seiner Welt dahingehend beschrieben, es würde sich im Falle eines tief in die Vergangenheit führenden »Kanals« eine extreme Ungleichheit der Zeitverläufe ergeben. Was im konkreten Fall bedeutete, daß während Janota diese zehn Jahre im zwanzigsten beziehungsweise einundzwanzigsten Jahrhundert abgesessen hatte, in seiner eigentlichen, ursprünglichen Welt bloß der winzige Bruchteil einer Sekunde vergangen war. Kein Furz war darin unterzubringen. Nichts, was nur irgend jemand bemerkt hätte. Außer vielleicht eine aufmerksame Maschine. Wenn es die noch gegeben hätte. Doch darüber waren Maschinen längst hinweg. Sie waren zwischenzeitlich träge und nachlässig geworden, die Maschinen. Hochintelligente, aber faule Säcke.

So erfreulich es nun sein mochte, daß Janota gut und gerne ein paar hundert Jahre in der Vergangenheit hätte zubringen können, ohne daß selbst seiner Verlobten etwas auffiel, blieb natürlich das Faktum seines Alterns und seiner Endlichkeit. Ja, er alterte, nicht aber seine Verlobte.

Was nützte es da, daß er sich in diesen zehn Jahren gut gehalten hatte, weniger verbraucht wirkte denn interessant. Was nützte es, daß vieles auf plastischem Wege zu korrigieren war. Es bestanden Grenzen. Auch in der Zukunft. Es schien Gott einfach zu gefallen, die Menschen gleich welcher Epoche altern und sterben zu lassen. In dieser Hinsicht blieb der Weltenschöpfer stur wie ein kleiner Hund mit großen Ohren.

Weitere zehn Jahre würde Janota kaum durchstehen können, ohne merklich an Substanz, an Energie, an äußerer wie innerer Attraktivität einzubüßen. Und noch mal zehn Jahre und er wäre ein alter Mann. Was könnte es ihm dann noch nutzen, in das richtige Zeitloch zu geraten und in seine Welt zurückzukehren. Eine Welt, in der seine Verlobte gerade mal zur Hälfte eingeatmet haben würde. Und er? Er wäre dann in einem Zustand, da man an die Rente dachte. An Hobbys abseits der Liebe.

Dazu kam, daß das Leben, das er hier und jetzt zu führen hatte, sich natürlich auch intellektuell und psychisch auswirkte. Ihm kam vor, daß er verblödete, daß er kaum noch in der Lage gewesen wäre, den Gesprächen zu folgen, wie man sie dort führte, wo er herkam. Er hatte sich an eine andere Art von Leben gewöhnt, gewöhnen müssen. Daran, blaßblaue Leinenanzüge zu tragen, in der Früh zum Bäcker zu gehen und auf einem Ding zu schlafen, das man Bett nannte, aber wie ein Sarg aussah. Und tatsächlich pflegten nicht wenige Menschen auf solchen Unterlagen, solchen gestapelten Löschblättern zu sterben.

Und dann sein Beruf!? Was war es auch für eine komische Idee gewesen, Komponist zu werden? Filmmusiken zu schreiben?

Gut, eine Entscheidung war zu fällen gewesen, wollte er nicht ewig das Dasein eines streunenden Hundes führen. Drei Jahre hatte er benötigt, um eine bürgerliche Existenz aufzubauen. Er war ein erfolgreicher Künstler geworden, hatte sich eine erfundene Biographie zugelegt und besuchte jährlich das Grab zweier Leute, die er für seine Eltern ausgab, bloß weil sie Janota hießen. Denn zumindest dieser Name stimmte, war das einzige,

247

was ihm geblieben war. Ansonsten hatte er alles verloren. Auch sein Körper war ja nicht mehr derselbe. Es war deutlich zu sehen, wie er da vor dem Badezimmerspiegel stand und sich die eingeschäumten Teile seines Gesichts rasierte: Haare auf den Schultern, Haare auf der Brust. Überhaupt hatte sich eine pilare Heftigkeit seiner bemächtigt, wie sie früher undenkbar gewesen wäre. In dieser fremden alten Welt schienen Haare sehr viel intensiver zu wachsen, jedermanns Haar, auch das eines Menschen aus der Zukunft.

Doch Janotas Schmerz führte noch tiefer. Selbst der Umstand, in dieser einen Dekade sehr viel muskulöser geworden zu sein, ja, einen durchtrainierten, regelrecht bauchfreien Körper entwickelt zu haben, bedeutete ihm alles andere als einen Trost. Seine Verlobte hätte diese Optimierung des Äußeren eher als abstoßend empfunden, als sichtbaren Ausdruck einer Verwahrlosung. Vielleicht sogar als Beweis für ein geistloses und kriminelles Dasein. Denn was war von einem Mann ohne Bauch zu halten? Weshalb sollte es jemand nötig haben, topfit zu sein? Warum könnte ein korrekter und zum Denken fähiger Mensch gezwungen sein, seine Hände in die Füße zu nehmen und schneller als jemand anders zu laufen?

So zumindest dachten die Menschen in der Zukunft, die wenig von Sport hielten und ein unverkrampftes Verhältnis zu ihren Bäuchen besaßen. Und die sich dafür geniert hätten, auf hundert Metern unter zwölf Sekunden zu bleiben. Als wäre man ein Tier, das jagt.

Aber es war nun mal nicht die Zukunft, in der sich Janota befand, sondern ein beliebiges Stück Vergangenheit. Was nützte ihm hier ein Bauch? Was nützte ihm eine Art von Intelligenz, die niemand begriff und die man wohl eher als einen Ausdruck geistiger Umnachtung empfunden hätte? Was nützte es, Fremdsprachen zu beherrschen, von deren Existenz noch keiner etwas gehört hatte? Man stelle sich eine Welt vor, in welcher niemand Fußball spielt. Die Fähigkeit, hintereinander drei fremde Menschen zu überdribbeln, wäre in ihr wohl bedeutungslos.

Das ist natürlich eine Binsenweisheit. Aber Janota mußte diese Binsenweisheit erst einmal akzeptieren. Schweren Herzens begann er, seinen Bauch zu verlieren. Und mit dem Bauch schwand auch seine Hoffnung, je wieder dorthin zurückzukehren, wo seine Verlobte, seine Freunde, sein Schwiegervater, seine Karriere und ein zu unterzeichnender Grundstücksvertrag in der Zeit feststeckten. Sieht man vom Vorrücken dieser Zeit in allerwinzigsten Einheiten ab.

Die Entscheidung, ausgerechnet Komponist zu werden, hing mit einer Anekdote zusammen, die Janota in seinem ersten Jahr aufgeschnappt hatte. Darin wird berichtet, daß der für seine Nervosität anläßlich von Reisen bekannte österreichische Komponist Alban Berg einmal ganze drei Stunden zu früh auf einem Bahnhof erschienen war. Um dann trotzdem seinen Zug zu versäumen.

Diese kleine Geschichte gefiel Janota. Er empfand eine große Sympathie für jemand, dem es gelungen war, dem Einsatz ganzer drei Stunden einen finalen Anstrich von Sinnlosigkeit zu verleihen. Wenn das nicht große Kunst war, an das Ende puren Fleißes etwas Nutzloses zu stellen? Jedenfalls dachte Janota anfangs, das Leben eines Komponisten würde vor allem darin bestehen, auf Bahn- oder Flughäfen zu stehen und Züge und Flugzeuge zu versäumen. Ja, er war derart angetan von der intelligenten Zeitverschwendung Alban Bergs, daß er beschloß, nach Wien zu reisen und den Komponisten aufzusuchen. Denn es war ja nicht Wien gewesen, wohin das Zeitloch ihn entlassen hatte, sondern ein kleiner Ort in Sibirien. Ein Ort, an dem auch ein paar gebildete Leute lebten, die solche Alban-Berg-Geschichten auf Lager hatten.

Sämtliche Bemühungen Janotas, in ein sibirisches Zeitloch zu gelangen, waren gescheitert. Eine Reise drängte sich somit auf, wie bei allen Verzweifelten. Darum Wien.

Dort angelangt, mußte Janota freilich mit Bedauern feststellen, daß Alban Berg bereits seit sechzig Jahren tot war. Dennoch blieb er in dieser Stadt. Und ebenso hielt er an seiner Entscheidung fest, Komponist zu werden, auch wenn er bald begreifen mußte, daß mehr zu tun war, als Züge und Flugzeuge zu versäumen.

Musik gehörte nun zu den Dingen, die ihm völlig neu waren. Musik existierte in seiner Welt nicht. Zumindest nicht als

Genuß, sondern bloß als Strafe, wenngleich natürlich auch heute schon so mancher Rezipient diese Auffassung vertritt.

Das Erlernen der Techniken fiel Janota nicht schwer. Sein Gehirn arbeitete ganz vorzüglich. Er war rasch zu einem begehrten Tonkünstler aufgestiegen. Allerdings gab es Kritiker, welche beklagten – als wären sie mit Mascha Reti im Verein –, daß Janotas Musik sich anhöre wie das Produkt eines genialen, aber unmenschlichen Ingenieurs.

Nun, Janota war ja auch Ingenieur. Aber das konnte er nicht sagen. Seiner erfundenen Biographie zufolge hatte er in Moskau Musik und deutsche Literatur studiert. Nicht etwa, weil der Sturz durch ein sibirisches Zeitloch ihn veranlaßt hatte, sich für einen Russen zu halten. Vielmehr war ihm rasch aufgegangen, daß in Moskau studiert zu haben, einem Menschen eine besondere Aura verlieh. Freilich ohne daß diese Aura sich halbwegs konkret hätte begründen lassen. Aber so ist das mit den Auren. Sie stehen da wie Fliegenpilze und sind nett anzusehen. (Man bedenke einmal, wie oft Fliegenpilze in Kinderbüchern abgebildet sind. Ununterbrochen. Sogar freundliche Zwerge hausen in ihnen. Und das bei einem Ding, das giftig ist. Verrückt!)

Apostolo Janota war also der Komponist einiger bedeutender Filmmusiken geworden und hatte zudem Symphonien, eine Ballettmusik, zwei kleine Opern, ein ernst gemeintes Streichquartett für Schwertfische und ein weniger ernst gemeintes für Reiseleiter verfaßt. Er war mit diversen hohen Preisen ausgezeichnet worden. Sogar mit einem Oscar, den er mit einer Miene entgegengenommen hatte, als reiche man ihm eine Klobürste. Dabei war er weder arrogant noch elitär. Nicht in dem üblichen Sinn, daß er sich für etwas Besseres hielt. Vielmehr hielt er alles und jeden auf dieser Welt für etwas Schlechteres. Für zurückgeblieben.

Zudem war es natürlich ein merkwürdiges Gefühl, mit Menschen zusammen zu sein, die genaugenommen schon vor Ewigkeiten gestorben waren. Die also bei aller Lebendigkeit, mit der sie durchs Leben schritten, nicht wirklich existierten, sondern bloß noch als ein Abdruck ihrer selbst. Als Abdruck einer jeden Bewegung, eines jeden einst gedachten Gedankens. Abertausende von Jahre alt.

Es gab da einen Ausspruch, der Janota mehr berührte, als alles, was ihm in dieser alten Welt an Philosophischem oder Religiösem begegnet war. Einen Satz aus Terry Gilliams Science-fiction-Film *12 Monkeys*, in dem der aus der Zukunft kommende und von Bruce Willis gespielte unfreiwillig Freiwillige namens Cole sich umsieht und meint: »Alle, die ich da sehe, sind schon tot.«

Genau so ging es Janota. Absolut. Was nun dazu führte, daß er dem unveränderbaren Schicksal der ihn umgebenden Menschen mit ziemlicher Gleichgültigkeit gegenüberstand. Ihre Fehler und Irrtümer lagen zu weit zurück in der Geschichte. Andererseits war Janota seit zehn Jahren gezwungen, an dieser vorgestrigen Episode teilzuhaben. Ja, sie sogar um seine Filmmusik, seine zwei kleinen Opern und einiges mehr bereichert zu haben. Schizophren!

Ja, das war es. Eine dumme Sache, die man kaum mit beiden Augen vollständig betrachten konnte, sondern immer nur mit einem, während man das andere geschlossen halten mußte, um überhaupt etwas zu sehen. Mit beiden Augen betrachtet, erkannte Janota nichts, was er hätte begreifen können.

Einmal jedoch war ein wenig Hoffnung in sein »falsches« Leben gefahren. Das war gewesen, als er seine spätere Frau, als er Nora kennengelernt hatte. Besser gesagt das Haus, in dem Nora lebte. Ein an sich häßliches, kleines Ding, dieses Haus. Es war kurz nach dem Krieg erbaut worden und sah auch genauso aus. Ein Gebäude wie auf einer Kinderzeichnung, mit Satteldach und Dachziegeln, mit weißlich getünchtem Mauerwerk, ein paar Fenstern rundherum und einer Türe zur Straße hin. Kein Balkon, keine Garage, keine Terrasse. Der Schornstein war ein gerader Finger, die Regenrinne eine Rohrpost für vertrocknete Blätter, die Fensterläden schief. Seitlich vor dem Haus stand ein Baum, der hin und wieder kleine Äpfel trug, wie man hin und wieder ins Theater geht. Aber wann tut man das schon?

Hinter dem Haus erstreckten sich ein paar Meter Gestrüpp und eine Wiese in der Art und von der Größe eines abgetretenen Teppichs. Um das Grundstück herum führte ein verrosteter Gitterzaun, der nach vorne hin von fleckigen, fingerbreit auseinanderstehenden Holzlatten verstärkt wurde. Davor lärmte der Verkehr einer stark befahrenen Straße. Wogegen sich auf der Rückseite ein dschungelartiges Gelände ausbreitete, dessen verwilderter Zustand einem Rechtsstreit zwischen der Gemeinde und einem Grafen zu verdanken war. Jedenfalls hätte man in diesem »Wäldchen« winterfeste Krokodile züchten können.

So schäbig das alles klingt, so schäbig war es auch, obgleich einige der Besitzer dieser zwischen Straße und Urwald gelegenen Zeile aus Garten- und Familienhäusern sich bemüht hatten, schmückend einzugreifen. Aber jeder Schmuck verlor hier rasch seine Frische und Funktion. Der Dreck der Straße und des Dschungels legte sich über die Dinge, graute sie ein. Kein Gartenzwerg hielt das lange durch, so strahlend rot konnte sein Mützchen gar nicht sein.

Mit Noras Haus war es genauso wie mit den Villen in allerbester Gegend. Derartige Immobilien erstand man nicht, man erbte sie.

Naturgemäß besteht der Sinn jeden Erbes darin, ein Leben lang an den Erblasser erinnert zu werden. Weshalb nicht wenige der solcherart Begünstigten zusehen, das Ererbte raschest zu veräußern. Eine Frage der Not, eben nicht nur der finanziellen. Allerdings ist manches Erbe schwer an den Mann zu bringen. Etwa Schulden. Oder gefälschte Rembrandts. Oder ein schlechter Ruf. Oder eben so ein Häuschen in unmittelbarer Nähe einer Zubringerstraße und eines Geländes, dessen wahre Besitzverhältnisse in den Sternen stehen. Wer wollte so etwas kaufen? Ein Haus wie auf einer Kinderzeichnung? Einer lieblosen dazu.

Dennoch hatte Nora eine Annonce aufgegeben. Freilich waren die Angebote unverschämt gewesen. Unmöglich, eines davon auch nur in Betracht zu ziehen. Da sich Nora aber erst recht kein unbewohntes Haus leisten konnte, hatte sie ihre kleine Mietwohnung aufgegeben und war in ihr Erbe eingezogen. Die alte Geschichte. Man sieht die Scheiße, aber es nutzt nichts, man steigt hinein.

Vom ersten Moment an, da Nora auch nur in die Nähe des Grundstücks gelangt war, hatte sie das künftige Unglück vernommen gleich einem durchdringenden Schrei. Und dennoch war sie hineingetappt. Nicht ohne sich zu denken, was für eine blöde Kuh sie sei. Und daß sie sich ja gleich zu ihren Eltern ins Grab hätte legen können.

Dieses Unglück aber – das sich zunächst in einer massiven Schwermut Noras als auch in diversen Wasserrohrbrüchen und ähnlichem manifestierte – war es natürlich nicht, was Apostolo Janota an dem gammeligen Häuschen interessierte. Das Schicksal dieser Frau war ihm schnuppe. Die ganze Frau, jede Frau, der er in den zehn Jahren begegnet war. Lauter Tote. Nein, er dachte noch immer an seine Verlobte, die er eigentlich nie wirklich geliebt hatte, sondern das Verhältnis aus rein pragmatischen Gründen eingegangen war. Mit der Distanz aber war die Liebe gekommen. Die Liebe zu einem Menschen, der noch lebte, in einer Zukunft lebte, die für Janota die einzig echte Gegenwart blieb. Die Liebe zu seiner Verlobten entsprach der Liebe zum Leben. Und etwas Schöneres kann man einem Begehren eigentlich nicht nachsagen. Auch wenn dieses Begehren dem Stolpern in ein Zeitloch zu verdanken war, einem Mißgeschick also. Aber wann ist es anders? Liebe ist die Reaktion auf einen Notfall.

Und Aberglaube ist die Reaktion auf eine hoffnungslose Situation.

Es begann damit, daß Apostolo Janota ein Buch in die Hand fiel. Womit es ja meistens anfängt, mit einem Buch. Jedenfalls kann man sagen, daß es sich um ein Machwerk handelte, dessen Autor behauptete, ein Zeitreisender zu sein.

Nicht, daß Janota das Machwerkartige des Stils übersehen hätte, die Hokuspokus-Allüre des posierenden Sachbuchautors. Andererseits entsprach die Beschreibung vom Durchqueren eines Zeitlochs, eines Tunnels oder Kanals, so sehr dem, was Janota persönlich widerfahren war, daß eine tiefe Bestürzung ihn erfaßte. Sowie ein Funke der Hoffnung. So armselig die Sprache des Autors auch sein mochte, die Erwähnung der einzelnen Körperreaktionen – das Getrommel im Magen, das Gefühl schrumpfender Organe, die unverständliche Telefonstimme im Kopf – entsprach auf den Punkt genau Janotas Erleben. Welches er präzise in Erinnerung hatte. Etwas Derartiges vergißt man nicht.

Bei allem Widerwillen gegen den Autor – ganz offenkundig einer dieser karikativen Sektenführer –, konnte Janota nicht anders, als eine Wahrheit in diesem Buch zu vermuten. Eine Wahrheit, die möglicherweise dem Autor gar nicht bewußt war oder auf die er dank eines Zufalls gestoßen war. Sicher nicht auf Grund seiner denkerischen Hellsicht oder spirituellen Kompetenz. Zeitlöcher hatten nichts Spirituelles. Viel eher reagierten sie wie eine Blume, die sich unter bestimmten Umständen öffnet und unter anderen schließt. Und niemals das eine mit dem anderen vertauscht, bloß weil jemand eine Litanei anstimmt oder fünfundzwanzig Kieselsteine in einem Kreis auflegt.

Es war also nicht nur ein hoffnungsvoller, sondern auch ein verzweifelter Akt, sich auf ein solches Buch zu verlassen, dessen Autor Janota für einen geschäftstüchtigen Spinner hielt.

Das entscheidende Kapitel dieser Schrift war natürlich jenes über die Auffindung von Zeitlöchern. Wobei die These behauptet wurde, daß Zeitlöcher stets in Gruppen auftreten würden, gleich den Verteilerkreisen einer Stadtautobahn.

Der Autor hatte nun eine komplizierte Formel entwickelt, der zufolge man diese Orte lokalisieren konnte, eine Formel von der Art eines Zaubertranks, als mische man Hühnerbeine und Schlangengift und Aspirin zusammen, höchst unsympathisch das Ganze. Aber Janota hatte sich nun mal entschlossen, diese Sache ernst zu nehmen und die Formel auf die Stadt, in der er sich befand, also Wien, anzuwenden. Und wie der Teufel es so wollte, und er wollte es aus vollem Herzen, ergab die mathematische Verquickung von Koordinaten, Sternkonstellationen, Telefonnummern, Fernsehanschlüssen und einigem Kram mehr genau jenen Punkt, an dem sich das baufällige Häuschen von Mascha Retis Enkelin Nora befand.

Nun hätte die Rechnung, die Janota aufgestellt hatte, wahrscheinlich auch ein ganz anderes Resultat ergeben können. Schließlich war er nicht der einzige Wiener Leser dieses Buches, und dennoch schien niemand außer ihm auf dieses Haus gestoßen zu sein. Andererseits war er überzeugt, Fähigkeiten zu besitzen, die anderen nicht zur Verfügung standen. So wie er auch sicher war, daß diese Formel, wenn sie denn tatsächlich einen Wert besaß, nicht aus dem Hirn des größenwahnsinnigen Schreiberlings stammte, sondern wahrscheinlich gestohlen worden war.

Von wem gestohlen?

Gute Frage, allerdings sah sich Janota außerstande, jede Frage, die sich aufdrängte, auch zu beantworten. Er machte es wie alle. Er vertröstete sich auf später. Mal sehen.

Zunächst aber wollte er ganz einfach in dieses Haus hinein, wollte herausfinden, ob sich denn die Ansammlung von Zeitlöchern in irgendeiner Weise bemerkbar machte. Deutlich bemerkbar. Oder ob man nach ihnen zu suchen hatte wie nach jenen vielzitierten Nadeln, die mysteriöserweise in Heuhaufen verlorengehen. Als existierten keine Nähkästchen.

Freilich entsprach es nicht seiner Art, nächtens in bewohnte Häuser einzubrechen. Er war immerhin Oscargewinner und Messiaen-Preisträger und nicht zuletzt der erklärte Lieblingskomponist eines ehemaligen französischen Kulturministers, und selbstverständlich auch von Robert de Niro. So jemand konnte es sich wirklich nicht leisten, auf fremden Grundstücken ertappt zu werden. Und erst recht schien es Janota unmöglich, seine Zeitlöcher-Geschichte zum besten zu geben. Was hätten die Leute vom ihm halten sollen? Ihn für verrückt erklären?

Daß nun genau dies der Fall war, verrückt zu sein, dieser Gedanke war Janota einige Male gekommen. Andererseits war es wohl der beste Beweis für das Fehlen einer Geisteskrankheit, darüber zu sinnieren, ob man denn an einer solchen leide. Geisteskranke taten das nicht. Am ehesten noch jene, die tatsächlich in Kliniken hockten, Ärzte ihrer selbst. Aber sicher nicht jene Millionen, die immer irrten.

Wenn nun also ein regelrechter Wahnsinn ausgeschlossen werden konnte, so blieb noch immer das bedrohliche Faktum einer fixen Idee. Und von einer solchen war Apostolo Janota wahrlich beseelt. Nicht nur, daß er sämtliche Daten der Besitzerin besagten Hauses in Erfahrung brachte und eine Situation inszenierte, die ein Zusammentreffen erzwang, nicht nur, daß er die eher unscheinbare Nora mit Leichtigkeit verführte, er heiratete sie auch noch. Aus dem schlichten Grund, um an das Haus zu kommen. Denn mit einer Nacht in Noras Bett war es nicht getan gewesen. Die Zeitlöcher standen nicht wie offene Türen im Raum. Die Sache erwies sich als komplizierter. Und weil sie das nun war, einerseits, Janota aber andererseits jeglichen

Zweifel an der Richtigkeit seiner Berechnungen oder auch der Formel verworfen hatte, also unbedingt an die Anhäufung von Zeitlöchern in diesem Gebäude und auf diesem Grundstück glaubte, schien es ihm nötig, so häufig wie nur möglich hier zu sein. So ungestört wie nur denkbar. Und sei es bloß, um per Zufall in eins der Löcher zu geraten. Wohin auch immer selbiges führen würde. Er war zu allem bereit.

So wie er auch dazu bereit gewesen war, die arme Nora aus dem Haus zu ekeln. Ohne dabei die geringsten Gewissensbisse zu verspüren. Nicht, weil er kein Herz besaß. Aber mit Menschen, die man für längst gestorben hält, geht man natürlich weniger rücksichtsvoll um. Vergleichbar der Entgrätung eines gekochten Fisches. Wer hingegen würde versuchen, dies einem lebenden Fisch anzutun?

Es war Janota als die eleganteste Form erschienen, Nora mittels absolutem Schweigen den Verstand zu rauben. Daß er sich ein einziges Mal, kurz vor ihrer Hochzeit, dazu verstiegen hatte, ihr indirekt mit Gewalt zu drohen, davon gesprochen hatte, Leute zu kennen, die zu jeder Grausamkeit imstande seien ... Also, erstens kannte er solche Leute nicht und zweitens war es ihm zuwider gewesen, Gewalt ins Spiel zu bringen. Eine Entgleisung, an der in erster Linie Noras Großmutter schuld hatte, Mascha Reti, ein Stück halblebendiger Zeitgeschichte. Er war der Frau, die im Pflegeheim und im Rollstuhl saß, nie begegnet, wußte aber, wie sehr sie ihm mißtraute. Von Anfang an. Die alte Frau hatte ihrer Enkelin dringend von der Heirat abgeraten. Auch schien ihr stets klar gewesen zu sein, daß es in Wirklichkeit um das Haus ging. Und weil nun Nora so gänzlich an ihrer Großmutter hing, war sie unsicher geworden, hatte Janota ersucht, die Hochzeit aufzuschieben. Und da war ihm halt das Mißgeschick unterlaufen, in der derbsten und billigsten Weise damit gedroht zu haben, die beiden verdammten Weiber unter die Erde bringen zu wollen. Und zwar lebendig.

Bis heute war ihm diese Äußerung peinlich, dieser Einsatz einer Sprache, die er aus zehn Jahren Fernsehen kannte. Die Sprache böser Buben, die ständig ankündigten, irgend jemand den Arsch aufzureißen, Schädel zu Brei zu schlagen, Rasierklingen zu benutzen und so weiter und so fort. Es war ihm peinlich, das schon. Allerdings erreichte er auf diese Weise sein Ziel. Ganz offensichtlich nahm Nora die Warnung für bare Münze. Sie opferte sich und heiratete ihn. Wobei natürlich die meisten Leute der Ansicht waren, daß Nora ein geradezu himmlisches Glück hatte, indem eine Frau wie sie – weder schön noch reich noch ungewöhnlich – einen berühmten und attraktiven Mann zum Gatten bekam.

Was diese Heirat aber wirklich zur Sensation machte, war der Umstand, daß Robert de Niro extra angeflogen kam. Woraus resultierte, daß die Presse sich kaum um die Ungleichheit von Braut und Bräutigam kümmerte, sondern primär darauf konzentriert war, dem amerikanischen Schauspieler an den Lippen zu hängen. Nicht, daß er irgend etwas sagte. Er war ja nur erschienen, um einen Blumenstrauß abzugeben und eine viertel Stunde mit Janota in einem abgeschlossenen Raum vierhändig Klavier zu spielen. Janota wußte selbst nicht, was das sollte, weshalb dieser de Niro nichts Besseres zu tun hatte, als nach Wien zu fliegen und mit ihm, Janota, ein Stück aus Dvořáks Slawischen Tänzen recht mangelhaft auf die Klaviatur zu bringen. Warum tat er das? Er erklärte sich ja nicht, niemals, sondern verhielt sich in etwa wie eine dieser Mafia-Figuren, die er so glaubhaft darzustellen verstand. Er tauchte einfach auf, forderte sein Recht auf vierhändiges Klavierspielen und verschwand wieder. Mitunter kam es Janota so vor, daß sich auch der gute Robert de Niro auf der Suche nach Zeitlöchern befand. Und dabei ahnte, was es mit seinem Klavierpartner auf sich hatte.

Lauter Tote? Nein, nicht alle waren tot. Und vielleicht war Mr. de Niro nur darum nach Wien gereist, um nachzusehen, ob Janota bei der Suche nach Zeitlöchern weiter gekommen war als er selbst.

Was dann folgte, gefiel Janota sehr viel besser als jene verbale Ausfälligkeit, mit der er Nora zur Heirat gezwungen hatte. Rigoroses Schweigen war eine effektive und distinguierte Methode, um eine Person in den Wahnsinn zu treiben. Beziehungsweise aus dem Haus. Es war der pure Terror, den er trieb. Wobei das eigentlich Perfide darin bestand, daß niemand es bemerkte. Noras sogenannte Freunde waren viel zu begeistert von der Eloquenz und dem Charme Janotas, als daß sie erkannt hätten, daß seine Frau kein Sekündchen lang mit diesem Charme und dieser Eloquenz bedacht wurde. Jeder hielt Janota für einen wunderbaren Ehemann. Wohl darum, weil er ein wunderbarer Gastgeber war, der in dem kleinen, engen Häuschen großartige Abendessen zu veranstalten imstande war.

Dieser Irrtum ist einer der gängigsten, daß nämlich ein perfekter Gastgeber und Koch und Unterhalter für einen perfekten Ehemann gehalten wird. Man interpretiert ein gekonnt zubereitetes Sushi als Ausdruck ausgeprägter Liebesfähigkeit. Man glaubt, eine delikate Süßspeise mit einer trainierten Libido gleichsetzen zu können. Ein hübsches Gedeck mit einem Hang zur Zärtlichkeit. Und so weiter.

Nun, das wirklich Perfekte ergab sich aus der zügigen Zerstörung von Noras seelischer Gerade-noch-Balance. Die Seele kippte, fiel um wie eine dieser Leitern, die gegen Obstbäume und Häuserwände und unter Deckenleuchten gestellt, ihren eigentlichen Sinn darin zu finden scheinen, umzufallen. Die Leiter fiel, die Seele fiel, Nora fiel. Und verlor sich in einem Schweigen, das gegen jedermann, sogar ihre Großmutter gerichtet war, sodaß schlußendlich nichts anders übrigblieb, als die Einweisung in eine psychiatrische Klinik zu betreiben. Woraus niemand – außer Mascha Reti natürlich, die mehrmals anrief und wüste Beschimpfungen ausstieß – Janota einen Vorwurf machte. Im Gegenteil. Man bemitleidete ihn, diesen genialen Komponisten, diesen schönen Menschen und geheimnisumwitterten Vierhandpartner Robert de Niros. Man bemitleidete ihn, weil er da in diesem kleinen Häuschen saß, zwischen Straßenlärm und Dschungelgeräuschen, anstatt in einer Villa in Hamburg oder Hollywood. Seine Liebe zu Nora, so dachten die Leute, und sagten es auch, müsse eine unendliche sein.

Er war nun eine ganze Weile bereits alleine in diesem Haus und suchte und suchte. Er wußte ja nicht einmal, in welcher Form sich Zeitlöcher offenbarten, wenn man denn nicht zufälligerweise in eines stolperte, sondern sie zu verifizieren hatte. Bezeichnenderweise gab darüber auch der Autor besagten Buches wenig Auskunft. Blieb schwammig und gleichnishaft.

Gut möglich, daß diese Zeitlöcher winzig klein, an einem bestimmten Punkt im Raum lagen, frei hängend in der Luft, und man sich mit der Fingerspitze voran hineinzwängen mußte. Vielleicht aber war eine bestimmte Geistes- und Körperhaltung vonnöten, und sogleich wurde das Zeitloch in der Art eines offenen Kabinetts sichtbar. Vielleicht bildeten sich diese Pforten zwischen den Astgabeln des alten Obstbaumes oder lagen gleich kleiner Beeren in den Sträuchern verborgen. Was wußte er schon? Er spekulierte und überlegte und experimentierte, robbte in Mondnächten auf allen vieren durch den Garten, grub Löcher im Keller, horchte an den Wänden, steckte seine Finger in allerlei Öffnungen. Erfolglos. Nichtsdestotrotz war er guten Mutes, überzeugt, sich am richtigen Ort zu befinden. Auch kam es nach zehn Jahren auf den einen oder anderen Monat nicht mehr an. Er hatte Zeit, und er hatte – zumindest im Haus – seine Ruhe. Nur hin und wieder wurden ihm die Drohungen Mascha Retis zugetragen. Der Stil dieser Drohungen schien nun verwandelt, weniger emotional als taktisch. Als wäre Frau Reti ein Licht aufgegangen. Aber Janota schüttelte das bißchen Unsicherheit ab. Weshalb sollte er sich vor dieser alten Ziege ängstigen? So robust sie in ihrem Dahinsiechen auch sein mochte. Was würde sie schon unternehmen können, als daß Schicksal ihrer Enkelin zu beklagen und ihm dafür die Schuld zu geben?

Und nun hatte also soeben sein Handy geklingelt und sich die Stimme eines eher älteren Mannes gemeldet, welcher erklärt hatte, Janotas Leben sei in Gefahr. Ernsthaft in Gefahr.

»Wer sind Sie?« hatte Janota gefragt, wie man das in solchen Momenten – zwischen Belustigung und einem Anflug von Schrecken – zu tun pflegt.

»Mein Name würde Ihnen nichts sagen. Also lassen wir das. Es genügt, wenn Sie mir glauben, was ich Ihnen mitteile.«

»Daß mich einer erwürgen möchte, weil meine Musik ihm nicht gefällt?« Noch lag bei Janota die Belustigung an erster Stelle.

»Da ist jemand ganz und gar nicht einverstanden, wie Sie Ihre Ehefrau abserviert haben.«

»Was soll das!« wurde Janota laut. »Ich lege jetzt auf.«

»Mascha Reti«, sagte die Stimme, wie man sagt: Manche Hunde, die bellen, beißen auch.

»Was ist mit Mascha Reti?« fragte Janota, noch immer laut. Er war wütend. Wütend, weil er dieses Gespräch nicht augenblicklich beendete.

»Sie wird Ihnen jemand schicken. Wie man so sagt, einen Todesengel.«

»Wie? Soll ich jetzt glauben, die gute alte Frau Reti habe sich entschlossen, mir einen Killer...«

»Eine Killerin. Sie schickt Ihnen eine Frau. Da paßt auch besser zu Frau Reti, sich auf eine Frau zu verlassen.«

»Anschieben läßt sie sich aber von einem Araber, was ich so gehört habe.«

»Mag sein«, meinte die Stimme, die einen merkbaren Klang von Langeweile besaß, »aber hier geht es nicht um einen Rollstuhl. Es geht darum, Herr Janota, daß diese Killerin auftauchen und Ihnen eine Kugel in Ihr Musikerköpfchen jagen wird. Wenn Sie nicht achtgeben.«

»Das ist ein dummer Scherz, den Sie mit mir treiben.«

»Es sind schon unwichtigere Leute erledigt worden. Jedenfalls wäre es besser, mir *jetzt* zu glauben. Und nicht erst, wenn Sie in den Lauf einer Waffe schauen. Beziehungsweise auf die Frau, die dahinter steht.«

»Wie schrecklich!« spottete Janota.

»Sie wären nicht der erste, der sich wundert. Bloß hätten Sie dann kaum noch die Zeit, sich auch ausgiebig zu wundern.«

»Wer ist diese ominöse Frau?«

»Sie ist nicht ominös. Selten war jemand weniger ominös. Ihr Name aber würde Ihnen so wenig nützen, als wenn ich Ihnen den meinen nenne. Namen sind nicht das Thema.«

»Und was soll ich Ihrer Meinung nach unternehmen?« fragte Janota. »Auswandern? Eine kugelsichere Weste tragen?«

»Diese Frau ist nicht so dumm, auf eine kugelsichere Weste zu schießen. Auswandern hingegen wäre nicht schlecht. Aber nur sinnvoll, wenn Sie es auf der Stelle tun würden.«

»Ich habe heute ein Konzert.«

»Ich weiß. Besitzen Sie eine Waffe?«

»Ja.«

»Seien Sie so klug und nehmen Sie sie mit.«

»Wie denn? Soll es heute abend geschehen?«

»Könnte gut sein«, meinte die Stimme.

»Wissen Sie was?« tönte Janota. »Ich glaube Ihnen einfach nicht. Ich glaube vielmehr, daß Sie ein Irrer sind, der sich hier aufspielt.«

»Ein Irrer, der Mascha Reti kennt«, sagte die Stimme und legte auf.

Ja, das war natürlich ein Argument.

Apostolo Janota rasierte sich zu Ende. Er zitterte. Das war neu für ihn, zu zittern. Es war allerdings auch neu für ihn, sich ein Bild davon zu machen, erschossen zu werden.

Was sollte er tun?

Die Vorstellung, tatsächlich mit dem Tod bedroht zu sein, weckte ihn ihm zweierlei Gefühle. Einerseits dachte er daran, daß dann seine ganze Bemühung, an dieses Haus heranzukommen, um Zeitlöcher aufzustöbern, umsonst gewesen wäre, und er also nie wieder zurückkehren würde zu seinem richtigen Leben. Dorthin, wo seine Gegenwart lag. Und seiner Meinung nach die Gegenwart alles Lebendigen. Andererseits ergab sich die Überlegung, es könne vielleicht gerade der eigene Tod geeignet sein, ein Zeitloch aufzustoßen. Und zwar gemäß der speziellen Mutmaßung, daß diese ganze Zeitreiserei auf der Sterblichkeit des Menschen basiere, gewissermaßen eine Nebenform des Todes darstelle, ein Ausweichen vor Gott.

Gut, das war eine bloße Theorie, eine unwissenschaftliche dazu. Auch hätte dies ja bedeutet, daß Janota, als er vor zehn Jahren in ein Zeitloch gefallen war, zuvor in irgendeiner Form zu Tode gekommen sein mußte. Um sodann einen großen Bogen um das Leben nach dem Tod zu machen. Was nun wiederum zu der Frage führte, in welchem Zustand Apostolo Janota heimkehren würde. Als Leiche? Als doppelte Leiche? Oder als Lebender, weil ein zweifacher Tod sich aufhob?

Das waren eine Menge verwirrender Gedanken, die Janota durch sein bedrohtes Musikerköpfchen gingen, während er in sein Hemd und sein Jackett schlüpfte und sich hellgelbe Turnschuhe anzog. Socken trug er keine. Das tat er nie, auch im härtesten Winter nicht. Das war sein Markenzeichen. Wenn er bei Fernsehdiskussionen – und man lud ihn gerne ein, wenn es annähernd um Musik oder Film ging – ein Bein über das andere schlug, wurde sein Markenzeichen sichtbar wie ... Nun, es gab ein paar unanständige Leute, die von einer Art Vorhaut sprachen, die da zutage träte.

Egal, Janota blieb auch jetzt seinem Prinzip sockenloser Füße treu. Weniger treu blieb er seiner Anschauung, daß das Tragen von Waffen sich selten als ein Vorteil herausstellte. Waffen waren ungeeignet, irgend jemand von irgend etwas zu überzeugen oder abzubringen. Eher zwangen sie zu übereiltem Handeln. Kam eine Waffe ins Spiel, brach Hektik aus. So war das im Kleinen wie im Großen. Waffen erwiesen sich so gut wie immer als Beschleuniger.

Dennoch griff Janota in seine Schublade und zog das handliche, kleine Gerät heraus, betrachtete es von beiden Seiten, wie ein Friseur rechts und links die Fransen vergleicht, und steckte es sich rückwärts in die Hose, sodaß der Lauf in den Spalt seines Hintern führte. Es spürte sich nicht etwa homosexuell an, eher so, als mache sich ein ausgesprochen großes Ungeziefer am Po zu schaffen.

»Schlechte Idee«, sagte sich Janota, beließ die Pistole jedoch, wo sie war, und verließ das Haus.

262

21
Kein Monster

»Jetzt bin ich aber platt«, sagte Cheng.

»Wieso?« fragte Anna.

»Nun, ich hatte, ehrlich gesagt, mit einem toten Komponisten gerechnet.«

Anna hob ihre Waffe an und sagte: »Keine Angst, das kommt noch.«

»Sind Sie sicher?«

»Ich gebe zu«, sagte Anna, »wie wenig mir das alles gefällt. Ich bin derartiges nicht gewohnt. Daß man mir meinen Sohn nachschleppt.«

»Hören Sie«, entrüstete sich Cheng, »ich habe den Buben immerhin…«

»Schon gut. Die Sache war von Anfang an verzwickt, unmöglich. Keine Klarheit, keine Eindeutigkeit. Außerdem zu viele Leute, zu viele Interessen. Und dann auch noch *Sie* mit Ihrer lächerlichen Dobrowsky-Nummer. Wer soll so was glauben?«

»Ich war eigentlich ganz zufrieden damit«, meinte Cheng. »Wenn man bedenkt, daß ich improvisieren mußte. Woher auch hätte ich wissen können, daß in Ihrem Vorzimmer ein Dobrowsky hängt, nicht wahr?«

»Ach was! Sie waren vorbereitet«, erwiderte Anna Gemini. »Sogar meinen Sohn haben Sie beschattet. Sie standen die ganze Zeit neben der Kirche. Ich konnte Sie sehen. Und mir zusammenreimen, daß Janota Sie schickt.«

»Ich wiederhole«, sagte Cheng, »das ist ein Irrtum. Ein gewaltiger dazu. Ich habe den Namen das erste Mal aus Ihrem Mund vernommen. Seien Sie so gut, und hören Sie auf, sich eine Verbindung zwischen mir und diesem Mann einzureden. Ich kenne ihn nicht. Und ich denke, er mich auch nicht.«

»Nie gesehen, den Chinesen!« ließ sich Janota vermelden, der nun also wieder am Lauf einer Waffe vorbeisehen mußte, wenn er mit Anna sprach und ihr höflicherweise dabei in die Augen schauen wollte. Und ein wenig höflich mußte er wohl sein, angesichts seiner Lage.

»Hören Sie das?« fragte Cheng Anna. »Der Ignorant hält mich für einen Chinesen. Hat keine Ahnung.«

»Sie haben mich heute schon einige Male angelogen«, erinnerte Anna Gemini.

»Die Wahrheit hätte Ihnen nicht gefallen. Außerdem war mir danach, Ihnen eine Freude zu bereiten. Na, wenigstens wollte ich Sie nicht verärgern.«

»Hören Sie auf, Cheng, mit der Raspelei. Wenn Sie nicht für Janota arbeiten, für wen dann?«

»Wenn ich rede, werden Sie dann Ihre Pistole wegstecken?«

»Meine Güte«, stöhnte Anna Gemini, »wohin denken Sie? Ich habe hier keine Geschenke zu verteilen, sondern einen Job zu erledigen. Was stellt ihr Männer euch eigentlich vor? Wenn etwas mich hindern wird, zu tun, was zu tun ist, dann vielleicht, weil ein neues Faktum dafür spricht. *Ein Faktum*, Herr Cheng. Nicht eine Drohung, nicht eine Bitte, schon gar nicht eine tausendmal verdrehte Andeutung. Reden Sie also, aber wirklich.«

»Die Leute, die mich schicken«, begann Cheng im Ton einer oft geübten Gottergebenheit, im Ton der Gewißheit, alles irgendwie zu überleben, »sind daran interessiert zu erfahren, weshalb ein gewisser Einar Gude sterben mußte. Ein braver Mann und braver Botschafter, ein Norweger in Dänemark, der nach Wien kam, um Dürer zu sehen. Und den Sie, so glaube ich zu ahnen, liquidiert haben. Meine Auftraggeber macht es schrecklich nervös, sich nicht auszukennen. Man rätselt um die Bedeutung dieses Verbrechens. Man macht sich Sorgen. Sorgen um die Zukunft. Darum bin ich hier. Um die Sorgen zu entkräften oder zu bestätigen.«

»Was für Sorgen?«

»Politische Sorgen. Um Attentate, die niemand kontrolliert. Zumindest niemand, der dazu befugt ist. Und Sie verzeihen, Frau Gemini, aber Sie waren wohl kaum befugt, einem norwegischen Botschafter das Leben zu nehmen. Dann schon eher einem österreichischen Komponisten.«

»Na hören Sie mal!« beschwerte sich Janota.

»Das war nicht ernst gemeint«, sagte Cheng, wie man etwas Unkorrektes nur halb zurücknimmt. »Aber es ist nun mal so, daß niemand mich dafür bezahlt hat, einen Herrn Janota zu retten. Ich soll allein die Hintergründe von Gudes Tod erforschen. Trotzdem kann ich nicht einfach zusehen, wie jemand umgebracht wird. Sie wissen schon, Frau Gemini, das ist wie mit diesen Ärzten, die sich im Ernstfall verpflichtet fühlen, auch das Leben eines Nichtversicherten zu retten. Ich bin Detektiv, wie Ihnen bekannt ist. Und damit hin und wieder ebenfalls ein Lebensretter. Ich habe schon Leute gerettet, die ich lieber in der Hölle gesehen hätte.«

»An Ihrer Stelle«, meinte Anna, »würde ich mich um das eigene Leben kümmern.«

»Ich gebe zu, die Situation ist vertrackt. Wenn Sie Janota töten, werden Sie kaum darauf verzichten können, mir das gleiche anzutun.«

»Das ist leider richtig.«

»Vorher sollten wir uns aber noch über *Klosterfrau Melissengeist* unterhalten.«

»He?« Anna verengte ihre Augen und rückte mit dem Lauf näher an Janota. Nicht, daß sie ihn jetzt noch hätte verfehlen können. Nicht einmal sie. Aber sie wollte bekunden, sich keinesfalls zum Narren halten zu lassen.

»Ich spaße nicht«, sagte Cheng. Und ging sogleich aufs Ganze: »Was hat Kurt Smolek mit alldem zu schaffen? Ich sagte *Kurt Smolek*.«

Nicht, daß Anna Gemini ihre Waffe senkte. Aber erstens zog sie den Pistolenlauf wieder ein wenig zurück und außerdem wandte sie ihren Blick – der bisher zweigeteilt gewesen war – vollständig Cheng zu. Zudem schien sie mit einem plötzlichen Ruck geschrumpft zu sein, so, als hätte jemand die Absätze ihrer Schuhe angesägt. Ein Entsetzen, winzig, aber markant, stand in ihrem Gesicht, als sie jetzt fragte: »Woher haben Sie diesen Namen?«

»Herr Smolek scheint mir ein sehr aktiver Mann zu sein, der für verschiedene Leute arbeitet. Für die Gemeinde Wien, das ist bekannt. Aber auch für dieselben Herrschaften, die mich beauftragt haben, Gudes Tod zu untersuchen.«

»Nonsens!«

»Kein Nonsens«, widersprach Cheng. Und argumentierte: »Warum, denken Sie, bin ich so rasch auf Sie gestoßen? Smolek hat mich geradewegs auf Ihre Person hingeführt. Ohne natürlich davon zu sprechen, Sie zu kennen. Darauf hat mich erst Ihr Sohn gebracht.«

Cheng beschrieb, wie sein lautstarker, Smolek gewidmeter Fluch von Carl mit der deutlich gesprochenen Nennung jenes stark duftenden Destillats aus dreizehn Kräutern kommentiert worden war. Was wiederum ihn selbst, Cheng, endlich hatte erkennen lassen, woran Kurt Smoleks Geruch ihn erinnerte.

»Und daraus konnten Sie schließen…?« Anna war verblüfft.

»Die Bestimmtheit Ihres Sohns fand ich sehr überzeugend. Aber natürlich war das nur so ein Gedanke gewesen. Ein guter Gedanke freilich. Denn immerhin scheine ich recht zu behalten. Sie kennen Smolek.«

»Das ist richtig. Ich kenne ihn. Dachte ich. So wie ich dachte, er stehe auf meiner Seite.«

»Er dürfte auf mehreren Seiten stehen«, vermutete Cheng. »Jedenfalls wollte er, daß ich Sie finde. Was er sonst noch will, weiß ich leider nicht. Fürchte aber, daß wenig Gutes für uns dabeisein wird. Für uns alle.«

»Kann ich erfahren«, mischte sich Janota in der Art eines brav aufzeigenden Schulkindes ein, »was das mit mir zu tun hat? Ich habe nie von einem Smolek gehört. Und kann mich auch nicht erinnern, diesem Botschafter, den man erschossen hat, begegnet zu sein. Das alles muß ein Mißverständnis sein. Ich bin der falsche Mann.«

»Keine Angst, Herr Janota«, sagte Anna, »Sie sind schon der richtige. Denn ich arbeite… also ich arbeite für Ihre Frau. Und deren Großmutter. Sie haben einen schlechten Stand bei den Damen. Was Sie nicht wundern darf.«

»Oh!« entfuhr es Janota. Es klang, als hätte er soeben ein Zeitloch verschluckt.

»Und Smolek?« fragte Cheng. »Welche Rolle spielt er?«

»Er ist der Vermittler. Und der Mann, der die Finanzierung organisiert.«

»Wie? Er ist Ihr Manager?«

»Wenn Sie es so ausdrücken wollen. Mitunter ist er das.«

»Hat er Sie auch gemanagt, als es darum ging, Gude zu liquidieren?«

»Ich weiß nichts von einem Gude«, sagte Anna Gemini. Und meinte sodann, wie um vom Thema abzulenken, sich den kleinen Gott Smolek, wie sie ihn gerne bezeichne, schwer als Agenten eines skandinavischen Geheimdienstes vorstellen zu können. Smolek sei viel eher sein eigener Geheimdienst.

»Da könnten Sie recht haben. Ein durchtriebener Mensch, Ihr kleiner Gott«, urteilte Cheng und nahm auf einem von den Maiglöckchensesseln Platz. Wobei er um ein Vielfaches gelöster anmutete als Janota. Er setzte seinen linken Knöchel auf sein rechtes Knie, als hebe er einen kleinen Vogel in eine Babywippe, und erklärte nun, überzeugt zu sein, daß es ganz im Sinne Smoleks wäre – und nur in seinem! –, wenn es hier und jetzt zu einer Eskalation käme.

»Zu welchem Zweck?« fragte Anna.

Cheng spekulierte, daß Smolek sich vielleicht nicht nur den Tod eines österreichischen Komponisten wünsche, sondern auch den Annas.

»Oder den Ihren«, erwiderte Anna Gemini.

»Oder den meinen, sehr richtig. Wenn Herr Smolek denn wirklich ein kleiner Gott ist, bereitet es ihm sicher Vergnügen, wenn alles und jeder in die Luft fliegt. Wollen wir ihm wirklich die Freude machen?«

»Nein!«

Es war nicht die unschlüssige Anna Gemini, von der die leidenschaftliche Verneinung stammte, sondern Apostolo Janota, der seine offenen Handflächen leicht anhob und erklärte, eine Waffe bei sich zu tragen. Eine Pistole, die rückseitig in seiner Hose stecke. Eigentlich habe er vorgehabt, demnächst danach zu greifen, um wenigstens zu versuchen, seiner Hinrichtung zuvorzukommen. Jetzt aber...

Janota erzählte von dem Telefonanruf, der ihn überhaupt erst dazu animiert hatte, so kindisch zu sein, sich ein derartiges Ding zwischen die Pobacken zu klemmen.

»Geben Sie her!« ordnete Anna an.

»Damit Sie mich dann erst recht erschießen?«

»Am ehesten erschieße ich Sie, wenn Sie Ihre Waffe zu behalten versuchen.«

»Sie sind eine schlechte Schützin«, erklärte Janota trotzig. »Das kann man sehen.«

Anna legte den Schalldämpfer ihrer Waffe direkt an Janotas Stirn an und meinte: »Denken Sie wirklich, ich könnte Sie jetzt noch verfehlen?«

»Wenn es Sie glücklich macht.« Janota griff mit einer Hand hinter sich.

»Langsam«, bat Anna.

»Alles, wie Sie es wünschen, gnädige Frau«, sagte Janota mit dem Lächeln einer Ameise, zog den Pistolenkörper bedächtig aus seiner Hose und hinter dem Jackett hervor.

Anna nahm ihm die Waffe ab. Sie wirkte vollkommen unaufgeregt.

Und auch Janota schien erleichtert. Er hatte nicht ernsthaft geglaubt, daß der Einsatz dieses Geräts ihn würde retten können. Doch was bedeutete in seinem Fall überhaupt das Wort Rettung? Er dachte bei sich: »Das alles ist ein Jux. Noch dazu ein Jux, der längst geschehen ist.«

Anna steckte die Waffe in ihre Handtasche, ein praktisches Ding aus weißem Plastik. Weiß wie Schnee, in dem ein bißchen Sand aus der Sahara beigemischt war. Sehr raffiniert, die Farbe. Die eigene Waffe behielt sie, wo sie war, in der Hand, gegen die Stirn Janotas gepreßt.

Cheng wandte sich an den entwaffneten Komponisten: »Und Sie glauben also, der Mann am Telefon sei Smolek gewesen.«

»Es ist doch *Ihre* Theorie«, stellte Janota fest, »daß dieser Smolek mit uns spielt. Der Anrufer hat ja nicht nur verraten, daß meine Tötung geplant sei, sondern mir auch empfohlen, nicht ohne Waffe aus dem Haus zu gehen. Und als Sie nun davon sprachen, dieser Smolek könnte im Sinn haben...Es schien mir plötzlich ziemlich plausibel, was Sie da sagten.«

»Schön«, meinte Cheng, »daß wir uns jetzt also einig sind, darauf zu verzichten, hier trottelig herumzuballern und zu tun, was einzig Herrn Smolek etwas nutzt.«

Und an Anna Gemini gewandt: »Wir sind uns doch einig, nicht wahr?«

»Ich bin unglücklich«, sagte Anna und erklärte, noch niemals einen Auftrag nicht erfüllt zu haben. Eine Frage des Prinzips. Zudem habe sie einen guten Ruf zu verteidigen. Vor allem aber gehe es um Moral. Denn jegliches moralische Handeln – so schwer es im einzelnen vielleicht zu begreifen sei – zeichne sich durch Konsequenz aus. Alles Beliebige hingegen sei unmoralisch. Was nütze eine gute Tat, die ohne System dastehe? Was nütze es, einen Blinden über die Straße zu führen, um ihn tags darauf in ein Auto laufen zu lassen?

»Ach!?« staunte Janota. »Wäre es denn moralisch, mich zu erschießen?«

»Es wäre unmoralisch, es nicht zu tun. Unmoralisch gegenüber all denen, die zuvor an der Reihe waren. Unmoralisch gegenüber einem Kunden, den ich enttäusche. Aber vor allem unmoralisch gegenüber Gott.«

»Ich höre wohl nicht recht.«

»Gott verachtet die, die zaudern«, erklärte Anna Gemini. »Und er verachtet die, die sich nach jeder Richtung hin abzusichern versuchen. Etwa Atheisten als Agnostiker. Oder Katholiken mit protestantischen Allüren. All diese Schwächlinge.«

»Trotzdem, Frau Gemini«, setzte Cheng einen Punkt, »Sie müssen diesmal abwarten.«

»Ich warte schon die ganz Zeit ab.«

»Eben. Sie wissen selbst, daß mit diesem sogenannten Auftrag etwas nicht stimmt. Und daß mit Smolek etwas nicht stimmt. Ganz und gar nicht stimmt.«

»Was schlagen Sie vor?« fragte Anna und entfernte den Pistolenlauf von Janotas Stirn, als stelle sie ein Fernrohr zurück.

»Ganz einfach«, sagte Cheng. »Wir statten Smolek einen Besuch ab.«

»Haben Sie seine Adresse?«

»Ich dachte, Sie wüßten…«

»Nein«, sagte Anna. »Er zieht es vor, mich an öffentlichen Plätzen zu treffen. Zumeist auf Friedhöfen. Das ist so passend wie geschmacklos. Allerdings kenne ich sein Büro. Er arbeitet im Rathaus. Beziehungsweise im Keller des Rathauses.«

»Bis morgen können wir nicht warten«, behauptete Cheng und erwähnte jene Lokalität namens *Adlerhof*, in der Smolek offensichtlich Stammgast sei. Gut möglich, daß der Wirt, ein gewisser Herr Stefan, Bescheid wisse, wo man Smolek finden könne.

»Es ist spät«, sagte Anna. »Mein Junge muß ins Bett.«

Und als sei bereits alles gesagt und alles Gesagte ziemlich bedeutungslos, deponierte Anna Gemini nun auch die eigene Waffe in der Handtasche von Schnee und Wüstensand, ließ das Schloß zuschnappen, legte den langen Riemen über eine ihrer knochigen, nackten Schultern und ging auf den Ausgang zu. Janota sprang in die Höhe und folgte ihr. Ein wenig sah es aus, als täte ihm plötzlich leid, nicht getötet worden zu sein. Als suche er nach einer zweiten Chance.

Zuletzt verließ Cheng den Raum, wobei er kurz im Türrahmen innehielt und hinter sich auf die Leinwand schaute. Zu einer wunderbar schwermütigen Musik, inmitten bunten, kalten Mobiliars, wechselten Herr Piccoli und Frau Bardot permanent ihre Plätze und Positionen und bewarfen sich mit französischen Sätzen, welche Cheng nicht verstand. Hingegen verstand er den Ton dieser Sätze, ein Ton, der die zauberische Sinnlosigkeit gesprochener Worte transportierte. Die Schönheit der Bardot hingegen blieb Cheng verborgen. Anna Gemini etwa empfand er als eine sehr viel anziehendere Person. Wie auch jene italienisch anmutende Frau Rubinstein, die aus Chengs verlebter Wohnung ein attraktives Zuhause gemacht hatte. Ja, die Gemini und die Rubinstein waren bei aller Unterschiedlichkeit genau jene Frauen, in die sich Cheng hätte verschauen können. Theoretisch. Praktisch war er entschlossen, diesen Weibern wenigstens erotisch aus dem Weg zu gehen. Aus Prinzip.

Aber was nützen Prinzipien? Anna Gemini hatte gerade bewiesen, wie wenig.

»Wo ist Carl?« fragte Anna. »Wo haben Sie ihn gelassen?«

Cheng sah sich um und hielt Ausschau nach jener Walküre mit Architektenbrille. Doch von der Frau war so wenig zu sehen wie von Carl. Während Cheng in die Masse stierte, beschrieb er die Erscheinung der großgewachsenen, mächtigen Frau, die er gebeten hatte, sich um den Jungen zu kümmern.

»Ihr Name?« fragte Anna. Eine erste Panik tönte. »Haben Sie ihren Namen?«

»Äh…Frau…Frau Dr. Irgendwas. Ach ja, Frau Dr. Sternberg.«

Anna wandte sich mit einer raschen Drehung an Janota und fragte, ob er eine Person mit diesem Namen kennen würde.

»Eine Kritikerin…eine ziemliche Unperson…«

Weiter kam er nicht, da nämlich eben jene Kritikerin mit erhitztem, hochrotem Kopf durch die Türe trat, sich im Stil eines Eisbrechers Platz verschaffte und rasch auf Cheng zuschritt.

»Der Bub, meine Güte, der Bub«, schnaufte sie.

Anna packte die große Frau, schob sie zurück und fragte: »Wovon reden Sie? Wo ist Carl?«

»*Ihr* Junge?«

»Jawohl, *mein* Junge. Sagen Sie endlich, was los ist.«

Dr. Sternberg spuckte die Wörter heraus. Wörter mit erhöhter Temperatur. Welche davon berichteten, wie sie mit Carl dagestanden und sich so freundlich wie unverständlich mit ihm unterhalten habe, als ein älterer Herr aufgetaucht war, um sich als Carls Großvater vorzustellen.

Das sei ihr merkwürdig erschienen, sagte Dr. Sternberg. Immerhin hatte gerade erst »dieser Chinese hier, dieser erklärte Adoptivvater« den Jungen in ihre Obhut gegeben. Eine Obhut, die sie keineswegs bereit gewesen war, sich von einem angeblichen Großvater streitig machen zu lassen. Und genau das habe sie dem Mann auch klarzumachen versucht. Daß er nämlich solange warten müsse, bis der Vater des Jungen zurück sei. Oder noch besser die Mutter.

»Was er nicht akzeptieren wollte«, sagte Dr. Sternberg. »Er hat mir ungeniert eine Pistole in den Bauch gedrückt und angeordnet, daß man jetzt gemeinsam nach draußen gehe.«

»Zu viele Waffen«, kommentierte Janota sein Unbehagen an einer Welt der Exzesse.

»Was hätte ich tun sollen?« klagte Dr. Sternberg.

»Dem alten Trottel die Waffe aus der Hand schlagen«, meinte Anna erregt. »Was denken Sie denn? Daß er tatsächlich auf Sie geschossen hätte? Inmitten von ein paar hundert Leuten.«

»Ihr Bauch war es ja nicht«, erinnerte Dr. Sternberg.

»Aber mein Junge. Wo ist er?«

Sternberg beschrieb, daß der Mann, den Anna fälschlicher-weise für einen alten Trottel halte, einen Wagen vor der Türe stehen hatte. Einen Wagen mit Chauffeur. Und daß er mit Carl, der bei alldem fortgesetzt fröhlich geblieben sei, in den Fond des Wagens gestiegen wäre.

»Sind sie noch draußen?« fragte Cheng.

»Nein, der Wagen ist abgefahren«, sagte Sternberg. »Zuvor aber hat der *alte Trottel* das Fenster heruntergelassen und mir etwas zugerufen, mit dem ich aber nichts anfangen konnte.«

»Und zwar?«

»Siebenundvierzigelf«, sagte Dr. Sternberg. Mehr sagte sie nicht. Mehr hatte sie nicht zu sagen.

Cheng kniff die Augen zusammen und stülpte seine Unter-lippe vor: »4711? Das Parfüm?«

»Kein Parfüm«, wandte Anna Gemini ein, mit einem Mal begreifend, »sondern ein Eau des Cologne. Das ist nur für *die* Leute dasselbe, die sich nicht auskennen. Smolek aber kennt sich aus.«

»Smolek also«, wiederholte Cheng. »Na, wie schön. Und Sie wissen also, was er damit meint?«

»Ja, das tue ich«, antwortete Anna. Ihr Gesicht war eine wei-ße Wand.

»Wir müssen die Polizei rufen«, meinte Sternberg.

»Nein«, sagte Anna. »Gehen Sie nach Hause und vergessen Sie das Ganze.«

Das war alles andere als eine Empfehlung gewesen. Sondern ein Befehl. Ein Befehl in der Art einer in den Bauch gedrückten Pistole. Sternberg verstand sofort. Sie nickte und beeilte sich, aus dem Gartenbaukino hinauszukommen. Ein Eisbrecher auf rascher Heimfahrt.

22
Aqua Mirabilis

»Wenn Sie dieses Monstrum mit Brille gehen lassen, warum nicht mich?« beklagte sich Janota, startete aber gleichzeitig den Wagen.

»Das fällt Ihnen jetzt ein?« wunderte sich Cheng. Immerhin hatte Janota im Foyer des Gartenbaukinos genügend Möglichkeiten gehabt, etwas zu unternehmen. Sich an einen der Securityleute zu wenden. Oder einfach stehenzubleiben, um nach Hilfe zu schreien. Oder mit einem plötzlichen Schritt in das rettende Licht einer der Fernsehkameras zu treten.

Nichts davon. Vielmehr war der Komponist gleich einem festgewachsenen Schneckenhaus mit seiner potentiellen Mörderin mitgezogen, hatte die Rufe seiner Agentin und auch die eines hohen Kulturbeamten ignoriert und war so dumm gewesen, Geminis Frage, ob er einen Wagen hier in der Nähe stehen habe, zu bejahen.

War dieser Mann verrückt? War er auf den Geschmack gekommen? Den Geschmack der Todesgefahr, die jedes Kunstschaffen überstrahlte?

Man saß also in Apostolo Janotas Wagen, einem alten, wirklich alten Jaguar, mehr eine instand gesetzte Dampfmaschine oder restaurierte Pendeluhr. Und erst in dem Moment, da Janota den Zündschlüssel betätigt hatte, war ihm aufgegangen, daß es vielleicht besser wäre, die Nacht in seinen eigenen vier Wänden zu verbringen, umgeben von möglichen Zeitlöchern. Besser, als mit einer moralisierenden Killerin und einem körperbehinderten Detektiv sich auf die Suche nach einem entführten Jugendlichen zu machen. Und es dabei mit jemand aufzunehmen, der für einen kleinen Gott gehalten wurde.

Aber es war zu spät für eine solche Einsicht. Anna Gemini befahl: »Fahren Sie!«

»Und wohin, gnädige Frau?«

»Zu mir nach Hause. Denn auch wenn ich nicht weiß, wo Smolek wohnt, er weiß es von mir sehr wohl. Ich muß erreichbar sein. Nicht nur mittels Handy. Smolek würde nie auf die Idee kommen, mich anzurufen, ohne sicher sein zu können, wo ich mich gerade befinde.«

Janota wandte ein, daß man auf diese Weise eine Zielscheibe abgeben könne.

»Das ist der Sinne der Sache«, erklärte Anna und wies Janota an, endlich loszufahren und eine Straße unterhalb der Wotrubakirche anzusteuern.

Während man nun durch die montägliche Nacht fuhr und sich von der Innenstadt hinüber in den peripheren Südwesten bewegte, drängte Cheng darauf zu erfahren, was es mit dem 4711 auf sich habe.

»Das ist nicht Ihre Sache«, stellte Anna fest.

»Stimmt. Ich bin wegen Gude hier. Also gut. Sagen Sie mir, warum der Botschafter, wahrlich kein Ungeheuer, daran glauben mußte.«

»Nein!«

»Lassen Sie mich nicht dumm sterben«, bat Cheng. »Entweder Gude oder 4711.«

»Also gut, 4711«, entschied Anna Gemini, denn sie überlegte, daß es vielleicht von Nutzen sein konnte, wenn Markus Cheng sich auskannte. Wenn er begriff, warum Smolek auf die Idee gekommen war, Carl zu verschleppen.

Was hingegen Apostolo Janota erfuhr oder nicht erfuhr, begriff oder nicht begriff, erschien Anna bedeutungslos. Sie war noch immer fest entschlossen, diesen Mann zu töten und also ihre Zusage einzuhalten. Ihr Argument mit der Moral war keine Floskel gewesen. Es handelte sich allein um einen Aufschub. Einen Aufschub aus Gründen der Vernunft. Auch wenn diese Vernunft auf Instinkt basierte.

Übrigens muß gesagt werden, daß Anna sich nur unter Aufwendung größter Willenskraft aufrecht hielt. Die Angst um ihr Kind wäre geeignet gewesen, einen Zusammenbruch zu erleiden. Aber das wußte sie natürlich, daß ein Zusammenbruch nichts bringen würde. Daß weibliche Zusammenbrüche allein dazu dienten, die Arbeit an die Männern abzutreten, damit aber auch die Übersicht. Wenn denn eine Frau glaubte, sich auf Männer verlassen zu können. Das glaubte Anna jedoch mitnichten. Darum bewahrte sie Haltung, behielt die Nerven und sprach ohne jedes Zittern in der Stimme, als sie Cheng nun fragte, ob ihm schon einmal der Begriff »Aqua Mirabilis« untergekommen sei.

Cheng verneinte.

»Ein Wunderwasser«, sagte Anna und beschrieb die Geschichte jenes Echt Kölnisch Wassers, welches unter der einprägsamen, nummernschloßartigen Markenbezeichnung 4711 in die Welt der Wohlgerüche eingegangen war.

Wesentlicher als das Verbreiten von Düften auf Körpern, auf daß dann diese Düfte in die Nasen der Zielpersonen strömten, war jedoch in diesem Fall der historische Umstand, daß Kölnisch Wasser einst innerlich zur Anwendung gekommen war, um etwa Herzklopfen und Kopfschmerzen zu vertreiben oder einem allgemeinen Unwohlsein entgegenzuwirken.

Kölnisch Wasser hatte wahre und vielleicht auch nicht ganz so wahre Wunder bewirkt, um erst im Zuge eines Napoleonischen Dekrets die ursprüngliche, zutiefst medizinische, also mirakulöse Bedeutung einzubüßen. Denn der listige Bonaparte hatte in seinem aufklärerisch-kaiserlichen Wahn beschlossen, daß Geheimrezepturen für Arzneimittel öffentlich zu machen seien. Als wäre es nicht der Sinn einer Geheimrezeptur, geheim zu bleiben. Wie das Wunder darin besteht, daß es nicht erklärt werden kann. Ein erklärtes, enträtseltes Wunder ist wie ein lebender, aber zur Gänze gerupfter Vogel. Er sieht nicht nur häßlich aus, er kann auch nicht mehr fliegen.

Einen gerupften Vogel wollten die Produzenten von Kölnisch Wasser unbedingt verhindern, weshalb sie – nicht minder listig – ihr eigenes Kind verleugneten, zumindest die großen Talente ihres Kindes. Sie entschlossen sich, ihr Wunderwasser in ein Duftwasser umzufunktionieren und solcherart die Geheimhaltung der Ingredienzen zu erhalten. Um beim Vogelbeispiel zu bleiben: Der Vogel wurde zwar nicht gerupft, jedoch in einen Käfig gesperrt, was an seiner Flugfähigkeit zunächst nichts änderte, seine Flugmöglichkeiten aber deutlich einschränkte. Es ist ja wohl ein Unterschied, ob man eine heilende oder bloß noch eine belebende Wirkung für sich in Anspruch nimmt. Ob man Wunder oder Düfte verspricht.

Jedenfalls führte jene »Tarnung«, jene Verwandlung eines Arzneimittels in ein Parfüm dazu, daß 4711 bei aller Popularität, welche die Essenz im Laufe der Zeit gewann, nur noch eingeschränkt als ein mirabilisches Wasser verstanden wurde und wird, welches es aber genaugenommen noch immer darstellt. Doch wer kommt schon auf die Idee, ein paar Tropfen aus dem in Blau und Gold etikettierten Fläschchen in seinen Wein oder sein Bier zu tun, sich in die Nase zu träufeln, gleich einem homöopathischen Mittel auf die Zunge zu tröpfeln oder am besten einen kräftigen Schluck zu nehmen? Wer schon?

Nun, Kurt Smolek war auf die Idee gekommen, wer auch immer ihm dazu geraten hatte. Wobei Smolek auf Grund seiner Vorliebe für Klosterfrau Melissengeist sich schwergetan hatte, ein anderes Wässerchen auch nur in Betracht zu ziehen. Aber zwischen äußerer und innerer Anwendung war natürlich ein Unterschied. Denn schließlich war Smolek kein Säufer, der alles schluckte, woran Alkohol beteiligt war. Klosterfrau Melissengeist hatte er immer nur auf die Haut aufgetragen.

4711 hingegen probierte er. Und staunte nicht schlecht, als sich nach wenigen Tagen einige seiner chronischen Leiden in Luft auflösten. Doch das allein wäre es nicht gewesen. Man weiß ja, wie das mit allem Chronischen ist, welches tief, tief in der Seele nistet und allzu bereit ist, sich dank Placebo und Initialzündungen zu verabschieden, umzuwandeln oder zu verstärken. Jedenfalls tendiert das Chronische zum Theatralischen und Exzeptionellen und läßt sich gerne auf angebliche Wunder ein. Das ist dann aber selten das Ende der Geschichte.

Doch Smolek war neugierig geworden. Denn hinter seiner grauen Fassade, seiner schieren Unbeschreibbarkeit, pochte – wie im Falle aller Götter – das Herz eines Experimentators. Er überlegte, daß es sinnvoll wäre, die tatsächliche Wirkung von 4711 an der eigenen Frau auszutesten, welche ja ebenfalls an einigen von den klassischen Beschwerden laborierte, sich mit ihrem Kreislauf herumärgerte, ihre Kniescheiben verteufelte, diverse Nervositäten erlebte und so weiter.

Smolek trug das 4711 mit sich herum, als plane er, seine Frau zu vergiften. Was ihm natürlich nicht im Traum eingefallen wäre. Er mochte diesen Menschen, so wie man einen leeren Briefkasten mag, in dem wenigstens keine schlechten Nachrichten lauern. Smolek schätzte das Unfeierliche seiner Ehe.

Andererseits war es nötig, jemand das 4711 innerlich zu verabreichen, ohne daß der Betreffende davon wußte und sich also zu irgendeiner eingebildeten Reaktion hätte hinreißen lassen können.

Als seine Frau sich beim Abendessen erhob, um nach dem Tier zu sehen, das im Backrohr noch toter wurde, als es ohnehin schon war, nutzte Kurt Smolek die Gelegenheit und sprühte mittels des Zerstäubers Echt Kölnisch Wasser in das gefüllte Weinglas seiner Frau. Wobei er freilich nicht sagen konnte, welche Menge im Sinne einer therapeutischen Wirkung sinnvoll wäre. (Zuviel ist jedenfalls immer besser als zuwenig. Das Unglück der meisten Medizin besteht ja nicht in der Einnahme von Überdosen, sondern dadurch, daß wankelmütige Hausärzte zu geringe Mengen verschreiben.

Smolek wollte diesen Fehler vermeiden, auch auf die Gefahr hin, daß seine Frau den Geschmack des Weins beanstanden würde. Wozu es allerdings nicht kam. Denn als Helga wenig später nach dem manipulierten Getränk griff, langte sie daneben und stieß das Glas um, so heftig, daß der rote Saft sich nicht nur über das weiße Tischtuch ausbreitete, sondern auch auf den Kerzenhalter, die Blumenvase und einen Korb mit Scheiben von Brot spritzte.

»Jessas na!« rief Frau Smolek, klatschte leicht in die Hände, wie um diesen Händen einen strafenden Klaps zu verabreichen, erhob sich sodann und eilte in die Küche.

Auch Kurt Smolek hatte »Jessas na!« gesagt, allerdings um ein Vielfaches leiser. Was nichts daran änderte, daß seine Anrufung des Gottessohns weit berechtigter erfolgte. Denn sie bezog sich keineswegs auf den Schaden eines befleckten Tischtuches, und auch nicht darauf, daß Frau Smolek solcherart dem 4711-Test entkommen war, sondern auf eine … nun, um es ganz klar zu sagen: auf eine Reaktion des Brotes.

Jawohl! Das Brot hatte reagiert. Smolek hatte deutlich wahrgenommen, daß unter dem Einfluß einiger mit 4711 vermengter Rotweinspritzer die oberste Scheibe Brot sich von den äußeren Enden her aufwärts gebogen hatte, derart, daß das Brot zwei steile Kurven gebildet hatte, die Äste einer Parabel. Zwei, drei Sekunden vielleicht, dann waren die beiden angehobenen Teile der Brotscheibe wieder rasch nach unten gesunken. In etwa wie ein lebloser Körper, der von einem elektrischen Schlag kurz aufgerichtet, sogleich wieder in sich zusammenfällt.

Daß war nun weder eine Einbildung gewesen, noch mit der Heftigkeit des umgestürzten Glases zu erklären. Die Biegung des Brotes, seine muntere Verformung, hing eindeutig mit den Tropfen der 4711-Rotwein-Mischung zusammen. Natürlich nicht mit deren materialer Wucht. Schließlich war hier kein Einschlag winziger Meteoriten erfolgt. Vielmehr mußte die ungewöhnliche, ja, spukhafte Reaktion des Brotes auf eine Wirkung der Essenz zurückzuführen sein. Davon war Smolek augenblicklich überzeugt gewesen. Wie auch davon, daß der Rotwein dabei bloß die Rolle eines Transporteurs gespielt hatte, während der zauberische Reflex des Brotes einzig und allein dem 4711 zu verdanken war.

Für einen im Grunde leidenschaftslosen Menschen war Smolek ganz schön aufgewühlt gewesen und hatte alle Mühe gehabt, die Reinigung des Tisches und die Erledigung des Abendessens mit der üblichen Gelassenheit vorübergehen zu lassen. In der Nacht jedoch, als seine Frau bereits schlief, schlich er in die Küche, zog die im Mülleimer deponierte Brotscheibe aus den Abfällen und betrachtete sie eingehend. Das war definitiv das erste Stück Brot, dem er seine volle Aufmerksamkeit und seinen ganzen Intellekt widmete. Weil definitiv das erste lebendige Brot seines Lebens.

Aber so gebannt er auch hinsah, die Scheibe bewegte sich nicht, verbog sich nicht, schien ein ganz normales Stück Backware zu sein, von den verblaßten Rotweinflecken einmal abgesehen. Weshalb Smolek in seine Tasche griff und jenes schlanke Rollfläschchen der Firma 4711 hervorzog, die Kappe löste und den Zerstäuber auf die Oberfläche der Backware richtete. Sobald der feine Regen duftenden Wassers auf die wabenartig perforierte Brotmasse niederging, zuckte die

Scheibe auf und bewegte sich nun sehr viel heftiger, aber auch unkoordinierter als zuvor, etwa in der Art eines genialen, aber vollkommen durchgedrehten Bodenturners. Allerdings dauerte auch diesmal die Aktivität nur kurz an. Keine drei Sekunden, dann sank die Scheibe zurück in ihre flache Ausgangsposition. Ein Brot auf dem Rücken. Bewegungslos, so wie es sich gehört.

Kurt Smolek konstatierte in der Folge, daß eine stärkere Besprühung die Reaktion weiter steigerte, was ab einem bestimmten Grad dazu führte, daß das Brot auseinanderbrach. Milde gesagt. Denn in Wirklichkeit wurde es auseinandergerissen, sodaß die Krümel in der ganzen Küche herumflogen.

Also schnitt Smolek ein weiteres Stück vom Laib herunter und konnte feststellen, daß die mysteriöse Wirkung von 4711 nicht auf eine bestimmte Scheibe beschränkt blieb. Brot allerdings mußte es sein. Weder eine Zitrone noch ein Stück Butter ließen sich unter dem Einfluß des Eau des Colognes zu einer unnatürlichen Geste hinreißen. Entweder, weil sie zu widerstehen verstanden, oder weil da nichts war, dem sie hätten widerstehen müssen. Aus dem einfachen Grund, weil Zitronen und Butterstücke unbelebte und unbelebbare Materie darstellten. Nicht aber Brot. Oder was sonst noch auf 4711 reagierte.

Das war natürlich eine wesentliche Frage. Noch wesentlicher freilich die nach dem Sinn des Ganzen. Denn ein Ding ohne Sinn konnte sich Smolek nicht vorstellen. Darin unterschied er sich ganz wesentlich von den echten, großen Göttern, welche manchem sinnlosen Ding nur darum einen scheinbaren Zweck verliehen, um die Menschen in die Irre zu führen.

Die beiden Fragen nun, die nach dem Sinn und die nach dem Material, ließen sich schlußendlich die eine durch die andere lösen. Denn am Ende zahlreicher Versuche mußte Smolek festhalten, daß man dank 4711 weder tote Hühner noch panierten Fisch kurzfristig zum Leben erwecken konnte. So wenig wie fußlose Schuhe oder herrenlose Pkws. Nein, neben Brot waren es allein diverse Teige sowie Ton, Plastilin und Lehm, die sich animieren ließen.

Vor allem der Tatbestand eines zuckenden, sich verändernden Lehmklumpens führte dazu, daß Smolek die Legende vom

Golem in den Sinn kam, jene aus Lehm geformte mystische Gestalt. Natürlich hatte er in diesen Tagen und Wochen der Suche und Versuche nicht jeglichen toten oder unbelebten Gegenstand mit 4711 eingesprüht, um wirklich sicher sein zu können, daß allein irgendwelche Knetmassen sich eigneten, aber für ihn sah es so aus, als hätte dieses ganze irrwitzige 4711-Rätsel einen Bezug zum Homunkulus der jüdischen Sagenwelt.

Das war für ihn nichts Neues, sich einen Golem vorzustellen. In seiner Familie besaß dies geradezu Tradition. Überhaupt muß gesagt werden, daß sehr viel mehr Menschen als angenommen, solche Golems und Homunkulusse für wahrscheinlich halten. Eher glauben die Leute an eine auferstandene Marionette als an die Himmelfahrt einer Heiligen. Pinocchio ist aktueller und lebendiger als Maria. Freilich gehört sowas zu den Themen, welche die Leute lieber mit ins Bett nehmen, als im Büro darüber zu sprechen. Die ganze Aufklärung hat uns bloß eine große Scham und eine Flucht in Intimitäten beschert. Es herrscht der Biedermeier des Aberglaubens.

Kurt Smolek kannte sich also aus. Er wußte, daß der kabbalistischen Lehre zufolge jenes Stück Pergament, das man der noch seelenlosen und unbeweglichen Lehmfigur auf die Stirn heftete, mit dem aus vier Buchstaben bestehenden Namen Gottes beschriftet sein müsse: JHVH. Erst der Name Gottes konnte den Golem zum Leben erwecken.

Vier Buchstaben also. Smolek überlegte. Warum nicht vier Ziffern? Ihm schien in einer säkularisierten, in die Zahl verliebten Welt die Verwandlung des Namen Gottes mehr als gerechtfertigt. 4711 statt JHVH. Ja, warum nicht? 4711 als der neue Name Gottes in einer modernen Welt.

Freilich mußte in diesem Fall Smoleks moderne Welt in das neunzehnte Jahrhundert zurückreichen, wenn man bedachte, daß das Wahrzeichen 4711 im Jahre 1875 eingetragen worden war. Eine Ziffernreihe, die schlichterweise aus der von den französischen Besatzern 1796 verordneten Kölner Häusernumerierung resultierte. Im Haus Nr. 4711 war die Produktion jenes speziellen Echt Kölnisch Wassers erfolgt. Überhaupt scheint diese ganze Angelegenheit stark abhängig von den Einmischungen und Anmaßungen der Franzosen, die im Grunde

280

ahnungs- und gottlos einer göttlichen Zahl zu ihrem Durchbruch verhalfen.

Wenn man nun davon ausging – und Smolek ging davon aus –, daß 4711 dieselbe Bedeutung, Magie und Kraft wie JHVH einnahm und als Mixtur in etwa die Wirkung eines sogenannten Pentakels besaß, so war es nicht mehr ganz so verwunderlich, daß ein wenig Lehm oder Ton oder Brot stromstoßartig zu zucken begannen. Die Umwandlung von vier Buchstaben in vier Ziffern, die Materialisation dieser vier Ziffern mittels der Verbreitung von Duftwasser, die schicksalhafte Rolle der Franzosen, das alles empfand Kurt Smolek auf eine verspielte Weise als folgerichtig. Ja, logisch. Dazu paßte auch bestens der Umstand, daß ausgerechnet ein Kartäusermönch es gewesen war, welcher 1792 jene Rezeptur des späteren 4711 einem jungen Kaufmann als Hochzeitsgeschenk vermacht hatte. Ein Kaufmann, der sich dann übrigens den Familiennamen des Mönchs vertraglich gesichert hatte: *Farina*.

Die meisten der Kölner Wunderwasserhersteller benutzten diesen Namen. Nun passierte es aber acht Jahrzehnte später, daß der Enkel jenes gewieften Kaufmanns selbigen Markennamen eines Gerichtsbeschlusses wegen wieder aufgeben mußte. Nicht minder gewieft – oder auch nur einer Eingebung folgend –, entschloß er sich, den scheinbar zufälligen Umstand einer Häusernumerierung auszunutzen, um seinem Kölnisch Wasser einen zugkräftigen und merkbaren Titel zu verleihen. Solcherart war der Name Gottes versteckt in die Welt getreten, um ein Jahrhundert später von den Regalen der Parfümerien, noch später der Drogeriemärkte in Blau und Gold herunterzuleuchten. So einfach.

So einfach, aber auch kompliziert. Denn obgleich Gottes Name für jedermann sichtbar bis heute komische kleine Flakons ziert, bleibt es andererseits unklar, was sich in diesen Flakons eigentlich befindet. Natürlich sind die wichtigsten Bestandteile bekannt, nichts Aufregendes, ätherische Öle halt. Die exakte Formel aber ist Geheimsache. Unbekannt somit jenes I-Tüpfelchen, das einer Sache erst ihr Profil verleiht. Beziehungsweise ein vom Wunderwasser zum Duftwasser mutiertes Produkt um die erstaunliche Fähigkeit bereichert, Lehmklumpen hüpfen zu lassen. Wenn nicht noch weit mehr.

Es war übrigens kaum anzunehmen, daß die heutigen Besitzer von 4711 die geringste Ahnung davon besaßen, was es mit dieser einen Artikelserie auf sich hatte. Was hätten sie auch tun sollen? Gott vom Markt nehmen? Wegen dem bißchen Brot, das hin und wieder wackelte, wenn jemand bei Tisch danebensprühte.

Kurt Smolek freilich besaß das lebhafteste Interesse, dem Geheimnis auf die Spur zu kommen. Denn die Möglichkeit, aus humanoiden Lehmklumpen oder auch einem Plastilinmännchen ein nicht bloß zuckendes, sondern tatsächlich handelndes Wesen zu schaffen, begeisterte ihn. Er war überzeugt, daß 4711 nicht nur für JHVH stand, sondern auch den Odem darstellte, dank welchem Leben, wirkliches Leben, in die tote Materie eingehaucht werden konnte.

Nach und nach aber ging Smoleks Begeisterung mit einer ansteigenden Verbissenheit einher, auch wenn er zunächst vermied, irgend jemand diese Verbissenheit spüren zu lassen. Seine Neugierde für 4711, seine getarnten Recherchen im Kölner Stammhaus, seine Gespräche mit Nachfahren des Mönchs Johann Maria Farina, dem Begründer von Kölnisch Wasser, dies alles praktizierte er mit der bleichen Erhabenheit des Wiener Beamten und Archivars. Man glaubte ihm gerne, daß er nichts Schlimmeres vorhatte, als eine historische Studie zu betreiben, welche um die Bedeutung Kölner Wassers im Wien des neunzehnten Jahrhunderts kreiste.

Dennoch mußte Smolek zur Kenntnis nehmen, daß an der Geheimhaltung der Rezeptur nicht gerüttelt wurde. Eine Frage des Prinzips, das für jene, die darauf zu bestehen hatten, allein mittels genau dieses Beharrens seinen Sinn zu erhalten schien. Wie jemand, der nur darum andauernd redet, um keine Fragen gestellt zu bekommen. Welche Vorwände Smolek auch immer konstruierte, man verweigerte ihm eine tiefere Einsicht in die Zusammensetzung des Eau des Colognes. Auf diesem Ohr war man taub. In Köln und anderswo.

Wenn nun die Behauptung, bei Kurt Smolek handle es sich um einen kleinen Gott, nur halbwegs ernst zu nehmen ist (und es wäre gut, das zu tun), dann kann man sich vorstellen, wie beträchtlich sein Zorn war. Aber der Zorn nutzte nichts, da Smolek ihn schwerlich in Form eines gewaltigen Donnerwetters ausleben konnte. Seine Macht bestand ja nicht zuletzt darin, als ein einfacher, grauer und vollkommen unwichtiger Mann zu gelten. Und keineswegs als jemand, der Donnerwetter produzierte und Konzernmenschen auf die Füße trat.

Eine exakte Kenntnis der Inhaltstoffe war nun aber unbedingt vonnöten, da erstens eine chemische Analyse, von Smolek in Auftrag gegeben, nur Bekanntes zu Tage förderte, und andererseits das Verschütten des handelsüblichen 4711 – gleich in welcher Menge – kein anderes Resultat zeitigte, als die scheinbar unkontrollierten und kurzfristigen Verrenkungen von Brot, Lehm, Ton und Plastilin. Da brachte es auch nichts, daß sich Smolek von einem versierten Kunststudenten eine lebensgroße, hyperrealistische Figur aus rotem Lehm hatte anfertigen lassen, in deren Nasenlöcher er den 4711er Odem sprühte. Auch dieses menschliche Abbild – ein Mann, aber ein Mann ohne Geschlecht – erzeugte nichts anderes als eine Wackelei, eine Grimasse wie beim Zwiebelschneiden und minimale Körperverformungen. Dabei kam die Figur nicht von der Stelle und verfiel nach wenigen Augenblicken in den absolut gleichen Zustand und die absolut gleiche Haltung wie vordem. Jede Topfpflanze war lebendiger als dieser formschöne, aber geist- und kraftlose Möchtegernhomunkulus.

Damit aber wollte sich Smolek nicht zufriedengeben. Pure Zufälle gab es für ihn nicht. Er witterte hinter allen Dingen, erst recht den sonderbaren, eine Bestimmung, einen Plan und einen Zweck. Und überlegte, daß es möglicherweise nötig sein würde, eine Art Super-4711 zusammenzubrauen, indem man eine der Zutaten stärker betonte als in den herkömmlichen Produkten. Wobei Smolek damit rechnete, daß sich der zu erhöhende Bestandteil von selbst aufdrängen müßte. Zumindest dem, der wußte, worum es hier ging. Aber dazu war nun mal eine Kenntnis der Originalrezeptur erforderlich. Das war der Punkt.

Doch was sollte Smolek tun?

Einzig und allein das, was seiner äußeren Erscheinung, seiner Tätigkeit als archivierender Persönlichkeit entsprach: nachforschen. So fand er zwangsläufig von den kommerziellen Bemühungen Kölner Kaufmannsleute zu den mitunter schwer durchschaubaren Aktivitäten einiger Kartäuser. Denn wie es schien, hatte der dubiose Umstand der Weitergabe der Geheimrezeptur im Zuge einer Hochzeitsfeier nichts daran geändert, daß Kartäusermönche Unterlagen für die Zubereitung jenes Aqua Mirabilis aufbewahrt und abseits irgendeiner Nutzbarmachung über die Generationen erhalten hatten.

»Wie Sie wissen«, sagte Anna Gemini, »ist mein Sohn ein Kartäuser.«

»Er ist ein Skateboardfahrer«, berichtigte Cheng. »Ein Skateboardfahrer mit Kartäusermütze. Das ist doch wohl ein Unterschied.«

»Da irren Sie sich. Diese Jungs, die sich Patres nennen und zu denen Carl gehört, sind sehr viel mehr Kartäuser, als es den Anschein hat. Auch wenn da keine offizielle Beziehung zwischen ihnen und dem Mönchsorden besteht, ist sie in anderer Form dennoch vorhanden. Diese jungen Leute ... Also, man könnte sagen, sie stellen einen geheimen, weltlichen Zweig der Kartäuser dar. In keiner Weise weniger streng.«

»Einen militärischen Arm?« fragte Cheng.

»Einen sportlichen Arm, das wäre passender. Wobei die Patres ihren Sport ohne jeden individualistischen Ehrgeiz betreiben.«

»Ja, das ist mir aufgefallen. Keine Sprünge.«

»Jawohl«, sagte Anna. »Keine Sprünge. Keine Zirkusnummern, sondern Kontemplation. Sie versuchen zudem, einen vollkommen einheitlichen Fahrstil zu entwickeln. Einen Stil, so erklären sie, der Gott gefällt. Schnörkellos und prägnant und konzentriert. Einen Stil wie ein Kreuz.«

»Man muß nicht alles verstehen«, meinte Cheng, »obgleich ich natürlich bemerkt habe, daß diese Jungs etwas Besonderes tun.«

»Nein!« rief Anna. »Eben nicht etwas Besonderes. Ein Kartäuser meidet das Besondere, das Herausstechende. Darin besteht sein Glück und Unglück.«

»Was für ein Unglück?«

»Indem er das Besondere verwirft«, erklärte Anna Gemini, »entwickelt der Kartäuser eine ungewollte Exklusivität. Indem

284

er nicht springt, indem er sich nicht wie ein Verrückter aufführt, geschieht, was er verhindern wollte. Er fällt auf. In einer Welt, in der alle Champagner saufen, wird aus dem Wassertrinker ein Snob.«

»Dagegen kommt man nicht an«, sagte Cheng, wie um nicht nichts zu sagen.

Anna Gemini erklärte, daß ein Kartäuser auch den Widerspruch mit Demut ertrage. Er beschwere sich nicht. Niemals.

»Na gut«, sagte Cheng. »Aber was hat das nun zu bedeuten? Was glauben Sie, wird Smolek versuchen?«

»Er wird versuchen, die Kartäuser – ich meine jetzt die Mönche – zu erpressen.«

»Wie? Nur weil er...?«

»Er hat meinen Sohn«, sagte Anna Gemini. »Wie oft muß ich Ihnen das eigentlich vor Augen halten?«

»Aber er wird ihm doch nichts tun. Ich bitte Sie! Das paßt nicht zu Smolek.«

»Es paßt auch nicht zu ihm, meinen Sohn überhaupt zu entführen.«

»Ja«, meinte Cheng nachdenklich. »Zurückhaltend ist das nicht.«

Anna Gemini sprach die Befürchtung aus, daß Smolek sich geändert habe, daß er seine Selbstbeherrschung, sein Kleingottdasein eingebüßt habe. Daß er jetzt versuche, ein großer Gott zu werden.

»Das kann man wohl sagen«, fand Cheng, »wenn man bedenkt, daß der gute Mann Lehmklumpen tanzen sieht.«

»Ach je, das meinte ich nicht. Ich meinte nicht, daß Smolek spinnt. Ich glaube ihm, was er mir über 4711 erzählt hat.«

»Nicht Ihr Ernst.«

»Mein Ernst«, betonte Anna Gemini, wie man betont: Meine Eigentumswohnung.

»Was soll's?« resignierte Cheng. »Damit muß ich jetzt mal leben. Und Herr Janota ebenso.«

Janota nickte in der Art eines Menschen, dem schon verrücktere Sachen untergekommen waren. Na, und das konnte man ja wohl sagen.

285

»Warum eigentlich«, wandte sich Cheng wieder an Anna Gemini, »hat Smolek Sie überhaupt ins Vertrauen gezogen?«

»Wegen Carl natürlich. Denn er wußte um die guten Kontakte zwischen den Skateboardern und den Kartäusern. Er hat wohl gehofft, ich könnte meinen Jungen dazu bringen, wegen dieses Rezepts etwas zu unternehmen. Sie dürfen die Möglichkeiten Carls nicht unterschätzen...«

»Ich unterschätze ihn nicht«, sagte Cheng.

»Auch wenn er mitunter kein verständliches Wort herausbringt«, fuhr Anna fort, »darf einen das nicht täuschen. Carl wäre durchaus imstande gewesen, etwas für Smolek zu tun. Aber er wollte nicht. Und auch keiner von seinen Freunden.«

»Und doch hat er sich nicht gewehrt, von Smolek mitgenommen zu werden.«

»Warum denn auch? Er hat nichts gegen Smolek. Es widerstrebt ihm bloß, wegen dieses Aqua Mirabilis seine Mitbrüder in Chartreuse zu belästigen. Kartäuser, Kartäuser eines jeden Arms, beschränken ihre Kontakte auf das Wesentliche. Für Carl ist 4711, was auch immer es auslöst, eben *nicht* wesentlich.«

Eine Pause entstand. Eine Pause wie beim Boxen. Viel zu kurz. Eher eine Qual von Pause.

Gemini, die auf dem Beifahrersitz saß, blickte neben sich auf den Fahrer und sagte: »Da ist noch etwas.«

»Ja?« fragte Cheng von der Rückbank her.

»Es gibt eine Parallele.«

»Was für eine Parallele?«

»Herr Janota«, sagte Anna, »weiß vielleicht, was ich meine.«

Janota, der sich mehr auf das Lenkrad stützte, als daß er es hielt, sprach mit welker Stimme: »Keine Ahnung.«

»Mascha Reti, ich rede von Mascha Reti.«

»Wer ist das?« fragte Cheng.

»Die Großmutter von Frau Janota. Eigentlich ist sie es, die mich beauftragt hat, Herrn Janota zu töten. Sie fand es gelinde gesagt unschön, wie er Nora um den Verstand brachte.«

»Pah!« ließ sich der Fahrer des Wagens vernehmen.

»Aber darum geht es jetzt nicht«, sagte Anna Gemini, »sondern darum, daß auch Mascha Reti an der Figur des Golems hängt. Oder besser gesagt, ihn fürchtet. Und wie es scheint, hält sie Herrn Janota für ein solches Unding. Für ein Monster aus Prag. Allerdings habe ich sie nie von 4711 sprechen hören.«

Cheng fragte, ob denn ein echter Bezug zwischen Smoleks und Retis Golem-Wahn bestehe.

»Smolek«, sagte Gemini, »möchte einen Golem erschaffen, Mascha Reti einen vernichten. Bisher kam mir nicht in den Sinn, daß die beiden von der gleichen Sache sprechen. Frau Reti ist eine engagierte, kleine Dame, die gerne in Bildern denkt. Wie ich schon sagte, sie hat 4711 nie erwähnt. Allerdings müssen Sie wissen, daß Frau Reti und Kurt Smolek sich kennen.«

»Großartig.«

»Ja. Sie wissen doch. Smolek hat den Auftrag vermittelt.«

»Wieso? Ist Frau Reti eine alte Freundin?«

»Ich weiß es nicht«, gestand Anna Gemini. »Smolek hat sich diesbezüglich bedeckt gehalten. Wie immer.«

»Und Sie?« wandte sich Cheng an den lenkenden Janota. »Wenn Sie etwas wissen, sollten Sie es sagen. In unser aller Interesse.«

»Ich weiß nichts. Ich kenne keinen Smolek. Ich verwende kein 4711. Mein Herz ist nicht aus Lehm. Mein Verstand nicht aus Plastilin. Ich habe ganz andere Probleme. Nichts, was Sie beide auch nur annähernd verstehen würden.«

»Große Worte«, sagte Anna Gemini. »Sie sollten froh sein, noch am Leben zu sein.«

»Wenn Sie wüßten«, erwiderte Janota.

»Wie ich sagte, große Worte.«

»Lassen wir das«, entschied Cheng. Mit einem Mal tippte er sich auf die Stirn und rief aus: »Genau!« Sodann wies er Janota an, obgleich man sich bereits in unmittelbarer Nähe der Wotrubakirche befand, den Wagen zu wenden und jene Burggasse anzusteuern, in welcher das Gasthaus *Adlerhof* lag.

»Was soll das?« fragte Anna, während Janota augenblicklich stoppte.

»Ich weiß jetzt«, erklärte Cheng, »wo Smolek wohnt. Die ganze Zeit über habe ich versucht, mich zu erinnern. Da war etwas…gestern, als ich mit Smolek in diesem Wirtshaus saß. Und jetzt ist es mir endlich klar geworden.«

Cheng erwähnte den Wirt des Lokals, jenen Herrn Stefan,

287

und berichtete davon, daß Smolek sich bei diesem darüber beschwert habe, der Geruch aus der Küche würde schon wieder sein Badezimmer verpesten. Denn so großartig die Speisen im *Adlerhof* auch wären, so unerfreulich sei es, wenn einem beim Zähneputzen der Geruch von Bratenfett in die Nase steige.

»Ich habe da nur so halb hingehört«, erzählte Cheng, »ohne mir Gedanken zu machen. Worüber auch? Jetzt aber erinnere ich mich und kann nur folgern, daß Smolek in demselben Haus wohnt, in dem auch sein Stammlokal liegt. Wie sonst sollte sich Herrn Stefans Küchengeruch in Herrn Smoleks Badezimmer verirren?«

Gemini schüttelte ihren Kopf und sagte: »Das hilft uns nichts. Was glauben Sie denn? Daß Smolek meinen Jungen zu sich nimmt? In seine Wohnung? Unmöglich. Er hat eine Frau, die sich wundern würde. Eine Frau, die nicht die geringste Ahnung hat, was ihr Mann wirklich treibt. Die ihn für ein Würstchen hält, nicht für einen Gott.«

»Trotzdem«, widersprach Cheng. »Wir sollten es versuchen. Etwas tun, mit dem er nicht rechnet. Zum Beispiel mit seiner Frau sprechen. Nachfragen, ob sie ihn wirklich für ein Würstchen hält.«

»Ich möchte vorher aber lieber nach Hause ...«

»Nein«, bestimmte Cheng mit jener seltenen, aber wirksamen Strenge, mit der er zu überraschen verstand. Selbst noch eine Anna Gemini.

In solchen Momenten konnte man meinen, Cheng wüßte ganz genau, was zu tun ist. Obgleich dies so gut wie nie der Fall war. Wenn Cheng »bellte«, dann, weil ihm danach war. Gefühlsmäßig. So wie ihm hier und jetzt, in dieser Nähmaschine von einem Jaguar sitzend, sein Gefühl sagte, es sei besser, die Gemini-Villa zunächst einmal zu meiden und statt dessen jenen Gebäudekomplex anzusteuern, in welchem Herrn Stefans famose Wirtsstube lag. (Übrigens trug der Häuserblock auch als Ganzes den Namen *Adlerhof.* Wobei man sich gerne vorstellte, daß die zusammenhängenden Gebäudeteile wie eine Frucht aus der Gastwirtschaft herausgewachsen waren. Oder wie ein Roman aus einer grundlegenden Idee. Oder wie ein ganzer Kosmos aus einem Daumenabdruck.)

»Burggasse also«, sagte Janota mit der Geduldsmiene eines alten Chauffeurs und wendete den Wagen. Nie in diesen zehn Jahren hatte er sich so müde und traurig und hoffnungslos gefühlt. Nie in diesen zehn Jahren so weit weg von der Welt, in der er einmal zu Hause und zufrieden gewesen war. – 4711!? Was für ein Schabernack? Selbst wenn es stimmte. Selbst wenn man tatsächlich mit einigen Spritzern Kölnisch Wasser einen Lehmklumpen zum Zucken bringen konnte, ja, sogar wenn es möglich war, dank eines getunten 4711 einen Golem zu schaffen, der im Gegensatz zu seinem historischen Vorbild sprechen konnte, etwa die Worte *Obgleich mir ein Magen fehlt, habe ich Hunger*, es blieb in jedem Fall eine erbärmliche Sache, erbärmlich wie alles, was diese Menschen tagtäglich taten. Erbärmlich wie ihr Ringen um eine bessere Figur, ihr Ringen um Erkenntnis, ihr Ringen um Originalität und gleichzeitig um Anpassung. Ihr ständiges Verweilen im Widerspruch, im Paradoxon und in den gigantischen Weiten des Kleinkarierten.

Während Janota tiefer in seine Trauer versank, aber nichtsdestotrotz den Wagen anstandslos durch die nun ziemlich leeren Straßen zurück in die Stadt steuerte, stellte Cheng die Frage, woher Smolek – wenn er denn die Tötung Gudes gar nicht vermittelt habe – wissen konnte, daß Anna Gemini dafür verantwortlich sei.

»Er weiß es nicht, er vermutet es. So wie Sie«, vermied Anna erneut ein Geständnis. Und ergänzte: »Smolek hat gemeint, daß die Liquidation Gudes in ihrer Stillosigkeit meinem Stil vollkommen entspreche. Das Fehlen von etwas Persönlichem.«

»Ach je!« wunderte sich Cheng. »Jemand in einer Ausstellung erschießen, während man den eigenen Sohn bei der Frau des Opfers zurückläßt, halte ich nicht gerade für ein Musterbeispiel an Beliebigkeit.«

»Davon wissen Sie?«

»Natürlich. Weil Smolek davon weiß. Er dürfte nachgeforscht haben.«

»Ich habe ihm erklärt«, sagte Anna, »nichts damit zu tun zu haben.«

»Das scheint er Ihnen nicht zu glauben. Er kennt Ihre einmalige Art von Stillosigkeit. Als mordete ein Kartäuser. Wahrscheinlich war ihm das klar, noch bevor die Dänen an ihn herangetreten sind, sich um die Sache zu kümmern.«

»Ist das nicht Ihr Job, sich darum kümmern?«

»Richtig!« sagte Cheng. »Mein Job. Weshalb ich ja gerne wüßte, weshalb Gude...«

»Sie wiederholen sich«, erinnerte Anna Gemini. Und riet: »Lassen Sie mich in Frieden damit. Tun Sie, was Sie tun müssen. Aber werden Sie nicht penetrant.«

»Vielleicht können wir uns auf ein Geschäft einigen.«

»Was haben Sie vor?« ging Anna in die Höhe. »Mich im Stich lassen, wenn ich nicht rede?«

»Nein«, sagte Cheng, wiederholt mit jener Unbedingtheit, mit der er zuvor die Fahrtrichtung neu bestimmt hatte.

Und auch diesmal war Anna Gemini beeindruckt. Sie glaubte jetzt, daß dieser Chinese als Wiener, dieser elegante Einarmige, der richtige Mann an ihrer Seite war. Zumindest angesichts der Situation, in der man sich befand.

Und Janota? Nun, er konnte immerhin ganz passabel einen Wagen lenken. Wobei es freilich unsittlich war, sich von einem Mann chauffieren zu lassen, den man töten wollte. Doch so sehr Anna gerade noch entschlossen war, ihren Auftrag zu erfüllen, begann sie zu spüren, daß die Möglichkeit, Janota zu liquidieren, vertan war. Es gab Dinge, die nur einmal blühten. So auch Möglichkeiten.

Anna Gemini ahnte also, daß sich ihr moralischer Anspruch, entweder alle Aufträge zu erfüllen, oder keinen, nicht würde einlösen lassen. Aber das war eine Sache, die sie mit ihrem Gott auszumachen hatte.

23
Ein Stückchen Peking ist überall

Montag war im *Adlerhof* Ruhetag, obgleich sich keiner der Stammgäste vorstellen konnte, wie denn im Leben des Herrn Stefan ein Ruhetag aussah. Was tat ein Wirt, dem das eigene Lokal nicht nur wie eine zweite, eher wie eine erste Haut am Leib klebte? Was tat er mit all den Stunden, da er weder Gläser füllte noch Gäste bediente und solcherart in eine Art widernatürliche Situation geriet?

Man stelle sich einen Fisch vor, der einen Tag lang an Land ginge, beispielsweise um die Universität zu besuchen, mag sein die Zoologische Fakultät, aber dennoch einen fremden, untauglichen Ort, um dort einen Tag lang die Luft anzuhalten und dabei Dinge zu erfahren, die er ohnehin wußte. Unsinn, nicht wahr? Fische haben eine Funktion und eine Bestimmung. Sie kennen keinen Urlaub und kein Leben außerhalb ihrer Funktion, von einem Leben an Land ganz zu schweigen. So ist es auch mit dem Ruhetag im Leben eines wahrhaftigen Wirtshausbesitzers. Eine perverse Angelegenheit, die in keiner Weise der Erholung dieses Wirtes oder dieser Wirtin gilt, sondern bloß einer gesellschaftlichen Konvention, die noch immer Ruhetage vorschreibt. Wobei gerade der Montag als Alternative zum gängigen Sonntag (man denke an Friseure, Museen und eben Wirtshäuser) eine unnötige Verzögerung des Wochenanfangs bildet. Der Konsument ist gezwungen, erst mit dem einbrechenden Dienstag eine Initiative ob seiner Frisur, seiner Liebe zu montäglich versperrten Künsten und montäglich versperrten Stammlokalen zu ergreifen. Als würden Haare montags nicht wachsen. Liebe und Durst montags ausbleiben.

Nun war es aber bereits zwei Stunden nach Mitternacht, als der von Janota gelenkte Jaguar vor dem *Adlerhof* hielt. Hinter den Scheiben brannte Licht, wobei die Prismenstruktur des Glases einen genauen Blick verwehrte. Jedenfalls schien Herr Stefan sich frühzeitig in die Wirklichkeit seiner ersten Haut zurückbegeben zu haben. So wie ja auch ein Fisch, deprimiert und erschöpft von einem Tag an der Uni, noch in der Nacht ins Wasser springt, um Versäumtes nachzuholen.

Links neben dem Eingang ins Lokal befand sich eine massive und natürlich verschlossene Pforte, die ins Haus und zu den Wohnungen führte, zumindest in jenen Teil, der zur Burggasse hin gelegen war. Die Gegensprechanlage stach mit einer erleuchteten Zahlentastatur aus dem Dunkel heraus wie eine von diesen Prophezeiungen, die in die Luft geschrieben stehen. Auf der anderen Seite des Tors war eine Liste mit den Namen der zahlreichen Mieter angebracht. Neben einem jeden ein fünfstelliger Zahlencode. Was freilich fehlte, war der Name Smoleks.

»Phantastisch!« fluchte Anna. »Und dafür mußten wir durch die halbe Stadt fahren.«

»Moment noch«, sagte Cheng und trat durch die benachbarte, unverschlossene Türe, die ins Wirtshaus führte. Gemini und Janota folgten ihm.

Herr Stefan stand in dem vollkommen leeren Lokal hinter seiner budenartigen Ausschank und war gerade dabei, irgendein Dokument zu überprüfen. Er war ein großer Nachrechner und Durchrechner, der etwa die Preise seiner Speisen, so niedrig er sie hielt, immer wieder nach allen Richtungen hin kalkulierte. Seine ganze Preispolitik basierte auf höchst komplexen Überlegungen. Auch minimalste Beträge besaßen eine...nun, man möchte sagen, eine Bedeutung jenseits des Irdischen. Jenseits, aber berechenbar. Und wenn schon soviel über kleine und große Götter gesprochen wurde, muß auch gesagt werden, daß der Eindruck entstand, Herr Stefan würde seine im Grunde geringen Einkünfte mit Gott höchstpersönlich abrechnen. Am besten in der Ruhe und Stille einer Nacht, die auf einen Ruhetag folgte.

Herr Stefan blinzelte über den Rahmen seiner Gläser – sodaß die Brille weiterhin auf das Papier gerichtet blieb – und erklärte Cheng, daß das Wirtshaus geschlossen sei.

»Ich will nichts trinken«, sagte Cheng. »Ich will zu Smolek. Sie erinnern sich vielleicht, ich war Sonntag abend mit ihm zusammen. An dem Tisch dort drüben.«

»Ich erinnere mich«, sagte Herr Stefan, wobei sein ungarischer Akzent in etwa die Funktion zweier Wasserskier besaß, auf denen der Artikulierende über die harte, unebene Wasserfläche der deutschen Sprache dahinflog.

»Ich müßte mit Smolek reden«, sagte Cheng. »Es ist äußerst wichtig.«

Herr Stefan lachte. Es klang, als schneuze er sich. Dann verwies er darauf – indem er nach rechts oben auf eine Uhr zeigte, die wie das meiste hier einen Gelbstich besaß –, wie spät es sei.

»Ich weiß, wie spät es ist. Wenn Sie mir sagen, welche Nummer er hat, reicht mir das. Er wohnt doch in diesem Haus, nicht wahr?«

»Warum fragen Sie, wenn Sie sein Freund sind?«

»Ich bin ein Kollege, kein Freund«, schwindelte Cheng und sagte dennoch die Wahrheit.

»Und die anderen Herrschaften?« fragte der Wirt und zeigte auf Gemini und Janota.

»Wir arbeiten alle mit Smolek zusammen«, erklärte Cheng.

»Wie? Das Stadtarchiv?«

»Nein, was anderes.«

»Ich wüßte nicht«, sagte Herr Stefan, »wovon Sie sprechen. Interessiert mich auch nicht.«

Cheng wurde ungeduldig: »Was verlangen Sie denn? Daß die Dame neben mir eine von ihren beiden Pistolen aus der Tasche zieht und Ihnen an die Stirn hält, nur damit Sie uns fünf Ziffern verraten?«

»Selbstverständlich nein«, sagte Herr Stefan, ohne das geringste Anzeichen einer Unruhe oder gar Ängstlichkeit. Vielmehr sah er auf seine Liste, bat um einen kleinen Moment, zog einen Strich unter eine Reihe von Zahlen, nahm eine Addition vor und legte sodann das Papier zur Seite, wobei er es in einem präzisen rechten Winkel zur Umgebung positionierte. Ein genauer, ordentlicher, vor allem aber ein sparsamer Mensch, dessen Umgang mit Gegenständen auf eine längstmögliche Lebensdauer ausgerichtet war. Man konnte sich vorstellen, wie der zuvor erwähnte liebe Gott ihm über die Schulter sah und erklärte: »Genau so mag ich es.«

293

Herr Stefan stützte seine beiden Hände am Rand der Spüle auf und sah ruhig zwischen den drei Personen hin und her. Es war kaum anzunehmen, daß er Chengs Hinweis auf zwei Pistolen ernst genommen hatte. Waffen gehörten ins Fernsehen und hatten in Damenhandtaschen nichts verloren. Andererseits war sich Herr Stefan dennoch im klaren darüber, daß er die Nachtruhe Kurt Smoleks nicht würde erhalten können. Unmöglich, diese drei Personen abzuwimmeln. Das sah man ihnen an. Der Frau noch mehr als dem Chinesen. Der dritte hingegen mit seinem blaßblauen Knitteranzug schien ein wenig abwesend, sediert.

Der Wirt unternahm einen letzten Versuch, seinen Stammgast Smolek in eine bessere Position zu bringen, und schlug vor, ihn zunächst per Telefon aus dem Schlaf zu holen, bevor man ihn dann aufsuchen würde.

»Nein«, blieb Cheng stur. »Die Nummer.«

Herr Stefan kapitulierte. Er sagte: »Läuten Sie bei Reischl. Das ist der Mädchenname von Frau Smolek. Die Wohnung stammt noch von den Eltern. Die Smoleks haben in all den Jahrzehnten das Türschild nicht ausgetauscht, obgleich das sehr ordentliche Menschen sind. Aber schließlich geht es dabei nicht um Ordnung, sondern um Tradition. Wie das in Wien halt so ist. In Deutschland hingegen, glaube ich, würde einen die Post deswegen ins Gefängnis stecken lassen.«

Cheng, der ja einige Zeit in Stuttgart verbracht hatte, nickte zustimmend. Es gab Klischees, die einfach paßten. Und daß die Deutsche Post den Charakter einer – nobel gesagt – militärischen Einrichtung besaß, war nun mal ein Faktum. Die Deutsche Post, wie auch immer organisiert, dachte stets in den Kategorien eines Ausnahmezustands. Das tat die Österreichische Post zwar ebenso, hatte es aber mit einem Gegner zu tun (also ihrer Kundschaft), der sich zu wehren wußte. Und sei es mittels des hartnäckigen Erhalts unkorrekter und irreführender Namens- und Nummernschilder.

»Kommen Sie mit«, wies Cheng den Wirt an.

»Wieso das?« fragte Herr Stefan. »Was wollen Sie jetzt noch?«

»Sie dabeihaben.«

»Haben Sie Angst, ich rufe Smolek an? Warne ihn vor seinen *Kollegen*?«

»Jetzt reicht's«, unterbrach Anna Gemini das Geplänkel. »Soviel Zeit haben wir nicht. Los endlich!«

»Bitteschön!« behielt Cheng seine Höflichkeit bei und lud den Adlerhofwirt mit einer knappen Geste dazu ein, hinter seiner Theke hervorzukommen.

Kurz darauf stand man vor der dunkelbraunen, hölzernen Haustüre, die wie die meisten Wiener Altbauhaustüren an den Eintritt in eine luxuriöse Vorhölle erinnerte. Und etwas von einer Vorhölle erwarteten sich die vier Personen auch, jeder auf seine Art.

»Sie wohnen doch ebenfalls hier?« fragte Cheng den Wirt, darauf spekulierend, daß Gasthausbetreiber sich nie weiter als nötig von ihren Lokalitäten entfernten.

»Ja. Das tue ich. Und jetzt wollen Sie wahrscheinlich, anstatt anzuläuten, daß ich einfach aufsperre.«

»Genau das.«

Doch im Gegensatz dazu, hob Herr Stefan überraschend schnell seine Hand und drückte jene fünf Ziffern, die für den Namen Reischl reserviert waren.

»Auch gut«, seufzte Cheng, nicht weiter verärgert. Was sollte man auch tun? Diesen braven Wirt tatsächlich mit Waffengewalt gefügig machen? Unsinn. Es gab Grenzen. Zumindest gab es Momente, da man sich an diese Grenzen hielt.

Nachdem eine ganze Weile vergangen war, meldete sich eine unsichere Frauenstimme und wollte wissen, was denn los sei.

»Wir müssen Ihren Mann sprechen«, sagte Cheng. »Und zwar sofort.«

»Wer ist da?« fragte Frau Smolek.

»Polizei«, antwortete Cheng. »Ist Ihr Mann zu Hause?

»Er sitzt... er ist im Arbeitszimmer, nehme ich an. Sie sagten Polizei. Aber was um Himmels willen ist denn passiert?«

»Machen Sie auf!« ordnete Cheng in einem Ton an, als sage er das fünfmal am Tag.

Das übliche Geräusch eines leicht unter Strom stehenden Schlosses erklang. Anna Gemini drückte die Türe auf.

Im Eintreten wollte Herr Stefan wissen, ob das mit der Polizei ein schlechter Scherz sei.

»Sie meinen«, sagte Cheng, »daß ich nicht aussehe, als würde ich für den Staat arbeiten.«

»Nicht für den österreichischen.«

»Da haben Sie recht. Ich bin von der Pekinger Polizei.«

»Dafür wiederum sprechen Sie ein ziemlich akzentfreies Deutsch.«

»Stimmt. Während man Ihnen den Ungarn durchaus anhört.«

»Glücklicherweise«, meinte der Wirt. »Bei mir hat alles seine Richtigkeit. Bei Ihnen weniger. Außerdem sind wir hier nicht in Peking, soweit ich weiß.«

»Ein Stückchen Peking ist überall«, sagte Cheng. Mehr sagte er nicht, als sei das genug der Erklärung.

Smolek und seine Frau wohnten in einem der oberen Stockwerke, was eingedenk der Bemerkung mit den störenden Küchengerüchen ein wenig irritierend war. Andererseits: Gerüche nahmen manchmal komplizierte Wege, belästigten also nicht den nächstbesten, so wie sie nicht in die nächstbeste Wohnung eindrangen. Mitunter betörte das Parfüm einer Frau einen Mann, der sich kaum noch auf Sichtweite mit ihr befand, welchem man jedenfalls nicht vorwerfen konnte, dieser Frau zu nahe gekommen zu sein. Manches Parfüm tat etwas, was die Trägerin des Parfüms gar nicht beabsichtigt hatte. Das konnte ein Glück sein. Meistens war es das Gegenteil.

Ob es ein Glück war, daß die Gerüche der Adlerhof-Küche sich über mehrere Stockwerke in das Badezimmer Herrn und Frau Smoleks geschlängelt hatten (oder auch nur zielstrebig durch einen Schacht aufgestiegen waren) und sich solcherart ein Hinweis auf die Adresse des kleinen Gottes ergeben hatte, würde sich noch herausstellen. Und zwar demnächst.

Helga Smolek öffnete die Türe. Sie trug einen dieser wuchtigen, gobelinartig groben Hausmäntel, die ihre Trägerinnen als alte Schlachtschiffe erscheinen ließen, als weibliche Kreuzritter, denen man üble Methoden zutrauen mußte. Die Stimme der Frau freilich hatte nichts Kriegerisches an sich, klang besorgt. Sie äußerte augenblicklich, daß ihr Mann sich im Arbeitszimmer eingeschlossen und auf ihren Zuruf nicht geantwortet habe. Was nun keineswegs seine Art sei, so gar nichts zu sagen.

»Sind Sie sicher, daß er überhaupt da ist?« fragte Cheng.

»Es brennt Licht«, erklärte Frau Smolek. »Man kann es durch die Ritzen sehen. Außerdem ist das immer so. Kurt geht selten früher schlafen. Entweder er ist im Bett oder im Arbeitszimmer. Wo auch sonst?«

»Wir werden sehen«, sagte Cheng und stellte Gemini und Janota mit einer energiesparenden Handbewegung vor, als wollte er sagen, daß man sich seine Mitarbeiter nicht immer aussuchen könne. Sodann trat er ein.

Es war nicht das erste Mal, daß sich Cheng als Polizist ausgab. Als Wiener oder Pekinger oder Stuttgarter. Egal. Entscheidend war dabei, daß er die Leute tatsächlich einzuschüchtern verstand, trotz oder wegen des Widerspruchs, der sich aus seinem Gesicht ergab. Niemand verlangte einen Ausweis. Herr Stefan war im Vergleich zu den meisten anderen geradezu aufdringlich gewesen. Was ihm freilich auch nichts genutzt hatte. Denn Cheng setzte die Behauptung, Polizist zu sein, genau so ein, wie Polizisten das taten, ob sie jetzt Ausweise vorzeigten oder nicht. Ob sie im wirklichen Leben standen oder auch nur im Leben einer Fernsehserie oder eines Romans. All diese beamteten Menschen marschierten mit der größten Unverfrorenheit in fremde Wohnungen hinein, wo sie dann Türen und Schränke öffneten, Dinge anfaßten, in Büchern blätterten, in Vasen lugten und im wahrsten Sinne Staub aufwirbelten, und das alles, ohne das Thema »Durchsuchungsbefehl« auch nur angeschnitten zu haben.

Der Beizeiten-Polizist Cheng durchschritt einen weiten, hohen Flur, der im gesprenkelten Licht eines Art-Deco-Lusters wie unter einem Sonnenschirm dalag. Am Ende des Gangs wandte er sich um und wies Frau Smolek durch eine Geste an, sie möge ihn zum Arbeitszimmer ihres Mannes führen.

Man muß es sagen: Cheng fühlte sich sauwohl. Das war richtige Arbeit, das war Detektivsein. Eine Sache in die Hand nehmen, ganz gleich, wo diese Sache hinführen würde. Und Cheng wußte ja, daß Sachen nicht immer im Happy-End, im Rosengarten, im Bilderbuch oder auch nur im Lösungsheft endeten.

»Sehen Sie!« sagte Frau Smolek, rief sodann nach ihrem Mann und drückte die Klinke der hohen, erdigbraunen, hölzernen Flügeltüre. »Verschlossen. Und sagt kein Wort. Vielleicht ... Tun Sie was, bitte!«

»Das ist eine Türe«, stellte Cheng fest, wie um zu erklären, daß es sich hierbei nicht um ein Blatt Papier handeln würde.

»Eine *alte* Türe«, entgegnete Janota. »Sie erlauben?«

Es war nicht klar, wen er hier um Erlaubnis fragte. Die Hausherrin? Den angeblichen Pekinger Polizisten? Jedenfalls holte er mit dem Fuß aus und trat gegen die Mitte hin. Mit dem Krachen eines aus dem Holz brechenden Schlosses flog die Türe auf und offenbarte einen Raum, dessen Wände beinahe vollständig mit Büchern ausgekleidet waren. Ein Arbeitszimmer, wie man es sich bei einem Archivar vorstellte. Geordnetes Chaos. Stöße von Unterlagen. Stickige Luft.

Warmes Licht fiel durch den glatten, gelben Schirm einer Stehlampe, während der Doppel-Kugel-Körper der Tischlampe eher wirkte, als würde er in erster Linie sich selbst illuminieren. Also weder die leeren Fläschchen auf dem Tisch noch den Mann hinter dem Tisch. Dieser Mann war Smolek. Er rührte sich nicht, sondern saß starr in einem Monstrum von Ohrensessel, Kopf und Rücken an der hinteren Lehne.

»Sie mieses Stück von einem ... Wo ist Carl?« rief Anna Gemini und trat rasch an den Tisch heran. Rasch, aber auch torkelnd, als habe sie ihr Gleichgewicht verloren. Ihre Not trat zutage. Aber es trat auch etwas anderes zutage.

Herr Stefan, ein Freund klarer Verhältnisse, hatte gleichzeitig den Lichtschalter betätigt, sodaß die Milde der Stehlampe und die Selbstverliebtheit der Tischleuchte eine kräftige Ergänzung von der Decke her erhielten. Kräftig genug, um zu erkennen, daß Kurt Smolek nicht mehr in der Lage sein würde, sich persönlich zu rechtfertigen. Sein Antlitz schimmerte in verschiedenen Farben und erinnerte an einen dieser Fußballfans, die sich ihre Gesichter beschmieren. Im Falle Smoleks hätte man meinen können, es der grünen, der reinweißen und der roten Farbe wegen mit einem Anhänger der italienischen Nationalmannschaft zu tun zu haben. Passender wäre freilich gewesen, wenn Smoleks Visage in Blau und Gold erblüht wäre. Eine Kombination, die sich eindeutiger auf die erfolgte Intoxikation bezogen hätte. Tödliche Intoxikation, wie man sagen muß. Denn zu retten war da nichts mehr. Der Mann hatte aufgehört zu leben. Was gerade darum – zumindest für die Eingeweihten – paradox anmutete, da nämlich eine ganze Reihe auf dem Tisch verteilter, leerer 4711-Flaschen davon zeugte, daß sich Smolek mit einem Wässerchen ums Leben gebracht hatte, von dessen lebensspendender Kraft er überzeugt gewesen war.

(Obgleich zuvor gesagt worden war, daß zuviel besser ist als zuwenig, gibt es natürlich auch Grenzen, vor allem im Umgang mit fünfundachtzigprozentigem reinem Alkohol.)

Wenn überhaupt, dann war es nur im ersten Moment stichhaltig, daß Smolek sich eine Überdosis 4711 verabreicht hatte, um der Sache auf den Grund zu gehen. Doch welcher Grund sollte das gewesen sein? Denn Smolek selbst war ja keine tote Lehm-Masse gewesen, die zu erwecken es gegolten hätte. Welche Erkenntnis sollte ein solcher Selbstversuch also beinhalten? Daß man an einem Parfüm sterben konnte, wenn man es literweise zu sich nahm? Wenn hingegen ein obskurer, die eigene Obsession zelebrierender Selbstmord vorlag, der Suizid eines kleinen Gottes, wozu die Entführung? Wozu einen Kartäuser kidnappen, um sich gleich darauf das Leben zu nehmen?

Zudem stellte sich die Frage, wie Kurt Smolek – göttlich hin oder her – es hatte schaffen können, in einem ziemlich kurzen Zeitraum Carl wo auch immer hinzubringen oder zu verstecken, um sich sodann eine derartige Menge 4711 einzugießen. Es war kaum vorstellbar, daß jemand sich einfach hinsetzen und das Zeug in Windeseile hinunterzuschlucken vermochte. Jemand, der kein schwerer Trinker gewesen war.

»Wir rufen jetzt die Polizei«, entschied Cheng.

»Ich dachte«, sagte Herr Stefan ein wenig kleinmütig, »*Sie* sind die Polizei.«

»Das hatten wir doch schon. Aus Peking, sagte ich. Jetzt aber rufen wir die Wiener Polizei. Der Mann ist tot. Da gehört sich das.«

In diesem Moment hatte Anna Gemini die völlig entgeisterte Helga Smolek an ihrem Hausmantel gepackt, schüttelte sie und brüllte ihr die Frage ins Gesicht, wo das Kind sei.

»Welches Kind?« fragte Frau Smolek wie aus einer Betäubung heraus.

»Carl. Mein Junge. Ein vierzehnjähriger Junge. Ihr Mann muß ihn hier ...«

Anna ließ die Frau, die jetzt eine Witwe war, los. Es war deutlich zu erkennen, daß man Frau Smolek noch hundert Jahre am Mantel hätte beuteln können, ohne eine Antwort zu erhalten, die zu geben sie so oder so nicht in der Lage gewesen wäre. Anna versuchte es anders, rief nach Carl, rief seinen Namen, glitt aber nicht nochmals ins Hysterische ab. Sie hatte sich gefangen, hatte ihre Kontrolle zurückgewonnen. Sie verließ den Raum und bewegte sich durch die Wohnung, klopfte gegen Wände, sah in Kästen, rief und lauschte. Dabei wurde sie von Janota begleitet. Was wiederum ein bißchen merkwürdig war. Das gemeinsame Vorgehen von Killerin und prospektivem Opfer. Als gehöre man nun mal zusammen. Gleich Zwillingen.

Währenddessen bat Cheng den Adlerhofwirt um sein Handy, da er selbst ein solches nicht besaß, andererseits Smoleks Apparat nicht anfassen wollte. Eine kleine Regel, aber keine dumme.

Herr Stefan reichte ihm sein Gerät. Widerwillig, wie man sah. Auch bat er Cheng, sich kurz zu halten.

»Natürlich«, versprach Cheng. »Es gibt nichts, was man durch ein Telefon wirklich gut erklären könnte. Woran unsere Sprache keine Schuld trägt. Wahrscheinlich liegt es am Draht.«

»Bei einem Handy gibt es keinen Draht«, erinnerte Herr Stefan.

»Ich meinte es bildlich«, sagte Cheng. Aber das war eine Ausrede.

24
Chengs Party

»Noch immer Oberstleutnant?« fragte Cheng.

»Noch immer«, antwortete der Mann, schüttelte aber den Kopf, womit er meinte, es nicht fassen zu können, Cheng gegenüber zu stehen. »Hätte nie gedacht, Sie wieder zu sehen. Ich habe von Ihrer Stuttgartsache gehört. Meine Güte, Cheng, Sie haben schon ein Händchen für so was. Wie machen Sie das bloß?«

»Ich sehe von fern ein tiefes Loch, steure es an und springe ohne Umstände hinein. So einfach.«

»Na ja. Ich muß gestehen, Ihnen scheint das Ausland gut bekommen zu sein. Sie sehen blendend aus. Hervorragend.«

»Mein Arm ist leider nicht nachgewachsen. Aber ich fühle mich gut, das stimmt. Die Schraube in meinem Bein, die Wiener Schraube, wurde herausgenommen und durch eine deutsche Schraube ersetzt. Was immer man über die Deutschen denken mag, von Schrauben verstehen sie etwas. Es hinkt sich seither um einiges leichter. Wirklich erstaunlich ist aber, daß meine Schwerhörigkeit sich völlig gelegt hat. Ich habe kein Hörgerät mehr nötig. Nicht, daß es mich gestört hat, ein solches zu tragen. Der Mensch ist von einer phantastischen Anpassungsfähigkeit. Eher ist es so, daß mir mein Hörgerät abgeht. Gut zu hören, ist freilich auch was wert.«

»Selbstverständlich«, sagte der Mann, ein gewisser Oberstleutnant Straka, »aber das ist es gar nicht, was ich meine. Ihre Schrauben kann ich ja nicht sehen, und auch nicht in Ihr Ohr hinein. Was ich meine, Sie sehen jünger aus als damals. Jünger, ja, glücklicher. Wie man so sagt: fesch.«

»Danke, Oberstleutnant. Schade, daß ich das Kompliment nicht zurückgeben kann.«

»Wäre auch gelogen«, sprach Straka. »Ich bin gealtert, ich weiß. Wobei man in solchen Momenten gerne von der Arbeit spricht, die einen auffrißt. Tut sie auch, aber ich glaube, das ist es nicht. Kann es nicht sein. Es ist ... Ein paar Leute, die ich mochte, sind in den vergangenen Jahren gestorben. Man stirbt halt mit. Das ist auch besser so, um es auszuhalten. Aber es macht einen nicht gerade hübscher.«

»Apropos«, sagte Cheng und wies auf den toten Menschen, der vor einer Batterie leerer 4711-Flaschen saß.

»Sie haben recht, Cheng. Wir haben zu tun. Bringen Sie mich also rasch auf den Stand. Erklären Sie mir, warum Sie nicht in Kopenhagen sind.«

»Ein Auftrag«, sagte Cheng, wie man sagt: Ein Unfall.

Sodann berichtete er, was sich zugetragen hatte, wobei er allerdings erstens seinen dänischen Auftraggeber unbenannt ließ und zweitens darauf verzichtete, zu erwähnen, daß Anna Gemini vorgehabt hatte, Apostolo Janota zu liquidieren. Hingegen erklärte er, daß Smolek ihm als Informant in der Gude-Angelegenheit gedient habe.

»Was ist mit der Frau draußen?« fragte Straka.

»Anna Gemini. Die Mutter des Kindes, das Smolek entführt hat. Zumindest scheint es so.«

»Und der Mann? Das ist doch dieser Komponist ... Apostolo ...«

»Apostolo Janota. Ein Freund von Frau Gemini, in gewisser Weise.«

»Was heißt das?«

»Soll er Ihnen selbst erzählen. Wenn er Ihnen etwas erzählen will. Oder was Frau Janota zu sagen hat. Es gibt ein paar Dinge, die mir noch unklar sind und über die ich mich nicht äußern möchte.«

Straka nickte. Er wäre nicht auf die Idee gekommen, Cheng zu drängen. Richard Straka empfand eine tiefe Schuld gegenüber dem Detektiv. Hielt sich für verantwortlich, daß Cheng vor Jahren in einer gottverlassenen Berglandschaft seinen Arm eingebüßt und sich einige andere Verletzungen zugezogen hatte.

Umso mehr erstaunte es Straka, wie gut sich sein alter Bekannter in Stuttgart und Kopenhagen entwickelt hatte. Sollte das möglich sein? Daß ausgerechnet solche Städte sich als Heilstätten erwiesen und aus einem körperlichen wie seelischen

Wrack einen hübschen und jugendlich anmutenden Menschen machten?

Aber um dies zu erörtern, war man natürlich nicht hier. Leider.

»Das ist eine zu verrückte Geschichte«, sagte Straka mit Blick auf den Toten, den er wie eine Skulptur von allen Seiten betrachtete. »Was soll man davon halten? 4711!? Herr im Himmel. Wenn es sich um einen Selbstmord handelt, geht es mich natürlich nichts an. Die Leute dürfen sich umbringen, wie es ihnen beliebt. Bei einem Verbrechen aber…«

Straka war Leiter der Abteilung Mordgruppe 3, was sich anhörte, als verwalte er einen komischen kleinen Eishockey-club. Freilich war er nicht der schlechteste unter den Kriminalisten in dieser Stadt, einer Stadt, in der sich so gut wie jeder als Kriminalist verstand. Selbst die Kriminellen, die das Austricksen der Polizei nicht nur aus existentiellen, sondern auch aus idealistisch-künstlerischen Gründen betrieben. Und vor allem dann in die Falle gingen, wenn sie eine besonders elegante kriminelle Figur zu vollführen versuchten. Eine paradoxe Situation: Ein Verbrecher, der nicht gefaßt wurde, stand unter dem Verdacht, stillos, allein auf Sicherheit bedacht, allzu simpel vorgegangen zu sein. Ein gefaßter Verbrecher wiederum war natürlich gescheitert. Gestürzt bei dem Versuch, zwei vierfache Toeloops zu springen und dabei wie eine zwölfjährige Russin zu lächeln.

Was nun konnte einem der Anblick von Smoleks Leiche sagen? An einen Selbstmord glaubte Straka nicht. Daran glaubte er in den seltensten Fällen. Was war schon ein Selbstmord? Auch wenn die Leute Hand an sich legten, so waren es zumeist andere, die diese Hand geführt hatten. Wo wiederum lag hier die Grenze? Wenn etwa jemand eine Waffe lud und an idealer Stelle plazierte, auf daß sich dann ein anderer damit erschoß. Freilich gab es auch Selbstmörder, die nichts anderes im Sinn hatten, als einen Mitmenschen zu bestrafen.

Smolek hingegen, dessen war Straka gewiß, hatte niemanden bestrafen wollen. Vielmehr war *er* es, der bestraft worden war. Und zwar sicher nicht von einem Profi, der im Auftrag gehandelt hatte. 4711 – das war gleichzeitig zu platt und zu originell, als daß es zu einem Profi gepaßt hätte. Profis hatten ständig Angst, etwas Peinliches oder Kitschiges zu tun, was sie übrigens sowohl von der Kunst als auch vom Eiskunstlauf wesentlich unterschied.

4711 war nun mal kitschig. Und das ganze Szenarium peinlich.

Nein, es mußte ein Laie gewesen sein. Auch wenn natürlich einige Profis zu der Unsportlichkeit neigten, Laientaten vorzutäuschen. Aber das merkte man bald. Eine Fälschung als solche zu erkennen, gehörte zur Routine. Innerhalb der Polizei sprach man verächtlich von »Möchtegerngauguins«. Einen schlechteren Ruf konnte ein Profi kaum haben.

Der dienstführende Beamte – keiner von denen, an die sich Cheng noch erinnern konnte – trat an seinen Chef heran und schickte sich an, diesem ins Ohr sprechen zu wollen.

»Sie brauchen nicht zu flüstern, Bischof«, sagte Straka. »Nicht in Anwesenheit von Herrn Cheng. Er ist mehr als nur ein alter Bekannter der Wiener Polizei, nicht wahr?«

»Der Wiener Polizei gehörte mein Herz«, lächelte Cheng. Das war halb ironisch gemeint, und halb stimmte es. Wie ja fast alles im Leben in die zwei Teile des Gewollten und des Ungewollten, des Geliebten und Gehaßten auseinanderbricht.

Das galt auch für Bischof, Zdenko Bischof, der seinen Nachnamen dem österreichischen Vater und seinen Vornamen der slowakischen Mutter verdankte. Halb liebte er seinen Beruf, halb hielt er ihn für das letzte, was ein vernünftiger Mensch tun konnte. Halb verehrte er Straka, halb verachtete er ihn. Und was er nun gar nicht brauchen konnte, war eine Zurechtweisung in Gegenwart dieses Chinesen, der kein Chinese war. *Cheng*! Ja, der Name war ihm durchaus vertraut, auch wenn er erst später zur Abteilung gestoßen war. Der Name Cheng war wie ein Zauberspruch, ohne daß man hätte sagen können, was damit zu zaubern war. Eher nichts. Worin wiederum der Reiz von Magie besteht. Ein Spruch, der nichts bewirkt.

»Es geht um den Schlüssel«, sprach Bischof zu seinem Vorgesetzten.

»Ja?«

»Es gibt keinen. Zumindest finden wir keinen. Wenn wir ausschließen, daß der Tote seine Türe versperrt und danach den Schlüssel aus dem Fenster geworfen hat, ist anzunehmen, daß jemand anders von außen zugeschlossen und den Schlüssel mit sich genommen hat.«

In diesem Moment trat Anna Gemini in das Zimmer und erklärte, man müsse in den Keller. Möglicherweise sei dort ihr Sohn.

»Lassen Sie den Keller absuchen«, wies Straka Bischof an. »Und holen Sie die Nachbarn aus den Betten. Die stehen ja ohnehin schon alle hinter ihren Türen. Vielleicht hat jemand was gesehen, was gehört. Vielleicht hat jemand was zu sagen.«

»Die haben immer was zu sagen«, meinte Bischof mißmutig. Das war ein Aspekt seines Berufs, den er nicht ausstehen konnte. Nachbarn befragen. Vollidioten, deren Aussagen sich in der gröbsten Weise unterschieden. Wichtigtuer, die ständig nach dem Oberchef verlangten, wie man anderswo nach dem Hoteldirektor verlangt. Widerlich. Unsinnig.

Nun, nicht ganz unsinnig. Es galt eben, den Vollidioten herauszufiltern, der tatsächlich etwas gesehen oder gehört hatte.

»Machen Sie schon«, sagte Straka.

Bischof offenbarte ein Gesicht wie Traubenzucker, der bröckelt, und verließ den Raum. Eigentlich war das *sein* Fall. Aber wenn Straka auftauchte, war das nätürlich so, als hätte Rubens die Werkstätte betreten. Her mit dem Pinsel!

Dieser Rubens der Wiener Polizei wandte sich nun an Anna Gemini und wollte wissen, in welchem Verhältnis sie zu dem Toten gestanden hatte.

»Haben Sie es nicht begriffen?« fragte Anna ungläubig. »Dieser Mensch hat mein Kind entführt.«

»Das habe ich schon begriffen. Aber ich will den Grund dafür wissen.«

»Hat Cheng denn nicht...?«

»Herr Cheng hat mir etwas von Kartäusern und Wunderwässerchen erzählt. Sie müssen wissen, ich kenne und schätze Herrn Cheng. Andererseits bin ich verpflichtet, auch glauben zu können, was ich zu hören bekomme. Und ich glaube einfach nicht, daß jemand wegen der Zusammensetzung eines Parfums, das schon meine Großmutter verwendet hat und das eigentlich niemand mehr verwendet außer alle unsere Großmütter, daß darum also Ihr Kind, Frau Gemini, entführt wurde. Ich denke, daß Ihr Junge wohlbehalten in irgendeiner Kneipe ohne Sperrstunde hockt. Von mir aus auch in einer speziellen Kartause. Jedenfalls in keinem Keller oder Verlies. Nachdem, was ich gehört habe, denke ich, daß Ihr Sohn mit jemand mitgefahren ist, den er kannte. Vielleicht tatsächlich mit Herrn Smolek, der ihn aber irgendwo abgesetzt hat, bevor er dann hierherkam, alleine hierherkam, woraufhin geschah, was geschehen ist. Ich bitte Sie, Frau Gemini, ein Vierzehnjähriger! Vierzehnjährige sind so. Alle. Die denken nicht viel nach. Tun dieses, tun jenes.«

»Sie kennen Carl nicht. Sie kennen die Situation nicht.«

»Das ist richtig. Aber ich halte mich an die Logik. Welche mir sagt, daß Ihr Sohn nicht entführt wurde. Sicher nicht wegen 4711. Was verlangen Sie von mir? Daß ich diese Golem-Geschichte für bare Münze halte? Haben Sie bitte Gnade mit mir. Ich bin jemand, der die Dinge auf den Punkt zu bringen hat, Pressekonferenzen hält, übergeordneten Stellen berichten muß. Wenn nicht gar einem Minister, dem gerade fad ist. Wenn ich da anfangen würde, von einem Golem zu erzählen...«

»Smoleks Obsession. Er war vielleicht verrückt«, gab Anna Gemini zu bedenken.

»Glauben Sie, daß er das war?«

»Nein«, sagte Anna und senkte ihren Blick. Nicht wie ein Backfisch, eher wie ein Raubfisch, der den Boden absucht. Dann meinte sie: »Zumindest nicht im üblichen Sinn. Er hat sich das nicht eingebildet.«

»Was hat er sich nicht eingebildet?«

»Die besondere Wirkung von 4711. An der Sache muß was dran sein. Etwas Außerordentliches.«

»Etwas außerordentlich Banales«, korrigierte Straka. »Hier liegt ein Verbrechen vor. Nicht eines, das Smolek begangen hat. Sondern eines, das an ihm begangen wurde. Glauben Sie mir, Frau Gemini, Ihr Sohn wird demnächst auftauchen.«

Und an Cheng gewandt: »Was ist von dieser Dr. Sternbach zu halten? Sie wissen, Sie hätten sie nicht gehen lassen dürfen.«

»Eine Nebenfigur«, winkte Cheng ab. »Hat nichts damit zu tun.«

»Sicher?«

»Absolut.«

»Na gut«, meinte Straka und richtete sich erneut an Anna mit der Frage, in welchem wirklichen Verhältnis sie zu dem Toten gestanden habe. Dabei blickte er über ihre Schulter hinweg auf Apostolo Janota und lächelte knapp, wie um zu bekunden, sehr gut zu wissen, daß Janota zusammen mit Robert de Niro … und so weiter. Straka sagte: »Und Ihre Beziehung, Frau Gemini, zu Herrn Janota würde mich, wenn Sie gestatten, auch interessieren.«

»Herr Janota und ich sind Freunde«, erklärte Anna im abweisenden Ton einer Frau, die Intimitäten gerne für sich behält. »Er ist nur hier, um mir beizustehen.«

Hatte sie das wirklich gesagt? Unglaublich!

Und was tat Janota? Er nickte. Jawohl, er nickte. Das war noch unglaublicher. Tatsächlich konnte er es selbst nicht fassen. Dieses Weibsstück, das vorgehabt hatte, ihn umzubringen, und es auch sicher getan hätte, wäre nicht Cheng aufgetaucht, diese Frau, die eine Killerin war, keine Furie, keine Psychopathin, sondern eine berufsmäßig kalte Vollstreckerin völlig privater Todesurteile, diese Frau also besaß die Kaltschnäuzigkeit, sich vor diesen Oberstleutnant hinzustellen und zu behaupten, er, Janota, sei ein Freund. Ein Freund, der beistehe.

Und anstatt wenigstens hell aufzulachen, nickte er stumm. Nickte wie eine Puppe, die jemand bewegt. Er nickte, anstatt die sofortige Verhaftung Anna Geminis zu verlangen und dabei auch auf ihre mögliche Verwicklung in die Ermordung Einar Gudes hinzuweisen.

Janota sah hinüber zu Cheng. Cheng bemerkte den Blick und vollzog eine winzige verneinende Geste, um zu bekunden, es nicht als seine Pflicht anzusehen, Anna Gemini hier und jetzt ans Messer zu liefern.

Cheng wollte abwarten. Ihm fehlte ein Bild, das er sich machen und nach dem er urteilen und vorgehen konnte. Natürlich, er hatte erleben müssen, wie Anna dabei gewesen war, Janota zu liquidieren. Aber das reichte zu keinem wirklichen

307

Bild. Außerdem, fand Cheng, war es Janotas Sache, davon zu berichten, sich zu erklären, bezüglich Nora und so weiter. Wenn er das nicht tat – seine Sache.

»Ein Freund also«, wiederholte Straka. »Und Smolek? Auch ein Freund?«

»Ja. Ein väterlicher«, erklärte Anna, »wie Sie sich vielleicht denken können.«

Straka wandte ein, Frau Smolek hätte zuvor ausgesagt, sie, Anna Gemini, noch nie gesehen zu haben.

»Natürlich nicht«, bestätigte Anna. »Was weiß die schon? Ihr Mann hat eine Menge unternommen, wovon sie keine Ahnung hatte.«

»Und zwar.«

»Nichts Ungeheuerliches. Freundschaften, Kontakte eben, von denen er meinte, sie bräuchten seine Frau nicht zu interessieren.«

»Und wie stand er zu Ihrem Sohn?«

»Er mochte ihn, glaube ich. Allerdings war er zuletzt sehr begierig darauf, Carl für seine Zwecke zu vereinnahmen. Ich habe das unterbunden. Carl selbst hat es unterbunden. Freilich dachte ich, Smolek würde das akzeptieren.«

»Hat er auch. Davon bin ich überzeugt«, sagte Straka. »Wovon ich leider nicht überzeugt bin, ist, daß Sie mir die ganze Wahrheit erzählt haben. Aber das wäre auch ein bißchen viel verlangt. Manche Dinge brauchen Zeit. Wir werden uns diese Zeit nehmen, Frau Gemini. Wir werden uns morgen zusammensetzen und uns – mit allem Krampf, der dazugehört – um die Wahrheit bemühen. Ich will das und Sie können das. Jetzt aber wäre mir recht, wenn Sie nach Hause fahren. Sie müssen erreichbar sein, wenn Ihr Sohn anruft. Und er wird wohl anrufen. Irgendwann rufen sogar Vierzehnjährige an. Im Unterschied zu Sechzehnjährigen. Die schneiden sich lieber die Zunge ab, bevor sie anrufen. Das ist nämlich der Unterschied zwischen der Nonchalance eines Halbwüchsigen und der Trotzigkeit eines Pubertierenden. Glauben Sie mir.«

Straka lächelte ob der eigenen Weisheit wie ein frisches Taschentuch, dann rief er nach einem Beamten, der Anna Gemini fahren solle.

»Nicht nötig«, sagte Anna Gemini. »Herr Janota wird so lieb sein, mich nach Hause zu bringen.«

Apostolo Janota nickte. Natürlich nickte er. Warum gab er sich nicht gleich die Kugel? Erneut sah er hinüber zu Cheng.

»Gute Idee«, meinte der Detektiv und riet: »Bleiben Sie bei Frau Gemini. Man kann nie wissen.«

Janota begriff. Cheng meinte wohl, daß seine, Janotas, größte Sicherheit darin bestand, ständig um Anna Gemini zu sein. Jetzt, wo die Polizei davon wußte, wo er sich befand. Überspitzt gesagt, wäre es wohl das beste gewesen, er hätte gleich um Anna Geminis Hand angehalten. Allerdings wäre dann nötig gewesen, sich vorher scheiden zu lassen.

Oder die Tötung seiner Frau in Auftrag zu geben. Komische kleine Idee.

Zdenko Bischof erschien und erklärte, daß im Keller nichts Verdächtiges zu entdecken gewesen sei und seine Mannschaft nun mit der Befragung der Nachbarn begonnen hätte.

»Gut«, sagte Straka. Und an Anna gewandt: »Sehen Sie. Fahren Sie also nach Hause und warten dort mit Herrn Janota.«

Apostolo Janota und Anna Gemini – allein schon ihrer merkwürdigen Namen wegen ein ideales Pärchen – verließen den Raum. Straka und Cheng sahen hinter ihnen her wie die zufriedenen Väter von Braut und Bräutigam. Und genau etwas von der Art einer Familienbande war es ja auch, was die beiden Männer füreinander empfanden. Denn von Freundschaft konnte nicht die Rede sein. Sie waren ja nicht durch irgendein Hobby, irgendeine stammtischartige Beziehung miteinander verbunden, sondern durch das Leben selbst. Das Leben als Unfall und Täuschung.

»Zigarette?« fragte Straka und hielt Cheng die Packung hin.

»Ich dachte, Sie rauchen nie vor fünf Uhr am Nachmittag«, erinnerte sich Cheng.

»Nein. Ich rauche immer nur *nach* fünf Uhr am Nachmittag. Das ist nicht das gleiche. Um vier Uhr morgens ist es zudem schwer zu sagen, ob man einen Nachmittag vor sich hat, oder einen nach sich. Anders gesagt: Ich rauche in der Zwischenzeit ganztägig.«

»Ach was!?« meinte Cheng, eine Zigarette so bedächtig aus der Packung nehmend, als ziehe er ein Los, was ja nichts nützt, ein Los mit Bedacht zu ziehen. »Bei mir ist es umgekehrt. Ich rauche jetzt nur noch zum Vergnügen.«

»Da tun Sie gut daran«, sagte Straka und gab seinem alten Bekannten Feuer. »Aber man kann sich so was nicht aussuchen. Beim Rauchen gibt es keinen freien Willen. Ob man gerade raucht oder nicht raucht oder beinahe nicht raucht, ergibt sich aus … sozusagen aus der Landschaft. In der Wüste kann man nicht ertrinken. Mitten im Meer schon eher.«

»Man kann aber auch ein Fisch werden«, sagte Cheng und sog den Rauch ein, als versuche er, ein Gedicht von W. H. Auden zu schlucken. Ein ziemlich langes Gedicht.

»Ja schau an!« rief ein eintretender Mann. »Da sitzt einer mit einem Gesicht, das alle Farben spielt und so richtig schön tot ist, während die Lebenden auf Teufel komm raus herumphilosophieren. Aber das dürfen die Lebenden halt, dürfen rauchen und Unsinn reden.«

Es war Dr. Hantschk, auch er ein alter Bekannter Chengs. Als Gerichtsmediziner gehörte es zwar nicht zu seinen Aufgaben, Tatorte aufzusuchen, doch Straka hatte es einfach passend gefunden, angesichts dieser improvisierten »Cheng-Party« den zuständigen Polizeiarzt im Bett zu lassen und den guten, alten Hantschk anzurufen. Welcher sich auch gebührend freute, Cheng wiederzusehen. Die Männer reichten sich die Hände.

»Alle Achtung«, meinte der Arzt, »Sie sehen großartig aus, alter Junge.«

»Ein Zwischenhoch«, kommentierte Cheng amüsiert.

»Auch noch Tiefstapler geworden«, meinte der Mediziner.

Man unterhielt sich noch eine ganze Weile in diesem geselligen Plauderton, sprach ein wenig über Stuttgart und Kopenhagen, über ein paar Leute von früher und kam dann auch irgendwie auf Chengs Hund, auf Lauscher zu sprechen.

»Ich dachte, Ihr Hunderl sei tot«, sagte Hantschk.

Auch Straka zeigte sich erstaunt, da er ebenfalls vom Ableben Lauschers gehört hatte. Und zwar kurz bevor Cheng – ohne sich von irgend jemand verabschiedet zu haben – nach Stuttgart gezogen war und somit ein jeder auf Gehörtes und Vermutetes angewiesen gewesen war. Ja, nicht wenige hatten angenommen, daß gerade der Tod Lauschers für Cheng der Auslöser gewesen war, Wien endgültig den Rücken zu kehren.

Es erwies sich nun, daß Lauschers angeblicher Tod weite Kreise gezogen hatte, daß sogar eine Grabstelle in unmittelbarer Nähe des Asperner Friedhofs als seine Ruhestätte galt. Ein kleines Holzkreuz im Schatten eines Fliederbusches. Straka hatte es gesehen. Wobei das Kreuz unbeschriftet war und also auch einem ganz anderen Tier gewidmet sein konnte.

Nun, *mußte*. Denn Lauscher war ja am Leben. Schwach auf den Beinen zwar, gehunwillig. Aber wann war er das nicht gewesen? Wahrscheinlich hatte er mit dieser Gehunwilligkeit, dieser Aversion gegen das »Vertauschen der Straßenseite« das Licht der Welt erblickt. Nach Lauschers Auffassung mußte ein guter Grund dafür bestehen, in einer bestimmten Straße und also auf einer bestimmten Straßenseite geboren worden zu sein. Das Überqueren dieser Straße besaß für Lauscher dieselbe Absurdität wie das Besteigen von Bergen, an deren Spitze es nicht weiterging.

»Schön jedenfalls«, meinte Dr. Hantschk, »daß Ihr Viecherl noch lebt. Obwohl ich selbst ihn ja nie gesehen hab, den Hasen. Ein bissel ein Mythos, was?«

»Der Mythos lebt«, tönte Cheng.

»Ist Lauscher in Kopenhagen?« fragte Straka.

»Nein hier. In der Wohnung von einem Freund. Liegt vor dem Ofen. Im Grunde transportiere ich ihn von einem Ofen zum nächsten.«

»Ich frage mich nur«, meinte Straka, »wer das Gerücht vom Tod Ihres Hundes in die Welt gesetzt hat.«

»Ein Gerücht«, erklärte Cheng, »gebiert sich selbst. Zumindest wenn es angetan ist, etwas zu erklären. Lauschers angeblicher Tod hat etwas erklärt. Warum ich von Wien wegging.«

»Und warum sind Sie wirklich fort?«

»Sehen Sie mich an. Ich wollte gesund werden.«

»Das erinnert mich, warum wir hier sind«, meinte Straka gequält und sah hinüber zu dem vernachlässigten kleinen Gott.

»Ach ja, das Opfer«, bemerkte Dr. Hantschk. Und sich an Cheng wendend: »Ihr Kunde?«

311

»Nein. Diesmal nicht. Allerdings hat der Tote für denselben Auftraggeber gearbeitet wie ich.«

Dr. Hantschk besah sich die Leiche, wobei er darauf verzichtete, Handschuhe überzuziehen oder auf die Leute von der Spurensicherung Rücksicht zu nehmen. Er öffnete den Hemdkragen des Toten und legte solcherart einen geschwollenen Hals frei. Selbst dieser kleine Akt hatte etwas von einem chirurgischen Eingriff. Als habe er einen sauberen, geraden Schnitt vorgenommen.

Nachdem der Arzt die Handgelenke, die Brust und den Mundinnenraum untersucht hatte, wandte er sich wieder von dem Toten ab und betrachtete die Flaschen auf dem Tisch.

»Schachmatt!« sagte Dr. Hantschk. »Womit ich sagen möchte, meine Herren, daß unser Toter nicht so deppert war, sich diese Flascherln da selbst einzuflößen. Kölnisch Wasser, ich bitte Sie. Sie wissen eh, daß ich die Leiche noch genau untersuchen muß. Aber was ich jetzt schon sagen kann, wird sich nur noch bestätigen. Der Mann wurde fixiert, mit einem Seil oder was. Auch egal, fixiert halt. Die Mundhöhle ist, salopp gesagt, ein Meer von blauen Flecken. Da hat jemand die Flaschenhälse ziemlich kräftig reingedrückt. Das heißt, unser Toter könnte natürlich auch erstickt sein, bevor noch das hochprozentige Todesengerl hat zuschlagen können. Was im Grunde einerlei ist, nicht für den Toten, aber für uns. Trotzdem werde ich das alles noch genau untersuchen. Auch was sonst an Verletzungen zu benennen wäre.«

»Wie viele Täter, Ihrer Meinung nach?«

»Mein Gott, ich weiß ja nicht, wieviel zugeschaut und applaudiert haben. Aber ein kräftiger Bursche, denke ich, reicht aus. Oder ein kräftiges Mädel. Was weiß man schon, heutzutage, wo die Weiber mit Hanteln herumlaufen?«

»Affekt?«

»Scheinbar. Wenn man bedenkt, wie da im Mund herumgewerkt wurde. Ist ja nicht nötig, selbst wenn sich das Opfer wehrt. Auch die Spuren der Fesselung sehen mir … na sagen wir, persönlich motiviert aus. Alles was ich so auf die Schnelle erkennen kann, spricht dafür, daß da jemand eine große Wut hatte. Sie wissen schon, Straka, ich meine die Wut, die aus der

Liebe schlüpft. Wie die Luft aus einem Fahrradreifen strömt. Danach ist der Reifen platt.«

Straka sah zu Cheng und fragte ihn, wer denn Smolek so lieb gehabt haben könnte, ihm einen derartigen Tod anzutun. Frau Smolek?

»Sicher nicht«, sagte Cheng.

»Und die Sache mit Gude?«

Cheng verneinte. Man müsse sich an das 4711 halten, so sehr natürlich der »Fall Golem« ein ungemütlicher sei, weil er von Unglaubwürdigkeiten übergehe. Aber das Unglaubwürdige weise den Weg.

»Das ist alles andere als konkret«, meinte Straka.

»Ich weiß, Herr Oberstleutnant. Darum will ich Ihnen zumindest einen Namen nennen. Mascha Reti. Sie lebt im Pflegeheim Liesing. Eine Dame, die ebenfalls an den Golem glaubt. Und die einen Kontakt zu Smolek hatte. Und ihn, so scheint es, beauftragt hat.«

»Zu welchem Zweck?«

»Mehr kann ich nicht sagen. Mehr wäre nicht fair. Ich stehe wie immer zwischen den Fronten.«

»Aber schon ein bißchen mehr auf unserer Seite«, sagte Straka beinahe wehmütig.

»Soweit als möglich«, beteuerte Cheng. »Übrigens. Frau Reti kennt mich nicht. Und mir wäre lieber, wenn das auch so bleibt.«

»Die Dame wird aber wissen wollen, wie ich auf die Idee komme, sie zu besuchen.«

»Sie sind die Polizei, Straka, oder? Sie müssen sich nicht wie unsereins erklären. Darin besteht doch überhaupt die eigentliche Größe der Polizei, frei von dauernder Rechtfertigung zu sein.«

»Sie träumen wohl«, meinte Straka.

Cheng ignorierte die Bemerkung und erklärte, daß es für ihn an der Zeit wäre, nach Lauscher zu sehen. Außerdem sei es ein langer Tag gewesen.

»Natürlich«, sagte Straka. »Wie ist es? Können wir uns morgen sehen? Sagen wir zum Mittagessen. Ich werde dann mehr wissen und vielleicht in der Lage sein, die richtigen Fragen zu stellen. Fragen, lieber Cheng, die Sie beantworten können, ohne sich Gewissensbisse machen zu müssen.«

Cheng fand, daß gegen ein Mittagessen nichts einzuwenden wäre. »Wo?«

»In der Albertina gibt es ein Restaurant. Wäre ein Uhr recht?«

»Herrje! Ausgerechnet die Albertina? Wieso? Weil Gude dort starb?«

»Immerhin ein Tatort«, meinte Straka, »an dem wir nicht zu rütteln brauchen.«

»Von mir aus die Albertina«, sagte Cheng, verabschiedete sich von Dr. Hantschk, dem er versprach, in der Gerichtsmedizin vorbeisehen zu wollen. Auf ein Glas Weißwein. Hantschk war für seinen Weißwein berühmt. Nicht eigentlich für den Wein. Aber dafür, ihn auszuschenken.

Sodann reichte Cheng auch Straka die Hand und sagte: »Passen Sie bitte auf, wenn Sie sich mit Frau Gemini beschäftigen. Möglicherweise ist sie eine von diesen … Na, Sie wissen ja, welche Art von Frauen in der Regel durch mein Leben geistern.«

»Oh Gott!« Straka verstand.

VII

Zuspitzungen

Die Übereinstimmung, Harmonie, von Gedanke und
Wirklichkeit liegt darin, daß, wenn ich fälschlich sage, etwas
sei *rot*, es doch immerhin nicht *rot* ist. Und wenn ich jemandem
das Wort »rot« im Satze »Das ist nicht rot« erklären will,
ich dazu auf etwas Rotes zeige.

PHILOSOPHISCHE UNTERSUCHUNGEN, LUDWIG WITTGENSTEIN

25
Diktatur und Rache

»Das ist keine Kunst«, sagte Cheng und blieb vor dem Tisch stehen, an dem Straka bereits seit einigen Minuten saß.

»Wie meinen Sie das?« fragte der Kriminalist und sah sich verwirrt um.

Nun, Cheng meinte damit dieses ganze Albertina-Restaurant in seiner polierten Belanglosigkeit. Schick und modern im schwächsten Sinne dieser Worte. Einer von den Plätzen, an denen selbst einem ordentlichen Menschen die Reinlichkeit auf die Nerven fallen konnte, da diese Reinlichkeit praktisch alleine dastand, so wie uns ja auch ein Mensch wenig bedeutet, der nichts anderes als sauber ist. Und nur noch übertroffen beziehungsweise unterboten wird von einem Menschen, der sich damit begnügt, nichts anderes als verdreckt zu sein.

Das Albertina-Restaurant hob sich somit bloß von jenen Lokalitäten ab, die ausschließlich aus verschmutzten Böden, fleckigen Tellern und Kellnern mit Alkoholfahnen bestanden. Fand Cheng.

Da es nun aber sinnvoll war, die Absenz jeglicher Kunst dadurch zu beschreiben, daß man mitteilte, was man überhaupt unter Kunst verstand, erklärte Cheng, daß er jetzt sehr viel lieber im Wirtshaus des Herrn Stefan wäre.

»Was denn? Sie halten das *Adlerhof* für Kunst?« staunte Straka. »Verstehe ich Sie richtig, Cheng?«

»Exakt. Man muß genau hinsehen. Selbst noch die Tische aus Resopal und die Fotos der Fußballmannschaften an den Wänden sind Ausdruck von Kunst. Sie entspringen einem Einfall und besetzen genau den Platz, der ihnen zusteht. Nicht zuviel davon und auch nicht zuwenig. Das ist der eigentliche Sinn der Kunst. Einen freien Platz zu finden. Hier aber, in diesem sogenannten Museumsrestaurant, ist von Kunst keine Spur. Nirgends ein Einfall zu sehen, nicht einmal ein schlechter.«

»Na ja«, hob Straka seine Augenbrauen an, »wir sind zum Essen hier, nicht wahr? Dazu muß man nicht in einem Kunstwerk sitzen. Außerdem…ich war gestern noch in der Wirtsstube von diesem Ungarn…Also, ich weiß nicht recht.«

»Ein heiliger Ort.«

»Sie machen Witze«, meinte Straka und forderte Cheng auf, endlich Platz zu nehmen. So schlimm würde es schon nicht werden. Zudem passe er, Cheng, tipptopp wie er sei, sehr viel besser an diesen Platz als zur verstaubten Atmosphäre des *Adlerhofs*.

»Daß Sie das finden, kränkt mich.«

»Es war aber als Kompliment gemeint.«

»Ich nehme den Wunsch für die Wirkung«, sagte Cheng und setzte sich in einer Weise, als fürchte er, sich zu vergiften. Oder zumindest seinen Anzug zu vergiften. Was ja für Cheng eigentlich das Schlimmere gewesen wäre. Der Anzug war seine wirkliche Haut. So wie der *Adlerhof* die wirkliche Haut des Herrn Stefan bedeutete.

»Wo ist eigentlich Ihr Hund?« fragte Straka. »Ich habe gehofft, dem Todgeglaubten zu begegnen.«

»Zu kalt für ihn, der Tag«, antwortete Cheng. »Mein Quartiergeber gibt auf ihn acht.«

Straka winkte einem Kellner, der schnurstracks angerannt kam. Offensichtlich wußte er, wer Straka war. Ein angerannter Wiener Kellner ist stets Zeichen irgendeiner Verbundenheit oder intimen Kenntnis. Oder größter Furcht.

»Trinken wir Wein?« fragte Straka.

»Nein danke«, sagte Cheng. »In solchen Lokalen trinke ich nie Wein, weil in solchen Lokalen der Wein prinzipiell zu warm serviert wird. Nicht mit Absicht, natürlich nicht, sondern aus Ignoranz. Weil die Weine neben der Geschirrspülmaschine gelagert werden, was weiß ich. Nein, ich möchte ein Mineralwasser.«

Straka bestellte Mineralwasser für Cheng und einen Merlot für sich. Nachdem der Wein gekommen war und Straka daran genippt hatte, wog er seinen Kopf hin und her und kräuselte seine Lippen.

»Zu warm, habe ich recht?« erkundigte sich Cheng.

»Zu warm«, bestätigte Straka.

»Wäre im *Adlerhof* nicht passiert.«

»Nächstes Mal treffen wir uns dort«, versprach der Oberstleutnant. »Jetzt aber zum Thema. Der Junge ist nach Hause gekommen.«

»Carl?«

»Ja. Wie ich angekündigt habe. Um sieben in der Früh ist er aufgetaucht. Zusammen mit einem Mädchen, ein wenig älter als er. Ich habe mir die beiden bereits vorgeknöpft. Aus dem Bub freilich war nicht viel herauszubekommen ... Apropos, kein Mensch hat mir gesagt, daß ... na ja, daß er behindert ist. Eine kleine Anmerkung, lieber Cheng, wäre ganz hilfreich gewesen.«

»Merkwürdig«, meinte Cheng, »daß ich ganz darauf vergessen habe, es zu erwähnen. Aber unterschätzen Sie den Jungen nicht. Ein Kartäuser. Ein wacher Geist.«

»Ein wacher Geist in einer kranken Hülle«, ergänzte Straka. »Jedenfalls war es um einiges leichter, mit dem Mädchen zu sprechen. Handelt sich um ein Straßenkind. Die übliche Karriere in Erziehungsheimen. Intelligentes Mädchen. Nennt sich Qom.«

»Qom?«

»Ist Klingonisch, wie sie mir erklärt hat. Allerdings hat sie mir nicht verraten, ob der Name eine Bedeutung hat. Eine, die man vielleicht besser kennen sollte. Jedenfalls läuft unser Fräulein Qom mit einer dressierten Amsel herum. Das war mir neu, daß so was bei Amseln funktioniert. Der Vogel hockt tatsächlich auf ihrer Schulter, fliegt auch mal weg, kommt zurück, setzt sich auf den Tischrand, auf die Hand, die Schulter, und tut so, als hätte er eine Menge zu erzählen. Ein bißchen nervig mitunter. Der Vogel mag es nicht, wenn man sich mit seinem Frauchen unterhält.«

»Amseln tendieren zur Eifersucht, das ist bekannt«, sagte Cheng, als wüßte er das wirklich.

»Was Sie nicht sagen.«

»Hat der Vogel einen Namen?« fragte Cheng, während er die Speisekarte überflog, so wie man Krisengebiete überfliegt.

»Bruno«, sagte Straka. »Der Vogel heißt Bruno.«

Cheng war verblüfft. Wie kam jemand, der sich selbst dramatischerweise einen klingonischen Namen gab, dazu, seinen Vogel ganz einfach Bruno zu nennen? Anstatt etwa King Lear oder Humphrey oder General Sowieso.

Straka erklärte, daß das Fräulein Qom ebenfalls zu einer Gruppe illegitimer Kartäuser gehöre. Weltlicher Nonnen sozusagen. Und daß also der Taufname der Amsel an den Gründer der Kartäuser, den heiligen Bruno, erinnere. Was ja dramatisch genug sei, eine Amsel nach einem Ordensstifter und Heiligen zu benennen.

»Ja, so betrachtet schon«, nickte Cheng. »Allerdings laufen oder fliegen mir eine Spur zu viele Kartäuser herum. Man könnte meinen, eine Verschwörung sei im Gange. Eine Revolution, die sich auf leisen Sohlen nähert.«

Straka lachte. Dann bestellte er Fisch. Cheng hingegen einen Salat, das kleinste Übel wählend.

»Carl und Qom«, erzählte Straka, »kennen sich schon länger. Nicht, daß da etwas wäre. Ihre Beziehung ist die zwischen einer Nonne und einem Mönch. Alles überaus korrekt und gottgefällig. Wie mir das Mädchen versichert hat.«

»Und letzte Nacht?«

»Die kleine Qom hat so eine Stelle, wo man sie finden kann. Matzleinsdorfer Platz, Unterführung. Carl ist dort aus einem Wagen gestiegen. Smolek hat ihn begleitet und sich eine Weile mit dem Mädchen unterhalten.«

»Nannte er seinen Namen?«

»Das nicht. Hat nur gesagt, er sei ein Freund der Familie und hätte Carl unterwegs aufgegabelt. Anna Gemini sei aber nirgends zu erreichen, weshalb er Carl hierher, zu ihr, Qom, bringe. Er habe von ihr gehört und wisse also, daß man sich auf sie verlassen könne.«

»Sieh an«, meinte Cheng. »Smolek als Kuppler.«

»Wie gesagt, das scheint eine platonische Geschichte zu sein. Was natürlich nichts heißt. Im Platonischen liegt ein Hund begraben. Aber darum geht es jetzt auch gar nicht. Entscheidend ist etwas anderes, und ich muß gestehen, daß es mir einigen Kummer bereitet. Wenn nämlich die Angaben von dem Qom-Mädel stimmen, und davon gehe ich aus, dann paßt etwas ganz und gar nicht zusammen. Es war nämlich ziemlich spät, als Carl und Smolek auf das Mädchen trafen. Etwa der Zeitpunkt, als Sie, mein lieber Cheng – Sie und Frau Gemini und dieser Kompositeur –, soeben die Leiche Smoleks entdeckten.«

»Was?«

»Wie ich sagte. Als Smolek bereits tot war, in der Burggasse tot war, scheint er überaus lebendig in der Unterführung des Matzleinsdorfer Platzes gestanden zu haben.«

»Nicht Ihr Ernst?«

»Leider schon. Dazu kommt, daß Hantschk vermutet, daß die Tatzeit auf den frühen Abend fällt. Noch vor dem Konzert.«

»Ja, das wäre dann doch verwirrend«, sagte Cheng. »Wie sicher ist aber, daß das Mädchen sich nicht irrt? Für diese jungen Leute sieht *ein* mausgrauer Mann aus wie der andere mausgraue.«

»Nach der Beschreibung von unserem Fräulein Qom dürfte es eigentlich keinen Zweifel geben, daß sie mit Kurt Smolek gesprochen hat. Ich muß leider sagen, daß ich einiges von ihrer Aussage halte. Das Mädchen ist tough. Kein bißchen wirr im Kopf. Nichts mit Drogen oder Alkohol. Nur viel Metall in der Haut. Davon scheint sie aber nicht blöd geworden zu sein.«

»Und Carl? Sagt er was?«

»Bisher nicht. Jetzt schläft er mal. Wir werden ja sehen.«

»Das wäre natürlich dumm, wenn das stimmt«, sagte Cheng. »Duplizitäten sind immer dumm. Man muß sich dabei nämlich fragen, ob etwas doppelt besteht oder man es nur doppelt sieht.«

»Von einem Zwillingsbruder ist nichts bekannt«, sagte Straka. »Wobei man das natürlich kennt. Geschichten über Zwillingsbrüder bleiben zunächst immer im dunkeln. Um aus dem Dunkel heraus zuzuschlagen. Zumindest im Film.«

»Wir sind aber nicht im Film.«

»Richtig«, sagte Straka. »Und dabei bleiben wir. Kein Zwillingsbruder also.«

»Aber vielleicht ein Doppelgänger«, schlug Cheng vor.

»Ein Doppelgänger, der sein Vorbild mit 4711 ersäuft?«

»Warum nicht? Eine gewaltsame Loslösung von der geliebten, gehaßten Schablone.«

320

»Das klingt jetzt wieder sehr nach Fernsehen«, fand Straka.

»Auf 4711 ist aber noch keiner gekommen.«

»Ja, das wäre dann immerhin etwas Neues. Aber im Ernst, Cheng. Doppelgänger klingt für mich genauso schlecht wie Zwillingsbruder.«

»Sie haben recht«, sagte Cheng und meinte, daß es sich ohnehin um einen Irrtum handeln müsse. »Ich glaube nicht, daß man sich darauf verlassen kann, was Klingonen so behaupten.«

»Klingonen als Kartäuser«, erinnerte Straka. »Das ist etwas anderes.«

»Was hat denn Frau Gemini dazu gesagt?« fragte Cheng. »Sie haben sich doch mit ihr unterhalten, oder?«

»Ach die, die zuckt mit den Achseln. Das scheint so eine Spezialität von ihr zu sein. Wir müssen uns noch was überlegen, wie wir diese Achselzuckerei überwinden und die Frau einmal festnageln können. Übrigens habe ich mir auch Ihre Frau Reti angesehen.«

»Und was spricht sie?«

»Gar nichts spricht sie. Sie schweigt. Ich mußte mit einer der Pflegerinnen vorlieb nehmen. Übrigens haben Sie vergessen mir zu sagen, daß Mascha Reti die Großmutter von Janotas übergeschnappter Ehefrau ist.«

»Ich habe es nicht vergessen, ich habe es nicht gesagt.«

»Noch schlimmer«, sagte Straka mit einem Grinsen, das aussah, als stamme es von einer Fieberblase ab. »Die Pflegerin hat behauptet, daß Frau Reti längst nicht mehr in der Lage sei, einen Überblick zu bewahren. Und schon gar nicht, irgend jemand mit irgendwas zu beauftragen«

»Vermutlich simuliert Frau Reti.«

»Ich weiß nicht, Cheng, sie hat auf mich einen weltfernen und hilflosen Eindruck gemacht. Nein, ich frage mich wirklich, warum Sie wollten, daß ich mir diese arme Frau ansehe.«

»Der Bezug zu Janota ist doch nicht ganz uninteressant.«

»Aber ich würde seine Bedeutung gerne begreifen«, wünschte sich Straka. »Was haben die Gemini und der Janota miteinander zu schaffen? Ich habe die beiden heute vormittag erlebt. Also ein Liebespaar, glaube ich, sind die zwei nicht. Zumindest nicht so, wie man sich das üblicherweise vorstellt.«

»Die Liebe geht manchmal komische Umwege.«

»Wer von den beiden«, fragte Straka, mit einem Mal um Deutlichkeit bemüht, »ist in die Ermordung Gudes verstrickt?«

Günstigerweise – günstig für Cheng, der nicht so recht wußte, wieviel von seinem Wissen er preisgeben wollte – erschien eine junge Frau am Tisch, keine fünfundzwanzig. Sie setzte sich neben Straka, gab ihm einen Kuß auf die Wange und reichte Cheng die Hand.

»Meine Frau«, stellte Straka sie vor.

Nicht, daß es Straka peinlich war. Andererseits hätte er Cheng gerne darauf vorbereitet gehabt. Aber offensichtlich war Frau Straka – die neue Frau Straka – zwischen zwei Terminen in der Innenstadt eher zufällig in die Albertina gelangt.

Was bedeutet das eigentlich: eher zufällig?

Jedenfalls hatte die junge Frau, wie sie jetzt bekannte, nur kurz Zeit. Irgendein Mensch von IBM erwarte sie. Ein schrecklicher Kerl, aber guter Kunde.

»Ich wollte Sie unbedingt einmal gesehen haben«, sagte sie zu Cheng, als wäre er eine Berühmtheit. Was er freilich nicht war. Keine Berühmtheit, aber ein Rätsel. Ein gutaussehendes Rätsel, wie auch die junge Frau Straka fand.

Sie sagte ein paar Dinge über Kopenhagen, wo sie früher einmal gewesen war.

»In Kindertagen also«, dachte sich Cheng. Was er dann aber sagte, war, daß er selbst sich in Kopenhagen kaum auskenne. Wobei dies für die Arbeit eines Detektivs auch nicht erforderlich sei. Die Routine eines Stadtführers oder Buslenkers wäre nur hinderlich. Ein Detektiv müsse sich treiben lassen.

»Wenn man denn soviel Zeit hat«, sagte Frau Straka, erhob sich und schenkte den beiden Männern ein Lächeln, wie es nur jene Menschen besitzen, die trotz ihres Gehetztseins mit größter Wahrscheinlichkeit noch weit mehr als die Hälfte des Lebens vor sich haben. Das Lächeln der Jugend besitzt gewissermaßen den Raum, sich zu strecken. Während das Lächeln der Älteren stets gegen eins von diesen heranrückenden Schleusentoren prallt. Wie großartig und vital man sich auch fühlen mag. Wobei weder Straka noch Cheng – perfekter Anzug hin oder her – sich großartig und vital fühlten.

Nachdem die neue Frau des Oberstleutnants gegangen war, ergab sich eine kleine Pause zwischen den beiden Männern. Ein jeder dachte nach. Nicht über das Essen. Dennoch standen am Ende dieser Pause die Mahlzeiten auf dem Tisch. Fisch für Straka. Salat für Cheng.

»Ich hatte keine Ahnung«, sagte Cheng.

»Ja. Ich habe mich vor einem Jahr scheiden lassen. Sie werden jetzt wahrscheinlich denken...«

»Also bitte, Sie sind mir keine Rechenschaft schuldig.«

»Natürlich nicht«, sagte Straka. »Aber ich erkläre es gerne. Ihnen ganz besonders. Ich weiß ja ganz gut, wie alt ich bin und wie jung diese Frau. Und daß die meisten Leute sich denken, hat der alte Depp das nötig. Ja, sage ich, das hat er. Aber die Gründe sind andere, als man vermuten mag. Ich glaube sogar, daß das meistens der Fall ist, wenn ältere Männer ihre älteren Frauen verlassen und sich eine Junge nehmen. Das hat gar nicht so sehr mit Eitelkeit und zweitem Frühling zu tun, sondern einfach mit Rache. Man rächt sich an der blöden, alten Funzen, mit der man ein halbes Leben verbracht hat. Man nimmt sich eine junge Frau, nicht, weil man das für richtig und geeignet hält, schon gar nicht, weil man ernsthaft an das Glück einer solchen Beziehung glaubt, sondern in erster Linie, um jene Person zu ärgern, die man so viele Jahre hat aushalten müssen. Alte Frauen hassen junge Frauen. Darum wählt sich ein Mann eine Junge, wenn er denn wählen kann. So einfach ist das.«

»Na, es ist doch auch ganz nett, in ein glattes Gesicht zu sehen, eine glatte Haut anzufassen.«

»Keineswegs. Auf diese Weise wird man nur an die eigene Dürftigkeit erinnert. Wenn ich Nina berühre, fällt mir ein, wo ich stehe. Am Ende. Das ist kein gutes Gefühl. Aber ich nehme es gerne in Kauf dafür, mir den grenzenlosen Ärger meiner ersten Frau vorstellen zu dürfen.«

»Meine Güte. Sie muß ein Monster gewesen sein. Wie heißt sie doch gleich?«

»Luise. Und sie *ist* ein Monster. Allerdings kann sie mir nichts mehr anhaben. So eine Scheidung ist eine gute Einrichtung. Jedenfalls besser, als jemand umzubringen und dafür im Gefängnis zu landen. Was die einzige Alternative gewesen wäre.«

»Ich kann mich erinnern, Ihre Frau zwei- oder dreimal gesehen zu haben. Ich hatte eigentlich nicht den Eindruck...«

»Natürlich nicht. Das hat die Sache ja so unerträglich gemacht. Daß ein Mensch sich nach außen hin freundlich gibt, scheißfreundlich. Verträglich wie selten jemand. Kaum aber ist man wieder in den eigenen vier Wänden und kein Fremder sieht einem zu, verfällt dieselbe Person in einen perfekten Wahnsinn. Einen gewollten Wahnsinn. Übt nur noch Terror aus.

Fragen Sie meine Tochter. Sie hat das erlebt. Sie hat erlebt, wie Luise vor der Welt die engagierte Mutter markierte, in Wirklichkeit aber absolut nichts anderes getan hat, als ihrer Trägheit zu frönen, ihren Launen und ihrem absoluten Terror-bedürfnis.

Bei jeder Elternveranstaltung war sie zugegen, überall hat sie über die tiefe Befriedigung gesprochen, neben ihrer Tätigkeit als Kinderbuchautorin eine ganz normale Hausfrau und Mutter zu sein. Was für ein Schwindel! Zu Hause nämlich... nichts.

Ich schwöre Ihnen, die gute Luise hat in dreißig Jahren kein einziges Mal den Küchenherd berührt. Und weil sie nichts gekocht hat, brauchte sie auch nicht abzuwaschen. Das entsprach nämlich ihrer Logik, daß die Verpflichtung, eine Arbeit zu erledigen, nur daraus resultiere, sich zuvor auf eine andere Arbeit eingelassen zu haben. Wer nicht kocht, braucht nicht zu spülen. Wer keine Kleider wäscht, braucht auch keine nasse Wäsche aufzuhängen. Wer die Scheiben zum Balkon nicht putzt, braucht auch den Balkon nicht zu putzen. Wer das Kind nicht ins Bett bringt, braucht es in der Früh auch nicht zu wecken. Und so weiter. Was noch angegangen wäre, hätte Luise nicht auf gewaschene Wäsche und geputzte Scheiben bestanden. Und darauf, daß ich als Mann mich gefälligst um das Kind kümmere. Wenn ich schon sonst nichts zu tun hätte, als dummen, kleinen Verbrechern hinterherzurennen. Während sie ja ihre Kinderbücher schrieb. Nichts gegen Kinderbücher. Aber ich habe mich oft gefragt, wie das möglich ist, daß jemand wie Luise sich die Frechheit erlaubt, Bücher für Kinder zu schreiben. Als verfasse ein Jäger Bücher für Hasen, ein Magersüchtiger einen Lokalführer.«

»Das kommt vor. Man muß nicht lieben können, um einen Liebesroman zu schreiben.«

»Scheint so. Jedenfalls hat man Luise alles abgenommen, was sie wollte, daß man ihr abnimmt. Eine prächtige Mutter zu sein, bereit, sich in jegliche pädagogische Diskussion zu mischen, andere Mütter zu beraten, Krabbelgruppen zu organisieren, später Kindergartenfeste, noch später Schulveranstaltungen, und so weiter. Kam sie nach Hause, war sie natürlich fix und fertig von der ganzen Organisiererei. Unmöglich, etwas von ihr zu verlangen. Dabei hat sie aber auch in den eigenen vier Wänden noch ihre Vorträge gehalten. Als unsere Kleine noch ein Baby war, ging es dauernd ums Windelwechseln, wie wichtig es sei, sich genügend Zeit dafür zu nehmen, in ein zärtliches Verhältnis zum Kind einzutreten, eine Massage vorzunehmen, Blickkontakt herzustellen, Ruhe, Geborgenheit und Wärme zu vermitteln, und eben jene Hektik zu vermeiden, die das bißchen Kot bei den meisten Menschen auslöst.«

»Das sagt sich so«, meinte Cheng, der immerhin die Windeln seines Hundes wechselte. Einarmig, nicht zu vergessen.

»Ja, das sagt sich so«, bestätigte Straka. »Wenn dann aber der Gestank sich auszubreiten begann, war von Luise nichts zu sehen. Sie hatte eine spezielle Gabe, sich genau dann in Luft aufzulösen, unaufschiebbare Telefonate zu führen, die Wohnung zu verlassen oder – einfachste Lösung – aufs Klo zu flüchten. Gleichzeitig war sie nie darum verlegen, mir vorzuwerfen, ich sei beim Windelwechseln viel zu rasch, geradezu gefühllos, und würde damit mich selbst, wie auch das Kind, um ein tiefes Einverständnis bringen. Nun, da hat sie recht gehabt, einverstanden war ich nie.«

»Das klingt jetzt aber«, meinte Cheng, »als seien in Wirklichkeit *Sie* es gewesen, der das Kind aufgezogen hat?«

»Das kann man wohl sagen. Zusammen mit meiner Mutter und meiner Schwiegermutter, die das alles stillschweigend hingenommen haben. Die beiden Frauen taten, was sie für ihre Pflicht hielten. Luises Arbeit erledigen. Von dem Moment an, da Luise schwanger wurde. So ist das. Es gibt Frauen, die mit dem Beginn ihrer Schwangerschaft eine Diktatur errichten.«

»Wie? Sie meinen, die Diktatur resultiere aus der Schwanger-schaft.«

»Schwangere Frauen erkennen augenblicklich ihre Macht. Mit Macht kann man freilich so oder so umgehen.«

»Wie alt ist Ihre Tochter jetzt?« fragte Cheng, während er die gedünsteten Champignons auf seinem Salat feindselig be-trachtete.

»Zwei Jahre älter als meine jetzige Frau. Die beiden verstehen sich. Und das ist überhaupt das Beste. Denn Luise hat gedacht, sie könnte die unbedingte Loyalität ihrer Tochter einfordern. Aber da lag sie völlig falsch. Was mir eine Höllenfreude berei-tet. Gott, ich geniere mich, aber es tut nun mal gut, mir Luises Wut vorzustellen. Mir ihre hysterischen Anfälle auszumalen, die jetzt ein anderer zu spüren bekommt.«

»Weiß Ihre neue Frau über all das Bescheid?«

»Das tut sie. Und wie es scheint, kann sie damit leben. Wenn-gleich ich nicht beurteilen kann, was genau sie vorhat.«

»Muß sie denn etwas vorhaben?« fragte Cheng und verteilte gleich einem eßunwilligen Kind die Pilze entlang des Teller-rands.

»Entgegen dümmlicher Vorurteile oder auch absichtlich her-beigeführter Irrtümer«, referierte Straka, »sind Frauen keine Bauchmenschen, sondern Kopfmenschen. Planende Charaktere. Viel eher Technokraten als die technokratischen Hampelmän-ner es je sein werden. *Das*, Cheng, müßten Sie selbst am besten wissen. Frauen sind modern. Auch wenn sie auf sensibel machen, wissen sie, warum und wozu. Darin steckt eine voll-kommen andere Qualität. Wir Männer mögen als die Handeln-den dastehen, oder sagen wir, das Handeln mutet männlich an. Aber dieses Handeln entspricht dem Auffangen eines Tellers, den jemand anderer geworfen hat. Verstehen Sie? Es ist wie auf einem Witzbild: Frauen werfen Teller, und Männer versuchen, die Teller aufzufangen. Jetzt frage ich Sie: Wer ist hier der wirk-lich Handelnde?«

»Ihre Rache«, wandte Cheng ein, »scheint Ihnen aber trotz-dem ganz gut gelungen zu sein.«

»Dafür werde ich bezahlen müssen«, prophezeite Straka.

»Sie sprechen von Nina.«

Straka nickte, wobei sein Nicken quasi auf die gedünstete Schuppenhaut des Fisches fiel, dem er sich nun mit filetierender Hingabe widmete. Ohne jedoch zu vergessen, welche Frage er Cheng gestellt hatte, bevor Nina hereingeschneit war und das Gespräch unterbrochen hatte.

»Also Cheng, wie ist das mit Janota und Gemini und dem toten Herrn Gude. Können Sie mir etwas dazu sagen? Mit gutem Gewissen. Sie wissen ja, wie sehr ich Ihre Zurückhaltung respektiere. Immer respektiert habe. Aber hin und wieder muß ich halt auch nachfragen.«

»Heikle Sache«, sagte Cheng im Ton des Unglücklichen. »Aber wir müssen natürlich weiterkommen. Sie und ich. Und ein Stück des Weges gemeinsam gehen.«

Erneut nickte der Oberstleutnant in seinen Fisch hinein und zog eine Kette weißer Gräten aus dem weißen Fleisch. Es sah aus, als beende er die Arbeit an einer Spurensicherung. Als habe er den Fisch entlarvt und gestellt. Einen freilich nur noch toten Fisch. Dann endlich führte er die Gabel an den Mund.

Cheng wiederum vergrößerte die Abstände zwischen den am Tellerrand verteilten Pilzen und erklärte nun, Kurt Smolek sei nicht nur für die Gemeinde Wien und jenen ausländischen Kunden – für den auch er, Cheng, arbeite – tätig gewesen, sondern habe zudem über viele Jahre die Vermittlung von Auftragsmorden übernommen.

Oberstleutnant Straka ließ seinen Fisch fallen, hob sein Gesicht an, das jetzt von einem offenen Mund dominiert wurde, und meinte: »Ein Scherz?«

»Kein Scherz. Allerdings gilt es nicht für die Gude-Geschichte«, schränkte Cheng ein. »Diesen Auftrag muß ein anderer vermittelt haben. Die Art der Ausführung jedoch ist Smolek bekannt vorgekommen. Hat ihn an jemand erinnert.«

»An wen?« fragte Straka.

»Das müssen Sie schon selbst herausfinden. Aber eins kann ich verraten, daß nämlich die betreffende Person keinesfalls Smolek ermordet hat. Zumindest nicht persönlich. Das ist auszuschließen. Absolut.«

»Danke. Wie ich mir dachte. Sie meinen Herrn Janota oder Frau Gemini. Mit denen Sie ja zusammen waren, als Smolek starb, und die also für seine Tötung nicht in Frage kommen. Durchaus aber für die Tötung Gudes.«

»Ihre Kombination ist Ihre Sache«, verkündete Cheng.

»Das haben Sie recht«, sagte Straka. Plötzlich, wie vom Schlag gerührt, ließ er sein Eßbesteck fallen. Er richtete sich in der Art eines hellhörig gewordenen Tieres auf und zog augenblicklich sein Handy aus der Brusttasche. »Entschuldigen Sie, Cheng. Ich muß nach draußen, telefonieren.«

»Tun Sie nur«, sagte der Detektiv, schob den Salat von sich weg und bestellte einen Cognac. Aus dem einfachen Grund, weil ein warm servierter Cognac – also ein von Geschirrspülerwärme temperierter Weinbrand – natürlich sehr viel weniger ein Problem darstellte.

Als Straka zurückkam, war er sichtlich zufrieden, aß seinen Fisch zu Ende, bestellte sich ebenfalls einen Cognac, zündete eine Zigarette an und sagte: »Die Frau im Museum, habe ich recht? Natürlich habe ich recht. Die Frau und das Kind, die man damals unkontrolliert aus dem Gebäude geführt hat. Und zwar auf Wunsch von Frau Gude.«

Cheng sagte kein Wort.

»Wissen Sie, Cheng, ich bin an der Untersuchung des Falles Gude nur indirekt beteiligt. Aber ich habe die Akten studiert. Und da war nun etwas, an das ich plötzlich denken mußte. An die Aussage eines Polizisten, er habe eine Frau und ihren behinderten Jungen aus der Albertina eskortiert. Und zwar genau durch den Raum, in dem wir jetzt sitzen. Was natürlich an und für sich eine Lappalie ist. Der Beamte hat sich vollkommen korrekt verhalten.«

»Wozu das Telefonat?«

»Ich wollte ihn sprechen, unseren freundlichen Polizisten. Nun, er konnte mir die Frau und ihr halbwüchsiges Kind beschreiben. So ungefähr. Jedenfalls hat es gereicht, zu begreifen, was sich da abgespielt hat.«

»Beweisen werden Sie's aber auch noch müssen. Und zwar nicht bloß den Umstand, daß Frau Gemini mit ihrem Sohn an diesem Tag in der Albertina war. Warum auch sollte sie das leugnen wollen?«

»Ja, das wird nicht leicht werden«, stimmte Straka zu. Dann

schüttelte er amüsiert den Kopf und meinte, es sei schon ein starkes Stück, sich diese Frau Gemini als eine Killerin vorzustellen. Freilich beantworte das nicht die Frage, warum der norwegische Botschafter in Dänemark nicht in Dänemark, sondern in Wien habe sterben müssen. Und wieso überhaupt. Und welche Rolle *Frau* Gude dabei zugefallen sei. Die Tatsache, daß Magda Gude auf Carl aufgepaßt und später veranlaßt habe, daß Anna Gemini ungehindert und ungeprüft das Gebäude verlassen konnte, könne vieles bedeuten. Vielleicht aber auch nur, wie absurd mancher Zufall ist.

»Ja«, sagte Cheng, »darauf wird es wohl hinauslaufen. Beweisen zu können, daß sich Anna Gemini und die Frau des Botschafters kannten. Daß zumindest eine Abmachung bestand, welche die beiden verbunden hat.«

»In dieser Hinsicht wären unsere Jobs verwandt, nicht wahr?«

»Bedingt. Sie müssen einem Gesetz zu seinem Recht verhelfen, welches vermeiden soll, daß jeder nach Lust und Laune Morde anordnet oder Morde begeht, unabhängig davon, wie gewinnend ein Täter und wie abstoßend ein Opfer mitunter sein mögen. Ich aber muß kein Gesetz vertreten. Nur meinen Kunden.«

»Unsinn, Cheng, Sie hatten schon immer das Herz eines Priesters, der sich um alles und jeden kümmert. Aber lassen wir das. Jedem sein Spielchen. – Begleiten Sie mich?«

»Wohin?«

»Zu Anna Gemini natürlich. Da wären jetzt einige Fragen zu stellen. Ich fände es gut, wenn Sie dabeisein könnten.«

»Keine Zeit«, sagte Cheng. »Da ist noch ein Termin, den ich einhalten muß.«

»Was für ein…?«

»Bitte!«

»Natürlich.« Straka hob entschuldigend seine Hände. Dann gab er dem Kellner ein Zeichen und beglich die Rechnung.

Die beiden Männer standen auf und bewegten sich synchron nach draußen. Zwei Spielfiguren, die gleichzeitig gezogen wurden.

Draußen wartete der Winter.

26
Was für ein Glück!

Clemens Armbrusters Arbeitstag ging zu Ende. Einer von diesen Tagen, die trotz Geschäftsabschlüssen das hinterließen, was gerne als bitterer Nachgeschmack bezeichnet wird.

Die Art Nachgeschmack, die man das erste Mal empfindet, wenn man eine fremde Hand berührt und sodann eine Erwiderung der eigenen Gefühle wahrnimmt. Das ist natürlich an und für sich genau das, was man sich als junger Mensch erhofft. Andererseits ergibt sich unwillkürlich jener bittere Nachgeschmack. Man entwickelt eine Ahnung, eine schlimme dazu.

Es gibt den Begriff des Bittersüßen, ausgehend von einer Pflanzenrinde, die zunächst bitter schmeckt, mit fortschreitendem Gekaue jedoch zum Süßlichen hin wechselt. Im Leben der Menschen hingegen ist es zumeist umgekehrt. Die Entwicklung vom Süßen zum Bitteren dominiert. Und dies merkt der jugendliche Gefühlsmensch, der da eine Hand in der seinen hält, vor Glück geradezu überschäumt, nichtsdestotrotz einen Stich verspürt, dieses Vorgefühl üblen Achselgeruchs oder eines unterbrochenen Koitus oder – vielleicht noch schlimmer – beendeten Koitus, diese Vorausschau maßloser Forderungen, endlosen Gejammers, umfassender Komplikation. Weshalb ja auch für die Dinge des Lebens, erst recht des Liebeslebens, der sprechende Name jenes Nachtschattengewächses mit bittersüßer Rinde so gar nicht paßt, nämlich *Jelängerjelieber*. Im Menschenleben hingegen drängt sich ein *Jekürzerjebesser* auf.

Doch was ist schon kurz im Menschenleben? Schon gar nicht ein Arbeitstag, der mit einer Menge schrecklicher Leute zugebracht werden muß. Leute, die einem Geschichten erzählen, die sie selbst nicht glauben, aber impertinenterweise meinen, die anderen müßten sie glauben. Geschichten von Werten, die nicht bestehen, und von Beständen, die nichts wert sind. Geschichten von Immobilien, die als traumhafte Palais beschrieben werden, obwohl eine jede Hundehütte mehr Charme besitzt. Geschichten von …

Aber natürlich: Alles geht vorbei. Auch Arbeitstage. Das ist so banal wie tröstlich.

Clemens Armbruster kam zu Hause an, hängte sein Jackett über einen metallenen Bügel und plazierte es in einem Schrank, der kein Schrank war, zumindest kaum als solcher auffiel, weil er einen Teil der Wand und damit des Flurs bildete. Eines Flurs, der außer diesem beinahe unsichtbaren Schrank so gut wie leer war, nur noch aus windbeutelgroßen, in den Plafond gefügten Leuchten bestand, die je einen Kreis von Licht auf das helle Parkett warfen. Dazu kam noch ein Stahlrohrsessel, auf den zu setzen sich nicht einmal die supercoolen Jungs der Reinigungsfirma wagten, die den Glanz des Bodens zu gewährleisten hatte. Obgleich dieser Glanz selbst bei schlechtestem Wetter nie wirklich in Gefahr stand. Clemens Armbruster zog es vor, seine Wohnung immer nur mit sauberem Schuhwerk zu betreten. Und achtete darauf, daß auch jeder andere danach handelte. Ohnehin waren es nur wenige Leute, die er zu sich einlud. Vor allem aber lebte er getrennt von seiner zweiten Frau, die sich jedoch weiterhin in Wien aufhielt. Statt etwa in der Hölle oder auf dem bitterkalten Pluto oder auf dem Grund des Meeres, wohin Armbruster sie gerne geschickt hätte.

Seine erste Frau hingegen, jene, mit der zusammen er eine elfjährige mongoloide Tochter hatte, war vor Jahren nach Neuseeland gezogen. Was viele gute Gründe hatte, Gründe, die Armbruster verstand. Und er zumindest in finanzieller Hinsicht seinen Teil beitrug, ja, seinen Teil finanziell ausstopfte, wenn er schon sonst außerstande gewesen war, mit der Krankheit des Kindes und der Not seiner Frau umzugehen. Etwas zu tun, das aus mehr als Ratlosigkeit bestand.

Die Ferne seines Kindes und seiner ersten Frau bekümmerten Armbruster, so wie ihn diese Ferne gleichzeitig erleichterte. Er war überzeugt, daß die beiden endlich in Sicherheit lebten, mit Strand und Strandhaus, mit Hunden und Katzen und freundlichen Nachbarn. Einer Sicherheit, wie sie in Österreich nie denkbar gewesen wäre. Selbst unter besten Bedingungen nicht. Fand Armbruster. Geradeso, als sei das prinzipielle Fehlen einer Meeresküste und damit eines Meeresstrandes und eines Strandhauses am Meer dazu angetan, ein erträgliches Leben für eine solche Frau und ein solches Kind unmöglich zu machen. Kein Glück ohne Meer.

Jedenfalls war Armbruster bemüht, diese neuseeländische Strandhausidylle zu erhalten, Banküberweisungen vorzunehmen und im übrigen jede Woche einen handgeschriebenen Brief abzusenden. Das mochte wenig sein, aber es geschah freiwillig, und wenn auch mit einem hohen Maß an Bequemlichkeit, so doch auch mit einem hohen Maß an Zuneigung.

Das war nun im Falle seiner zweiten Frau völlig anders. Freiwillig hätte Armbruster dieser Hexe, die glücklicherweise ihren Mädchennamen behalten hatte – Hiller, Lydia Hiller – nicht einmal ein Gartenhäuschen zugestanden, auch kein Häuschen von der Größe eines Schuhkartons. Von Banküberweisungen ganz zu schweigen. Und bezüglich eines Briefes, würde er sich geweigert haben, ihr auch nur eine halbe Briefmarke zu opfern. Nein, das einzige, was Armbruster zu finanzieren sich bereit erklärt hätte, wäre das Begräbnis von Lydia Hiller gewesen. Welche er übrigens nicht Lydia nannte, sondern Lyssa. Das ist griechisch und heißt Tollwut.

Allerdings war er nicht minder geneigt, sich einfach scheiden zu lassen. Das aber wollte Lydia nicht. Zumindest nicht, ohne zuvor im Stile einer Bestrafung abgesahnt zu haben. Und bestrafen wollte sie Clemens unbedingt. Immerhin hatte er sie aus jener Wohnung, deren Eingangsbereich aus einem leeren Flur, einem versteckten Schrank und einem wertvollen Stahlrohrsessel bestand, hinausgeworfen. Jawohl, hinausgeworfen. Gerade noch auf eine Weise, die gerichtlich nicht gegen Clemens Armbruster verwendet werden konnte. Denn ein Trottel war Armbruster ja nun wahrlich nicht.

Leider war aber auch Lydia Hiller kein Trottel und hatte sich einen Anwalt genommen, der – als er noch kein Anwalt gewesen war – von Armbruster aufs Kreuz gelegt worden war. Der Jurist zeigte nun keinen geringen Ehrgeiz, eine Einwilligung seiner Mandantin in die Scheidung nur unter Armbrusters Schmerzen zuzulassen. Weshalb sich die Sache in die Länge zog, da Armbruster wiederum sich weigerte, seine albatrosartige Villa auf Madagaskar einer Frau zu überschreiben, die er gelinde gesagt für böse und abartig und gemeingefährlich hielt.

Sie geheiratet zu haben, war mehr als ein Fehler und Irrtum gewesen. Armbruster war überzeugt, daß überirdische Mächte – an die er freilich bisher nicht geglaubt hatte – diese Vermählung und vor allem die Unterzeichnung eines fatalen Ehevertrages bewirkt hatten. Denn im krassen Gegensatz dazu, war er aus seiner ersten Ehe als jemand hervorgegangen, dem die Kontrolle geblieben war. Seine Großzügigkeit war eine selbstbestimmte. Niemand konnte ihn nötigen, die neuseeländische Strandhausidylle zu bezahlen. Er tat es, weil er es wollte. Weil er es für gut und richtig hielt und es sein Gewissen beruhigte. Bezüglich Lydia aber, nein Lyssa, gab es nichts außer ihrem Verschwinden, oder noch besser ihrer Vernichtung, was ihn beruhigt hätte.

Ein wenig war dies vergleichbar dem Verhältnis von Oberstleutnant Straka zu seiner ersten Frau, wobei der Haß zwischen Clemens und Lyssa nicht ganz so tief ging. Erstens, weil Kinder fehlten, um die man kämpfen konnte, bis aufs Blut, auch aufs Blut der Kinder, und zweitens, da Lyssa niemals etwas unternommen hatte, um nach außen hin anders dazustehen als in der Folterkammer familiärer Abgeschlossenheit. Sie war ein Aas und zeigte es auch. Immer und überall. Es schien für sie absolut keinen Wert zu besitzen, daß jemand sie irrtümlich für nett halten könnte.

So gesehen ersparte sich Clemens zumindest jene Wut, die Straka angesichts des grandiosen Mutter-Theaters seiner ersten Frau empfunden hatte. Andererseits bestand ein Unterschied natürlich auch darin, daß Strakas Ex-Frau eine katastrophale Niederlage hatte hinnehmen müssen, indem ihr Mann sich eine tödlich junge und auch noch ziemlich attraktive Frau angelacht hatte. Eine Frau, die nicht einmal Geld nötig hatte und der man keine wie immer geartete Hurerei vorwerfen konnte. Deren Jugend sich folglich durch so gut wie gar nichts schmälern oder dividieren oder zerstückeln ließ. Darum also die Erniedrigung der ehemaligen Frau Straka durch den Auftritt der neuen Frau Straka. Ein Aspekt – Jugend dominiert Alter –, dessen Wirksamkeit daher kam, daß nicht die neue Frau Straka an ihn glaubte, sondern die alte Frau Straka.

Lyssa Hiller hingegen hatte weder Probleme damit, zweiundvierzig Jahre zu zählen, noch wäre sie beeindruckt gewesen, wenn ihr Mann sich eine Liebhaberin gleich welchen Alters genommen hätte. Im Gegenteil. Ihre Karten punkto Abfindung wären so noch besser gewesen, als sie es ohnehin waren. Die Sache mit der Albatrosvilla entwickelte sich gut. Clemens würde dieses wunderbare Gebäude, diese Architekturnovität samt famosem Ausblick opfern müssen. Und einiges mehr. Lyssa würde ihn dafür bluten lassen, daß er sie – wie das eigentlich immer nur Männern erging – eines Abends aus der Wohnung geworfen hatte. Sodaß sie dann mit einem Koffer auf der Straße gestanden war und bei einer Freundin hatte unterkommen müssen. Darin bestand die Schmach, die es zu tilgen galt.

Clemens Armbruster verstaute also sein Jackett hinter der Flurwand, warf einen liebevollen Blick auf seinen museumsreifen Stahlrohrsessel und betrat den hohen Hauptraum seiner nüchtern eingerichteten Altbauwohnung, aus der er alles entfernt hatte, was von Lyssa im Laufe der Jahre herangekarrt worden war. Selbiges Zeug, englischer Landhausstil, auch Selbstbemaltes, lagerte jetzt in einem eigens angemieteten Magazin, sodaß viel freier Platz entstanden war, den Armbruster nicht wieder zugestellt hatte. Er genoß die Leere, weniger da dies einem zeitgenössischen Schick entsprach, sondern weil er nach einem Tag harter Arbeit einfach seine Ruhe haben wollte. Somit nicht weiter belästigt werden wollte von noch so gelungenen Gemälden und noch so formschönen Sofas. Statt dessen holte er sich eine Dose Bier aus der Küche, nahm in dem einzigen Sessel des Wohnzimmers Platz, einem in keiner Weise auffälligen schwarzen, von einer längst toten Katze zerkratzten Ledermöbel, griff nach einer Funksteuerung, die wie eine plattgewalzte Comicfigur in seiner Hand lag, und schaltete den Fernseher ein, auch dieser plattgewalzt, ein zu einer rechteckigen Fläche komprimierter Titan. Die Größe des Monitors entsprach der Leere des Raums, vergrößerte das Nichts und bebilderte es gleichzeitig.

Ein Werbeblock lief, der den Abendnachrichten vorgelagert war wie ein freundliches Märchen. Soviel auch über die Werbung geschimpft wurde, muß natürlich gesagt werden, daß das wenigstens eine gute Welt war, die sich hier offenbarte. Eine Welt, in der man noch lachte und liebte, und der Geschmack eines Joghurts oder der Anblick reiner Wäsche geeignet waren, den Tag zu versüßen. Die Werbung mochte ja voll von Lügen sein, voll von unerreichbaren Idealbildern, von faltenlosen Gesichtern und blitzblanken Karosserien, aber mal ehrlich, war es nicht eine Freude, diese Gesichter und diese Karosserien zu betrachten, die Eleganz etwa des Präsidenten eines Fußballvereins, den man ansonsten nur als debilen, völlig uneleganten, geradezu ungeschlachten Stotterer kannte, der aber, in eine Werbung eingebettet, den Eindruck eines schwebenden Prinzen vermittelte. Und welcher ja trotzdem der gleiche war, wenn schon nicht derselbe: vom Stotterer zur Fabelfigur.

In der Werbung herrschten die besseren Verhältnisse. Und man konnte also diesbezüglich sagen, daß nicht zu viel Werbung die Fernsehkanäle durchströmte, sondern viel zuwenig. Im Grunde hätte es umgekehrt sein sollen, und all die elendiglichen Talk-Shows und Blödelsendungen und Nachrichten und Sportübertragungen hätten als Pause zwischen den Werbeblöcken dienen müssen. Man hätte sich dann wenigstens keine Gedanken über den schlechten Einfluß des Fernsehens auf die Kinderpsyche machen müssen.

Nun, dies mochte in der fernen Welt des Herrn Apostolo Janota der Fall sein, nicht aber in der Wirklichkeit von Leuten, die zwar – nach Janotas Anschauung – längst tot waren, aber selbst *das noch* erst einmal hinter sich bringen mußten.

Armbruster hatte die Dose halb geleert, als die strahlende Welt der Werbung am Horizont eines dunklen Meers unterging und ein symphonisches Geplärr die Nachrichten vom Tage einläutete. Sprecher und Sprecherin kamen ins Bild, als hätte eine Kuh zwei herausgeputzte Kälbchen direkt in dieses Fernsehstudio hineingeboren. Die beiden Kälbchen lächelten großäugig, grüßten höflich mit langen Wimpern, wechselten dann aber zu einem Blick der Besorgnis.

Was war geschehen?

Nun, ein Haus war explodiert, und zwar nicht etwa in Gaza, Bagdad oder Jarkata, was ja keine besorgten Blicke gerechtfertigt hätte, sondern mitten in Wien. Wobei freilich ein Attentat so ziemlich ausgeschlossen werden konnte. Es handelte sich um ein simples Wohnhaus in einer simplen Gegend. Keine jüdische Einrichtung weit und breit. Auch sonst nichts. Sehr wahrscheinlich war Gas im Spiel. Eine lecke Leitung oder ein Selbstmord, der sich über das rein Persönliche hinaus entwickelt hatte. Das war nichts Neues. Gerade Selbstmörder erwiesen sich immer wieder als unvorbereitet und laienhaft, als wäre nicht gerade der Suizid ein Akt, welcher Bildung, Anstand und Übung voraussetzt.

Wie auch immer. Das Haus war vollständig eingestürzt und hatte Einwohner unter sich begraben. Erste Rettungsmannschaften waren eingetroffen, wenngleich, wie üblich, erst im Kielwasser erster Fernsehteams. Die Rasanz der Medien schien so gesetzmäßig wie die Schwerfälligkeit Erster Hilfe. Im übrigen hatten sich bereits mehrere wichtige Persönlichkeiten vor dem abgesperrten Trümmerhaufen versammelt, vom Bürgermeister abwärts. Interviews wurden gegeben, Vergleiche bemüht, Hoffnung gespendet. Und dann wurde – wahrscheinlich bereits zum zweiten oder dritten Mal – der Name der betroffenen Straße genannt, sowie auch die Nummer des Hauses.

Und jetzt horchte Armbruster endlich auf. Natürlich! Er kannte die Straße, kannte die Nummer. Und wie er sie kannte. Es handelte sich um das Haus, in das Lyssa vor einigen Monaten gezogen war, um die Zeit zu überbrücken, die es dauern würde, bis die Formalitäten ausgehandelt waren und sie in herrschaftliche Verhältnisse würde wechseln können.

Von dieser Wohnung aus hatte sie ihre Scheidungsattacke geritten. Diese Straße und diese Hausnummer waren für Clemens Armbruster der Ort gewesen, an dem seine kriegsführende Frau ihr Hauptquartier, ihre Kommandostelle errichtet hatte. Ihren Todesstern.

Und nun war dieser Todesstern im Zuge irgendeiner typischen oder untypischen Todessternkatastrophe in Schutt und Asche gelegt worden. Und Lyssa? Was war mit Lyssa? Der Berichterstatter vom Unglücksort konnte nicht sagen, wie viele Menschen vermißt wurden. Zwei Tote waren geborgen worden, eine Familie befand sich mit Sicherheit auf Urlaub, und ein alleinstehender

Pensionist war in der rettenden Hülle seines Stammwirtshauses geortet worden. Über den Rest der Bewohner jedoch herrschte Unklarheit. Da die Explosion gegen sieben Uhr abends erfolgt war, mußte das Schlimmste befürchtet werden. Fünf Stockwerke waren zur Gänze in sich zusammengebrochen.

Es gibt Gefühle, die man sich beim besten Willen nicht eingestehen kann, die man aber beim besten Willen auch nicht loszuwerden vermag.

Ein solches Gefühl klopfte bei Armbruster an. Ein Gefühl der Euphorie angesichts der Möglichkeit, daß unter diesem Schutt der leblose Körper seiner Frau lag und sich solcherart alles in der vornehmsten Weise erledigt hatte. Vornehm, weil ohne eigenes Handeln. Allein die günstigen Zugriffe des Schicksals zur Kenntnis nehmend.

Aber das Schicksal war natürlich, wie man so sagt, ein Schlawiner. Es läutete an der Türe, das Schicksal. Es läutete in praxi. Und somit auch die Person, die eine solche Glocke zu drücken imstande war.

Als Armbruster öffnete und Lyssa erblickte, zuckte er zusammen. Lyssa hingegen lächelte wie über einen gelungenen Trick ihrerseits und marschierte an ihrem Noch-Gatten vorbei in den Flur, schleuderte ihren Pelzmantel auf den Stahlrohrsessel, als werfe sie eine Perserkatze achtlos in den Müll, und wechselte sodann in den Wohnraum, wo sie sich eine Zigarette anzündete.

Armbruster beeilte sich, einen Aschenbecher herbeizutragen. Er kannte die Unart seiner Frau, Asche zu verstreuen, wenn denn kein Behälter in unmittelbarer Nähe plaziert war. Da konnte ein Parkettboden noch so flehend glänzen.

Lyssa Hiller war nicht einmal eine hübsche Frau. Eine Derbheit lag in ihrem Gesicht wie vergessenes Gemüse in einem Gefrierfach. Sie hatte eine auffallend gebogene Nase, kalte Augen und sprödes Haar. Dennoch imponierte diese Frau, eben, weil sie zwar ein erkennbar teures Kostüm trug, ihre Nase und ihr Haar jedoch ließ, wie sie waren. Als sei es lächerlich, Gott und der Natur zu widersprechen, indem man sich die Nase begradigen ließ. Gleich einem Kind, das zurückredet, ohne wirklich eine Ahnung von der Gefährlichkeit von Steckdosen und Küchengeräten zu besitzen.

Lyssa Hiller stand in der Mitte des Raums und rauchte. Armbruster zog ein Beistelltischchen herbei, auf das er den Aschenbecher setzte und darauf aufmerksam machte, daß sich in weniger als einer Armlänge Entfernung ein Gefäß zur Aufnahme der Asche und der Kippe befinde.

Lyssa betrachtete den Aschenbecher und sodann ihren Mann mit der gleichen Verachtung und fragte: »Schon gehört?«

Armbruster wies zum Fernseher hin, den er beim Erklingen der Türglocke mit der Eile eines ertappten Erotikers abgeschalten hatte, und bestätigte: »Schon gehört.«

»Ärgert dich, gell?« meinte Lyssa, in deren Lächeln bereits der Anflug willkommenen Fiebers steckte.

»Was denn?« fragte Armbruster. »Was soll mich ärgern?«

»Hör auf, dich zu verstellen. Du hast doch sicher gehofft, ich würde da unter den Ziegeln liegen. Zerquetscht wie eine Laus. Deshalb bin ich auch gleich vorbeigekommen, damit du dich gar nicht erst rekeln kannst in deiner warmen Hoffnung auf Erlösung.«

»Stimmt, Lyssa. Es wäre eine dumme Illusion, zu glauben, ich könnte von dir verschont bleiben.«

»Nenn mich nicht Lyssa, du Schwein! Würde mich nicht wundern, wenn du mit der Explosion was zu tun hast. Typisch für einen Makler. Wenn man legal nicht weiterkommt, dann halt so. Für euch Typen gibt's keine Verbrechen, nur Geschäfte.«

»Meine Güte!« verlor Armbruster seine bemühte Haltung. »Da liegen wahrscheinlich ein paar Dutzend Menschen unter den Trümmern, und du denkst...«

»Du hast recht. Zuviel Bösartigkeit darf ich dir auch nicht zutrauen. Das würde dir ja fast schon wieder ein Profil verleihen.«

»Wie du willst«, resignierte Armbruster und stierte auf die Zigarette, mit der Lyssa herumfächelte. Dann fragte er, ohne daß ein Hintergedanke im Spiel gewesen wäre, ob Lyssa...

»Nenn mich nicht Lyssa!«

...ob Lyssa bereits die Polizei darüber informiert habe, am Leben zu sein.

»Habe ich nicht, du Schwein«, sagte Lyssa, »ich war die letzte im Büro, als ich im Radio davon hörte. Und da wollte ich sofort zu dir. So wichtig war mir das, daß du mich so rasch als möglich lebend zu Gesicht bekommst. Ich sterbe dir nicht weg, mein Lieber, sicher nicht. Obwohl du dir jetzt wahrscheinlich überlegst, daß das eigentlich eine gute Gelegenheit wäre.«

»Was wäre eine gute Gelegenheit?« fragte Armbruster müde.

»Tu nicht so. Ich sehe doch, wie es in deinem Schweinehirn arbeitet. Ich bin direkt von der Arbeit hierher. Niemand hat mich gesehen. Na gut, mein Wagen steht vor der Türe. Aber was soll's? Wenn du mir jetzt den Schädel einschlägst und dann versuchst, mich irgendwie in diesen Schutthaufen hineinzubekommen, brauchst du ohnehin ein Auto für den Transport. Ein Auto, das du dann günstigerweise dort stehen lassen kannst, wo es auch hingehört.«

»Du bist verrückt. Nichts davon habe ich gedacht.«

»Gedacht sehr wohl«, insistierte Lyssa. Und fügte an: »Bloß fehlt dir der Schneid zu so was. Du bist wie diese Perversen, die sich am Telefon einen runterholen, aber das Schlottern kriegen, wenn sie einer Frau aus Fleisch und Blut gegenüberstehen.«

»Ich glaube nicht, daß ich schlottere«, sagte Armbruster ruhig. So ruhig er halt konnte.

»Na, jedenfalls wirst du mir nichts tun«, lachte Lyssa. Sie lachte wie einer dieser klappernden Kochtöpfe. Als sie fertig gelacht hatte, ergänzte sie: »Aber es spukt herum in deinem kleinen Schweineköpfchen. Es spukt ganz toll.«

»Nichts spukt«, sagte Armbruster. Und bis zu diesem Moment entsprach das auch der Wahrheit. Der Gedanke, Lyssa zu ermorden, war ihm in keiner Sekunde gekommen. Zudem hatte er die recht idealen Umstände übersehen. Wie denn auch, wenn er nicht an Mord dachte? Erst Lyssas rückhaltlose Offenlegung der Möglichkeiten, daß nämlich ein zertrümmerter Schädel nicht weiter auffiel, wenn man ihn zwischen den Überresten eines eingestürzten Hauses fand, verführte Armbruster nun dazu, eine solche Option zu bedenken. Obgleich das natürlich Wahnsinn war und dieser Wahnsinn bezeichnenderweise Lyssas Ideenwelt entstammte. Zudem stellte sich die Frage, wie es möglich sein sollte, eine Leiche in einen von Polizei und Feuerwehr abgeriegelten Katastrophenort hineinzuschmuggeln. Denn eine solche Leiche einfach verschwinden zu lassen, in der Hoffnung, die Polizei würde sich damit begnügen, einen der Verunglückten nicht gefunden zu haben, verbot sich als unsinnig.

Doch reizvoll war die Vorstellung durchaus zu nennen. Armbruster verspürte eine Erregung, wie man spürt, gestreichelt zu werden, ohne aber zu wissen, wer einen da streichelt. Ein Geist? Eine Fee? Ein Traum, der lebt?

»Wenn ich du wäre«, posaunte Lyssa, »würde ich keine Sekunde zögern.«

»Das sagt sich so leicht«, meinte Armbruster, »außerdem wüßte ich nicht einmal, womit ich dich erschlagen soll. In vergleichbaren Situationen steht irgendein Kerzenständer herum, oder ein Golfschläger, ein Pokal, was weiß ich, irgend so ein lächerliches, immer ein wenig englisch anmutendes Ding, das massiv genug ist…«

»Du hat ja alles Englische aus der Wohnung werfen müssen«, erinnerte Lyssa.

»Ich wollte nicht ersticken.«

»Papperlapapp, du kleinmütiger Arsch. Nimm doch den Aschenbecher«, sagte Lyssa und zeigte auf den tatsächlich einzigen Gegenstand im Raum, der die richtige Größe und Schwere besaß, um die Zertrümmerung eines Schädels ernsthaft in Betracht ziehen zu können. Sodann kehrte sie ihrem Mann den Rücken zu. Und indem sie dies tat, vergrößerte sich die Distanz zum Aschenbecher und damit die Möglichkeit, durch alleiniges Ausstrecken des Armes die Asche in die Schale aus Bleikristall zu befördern. Was Lyssa Hiller auch gar nicht erst versuchte, sondern mit beifälliger Geste die Asche ihrer zweiten Zigarette abklopfte und zu Boden fallen ließ.

Das war der Moment, da Lyssa einen Punkt überschritt. Ohne es zu ahnen, denn sie hatte diesen Punkt in weiter Ferne geglaubt. War überzeugt gewesen, den Parkettboden ihres Mannes straflos verunreinigen zu können und solcherart bloß das übliche Lamento herauszufordern, was für ein schrecklicher Mensch sie sei und daß er, Armbruster, lieber seine madagassische Albatrosvilla niederreißen lassen würde, als ihr das Haus zu überlassen.

Aber der Punkt war nun mal da. Und er wurde nicht zuletzt dadurch manifest, daß Armbruster neben dem Anspruch, seinen Parkettboden zu schützen, auch beschloß, die geliebte Albatrosvilla nicht nur nicht niederzureißen, sondern ebensowenig an Lyssa abtreten zu wollen. Weshalb also...

Armbruster griff nach dem Aschenbecher. Kalt und schwer. Kalt und schwer wie eine versteinerte Urschnecke.

Armbruster leerte die Asche und die eine zerdrückte Kippe auf die spiegelnde Fläche des Beistelltischchens. Dann hob er den geschliffenen Glasbrocken in die Höhe.

Hätte sich Lyssa jetzt umgedreht, Armbruster hätte augenblicklich den Aschenbecher abgesetzt und sein Handeln stotternd als Posse abgetan. Doch Lyssa, die Tollwütige, die so gar nicht tollwütig anmutete, drehte sich nun mal nicht um, sondern stand da, die Beine überkreuzt, rauchte und war restlos zufrieden mit sich.

Das war dann auch das Allerletzte, was sie in ihrem Leben spürte, diese Zufriedenheit. Diese völlig unangebrachte Zufriedenheit, wie gesagt werden muß. Was danach kam, hatte mit Spüren nichts mehr zu tun. Die Wucht des niedersausenden Aschenbechers führte mit dem ersten und letzten Einschlag zu einer erheblichen Fraktur, anders gesagt zu einem Loch, aus dem umgehend der Odem entwich. Lyssa Hiller war schneller tot, als sie denken konnte. Sie war schneller tot, als sie sich hätte träumen lassen.

Und auch als Armbruster es sich hätte träumen lassen. Er war erstaunt und erleichtert. Er hatte bisher stets vermutet, daß die Tötung eines Menschen erhebliche Arbeit verursachte, daß man gezwungen war, ewig lange zu würgen oder zu stechen oder zu schlagen, und sich ewig lange ein Jammern und Flehen anhören mußte. Und daß man dabei dreckig wurde, innerlich wie äußerlich, wobei die innerliche Verschmutzung dazu führte, daß man schlußendlich mit aller Verzweiflung, aber eben auch mit aller Brutalität den endgültigen Tod seines Gegenübers herbeiführte. Dreißig Messerstiche mußten nicht immer auf Raserei zurückzuführen sein, sondern konnten auch heißen, daß das Opfer selbst nach zwanzig Stichen noch zurückgeredet hatte.

Doch wie unkompliziert erwies sich diese eine Wirklichkeit. Die Tötung Lyssas war mit einer Einfachheit erfolgt, mit der man ein Gerät ausschaltet. Oder mit der man sagt *Der Herr hat's gegeben, der Herr hat's genommen.* Ein Schlag. Ein Loch. Perfektes Golf. Nicht mehr, nicht weniger.

Freilich war die Sache damit nicht erledigt. Im Gegenteil. So schnell der Tod auch eingetreten war, diese gewisse opulente Präsenz der Leiche würde sich nicht so einfach in Luft auflösen.

Als erstes nahm Armbruster seiner Frau – und seine Frau, seine Gattin würde sie nun bis in alle Ewigkeit bleiben –, nahm ihr also die Zigarette aus der Hand, die ja noch immer glimmte und die sich erstaunlicherweise noch immer zwischen den erstarrten Fingern befand. Zu überraschend war das Ende gekommen. Zu sehr war alles Körperliche und Geistige Lyssa Hillers auf den nächsten Zigarettenzug ausgerichtet gewesen.

Ein wenig pervers wirkte es schon, daß Clemens Armbruster nun die Kippe ausgerechnet in jenem Aschenbecher ausdrückte, mit dem er auch das Leben seiner größten Feindin ausgedrückt hatte. Aber so waren die Dinge nun mal. Alles und jedes hing miteinander zusammen. Hätte man nur genau genug hingesehen, nur lange genug nachgeforscht, hätte man diesen einen Aschenbecher mit einem jeden anderen Verbrechen in der Welt in Verbindung bringen können. Freilich reichte es, sich zunächst einmal auf dieses eine, augenscheinliche Delikt zu konzentrieren.

Eine Weile überlegte Clemens Armbruster, während er sein Opfer wie ein Möbel umschritt. Ein Möbel, das es anzupacken galt. All diese Sofas und Schränke und Kommoden und eben toten Frauen, die so zwischen fünfzig und siebzig Kilogramm wiegen.

Armbruster atmete tief durch, ging in die Knie, griff rechts und links unter die Achseln der Toten, hob den Körper an und beförderte ihn in den schwarzen Ledersessel. Glücklicherweise gehörte Lyssa zu den eher leichtgewichtigen Exemplaren ihrer Altersklasse. So betrachtet erwies sich ihre Kettenraucherei nun als ein großes Glück.

Weniger als Glück empfand Armbruster die Notwendigkeit, in ein enges körperliches Verhältnis zu dem Leichnam eintreten zu müssen. Aber anders ging es nun mal nicht. Er beugte sich vor, umfaßte die Hüften, drückte seinen Kopf seitlich gegen die Taille und schwang vor und zurück, sodaß mit einer Pendelbewegung Lyssas Oberkörper auf seine rechte Schulter fiel. In dieser Stellung stemmte Armbruster den Leib – der sich nicht steif anfühlte, sondern an die träge Masse nasser Wäsche erinnerte – in die Höhe, verbesserte noch ein wenig die Lage und begab sich sodann mit seiner Last in den Flur.

Da er nun weder imstande war, sein Ohr an die Wohnungstüre zu halten und nach einem Geräusch im Treppenhaus zu horchen, andererseits aber auch nicht ewig lange diese Leiche auf seiner Schulter lagern konnte, öffnete er ohne weitere Vorsicht die Türe und trat nach draußen.

Nun, es war um diese Uhrzeit kein Wunder, daß Armbruster ungehindert und ungesehen ins Freie gelangen konnte. Und da es sich um eine reine Wohngegend handelte, eine dieser vornehmen, ruhigen, gegen Weinberge gelehnten Straßen Wiens, und zudem die Dunkelheit unterstützend wirkte, schaffte es Armbruster, von niemand bemerkt, Lyssas Wagen zu entdecken, welcher typischerweise schräg aus einer Lücke herausstand. Sodaß allein dieser Wagen und seine playboyartige Parkierung sich eignete, von einem Zeugen später beschrieben zu werden.

Armbruster hatte nun alle Mühe, seine tote Frau auf der Motorhaube ihres kleinen französischen Sportwagens abzulegen, ohne dabei Lärm oder eine Delle in der Karosserie zu verursachen. Noch schlimmer war freilich die Einsicht, daß der Wagenschlüssel fehlte, ganz einfach, weil auch Lyssas Pelzmantel fehlte. Selbiger befand sich ja noch immer im Zustand achtlosen Hingeworfenseins auf jenem wertvollen Stahlrohrsessel. Es blieb Clemens Armbruster also gar nichts anderes übrig, als Lyssa auf der Motorhaube zu belassen und sich wieder zurück zum Haus und in die Wohnung zu begeben. Was er nun auch tat, sich einen Laufschritt untersagte und statt dessen mit erzwungener Ruhe das weiterhin leere Treppenhaus nach oben stieg. Immerhin durfte er feststellen, daß der Wagenschlüssel tatsächlich im Pelzmantel steckte.

Als er nun mit dem Nerz unterm Arm wieder nach unten ging, kam ihm eine der Nachbarinnen entgegen. Eine Frau Professor Sowieso. Armbruster fühlte sich außerstande, sie auseinanderzuhalten, all diese Professorenwitwen im Haus. Durchgehend Musikfanatikerinnen und naturgemäß schwerhörig.

Dem gelösten, freundlichen Blick nach zu urteilen, war es der Frau Professor erspart geblieben, einen unsauber geparkten, dubios dekorierten Sportwagen bemerkt zu haben. Sie grüßte Clemens Armbruster in gewohnter Weise. Ob ihr der Pelzmantel aufgefallen war, blieb unklar. Sie gehörte zu diesen sehr feinen, alten Damen, denen man zwischen Altersdemenz und hinterlistiger Allwissenheit so ziemlich alles zutrauen konnte. Mascha-Reti-Typen. Vielleicht lieb vertrottelt und völlig harmlos, möglicherweise aber äußerst gefährlich.

Wenigstens war die Straße noch immer menschenleer, als Armbruster den kleinen, flachen Citroën erreichte, den er Lyssa zur Hochzeit geschenkt hatte. Hinter den hohen Bäumen der Vorgärten und den hohen Scheiben der mehrstöckigen Villen flimmerten Fernsehgeräte und strahlten Luster. Ein leiser Wind sang. Das war es auch schon.

Armbruster öffnete die Wagentüre, hob Lyssa von der Motorhaube und beförderte sie auf den Nebensitz, was aussah, als stopfe er ein überdimensionales Stofftier in eine Waschmaschine. Nachdem er die Tote angegurtet und den Kopf mit einem Tuch an der Nackenstütze fixiert hatte, setzte er sich hinter das Steuer, startete den Wagen und lenkte ihn mit gemächlicher Fahrt aus der halben Parklücke heraus.

Soweit war alles sehr viel besser gelaufen, als zu hoffen gewesen war. Armbruster geriet in den abendlichen Verkehr, der sich von den ersten Flocken noch unberührt zeigte. Nach einer viertel Stunde erreichte er das untere Ende jener Straße, in der das explodierte Haus lag. Armbruster erkannte von fern das nervöse Geblinke diverser Blaulichter. Die zur Seite gedrängte Menschenmenge bildete einen vom Schnee angezuckerten Felsen. Feuerwehrleitern stachen in den erhellten Nachthimmel. Die Luft vibrierte vor Aufregung.

Bevor Armbruster an eine Absperrung geriet und einem Polizisten hätte auffallen können, bog er ab. Ein solcher Citroën, flach und schwarzweiß und rar, war alles andere als eine gute Tarnung. Armbruster suchte und fand einen Parkplatz, der in plausibler Nähe zu Lyssas Wohnhaus lag, freilich nicht so nahe, daß es ein leichtes gewesen wäre, den Leichnam an den Ort seiner Bestimmung zu transportieren.

Armbruster ließ Lyssa zunächst einmal im Wagen, um die Situation auszukundschaften. Welche sich als gar nicht so ungünstig erwies. Zwar lag der pyramidal aufsteigende Trümmerhaufen des zerstörten Eckhauses im gleißenden Schein zahlreicher Scheinwerfer, doch blieb eine der vier Seiten, und zwar genau jene, die der Hügelbildung wegen wenigstens teilweise eingeschattet war, von den Rettungsmaßnahmen ausgespart. Aus welchen Gründen auch immer. Jedenfalls arbeiteten sich die Hilfsmannschaften von zwei Seiten her durch den Schutt. Und zwar mit aller Vorsicht. Bagger und Kräne standen bereit, wurden aber nicht eingesetzt, da man den Einbruch eventuell lebensrettender Hohlräume befürchtete. Zur ehemaligen Vorderseite des Gebäudes hin hatte sich das Publikum versammelt, auch die Fernsehteams, sowie die erschütterte, aber nicht sprachlose städtische Politprominenz. Das Bellen der Hunde überlagerte jedes andere Geräusch.

Jene vom Schatten verdunkelte Seite war von einer einzigen kleinen Gasse zu erreichen, die mittels einer Polizeisperre abgeriegelt worden war. Einer Polizeisperre ohne Polizei, wie gesagt werden muß. Offensichtlich hielt man es nicht für notwendig, die brusthohe Barriere zu bewachen. Zu Recht, wie es schien. Denn kein einziger Passant stand vor diesem Gitter, das bereits fünfzig Meter vor dem eigentlichen Unglücksort installiert worden war. Auch blieben die Fenster der umliegenden Wohnhäuser verschlossen. Die Bilder im Fernsehen waren wohl die besseren. Heftiger Schneefall hatte eingesetzt und schränkte die natürliche Sicht deutlich ein.

Und genau darin lag Armbrusters Chance. In diesem Schneefall, der wie gerufen kam. Wie gewollt. Wie von einem Wettergott gesandt. Einem Meister des Schnees. Einem Weltenlenker, der Mörder schützte.

Jedenfalls wollte Armbruster den Schneefall, der nun eine diagonale, peitschenartig zuckende Formation gebildet hatte – ein Heer kleiner Messer –, unbedingt nutzen und lief zurück zu Lyssas Citroën. Auf dem Weg dorthin nahm er einen metallenen

Einkaufswagen, der herrenlos am Straßenrand stand. In diese Gitterkonstruktion beförderte Armbruster den toten Körper seiner Frau und deckte ihn mit einer Kunststoffplane ab, die er in einer Tonne gefunden hatte. Den Pelzmantel ließ er im Auto, vergaß aber nicht, nachdem er den Wagen abgesperrt hatte, die Schlüssel in eine von Lyssas Taschen zu schieben. Dann brachte er den Einkaufswagen in Schwung und bewegte ihn hinüber zur Absperrung. Die zwei, drei Leute, die ihm dabei begegneten, würden kaum ein Problem darstellen. Der Schnee verwandelte die Welt in ein unklares Bild, wie man es von defekten Fernsehgeräten, rotierenden Waschtrommeln, Propellern und Ventilatoren, von Kettenkarussells und von den winzig kleinen Handschriften weltabgewandter Denker kannte. Ein Flirren und Zittern und tausendfaches Gebrösel, als zerfalle der Himmel in Myriaden kleiner Teile. Und durch diese rauschende Interferenz hindurch, dirigierte Armbruster seinen beladenen Rollwagen durch eine Lücke zwischen Barriere und Häuserwand, schob ihn die übrigen fünfzig Meter zu einer weiteren Absperrung, deren Kunststoffband er bloß nach oben zu halten brauchte, und gelangte somit an den Rand des Unglücksortes, dort wo er im Schatten lag. Das Bellen der Hunde und die Rufe der Retter gingen im Toben des Winters unter, erst recht die Stimmen des Publikums. Das ferne Licht der Scheinwerfer verursachte einen Glanz, der außerirdisch anmutete. Armbruster fühlte sich wie auf dem Mond. Einem atmosphärenlosen Körper, auf dem es dennoch schneite.

Für Gefühle und Eindrücke und Widersprüche war freilich keine Zeit. Armbruster sattelte Lyssa über und stieg die ansteigende Fläche hoch. Unter seinen Schritten splitterte Glas.

Da es verräterisch gewesen wäre, Lyssa einfach irgendwo abzulegen, so, als hätte sie im Moment des Unglücks außen auf dem Dach gesessen, kroch Armbruster unter beträchtlichen Mühen in das völlige Dunkel einer Spalte, die zwischen mehreren, kreuz und quer stehenden Holzbalken klaffte. Es erinnerte an den Eingang in einen teilweise verschütteten Stollen. Und etwas in dieser Art war es ja auch.

Nach zwei ersten blinden Schritten bemerkte Armbruster – wie man dies mitunter beim Gang ins Meer erlebt –, daß bereits sein nächster Schritt kaum noch Halt finden würde. Offensichtlich führte der Weg steil nach unten. Gleichzeitig spürte er, daß etwas unter seinen Beinen in Bewegung geriet. Augenblicklich warf er Lyssa ab. Ihr Körper fiel, fiel in einen Abgrund.

Aber auch über sich selbst verlor Armbruster die Kontrolle und rutschte weg. Mit einem Aufschrei kippte er nach vorn ruderte mit den Armen, schlug dabei gegen scharfe Kanten, versuchte sich festzuhalten – umsonst. Armbruster stürzte ab. Und stürzte auf diese Weise hinter Lyssa her. Was sich als ein ziemliches Glück herausstellen sollte. Dadurch nämlich, daß der ohnehin tote Leib Lyssa Hillers nach ein paar Metern als erster auf dem steinernen Grund aufschlug und solcherart die Fläche bildete, auf die wiederum Armbruster aufprallte. Lyssas Körper war die Matte, die Armbrusters Sturz dämpfte, wahrscheinlich lebensrettend dämpfte.

Weniger vorteilhaft war allerdings der Umstand, daß im Zuge dieser zweifachen Erschütterung die wackelige Zufallskonstruktion des Schachts nicht länger hielt und in sich zusammenbrach. Holz knickte, Mauerteile barsten, Traversen verschoben sich. Armbruster, vom Aufprall nur halb betäubt, fühlte sich wie unter einer startenden Rakete. In seine Atemwege fuhr der Staub löffelweise. Dennoch blieb er soweit bei Bewußtsein, sich vorzustellen, demnächst tot zu sein. Dann, wenn eins dieser Bauteile ihn erschlagen oder durchbohren würde.

Aber dies sollte nicht geschehen. Irgendein flaches Stück kam genau über seinem Rücken zum Stehen, klemmte ihn zwar ein, bildete aber gleichzeitig einen dachartigen Schutz, welcher die nachfolgenden Trümmer abhielt.

Das Toben verebbte. Zurück blieb die Dunkelheit, eine schwer atembare Luft und die Fixierung zwischen Lyssa und der rettenden Platte. Armbruster war außerstande, sich zu befreien. Allein Kopf und Hände ließen sich bewegen, Rumpf und Beine jedoch steckten fest. Wenn nicht etwa eine Lähmung diese Unbeweglichkeit verursachte.

Armbruster überlegte. Was ihn erstaunte, war die Tatsache, daß er den in höchstem Maße beengenden Zustand als weit weniger schlimm empfand, als er sich das vorgestellt hatte:

begraben zu sein. Möglich, daß sein Dämmerzustand dazu beitrug, dieses Hin- und Herpendeln zwischen einer schattenrißartigen Klarheit der Gedanken und einer stückweisen Ohnmacht. Ja, sogar eine Art von Amüsiertheit ging wie eine Folge von Wellen durch ihn hindurch. Amüsiertheit angesichts der Tatsache, an seiner toten Frau geradezu festgenagelt zu sein. Sollte man ihn also rechtzeitig entdecken, bevor ihm hier die Luft ausging, beziehungsweise erst recht, wenn man ihn *nicht* rechtzeitig entdeckte, so würde der Eindruck entstehen, er habe sich im Moment der Katastrophe über seine Frau geworfen, um sie solcherart zu schützen. Was ihm möglicherweise auch gelungen wäre, wäre die arme Frau nicht von irgendeinem scharfkantigen Ding... von etwas in der Art eines Aschenbechers...

»Was für eine Farce?« dachte Clemens Armbruster. Sodann verlor er endlich – man möchte sagen, wohlverdient – sein Bewußtsein. Nicht bloß stückweise, sondern vollständig und für längere Zeit.

Als Clemens Armbruster erwachte, war alles vorbei. Er lag in einem Spital. Es war Nacht. Noch immer oder schon wieder. Ein Lämpchen brannte. Eine Frau in reinweißer Schwesterntracht beugte sich über ihn. Ihre Lippen bewegten sich. Er verstand kein Wort. Schöne Lippen, dachte er, wie zwei Schnecken beim Turnen.

»Meine Frau...«, stammelte Armbruster.

Die Lippen der Krankenschwester verbissen sich. Armbruster erkannte einen Ausdruck tiefen Bedauerns. Zufrieden schlief er ein.

27
Komm zur Polizei!

Armbruster betrachtete das Plakat, auf dem ein junger Polizist und eine junge Polizistin dafür warben, einen der schönsten Berufe der Welt zu ergreifen. Wobei Armbruster wieder einmal ein kleines schlimmes Vorurteil bestätigt fand, daß nämlich Politessen etwas von proletarischen Schlampen an sich hatten. Es war dieser schmierige Blick, als wollten sie sagen, daß ihnen die Welt gehöre und daß sie jeden haben könnten, den sie haben wollten. Es war wohl auch ihre Art, das zumeist grellblonde oder tiefschwarze Haar nicht einfach zu kürzen, wie das etwa die vernünftigen Marathonläuferinnen taten, oder jene alleinstehenden Mütter, die kaum eine Minute Zeit hatten, um sich unter die Dusche zu stellen, nein, all diese Politessen, die ja immerhin den einen oder anderen Vorstadtganoven zur Räson bringen mußten, banden sich ihr langes Haar zu einem Zopf zusammen, und zwar zu einem Zopf, der stets die Fülle des Haars betonte, also eher breit als lang ausfiel. Es mag blöd klingen, aber diese speziellen Politessenzöpfe ließen an Silikon denken. Dazu paßte, daß die meisten dieser Frauen über ausgeprägte, üppige Lippen verfügten, was ja wohl nur bedeuten konnte – wenn man eine genetische Disposition ausschloß, und das mußte man wohl, wollte man nicht von rassischen Merkmalen sprechen –, daß eine Mehrheit der Politessen sich also ihre Lippen aufspritzen ließ. Um solcherart eine physiognomische Präsenz in der Art jener Ikone des Obszönen zu entwickeln, die da Mick Jagger hieß, eine Präsenz, welche das Gegenüber anzog und gleichzeitig ängstigte. Und das waren ja wohl auch die Gefühle, die sogenannte Schlampen sich bemühten bei jedermann auszulösen: Geilheit und Angst.

Jedenfalls dachte das Armbruster, als er jetzt – in einem schmalen, aber ungemein hohen Gang auf einem schmalen, gar nicht hohen Sessel sitzend – hinüber auf das Plakat sah, auf dem ein Milchgesicht von Jungpolizist kaum an die Härten des Berufs denken ließ, während das polare Lächeln der blondgezopften Frau schon eher ein Dasein widerspiegelte, in dem der Kampf um das Gute nur zu gewinnen war, indem man selbstbewußt durch Höllen und Abgründe marschierte.

Armbruster wußte nicht, was die Polizei von ihm wollte. Nun, wahrscheinlich redeten sie mit allen, die überlebt hatten. Immerhin war ein Haus explodiert und noch immer unklar – wenn man der Presse glauben durfte –, wer oder was daran schuld trug.

Die Sache lag erst drei Tage zurück. Die ersten beiden davon war Armbruster im Krankenhaus gelegen, und auch nur deshalb, um psychologisch betreut zu werden. Körperlich gesehen war kaum etwas zu tun gewesen. Jene hölzerne Platte, unter der Armbruster eingeklemmt gewesen war – es handelte sich, man mochte es kaum glauben, um die Türe eines IKEA-Kleiderschrankes –, hatte ihm einen derart perfekten Schutz geboten, daß die Rettungsmannschaft, die nur eine viertel Stunde später zu ihm vorgedrungen war, einen vollkommen unverletzten Mann hatte bergen können. Wozu natürlich auch der Leichnam Lydia Hillers beigetragen hatte, der wirksam wie ein Sprungtuch gewesen war. Aber *so* konnte und wollte das niemand sagen, während jedoch der Umstand einer rettenden IKEA-Türe allerorten publiziert und kommentiert wurde und dem Einrichtungshaus eine so kostenlose wie unbezahlbare Werbung garantierte. Die Schweden waren wirklich die Glücklichen in dieser Geschichte, konnten pietätvoll den eigenen Mund halten, während sie umgekehrt in aller Munde waren.

Armbruster aber galt trotz seiner wundersamen Rettung keineswegs als glücklicher Mann. Denn entgegen dem offenkundigen und vielzitierten Antrieb, seine Frau zu schützen, hatte sie ja nicht überlebt, sondern bloß er selbst. Das war ein Faktum, das von den Medien als wahre Tragödie begriffen wurde. Daß Armbruster und seine Frau in Scheidung gelebt hatten, blieb dabei unerwähnt. Schien ohne Bedeutung. Der Versuch, die eigene Frau zu retten, und der Versuch, sich von ihr scheiden zu lassen, stellten in den Augen der Presse zwei völlig unterschiedliche Dinge dar. Und das waren sie ja auch.

»Kommen Sie bitte!« sagte ein junger Mann, der allein mit Kopf und Oberkörper sich aus einer Türe beugte, die jene Wand unterbrach, gegen die Armbruster seinen Kopf gestützt hatte.

Armbruster erhob sich und folgte der Einladung.

Als er den Raum betrat, verließ der junge Mensch, der ihn gerufen hatte, selbigen durch eine weitere Türe. Zurück blieben zwei Männer, die wohl Armbrusters Generation entstammten, vielleicht auch eine Spur älter waren. Leute, die halt auf die eine oder andere Weise den Fünfziger im Blick hatten. Wie so einen Pigmentfleck, der dies oder das bedeuten kann. Eher das.

Der eine von den beiden saß vor einem riesenhaften, mit einem schweren goldenen Rahmen versehenen Gemälde, auf dem eine Steinigung dargestellt war. Was so merkwürdig anmutete wie die ganze Architektur dieser polizeilichen Einrichtung.

Nun, Armbruster konnte nicht wissen, daß vor Ort nicht nur eine Kriminalabteilung untergebracht war, sondern auch Lager- und Arbeitsräume der Österreichischen Galerie, und daß es sich bei dem Bild, unter dem der eine der beiden Polizisten saß, um ein Gemälde des Barockkünstlers Paul Troger handelte, das die Steinigung des heiligen Stephanus zeigte.

Der ganze fensterlose, mit einem gelblichen Anstrich versehene Raum wirkte trotz seiner Größe und der schon im Flur angekündigten ungewöhnlichen Höhe beengend. Vielleicht deshalb, weil es so ziemlich an halbwegs frischer Luft fehlte. Es atmete sich, gelinde gesagt, umständlich. Als könne man nicht einfach gerade ein- und ausatmen, sondern nur an Hindernissen vorbei. Die warme Luft war wie einer dieser ungemein dummen Parcours, über die man Pferde jagt, die dann zu allem Überfluß auch noch irgendein lächerlich kostümiertes Männlein oder Weiblein tragen müssen. Eine solche Parcours-Luft zu atmen, war alles andere als ein Vergnügen.

Das wußte scheinbar auch der sitzende Beamte, der sich jetzt bei Armbruster entschuldigte ... na, wie sich halt Beamte entschuldigen: »Wir haben ein Problem mit der Heizung. Sie können also froh sein, nicht den ganzen Tag hier sitzen zu müssen. Oder?«

Armbruster überlegte, daß nun wohl das aus Filmen bekannte Spiel des guten und des bösen Polizisten folgte. Aber er irrte sich. Ein solches Spiel blieb aus. Vielleicht genau darum, weil diese zwei Kriminalpolizisten keine Lust hatten, die Erwartungen eines Laien zu erfüllen.

»Ich bin Richard Lukastik«, stellte sich der Sitzende vor. Er wirkte um eine Spur frischer, gesünder und erfolgreicher als sein Kollege. Vielleicht auch nur, weil er saß und im Sitzen ein jeder Mensch, noch der würdeloseste, an Würde gewinnt.

Nun, die Wirklichkeit sah anders aus. Lukastik erklärte, Chefinspektor zu sein, während sich der andere Polizist als ein Oberstleutnant herausstellte. Oberstleutnant Straka. Wobei zu sagen wäre, daß Straka auch privat gesehen der höhergestellte war, da es ihm ja nicht nur gelungen war, seiner ersten Frau einen zielgenauen Schlag zu verabreichen, sondern er zudem ein glücklich zu nennendes Leben mit seiner zweiten Frau führte. Was da auch immer, seinen eigenen Befürchtungen zufolge, noch kommen würde.

Lukastik hingegen wohnte seit einiger Zeit wieder bei seinen greisen Eltern, dort, wo auch seine Schwester untergekommen war, mit welcher ihn einst ein inzestuöses Verhältnis verbunden hatte. Keine sehr glückliche Geschichte, wenngleich niemand daran zugrunde gegangen war. Dennoch bedeutete ihrer beider Rückkehr in die elterliche Wohnung, daß sie in eine längst erstarrte Vergangenheit geraten waren und nun in ihr feststeckten. Denn natürlich muß eine Vergangenheit starr sein. Sonst wär's ja nicht normal. Darin festzustecken, ist freilich alles andere als normal.

So verschieden Lukastik und Straka in Rang und Karriere auch waren, so besaßen sie innerhalb des Apparats einen sehr ähnlichen Ruf. Sie verfuhren beide auf eine Weise, als föchten sie einen höchstpersönlichen Kampf aus. Und zwar nicht eigentlich gegen die Kriminellen, sondern gegen eine diabolische, nichtsdestotrotz höhere Idee, eine Idee, der all die Kriminellen bloß als relativ hirnlose Puppen dienten und deren Sinn einzig und allein darin bestand, Unordnung zu schaffen. Ja, sowohl Lukastik als auch Straka verfolgten keinen moralischen Zweck, sondern versuchten, einer solchen Unordnung die Basis zu nehmen und eine grundsätzliche und ursprüngliche Ordnung wiederherzustellen. Keine gesellschaftliche Ordnung, sondern eine naturgegebene.

Das ist gut zu vergleichen mit jenen fanatischen Hausfrauen und nicht minder fanatischen Hausmännern, welche tagtäglich gegen einen Staub ankämpfen, den sie – vollkommen zu Recht – als etwas Widernatürliches ansehen, als ein Werk des Teufels. Oder einer fremden, bösartigen Macht. So wie sie umgekehrt jede staubfreie Fläche als Ausdruck eines triumphierenden und göttlichen Prinzips erkennen. Als eine, wenn auch kurze Einsetzung paradiesischer Zustände. Denn ein Paradies, in dem Staub liegt... Wer wollte sich so etwas vorstellen? Bezeichnenderweise ist das eins von den Themen, welche Theologen gerne aussparen: Woher kommt der ganze Staub?

Man kann also sagen, daß sowohl der Staub wie auch das Verbrechen auf einen Plan zurückzuführen sind, welcher bei der Erschaffung der Welt nicht bestanden hat. Am Anfang gab es keine Reibung. Erst mit der Reibung trat das Böse auf.

Und so ungefähr ließ sich also auch erklären, was Lukastik und Straka bewegte, zu tun, was sie taten. Wobei Lukastik der strengere der beiden war, zudem der unbeliebtere. Bei jemand, der sexuell nicht im reinen mit sich war, auch kein Wunder.

Dieser sexuell im unreinen seiende und in einer starren Vergangenheit feststeckende Chefinspektor beugte sich ein wenig vor, öffnete die Hände zu einer kleinen Geste pädagogischer Dominanz und fragte Armbruster, ob er sich vorstellen könne, weshalb er hier sei.

»Nun, ich denke«, begann Armbruster, »es geht um die Explosion. Ich wüßte nicht, warum Sie mich sonst sprechen wollen.«

»Ihre Frau... Sie beide lebten in Scheidung.«

»Wir waren einfach nicht füreinander geschaffen. Gott muß sich geirrt haben, als er uns zusammenführte.«

»Der Anwalt Ihrer Frau«, erklärte Lukastik, »hat das etwas schärfer ausgedrückt.«

»Der Mann ist undiskutabel. Lyssa... Lydia war schlecht beraten, diesen... diesen Herrn zu engagieren. Das war auch der

353

Grund, daß ich sie an diesem Abend aufgesucht habe. Um ihr klarzumachen, daß solange dieser Anwalt mitzureden hat, es keine gute Lösung geben kann. Überhaupt keine Lösung.«

»Das klingt«, sagte Lukastik, »als hätte immerhin eine Gesprächsbasis bestanden zwischen Ihnen und Ihrer Frau.«

»Nein, die gab es nicht. Aber ich wollte eine herstellen.«

»Und?«

»Nun, bevor ich damit auch nur beginnen konnte, ist dieses verdammte Haus in die Luft geflogen.«

»Wußte Ihre Frau, daß Sie sie besuchen wollten?«

»Nein, ich kam gerade vorbei, und da habe ich bei ihr geklingelt. Ich wollte das endlich klären, die Sache mit dem Anwalt.«

»Wie soll ich das verstehen, *Sie kamen vorbei?* Mit dem Wagen?«

»Nein, zu Fuß. Ich spaziere gerne.«

»Ach!? Ein sehr weiter Weg, wenn man bedenkt, wo Sie wohnen.«

»Das kommt Ihnen nur so vor«, meinte Armbruster und betrachtete Lukastik abfällig. So abfällig es eben erlaubt war.

»Hatten Sie einen Schlüssel zur Wohnung?«

»Natürlich nicht«, sagte Armbruster. Und fügte an: »Ehrlich gesagt, war ich überrascht, daß Lydia mir überhaupt geöffnet hat.«

»Dieser Umstand hätte Ihnen beinahe das Leben gekostet. Die Großzügigkeit Ihrer Gattin, Sie hereinzulassen.«

Es war von den beiden Polizisten immer nur Lukastik, welcher sprach. Der Mann, der Oberstleutnant Straka war, ein Typ mit grauen Haaren und weißem Kinnbart, einer Art Hungerkurgesicht und einer Zigarette, die gerade und mittig aus seinem Mund ragte, stand gegen die Wand gelehnt und sagte kein Wort. Er wirkte nicht einmal interessiert. Doch Armbruster konnte sich denken, daß Straka nicht gekommen war, die Standfestigkeit der Wand zu testen. Die nicht.

Es war nun aber erneut Lukastik, welcher erklärte, sich schwer vorstellen zu können, daß jemand nach Feierabend einen derartigen Spaziergang auf sich nehme, ohne ernsthaft an die Möglichkeit zu glauben, am Zielort eingelassen zu werden.

354

»Tut mir leid«, sagte Armbruster, »wenn Sie sich das nicht vorstellen können. Ich bin früher Langstrecke gelaufen. Seit mir aber meine Knie zu schaffen machen, gehe ich lieber, oft stundenlang. So was soll es geben.«

»Spazieren Sie immer mit Anzug und Halbschuhen? Ich meine, wenn man bedenkt, was draußen für ein Wetter ist.«

»Hören Sie, ich bin keiner von denen, die wegen ein paar Schritten in ein Rennfahrerkostüm schlüpfen und sich nicht ohne hundert Reflektoren in die Nacht trauen. Außerdem hatte ich einen Mantel dabei.«

»Sie hatten keinen an.«

»Nicht, als das Haus explodierte. Da stand ich bereits im Wohnzimmer.«

»Da sind wir auch schon bei dem Problem, Herr Armbruster, mit dem ich mich leider herumzuschlagen habe. Die Stelle, wo wir Sie und Ihre Frau fanden... nun, die Stelle paßt nicht.«

»Wie, sie paßt nicht?«

»Nicht zur Lage von Frau Hillers Wohnung. Keine zwei Meter von Ihnen und Ihrer Frau fanden wir den Leichnam eines Mannes, dessen Wohnung sich zwei Stockwerke tiefer und auf der entgegengesetzten Seite des Hauses befunden hat. Können Sie mir das erklären?«

»Vielleicht lag der Mann ja falsch, und nicht wir. Vielleicht – ich will nicht über Tote schlecht reden –, aber vielleicht hat er an Lydias Türe gehorcht.«

»Sicher nicht«, sagte Lukastik, »wir fanden ihn in seinem Bett.«

»Auch gut«, zuckte Armbruster mit der Schulter. »Ich bin Immobilienmakler, nicht Sprengmeister. Nicht einmal Statiker. Ich kann nicht beurteilen, was im Zuge einer solchen Explosion vor sich geht. Aber daß die Dinge in Unordnung geraten, habe ich am eigenen Leib erfahren. Da mögen Betten und ganze Stockwerke durcheinanderkommen. – Was wollen Sie mir überhaupt sagen?«

»Ich stelle Fragen«, erklärte Lukastik und wandte seinen Oberkörper Richtung Gemälde, wie um Treibstoff zu tanken, »Fragen, die sich aufdrängen. Daß sie das tun, die Fragen, ist nicht Schuld der Polizei, nicht wahr? Allerdings habe ich diese

Fragen auch anderen gestellt, Fachleuten. Niemand hat mir aber erklären können, wie Sie und Ihre Frau an genau die Stelle kamen, an der wir sie beide gefunden haben.«

»Da kann ich Ihnen auch nicht helfen«, sagte Armbruster, der sich absolut sicher fühlte. Natürlich gab es Ungereimtheiten. Aber die gibt es immer. Entscheidend ist, ob sie auch ein Gewicht besitzen. Und von einem Gewicht hatte Armbruster eben noch nichts gespürt. Darum seine Ruhe, seine ganze selbstsichere Geschäftsmannattitüde. Seine übereinandergeschlagenen Beine, seine schiefe Haltung, den Finger am Kinn, ein Gähnen, hin und wieder der Blick auf die Uhr, als habe er noch Wichtigeres zu tun, als der Polizei zu erklären, daß sie ihren Job gefälligst selbst zu erledigen habe.

»Wir könnten einmal versuchen«, sagte Lukastik, »uns vorzustellen, daß Sie beide, Sie und Ihre Frau, gar nicht in der Wohnung waren, sondern bereits im Treppenhaus, auf dem Weg nach unten, ins Freie. Auf der Flucht.«

»Wie kommen Sie auf Flucht? Frau Hiller und ich waren alles andere als das Pärchen, das Spaß daran hatte, gemeinsam zu flüchten. Wovor denn überhaupt?«

»Vor der Explosion«, sagte Lukastik und lächelte ganz leicht.

»Ich verstehe schon wieder nicht, was Sie mir einreden wollen. Aber es klingt nach etwas ziemlich Dummem.«

»Wir stellen uns vor«, sagte Lukastik und rechtfertigte den Plural mit einer umfassenden Armbewegung, »daß Sie ernsthaft an der Rettung Ihrer Frau interessiert waren. Daß Sie nämlich versucht haben, sie rechtzeitig aus dem Haus zu holen. Was Ihnen leider nicht mehr gelungen ist.«

»Wie? Halten Sie mich für einen Hellseher? Einen Hellseher, der sich ein klein wenig verkalkuliert hat.«

»Ich glaube nicht, daß Sie noch die Möglichkeit hatten, groß zu kalkulieren. Sie haben es ganz einfach riskiert. Und mit Hellseherei hat das natürlich nichts zu tun. Vielmehr dürften Sie – spät, aber doch – erkannt haben, was für ein Verbrechen Sie da eigentlich begehen. Beziehungsweise begehen lassen. Freilich war die Chance vertan, das Ganze abzublasen. Also wollten Sie wenigstens Ihre Frau retten. Wer weiß, vielleicht hätte die Dame vor lauter Dank sogar geschwiegen.«

»Auweia! Bezüglich Lydia liegen Sie ein paar gewaltigen Irrtümern auf. Hätte es einen Weg gegeben, mich lynchen zu lassen, sie hätte höchstpersönlich den Strick geflochten.«

»Glaube ich gerne«, sagte Lukastik. Und folgerte: »Darum auch Ihre Idee, das Haus in die Luft zu sprengen.«

»Meine Güte, was reden Sie? Und wie offen Sie dabei sind. Erstaunlich. Als würden Sie selbst nicht ernst nehmen, was Sie da sagen. Mich bloß ein wenig provozieren wollen. Fragt sich nur, wozu? Außerdem irren Sie sich, wenn Sie meinen, ich sei ein kleines Bubi, dem man Rauschgift unterjubeln kann.«

»Das glaube ich sicher nicht. Sie gelten als ein harter Geschäftsmann.«

»O Gott, jetzt kommt das! Als wäre ein Makler schlimmer als jeder Gauner.«

»Tja!« äußerte Lukastik im Ton unernsten Bedauerns. »Sie kennen ja die Vorurteile gegen Ihr Gewerbe. Und leider sind auch Polizisten nicht frei davon. Aber ich wollte eigentlich nur sagen, daß ich weiß, daß Sie kein Bubi sind. Wenn ich so unverblümt mit Ihnen spreche, dann, weil ich glaube, daß wir auf diese Weise rascher vorwärtskommen. Glauben Sie mir bitte eines: Alles, was wir Ihnen beweisen müssen, werden wir Ihnen auch beweisen. Wenn ich so direkt bin, dann, weil ich uns Blut und Tränen ersparen möchte.«

»Wollen Sie mich foltern?«

»Das war nicht wörtlich gemeint.«

»Wie schön«, säuselte Armbruster und war bemüht, das Legere seiner Haltung noch eine kleine Spur zu steigern, ohne aber zu übertreiben. Dann sagte er: »Um so offener Sie sind, Herr Chefinspektor, umso mehr muß ich mich wundern. Wie wenig Handfestes dabei ist. Und Sie nichts Besseres vorweisen können, als die eigene Irritation. Bloß weil Ihnen die Stelle nicht paßt, an der man mich und meine Frau fand. Wir reden immerhin von einem Haus, wo kein Stein auf dem anderen geblieben ist. Also, was soll das? Ich würde jetzt gerne gehen.«

»Bitte bleiben Sie«, sagte Lukastik. Sein leichtes Lächeln tauschte er in der Art einer Rochade mit einem Ausdruck ebenso leichter Wehmut. Dann wandte er sich zu Oberstleutnant Straka, der sich mit einem kleinen Ruck von der Wand abstieß und sich auf der Kante von Lukastiks wuchtigem, schwarzem, spiegelglattem Schreibtisch niederließ. Einem Tisch aus schwarzem Eis.

»Ich bin hier nur Gast«, begann Straka. »Mein Fall ist ein anderer…«

»Meine Güte, was wollen Sie mir noch alles anhängen?«

»Warten Sie. Sie werden gleich erkennen, weswegen gleich zwei Abteilungen Sie quälen. Kennen Sie eine Frau Gemini?«

Natürlich kannte Armbruster eine Frau Gemini. Anstatt aber, wie es vernünftig gewesen wäre, die Frage augenblicklich zu bejahen, verspürte Armbruster zum ersten Mal während dieses Gesprächs eine Unsicherheit aufkeimen. Und leider keimte sie rasch. Armbruster beklagte sich: »Was geht Sie das an?«

»Denken Sie denn«, fragte Straka und wirkte jetzt um einiges gesünder und frischer und erfolgreicher als noch kurz zuvor, »daß meine Frage ohne Sinn ist? Bloß zu Ihrem Ärger und meinem Vergnügen gestellt wird?«

»Ja, ich kenne eine Frau Gemini«, sagte Armbruster. Aber auch jetzt war er zu schnell bei der Sache. Man kann nicht ausweichen, um gleich darauf wieder einzuschwenken. Das ist, als fange man den Tischtennisball auf, den man soeben selbst serviert hat. Das ist dann natürlich ein Punkt für den Gegner.

Armbruster merkte, daß er schwitzte. Kein Wunder bei dieser Hitze. Aber es war dennoch der falsche Moment. Wenn schon, dann hätte er früher zu schwitzen anfangen müssen. Oder später.

Absurd daran war, daß seine Aufregung ausgerechnet in dem Augenblick einsetzte, da er wirklich nicht wußte, wovon eigentlich die Rede war. Das sagte er auch, daß ihm unklar sei, was der Name Anna Geminis hier verloren habe. Und verkündete: »Sie ist eine Kundin.«

»Ja«, bestätigte Straka, »Sie haben ihr ein Haus verkauft.«

»Das habe ich.«

»Und Sie verwalten ihr Vermögen.«

»Es ist nicht ungewöhnlich, daß ich für meine Kunden auch Finanzierungsmodelle entwickle. Nicht jeder bezahlt heutzutage in bar, wie Sie sich denken können. Aber…Also ich denke nicht, daß ich Frau Geminis Vermögen verwalte. Vermögen ist ein großes Wort.«

»Nun, das sehen wir anders. Wir wissen, daß Sie Geld – Geld, welches mit einiger Sicherheit Frau Gemini gehört – in treuhänderischer Weise investieren. Zum Vorteil Ihrer Klientin, wie gesagt werden muß.«

»Na, verbrennen werd ich's wohl.«

»Wenn Sie was verbrennen, wird auch das noch Profit machen.«

»Wollen Sie mir etwas Illegales vorwerfen? Ich sagte Ihnen schon einmal, daß ich mir kein Rauschgift unterschieben lasse.«

»Das haben wir verstanden, Herr Armbruster«, sagte Straka, rutschte von der Tischkante, tat ein paar Schritte, wie um sich die Beine inmitten einer unsichtbaren Natur zu vertreten, und erklärte dann, daß nicht Armbrusters Geldvermehrungsaktionen dubios seien, sondern vielmehr der Ursprung des Vermögens, welches er verwalte und vermehre, Anna Geminis Vermögen.

»Wie soll ich das verstehen?« fragte Armbruster, aufs Neue verunsichert.

»Ihre Kundin, Frau Gemini, was denken Sie, womit die Dame ihr Geld verdient? Immerhin soviel, einige Einkäufe größeren Stils tätigen zu können.«

»Das geht mich nichts an.«

»Ach ja. Es hat Sie also nie interessiert?«

»Nein.«

»Glauben wir Ihnen nicht. Wir nehmen Ihnen eine solche Naivität nicht ab.«

Nun, Clemens Armbruster war nicht eigentlich naiv gewesen, sondern verliebt, auch wenn man das eine mit dem anderen verwechseln konnte. Jedenfalls hatte er sich blind gestellt, blind gegen die Frage nach der Herkunft von Anna Geminis Geld. Eine solche Blindheit freilich paßte nicht zu ihm. Da hatte Straka schon recht.

»Frau Gemini war mir sympathisch«, untertrieb Armbruster, »ich war gerne bereit, etwas für sie zu tun. Dazu hat aber nicht gehört, ihre Kapitalquellen zu überprüfen. Wo denken Sie hin? Ich könnte meinen Beruf an den Nagel hängen, würde ich den Menschen, denen ich Häuser verkaufe, Fragen stellen, die sie auf keinen Fall gefragt werden wollen. Ich bin schließlich nicht die Polizei, meine Herren, oder?«

»Folgendes, Herr Armbruster«, sagte Straka und trat wieder aus der unsichtbaren Natur mit ihrer guten Luft und den erfreulichen Gerüchen heraus, »Sie bekommen so oder so Schwierigkeiten. Gewöhnen Sie sich daran. Und wägen Sie ab. Ob Sie nachher der Dumme oder der Gescheite sein wollen. Ob Sie in einem ungemütlichen Mittelpunkt stehen wollen oder nicht. Sie oder Frau Gemini, so einfach ist das. Sie sind doch Geschäftsmann, Sie müßten also wissen, wie wertlos ein solidarisches Verhalten in unserer leider Gottes harten und rauhen Welt ist.«

»Was wollen Sie hören?« fragte Armbruster, ohne noch zu wissen, was er bereit sein würde alles zu tun, um seinen Hals aus der Schlinge zu bekommen. Und eine Schlinge gab es nun mal. Lyssa Hillers handgestrickte, posthum wirkende Schlinge.

»Was wir hören wollen? Was Sie über Anna Gemini wissen.«

»Sie ist Mutter eines…«

»Über ihren Beruf, wenn man das einen Beruf nennen kann?«

»Beruf? Ich dachte nicht, daß sie so etwas wie einen wirklichen…«

»Also gut. Gehen wir die Sache anders an. Ich sage Ihnen, was Frau Gemini so tut: Sie tötet Menschen, für Geld, versteht sich. Geld, das *Sie*, mein Bester, anlegen. Man könnte sagen, reinwaschen. Aber so schlimm ist das natürlich nicht, diese Reinwascherei. Schlimmer ist die berechtigte Vermutung, Sie, Herr Armbruster, könnten Frau Gemini beauftragt haben, dieses gewisse Scheidungsproblem aus dem Weg zu räumen. Das bietet sich doch an, wenn man schon das Vermögen einer Killerin verwaltet, daß man diese Killerin auch um einen Gefallen bittet. Bloß daß Ihnen schlußendlich aufging, was das in aller Konsequenz bedeutet. Ein Haus, das in die Luft fliegt. Zusammen mit unschuldigen Menschen. Also wollten Sie wenigstens Ihre Frau retten. Und hatten Pech. Zuerst Pech, dann Glück, und jetzt wieder Pech, indem Sie hier sitzen und ziemlich blaß aussehen.«

Das konnte man wohl sagen. Armbruster war fassungslos. Natürlich war ihm hin und wieder die Idee gekommen, daß mit

360

dem Geld Anna Geminis etwas nicht in Ordnung war. Doch mit welchem Geld war schon alles in Ordnung? Deshalb brauchte man noch lange nicht die Vorstellung entwickeln, jemand verdiene sich mit der Ermordung anderer seinen Unterhalt. Und jetzt saß er da und...

»Ich hatte keine Ahnung«, sagte Armbruster und redete hinein wie in einen leeren Becher.

»Damit werden Sie nicht durchkommen, Herr Armbruster«, ließ sich jetzt wieder Lukastik vermelden. »Sehen Sie es so. Entweder wir favorisieren Oberstleutnant Strakas Fall oder den meinen. Wobei letzterer darin besteht, den Umstand zu klären, weshalb im Keller des explodierten Hauses die Gasleitungen beschädigt waren. Oberstleutnant Straka hingegen hat eine ganze Latte von Kapitalverbrechen auf seiner Liste. Verbrechen, die auf das Konto von Frau Gemini gehen. Was freilich zu beweisen wäre. Der Mann, dessen Aussage uns in dieser Hinsicht nutzen würde, ist leider tot. Darum, Armbruster, geben wir Ihnen jetzt die Chance... Verstehen Sie mich nicht falsch, wir haben nicht vor, Sie straffrei davonkommen zu lassen. Hier ist nicht der Himmel, hier sitzen keine Götter. Wir haben nichts zu verschenken und nichts zu verzeihen. Nicht angesichts zahlreicher Toter unter den Trümmern des Hauses. Aber wir könnten darauf verzichten, Ihnen nachweisen zu wollen, daß Sie in die genaue Planung Geminis eingeweiht waren.«

»Das ist unlogisch«, erklärte Armbruster und wirkte plötzlich hellwach. »Hätte ich nicht ganz genau gewußt, was passieren wird, hätte ich mich kaum beeilen müssen, meine Frau in ihrer Wohnung aufzusuchen. Nicht an diesem Tag und um diese Zeit.«

»Hätten Sie genau gewußt, was passiert, hätten Sie das Haus gar nicht erst betreten. Sie hätten telefonieren können. Sehen Sie, man kann solche Dinge in viele Richtungen drehen und wenden. Wenn Sie mit uns kooperieren, uns sagen, was Sie über Anna Gemini wissen, vor allem über die Tötung von Botschafter Gude, dann werden wir zusehen, daß Sie schlußendlich nicht als das Monster dastehen, das Sie sind. Sondern nur als ein mickriger Ehemann, der seine Frau loswerden wollte, aber nicht ahnte, daß dafür ein ganzes Mietshaus in die Luft gejagt werden muß.«

361

»Gude? Was für ein Botschafter Gude?«

»Sie wollen also nicht«, stellte Lukastik fest und legte seine Hand auf ein kleines rotes Büchlein, das neben einem Handy als einziger Gegenstand die glatte, glänzende Schreibtischfläche besetzte. Es sah aus, als berühre er eine Bibel oder ein Gesetzbuch oder einen Stein der Weisen. Er meinte: »Das ist eine schlechte Entscheidung, die Sie treffen. Sie werden am Ende jemand sein, der den Tod von einem Dutzend Menschen zu verantworten hat. Und zusätzlich dazu eine Frau deckt, die wohl auf mehr als ein Dutzend kommt. Das ist kein nettes Abbild Ihrer Person, das sich daraus ergibt.«

»Drohen Sie mir, soviel Sie wollen«, sagte Armbruster. »Es nützt nichts. Ich kann Ihnen über Frau Gemini nichts sagen. So wenig wie ich gestehen kann, ich hätte die Ermordung meiner Frau in Auftrag gegeben.«

Manchmal war die Wahrheit ein Brocken, der unmöglich zu stemmen war. Zumindest nicht mit zwei Händen. Doch mehr als zwei Hände standen dem armen Clemens Armbruster im Moment nicht zur Verfügung. Und darum fragte er, ob er jetzt gehen könne.

»Ich kann Sie nicht halten«, sagte Lukastik. »Noch nicht, muß ich betonen. Denn so wie es jetzt aussieht, wird es *mein* Fall sein, welcher Vorrang hat. Ihre Schuld.«

»Ja, da kann man nichts machen«, sagte Armbruster, frei von Ironie, allerdings nicht frei von Bitterkeit, erhob sich und bewegte sich auf die Türe zu, durch die er gekommen war.

»Eine kleine Frage noch«, hielt ihn Straka zurück.

»Bitte!«

»Sie erwähnten…Also, gleich als Sie das erste Mal den Namen Ihrer Frau nannten, sprachen Sie von *Lyssa*, bevor Sie sich dann verbessert haben und *Lydia* sagten. Das hat mich ein wenig verwundert. Lyssa!? Ein Kosenamen?«

»Ja, ein Kosenamen.«

»Mit welcher Bedeutung?«

»Finden Sie's heraus«, empfahl Armbruster und fühlte sich nun endlich ein klein wenig besser. Dann öffnete er die Türe und trat aus dem überheizten Raum in den überheizten Flur.

28
Zwei Männer im Schnee

Der frühe Winter hatte nun wirklich zugegriffen, also nicht mehr nur gedroht wie am Abend der Explosion, wo dem kräftigen Schneeschauer eine kalte, aber klare Nacht gefolgt war. Nein, am zweiten Tag nach dem Unglück hatte es den ganzen Tag und die ganze Nacht über geschneit, und erst am nächsten Morgen waren die letzten Flocken – merkwürdige Nachzügler, in der Art von Schutzengeln, die systematisch zu spät kommen, oder Leuten, die immer am Klo sind, wenn ein Tor fällt – auf die weiße Decke niedergegangen. Somit fand sich die gesamte Stadt in eins dieser pompösen Hochzeitskleider gehüllt, in denen die Bräute zu verschwinden drohen und bloß noch mit einem von vielen Glückstränen geröteten Gesichtchen aus ihrem Kleid herauslugen.

Wenn man also Wien als eine solche unter Massen von Seide und Spitze und Rüschen verborgene Braut erkannte, stellte sich die Frage, an welchem Ort der Stadt ein tränennasses Antlitz aus dem jungfräulichen Weiß ragte.

Als einen solchen Ort konnte man, wenn man wollte, die Spitze des im Norden Wiens gelegenen, gleich einem Zwerggriesen neben der Donau dastehenden Leopoldsberg ansehen, dessen höchste, mit Wirtshaus und Kirche und Aussichtspunkt besetzte Stelle man gemütlich über die Höhenstraße und ungemütlich über den Nasenweg erreichen konnte. Warum er Nasenweg hieß, wußte Cheng nicht, vermutete aber, daß dies begründet war durch die Form des Berges, die an den gequollenen Zinken eines Alkoholikers erinnerte.

Als Kind und Jugendlicher war er oft diesen steilen, stark gewundenen, gewissermaßen den Nasenrücken bildenden Fußweg gegangen, auf dem man ein gutes Gefühl dafür entwickeln konnte, was ein Berg war: nämlich ein Hochhaus ohne Lift.

Die Zeiten waren lange vorbei, da Cheng solche Märsche auf sich genommen hatte. Zudem war ja Winter, das Wirtshaus geschlossen, der Weg auf Grund des Neuschnees so gut wie unpassierbar. Jedenfalls war Cheng über die Höhenstraße gekommen, einen Bus benutzend, der von hinten herum, vom Kahlenberg her, den Leopoldsberg anfuhr. Ein wenig unterhalb der Bergspitze erstreckte sich eine weite, ebene, betonierte Parkfläche inmitten von Wald, die nun freilich unter einem halben Meter Schnee lag, einzig unterbrochen durch die Fahrrinne der Autobuslinie 38 A, die hier oben ihre Endstation hatte und den Platz mittels einer Kehre einmal umrundete.

Ein Tag für Ausflügler war das nicht. Auch wenn es zu schneien aufgehört hatte, füllten schwere, dunkle Wolken den Himmel, die vermuten ließen, daß das Brautkleid noch nicht zu Ende genäht war. Es war dunkel wie nach Sonnenuntergang, obgleich früher Nachmittag. Nur wenige Fußspuren führten das kurze Stück hinauf zum Gipfel. Spuren, die sich Cheng zunutze machte, um leichter vorwärts zu kommen.

»Was für ein Scheißort, um sich zu treffen«, sagte Cheng, als er an der gemauerten Brüstung angelangt war, von der man einen weiten Blick auf die Stadt besaß, wäre diese Stadt nicht gerade wie in einer matten Glühbirne versteckt gelegen. Einer Glühbirne, die nicht brannte, versteht sich.

Der Mann, bei dem sich Cheng beschwerte, erwiderte: »Der Platz ist ausgezeichnet. Großartige Luft hier oben. Außerdem sind wir alleine. Ihre Schuld, wenn Sie mit Halbschuhen unterwegs sind.«

»Ich hasse Winterschuhe«, sagte Cheng. »Man fühlt sich damit, als stünde man in einem Kuhfladen.«

»Lieber in einem Kuhfladen stehen, als kalte Füße haben«, meinte der Angesprochene und klopfte sich mit mächtigen, gerippten, schwarzen Handschuhen auf die Seiten seines nicht minder mächtigen blaugrauen Anoraks. Dazu trug er Lederstiefel und eine in den Schaft der Stiefel gestopfte schwarze Jeans. Seine gepolsterte Daunenjacke verstärkte noch den Eindruck, daß dieser Mann einen aufgeblasenen Körper besaß, freilich nicht mit Luft aufgeblasen, eher mit einem heißen Gas, das sich im Zuge einer Rotation verfestigt und ein beträchtliches

Gewicht entwickelt hatte. Schon beim ersten Mal war Cheng an diesem Mann der bauchartige Brustkorb aufgefallen, der den eigentlichen, auch nicht unbedingt kleinen Bauch in den Schatten stellte, ihn ungerechterweise als Marginale erscheinen ließ. Hier stand er also, im Wiener Schnee, jener Ludvig Dalgard, der angeblich für die norwegische Regierung tätig war. In jedem Fall war er es gewesen, der Cheng den Auftrag gegeben hatte, nach Wien zu fahren. Wie auch den Auftrag, sich mit Kurt Smolek in Verbindung zu setzen. Smolek, der jetzt tot war, obgleich man doch eigentlich hätte annehmen können, Götter, auch die kleinen, seien unsterblich.

»Wie konnte das geschehen?« fragte Dalgard und schob seine Pelzkappe ein Stück nach hinten. Seine Stirn glänzte feucht.

»Schwer zu sagen«, antwortete Cheng, während er mit seinen dünnwandigen, tatsächlich ein wenig ungünstigen Halbschuhen am Platz trat, als wollte er den vergangenen Frühling aus dem Boden klopfen. »Alles sehr dubios. Sie haben ja sicher schon gehört, daß Smolek an einer Überdosis 4711 starb.«

»Ein Parfum«, sagte Dalgard, wie man sagt: Ein Erzengel. Oder: Ein Erzbösewicht.

»Eau de Cologne«, berichtigte Cheng und erklärte, daß Kurt Smolek mit Sicherheit nicht freiwillig aus dem Leben geschieden sei. Auch nicht im Zuge eines gewollten Experiments, um etwa eine Erkenntnis um die geheimen Ingredienzen von Echt Kölnisch Wasser zu erringen. »Er wurde mit Gewalt gezwungen, das Zeug zu schlucken.«

»Das hört sich an«, meinte Dalgard, dessen Wörter als kleine Wolken seinen Mund verließen, »als wollte uns jemand glauben lassen, es habe sich um eine private Sache gehandelt. Na, das werden wir aber nicht glauben, nicht wahr?«

Cheng hob ein wenig die Schultern an und glitt tiefer in seinen Mantel. Wobei er Mäntel so wenig ausstehen konnte wie Winterschuhe. Als sitze man in einem Schneckenhaus, geschützt, mag sein, aber auch ziemlich unbeweglich.

Es war gesagt worden, daß Cheng dem Winter mit Abneigung gegenüberstand. Einer seltsamen Abneigung freilich, so wie man sie gegen Menschen hegt, die man nicht leiden kann und ihnen dennoch Jahr für Jahr zum Geburtstag gratuliert, als Taufpate

365

ihrer Kinder fungiert, für sie bürgt, und immer wieder feststellt, daß sie das alles absolut nicht verdienen. Im Gegenteil. Daß ihnen ein Tritt in den Hintern zusteht. Doch nächstes Jahr gratuliert man diesen ungeliebten Leuten erneut zum Geburtstag, gibt sich erneut als Taufpate ihrer Kinder und Enkel her, bürgt erneut für ihre unsinnigen Kredite und vieles mehr. Was also heißen soll, daß Markus Cheng es eigentlich hätte besser wissen und den Winter, den österreichischen oder deutschen oder welchen Winter auch immer, hätte meiden müssen. Statt dessen stand er in seinen dünnen Schühchen vierhundertfünfundzwanzig Meter über Wien und bis zu den Knien im Schnee, spürte einen bissigen Wind im Gesicht, einen Schmerz in den Ohren und ein Brennen in den Fingerkuppen, und fragte Dalgard: »Was tun Sie eigentlich hier?«

»Na, ich bitte Sie!« tönte Dalgard. »Der Tod Smoleks gibt uns zu denken. Die Leute, für die ich arbeite und für die ja auch Sie, Herr Cheng, arbeiten – vergessen Sie das nicht! –, wollen wissen, was los ist. 4711! Wer will uns da verarschen?«

»Ich fürchte, es geht um mehr als eine Verarschung«, sagte Cheng und berichtete von Kurt Smoleks Faible für den Golem-Mythos und die mögliche Bedeutung eines Kölner Wunderwässerchens betreffend der Belebung toter Materie.

»Jetzt sind Sie es«, meinte Dalgard, »der mich verarscht.«

»Keineswegs. Smolek war an dieser Sache dran. Mit großem Eifer und großer Besessenheit.«

»Sie sprachen von diesem Jungen, diesem Skateboard-fahrer…«

»Die Mutter, Anna Gemini… Also, wie ich schon sagte, wir können davon ausgehen, daß sie es war, die Einar Gude liquidiert hat. Und wir können davon ausgehen, daß Anna Gemini stets für private Kunden tätig wurde. Keine Killerin also, die im Dienste irgendwelcher Staaten und Institutionen steht. Smolek war ihr Impresario. Aber nicht bei der Gude-Geschichte. Davon hat Smolek erst später erfahren. Beziehungsweise hat er die richtigen Vermutungen angestellt. Ich kann nicht sagen, ob er besorgt, verärgert oder beleidigt gewesen war, daß Frau Gemini auch ohne seine Empfehlungen ihrer Profession nachging, jedenfalls hat er versucht, sie ans Messer zu liefern. Ohne dabei selbst ins Gerede zu kommen.«

»Das ist ihm ordentlich mißlungen«, kommentierte Ludvig Dalgard.

»Er hat sich wohl vorgestellt, daß indem er sowohl Apostolo Janota warnt, als auch mich auf die Spur Anna Geminis setzt, es zu einer Art von Explosion kommt. Einer Explosion, nach der dann alles sehr viel ruhiger und sicherer abgelaufen wäre als zuvor. Und er selbst unantastbarer denn je gewesen wäre. Wie sich kleine Götter das halt vorstellen.«

»Kleine Götter?«

»Ein Terminus von Frau Gemini.«

»Wundert mich, daß die Dame noch immer auf freiem Fuß ist.«

»Was soll die Polizei tun? Die haben nicht wirklich was in der Hand, solange Janota schweigt.«

»Und solange *Sie* schweigen.«

»Das versteht sich von selbst«, erklärte Cheng. Und erklärte weiter: »Ich bin nicht im Sold der Exekutive. Bei aller Sympathie für einige Herren dort. Und noch was: Ich bin nicht hundertprozentig sicher, ob Frau Gemini wirklich Einar Gude umgebracht hat. Es bleibt da ein Rest an Zweifel. Winzig, aber immerhin ein Rest.«

»Würde man immer auf den Rest schauen«, sagte Dalgard, »käme die Welt nicht weiter. Ich stelle also fest, daß Anna Gemini Einar Gude getötet hat. Das ist das, wofür man diese Frau bezahlt. Wer aber *hat* sie bezahlt?«

»Keine Ahnung.«

»Was ist mit Frau Gude?«

Cheng klassifizierte den Umstand, daß die Frau des Botschafters Anna Gemini geholfen hatte, unkontrolliert das Museum zu verlassen, für so schwer zu bewerten wie eh und je.

»Es nützt nichts«, sagte Dalgard, »wir müssen Magda Gude und diese Frau Gemini zusammenbringen. Sie miteinander konfrontieren.«

»Wie soll das geschehen?«

»Magda Gude ist heute nach Wien gekommen, um am Abend an einem Festakt teilzunehmen. Einem Festakt, den sie selbst verschuldet hat.«

»Wie das?«

»Eine harmlose Sache. Es gibt da einen Menschen in Bergen, der ein paar Handschriften von Ludwig Wittgenstein besitzt. Briefe wohl. Jetzt ist dieser Mensch gestorben, und Magda Gude hat seine Erben überreden können, anstatt das Zeug auf den Markt zu werfen, einen Haufen Geld zu machen und dabei unglücklich zu werden, es der Stadt Wien zu schenken.«

»Nett von Frau Gude, sich um so was zu kümmern. Ist das ihr Fachgebiet?«

»Nicht wirklich. Sie kommt von der Medizin, war Ärztin. Aber darum geht es nicht. Frau Gude ist die Vorsitzende der Norwegischen Literaturgesellschaft, das ist eine Clique von irgendwelchen ... Fragen Sie mich nicht, was für Leute das sind. Verrückte jedenfalls, die so tun, als besäßen sie eine flatternde Buchseite, dort, wo andere ihre Herzklappe haben. Daß diese Verrückten freilich Frau Gude zu ihrer Präsidentin gewählt haben, war eine kluge Entscheidung. Die Dame ist geschickt, wenn es ans Eingemachte geht. Und es war ja auch höchst geschickt, diese Wittgensteinbriefe an die Wiener zu vermitteln. Die nun natürlich auch was tun müssen, die Wiener. Und sich also entschlossen haben, einige Autographen von Knut Hamsun, die hier irgendwo herumliegen, dem norwegischen Staat zu ver- machen. Wittgenstein nach Wien, Hamsun nach Oslo, so daß alles wieder seine Ordnung hat. Und dazwischen, zwischen Wittgenstein und Hamsun und zwischen Wien und Oslo, steht also unsere Frau Gude, übergibt das eine und übernimmt das andere. Und wird bei alldem eine ausgezeichnete Figur machen.«

»Man sollte denken«, meinte Cheng, »daß Frau Gude von Wien die Nase voll hat. Zumindest so tut als ob. Immerhin ist ihr Mann hier umgebracht worden.«

»Sie ist hart im Nehmen, bekanntermaßen. Sie hat den Tod ihres Gatten gut überwunden, ohne sich allerdings auffällig zu verhalten. Keine traurige Witwe, keine lustige Witwe, über- haupt keine Witwe. Eine Frau, die beschäftigt ist. Und sich nicht davon abhalten läßt, nach Wien zu kommen, bloß weil ihr Mann hier sein Leben zu Ende geschnauft hat.«

»Könnte da eine Verbindung bestehen? Ich meine zwischen dem Tod Gudes und dieser komischen Wittgenstein-Hamsun- Transaktion.«

»Sehr unwahrscheinlich. Wobei es Leute gibt, die behaupten, daß Magda Gude und ihre Freunde von der Literaturgesellschaft seit langem auf diese Hamsun-Papiere spitz gewesen seien und man den Tausch nicht wirklich als freiwillig bezeichnen kann, sondern eher als…provoziert. Doch mit der Erschießung des Botschafters scheint das nichts zu tun zu haben. Nein, ich halte es für einen Zufall. Einen Zufall, der uns jetzt immerhin die Möglichkeit verschafft, Frau Gude und Anna Gemini zusammenzuführen. Ich schlage also vor, Cheng, Sie lassen sich von Frau Gemini auf diesen Empfang begleiten.«

»Bitte? Wie soll ich das anstellen? Ich kann Frau Gemini nicht zwingen.«

»Man kann jeden Menschen zwingen. Aber das ist natürlich Ihre Sache, wie Sie dabei vorgehen wollen. Wichtig ist nur, daß die beiden Frauen sich begegnen.«

»Was hoffen Sie eigentlich, sollte geschehen? Daß die zwei sich in die Arme fallen? Oder sich zuwinken und zuzwinkern und weiß Gott was tun?«

»Lassen Sie das unsere Sache sein. Bringen Sie Frau Gemini dorthin, das genügt.«

»Wo ist das, *dorthin*?« fragte Cheng.

»Die neue Stadtbücherei. Kennen Sie doch wohl?«

»Zu neu für mich. Ist ja gerade erst eröffnet worden«, sagte Cheng schwermütig. Obgleich er in Fragen der Architektur nicht eigentlich rückständig dachte, bekümmerte ihn jedes Gebäude, das seit seinem Weggang aus Wien frisch hinzugekommen war. Er empfand all diese Objekte als einen Angriff auf seine Erinnerung. So wie es alten Menschen ergeht, die bei der Rückkehr an einen Ort selbst das Häßliche, wenn es denn verschwunden ist, vermissen. Oft sogar ist es genau dieses Häßliche, dessen Absenz man besonders stark empfindet. Vergleichbar dem Verlust eines Feindes. Niemand will seine Feinde verlieren. Der irische Katholik und der irische Protestant wären einer ohne den anderen, ohne ihre Feindschaft, nicht nur undenkbar, sondern auch unglücklich. Unglücklich, weil nur halb. Niemand möchte nur halb sein.

»Hauptbücherei also«, sagte Cheng. »Soll ja ein riesiger Kasten sein, den man da gebaut hat.«

»Ganz nett«, meinte Dalgard.

»Sie waren schon dort?« fragte Cheng erstaunt.

Dalgard antwortete nicht.

»Was ist«, ersetzte Cheng seine Frage durch eine andere, »wenn Sie tatsächlich herausbekommen, daß Frau Gude Herrn Gude hat umbringen lassen?«

»Dann kennen wir uns aus. Und dürfen aufatmen. Immerhin ist Frau Gude kein politisch verwirrter Hasardeur und auch kein hirnkranker Doppelagent. Niemand, von dem wir fürchten müssen, ein norwegisches oder dänisches Parlament stürmen oder eine Busstation in die Luft jagen zu wollen. Ich sagte es Ihnen gleich zu Anfang: Wir wollen wissen, was los ist. Und wenn nun nichts Schlimmeres dahintersteckt, als ein nichtiger Gattenmord durch dritte Hand, nun, dann werden wir das Ganze zu den Akten legen und erst wieder auskramen, wenn Frau Gude von sich aus einen guten Grund dafür liefert.«

»Welcher wäre?«

»Keine Ahnung. Die Dame ist Teil der Gesellschaft … Meine Güte, was erzähle ich Ihnen, Sie werden doch auch wissen, daß niemand damit geholfen ist, Frau Gude ins Gefängnis zu bringen. Man sie aber in der Hand hätte, falls das irgendwann nötig sein sollte.«

»Und Frau Gemini?«

»Wenn alles so ist, wie Sie sagen, Cheng, interessiert uns Frau Gemini nicht weiter. Sollen doch die Österreicher sich darum kümmern. Zunächst aber möchte ich, gleich wie Sie das anstellen, daß diese Dame auf dem Empfang erscheint. Ich schicke Ihnen zwei Einladungen und lasse Sie auf die Liste setzen.«

»In welcher Funktion?«

»In keiner Funktion. Sie kommen als Herr Cheng und Frau Gemini. Das genügt vollauf.«

»Und dann?«

»Wir werden sehen.«

»Hört sich an, als wollten Sie mir verheimlichen, was Sie vorhaben. Ich sagte Ihnen doch schon, daß ich auf Überraschungen verzichten kann.«

»Ich verspreche Ihnen«, sagte Dalgard, »daß Sie Ihren rechten Arm behalten.«

»Und wenn nicht? Was dann? Bekommen ich dann Ihren?«

»Ja! Abgemacht!« sagte Dalgard, als meinte er das ernst. Dann fragte er: »Wo ist eigentlich Ihr Hund?«

»Was denken Sie denn?« empörte sich Cheng. »Daß ich den alten Herrn hier heraufschleppe, damit er sich eine Blasenentzündung und Lungenentzündung und gleich den Tod holt.«

»Mir schien, das Tier sei robust.«

Robust? Was für ein unpassendes Wort, dachte Cheng. Genauso unpassend, als hätte man gesagt, Lauscher sei *nicht* robust. Ein Wesen wie Lauscher war nicht auf der Welt, um robust oder nicht robust zu sein, also das Leben auszuhalten oder nicht auszuhalten.

Er war auf der Welt... Cheng überlegte. Nun, in einer anderen als der üblichen Weise war Lauscher auf der Welt, weil er, Cheng, ohne Lauscher nicht hätte existieren können. Ohne Lauscher kein Cheng. Lauscher war gewissermaßen der Boden, auf dem sich Cheng bewegte.

»Ich gehe jetzt«, sagte Cheng und hob den Kopf wieder ein wenig aus seiner Mantelkragenkrause.

»Wo kann ich Ihnen die Einladungen hinschicken?« fragte Dalgard.

»In den *Adlerhof*.«

»Was soll das sein?«

»Smoleks Stammwirtshaus, wie Sie eigentlich wissen müßten«, sagte Cheng und nannte die Adresse. »Hinterlegen Sie die Karten beim Wirten, einem gewissen Herrn Stefan. Heute abend. Ich gebe dort Bescheid und hole sie mir morgen ab.«

»Wohnen Sie bei dem Mann?«

»Muß Sie das interessieren?«

»Nein, muß es nicht«, sagte Dalgard.

Cheng glaubte ihm nicht. Cheng war überzeugt, daß Dalgard sich entschlossen hatte, ein eigenes kleines Kunststück auf die Bühne zu zaubern. Das taten diese Regierungsleute schlußendlich immer, das entsprach ihrer Natur. Sie waren alle verhinderte Zauberer und verhinderte Bühnenkünstler und verhinderte Filmschauspieler. Sie neigten zur Psychose und zur Eskapade, so kühl sie sich vielleicht auch gaben.

Cheng wußte, daß es notwendiger denn je sein würde, vorsichtig zu sein. Und genau darum hatte er verschwiegen, daß Smolek, während er bereits tot in seinem Arbeitszimmer gelegen hatte, in der Unterführung des Matzleinsdorfer Platzes mit einer klingonischen Amselträgerin im Gespräch gewesen war. Oder wenigstens jemand, der Smolek ähnlich gesehen hatte.

Cheng wandte sich um und marschierte zurück zur Busstation, wobei es ihm beinahe perfekt gelang, die eigenen Fußspuren zu nutzen. Seine alte Spezialität, den Weg zu nehmen, den er gekommen war.

29
Ballett

Als er auf die große runde Wanduhr sah, war es kurz nach fünf. Cheng saß im *Adlerhof*, vor sich ein Glas Weißwein, wobei das Glas und der Wein die gleiche Art von Transparenz besaßen: Sie offenbarten die Leere, die sie füllten. Nebenbei gesagt, schmeckte Cheng der Wein, das zweite Glas besser als das erste. Er mußte sich erst wieder an die Wiener Weißweinsitte gewöhnen, an das Nachmittagstrinken, welches dazu führte, das alles was dann im Laufe des Abends geschah – vorausgesetzt man versoff diesen Abend nicht –, einen feinen Glanz besaß. Und etwas ganz leicht Unwirkliches. Wie man das von Papageien kennt, die die ganze Zeit in der üblichen Weise vor sich herplappern, um dann plötzlich etwas zu sagen wie »Ich liebe Doris«, nur daß eben niemand eine Doris kennt. So war das, wenn man nachmittags trank und abends damit aufhörte.

Neben Cheng lag Lauscher auf dem Boden und erinnerte an einen umgekehrten Entfesselungskünstler, dessen Kunst darin bestand, sich so gut zu fesseln, daß eine Befreiung unmöglich wurde. Schwanz und Beine und Schnauze waren unter dem Körper zusammengezogen. Man hätte Lauscher auch für ein behaartes Ei oder einen behaarten Stein halten können. Behaart und bewegt, denn das Auf und Ab, das sich aus seiner Atmung ergab, war bei genauer Betrachtung zu erkennen. Der Hund lebte also, wie todesähnlich sein Schlaf auch sein mochte. Was aber die anderen Gäste am meisten beeindruckte, war die Windelhose um Lauschers Unterleib. Ja, deprimierenderweise war es ausgerechnet ein tragbares Scheißhaus, welches den Blick der Leute fesselte.

Cheng wartete. Er sah hinauf zum Fernseher, ohne etwas Bestimmtes wie ein Gesicht oder eine Handlung zu registrieren. Im Grunde war er auf die Eingangstüre konzentriert. Er wollte sehen, ob Dalgard die Karten für den Empfang selbst vorbeibrachte oder jemand schickte. Denn für Cheng war die Frage wichtig, ob Dalgard alleine arbeitete oder – wie er vorgab – in ein nicht näher benanntes Team eingebunden war. Cheng glaubte ersteres. Und war dann ziemlich überrascht, als gegen acht nicht Dalgard oder doch einer seiner Leute oder irgendein bezahlter Bote eintrat, sondern Anna Gemini. Sie sah sich kurz um, ging dann auf ihn zu, legte ein Kuvert auf den Tisch und setzte sich.

»Was ist das?« fragte Cheng.

»Und was ist *das*?« fragte Gemini zurück und zeigte auf das behaarte Ei zu Chengs Füßen.

»Mein Hund.«

»Ihr Assistent?«

»Nein, mein Hund arbeitet nicht für mich. Er ist kein Ermittler, sondern ein richtiges Tier, auch wenn richtige Tiere heutzutage selten geworden sind«, erklärte Cheng und legte seine Hand auf das Kuvert, ohne es aber zu öffnen. Er konnte sich bereits denken, was sich darin befand.

»Vor einer Stunde«, sagte Anna Gemini, »wurde das bei mir abgegeben. Zwei Einladungskarten. Ganz schön nobel. Auf der einen steht mein Name, auf der anderen der Ihre. Jemand scheint uns für ein Paar zu halten.«

»Wer hat die Karten gebracht?«

»Ein Taxifahrer. Einer von diesen Typen, die keine Ahnung von nix haben. Hat mir das Kuvert in die Hand gedrückt und sich aus dem Staub gemacht.«

»Großgewachsen?«

»Kleingewachsen. Können Sie sich denken, was das soll? Wer sich so sehr wünscht, daß ausgerechnet wir beide zur festlichen Übergabe von ein paar Handschriften geladen werden? Und zwar ziemlich kurzfristig, wie ich finde.«

»Das finde ich auch.«

»Zudem mysteriös, mir so eine Art taubstummen Taxifahrer zu schicken. Ich wüßte auch nicht, was mich ein österreichisch-norwegischer Verbrüderungsakt angeht.«

»Haben Sie sich die Namen der Festredner angesehen?«

»Nein.«

»Die Hauptperson bei dieser Geschichte ist eine Frau Gude. Der Name ist Ihnen ja bekannt.«

»Ich erinnere mich, daß Kurt Smolek überzeugt war, ich hätte einen Mann dieses Namens erschossen. Und daß Sie das ebenfalls denken.«

»Daß Sie eine Killerin sind, wissen Sie aber schon noch?«

»Ersparen Sie mir Ihren moralischen Ton.«

»Ich dachte, Sie hätten es mit der Moral.«

»Nicht mit Ihrer«, erklärte Anna Gemini. »Hören Sie, ich bin hier, weil ich wissen will, was diese Einladung soll. Soweit bekannnt, arbeiten Sie ja für diese Leute, wer diese Leute auch immer sind, Skandinavier jedenfalls.«

»Ich weiß auch nicht«, sagte Cheng, »was davon zu halten ist oder was dahintersteckt. Aber ich glaube, es wäre besser, nicht dorthin zu gehen.«

»Besser für wen?« fragte Gemini.

»Für uns beide.«

»Wir gehen hin«, bestimmte Anna.

»Magda Gude ist die Ehefrau des Botschafters, der in der Albertina starb. Sie ist die Frau, die Ihnen damals half, vorbei an der Polizei aus dem Haus zu kommen.«

»Nicht vorbei an der Polizei, sondern in Begleitung der Polizei«, verbesserte Anna. »Aber Sie haben recht, Cheng. Da war eine Frau, die mir geholfen hat. Ich hatte keine Ahnung, wer sie war. Sie hat mir ihren Namen nicht genannt.«

»Aber der Polizist, der Sie aus der Albertina brachte, wird Ihnen doch wohl gesagt haben, wer...«

»Ich wiederhole, ich hatte keine Ahnung, wer die Frau war. Genügt das jetzt?«

»Sie wollen sich das also ansehen.«

»Wir sind eingeladen«, betonte Anna. »Gehen wir hin und stellen fest, weshalb.«

»Na gut, wie Sie wollen«, sagte Cheng. Es klang deprimiert. Und tatsächlich fühlte er sich unglücklich ob dieser Entscheidung.

Anna Gemini erhob sich und sagte: »Holen Sie mich um sieben ab. Bei mir zu Hause.«

»Und Ihr Sohn?«

»Er hat jetzt dieses Mädchen. Ich denke, er wird erwachsen. Wogegen ich nichts habe. Ich bin nicht die Klette, für die man mich hält. Ich bin eine andere Klette. Wenn dieses Mädchen bereit ist, sich in derselben Weise um Carl zu kümmern, wie ich das getan habe, und genau das scheint der Fall zu sein, dann ist mir das recht. Ich bin eine Klette, die bereit ist, sich durch eine andere Klette ersetzen zu lassen.«

»Schön, das zu hören. Da wäre aber noch etwas. Was ist mit Janota?«

»Scheint's, er hat Ihren Tip begriffen. Hat sich bei mir eingenistet.«

»Wie? Er wohnt bei Ihnen?«

»Sagte ich doch. Er hat mich, nachdem ich ihn dummerweise auch noch dazu angestiftet habe, nach Hause begleitet. Ich wollte ihn bloß von der Polizei wegbekommen. Jetzt aber weigert er sich, mein Haus zu verlassen.«

»Kluge Entscheidung. Dieses Gebäude ist mitnichten der Ort, an dem Sie ihn töten werden.«

»Richtig. Dazu kommt aber noch, daß Herr Janota sich für mein Haus an sich interessiert. Beziehungsweise für das ganze Grundstück. Er schwafelt etwas von Zeitlöchern und Zeitfallen, die er darauf vermutet. Der Mann ist ganz einfach plemplem.«

»Er ist ein großer Komponist unserer Zeit.«

»Und deshalb muß er plemplem sein?«

»Das nicht. Aber man muß ihm seine Freiheiten lassen. Ein Mann, der mit Robert de Niro vierhändig…Ich bitte Sie! Wenn Janota in Ihrem Haus und Garten ein Zeitloch sucht, lassen Sie ihn halt.«

Anna Gemini erklärte, daß ihr ohnehin nichts anderes übrigbleibe. Die Sache mit Janota sei schrecklich verfahren. Der Mann möglicherweise nicht totzukriegen.

»Na, das hoffe ich doch«, sagte Cheng und nickte.

Anna Gemini nickte zurück und verließ den *Adlerhof*.

Es war ein Tierfilm, der hoch oben, in Herrn Stefans Fernsehgerät zu sehen war. Wenn nicht Fußball lief, dann eben ein Tierfilm. Gezeigt wurden ein paar Löwenbabys, die aus freier Wildbahn stammten, jedoch elternlos geworden, nun in die Obhut eines deutschen Tansaniers gelangt waren und also gar herzig an Milchflaschen saugten, Tennisbälle zerfleischten, hinter

Topfpflanzen lauerten und sehr viel mehr an Hauskatzen erinnerten, als an die Großkatzen, die sie tatsächlich waren und auch noch deutlich werden würden.

Aber das war es nicht, was Cheng beschäftigte. Ihm fielen die drei Kartäuserkatzen der verstorbenen, erhängten Frau Kremser ein, Katzen, die einst wohlgenährte, gesunde, heißgeliebte Exemplare gewesen waren, während sie nun, schikaniert von der alten Katzenhasserin Dussek, einen traurigen Anblick boten. Ihr zwischen Anklage und Flehen wechselnder Blick, den Cheng auf der Treppe seines früheren Wohnhauses empfangen hatte, drängte sich in sein Bewußtsein. Noch mehr freilich der Gedanke an Frau Rubinstein, die Frau, die mit ihrer Tochter Lena in der vom Detektivbüro zum schicken Mutter-Kind-Domizil mutierten ehemaligen Bleibe Chengs lebte.

Rubinstein, von der Cheng ja nicht einmal den Vornamen kannte, deren hübsches, mediterranes Gesicht dafür umso klarer in seiner privaten Porträtgalerie aufschien, hatte ihn ja ausdrücklich eingeladen, einmal zum Essen vorbeizusehen. Jederzeit, ohne sich großartig anmelden zu müssen.

Nun, das stimmte *so* nicht. Die Erinnerung täuschte Cheng. Abe sie täuschte ihn aus gutem Grund und mit gutem Recht.

Cheng blickte auf die Uhr, dann hinunter zu Lauscher, der noch immer tief in einem traumlosen Schlaf einsaß, wandte sich schließlich zur Theke hin und rief nach Herrn Stefan. Der gastronomische Altmeister erschien rascher als gewöhnlich und stellte sich vor Cheng hin, die Hände auf den Tisch seines Gastes gestützt. Dabei blickte er Cheng an, als wollte er sagen, daß die Vertrautheit zwischen ihnen eine ihm unerwünschte sei. Unerwünscht, aber unvermeidbar. »Was kann ich tun?«

»Ich müßte ein, zwei Stunden weg. Möchte aber, daß der Hund hierbleibt. Es wäre unrichtig, ihn jetzt zu wecken und in die Kälte hinauszutreiben.«

»Sie wollen ihn einfach liegenlassen?«

»Ich möchte, daß Sie auf ihn achtgeben.«

»Was fürchten Sie? Daß man ihn stiehlt? Es ist ja kaum zu erkennen, daß das ein Hund sein soll, so wie er da liegt... Allerdings, was ist, wenn er... na, wenn er da in seine Windelhose ein großes Ding hineinkackt?«

»Das kommt selten vor«, versprach Cheng. »Außerdem stinkt Lauscher nicht. Sein Kot nicht, sein Fell nicht. Dieser Hund kann noch so verschmutzt und feucht sein, er stinkt nicht. Er hat nie einen Geruch besessen.«

»Gibt es so was?« fragte Herr Stefan, nahm seine Hände vom Tisch und verschränkte seine Arme in der Art einer an die Brust genagelten Wiege.

»Ich habe es lange Zeit nicht bemerkt«, gestand Cheng, »denn merkwürdigerweise fällt es eher auf, wenn etwas stinkt, als wenn etwas nicht stinkt. Obwohl doch eigentlich das Nichtstinken ein Rätsel darstellt. Und damit eine Bedrohung.«

»Ist dieser Hund denn eine Bedrohung?«

»Keine Sorge. Er stinkt nicht nur nicht, sondern bellt auch nicht und beißt auch nicht.«

»Was tut er dann?«

»Sie sehen es. Er schläft. Und wird damit nicht aufhören, bis ich wieder zurück bin.«

»Also gut«, sagte der Wirt mit einem winzigen Kopfschütteln, »gehen Sie halt.«

»Eine Frage noch, Herr Stefan. Wie gut kannten Sie Smolek?«

»Er war ein Gast, ein ordentlicher Gast. Mehr kann ich nicht sagen.«

»Sie waren also nicht befreundet.«

Herr Stefan vollzog ein Gesicht der Verwunderung, als sei die Freundschaft zu einem Gast, auch die zu einem Stammgast, etwas Widernatürliches. Abartig. So abartig, daß sich eine Antwort verbat. Herr Stefan wandte sich jemand anders zu, einem Menschen, der keine dummen Fragen stellte, sondern eine Bestellung aufgab. Spinatstrudel. Ein Gedicht, wie man so sagt. Ein Strudelgedicht.

Auch Cheng hätte durchaus Lust auf ein solches Gedicht gehabt. Aber er hatte sich nun mal entschlossen, lästig zu sein, kramte den Zettel mit Rubinsteins Telefonnummer aus seiner Geldbörse, trat an den alten Apparat, der in einer dunklen Ecke zwischen Gastraum und Küche die Existenz von etwas Verhextem führte, und wählte die Nummer.

Versteht sich, daß die kleine Lena abhob. Allein wie sie »Hallo!« sagte, war eine Zumutung für jeden Anrufer.

378

»Könnte ich deine Mutter sprechen?«

»Wer ist denn dran?«

»Deine Mutter!« verlangte Cheng nochmals.

»Sie sind nicht meine Mutter, das weiß ich.«

»Kluges Kind.«

»Sie sind dieser Mann, der einmal hier gewohnt hat, habe ich recht?«

»Der bin ich.«

Cheng vernahm, wie Lena nach ihrer Mutter rief und dabei meinte, der verkrüppelte Chinese wollte sie sprechen.

»Wirst du sofort...!« Man konnte direkt hören, wie Rubinstein rot anlief. Sodann sprach sie zu Cheng: »Ich bitte Sie vielmals um Verzeihung, meine Tochter...«

»Wie Sie letztes Mal schon sagten«, erinnerte Cheng, »die Pubertät kommt immer früher. Das muß man aushalten.«

»Sie sind der Kleinen also nicht böse.«

»Natürlich nicht«, log Cheng und erwähnte nun, sich gerade in der Nähe aufzuhalten. »Wenn es Ihnen recht wäre, könnte ich auf einen Sprung...«

»Wunderbar«, sagte Frau Rubinstein. »Lena muß jetzt ins Bett, und wir könnten uns eine Flasche Wein aufmachen. Wenn Sie Wein mögen?«

»Ich verstehe mich gut mit Wein«, sagte Cheng und dachte: Sehr viel besser als mit Kindern.

»Schön. Dann kommen Sie jetzt also?«

»Ich komme«, sagte Cheng, verabschiedete sich und legte auf.

Er kehrte noch einmal zurück zu seinem Tisch, registrierte die unveränderte Ei-Haltung Lauschers, gab Herrn Stefan ein Zeichen, das unerwidert blieb, und verließ das Lokal. Draußen lag der Schnee in Form einer niedergetretenen und niedergefahrenen, aber ziemlich lückenlosen und alles andere als fadenscheinigen Matte. Zum Schnee war nun eine beträchtliche Kälte gekommen. In der Luft lag der Klang von Glas, gegen das ein Festredner seinen Löffel schlägt.

Rubinsteins Haus, Chengs Ex-Haus, war rasch erreicht. Erneut wunderte sich Cheng, in all den Jahren, da er in dieser Gegend gelebt hatte, niemals im Wirtshaus *Adlerhof* gewesen zu sein, noch davon gehört zu haben. Dies zeigte ihm, wie blind er damals für das Wesentliche gewesen war.

Als er nun kurz vor neun Uhr vor das Haus trat und den Knopf der Gegensprechanlage drückte, meldete sich Frau Rubinstein, die sich offensichtlich gegen ihre Tochter durchgesetzt und sie mit mütterlicher Strenge – die tausendmal mehr wiegt als ein noch so hartes Vaterherz – ins Bett geschickt hatte.

»Kommen Sie hoch«, sagte Frau Rubinstein. Es hörte sich an, als hätte sie schon mal den Wein probiert.

Nun geschah es, daß Cheng zwischen dem ersten und zweiten Stockwerk erneut die drei Kartäuserkatzen der verstorbenen Frau Kremser bemerkte, wie diese zusammengedrängt in einer Fensternische kauerten. Eingeschüchterter als noch beim letzten Mal. Jetzt laborierten schon zwei von ihnen an einem geschlossenen Auge.

Genug, dachte Cheng und entschloß sich, die Sache in die Hand zu nehmen. Das Katzen-Problem zu lösen. Von Frau Rubinstein an der Türe empfangen, sagte er, er hätte im Haus noch kurz etwas zu erledigen. Sie wolle doch bitte ein paar Minuten warten, wenn das denn möglich sei.

»Aber natürlich«, sagte Frau Rubinstein und war so höflich, nicht zu fragen, was er vorhabe.

Cheng stieg hinauf ins letzte Stockwerk und klopfte bei Dussek. Die alte Frau öffnete, betrachtete ihn mit giftigen Augen und Haifischmund und fragte, welcher blöde Hund ihn ins Haus gelassen habe. Wartete aber eine Antwort gar nicht erst ab. Statt dessen erklärte sie, nichts kaufen zu wollen, schon gar nicht von einem Chinesen. Ein Chinese habe einmal hier gewohnt, sie wisse also, was von diesen Leuten zu halten sei.

»Und? Was ist von denen zu halten?« fragte Cheng mit der ruhigsten Stimme, zu der er fähig war. Und ruhige Stimmen waren praktisch seine Spezialität. Er fügte an: »Ich meine den Chinesen, der einmal hier gelebt hat.«

»Hat seinen Arm verloren«, sagte Frau Dussek, ohne die von einem Wintermantel verdeckte Invalidität ihres Gegenübers zu registrieren.

»Na und?« blieb Cheng ungerührt.

»Jemand, der seinen Arm verliert, kann kein Guter sein.«

»Aha! Und was ist mit den Leuten, die im Krieg waren? Sie erinnern sich doch wohl noch?«

»Lauter Deserteure«, behauptete Frau Dussek. »Ein ordentlicher Soldat überlebt ganz oder gar nicht. Einen Arm verlieren, ist wie Fahnenflucht. Der Arm flüchtet und mit ihm auch der Rest.«

»Und der Chinese, den Sie kannten?«

»Habe ich kaum gesehen. Hatte hier ein Detektivbüro. Dubiose Sache. Aber warum rede ich überhaupt mit Ihnen? Hauen Sie ab!«

»Was ist mit den Katzen?« fragte Cheng und erhitzte den Tonfall seiner Stimme, in etwa wie man ein Bügeleisen erhitzt.

»Was für Katzen? Wovon reden Sie?«

»Die drei Kartäuser. Frau Kremsers Katzen.«

»Woher…?«

»Mein Name ist Cheng«, sagte Cheng und hob den linken Ärmel seines Mantels ein Stück in die Höhe. »Sie erinnern sich ja offensichtlich an mich. Wenn auch nicht an mein Gesicht.«

»Das hätten Sie gleich sagen können«, meinte Frau Dussek hart, aber mit einem Knick in der Stimme.

»Meine Sache«, stellte Cheng klar. »Also, was haben Sie mit den Katzen angestellt? Früher waren die so breit wie lang. Jetzt aber könnte man meinen, sie kämen direkt aus Griechenland. Und das ist noch freundlich gesagt.«

»Was geht Sie das an? Was tun Sie überhaupt hier?«

»Ich komme im Auftrag von Frau Kremser.«

»Wie? Was soll das? Die Kremser hat sich erhängt.«

»Es gibt ein Testament, in welchem sie mich verpflichtet, nach ihren Katzen zu sehen.«

»Welches Testament?« stöhnte Dussek. »Es gibt kein Testament. Es gibt keine Erben, keinen Besitz, kein blödes Testament.«

»Da irren Sie sich. Ich erhielt es erst vor kurzem. Leider Gottes. Aber noch ist es ja nicht zu spät.«

»Was wollen Sie denn?« fragte Frau Dussek und tönte jetzt wie ein selbstklingendes altes Gewehr. »Wollen Sie die Scheißviecher mitnehmen? Ich bitte darum. Meine Wohnung ist voll von dem Katzenhaardreck. Und früher haben sie alles zerkratzt. Mußte ihnen die Nägel ziehen lassen. Was ja Geld kostet. Wie ist das? Ersetzen Sie mir die Kosten? Steht das auch in Ihrem blöden Testament, daß ich Geld dafür bekomme, die drei fetten Dinger verköstigt zu haben?«

»Die sind schon lange nicht mehr fett«, sagte Cheng und erklärte, Kremsers Katzen mit sich zu nehmen und sie von einem Tierarzt untersuchen zu lassen.

»Was wollen Sie mir nachweisen? Daß ich diese Bestien nicht mit Kaviar gefüttert habe?«

»Es gibt einen Tierschutz, gute Frau. Und wie gesagt, ich arbeite für Frau Kremser. Daß sie tot ist, ändert nichts daran.«

»Ach, scheren Sie sich zum Teufel. Muß man sich so was anhören? Von einem Menschen mit Augen, die ausschaun wie Stichwunden. Kommen daher, diese Asiaten, ausgerechnet, und wollen einem sagen, wie man Viecher behandeln muß. Fressen Ameisen, fressen Hunde, fressen kleine Affen, und wollen einem dann Vorschriften machen.«

Cheng unterließ es, den Irrtum aufzuklären. Darum ging es jetzt nicht. Es ging darum, einen Auftrag zu erfüllen, der seit langem bestand, ihm aber erst kurz zuvor bewußt geworden war. Nicht, daß ein Testament tatsächlich existierte. Dafür konnte man von einem...nun, von einem Signal aus dem Jenseits sprechen. Was mehr wert war als irgendein notariell beglaubigtes Papier. Aktueller. Dringender.

»Also«, beendete Cheng das Gespräch, »ich werde die Katzen in Sicherheit bringen.«

»Von mir aus können Sie die Biester rosa färben. Aber wehe, Sie kommen auf die Idee, noch mal hier anzuklopfen, chinesischer Chineser«, warnte Frau Dussek, trat einen Schritt zurück und warf die Türe zu.

So heftig, daß es Cheng schüttelte. Aber damit konnte er leben. Nein, das war okay. Denn Cheng hatte endlich begriffen, welchen tieferen Sinn seine Reise nach Wien besaß. Weshalb er wirklich gekommen war. Um nämlich diese Tiere zu retten, gleich wie zuwider sie ihm auch früher schon gewesen waren. Ein Auftrag war ein Auftrag, keine Frage des Mögens. Und ein Kunde von »drüben« mitnichten weniger wichtig.

382

Freilich war diese Sache nicht einfach. So ganz ohne Katzenkorb und ohne wirkliche Idee. Wohin sollte er die Tiere bringen, jetzt nach neun Uhr abends?

Rubinstein? Nun, er würde zumindest fragen können. Zuvor aber begab er sich an die Stelle hinunter, wo noch immer die drei Katzen in der Fensternische kauerten. Cheng versuchte, eine von ihnen anzufassen. Sofort öffnete diese ihr Maul, offerierte ein paar graugelbe, vereinzelt aus dem Gebiß stehende, aber genügend scharfe Zähne und fauchte in der Art eines Trinkers, der auf seine Fahne stolz ist. Cheng stand im heißen Sturm tierischer Gebärde. Und nahm folgerichtig seine Hand wieder zurück. Gleich darauf verfiel die Katze in ihre alte Haltung und wirkte erschöpft wie nach dem Mord an einer Maus.

So ging es also sicher nicht. Wahrscheinlich würde nötig sein – wäre Rubinstein bereit, die Katzen vorerst aufzunehmen –, die kleine Lena aus dem Bett zu holen. Kinder, ganz gleich, ob sie Tiere liebten oder nicht, besaßen die selbstverständliche Gabe, die schwierigste Katze noch zu bändigen. Cheng wußte nicht, warum das so war, hatte es aber oft erlebt, wie Kinder Katzen einfach packten und mit sich nahmen, ihnen Futter gaben, ihnen die Zecken aus der Haut rissen, ihnen lächerliche Verkleidungen zumuteten, sie mit Popcorn fütterten und weiß Gott was. Jedenfalls war es das beste, wenn denn eine Katze fauchte und gefährlich schien, irgendein Kind zu holen, irgendeine von diesen frechen Gören oder von diesen halbstarken Ameisentötern. Die erledigten das schon. Auf ihre Art eben. Eine Art, welche Katzentiere wenn schon nicht mochten, dann jedenfalls respektierten. Möglicherweise war es so, daß Kinder die einzigen Menschen waren, die Katzen sich gezwungen fühlten, wirklich ernst zu nehmen. Und wenn nun die Kremserschen Katzen einen Fehler begangen hatten, dann wohl den, die alte Frau Dussek – weil nun mal eindeutig kein Kind – *nicht* ernst genommen zu haben.

Während Cheng noch überlegte, wie das alles am besten zu organisieren und vor Frau Rubinstein zu rechtfertigen sei, hörte er Schritte von oben her und sodann ein Läuten im Stockwerk über sich, also in jenem, in dem Frau Rubinstein lebte. Und früher einmal er selbst, wie ja auch Frau Kremser, die seine Nachbarin gewesen war.

»Ich bin's. Jetzt laß mich schon rein, Gregor!« vernahm Cheng die gepreßte Stimme der Dussek.

Eine Türe öffnete sich umständlich. Umständlich in bezug auf die vielen Sicherheitssperren, die hörbar und unhörbar erst entriegelt werden mußten.

Als dies endlich geschehen war, verkündete ein Mann: »Ich bin müde. Was ist denn los?« Und fügte hinzu, ihm sei nicht nach Reden zumute.

»Da wird dir nichts anderes übrigbleiben«, sagte Frau Dussek. »Bei mir war gerade einer. Heißt Cheng. So ein Chinese. Der Vormieter von der Rubinstein.«

»Und?«

»Hat sich aufgeregt wegen der Katzen.«

»Wie aufgeregt?«

»Daß ich sie verhungern lasse.«

»Läßt du sie ja auch.«

»Fressen halt nicht alles, die verwöhnten Luder«, rechtfertigte sich Frau Dussek.

»Was will dieser Cheng?« fragte der Mann, der Gregor hieß.

»Will die Katzen mitnehmen.«

»Und wieso?«

»Hat was von einem Testament erzählt. Behauptet, die verdammte Kremserin hätte ihn in dem Papierl beauftragt, sich um die Katzenviecher zu kümmern.«

»Ein Testament? Komm rein!« sagte Gregor. Er schien nicht bloß interessiert, sondern mit einem Mal aufgeregt. Nervös. Das war deutlich zu hören. Dann freilich vernahm Cheng nur noch das Geräusch der Türe, wie sie ins Schloß fiel.

Cheng war überzeugt, daß es sich bei der Wohnung, in die Frau Dussek verschwunden war, um jene ehemals Kremsersche handelte. So, wie er auch überzeugt war, daß der Mann, der Gregor hieß, beim Schließen der Türe darauf verzichtet hatte, erneut all die Balken vorzuschieben und Sicherheitsschlösser zu aktivieren. Vielleicht seiner Erregung wegen. Vielleicht, da er vorhatte, Frau Dussek recht bald wieder aus seiner Wohnung zu entlassen, und sich eine zusätzliche Prozedur ersparen wollte.

Cheng warf den Katzen einen Blick zu, wie man dies tut, wenn man jemand auf einer halb gekappten Hängebrücke

384

zurückläßt, keineswegs aber, um zu flüchten, sondern sich mit dem anzulegen, der diese Hängebrücke zu kappen versucht, also jemand in der Art von King Kong oder Godzilla oder Mr. Freeze.

Cheng stieg die Treppe nach oben, in sein eigenes, altes Stockwerk. Tatsächlich befand sich auf der Türe, die zu Frau Kremsers einstiger Wohnung führte, ein Schild, das den Namen Gregor aufführte, Gregor Pavor.

Cheng überlegte, ob er anläuten und solcherart mit der Tür ins Haus fallen sollte. Freilich war es noch kein Verbrechen, daß Frau Dussek und Herr Pavor sich kannten und austauschten. Deswegen konnte man nicht verlangen, eingelassen zu werden. Genau das aber wollte Cheng. Er wollte sehen, was aus Kremsers Wohnung geworden war. Er spürte, daß das der Punkt war. Er spürte es, wie man spürt, daß es kalt wird. Obgleich es natürlich möglich wäre, daß es gleich darauf aufhört, kalt zu werden. Aber wann ist das schon der Fall? Wenn es einmal anfängt, kalt zu werden, wird es auch kalt.

Cheng klopfte also nicht, sondern drückte die Schnalle. Freilich hatte er ein Schnappschloß erwartet. Doch offensichtlich stand das eigentliche Hauptschloß im krassen Widerspruch zur aufwendigen Nachrüstung. Keine Frage, es stammte noch aus der Zeit der Frau Kremser. Und besaß den Vorteil, einen außerhalb stehenden Benutzer nicht auszuschließen.

Jedenfalls konnte Cheng die Türe öffnen, was er mit großer Vorsicht tat, und sodann durch den hergestellten Spalt in das Dunkel eines Vorraums trat. Er bewegte sich – die große Vorsicht aufgebend, weil sie ja im Widerspruch zur eigentlichen Handlung stand (wirklich große Vorsicht hätte nämlich bedeutet, gar nicht erst einzutreten) –, er bewegte sich also zügig auf einen weiteren Spalt zu, durch welchen das kräftige Licht des dahinter liegenden Raums fiel.

Als Cheng nun in dieses Zimmer ging, und zwar mit einem »Grüß Gott!«, um später vorgeben zu können, sich keineswegs heimlich Zugang verschafft zu haben, da blieb ihm sein Gruß im Hals stecken.

Nun, mit irgend etwas hatte er ja rechnen müssen. Freilich nicht damit, daß Frau Dussek, eine immerhin auf die Achtzig zugehende Frau, ihn mit nacktem Oberkörper empfangen würde. Was ihn natürlich auch bei einer viel jüngeren Frau überrascht und verwirrt hätte. Aber die Nacktheit wirklich alter Menschen war nun mal darum ein verstärkter Schock, weil man sich diese Menschen in der Regel ohne ihre Nacktheit dachte. Nicht ohne Körper, jedoch ohne die Möglichkeit, frei von Kleidung dazustehen.

Doch genau auf diese unangezogene Weise saß Frau Dussek – lächelnd in der Art einer offenen Konservenbüchse – in der Mitte des Zimmers in einem Fauteuil, der schon zu Zeiten Frau Kremsers hier gestanden hatte. Ja, alles, was sich in diesem Raum befand, gehörte der Kremserschen Epoche an. Darin bestand der zweite, noch tiefer gehende Schock. Denn eigentlich hatte Cheng eine deutliche Umgestaltung der Wohnung erwartet. Aber das Gegenteil war der Fall. Sie schien vollkommen unverändert. Es handelte sich um dieselben Möbel, und – soweit Cheng sich erinnern konnte – war auch die Position aller Gegenstände erhalten geblieben. Auf den zweiten Blick jedoch machten diese Gegenstände, wie auch der Boden und die Wände, einen umgedrehten, einen überprüften Eindruck. Für einen Detektiv war dies sichtbar, daß nämlich alles in diesem Raum mehrfach und in der präzisesten Weise durchforscht und durchstöbert worden war. Flecken an den Wänden zeugten vom Öffnen einiger Stellen, Spalten im Parkett von der zeitweiligen Freilegung des Unterbodens. Die Möbel besaßen das leicht Gebrechliche mehrmals auseinandergenommener und wieder zusammengesetzter Objekte. Und was für diesen Raum galt, galt wahrscheinlich auch für jeden anderen der Wohnung, wie Cheng jetzt dachte.

»Dummer Hund«, sagte Frau Dussek und vollzog eine obszöne Geste, indem sie ihre Beine unter dem weiten, grauen Rock spreizte und sich ans Geschlecht griff. Zeigefinger und kleinen Finger streckte sie aus. Man hätte meinen können, ein zwergenhafter Teufel gucke aus dem Schoß heraus. Gleichzeitig schüttelte Frau Dussek ihre große, weiße Brust in der gleichen Manier, mit der man sein Haar löst und hin und her wirft. Es sah weder komisch noch pervers aus. Einfach nur unheimlich.

Cheng überlegte, was er sagen sollte, obwohl er eigentlich viel lieber wieder gegangen wäre. Aber das mußte nun mal durchgestanden werden. Allerdings…

Cheng spürte einen Schlag gegen den Hinterkopf. Genauer gesagt, spürte er bloß, wie ein Gegenstand sich seinem Hinterkopf näherte. Er spürte die Bewegung. Der Schlag selbst ging augenblicklich in die eigene Ohnmacht über. Sie marschierten Hand in Hand, der erfolgte Schlag und die Ohnmacht, hinein in ein Dunkel, das wir immer erst im nachhinein als ein solches interpretieren. Dunkelheit scheint besser zu passen, als etwa zu sagen, die Ohnmacht sei weinrot mit gelben Kreisen gewesen und im Hintergrund habe jemand *Memories Are Made Of This* geträllert, was natürlich genauso stimmen könnte.

Egal. Als Cheng zu sich kam, da saß er in einem Stuhl. Soweit wäre alles in Ordnung gewesen. Nicht in Ordnung war, daß dieser Stuhl auf einem Tisch stand, auf dem dann also auch Chengs Sohlen auflagen. Und schon gar nicht in Ordnung war der Druck des Stricks, der um seinen Hals führte. Gefesselt war Cheng nicht, weder an den Beinen noch an der einen Hand. Er hätte sich also aus der Schlinge befreien können. Theoretisch.

Cheng kannte den Raum, in dem er sich befand. Es handelte sich um den alten Dachboden, welchen man erstaunlicherweise nicht in eins dieser todschicken Wohnateliers umgebaut hatte. Möglicherweise wäre die Erneuerung des Dachs zu teuer gekommen. Jedenfalls schien alles unverändert. Viel morsches Holz, dazu der Waschmittelgeruch, der dank millionenfach zum Trocknen aufgehängter Wäsche hier für ewig feststeckte. Auch wenn nun, immerhin war es ziemlich eisig, die zwischen die Balken gespannten bunten Schnüre verwaist waren.

»Ich war oft hier oben«, sagte Cheng, erneut um einen ruhigen Ton bemüht, als schlürfe er brennend heiße Suppe mit dem Gesichtsausdruck eines an viel Feuer gewöhnten Drachen. »Zum Wäscheaufhängen. Was sonst auch?«

»Ich trockne meine Wäsche im Trockner«, sagte Gregor Pavor. »Das ist weniger anstrengend. Auch wenn ich gestehe, daß die Sachen sich danach komisch anfühlen. Wie altes Papier.«

»Geschah es hier oben?« fragte Cheng.

»Nein, Frau Kremser starb in ihrer Wohnung.«

»Was passierte damals?«

»Können Sie es sich nicht denken?«

»Ich kann mir nicht mal denken, warum Frau Dussek nackt in einem Sessel sitzt, der noch von Frau Kremser stammt. Einer Frau, das kann ich Ihnen versichern, die niemals auch nur in Gedanken sich halbnackt in ihrem Wohnzimmer aufgehalten hätte.«

»Das glaube ich gerne. Frau Kremser wäre auch nicht mein Fall gewesen.«

»Wie soll ich das verstehen. Ist Frau Dussek vielleicht Ihr Fall?«

»Das werden Sie nicht begreifen«, meinte Gregor Pavor, ein Mann um die Dreißig mit Krawatte und Wolljacke, ein wenig dicklich, aber nicht fett, ein gepflegter, in seiner Gepflegtheit unauffälliger Mensch. Ein Mensch mit Note Zwei.

Dieser Note-Zwei-Mensch erklärte Cheng nun, ein Faible für nicht bloß ältere, sondern alte Damen zu haben. Damen mit schweren Brüsten und einer gewissen ordinären Ausstrahlung. Keine ehemaligen Prostituierten. Das nicht. Er möge es nicht, wenn das Ordinäre aus der Profession entstehe oder zur Profession verkomme. Das Ordinäre, wie er es schätze, müsse tief im Wesen der Person verankert sein. Und selbst noch im Moment der Zurschaustellung einen ungekünstelten Kern besitzen. Aber das brauche Cheng nicht wirklich kapieren. Wenn Frau Dussek zuvor mit nackter Brust im Fauteuil gesessen habe, dann bloß, um ihn, Cheng, für einen Moment abzulenken. Lange genug, um einen gezielten Schlag anzubringen.

»Ich wußte ja nicht«, sagte Pavor, »wie leicht man Sie umwerfen kann. Ich dachte, Sie seien Detektiv.«

»Detektiv, nicht Judoka«, erklärte Cheng.

»Als die Dussek mir gesagt hat, es gehe um ein Testament, da habe ich mir denken können, daß Sie noch im Haus sind. Daß Sie versuchen werden, in die Wohnung zu kommen.«

»Das mit dem Testament stimmt doch gar nicht.«

»Hören Sie auf, dumm zu reden. Sonst mach ich gleich Schluß mit Ihnen. So ein Tisch ist schnell weggezogen. Und dann...«

»Also gut. Es gibt ein Testament. Darin steht, daß ich die Katzen...«

»Verschonen Sie mich mit den Katzen. Was wissen Sie über das Versteck?«

»Welches Versteck?«

»Ich an Ihrer Stelle«, sagte Gregor Pavor, auf einem Hocker sitzend, aber nun mal nicht auf einem Tisch, darum zu Cheng aufblickend, die Hände auf seine breiten Schenkel gestützt, »würde endlich aufhören, mich deppert zu stellen. Ich habe nicht sehr viel zu verlieren, wie Sie sich vielleicht denken können.«

Cheng überlegte, daß er, wenn er sich retten wollte, erst herausfinden mußte, was dieser Kerl überhaupt hören wollte. Das alte Folterproblem. Die Ansprüche des Folterers zu durchschauen. Nicht die Wahrheit, sondern das Erwünschte kundzutun. Cheng sagte: »Frau Kremser hat wohl geahnt, daß ihr was in dieser Art zustoßen könnte.«

»Hören Sie, Detektiv, das war ein Job damals. Ein Job! Wie solche Jobs halt sind. Man käme einfach nicht weiter, würde man die Leute freundlich bitten. Allerdings dachte ich mir das alles weniger folgenreich. Ich wollte der alten Kremser ja bloß angst machen.«

»Wie? Indem Sie ihr einen Strick um den Hals legten? Wie jetzt auch bei mir.«

»Ach, das war damals bloß zur Verschärfung gedacht. Eine saublöde Idee. Wo ich doch die Katzen hatte. Ich habe eines von den Viechern in die Höhe gehalten und der Kremser gedroht, ihre Kätzchen aufzuschlitzen. Eins nach dem anderen, wenn sie nicht redet. Wenn sie nicht sagt, wo der verdammte Zettel ist. Mein Gott, als könnte ich so was. Mir ekelt schon, Eier in die Pfanne zu schlagen. Mir wird übel, wenn ich mir vorstelle, ein paar angehende Küken zum Omelett zu verrühren. Aber ich habe natürlich den bösen Mann gespielt. Die ganze Litanei. Und was macht die Wahnsinnige? Stößt sich einfach ab. So schnell habe ich nicht schauen können, da ist sie schon heruntergebaumelt von dem Seil.«

»Sie hatten das Seil fixiert.«

»Ja, ein Fehler«, sagte Pavor und blickte auf den Strick, an dem Cheng hing und welcher zwar gespannt war, aber allein dadurch, daß Pavor mit einem seiner Füße auf dem Ende stand. Er hätte jederzeit zupacken, aber auch jederzeit den Zug lösen können. Soweit hatte er dazu gelernt.

»Ich habe die Frau gehalten«, erzählte Pavor, »Gott, ich habe gefleht, daß sie mir nicht stirbt. Aber die war gleich tot gewesen, bevor ich noch was habe tun können. Man kann nicht gleichzeitig jemand halten und vom Seil schneiden. Und ich konnte ja schwerlich um Hilfe rufen.«

»Nicht unklug von Frau Kremser«, stellte Cheng fest.

»Ja«, sagte Pavor, »sie hat sich gedacht, daß wenn sie tot ist und nicht mehr reden kann, es sich auch erübrigt, ihre Kätzchen zu massakrieren. Im Grunde ein vernünftiger Entschluß.«

»Sie sprachen von einem... Zettel. Darum geht es ja wohl.«

»Darum geht es. Das ist mein Job, an dem ich seit einem halben Jahr herumwerke. Dieses dumme Stück Papier zu finden, das da irgendwo in der Wohnung sein muß. Im Haus oder in der Wohnung. Und jetzt kommen Sie, Detektivchen, reden was von einem Testament, geben vor, sich um die Katzen kümmern zu wollen, und dringen dann in die Wohnung ein, in der früher die Kremser gewohnt hat.«

»Und die nun Ihre Wohnung ist.«

»Ich habe mich an die Dussek rangemacht. Das kann ich, glauben Sie mir.«

»Glaube ich Ihnen«, sagte Cheng, gegen seinen Willen leicht angewidert. Seinen Willen zur Toleranz.

»Sie hat mir die Wohnung vermittelt«, erklärte Pavor, »mit allem, was drin stand. Gab ja keine Erben. Gott sei Dank. Bloß habe ich nichts gefunden. Alles auf den Kopf gestellt, aber nichts gefunden.«

»Hören Sie«, sagte Cheng, »machen wir einen Deal...«

»In Ihrer Position?«

»Trotzdem. Sagen Sie mir, was auf dem Zettel steht, und ich sage Ihnen, wo er sich vermutlich befindet.«

»Was soll der Unfug? Sie wissen doch ganz gut, daß es um eine Formel geht. Oder etwas in der Art einer Formel.«

»Eine Formel wovon?

»Soll ich wirklich glauben, Sie hätten keine Ahnung?«

»So ist es«, bestätigte Cheng.

Pavor zögerte. Er schien unsicher. Er sagte: »Also, die Frau, für die ich arbeite…«

»Welche Frau?«

»Wenn das für Sie ein Geheimnis ist, werde ich daran nichts ändern.«

»Na gut. Ich gehe zum Start zurück: Eine Formel wovon?«

»4711. Die Formel von 4711.«

»Siebenundvierzig! Elf!« wiederholte Cheng und stöhnte.

»Hören Sie auf zu stöhnen«, sagte Pavor streng. Streng und ein bißchen verzweifelt. »Verraten Sie mir lieber, wer Sie geschickt hat.«

Cheng fing sich rasch. Denn für etwas anderes, als rasch zu sein, fehlte wohl die Zeit. Cheng erklärte – eine Täuschung versuchend –, daß er möglicherweise von derselben Person beauftragt worden sei, die auch ihn, Pavor, engagiert habe. Und es somit völlig unnötig sei, den Strick um seinen Hals zu belassen.

»Das glaube ich nicht«, meinte Pavor.

»Was glauben Sie nicht?«

»Daß wir für dieselbe Person arbeiten. Aber das ist nicht einmal wichtig. Wichtig ist, daß Sie mir etwas geben müssen, was mich überzeugen könnte, Sie am Leben zu lassen.«

»Wie? Sie denken ernsthaft, mich zu töten? *Sie*, ein Mann, dem das Schicksal von Hühnereiern zusetzt?«

»Es setzt mir nicht zu, sondern verursacht mir Übelkeit. Außerdem: Einen Tisch beiseite zu schieben, das ist einfacher, als vier Eier in die Pfanne zu schlagen. Einfacher und weniger unappetitlich.«

»Wenn ich jetzt rede, werden Sie mich erst recht…hängen lassen.«

»Sie werden es herausfinden. So oder so. Vergessen Sie nicht. Es würde kaum jemand verwundern, daß sich ein kleiner Detektiv ausgerechnet in dem Haus erhängt, in dem er früher wohnte und in dem auch seine Nachbarin Selbstmord beging. Ein Stall von Depressiven. Typisch.«

»Aber nicht typisch für einen Einarmigen. Ich meine, sich zu erhängen.«

»Gerade den Invaliden«, sagte Pavor, »traut man doch alles mögliche zu. Vor allem Dinge, für die man eigentlich zwei Hände bräuchte. Oder drei Hände. Einem Einarmigen wird viel eher ein dreiarmiges Kunststück abgenommen. Das können Sie mir glauben.«

Großer Gott, wie recht dieser Mann hatte!

Wenn Cheng jetzt irgendeinen Gegenstand oder Ort der Kremserschen Wohnung als angebliches Versteck benannte, dann war nicht viel gewonnen, da Pavor alle diese Gegenstände und Orte wohl schon mehrmals überprüft hatte. Sicher auch den Keller und den Dachboden. Eine andere Wohnung wiederum zu nennen, hätte Unbeteiligte in Gefahr gebracht. Und in einer Welt, in der die Unbeteiligten vorzugsweise im Zentrum so gut wie jeder Bombe standen, war es eigentlich nett, ausnahmsweise auf die Unbeteiligten zu verzichten.

»Der Zettel ist nicht im Haus«, sagte Cheng.

»Er ist im Haus. Hören Sie auf, zu bluffen. Ein Bluff noch und Sie sterben.«

»Kein Bluff rettet mich auch nicht«, stellte Cheng fest.

»Nur die Wahrheit«, bestimmte Pavor. »Vielleicht. Vorausgesetzt, mir gefällt die Wahrheit.«

»Die Katzen«, sagte Cheng.

»Was ist mit den Katzen?«

»Die Katzen haben den Zettel, den Sie suchen.«

»Wie meinen Sie das?…Ach, kommen Sie mir nicht damit, mit diesen Hülsen, die an den Halsbändern hängen. Da stehen keine Formeln drauf, nur ihre Namen, und daß sie geimpft sind, und die Adresse.«

»Als hätten die je gewagt, aus dem Haus zu gehen«, erinnerte sich Cheng und fragte: »Wieso eigentlich hat ausgerechnet Frau Dussek die Tiere zu sich genommen?«

»Die Dussek hatte schon immer einen Haß auf die Kremser. Und jetzt war die Kremser plötzlich tot und der Haß ohne eigentliches Ziel. Also die Katzen. Aber lenken Sie nicht ab. Was haben die Katzen mit dem Zettel zu tun?«

»So steht's im Testament.«

»Ich dachte, es gibt kein Testament.«

»Nicht im eigentlichen Sinn.«

»Sondern?« fragte Pavor.

»Ein Auftrag der besonderen Art.«

»Ja«, sagte Pavor mitleidig, den eigenen Auftrag bedenkend und wie grotesk das Ganze schien. Er sagte: »Dabei kann man 4711 in jedem Laden kaufen.«

»Schon. Aber damit ist nichts gelöst.«

»Ich habe nie wirklich begriffen, worum es geht«, gestand Pavor. »Ich dachte an Industriespionage?«

»Nein«, sagte Cheng. »Eher etwas Privates. Es dreht sich wohl um einen gewissen Bestandteil, der geheim ist. Und von dem ein paar Wahnsinnige glauben, man könnte damit Totes zum Leben erwecken. Wenn schon keine toten Menschen, dann zumindest toten Lehm. Die Geschichte vom Golem. Schon einmal gehört?«

»Natürlich.«

»Darum geht es. Einem Homunkulus den Odem einzuhauchen. 4711 scheint dabei die Rolle des Odems zuzukommen. Ein Parfum als Seele. Wenn man so was glauben will.«

»Und darum sind wir hier«, staunte Pavor.

»Mein Gott«, meinte Cheng, »anderswo streiten die Leute um ein Wasserloch oder sprengen sich in die Luft, weil Feiertag ist.«

Das war nun eine gar nonchalante Sichtweise, in Anbetracht der Situation, in der sich Cheng befand. Was ihm wohl selbst klar war, denn er sagte: »So, Herr Pavor, das sollte Ihnen reichen. Holen Sie mich aus der Schlinge. Und dann überlegen wir mal, wie das Zettelversteck mit den drei Katzen zusammenhängen könnte. Irgendwie muß es das.«

»Tut mir leid, mein Freund«, erwiderte Pavor in einem geradezu sentimentalen Ton, »es ist einfach zuwenig Platz für uns beide in dieser unglückseligen Geschichte. Und eine andere wird es leider nicht geben. Nicht für Sie. Das ist nicht persönlich gemeint. Ich muß Sie ganz einfach loswerden. Die Sache ist viel zu heikel. Frau Kremsers Tod…Nun, es war eigentlich ein Unfall, aber ein Unfall, den man mir übelnehmen könnte. Das Gesetz ist kleinlich, die Polizei ist kleinlich, die ganze Gesellschaft. Nein, ich würde nicht wollen, deswegen in Ihrer Hand zu sein.«

»Pavor, Sie sind ein Amateur, nicht wahr?« sagte Cheng.

Warum sagte er das? Nun, er versuchte Pavor zu ködern, versuchte, ihn zum Aufstehen zu verleiten. Aus gutem Grund, da

Cheng hinter Pavor eine Bewegung wahrgenommen hatte. Jemand war eingetreten. Eine kleine Gestalt, auch eine leichtgewichtige, die kaum ein Geräusch verursachte.

Lena!

Ja, es war Rubinsteins aufmüpfige, obergescheite Tochter, die auf Zehenspitzen daherschritt. Wobei die perfekte Lautlosigkeit, mit der das Mädchen in den Raum geschlüpft war, ihre Ausbildung zur Ballettänzerin verriet. Daher stammte ja auch ihre makellose Arroganz. Will man ein arrogantes Kind, muß man es zum Ballett schicken. Oder zum Fechten. Ballett und Fechten sind die pädagogischen Kraftstoffe des Dünkels gegen die reale Welt. Aber wie gesagt, solche Kinder lernen auch, sich zu bewegen. Wie Schlangen sich bewegen. Und Tintenfische auf Jagd.

Wenn nun Cheng bemüht war, Gregor Pavor mittels der Amateur-Bezeichnung zu provozieren, dann darum, weil neben Pavor, auf einem Tischchen plaziert, eine Pistole lag, eine Pistole, die für Pavor im Moment nicht wirklich eine Rolle spielte, da er sich ja sicher fühlen durfte. Freilich war er grob verärgert ob des Vorwurfs, ein Dilettant oder Laie oder Schlimmeres zu sein. Gemäß Chengs Idee griff er nach dem Seil, sprang in die Höhe, machte zwei Schritte auf den Detektiv zu, zeigte mit dem Finger auf ihn und sagte: »Das werden wir gleich sehen, wer hier der Amateur ist.«

»Halt!«

Es war Lena, die »Halt!« gerufen hatte, elfjährig, zart, dünnhaarig, augenscheinlich eine schlechte Esserin. Aber das war ja im Moment nicht der Punkt, wer hier schlecht beim Essen abschnitt. Der Punkt war, daß Lena die Waffe vom Tisch genommen hatte und sie nun – ohne im geringsten zu zittern, den Lauf leicht nach oben gerichtet, den Finger am Abzug – auf Gregor Pavor gerichtet hielt.

Der erholte sich so schnell es ging vom ersten Schrecken, vollzog eine lässige Geste, streckte seinen freien Arm aus, öffnete die Hand und sagte: »Hör auf mit dem Unsinn, Kind. Das ist kein Spielzeug.«

»Das glaube ich auch«, sagte Lena, die Altkluge, »daß das kein Spielzeug ist. Wäre es ein Spielzeug, bräuchte man es nicht zu entsichern.«

»Du hast das Ding entsichert?« fragte Pavor hinterlistig.

»Ne, war es ja schon.«

»Na gut«, meinte Pavor enttäuscht, seine Stimme schärfer stellend: »Dann wäre es besser, wenn du mir die Pistole in die Hand legst. Bevor da was passiert.«

»Ich bin kein Baby mehr«, sagte Lena und befahl Pavor, sich nicht zu rühren. Sie klang verärgert. Schon wieder so ein Erwachsener, der nicht begreifen wollte. Na, vielleicht würde der andere von den beiden klüger sein, Markus Cheng. An ihn richtete sich die Kein-Baby-mehr-Lena, als sie jetzt fragte: »Wenn Sie das überleben, heiraten Sie dann meine Mutter?«

»Oh!« Cheng schluckte. Er konnte nur so staunen.

»Eine Antwort wäre gut«, mahnte das Mädchen.

»Ja«, sagte Cheng.

»Was ja?«

»Ja, ich würde deine Mutter heiraten.«

Cheng hatte eilig und ohne Zweifel gesprochen. Nicht aber spontan. Das sicher nicht. Er hielt es einfach für ratsam.

»Gut«, sagte Lena und rief: »Hier oben, Mama, er ist hier oben!«

In diesem Moment stürzte Pavor, der das Seil fallen ließ, auf Lena zu. Das Kind schoß. Cheng meinte trotz der Schnelligkeit deutlich zu erkennen, daß sie nicht einfach nur abdrückte, sondern ein Auge schloß, um solcherart besser zielen zu können. Es soll natürlich nicht gesagt werden, daß dieses Kind, das immerhin Cheng das Leben rettete, Gregor Pavor mit Absicht mitten ins Herz traf. Das wäre ungerecht. Es soll nur gesagt werden ... ja, daß sie ein Auge schloß, wie um zu zielen. Aber dies hatte ja bloß Cheng bemerken können. Und vergaß es auch gleich wieder.

Eine Weile stand Lena da und sah hinunter auf den reglosen Körper. Sie schien nachzudenken, wirkte interessiert, wissenschaftlich.

Cheng sagte nichts. Wozu auch das Kind stören? Er wollte lieber warten, bis Frau Rubinstein hier war.

Was auch nicht lange dauerte. Offensichtlich hatte sie den Ruf Lenas vernommen. Zusammen mit Frau Dussek, die nun wieder angezogen war, kam sie hereingerannt.

»Ich habe dir doch gesagt, du sollst nicht allein...« Dann erblickte sie den Mann am Boden, Cheng am Tisch und die Pistole in der Hand ihrer Tochter.

»Mama!« rief das Kind, ließ die Waffe fallen und stürzte unter plötzlich ausbrechenden Tränen auf ihre Mutter zu und in deren Arme hinein.

Es muß nun gesagt werden – und dies war auch Chengs Überzeugung –, daß Lena keineswegs Theater spielte. Sie war ein Kind, ein berechnendes, mag sein, ein launisches, vielleicht, ein forschendes, natürlich, aber es lag dem sicher kein Schauspiel zu Grunde, daß sie mit dem Erscheinen ihrer Mutter am Tatort in jene Hilflosigkeit und Angst und Verwirrtheit verfiel, die ihrer Elfjährigkeit eben *auch* entsprach. Und nicht nur die Neugierde am Bösen. Der elfjährige Mensch ist ein Mensch, der sich nicht entscheiden kann zwischen Schuld und Unschuld, zwischen Wissen und Nichtwissen, der immer wieder aus seinen Experimenten aussteigt, um erneut das alte Kinderleben aufzunehmen, fast wie eine multiple Persönlichkeit.

»Könnten Sie mir helfen«, ließ sich Cheng vernehmen, obwohl nun eigentlich keine Gefahr mehr bestand, das Seil ohne Zug war. Aber er wollte vorsichtig sein. Fürchtete ein spätes Mißgeschick, wie man Kerne in entkernten Früchten fürchtet.

Frau Rubinstein hatte sich sofort unter Kontrolle, wies die heulende und fluchende Frau Dussek an, die Polizei zu rufen, wies ihr Kind an, im Raum stehen zu bleiben und sich nicht zu bewegen, und machte sich dann ihrerseits daran, sachte auf den Tisch zu steigen und zu allererst Cheng von der tödlichen Schlinge zu befreien. Dabei warf sie ihm einen besorgten, leicht vorwurfsvollen Blick zu, wie man das mit Jungen tut, die mit aufgeschundenen Knien vom Fußball heimkommen. Genau der Blick, auf den Männer so total abfahren, weil sie das eben an eine gute Mutter oder auch nur an die Vorstellung einer guten Mutter erinnert. Ein Ausdruck, in welchem die Strenge und die Güte sich perfekt verschränken, so daß man gerne das eine für das andere hält und über kurz oder lang danach süchtig wird.

Umso besser, fand Cheng, daß die sportlich-elegante Frau Rubinstein ansonsten eher unmütterlich wirkte. Man könnte sagen aufgeklärt, säkular, modern, italienisch, allerdings norditalienisch. Doch diesen bestimmten, eher süditalienisch zu nennenden Mutter-Blick angesichts malträtierter Knie und ähnlichem beherrschte sie nun mal. Eine gute Kombination. Denn immerhin mußte sich Cheng vorstellen, daß er mit dieser Frau und diesem Blick möglicherweise demnächst zusammenleben würde. Nicht etwa, weil es ihn drängte, nochmals zu heiraten, oder er sich für unwiderstehlich hielt. Aber ihm schwante, daß weder er selbst noch Frau Rubinstein das wirklich entscheiden würden, sondern eine vorlaute Elfjährige. Elfjährige bestimmen, wie ein Haushalt aussieht, das ist bekannt. Sie bestimmen, welches Auto gekauft wird, welche Tiefkühlpizza, bestimmen die Zahlen beim Lotto. Und nicht zuletzt den neuen Mann ihrer Mutter. Und was wäre ein Ehemann anderes als der wesentlichste Teil eines Haushalts?

Frau Rubinstein stieg vom Tisch und half sodann Cheng herunter, nicht ohne den Blick von Lena zu lassen. »Gott, mein armes Kind…«

»Bringen Sie Lena hinunter und legen Sie sie ins Bett«, sagte Cheng, der sich jetzt wieder im Griff hatte. Er zog ein Kärtchen aus seiner Tasche und reichte es Rubinstein: »Das ist die Nummer der Kriminalpolizei. Rufen Sie dort an. Oberstleutnant Straka. Er soll kommen. Das ist sein Fall. Das ist sein Toter.«

»Lena…«

»Ich rede mit Straka, erkläre ihm, was geschehen ist. Er wird darauf verzichten, mit Lena auch nur sprechen zu wollen. Alles, was Lena ihm sagen kann, kann ich ihm auch sagen.«

»Und das wird er akzeptieren?«

»Ja. Das wird er. Wir sind Brüder im Geiste. So ungefähr.«

»Das hätte nicht zu geschehen brauchen«, sagte Rubinstein. »Sie haben mich angelogen, Herr Cheng. Sie haben behauptet, ohne guten Grund in dieses Haus gekommen zu sein.«

»So war es auch. Ich habe nicht ahnen können, was daraus wird.«

Rubinstein sah ihn an, als glaubte sie ihm nicht. Allerdings lag in ihrem Schauen auch ein Verzeihen, wie man es Menschen gegenüber praktiziert, an die man sich gebunden fühlt. Die man nicht einfach verdammen und zum Henker schicken kann. Schon gar nicht, wenn man ihnen gerade die Schlinge des Hen-

kers entfernt hat. Ja, so war das. Frau Rubinstein würde –
gleich, was sie dachte – Cheng verzeihen. Und sie würde natürlich auf ihre Tochter hören, auf Lena, die nun mal, Gott weiß
warum, beschlossen hatte, daß der Mann, den sie noch kurz
zuvor als »verkrüppelten Chinesen« bezeichnet hatte, der richtige Mann für ihre Mutter sei. Vielleicht sogar der richtige
Vater für sie selbst. Zunächst aber war Zeit zum Schlafen. Und
Zeit zum Vergessen. Frau Rubinstein hob ihr Kind hoch, sodaß
ihrer beider Wangen sich wie die geschlossenen Flügel eines Fal-
ters berührten. Zu Cheng sagte sie: »Versprechen Sie mir, Lena
aus der Sache herauszuhalten?«

»Ja, das werde ich.«

Rubinstein trug Lena aus dem Raum.

Cheng und der tote Gregor Pavor waren jetzt alleine. Zwischen ihnen lag etwas wie das Manko, sich nicht wirklich kennengelernt zu haben. Wie auch das Manko, daß nicht einer von
ihnen, sondern eine minderjährige Ballettschülerin die Entscheidung herbeigeführt hatte. Ein Manko, mit dem Cheng freilich
leben konnte. Und Gregor Pavor ganz eindeutig nicht.

»Sie können es einfach nicht lassen, was?« tönte Straka, als er
hereintrat. »Stolpern immer wieder in solche Geschichten hinein.«

»Ich stolpere nicht, schon lange nicht mehr«, entgegnete
Cheng. »Sie sehen mich so gut wie unverletzt.«

»Wie ich gehört habe, wären Sie beinahe erhängt worden«,
äußerte Straka und sah hinüber zu der Schlinge, die jetzt nur
noch wie eine dicke Wäscheschnur unter dünnen anmutete.

»Beinahe, wie Sie schon sagten, nur beinahe, darauf kommt
es ja wohl an«, meinte Cheng.

»Das stimmt allerdings.«

»Glück gehört natürlich auch dazu«, gestand Cheng. »Wobei
man das Glück erzwingen muß. Das ist ein bißchen metaphy-
sisch, gebe ich zu. Aber Metaphysik muß oft sein, man tät sich
sonst schwer mit dem Argumentieren.«

»Da draußen«, sagte Straka, »steht eine Alte und regt sich
auf, eine Göre namens Lena hätte ihren Geliebten erschossen.
Geliebter?«

»Hatte eine Schwäche für alte Frauen«, sagte Cheng und blickte auf den Toten hinunter. »Und eine Schwäche für Stricke. Er heißt Gregor Pavor. Und jetzt halten Sie sich fest: Er ist in den 4711-Fall verwickelt.«

Cheng erzählte, was er wußte. Erzählte vom Besuch in seiner alten Wohnung und wie er ausgehend vom Schicksal der drei Kartäuserkatzen sich Zugang zu Pavors Wohnung verschafft hatte. Und von Pavors Wohnung in Pavors Schlinge geraten war, um dann immerhin zu erfahren, auf welche Weise Frau Kremser hatte sterben müssen. Und daß hinter alldem das Geheimnis jener 4711-Rezeptur steckte. Oder was auch immer der Zettel beinhaltete, der sich angeblich irgendwo im Haus befand.

Und dann war also – im einzig richtigen Moment, in Chengs Glücksmoment – Lena heraufgekommen, hatte die Waffe an sich genommen und auf den sie zustürzenden Gregor Pavor geschossen. Daß dasselbe Kind zuvor Cheng danach gefragt hatte, ob er vorhabe, ihre Mutter zu heiraten, ließ Cheng aus. Das war nun wirklich nichts, was die Polizei zu interessieren brauchte.

»Meine Güte, die Kleine muß sofort psychologisch betreut werden«, erklärte Straka, der auch ohne Extra-Bitte bereit gewesen war, eine Befragung Lenas zu unterlassen. Gemäß seiner Art, auf Sinnloses zu verzichten. Etwa sich bei vergewaltigten Frauen nach ihren Gefühlen zu erkundigen. Oder Zuhältern mit Anstand zu kommen. Oder eben mit einem Kind zu reden, wenn man die Geschichte auch von einem glaubwürdigen Erwachsenen erfahren konnte.

»Ich denke«, sagte Cheng, »die Mutter hat das in der Hand. Aber man wird sich natürlich darüber unterhalten müssen, ob und wie man dem Kind helfen kann, das zu verarbeiten. Aber nicht jetzt. Außerdem könnte ich mir vorstellen, daß unsere Lena von sich aus damit fertig wird. Sie lernt Ballett. Und geht auch noch Fechten. Weiß ich von der Mutter.«

»Ich verstehe nicht ganz…«

»Glauben Sie mir, Balletteusen und Fechterinnen, so jung sie sein mögen, sind auf eine bestimmte Weise unangreifbar. Natürlich ist jedes Kind auch ein Kind. Aber Ballett ist ein Panzer von großer Härte. So widerlich die Herzchen dabei auch werden.«

»Geht es Ihnen gut, Cheng?«

»Sie verstehen mich nicht«, stellte Cheng fest.

»Nein«, sagte der Polizist, meinte dann aber: »Braucht auch nicht sein. Jedenfalls werde ich alle Rücksicht walten lassen. Schließlich müssen wir diesem Kind und seiner Mutter nichts beweisen. Ein bißchen schwieriger ist die Sache mit der Alten da draußen, Frau Dussek.«

»Ich würde vorschlagen«, meinte Cheng, »die Madame genau zu befragen. Nicht, daß ich wirklich sagen kann, wie tief sie in der Sache steckt. Sicher aber ist, daß sie Pavor geholfen hat, die Kremsersche Wohnung zu bekommen. Sicher ist, daß sie sich die Katzen geschnappt hat, um sie zu schikanieren. Ich könnte mir vorstellen, daß sie einiges weiß, was wir noch nicht wissen. Ja, sie hat die Kremser gehaßt, andererseits ist sie jeden Nachmittag mir ihr zusammengesessen. Ich an Ihrer Stelle, Oberstleutnant, würde die Dussek mitnehmen.«

»Genau das werde ich auch tun, die Dussek mitnehmen. Aber vergessen Sie nicht, die Frau ist fast achtzig. Ich kann mit ihr nicht umspringen wie mit einer straffällig gewordenen Hürdensprinterin, oder?«

»Wenn *Sie* mit ihr nicht umspringen«, prophezeite Cheng, »dann sie mit Ihnen. Die Frau hat nicht nur Haare auf den Zähnen, sondern auch einen Bunsenbrenner im Kopf. Ist doch bezeichnend, daß sie dort draußen steht und tobt und nach ihrem Gregorschatzi schreit, anstatt schön brav still zu sein und zu hoffen, daß niemand sie bemerkt.«

»Haben Sie Vertrauen, lieber Cheng«, sagte Straka, »ich werde mit der Dame schon fertig werden. Aber etwas anderes: Ist es nicht ein bißchen sehr merkwürdig, daß dieser Fall ausgerechnet hier seine Fortsetzung findet? Ich war ziemlich platt, als ich begriffen habe, daß das Ihre alte Adresse ist.«

»Puh! Ich weiß doch auch nicht. Mir brummt manchmal der Schädel, wenn ich alles zusammenrechne.«

»Ich gehe noch immer davon aus«, sagte Straka, »daß Sie mir etwas Entscheidendes verschweigen.«

»Nichts«, entgegnete Cheng, »was erklären könnte, warum wir in der Lerchenfelder Straße stehen und nicht woanders. Außerdem sagen Sie mir auch nicht alles, oder?«

»Natürlich nicht. Sie haben recht. Keine Vorwürfe mehr. Wird sich schon noch alles klären, was sich klären muß. Wir werden uns jetzt mal mit dem Toten beschäftigen. Der Mann hat ja wohl eine Vergangenheit.«

Der entscheidende Punkt war natürlich, herauszufinden, wer Gregor Pavor beauftragt hatte. Und genau darum ließ Straka die alte Dussek postwendend zu einem Verhör bringen, um festzustellen, ob sie die Person des Auftraggebers kannte oder nicht.

Cheng war zufrieden. Für ihn zählte in erster Linie, daß Frau Dussek aus dem Haus geschafft wurde und nicht etwa damit anfing, Rubinstein und ihre Tochter zu belästigen. Terror machte ihres toten Liebhabers wegen. Oder vor lauter Wut die drei Kartäuser ertränkte. Oder wozu auch immer sie fähig und willig war.

Cheng und Straka vereinbarten für den folgenden Tag einen Termin in Strakas Büro, damit Cheng seine Aussage machen konnte. Denn eine solche stand natürlich an. Selbst freie Künstler wie Straka und Lukastik hatten sich an die eine oder andere behördliche Regelung zu halten. Das wird gerne übersehen. Wie sehr nämlich eine noch so individuelle Polizeiarbeit im Schatten der Bürokratie steht.

Gemeinsam traten der Detektiv und der Oberstleutnant aus dem Raum, wo nun die Leute von der Spurensicherung daran gingen, ihre Pflicht zu tun. Einige von ihnen tippten sich bloß noch auf die Stirn, wenn sie Cheng sahen.

Im Angesicht der schreienden Frau Dussek, die von zwei Beamten festgehalten, den ganzen Staat diverser Sauereien verdächtigte, gab Straka ein knappes Zeichen. Frau Dussek wurde fortgebracht. Im Davongetragenwerden drohte sie mit einer Beschwerde bei der Volksanwaltschaft.

»Wenn sie kapiert«, sagte Straka, »daß wir ihr eine Mitwisserschaft anhängen wollen, vielleicht zu Recht, vielleicht zu Unrecht, was soll's, dann wird sie sich schon beruhigen. Also, mein Lieber, wir sehen uns dann morgen.«

»Ja, bis morgen«, sagte Cheng, begleitete Straka ins zweite Stockwerk hinunter, schüttelte seine Hand und sah ihm nach, wie er hinter einer Ecke des Treppenhauses verschwand. Kurz darauf war das Backofengeräusch einer fauchenden Katze zu hören.

»Sie kümmern sich doch um die Tiere, nicht wahr?« rief Straka nach oben.

»Ich kümmere mich«, sagte Cheng und legte seine Stirn in regelmäßig gestapelte kleine Falten. Wie bei einer naiven Skulptur.

30
Ein Mann liegt auf dem Rücken und freut sich des Lebens

Cheng ließ sich auf der Treppe nieder, und zwar so, daß er die drei Kartäuserkatzen im Auge behalten konnte und gleichzeitig einen Blick hinauf zum zweiten Stockwerk besaß, dort, wo nun die ehemalige Wohnung der Frau Kremser von ermittelnden Polizisten durchsucht wurde. Soeben wurde Gregor Pavors Leiche abtransportiert. Cheng hätte sich nicht einmal erheben müssen, um den Weg freizumachen für den metallenen Sarg, da das Treppenhaus über eine ausreichende Breite verfügte. Viele dieser alten Wiener Wohnhäuser waren in einer Weise konzipiert, daß der Transport von Klavieren und Särgen und riesenhaften Gummibäumen eher ein Vergnügen darstellte, während man sich bei neueren und neuesten Gebäuden fragte, ob überhaupt noch jemand Klaviere und Särge und riesenhafte Gummibäume ins Kalkül zog. Was dachten diese Architekten und diese Bauherren sich? Daß Leute, die zu Hause starben, danach in Stückchen geschnitten wurden? Daß man sie wie einen Kuchen portionierte?

Jedenfalls war Cheng nur aus Achtung vor dem Akt der Beförderung einer Leiche aufgestanden. Somit eher aus Achtung vor den Sargträgern als vor dem Verstorbenen. Was ja übrigens eine schöne österreichische Tradition darstellt. Nicht die Leiche an sich, sondern den Umgang mit der Leiche ins Zentrum zu rücken. Und folglich eine Hochachtung gegenüber jenen Menschen zu entwickeln, die in professioneller Weise mit den lieben Verstorbenen zu tun haben. In keiner anderen Stadt der Welt sind Gerichtsmediziner, Sargträger und Bestattungsunternehmer so sehr respektiert wie in Wien. Das ist mehr als ein Klischee. Es ist die Substanz der Stadt und seiner Bewohner, nämlich weit weniger in den Tod verliebt zu sein, wie fälschlich behauptet wird, als in seine Verbildlichung. Wenn gesagt wird »Einer stirbt und alle beneiden ihn«, klingt das zwar gut, ist aber unrichtig. Die Überlebenden sind hier die Fröhlichen. Nirgends sieht man so viele glückliche Gesichter wie auf Wiener Friedhöfen, was übrigens einen Hinweis auf die zeitweise Authentizität dieses als schwindlerisch verschrienen Menschenschlages darstellt.

Auch die Katzen – welche mit dem unfreiwilligen Fortgang Frau Dusseks augenblicklich und in Zeitraffer zu gesunden schienen – hatten sich erhoben und mit einer synchronen Bewegung ihrer Köpfe den Abtransport Gregor Pavors verfolgt. Es waren schon sehr wienerische Katzen, mit einem Hang zur Pose und zum Kasperltheater. Cheng überlegte, daß die drei Viecher bald wieder über einiges an Macht in diesem Haus verfügen würden. Selbst wenn die alte Dussek zurückkommen sollte, würde es ihr kaum noch gelingen, ungestraft was auch immer zu unternehmen. Es war jetzt wieder der Geist der Frau Kremser, der in diesem Haus herrschte.

»Was ist mit Ihnen?« vernahm Cheng über sich die Stimme Frau Rubinsteins. »Weshalb sitzen Sie hier draußen?«

Die Frau mit jenem leicht dunklen Teint, der in erster Linie den genealogisch bedingten Vorrang von schönem vor schlechtem Wetter zu dokumentieren schien, diese Frau mit dem gleichzeitig schlanken und kräftigen, jedoch weniger an irgendein choreographiertes Gehüpfe, als an die Freiluft einer Aschenbahn erinnernden Körper, diese Frau ohne Vornamen, stand am Treppenabsatz und sah mit müden Augen hinunter zu Cheng. Es war eine Erschöpftheit in ihrem Blick, wie man ihn von übergroßer Liebe kennt. Liebe für Lena, das versteht sich. Aber da war noch etwas…Liebe für Cheng? Für einen Mann, den sie ja kaum kannte und der – wenn auch ungewollt – Lena in große Gefahr gebracht und nicht zuletzt den Umstand einer Tötung mittelbar verursacht hatte? Einen Umstand, den dieses Kind erst verkraften und verarbeiten mußte. Vielleicht auch niemals loswerden würde. (Wobei allerdings auch Frau Rubinstein um die abwehrende Kraft des Fechtens und des Balletts wußte und daß ihre Tochter sich wohl kaum zu einem Menschen entwickeln sollte, der sein Glück und Unglück im Selbstzweifel und anderen masochistischen Übungen fand.)

»Ich wollte nicht stören«, sagte Cheng. »Und ich wollte ein wenig nachdenken.«

»Nachdenken können Sie auch bei mir«, erklärte Frau Rubinstein und vollzog mit ihrem Kopf und den schwarzen, gelockten, knapp über die Schulter reichenden Haaren eine von diesen Gesten, denen man sich beim besten Willen nicht widersetzen kann. Gesten in der Art von fliegenden Teppichen, die bekanntermaßen dorthin fliegen, wohin sie selbst wollen, die Teppiche. Jedenfalls führte die Kopf- und Haarbewegung der Frau Rubinstein in Richtung der eigenen Wohnungstüre, die zu einer sehr viel schlechteren Zeit Chengs Wohnungstüre gewesen war.

Der Detektiv erhob sich, ging nach oben und folgte Frau Rubinstein. Kurz vor dem Eintreten blieb er jedoch stehen und verwies darauf, daß man sich um die drei Kartäuser kümmern müsse.

»Soll das heißen«, fragte Rubinstein, »daß die Dussek fort ist?«

»Sie wird von der Polizei verhört. Außerdem wäre es unrichtig, der Frau die Katzen zu überlassen.«

»Und? Was haben Sie vor?«

»Ich dachte, Sie könnten…Lena könnte…«

»Das sind schwierige Tiere, soweit ich weiß«, äußerte die Frau, deren erschöpfter Blick augenblicklich von einer kleinen Wachheit aufgehellt wurde.

»Ich bin überzeugt«, erwiderte Cheng, »daß Lena das hinkriegt.«

Rubinstein aber meinte, daß die Katzen Lena ständig daran erinnern würden, was an diesem Abend geschehen sei.

»Sie haben recht«, sagte Cheng, »ich werde mir etwas anderes einfallen lassen.«

»Sie geben aber schnell auf«, zeigte sich Rubinstein überrascht.

»Manchmal lohnt sich Hartnäckigkeit«, erklärte Cheng, »dann wieder nicht. Es ist eine große Kunst, das zu erkennen. Richtig zu erkennen.«

Rubinstein nickte. Ihre Wachheit war jetzt ein schöner Kranz, der ihre müden Augen deutlich umgab, sodaß ein oberflächlicher Betrachter von einer in jeder Hinsicht aufgeweckten Frau gesprochen hätte. Sie sagte: »Überlegen wir drinnen, was man mit den Katzen machen könnte.«

Jetzt war es Cheng, der nickte. Nicht ganz so aufgeweckt. Er folgte Rubinstein in die Wohnung.

»Wollen Sie mir erzählen, was geschehen ist?« fragte Rubinstein, als man sich wenig später im Wohnzimmer gegenübersaß, Rubinstein im Fauteuil, Cheng auf dem Sofa, eine etwas bettlägerige Haltung einnehmend, jeder ein Glas Rotwein in der Hand. Geraucht wurde nicht, obgleich Cheng jetzt große Lust gehabt hätte. Doch die Türe zum Schlafzimmer und weiterführend die ins Kinderzimmer standen offen. Allein die Frage nach einer Zigarette verbot sich. Eine ganze Menge Fragen verbaten sich, etwa auch die nach dem Verbleib eines Herrn Rubinstein. Gleichwohl mußte sie gestellt werden, immerhin hatte Cheng der kleinen Lena versprochen, ihre Mutter zu heiraten. Und da drängte sich also auf, über die familiäre Situation der prospektiven Gattin Bescheid zu wissen.

Bevor Cheng nun aber jene Frage stellte, mußte er eine andere erst abwehren. Er erklärte also, daß es besser sei, wenn sie, Rubinstein, wenig bis nichts darüber erfuhr, wie es zu dem »Vorfall« am Dachboden hatte kommen können. So würde es ihr leichter fallen, der Tochter gegenüber jene Gelassenheit an den Tag zu legen, die demnächst gefragt sein würde.

»Sie meinen«, fragte Rubinstein und produzierte einen abfälligen Blick, »ein Kind könnte vergessen, jemand erschossen zu haben?«

»Selbstverständlich«, sagte Cheng, »Kinder können eine Menge Dinge vergessen. Allerdings muß man ihnen dabei helfen. Wenn die Vergangenheit zum Trauma wird, Uneingestandenes zur Psychose führt, dann nur darum, weil wir nicht *richtig* vergessen.«

»Was wäre *richtig*?«

»Indem der Erwachsene *mit*vergißt. Also nicht nur über etwas schweigt, nicht nur alles versteckt, was eine Erinnerung auslösen könnte, nicht nur so tut, *als ob*, während er in Wirklichkeit alle möglichen Leute ins Vertrauen zieht. Nein, der

Erwachsene muß ernsthaft an einem Vergessen arbeiten. Die Basis bereiten, auf der dann auch das Kind vergessen kann, ohne sich einen Defekt einzufangen. Es gibt Wunden, die verheilen, und es gibt Wunden, die eine Narbe hinterlassen. Und es gibt ein paar verdammte Erreger, die immer ausbrechen, wenn man es nicht brauchen kann. Und man kann es natürlich selten brauchen. Aber das muß nicht so sein. Ein Virus ist ein Ball, der ein Spielfeld benötigt. Wenn man aber das Spielfeld streicht, kann auch nicht gespielt werden.«

»Was an der Existenz des Balls nichts ändert.«

»Das nicht. Aber der Ball ist dann ohne Sinn und Funktion. Er schwebt im leeren Raum. Oder stürzt ins Bodenlose. Jedenfalls richtet er keinen Schaden an.«

»Das klingt alles sehr einfach«, sagte Rubinstein.

»Es ist auch einfach. So einfach wie Schwimmen. Wenn man schwimmen kann. Freilich, wenn jemand mit vierzig anfängt, schwimmen zu lernen oder lesen zu lernen oder das erste Mal auf einem Snowboard steht, ist das natürlich ein Problem. Und wenn er ein Kind betreut, ist das Problem ein doppeltes, weil das Kind, das sich beim Erlernen eigentlich leicht tut, ob es nun ums Schwimmen oder ums Vergessen geht, von einem Erwachsenen abhängt, der sich ganz und gar nicht leicht tut. Und da steht dann also ein vierzigjähriger Nichtschwimmer, der einem Kind das Schwimmen beibringen soll. Aber wie gesagt, es geht. Wenn man sich bemüht, können am Ende alle schwimmen.«

»Haben Sie Kinder?«

»Nein. Aber darauf kommt es nicht an. Wenn ich recht habe, habe ich recht. Und wenn ich unrecht habe, nützt es nichts, ein Dutzend Nachkommen gezeugt zu haben.«

Rubinstein betrachtete Cheng wie über einen unsichtbaren Brillenrand. Es war, als sehe sie ihn zum ersten Mal wirklich und wahrhaftig an. Dann sagte sie: »Stimmt.«

»Ich hätte auch eine Frage«, äußerte Cheng, setzte eine Pause und erkundigte sich: »Was ist mit Lenas Vater?«

»Geht Sie das was an?«

»Nein, das geht mich nichts an. Allerdings würde die Zahl gestellter Fragen weltweit enorm sinken, wenn man nur Fragen stellen würde, die…«

»Wir hatten uns getrennt. Er zog nach Israel. Vor fünf Jahren. Und brauchte ganze zwei Tage, um von einer Kugel getroffen zu werden. Einer verirrten Kugel, wie man mir versichert hat. Was sich anhörte, als sei der Tod mittels einer verirrten Kugel weniger tödlich. Es war grotesk. Ein untödlicher Tod. Und man wußte nicht einmal, woher diese Kugel stammte. Einmal war von israelischer Polizei die Rede, dann von Terroristen, dann wieder von Kriminellen. Am Ende blieb nur die Kugel.«

»Wieso ging er weg von Wien?«

»Alle dachten, er würde vor den Verhältnissen flüchten, vor der ganzen Nazistimmung in dieser Stadt. Unsinn, er ist vor mir geflüchtet. Israel war bloß der einfachste und logischste Weg. Ich meine, wenn man Jude ist, dann tut man das halt, nach Israel gehen. So wie die Iren und die Burgenländer nach Amerika gehen und die Marokkaner nach Frankreich. Das hat mit Politik nicht viel zu tun. Nicht für den einzelnen, der unternimmt, was sich anbietet. Und dann in eine solche verirrte Kugel hineinläuft. Im Grunde sterben die meisten Menschen, die eine Kugel trifft, an verirrten Kugeln. Denn auf wen wird schon richtiggehend gezielt? Welcher Schütze weiß schon, auf wen er da schießt? Auf einen Herrn sowieso? Aber wirklich nicht. Man muß ausgesprochen prominent sein, um das Privileg zu haben, von einer Kugel getroffen zu werden, die nur einem selbst gilt, und nicht egal ist, ob sie zwei Leute weiter rechts einschlägt.«

»Weiß Lena davon?«

»Sie weiß, daß ihr Vater tot ist. Sie war sechs, als er ging. Sie hat gute Erinnerungen an ihn. Er hätte sie sicher oft besucht. Daran hält sie fest, am Bild der Besuche, die er nicht mehr machen kann. Von der Art seines Todes weiß sie nicht, sie denkt, er war krank. Wie auch erklärt man einem Kind einen solchen Tod? Nein, ich habe dieses Problem verschoben.«

»Sehr vernünftig.«

»So sicher bin ich mir da nicht. Wenn sie es von jemand anders erfährt, wäre das ein zweifacher Schock. Außerdem wird sie bald Fragen stellen, denen ich nicht ausweichen kann.«

»Alles zu seiner Zeit«, sagte der Nichtvater Cheng.

»Das ist ein ziemlicher Allgemeinplatz«, meinte Frau Rubinstein und schenkte ihrem Gast Rotwein nach. Dann fügte sie an, als sei es ihr eben erst aufgefallen, daß der »Vorfall« dieses Abends, der Tod Pavors, die Bedeutung einer abgefeuerten Kugel, eine schreckliche Parallele zum Tod von Lenas Vater bilde.

»Von Parallele kann keine Rede sein«, sagte Cheng, wobei er freilich unterließ, die Mutmaßung auszusprechen, daß der von Lena abgegebene Schuß wenig bis nichts mit einer verirrten Kugel zu tun hätte.

Cheng versicherte Frau Rubinstein zum wiederholten Male, daß die Polizei in Gestalt von Oberstleutnant Straka die kleine Lena in Frieden lassen werde. Gregor Pavor sei ein Krimineller gewesen, ein Mann, der in widerlicher Weise Frau Kremser in den Tod getrieben habe und dem man wahrscheinlich noch einiges andere würde anlasten können. Kaum anzunehmen, daß jemand auftauchen werde, um Pavor eine Träne nachzuweinen. Auch nicht die Dussek, die froh sein dürfe, wenn sie mit einer Anzeige wegen Tierquälerei davonkomme.

»Und jetzt lassen wir das«, sagte Cheng. »Sie sollten beginnen, die Sache zu vergessen. Ihrer Tochter zuliebe. Sprengen Sie das Spielfeld in die Luft, auf daß kein Ball oder Virus und keine Erinnerung sich auf dem Boden halten kann.«

»Sie sprechen gerne in Bildern«, stellte Frau Rubinstein fest.

»Das verlangt mein Beruf.«

»Ach was!?«

»Ein poetischer Beruf«, behauptete Cheng, ohne das aber genau oder auch nur ungenau zu erklären. Statt dessen stellte er die Frage...Nein, er stellte keine Frage, sondern vielmehr das Faktum in den Raum, Frau Rubinstein bloß als Frau Rubinstein und somit ohne ihren Vornamen zu kennen.

»Und? Ist das ein Problem für Sie?«

»Kein Problem«, sagte Cheng. »Wenn Sie ihn mir nicht nennen wollen, hat das natürlich auch seinen Reiz. Jemand zu verehren, den man nur mit seinem Nachnamen kennt.«

»Sie verehren mich?« staunte Frau Rubinstein, wobei ihr Lächeln eher ein Darumwissen als ein Staunen verriet.

»Verehren klingt natürlich altmodisch«, gestand Cheng. Sodann zögerte er. Was tat er hier? Wollte er allen Ernstes bei dieser Frau, wie man so sagt, *landen*? Landen wie auf einem

409

dieser kreisförmig markierten Hubschrauberdecks auf Hoch-
häusern und Ölplattformen, die man ja tunlichst nicht verfehlen
sollte, die Decks. Wollte er sich das antun? Die Peinlichkeit, die
entstehen konnte. Ja, die eigentlich schon gegeben war, indem
er von »verehren« gesprochen hatte, als befände man sich im
vorletzten Jahrhundert. War es da nicht besser, augenblicklich
damit aufzuhören, einer Frau schöne Augen zu machen, die ja
schöne Augen bereits besaß, in der Art dunkler Scherben, wie
einmal gesagt worden war?

Bevor nun aber Cheng sich entschuldigen, für den Wein dan-
ken und aufstehen konnte, erklärte Frau Rubinstein, daß sie am
Begriff der Verehrung nichts Anrüchiges finden könne. Im
Gegenteil. Und ob etwas altmodisch sei oder nicht... Mein
Gott, wer könne schon sagen, ob morgen oder übermorgen
nicht jedermann mit Zopfperücken durch die Gegend laufe.
Nein, sie halte es für okay, jemand zu verehren. Schwierig wäre
nur diese gewisse Dehnbarkeit des Begriffs, die Spannbreite, die
sich zwischen dem Platonischen, dem Obsessiven und
einem... nun, einem normalen Gefühl der Zuneigung ergebe.

»Zuneigung!« verkündete Cheng, endlich einmal frei von
Überlegungen. »Ich meinte Zuneigung. Darum auch hätte ich
gerne Ihren Vornamen erfahren.«

»Das ist eigentlich der Moment«, fand Rubinstein, »wo ein
Mann mit dem Du-Wort anfangen sollte. Und zwar ohne zu
fragen.«

»Na, den Punkt habe ich dann wohl verpaßt.«

»Ach weißt du«, erledigte Rubinstein das Problem, »Hauptsache, daß die Dinge sich so entwickeln, wie sie angelegt sind.«

Das war nicht nur einfach so hingesagt. Rubinstein erhob
sich von ihrem Sessel, ging ins Schlafzimmer, wo sie die Türe
zum Kinderzimmer schloß, kam zurück und nahm sodann mit
einer Bewegung, mit welcher Muscheln auf Meeresböden zu
sinken pflegen, neben Cheng auf dem Sofa Platz. Cheng erstarrte, seinerseits ebenfalls in der Art eines Meeresbewohners, und
zwar eines von den stupiden, die jede Annäherung als Bedrohung interpretieren. Also zwischen Muscheln und Haifischen
nicht zu unterscheiden verstehen.

»Ich fresse dich nicht, Markus«, sagte Rubinstein.

Cheng entspannte sich. Ohne allerdings den Eindruck zu machen, er würde das Versprechen, nicht gefressen zu werden, wirklich glauben. Andererseits war es ihm nun gleichgültig, ob er gefressen wurde oder nicht. Er schien einfach zufrieden, diese Frau neben sich zu spüren. Muschel oder Haifisch – egal.

Rubinsteins cremige Lippen setzten sich auf Chengs Mund. Viele Sekunden lang passierte nichts anderes, als daß die beiden Münder aufeinanderlagen, einer auf dem anderen wie auf einer Matte verweilend, sich erholend. Das war eigentlich das Beste, was zwei Menschen passieren konnte, dieser Moment der Ruhe, der nicht zuletzt aus der Einfachheit solcher Vereinigung resultierte. Und aus der Kürze des Moments. Wie ja die meisten wirklich guten Dinge ungemein kurz und ungemein einfach sind, da braucht man nur in die Physik zu schauen. Diese Kürze hat freilich auch etwas Trauriges, gerade darum, weil sie notwendig ist, also unabänderlich. Man stelle sich vor, stundenlang seine Lippen auf anderen Lippen zu belassen: die Probleme beim Atmen, der Speichelfluß, die Müdigkeit, die Langeweile, die Rückenschmerzen, vor allem aber das Gefühl, etwas vollkommen Albernes zu tun, etwas wie Dauertanzen, Knödelwettessen, Marathonlaufen oder Tieftauchen.

Und weil also dieses Wunderbare eines ersten, zungenlosen Kusses sicher nichts mit der Bewältigung von Knödeln oder Kilometern zu tun hatte, nahm Rubinstein ihre Lippen von jenen Chengs und sagte: »Ginette.«

»Was?«

»Ich heiße Ginette. Der Vorname, den du unbedingt wissen wolltest. Was ich jetzt fast ein bißchen schade finde, ihn dir genannt zu haben. Aber es stimmt, man kann nicht jemand küssen und ihm seinen Namen nicht sagen. Das tun die Leute, wenn überhaupt, nur in Pornos. Und was wir beide vorhaben, Markus, wird kein Porno sein. Oder?«

Das war natürlich eine interessante Art, einen Mann danach zu fragen, ob er sich ein bloßes Abenteuer wünschte. Nun, das tat dieser Mann hier ganz und gar nicht, da die Abenteuer seines praktizierten Detektivismus ihm durchaus genügten. In Fragen der Liebe sehnte er sich nach einem Niveau, das den gerade geküßten Lippenkuß als Vorbild nahm und also auch in langfri-

411

stigen und komplizierten Dingen eine Einfachheit und unaufgeregte Schönheit anstrebte. Soweit dies eben möglich war.

»Kein Porno«, sagte Cheng und faßte nach Ginette Rubinsteins Hand, die er in der Art eines Okkultisten betrachtete. Ohne freilich im Sinn zu haben, aus dieser Hand zu lesen. Er hielt derartiges für absoluten Schwachsinn. So besiegelt die Zukunft auch sein mochte, sie offenbarte sich nicht. Darin bestand nämlich ihr ganzer und einziger Sinn: sich nicht zu offenbaren. Nur darum konnte sie überhaupt bestehen. Eine offenbarte, eine in Innenhandflächen eingeschriebene Zukunft, wäre dann bloß noch eine noch einzulösende Gegenwart gewesen. Als ginge man ins Kino, aber nicht um den Film zu sehen, den man ja schon kannte, sondern allein, um sich die Eintrittskarte abreißen zu lassen. Was schön blöd wäre.

Cheng war also sicher kein Handleser. Doch seine Nachdenklichkeit, während er eher zufällig auf die Hand der Frau sah, erzeugte einen solchen falschen Eindruck. In Wirklichkeit aber überlegte Cheng, daß Ginette doch wohl kein jüdischer Name sei. Und das sagte er jetzt auch, obwohl ihm die Erwähnung von etwas Jüdischem oder explizit Nichtjüdischem ein wenig unangenehm war. Er hatte noch selten erlebt, daß bei diesem Thema etwas Gutes herauskam. Es war ein Thema, bei dem alle aggressiv wurden, die Juden wie die Nichtjuden wie die Halbjuden und die Möchtegernhalbjuden und natürlich die Möchtegernnichtjuden. Man konnte einfach nicht darüber reden, über Israel und solche Sachen, ohne daß ein jeder ungemein persönlich wurde, quasi auch zu sich selbst, sofort etwas bekennend oder eingestehend, eigentlich die ganze Zeit ungefragte Fragen beantwortend. Und dies also in einem viel zu energischen Tonfall und auf eine offensive Weise. Und eine Spur dieser ungewollten Heftigkeit – wie jemand, der sich entschuldigt, obwohl er sich doch gar nicht entschuldigen möchte – steckte auch in Chengs Einwurf, Ginette sei seines Wissens kein jüdischer Name.

»Ist er auch nicht«, sagte Ginette. »Warum?«

»Ja, warum eigentlich?« versuchte Cheng eine Kurve zu machen, wo keine Kurve war.

Ginette war aber halbwegs gnädig und erklärte: »Ginette kommt von Geneviève. Und Geneviève von Genoveva. Die Frau von Siegfried und Mutter von Schmerzensreich. Ja, das wäre dann also nicht sehr jüdisch.«

»Hast du den Namen Rubinstein von deinem Mann?«

»Nein, ich war mit Lenas Vater nie verheiratet. Rubinstein ist mein Mädchenname. Glaube aber bitte nicht, die jüdische Abstammung hätte uns zusammengebracht. Wenn wir das gleich zu Beginn gewußt hätten, wären wir uns sicher aus dem Weg gegangen. Es hat etwas Lächerliches, wenn Leute mit dem bißchen semitischen Blut unter sich bleiben, wie in diesen Ärztefamilien, wo ein jeder Medizin studieren muß und man nur einen Arzt oder eine Ärztin oder zumindest den Sohn oder die Tochter von einem Arzt oder einer Ärztin heiraten darf. Dieses schreckliche Ärzteunwesen. Und da gibt's also eine Menge Juden in Wien, die sich wie diese Ärzte aufführen. Am schlimmsten sind natürlich die, die gleichzeitig Juden und Ärzte sind. Das ist dann wie auf dem Dorf, wo die Tochter des Bürgermeisters sich zwischen ungefähr zwei oder drei Burschen einen auswählen darf.«

»Die Zeiten sind doch wohl vorbei.«

»Da träumst du aber, mein Lieber. Aber lassen wir das. Das ist nicht wirklich wichtig. Wichtig ist der Vorname. Ich verdanke ihn meiner Großmutter. Sie hat darauf bestanden, daß meine Mutter, die eine richtige Orthodoxe war und ist, mich so nennt. Zu Ehren von Ginette Neveu.«

»Wer ist das?« fragte Cheng.

»Die beste Geigerin ihrer Zeit?«

»Welcher Zeit?«

»Der Zeit nach dem Krieg. Ginette Neveu hat achtundvierzig in Wien gespielt. Bei Herrn Karajan, den ein gnädiger Gott hoffentlich aus der Musikgeschichte streichen wird. Es ist fast schon wieder schwierig, ihn schlecht zu finden, den Karajan, weil niemand, mit dem man spricht, ihn ernsthaft schätzt. Sein Ruhm ist ein Betrug, aber ein kurioser Betrug, wie Falschgeld, das jeder erkennt und trotzdem weitergibt. Na, jedenfalls war Ginette Neveu in Wien. Und im Gegensatz zu Herrn Karajan, besteht kein Zweifel über ihr Genie.«

»Dann ist das wirklich der richtige Name für dich«, sagte Cheng, unsicher darüber, ob Komplimente zu seinen Stärken zählten.

Rubinstein schien ihm aber gar nicht zugehört zu haben. Sie sah auf einen Punkt an der Wand wie in ein verzaubertes Fernsehgerät, und erzählte davon, wie die noch nicht ganz dreißigjährige Ginette Neveu in Wien Beethoven gespielt habe, gewissermaßen trotz Karajan, und dabei ihre, Rubinsteins, Großmutter kennengelernt habe.

»Die beiden waren gleich alt«, berichtete Rubinstein. »Meine Großmutter kam gerade aus der Emigration nach Wien zurück, weil das für sie der heilige Ort der Musik war. Was ich selbst für eine Übertreibung halte. Die Leute in Wien sind sicher nicht musikalischer als anderswo. Man braucht nur diese sogenannte Hausmusik herzunehmen, auf die alle so stolz sind. Vielleicht, weil sie sich selbst nicht hören. Sei's drum. Meine Großmutter hat sich das halt eingebildet mit der Musik, obwohl diese Stadt einen Menschen wie meine Großmutter gar nicht verdient hatte. Das denke ich, war auch Ginette Neveus Meinung. Sie hat häufig mit meiner Großmutter korrespondiert. Solange eben noch Zeit war. Viel war es ja nicht. Eineinhalb Jahre danach ist die Ginette Neveu tot gewesen. Ein Flugzeugabsturz.«

Ginette Rubinstein wies hinüber auf einen weißen Kunststoffschrank mit metallenen Griffen, der etwas von einem genagelten Saurierknochen hatte, aus der Zeit, als die Saurier noch ausgesprochen geometrisch gewesen waren. Auf der Ablagefläche, rechts und links einer schmalen, rot gesprenkelten, blumenlosen Vase befanden sich zwei in Stehrahmen gefügte Bilder. Rubinstein erklärte, die eine Fotografie zeige ihre Großmutter in den Fünfzigern, während es sich bei der anderen um eine Aufnahme der Agentur Roger-Viollet handle, ein berühmtes Bild, auf dem Ginette Neveu zusammen mit ihrem Bruder und dem französischen Boxer Marcel Cerdan zu sehen sei. Die drei, miteinander plaudernd, befinden sich kurz vor ihrem Abflug nach Amerika. Wenig später werden sie tot sein.

Cheng stand auf und begab sich hinüber zu den beiden Fotografien, zuerst Ginette Rubinsteins Großmutter betrachtend, die in jenem für die Fünfzigerjahre typischen Schwarzweiß abgelichtet war, in welchem die Farbe – die Farbe der kommenden Jahrzehnte – potentiell vorhanden schien, und nur darum nicht zu sehen, weil die in das Fotopapier eingelagerten

414

sogenannten Farbkuppler eben noch nicht gekuppelt hatten. Man spürt die Farbe auf solchen Bildern in der Art von kochendem Wasser, das in einem geschlossenen Topf brodelt. Man spürt sie vor allem hinsichtlich der mit viel rotem Stift bemalten Frauenlippen dieser Zeit. Lippen, die das kräftigste und tiefste Schwarz hervorbringen, das man sich denken kann, ein Schwarz, das vor lauter ungekuppelter roter Farbe zu zerspringen droht.

Genau solche Lippen besaß Rubinsteins Großmutter. Mit ihnen lächelte sie auf eine ziemlich strenge Weise. Wie jemand, der gerade noch etwas sagen wollte, es sich aber überlegt, weil sein Gegenüber es ohnehin nicht verstehen würde. Hübsche Frau, aber ausgesprochen elitär. Kein Wunder, daß sie darauf bestanden hatte, ihre Enkelin nach einer Wundergeigerin zu benennen.

Zu jener Wundergeigerin wechselte nun Chengs Blick. Ginette Neveu wirkte auf dem Foto vollkommen lippenstiftlos, beinahe männlich, den Mund geöffnet, obwohl deutlich zu sehen war, daß sie nicht sprach, sondern der Boxer Cerdan, dessen Lippen wiederum einen nur minimalen Spalt bildeten, so, als wollte er pfeifen oder einen kleinen, warmen Wind ins Freie blasen. Auch ist es nicht die Geigerin, die ihre Stradivari in der Hand hält, sondern Cerdan. Wie um das Gewicht des Instruments zu schätzen. Ohne jedoch an einen Metzger zu erinnern. Zumindest nicht an einen von den üblichen derben Fleischhackern. Wenn schon Metzger, dann ein höchst eleganter, souveräner und betont gebildeter. Zudem merkt man Cerdan an, daß er in diesem Moment nicht nur als weltberühmter Boxer fungiert, der auf dem Weg ist, sich seinen Weltmeistertitel zurückzuholen, sondern auch als Liebhaber Edith Piafs, die gerade auf der anderen Seite des Atlantiks auf ihn wartet. Und nach seinem frühen Tod einen guten Grund mehr haben wird, dem Alkohol zuzusprechen.

Zwischen den beiden, zwischen Ginette Neveu und Marcel Cerdan, zwischen Kunst (Boxen) und Kultur (Geige) steht, als einziger frontal zur Kamera, also zweiäugig, Jean Neveu, der Bruder der Musikerin, mit Architektenbrille, schmalem Jungengesicht, hoher Stirn und einem begeisterten Blick für Cerdan.

Natürlich war das alles neu für Cheng. Wobei sein Interesse nicht gespielt war, also keineswegs dazu diente, etwas oder jemand auszuweichen, sich Zeit zu verschaffen und so weiter. Er war tatsächlich gebannt ob dieses historischen Fotodokuments, auf dem drei Menschen zu sehen sind, die nicht wissen können, daß sie demnächst sterben werden. Und zwar einen dieser unsinnigen Tode, die ohne jeden Bezug zur eigenen Biographie auszukommen scheinen. Also im Gegensatz zu einem Selbstmord, einer höchstpersönlichen, wenn nicht sogar selbstverschuldeten Erkrankung des Leibes, einer Leidenschaft für gefährliche Sportarten oder fettes Essen, einem Beruf, einem Hang zu unfallträchtiger Hausarbeit und so weiter. Ein Flugzeug aber, das abstürzt ... Auch wenn alle davon reden, ist die Art des Unglücks den meisten Menschen völlig fremd, außer sie sind Piloten oder Flugbegleiter. Der Passagier aber ist ein »Zufallsopfer«, welches ausgerechnet an einem der sichersten Orte der Welt vom Tod überrascht wird. Denn zweifellos darf man sich ein paar tausend Meter über dem Boden und damit einer brutalen Welt und unberechenbaren Erde enthoben, zudem umgeben von robusten Materialen, die meiste Zeit sitzend, ja sogar angeschnallt sitzend, in höchstem Maße sicher fühlen. Doch mit einem Mal, nur weil irgendein Schräubchen sich lockert...

Es rührte Cheng, diese drei Personen auf dem Foto zu sehen, welche so vollkommen glücklich schienen, zwei von ihnen auf der Höhe ihres Ruhmes, ohne deshalb nur irgendwie unsympathisch oder leidend zu wirken. Wenn es so war, daß der Champion im Mittelgewicht Marcel Cerdan die Stradivari Ginette Neveus in seinen Händen tatsächlich wog, dann eben nicht nur das Gewicht des Objekts, sondern auch ein wenig das Gewicht des Glücks, das sie alle hier umgab, kurz vor dem Abflug, in irgendeiner VIP-Lounge stehend, durchaus im Bewußtsein, fotografiert zu werden. Das sah man ihnen deutlich an. Wobei sie nicht, wie man so sagt, in ihrer Popularität badeten, sondern sich souverän am Rand der Badewanne behaupteten. Genies, aber Menschen. Letzthin sterblich.

»Tragisch«, sagte Cheng.

»Meine Großmutter ist niemals damit zurechtgekommen, daß Neveu so früh gestorben ist«, erzählte Rubinstein. »Sie hat aufgehört, sich für Musik zu interessieren. Mit dem Tod Neveus war für sie das Thema erledigt. Und daran hat sie ein Leben lang festgehalten. Andererseits bestand sie zwei Jahrzehnte später darauf, daß ihre Enkelin den Namen Ginette erhalten soll. Sie hat richtiggehend darum gekämpft, meine Mutter gezwungen, ja gezwungen. Wenn nicht erpreßt. Trotzdem mag ich meinen Vornamen.«

»Spielst du Geige?«

»Ungern. Früher öfters. Wegen Oma.«

»Ich dachte, die Musik wäre ihr gleichgültig geworden.«

»Das schon. Aber Geige mußte ich dennoch lernen. Wie man ein Gebet lernt. Oder die Art sich zu benehmen. Es gehört nun mal dazu. Auch Lena lernt Geige. Ein Prinzip. Dagegen kann man nicht an. Wie man nicht dagegen ankann, jemand zu hassen oder zu lieben. Komm jetzt her!«

Cheng warf einen letzten Blick auf die Fotografie, die die Ahnungslosigkeit dreier Menschen konservierte, und ging zurück zum Sofa, vor dem er aber stehenblieb und hinunter zu Ginette Rubinstein sah. Er sagte: »Deine Tochter will, daß ich dich heirate.«

»Hat sie dir das gesagt?«

»Ja. Wobei ich mir nicht vorstellen kann, daß sie mich mag. So wenig wie ich glaube, einen passablen Vater abzugeben.«

»Müssen wir jetzt darüber sprechen?« ärgerte sich Rubinstein, der offensichtlich zunächst einmal die Gewißheit reichte, hier keinen »Porno« zu drehen.

»Ich wollte das gesagt haben.«

»Was? Daß du dich vor Lena fürchtest?«

»In gewisser…«

»Hör auf damit. Laß uns ins Schlafzimmer gehen«, schlug Rubinstein vor. »Vielleicht hilft dir das, dich zu entkrampfen.«

Nun, diese Frau hatte ganz einfach recht. Das sah Cheng ein und ließ sich von ihr an die Hand nehmen und ins Schlafzimmer führen, in dem außer einem modisch-nüchternem Doppelbett nur noch eine hohe, zylindrische Stehlampe aus lindgrünem Glas und zwei von der Wand hängende afrikanische Masken Platz fanden. Allerdings waren sie nicht wirklich afrikanisch, auch wenn Cheng sie dafür hielt. Das eine glotzäugige Gesicht besaß einen röhrenförmigen Mund und eine Stirn in Form eines umgedrehten Schanzentisches, während die andere Holzarbeit auf Wangenhöhe von einem von dünnen Drähten gestützten Ringausschnitt umgeben war. Mehr ein Ringplanet als ein Gesicht. Saturn in Afrika. Zumindest wenn es nach Cheng ging.

Als er noch Mieter dieser Wohnung gewesen war, hatte er die meiste Zeit auf seinem Sofa geschlafen, hin und wieder auch hinter seinem Schreibtisch, in der Grube eines ledernen Bürostuhls. Auf ein richtiges Schlafzimmer hatte er verzichtet und verzichtete auch heute noch darauf. Es war selten in seinem Leben geschehen, daß er richtig geschlafen hatte, tief und fest und viele Stunden lang. Eher schlief er wie ein Wecker. Er tickte. Er war stets ein wenig wach, ein wenig in Bewegung. Nicht, daß er nachts aufschreckte und herumlief. Um bei dem Weckerbeispiel zu bleiben: Er läutete niemals vor der Zeit. Aber er tickte eben, gleichmäßig und bei weitem nicht so laut, als hätte er geschnarcht. Soweit jemand von sich behaupten kann, zu ticken statt zu schnarchen.

Der Mann, der tickte, stand neben dem Bett und ließ sich von seiner Geliebten entkleiden. Wobei Ginette auch sich selbst stückweise entblößte, da sich Cheng als Einarmiger nicht verpflichtet fühlte, etwa einen ohnedies schwer zu öffnenden Büstenhalterverschluß zu lösen. Seine Behinderung ersparte ihm jene männliche Platitüde, die darin besteht, eine Frau auszuziehen, als hätte man es mit einem Weihnachtsgeschenk zu tun. Und man sich also genötigt fühlt, dem feierlichen Anlaß gerecht zu werden, besonders langsam und fürsorglich oder besonders wild und ungestüm vorzugehen. Weihnachtlich verblödet halt.

Ginette Rubinstein hingegen praktizierte die Enthüllung des eigenen und fremden Körpers mit einer freundlichen Selbstverständlichkeit. Als wäre Ausziehen bloß das Gegenstück zum Anziehen. Und das ist es ja wohl auch.

Solcherart geschah es, daß die beiden Liebenden sich alsbald nackt gegenüberstanden, ohne bereits unter dem Gefühl zu leiden, etwas würde nicht stimmen. Mit dem Geschenk nicht, oder dem Beschenkten nicht.

In einer dreihändigen Umarmung glitten Cheng und Rubinstein auf das Bett. Die sorgenlose Zeit reiner Lippenküsse war jetzt allerdings vorbei. Das Leben und die Welt taten sich auf, der Himmel und die Hölle, wobei gerne das Naheliegende vernachläßigt wird. Nicht so bei Ginette, die aus dem Nirgendwo reinweißer Bettwäsche ein blasses Präservativ zog, das sie mit einem gütigen Lächeln über Chengs Erregung stülpte. Es war natürlich wie immer, daß nämlich der Anblick eines kostümierten Glieds etwas zutiefst Burleskes besaß. Vergleichbar jenen Schoßhunden, die von ihren Besitzerinnen in einen Pullover oder karierten Regenschutz gezwungen werden. Doch Ginettes sichere Handhabung nahm der Komik das Unwürdige. Zurück blieb das Faktum, daß es sich für weniger wetterfeste Geschöpfe nun mal empfahl, bekleidet durch Sturm und Regen zu laufen.

So wie es sich für einen einarmigen Mann empfahl, auf dem Rücken zu liegen, wenn es um die Liebe ging. Und obgleich Cheng imstande war, mit nur einem Arm Liegestütze zu vollziehen oder diverse komplizierte Süßspeisen zuzubereiten, obwohl er die Fähigkeit besaß, sich über Wasser zu halten wie auch Marmeladegläser zu öffnen, fand er es dennoch sehr viel bequemer, praktischer und nicht zuletzt ästhetischer, auf dem Rücken zu liegen, anstatt sich einarmig aufzustützen oder sackartig auf den Körper einer Frau zu drücken.

Sich somit in einer ansprechenden Position befindend, blickte Cheng auf die vollen Brüste seiner Geliebten, schöne Körper, die aber nichts von einer Übertreibung hatten. Eine Übertreibung hätte Cheng auch wenig zugesagt, eine bombastische Anhäufung von Brust, so eine Art Rekordversuch. Rekorde haben etwas Jämmerliches, in jeder Hinsicht. Beim Gewichtheben wie beim Hasenweitwurf oder Ausdauerfernsehen. Der Rekord ist immer ein Riese, der ein Zwerg ist. Ein Rekord signalisiert bereits im Moment des Aufgestelltwerdens seine hoffnungslose Unterlegenheit gegenüber der Zukunft. Der Rekord ist die Träne der Gegenwart.

Rubinsteins Busen hingegen war weder ein Clown noch eine Träne noch ein Riese als Zwerg, sondern ein anmutiges Zeichen ihrer Weiblichkeit. Ein Zeichen, nach welchem Cheng griff, zuerst die linke, dann die rechte Brust berührend, die Unterseiten vorsichtig anhebend. Cheng wog die Brüste in jener vergnüglichen, zärtlichen Art, mit der ein Vater oder eine Mutter sich zusammen mit ihrem Kind auf die Waage stellen, um solcherart ein Gesamtgewicht zu erzielen, ein Gewicht nicht zuletzt der Zuneigung und Verbundenheit. Genau das tat Cheng, er registrierte die merkbare Schwere von Ginettes Brust als etwas Eigenes, so wie er zuvor die fremden Lippen als einen Teil von sich wahrgenommen hatte. Denn eins darf nicht vergessen werden, daß jenes auf einer Waage angezeigte Gewicht zweier Wesen ja immer nur als das Gewicht eines einzelnen erscheint.

»Mein Liebling«, sagte Ginette, als Cheng die Innenfläche seiner Hand langsam über die beiden Brustwarzen führte, die hart und glühend aus den Mitten zweier Plätze aufragten, welche unpassenderweise als Höfe galten. Mehr als dieses »Mein Liebling« sagte sie nicht. Und das genügte ja auch. Ihr Stöhnen kam gleichmäßig und ohne einen Anflug von Bühnengeschrei. Erstens schlief gleich nebenan ihre Tochter. Und zweitens widersprach es Ginettes Stil, die Welt in Trümmer zu legen, nur um einen Orgasmus zu kriegen.

Sie gehörte zu jenen Frauen, die sich ihres Höhepunkts sicher waren und nicht schon im Vorfeld eines Geschlechtsaktes sein Scheitern prognostizierten. Was ja die meisten Frauen tun: den voraussichtlichen Nichteintritt ihres Orgasmus zu verkünden. Verschlüsselt oder auch nicht, sie tun es. Es scheint das einzige zu sein, was ihnen wirklich etwas bedeutet, diesen Nichteintritt zu behaupten. Darin besteht ihre eigentliche Befriedigung. Was um Gottes willen überhaupt nichts mit Frigidität zu tun hat. Der Spaß, der sich aus der Ankündigung des Scheiterns und der Einlösung dieser Ankündigung ergibt, ist schlichtweg der ungleich größere. Größer, besser, erregender, viel näher am göttlichen Prinzip, das für die Dinge des Diesseits echte Klimaxe kaum vorsieht.

Diese beträchtliche und einzige Lust ergibt sich natürlich nicht zuletzt dadurch – und das darf auch einmal gesagt sein –, indem der Eintritt der negativen Prognose den Geschlechtspartner in einen Abgrund stürzt, wo er dann, tief im Dunkel stehend, meint, den Macho geben und der ganzen Welt mit Vergeltung drohen zu müssen.

Dies aber war im vorliegenden, untypischen Fall völlig anders. Um noch mal den lieben Gott zu bemühen, kann gesagt werden, daß er ganz einfach wegsah und die beiden Menschlein in Ruhe ließ. Welche wiederum das beste daraus machten, dieses In-Ruhe-gelassen-werden nutzten, indem sie ohne jegliche militärische Option einer in den anderen drangen und frei von hysterischem Getue, aber nicht leidenschaftslos, Bakterien verteilten, was ja für das Immunsystem prinzipiell sehr gut sein soll.

Daß Cheng ausgesprochen früh kam, war für Ginette überhaupt kein Problem, ganz einfach, weil sie fand, daß die Nacht noch lange genug war und ein Mann mit einer Ejaculatio praecox mitnichten ein Monster darstellte. Solcherart gab sie Cheng jene Sicherheit, über die sie in diesem Punkt so ausreichend verfügte, genug Sicherheit für zwei Leute in einem Bett. Cheng tat mit der Zunge, wozu sein Geschlecht gerade nicht in der Lage war. Und in der Folge fanden Cheng und Rubinstein auch in verwandter Form wieder zueinander, ohne aber dem neuzeitlichen Kult gleichzeitigen Höhepunkts zu folgen, der ja auch nur als Anlaß für Vorwürfe dient.

Sehr viel wichtiger, als im gleichen Moment hier Samen dort Schleim abzusondern, ist es, in einer gemeinsamen, beiderseits gewollten Umarmung einzuschlafen. Genau dies gelang Cheng und Rubinstein, als bereits der Morgen anklopfte, nicht in Form von Licht, natürlich nicht, jetzt im Winter, sondern in Form städtischer Geräusche, die dann also glücklich unbemerkt blieben. Sehr wohl bemerkt wurde hingegen der Umstand, daß nur zwei Stunden nach diesem Einschlafen ein kleiner, zarter und knochiger Körper sich zwischen die beiden Erwachsenen drängte. Es war Lena, die offensichtlich gewohnt war, noch kurz ins Bett der Mutter zu schlüpfen, bevor jener morgendliche Aufwand zu betreiben war, der einem Schulbesuch vorausging.

Ginette Rubinstein tat nichts, um den Willen ihrer Tochter zu behindern. Und Cheng ebensowenig. Das war schließlich nicht sein Bett. Er hatte hier nichts zu sagen. Was wenig daran änderte, daß ihm die Anwesenheit des Kindes doppelt unangenehm war. Einerseits, da er selbst ja vollkommen nackt war, nicht zuletzt sein Armstumpf, wenn auch alles unter einer Decke verborgen. Andererseits, weil er im schwachen Dämmerlicht den triumphierenden Blick des Kindes zu erkennen meinte, dieses

Ich-bekomme-alles-was-ich-möchte. Also nicht nur einen sauteuren Fechtkurs und eine nicht minder sauteure Ballettausbildung, von dieser Reiterei auf Pferden ganz zu schweigen, nicht nur die Freiheit, sich wann immer neben die Mutter kuscheln zu dürfen, sondern sich eben auch den zukünftigen Stiefvater auszusuchen. Und genau das hatte Lena ja getan. Ihre Intention dabei mochte ein Rätsel sein, wenn man bedachte, wie unfreundlich sie sich Cheng gegenüber verhalten hatte, bis hin zu einer völlig bizarren antisemitischen Geste. Aber das Rätsel, verpackt als Laune, war nun mal die Domäne solcher obergescheiter Kinder aus besserem Hause. Und der Charakter eines »besseren Hauses« umgab das Wesen dieses Mädchens und somit auch dieser Mutter ganz eindeutig.

Nach einer halben Stunde, an deren Ende Lena in einen kleinen, für Cheng nicht nachvollziehbaren Lachkrampf geraten war, wurde sie von ihrer Mutter liebevoll aus dem Bett befördert.

»Schlaf noch ein bißchen«, sagte Ginette zu Cheng, nachdem sie ebenfalls aufgestanden war, um ihrer Tochter ein Frühstück zu bereiten und bei dem üblichen Haarspangentheater zu assistieren.

Cheng nickte ohne Nicken und kroch noch tiefer in den Kokon seiner Bettdeckenröhre. Sein Kopf lag jetzt bis zur Stirn eingepackt. Er atmete schwer, genoß aber das stark Gedämpfte dieses Zustands. Er dachte, wie schlecht er eigentlich zu einer Mutter und einem Kind aus besserem Hause passen würde, wobei das bessere Haus ja weniger in dieser Wohnung erkennbar wurde, so hübsch eingerichtet sie auch sein mochte, sondern wohl eher aus dem Hintergrund vermögender Großeltern resultierte, die fürs Reiten und Fechten und Geigen, fürs Lyzeum und die Tanzerei ihrer Enkelin aufkamen.

Ja, es war sicherlich so, daß Cheng vor allem diesen Hintergrund fürchtete, irgendeine noble Dame und einen noblen Herrn, die im Jüdischen verhaftet waren, ohne deshalb unbeweglich zu sein, im Gegenteil. Aber würden sie auch so beweglich sein, einen einarmigen, chinesischstämmigen, in einem als dubios verschrienen Gewerbe tätigen, bis in seine Träume hinein unjüdischen Schwiegersohn zu akzeptieren, der fünfzehn Jahre älter als ihre Tochter war.

Sie würden. Aber das konnte Cheng nicht wissen. Konnte nicht ahnen, daß diese Leute noch sehr viel beweglicher waren, als er dachte. Zudem einen klaren Blick besaßen, etwa dafür, daß Cheng ein Mensch mit Manieren war und daß in einer Welt, die vor lauter Gaunern auch in höchsten Positionen überging, gegen einen anständigen Privatermittler nichts zu sagen war. Einen Mann, der nicht einmal vorgab, Kinder ganz, ganz großartig zu finden und sich dennoch Lena gegenüber als ein guter Vater herausstellen sollte. Erstaunlicherweise. Aber so sah die Zukunft aus, obgleich Cheng sich bis an sein Lebensende weigern würde, mit dem Reiten anzufangen.

Daß er kein Jude war … Nun, es sollte sich zeigen, daß Ginettes Eltern dies sogar lieber war. Einfach weil sie wußten, daß ihrer Tochter alles Jüdische auf die Nerven fiel und sie in der Nähe von etwas dezidiert Jüdischem unausstehlich wurde. Und damit hatten die Eltern ja auch ziemlich recht. Daß sie dies aber erkannten und die richtige Lehre zogen, also einen ausgesprochen nichtjüdischen und an konfessionellen Überlegungen vollkommen desinteressierten Mann wie Cheng akzeptierten, war eine ziemliche Leistung.

Nachdem Ginette Rubinstein ihre Tochter aus der Wohnung entlassen und zur Schule geschickt hatte so als wäre am Vorabend absolut nichts geschehen, kam sie zurück ins Schlafzimmer, schob sich aus ihrem Bademantel wie aus einer Garage heraus und kroch zu Cheng unter die Decke. Cheng war wieder eingeschlafen. Er träumte übrigens von Lauscher, was durchaus passend war, wenn man bedachte, daß Cheng ja nicht wieder in den *Adlerhof* zurückgekehrt war, um wie versprochen seinen Hund abzuholen. Dieser Umstand war im Traum dadurch dokumentiert, daß die Züge Lauschers einen ungarischen Einschlag besaßen. Nicht, daß Cheng diese »madjarische Mimik« noch dazu im Gesicht eines Mischlingsrüden hätte definieren können, weder im Traum noch danach, aber er bemerkte es eben, so wie man ein Gewürz im Essen bemerkt, ohne es benennen oder beschreiben zu können. Man registriert die Schärfe und das genügt.

Als nun Cheng unter den Liebkosungen Ginettes erwachte, da dachte er natürlich sofort an seinen im Traum gesehenen

Hund. Doch der Gedanke verursachte ihm keinerlei Panik. Es war schon öfters vorgekommen, daß er Lauscher irgendwo zurückgelassen und erst sehr viel später als angekündigt abgeholt hatte. Niemand, und zwar zu keiner Zeit, wäre auf die Idee gekommen, einen solchen Hund auf die Straße zu werfen. Während umgekehrt Lauscher konsequent vermied, ein Theater darum aufzuführen, an einem fremden Platz abgelegt worden zu sein. Und wenn irgend etwas die verborgene Intelligenz dieses Hundes bewies, eine Intelligenz, die sich dem Nachjagen geworfener Objekte minderer Qualität versagte, dann war es Lauschers Wissen darum, daß sein Herrchen Cheng schlußendlich immer auftauchen würde.

Kein Wunder also, daß Cheng darauf verzichtete, augenblicklich aus dem Bett zu springen, sondern sich vielmehr den Küssen und Handgreiflichkeiten Ginettes hingab beziehungsweise seinerseits zärtlich und auf eine zärtliche Weise heftig wurde und auf die Seite gebettet von hinten in seine Geliebte eindrang. Dies mit einer neugewonnenen Selbstsicherheit, gewissermaßen mit dem Gefühl, den eigenen Samen im Griff zu haben. Nicht bloß in bezug auf die Gefahr der Vorzeitigkeit, sondern auch im Hinblick darauf, ungeschützten Verkehr zu betreiben. Weshalb er im vorletzten Moment – ohne unerquickliche Hast – nach draußen kam, sich fest an den Rücken Ginettes preßte und sodann in einer Weise entlud, wie jemand, der Luft in einen übervollen Ballon bläst. Man ist scheinbar erst zufrieden, wenn der Ballon in Fetzen liegt.

Erst beim Anblick der im Treppenhaus aufgestellten Näpfe fiel Cheng ein, daß er ja nicht nur in gewohnter Weise auf seinen Hund vergessen hatte, sondern auch auf jene drei Kartäuserkatzen, für deren Errettung er immerhin ein beträchtliches Risiko eingegangen war. Derentwegen man ihn beinahe erhängt hatte.

Von den Katzen war nun allerdings nichts zu sehen. Der Umstand leergeleckter Futterschalen gab freilich dazu Anlaß, sich den Zustand der drei Tiere als einen erfreulichen zu denken. Und das tat Cheng nun auch, nicht weiter überlegend, wer denn die Näpfe aufgestellt und gefüllt hatte. Und wo genau die Katzen sich jetzt befanden. Danach wollte er später forschen.

Außerdem, so sagte er sich, konnte er nicht alles selbst erledigen. Ein paar Dinge mußten schon von sich aus gedeihen.

Offensichtlich hatte Cheng vergessen, was er gegenüber Pavor geäußert hatte, daß nämlich das Versteck jener 4711-Formel in irgendeiner Form mit den Kartäuserkatzen zusammenhänge.

Hätte Cheng das ernst gemeint gehabt, hätte er sich augenblicklich um den Verbleib der Tiere kümmern müssen. Wie auch den Umstand eines anonymen Verteilers von Katzenfutter nicht so einfach abschütteln dürfen. Aber genau das tat er. Verdrängte die drei Katzen aus seinen Überlegungen, gleich einem Stabhochspringer, der zwar die zu überspringende Latte nicht aus den Augen läßt – fünf Meter irgendwas, wenn nicht gar sechs Meter –, leider aber den Stab, zumindest das Material des Stabes. Man sollte nicht Metall nehmen, wenn man Glasfiber haben kann.

31
Kein Kaffee

Der neue Tag war wie der alte, grau und eisig. Wobei der Vorteil der Eisigkeit darin bestand, daß wenigstens kein Schmelzwasser in Chengs Halbschuhe eindringen konnte, sondern bloß fünf, sechs Minusgrade seine kaum geschützten Füße traktierten.

Wie erwartet hatte der *Adlerhof* zu dieser frühen Stunde geschlossen. Ein Blick durch die Scheiben führte zu der bloßen Erkenntnis, daß der Gastraum im Dunkel lag. Mit einem Gebell war so oder so nicht zu rechnen gewesen.

»Da sind Sie ja endlich!« kam von hinten eine Stimme.

Cheng wandte sich um und erkannte Herrn Stefan, der mit einem dünnen, weißen Arbeitsmantel bekleidet, aber mit festen Schuhen ausgestattet, von der Innenstadt her die Burggasse heraufspaziert kam. Neben sich Lauscher, der ausgesprochen fit wirkte, mit aufgestellten Ohren und geradem Gang, noch dazu diszipliniert dem lockeren Zug einer Leine folgend, während Cheng seinen Hund ja ohne Leine im Wirtshausraum zurückgelassen hatte.

Der Anblick des Tiers erinnerte schon sehr an den eines üblicherweise eigenwilligen Kindes, das, von einer wildfremden Person betreut, sich plötzlich als zuckersüß oder wohlerzogen herausstellt. Was den meisten Eltern eher peinlich ist, als liege es an ihnen, wenn ihr Sprößling sich bockig und unhöflich benimmt. Und auch Cheng fühlte sich unbehaglich angesichts des jugendlich daherschreitenden Lauschers.

»Einen braven Hund haben Sie«, erklärte Herr Stefan, wobei er den Griff der Leine gegen seinen Leib drückte. Es schien, als hätte er nicht wirklich vor, diese Leine und damit auch diesen Hund an seinen überfälligen Besitzer abzugeben.

»Sagen Sie…?« zögerte Cheng. Und wurde dann deutlich: »Könnten Sie den Hund bis morgen mittag bei sich behalten, wäre das möglich?«

»Was haben Sie vor?«

»Der Tod des Herrn Smolek hat Folgen. Und die Folgen erweisen sich als schwierig. Es ist einiges zu erledigen, wobei ein Hund wie Lauscher stören würde.«

»Er stört also, Ihr Hund«, wiederholte der Wirt im Ton des Vorwurfs. Sich ganz auf die Seite Lauschers schlagend. Er fand, daß dieser artige Hund etwas Besseres verdient hatte als einen einarmigen Chinesen.

»Ich will Sie nicht zwingen«, entzog sich Cheng der Debatte.

»Schon gut«, sagte Herr Stefan. »Ich passe auf Lauscher auf. Wenn Sie ihn wieder abholen wollen, dann morgen abend.«

»Ich hole ihn sicher.«

»Vielleicht sind Sie morgen tot«, gab der Wirt zu bedenken. Dabei lächelte er. Es war keineswegs das Lächeln eines bösen Menschen. Denn ob Herr Stefan überhaupt als ein Mensch, gleich ob gut oder böse, gelten durfte, war sehr fraglich. Wenn Cheng ein Engel war, oder etwas in der Art eines Engels, und Apostolo Janota aus der Zukunft stammte, und Kurt Smolek als ein kleiner toter Gott galt, und der Sohn Anna Geminis einen wahrhaftigen Kartäuser und damit Ahnen des heiligen Bruno darstellte, so war Herr Stefan ... nun, möglicherweise war er ein Bote, was in dieser Geschichte natürlich nur bedeuten konnte, daß er ein göttlicher Bote war.

Indem Herr Stefan also erklärte, daß Cheng vielleicht morgen abend gar nicht mehr am Leben sein würde, so bedeutete das viel weniger eine Vorahnung als eine Botschaft. Die Botschaft, nicht nur einfach achtzugeben, nicht nur einfach wachsam zu sein, sondern die Nähe des Todes als gegeben anzunehmen. Den Tod als jemand zu erkennen, der in den nächsten Stunden unentwegt einem seine Hand entgegenstrecken würde, so daß man also am besten absolut niemand vertrauen und schon gar nicht einen Gruß erwidern sollte.

Das klingt jetzt wie ein Widerspruch. Daß nämlich dieser Wirt, der Cheng nicht wirklich zu mögen schien, ihn warnte. Aber ein Bote war nun mal ein Bote und konnte sich schwerlich den Adressaten einer Botschaft nach eigener Sympathie auswählen. Der Job des Boten war seit jeher ein Scheißjob. Aber er mußte getan werden.

»Ich verspreche Ihnen zu kommen und meinen Hund abzuholen«, sagte Cheng und senkte seinen Blick. Allerdings ersparte er sich und Lauscher eine spezielle Verabschiedung, eine Zeremonie. Lebewesen, die von Anbeginn der Zeit füreinander bestimmt waren, bedurften keiner Zeremonie. Etwa im Unterschied zu Leuten, die heiraten, und die ja nie und nimmer füreinander bestimmt sind, schon gar nicht bei Anbeginn der Zeit. Geheiratet wird immer der Falsche. Das ist ein Gesetz. Und die Zeremonie bestätigt den Fehler.

Gegen Mittag betrat Markus Cheng den Vorraum zu Oberstleutnant Strakas Büro. Eine Sekretärin bat ihn zu warten, schenkte ihm Kaffee ein und verließ in der Folge den Raum, sodaß Cheng nun alleine war. Die Stimme Strakas und die eines anderen Mannes tönten als ein fernes Getröpfel. Cheng sah sich um. Es war ein altes Büro, wie man es heutzutage nur mehr selten zu sehen bekam, zwar durchsetzt mit neuen Geräten, flachen Bildschirmen, mit einer Telefonanlage, die den Eindruck machte, man könnte damit Atombomben steuern, einem Kopierer von der Art eines Soldatenhelms aus Star Wars sowie einem Diktiergerät, das als Lippenstift durchgegangen wäre, aber bereits die Kaffeemaschine erinnerte an die alte Zeit. Eine von diesen dampfenden, stöhnenden und röchelnden Apparaturen, die ein noch so magenfreundliches Kaffeepulver in eine gastritische Lauge verwandelten. Und es nie nach Kaffee, immer nur nach verbrannten Vorhängen roch. Dazu eine ausgebleichte Stadtkarte, auf der Wien den bizarren Reiz einer sinnlos gewordenen, zwanzig Jahre alten XY...ungelöst-Sendung besaß. Die Rolladenschränke mit ihrer schmutziggelben Farbe erinnerten an monströse, aufrecht dastehende Nikotinfinger. Tische und Stühle waren von der gleichen Art, Däumlinge. Besonders deutlich fiel die Rückständigkeit dieses Büroraums dadurch aus, daß es sich bei der üblichen Fotografie an der Wand, die den Bundespräsidenten zu zeigen hatte, eben nicht um den aktuellen, sondern um einen seiner Vorgänger handelte, und zwar jenen Herrn Kirchschläger, der das Land von 1974 bis 1986 in dieser höchsten Position vertreten hatte.

Cheng überlegte, daß man in diesem Büro, damals, im Jahre sechsundachtzig, möglicherweise ein Zeichen hatte setzen wollen, als Rudolf Kirchschläger sein Amt an Kurt Waldheim übergeben hatte, jenen vergnügten, leichtfüßigen Karrieristen, der alles in seinem Leben mit der Nonchalance eines leutseligen Militärs absolviert hatte, die Nazizeit, das UN-Theater, jegliches Welttheater, jegliche Weltkomödie, und eben auch die österreichische Landeskomödie in Form einer Bundespräsidentenwahl. Niemand hatte Waldheim damals geglaubt, daß er sich an die Details seines Einsatzes als Wehrmachtsoffizier in Griechenland nicht mehr erinnern könne, seine Anhänger und seine Gegner nicht. Dabei war genau das die Wahrheit gewesen, und, wenn man so will, der eigentliche Skandal, die tatsächliche und umfangreiche Vergeßlichkeit dieses Menschen, seine gewisse Unschuld in bezug auf das eigene Gehirn. Ganz Österreich erlebte einen unbedarften, ausgehöhlten Menschen, sah aber nur das verlogene Monster oder den aufrechten Helden. Dabei bestand dieser Mann einzig und allein aus seinen dünnen Lippen. Beziehungsweise aus seiner Ehefrau, in der er, der Mann und Politiker, *steckte*, so wie eine einzelne Blume in einer Vase steckt, von ihr gehalten wird, und von nichts anderem. Was Herrn Waldheim für nicht wenige Wählerinnen attraktiv machte, dieses In-der-eigenen-Frau-feststecken, während natürlich aufgeklärte Menschen sich auch davon noch abgestoßen fühlten.

Letztere waren es dann auch, die Zeichen des Nichtakzeptierenwollens eines solchen Präsidenten setzten. Und etwas Derartiges mußte sich auch in diesem Büro hier zugetragen haben, wohl unter Strakas Vorgänger, von Straka jedoch fortgesetzt. Freilich erschien ein solches Aufbegehren an einem beamteten Ort eigentlich undenkbar. Davon abgesehen war die Präsidentschaft Kurt Waldheims ja längst Geschichte, schon gar nicht mehr wahr, der Vergeßliche selbst vergessen. Es gab keinen guten Grund, warum nicht der aktuelle Präsident von der Wand lächelte. Denn eines kam ja überhaupt nicht in Frage: daß nämlich eine Begeisterung für Rudolf Kirchschläger vorlag. Dieser Mann, so untadelig er vielleicht gewesen war, hatte den personifizierten Ausdruck eines Gegenstands verkörpert, welcher absolut gar nichts hervorzurufen imstande ist, kein Gefühl, keine Meinung, keine Zuneigung und keine Ablehnung, gar nichts. Nicht einmal Kirchschlägers Gesicht an sich – Cheng konnte es ja gerade betrachten – war geeignet gewesen, einen Betrachter zu einer Stellungnahme zu verführen. Ob man Kirchschläger angesehen hatte oder nicht angesehen hatte, war auf das gleiche hinausgelaufen. Kirchschläger war ein Name und eine in diesen Namen eingenähte Person gewesen.

Und trotzdem zierte das vergilbte Bild die Wand einer Kriminalabteilung. Eine mysteriöse Sache, die man eigentlich hätte enträtseln müssen. Aber wahrscheinlich gehörte diese obsolete Fotografie zu genau jenen Rätseln, die sich dadurch ergaben, daß niemand an ihnen rührte. Nun gut, immerhin war mittels dieses Präsidentenporträts die Zeit der späten Siebziger und frühen Achtziger in idealer Weise eingefroren. Denn auch die Epoche an sich war ziemlich blutlos und gesichtslos gewesen. Erst mit Waldheim, praktisch ohne dessen echtes Zutun, war, wie man so sagt, Leben in die Bude gekommen. Es ist traurig, aber in Österreich müssen immer die Nazis her, damit etwas los ist.

»Entschuldigen Sie, Cheng, daß Sie warten mußten«, sagte Straka durch die halboffene Türe und bat den Detektiv hereinzukommen.

»Das Kirchschlägerbild …?«

»Fragen Sie mich nicht, bitte! Es hing schon an der Wand, als ich hier einzog. Das war bereits nach der Waldheim-Ära, Klestil längst in Amt und Würden.«

»Sie hätten es auswechseln müssen.«

»Finden Sie, daß das meine Sache ist? Finden Sie das wirklich?«

»Na, komisch ist es schon«, konstatierte Cheng.

»Es fällt aber kaum jemand auf, wer da eigentlich an der Wand hängt. Sie sind einer von den ganz wenigen, ehrlich. Aber Sie sind ja auch Detektiv, nicht wahr?«

»Das war jetzt wohl ironisch.«

»Ja«, sagte Straka, wie man sagt: Die Erdbeeren werden auch immer schlechter.

430

Sodann machte er Cheng mit jenem zweiten Mann bekannt, der sich in Strakas Büro aufhielt, Chefinspektor Lukastik.

Dem Namen nach kannten Cheng und Lukastik einander, doch standen sie sich nun zum ersten Mal gegenüber. Wobei die beiderseitige Kenntnis sich gewissermaßen auf eine von den »Überschriften« beschränkte, die über Menschen aufzuleuchten pflegen: schön, häßlich, Wohltäter, ewiger Verlierer, Köchin, depressiv und so weiter. Im Falle von Cheng zielte die personenbezogene Überschrift auf seine spezielle Verletzungsanfälligkeit, als er noch in Wien gelebt hatte. Bei Lukastik hingegen war es dessen Schwäche für die Philosophie Wittgensteins. Allerdings muß gesagt werden, daß Lukastik gegenüber seinen Kollegen, überhaupt seiner Umwelt, so gut wie nie über Wittgenstein sprach. Man wußte darum. Das genügte.

Lukastik erklärte sich nicht. Oder nur andeutungsweise. Auch war er nicht bereit, einen großen Unterschied zwischen dem frühen Wittgenstein, dem des *Tractatus*, und dem späten, dem der *Philosophischen Untersuchungen*, zu machen. Und wenn einen, dann nur den, daß er einem schmalen Büchlein, also dem »dünnen« Frühwerk, den Vorzug vor einem dicken Band gab, weil der Reiz eines Schriftwerks, das man bequem in einer Hosen- oder Jackettasche unterbringen, zwischen zwei Fingern transportieren, sich damit Luft zufächeln, leichthändig ein Insekt verscheuchen und es eben immer bei sich haben konnte, weil dieser Reiz unschlagbar war.

Auch tendierte ein dünnes Buch dazu, einem Leser Dinge zu ersparen, auf die ein Leser gerne verzichten konnte. Der Nachteil manchen guten und auch sehr guten Buches lag einfach darin, daß es zu dick war. Und daß die Dicke allein dadurch begründet war, daß der Autor lieber ein dickes als ein dünnes Buch von sich in Händen hielt. Während ihm fremde Bücher gar nicht dünn genug sein konnten.

Wenn sich in letzter Zeit für Lukastiks Wittgensteinliebe ein Problem ergeben hatte, dann dadurch, daß Lukastik der eigenen Maxime untreu geworden war, nach welcher die geäußerten Gedanken eines Menschen von seinen Handlungen streng zu trennen und zu unterscheiden seien. Es also für die Richtigkeit eines Satzes vollkommen unbedeutend wäre, ob der Produzent dieses Satzes bunte, weiße oder schwarze Socken trug, ob er ein Unmensch, ein kleiner Heiliger oder völlig unentflammbar war. Was etwa für den Umstand galt, daß Wittgenstein in seiner Funktion als Volksschullehrer Schüler gezüchtigt hatte. Womit er selbst keineswegs einverstanden gewesen war. Nicht einmal das also. Ja, man könnte sagen, daß Wittgenstein sich aus seinem Lehrerdasein in die moderne Architektur geflüchtet hatte, daß sein ganzes Engagement bei der Planung und Errichtung des sogenannten Wittgensteinhauses in der Wiener Kundmanngasse einzig und allein auf sein Scheitern als Erzieher, genauer gesagt auf das Scheitern seiner Nerven zurückgeführt werden konnte. Denn Lehrer sein, oder auch Eltern sein, ist nicht wirklich eine Frage der Pädagogik, sondern der Nerven. Zukünftige Lehrer und Eltern sollten sich eigentlich einer Nerven-Prüfung unterziehen müssen. Erst die richtigen Nerven, dann die richtige Erziehung.

Aber das war nun mal ein anderes Thema. Und für Lukastik niemals relevant gewesen. Nicht im Zusammenhang mit dem Studium der Wittgensteinschen Schriften. Wenn ein Satz richtig war, war er richtig. – Man stelle sich eine Person vor, die eine bahnbrechende, das Wohl der Menschheit zwangsläufig nach sich ziehende Entdeckung macht, sich nebenbei aber als vollkommen kaltblütiger Serienmörder herausstellt. Was sollte man tun? Die Entdeckung ignorieren?

Lukastik hätte bis vor kurzem auf eine solche Frage geantwortet, daß man vernünftigerweise den Kriminellen hinter Gitter bringen müsse, sodann aber an die Auswertung seiner Erkenntnisse zu gehen habe. Ohne auch nur ein schlechtes Gewissen anzudenken. Oder gar ein Trojanisches Pferd zu befürchten.

Doch etwas hatte sich verändert. Etwas war hinzugekommen. Etwas, das Lukastik als sentimentalen Zug abqualifizierte. Nichtsdestoweniger war er dagegen machtlos, wie man gegen ein Gefühl gerade dann machtlos ist, wenn es einen zur unrechten Zeit ereilt. Aber »unrechte Zeit« ist nun mal kein Argument, sondern eine Wehklage. Und Wehklagen zählen nicht.

Im Rahmen seiner seltenen Beschäftigung mit Wittgensteins Biographie, war Lukastik – nicht zum ersten Mal, diesmal aber folgenschwer – auf den Namen Friedrich Waismann gestoßen, einen im Grunde vergessenen Philosophen, gleich den meisten Erdenbürgern wie nie gelebt. Waismann hatte im sogenannten Wiener Kreis um den Positivisten Moritz Schlick so leidenschaftlich wie routinemäßig über Wittgensteins Arbeit referiert, deren Systematisierung er betrieben hatte. Und war dafür von dem Jahrhundertgenie ziemlich unbedankt geblieben. Was natürlich an und für sich in Ordnung ginge, da die Funktion des Bewunderers der Applaus ist, und nicht umgekehrt (wenn Fußballer oder Sänger in Richtung auf ihr Publikum mit den Händen klatschen, ist das pure Koketterie, wenn nicht Hohn). Darin bestand also nicht das Verwerfliche, daß Wittgenstein seinen »Höfling« auch als solchen behandelte, ihn genaugenommen übersah. Freilich ist es *eine* Sache, jemand mit Absicht zu übersehen, ihn mittels Arroganz zu akzeptieren, eine andere, ihn zu verstoßen. Höflinge übersieht man, aber man läßt sie nicht im Stich.

Waismann, auch von Moritz Schlick nicht gerade unterstützt, emigrierte 1937 nach Cambridge. Anstatt daß sich daraus in den folgenden Jahren ein verstärkter Kontakt zwischen dem Cambridge-Mann Wittgenstein und seinem Interpreten Waismann ergeben hätte, eine Bekräftigung des »Hofes«, des »Wiener Hofes«, scheint Wittgenstein jedermann vor Waismann gewarnt und von einem Besuch seiner Vorlesungen abgeraten zu haben. Was ja doch sehr an die Bösartigkeit eines kleinen Jungen erinnert, der einen ehemaligen Spielkameraden von einer Geburtstagsparty ausschließt.

Dies alles war, gelinde gesagt, wenig freundlich. Andererseits konnte man Wittgenstein in keiner Weise dafür verantwortlich machen, daß Waismanns Sohn und Waismanns Frau sich in der englischen Emigration das Leben nahmen und Waismann selbst in Isolation starb. Natürlich nicht.

Natürlich nicht, sagte sich Lukastik immer wieder. Und dennoch drängte sich ihm ein Zusammenhang auf, den er gerne ignoriert hätte. Er diagnostizierte Wittgensteins Kleinheit, eine Kleinheit, die viel tiefer lag als der Umstand schwacher Nerven. Eine Kleinheit, von der sich Lukastik fragte, ob sie etwa aus der Größe der philosophischen Gedanken resultierte. Wie ein hoher

Berg mit der Winzigkeit seines Gipfels abschließt. Denn das wird ja bei Gipfeln stets übersehen, daß sie in der Regel aus ein paar Gesteinsbrocken, aus ein wenig Eis und sehr viel Ungeschütztheit bestehen. Wenn nicht aus der Peinlichkeit eines Gipfelkreuzes. Und im Vergleich zum restlichen Berg ein Nichts bedeuten, gleichwohl aus ihm herauswachsen und seinen äußersten, radikalsten Punkt bilden, untrennbar, sodaß man fragen könnte: Wie kann ein so großer Berg in eine so kleine Spitze münden?

Dies war nun der Aspekt, den Lukastik widerwillig überlegte, ob nämlich Philosophie, ob jegliches Nachdenken über das Leben, einen schlechten Menschen hervorbrachte, nicht ein Monster, aber eben ein herzloses, im Grunde stumpfsinniges Subjekt. Was ja dann wohl das Gegenteil von dem bedeutet hätte, was man sich gemeinhin als Folge von Philosophie erhofft und erwünscht. Nicht den guten, aber sicher doch den besseren Menschen.

Lukastik begann zu zweifeln. Fragte sich, ob es wirklich angebracht war, das Tractatus-Büchlein wie ein zweites, nein, wie ein erstes Herz mit sich zu schleppen. Lukastik zweifelte wie jemand…Man stelle sich eine Person vor, die eines Tages den eigenen kleinen Blumengarten betritt, diese gepflegte und behütete Anordnung dressierter Natur, und plötzlich bemerken muß, daß ein Stück dieses Gartens fehlt. Einfach weg. Ein kleiner Flecken nur, aber eben verschwunden. Und niemand, der einem das erklären kann. Woraus verständlicherweise ein Gefühl der Unsicherheit folgt.

Unsicherheit war nun wiederum genau das, was man bei Lukastik nicht erwartete. Im Gegenteil. Er war für seine Überheblichkeit etwa in Fahndungsfragen und kriminalistischen Strategien berüchtigt, auch dafür, befremdliche Entscheidungen zu treffen, die er selten erklärte, aber mit einer professoralen Miene für richtig erklärte. Und die sich oft gerade dadurch auch tatsächlich als richtig erwiesen, weil Lukastik an ihnen festhielt. In einer wankelmütigen Welt konnte das Beharren auf Fehlern sich als realitätsbildend herausstellen.

Und natürlich nährte sich Lukastiks Selbstsicherheit aus seiner Lektüre des Werkes Wittgensteins. Darum seine Krise, die er zu verbergen suchte. Und wie! Die Polizei war alles andere als ein Ort, um sich auszuweinen und ein persönliches Dilemma wie das plötzliche Verschwinden eines kleinen Stück Gartens zu besprechen.

Als Cheng und Lukastik sich begrüßten, zelebrierte Lukastik eine legere Haltung. Er hielt die Arme verschränkt, um aus dieser Verschränkung heraus seine rechte Hand nach vorn zu strecken, ohne eben die Verschränkung völlig aufzugeben. Ganz nach dem Motto, daß man wegen eines Detektivs, so berühmt dieser für seine Mißgeschicke auch sein mochte, nicht gleich eine gemütliche Stellung zu opfern brauchte. Aber wie gesagt, Lukastiks Selbstsicherheit besaß einen Riß. Und Cheng spürte diesen Riß, der eben nicht nur durch Lukastiks hingehaltene Hand ging, sondern auch einem jeden seiner kraftvoll gesprochenen Wörter den inneren Klang ermüdeten Materials verlieh. Lukastik war wie eins dieser Flugzeuge, welche, kurz bevor sie abstürzen, einen völlig normalen, stabilen Eindruck machen.

»Sie sind jetzt in Kopenhagen, nicht wahr?« begann Lukastik, wie man beginnt: Sie verkaufen jetzt Plunder, nicht wahr?

»Ein guter Platz«, stellte Cheng klar.

»Besser als Wien?«

»Für mich auf jeden Fall. Obgleich ich sagen muß, mich mit Wien versöhnt zu haben.«

»Schön, das zu hören«, meinte Lukastik.

Cheng ignorierte den bissigen Ton und erklärte, diesmal die Stadt gerne unverletzt verlassen zu wollen.

»Das war dann gestern abend aber ziemlich knapp.«

»Sie kennen ja diesen Spruch«, sagte Cheng, »knapp daneben ist auch vorbei.«

»Worüber wir uns alle freuen«, warf Straka ein, als fürchte er, Lukastiks Art könnte Cheng beleidigen. Ihn zumindest animieren, sich bockig zu geben.

Lukastik hingegen blieb ungebrochen argwöhnisch, als er Cheng jetzt fragte, ob ihm schon einmal der Name Clemens Armbruster untergekommen sei.

»Nein. Sicher nicht. Hätte ich mir gemerkt. Was ist mit dem Mann?«

»Wir haben ihn im Verdacht«, erklärte Lukastik, »daß er seine Frau hat ermorden lassen. Die Sache mit dem Haus, das vor vier Tagen in die Luft geflogen ist. Es sollte wie ein Unglück aussehen. Wofür eine Menge Menschen ihr Leben lassen mußten. Das Absurde daran ist, daß Armbruster im allerletzten Moment Skrupel bekam. Er hat noch versucht, seine Frau rechtzeitig aus dem Gebäude zu bringen. Was mißlang. Armbruster selbst kam unter die Trümmer. Aber er hatte Riesenglück. Er war kaum verletzt, als man ihn herausgebuddelt hat. Im Gegensatz zu seiner Frau. Die ist jetzt tot. So wie geplant.«

»Ich hörte, eine Gasleitung sei leck gewesen.«

»Wir haben Gründe«, äußerte Lukastik, »eine Manipulation anzunehmen. Freilich keine, die Armbruster selbst vorgenommen hat. Das wäre nicht seine Art, etwas selbst zu tun. Der Mann ist Immobilienmakler, kaltblütig und gerissen.«

»Klingt aber nicht besonders gerissen, in ein Haus zu laufen, das gerade am Explodieren ist.«

»Ein Moment der Schwäche«, kommentierte Lukastik. »Derartiges kommt vor, so schäbig kann ein Mensch gar nicht sein.«

»Und was geht mich dieser schäbige Mensch an?« erkundigte sich Cheng.

»Armbruster ist der Mann, der Anna Geminis Vermögen verwaltet. Man könnte auch sagen, der das Blut von den Geldscheinen wischt. Darum nehmen wir auch an, daß Anna Gemini hinter der Explosion steht. Denn Sie wissen ja, es gibt gute Gründe, diese Frau für eine professionelle Killerin zu halten.«

»Eine Killerin als Bombenlegerin?«

»War von einer Bombe die Rede? Nein, es braucht keine Bombe, um ein Haus zum Einsturz zu bringen. Außerdem denken wir, daß Frau Gemini sich der verschiedensten Methoden bedient, um ihre Aufträge zu erfüllen. Und wir denken, daß auch Sie, Cheng, das denken. Jedoch aus unerfindlichen Gründen darüber schweigen. Wir wollen nur hoffen, daß Sie diese Frau nicht decken.«

»Ich habe dem Kollegen Lukastik erklärt, daß das sicher nicht der Fall ist«, beeilte sich Straka zu erklären.

Cheng hüstelte. Dieses Hüsteln war gewissermaßen die vorgehaltene Hand, hinter welcher er stand und sich genierte.

Lukastik hatte ja absolut recht. Er, Cheng, deckte Anna Gemini. Denn eine Killerin war diese Frau in jedem Fall, gleich, ob sie für den Tod Gudes verantwortlich war oder nicht.

Warum tat Cheng das? Warum tut man das, jemand derart verschonen? In der Regel aus einem Instinkt heraus, den man nachträglich mit vernünftigen Argumenten auskleidet. Auch Cheng würde das noch tun.

»Setzen Sie sich doch bitte«, sagte Straka und bot Cheng Kaffee an. Dann berichtete er, heute morgen in Anna Geminis Haus gewesen zu sein.

»Noch was herausgekommen dabei?« fragte Cheng, der sich zwar auf einem der harten Holzstühle niederließ, den Kaffee jedoch ausschlug. Wie man sich weigert, etwas Angebissenes zu essen.

»Geminis Verhältnis zu diesem Janota ist reichlich merkwürdig«, sagte Straka. »Was sollen wir davon halten? Stecken die beiden unter einer Decke? Ist Janota ihr Liebhaber oder ihr Komplize? Oder beides?«

Cheng mußte lachen.

»Lachen Sie mich aus?« fragte Straka.

»Um Himmel willen, nein. Aber glauben Sie mir, Janota ist sicher nicht der Komplize dieser Frau.«

»Was tut er dann? Die Nachbarn behaupten, den Mann vorher nie gesehen zu haben.«

»Fragen Sie ihn doch selbst.«

Genau das hätte er getan, sagte Straka. Doch Janota habe bloß erklärt, ein Gast in diesem Haus zu sein. Ein Haus, das er liebe. Und es sei ihm sehr recht, daß die Polizei dies auch wisse, wie wohl er sich darin fühle und wie sehr er die Nähe von Frau Gemini zu schätzen wisse.

»Ich habe nicht wirklich begriffen«, meinte Straka, »was mir der Mann eigentlich damit sagen wollte.«

»Ich kann Ihnen versichern, daß er dieses Gebäude so schnell nicht verlassen wird.«

»Müssen wir das verstehen?« fragte Lukastik verärgert. Er hätte diesen Detektiv gerne ein wenig härter angepackt, anstatt ihm Kaffee anzubieten, den er sich auch noch abzulehnen erlaubte. Aber in Gegenwart von Straka war es unmöglich, den Chinesen zur Sau zu machen. Lukastik wußte ja, daß die beiden, Cheng und Straka, ein altes Liebespaar waren. Praktisch durch einen Arm verbunden, der nicht mehr da war.

»Ich will nur sagen«, erklärte Cheng, »daß Janota in dieser Geschichte keine Bedeutung hat. Daß wir ihn vergessen können, zumindest solange er putzmunter in der Gemini-Villa seine Tage vertrödelt. Oder komponiert. Oder was auch immer er tut. Angeblich sucht er Zeitlöcher.«

»Zeitlöcher!?« staunte Straka.

»Etwas Spirituelles, nehme ich an«, äußerte Cheng. »Nichts, was uns zu interessieren braucht.«

»Das werden wir selbst entscheiden«, belehrte ihn Lukastik.

»Wie Sie wollen«, sagte Cheng und erklärte, nicht wegen Janota, sondern wegen Pavor hier zu sein.

»Ja, das Protokoll«, sagte Straka.

»Was weiß man über diesen Pavor?« fragte Cheng.

Straka und Lukastik sahen sich an, als hätten sie sich noch nicht darauf geeinigt, wieviel man bereit war, Cheng mitzuteilen. Es war sodann Straka, der erklärte, daß Pavor, anders als erwartet, sich als bislang unbescholten herausgestellt habe.

»Davon abgesehen, daß er mich aufhängen wollte«, erinnerte Cheng. »Und abgesehen davon, daß er Frau Kremser umgebracht hat.«

»Das ist allein *Ihre* Behauptung«, sagte Lukastik.

»Die wir Ihnen natürlich glauben«, ergänzte Straka und berichtete, daß Pavor nach einem Mathematikstudium für mehrere Banken gearbeitet habe. Seine Neigung für ältere, großbusige Frauen wäre bekannt gewesen und hätte dazu geführt, daß man ihm aus dem Weg gegangen sei. Pavor habe im Verdacht gestanden, ein Perverser zu sein, ohne daß jemand die Perversion hätte benennen können. Außer den Faktoren des hohen Alters und der Großbusigkeit.

»Er hatte keine Kumpels, nur seine Damen«, sagte Straka. »Frau Dussek hat uns den Namen einer Freundin genannt, die ebenfalls mit Pavor Kontakt hatte. Beziehungsweise war man auch zu dritt aktiv. Aber davon abgesehen ergibt sich nichts Auffälliges. Nichts Bizarres. Keine Gewalt.«

438

»Rollenspiele?«

»Nicht mal das«, sagte Straka. »Es bringt wenig, sich auf Pavors sexuelle Vorlieben zu konzentrieren. Bleibt die Sache mit dem 4711. So vertrottelt es klingt, aber das scheint wirklich der Kern der Sache zu sein.«

Straka fragte Cheng, ob er eigentlich wisse, in welchem Beruf die verstorbene Frau Kremser tätig gewesen sei.

Cheng verneinte, er habe mit Frau Kremser einzig und allein über Katzen gesprochen und sich auch gar nicht vorstellen können, daß diese Person jemals etwas anderes unternommen habe, als sich um die Mästung ausgesuchter Pfotentiere zu kümmern.

»Nun, man kommt nicht als Katzenmutter auf die Welt«, sagte Straka. »Ihre Frau Kremser hat nach dem Krieg ein Labor gegründet, das der Entwicklung neuer Düfte diente. Wozu wohl auch gehörte, den alten Düften auf die Schliche zu kommen. Keine neue Chemie ohne alte Chemie. Keine neuen Mysterien, die nicht auf alten fußen würden, nicht wahr?«

Cheng war frappiert. Die Katzenmutter als Königin der Düfte. Als olfaktorische Detektivin. Nicht zuletzt als Geheimniskrämerin. Er sagte: »Und Sie denken also, Frau Kremser habe das innerste Wesen von 4711 durchschaut. Es sich wenigstens eingebildet.«

»Das würde einiges erklären«, meinte Straka.

»Man sollte vielleicht«, schlug Cheng vor, »mit den Leuten sprechen, die heute ihre Hand auf 4711 haben.«

Straka schüttelte den Kopf. Dafür gebe es nicht wirklich einen Anlaß. Die Sache beruhe auf der Verrücktheit der beteiligten Personen, nicht der beteiligten Essenzen.

»Kurt Smolek«, erinnerte Cheng, »starb an einer Überdosis 4711. Das ist *nichts*?«

»Was wollen Sie denn?« fuhr Lukastik dazwischen. »Daß wir den Erzeuger dafür verantwortlich machen, daß man 4711 nicht literweise schlucken kann, ohne sich ein bißchen zu vergiften?«

Cheng war daran, etwas zu erwidern. Aber Straka meinte, der Kollege Lukastik habe vollkommen recht.

»Aber da ist noch etwas anderes«, setzte Straka fort, gewissermaßen einen frischen Köder auf den Haken steckend, »was

Sie interessieren dürfte. Ich hatte da so eine Idee... Mich hat das nicht losgelassen, Ihr Hinweis auf diese Frau Mascha Reti, die da in Liesing im Pflegeheim sitzt und von nichts etwas wissen will. Ich dachte mir, da es sich bei Frau Reti ja um eine alte Dame handelt und wir um die Vorliebe Pavors wissen...«

»Die Frau sitzt im Rollstuhl, oder?«

»Na, es gibt da Typen... Aber Sie haben schon recht, Cheng. Mir ist schnell klargeworden, daß Frau Reti dafür nicht in Frage kommt. Trotzdem habe ich überprüfen lassen, ob eine Beziehung zwischen Pavor und ihr bestand. Und siehe da, die gab es. Keine erotische, wie es scheint, sondern eine geschäftliche. Pavor war mehrmals in Liesing, um Frau Reti zu beraten. Als die Bankkundin, die sie war und ist.«

»Ich dachte, die Frau sei so gut wie unansprechbar.«

»Das scheint mal so, mal so. Faktum ist, daß Pavor eine kleine Erbschaft für sie angelegt hat. Ein Fondgeschäft, nicht weiter auffällig. Jedenfalls haben sich die zwei auf diese Weise kennengelernt. Was freilich noch kein Verbrechen ist.«

Cheng verzog das Gesicht. Im Grunde störte ihn, daß die Fäden anfingen, zueinanderzuführen. Ihm wäre lieber gewesen, selbige Fäden hätten sich verloren und es wäre irgendeine kleine Wahrheit übriggeblieben: eine Spinne ohne Netz.

»Schon gesprochen mit Frau Reti?« fragte Cheng.

»Nein, aber ich schicke Bischof.«

»Lassen Sie mich zuerst mit ihr reden«, bat Cheng.

»Warum sollten wir das tun?« raunzte Lukastik.

»Ich vermute«, sagte Cheng, »daß Frau Reti trotz ihres Alters clever genug ist, sich dumm zu stellen, wenn da Polizisten auftauchen. Und in ihrem Alter darf sie sich dumm stellen, solange sie möchte. Oder?«

»Cheng hat vielleicht nicht unrecht«, fand Straka. »Es ist kein Schaden, wenn er zuerst mit der Frau spricht. Möglicherweise mag sie sein Gesicht und seine Manieren.«

»Pah!« stöhnte Lukastik. Und prophezeite: »*Ihr* Herr Cheng wird uns aber kaum Bericht erstatten. Warum also verschaffen wir ihm einen Vorteil, der sein eigener bleiben wird?«

Straka blickte Cheng wie ein Kind an, das man vor eine Wahl stellt und erkundigte sich: »Und?«

Cheng versicherte, sich sofort zu melden, wenn er das Gespräch mit Mascha Reti beendet habe.

»Und werden uns die Hälfte erzählen«, weissagte Lukastik.

»Ich glaube nicht, daß ich soviel erfahre, um es halbieren zu können«, meinte Cheng und erhob sich. »Ich gehe jetzt und erledige das. Der Punkt ist, herauszubekommen, ob Mascha Reti es war, die Pavor beauftragt hat, sich um Frau Kremser zu kümmern.«

»Das ist der Punkt«, bestätigte Straka.

Lukastik erinnerte, daß man Cheng eigentlich herbestellt habe, auf daß dieser die Ereignisse des vergangenen Abends zu Protokoll gebe.

»Wäre es nicht besser«, sagte Cheng, »wenn ich gleich nach Liesing fahre? Das Protokoll läuft uns nicht davon.«

»Sie laufen uns davon«, meinte Lukastik und trat ans Fenster, aus dem er beiläufig auf die Straße sah. Die vom Schnee eingehüllten Fahrzeuge machten den Eindruck aufgebahrter Eisbären.

Straka fand, daß das Protokoll tatsächlich warten könne.

»Von mir aus«, vollzog Lukastik eine wegwerfende Geste. Er war hier schließlich nicht der Chef. Erneut verschränkte er seine Arme.

»Reden Sie mit Frau Reti. Und dann rufen Sie mich an«, sagte Straka zu Cheng und brachte ihn zur Türe.

Lukastik hingegen blieb am Fenster und war nicht wieder bereit, seine Verschränkung auch nur partiell oder verbal aufzulösen.

32
»100«

»Ich möchte zu Frau Reti«, sagte Cheng, nachdem er von einer freundlichen Pflegerin an eine unfreundliche Pflegerin weitergeleitet worden war, so wie man auf ein Glas guten Weins ein Glas Berliner Leitungswasser serviert bekommt. Ohne natürlich den Sinn einer solchen Bestrafung zu erkennen.

»Sind Sie verwandt mit ihr?« fragte die derbe Person, deren Gesicht an eine volle Wurstplatte erinnerte.

»Sehe ich so aus, als sei ich mit jemand verwandt, der Reti heißt?«

»Was weiß ich, wo heutzutage Chinesen überall hinein-heiraten.«

Nun, an dieser Bemerkung war Cheng selbst schuld, hatte sie zumindest provoziert. Was ihn ärgerte. Weshalb er gar nicht erst seine Nationalität klarstellte, sondern die Pflegerin fragte, ob sie Schwierigkeiten mit der Polizei bekommen wolle.

»Sie sind doch kein Polizist«, gab sich die Frau unbeeindruckt.

»Ob Sie Schwierigkeiten wollen, habe ich gefragt.«

»Ach, tun Sie doch, was Sie wollen. Den Gang durch, dann rechts. Im letzten Saal liegt die alte Reti.«

Sodann ließ das Wurstplattengesicht Cheng einfach stehen und begab sich – obgleich ohne Mantel – nach draußen in die eisige Kälte, die einem derartigen Fleischberg wohl nichts anhaben konnte. Cheng wünschte sich einen netten, kleinen Meteoriten, der vom Himmel auf dieses Weib fallen sollte. Dann trat er durch eine Glastüre weiter ins Innere des Gebäudes und somit in eine Heizungswärme der beklemmenden Art. Als wollte man die Leute an diesem Ort ersticken.

Rasch schlüpfte Cheng aus seinem Mantel, den er in einem Wintergarten ohne Garten ablegte, dessen Glasdach schwarz von Schnee war. Eine Weile stand Cheng gerade im Raum und war bemüht, sich an das Klima zu gewöhnen. Eine alte Frau trat ein, kratzte sich am Po und nuschelte durch einen gebißlosen Mund: »Knoblauch.«

Sie hatte recht. Es roch nach Knoblauch. Nicht wirklich penetrant, dennoch intensiv. Unmöglich, den Geruch, war man einmal auf ihn aufmerksam geworden, zu ignorieren.

»Ja, der Knoblauch«, sagte Cheng und verbeugte sich vor der Frau, als verdanke er ihr einen wertvollen Hinweis. Aus dieser Verbeugung heraustretend, ging er zurück in den Flur und begab sich zu den Sälen.

Der Anblick, der sich ihm bot, war nicht wirklich erfreulich. Gut, das war hier auch keine feudale Pensionistenresidenz, keine trendige Alters-WG, kein Trimmdichraum für hemmungslos Junggebliebene, sondern ein öffentliches Pflegeheim, in das Menschen gelangten, denen das Alter und eine geringe Rente zusetzten. Die Räume erinnerten an die Turnhallen alter Schulen, in die man Krankenbetten in Krankenhausanordnung gestellt hatte. Im Stil einer Katastrophenübung. Und eine Katastrophe stellte das Alter ja auch dar. Zumindest wenn es so unverblümt zuschlug wie an diesem Ort. In einigen der Betten röchelten Frauen vor sich hin, andere saßen auf Bettkanten und stierten in jene Ewigkeit hinein, die sich ihrem verfallenden Körper noch verweigerte. Manche Stimme drang durch Wände, mancher Mund blieb so offen wie tonlos. Im Kontrast dazu saßen um einen Tisch herum ein paar Damen, die zwar einen etwas trotteligen, aber gepflegten und amüsierten Eindruck machten. Sie trugen Straßenkleidung, schlürften Suppe aus zierlichen Tassen und hatten Spielkarten in den Händen, ohne die Karten auch auszuspielen. Aber es lag viel Würde und Noblesse in der Art, wie sie an ihrem Blatt, wie gut oder schlecht es auch sein mochte, festhielten. Sie bemerkten Cheng augenblicklich, wandten sich ihm zu, nickten und lächelten. Sie wirkten auf eine erfreuliche Weise französisch, was es ja auch gibt, das erfreulich Französische.

Darin bestand das eigentlich Schockierende, in diesem Nebeneinander von Todkranken und Unansprechbaren einerseits, und den paar Damenkränzchen andererseits. Vornehme, rüstige, parfümierte Rentnerinnen, sichtlich um Kaffeehauskultur bemüht. Die Damen Offiziere auf dem sinkenden Schiff des Lebens. Umgeben von Betten und plärrenden Fernsehgeräten. Wieso die Fernseher liefen, blieb unklar. Niemand schien hinzusehen. Wahrscheinlich stammten diese Geräte von den lieben Verwandten, die sich solcherart hier verewigt hatten. Was nur auf den ersten Moment ein schrecklicher Gedanke war. In der Regel aber waren Fernseher wahrscheinlich ein ganz guter Familienersatz. Was aber noch lange kein Grund war, sie mit derartiger Lautstärke laufen zu lassen.

Cheng marschierte in den hintersten Raum und wandte sich an eine Pflegerin, die gerade die so gut wie unangetasteten, mit Kompott gefüllten Glasschalen einsammelte. Pfirsichkompott, bei dessen Anblick Cheng übel wurde. Den Knoblauchgeruch alleine hätte er ausgehalten, aber angesichts im Saft schwimmender Pfirsichstücke, die an große, durch ein Eiklar treibende Dotter erinnerten, wankte er ein wenig. Dabei hielt er kurz den Arm der Pflegerin.

»Meine Güte, was ist mit Ihnen?«

»Nichts. Entschuldigen Sie ... die Hitze.«

Er riß sich zusammen, ließ den Arm der jungen Frau los, wischte sich den Schweiß von der Stirne und fragte nach Mascha Reti. Die Pflegerin, die fortfuhr, die Schalen auf einem Wägelchen abzustellen, zeigte auf ein Bett nahe am Fenster, gegen dessen vorderes Ende ein Rollstuhl geparkt war. Das grelle Winterlicht hinter der Scheibe mutete ziemlich himmlisch an. Und auch die Frau, die Cheng nun betrachtete, schien sehr viel näher dem Himmel als der Erde zu sein. Sie würde es bald hinter sich haben.

»*Das* ist Frau Reti?« erkundigte sich Cheng ein weiteres Mal.

»Ja.«

Nun, Cheng hatte Frau Reti bisher nur aus der Schilderung Anna Geminis gekannt und dabei die Vorstellung einer robusten, kräftigen, den Kopf äußerst gerade haltenden, aristokratisch herrischen Dame entwickelt. Sehr hager, sehr weißhaarig und die meiste Zeit von einem Mann bewacht, der den schönen Namen Thanhouser trug und das Musterbild eines gutgebauten, stoischen Arabers darstellte. Doch weder war Herr Thanhouser zugegen, noch erinnerte die Frau, die hier im Bett lag und mit einem so verklärten wie toten Ausdruck zum Fenster sah, an Chengs Vorstellung von Frau Reti. Und ebensowenig simulierte diese Person. Nein, die Frau, zu der er hinuntersah, war ohne Zweifel längst entrückt. Sehr schwammig und sehr bleich. Wobei dies freilich mit einer speziellen Behandlungsform zusammenhängen konnte, das Bleiche und Schwammige. Sicher aber nicht das Faktum roter Haare.

»Haben Sie Frau Reti die Haare gefärbt?« fragte Cheng die Pflegerin, die sich eigentlich hatte entfernen wollen.

Sie kam zurück, sah Cheng verwundert an und meinte: »Gefärbt?«

»Ja. Die roten Haare.«

»Was glauben Sie denn? Daß wir soviel Zeit haben, Menschen, die im Sterben liegen, die Haare zu färben. Frau Reti kam mit roten Haaren zu uns. Haben Sie ein Problem damit? Wer sind Sie überhaupt?«

»Ich würde gerne mit Herrn Thanhouser sprechen.«

»Wieso?«

»Sagen Sie mir einfach, wo ich ihn finde. Ich wäre Ihnen sehr verbunden.«

»Er macht gerade eine kleine Pause … Also … das ist nicht ganz in Ordnung. Er sollte eigentlich hier sein. Aber der Job macht einen kaputt. Da muß man hin und wieder …«

»Ich bin weder ein Verwandter noch von der Inspektion.«

Die Pflegerin erklärte Cheng den Weg, der zu jenem kleinen Raum führte, der den Pflegern zur Verfügung stand, sich ein wenig auszuruhen.

Während Cheng sich dorthin begab, dachte er, daß es nicht zu erstaunen brauchte, daß Oberstleutnant Straka bei seiner Befragung Mascha Retis nicht weitergekommen war. Das war ganz einfach nicht dieselbe Frau gewesen wie jene, von der Anna Gemini gesprochen hatte und welche angeblich mit Smolek in Verbindung gestanden war. Wen auch immer man nun als die wirkliche Mascha Reti ansehen mußte. Eine Frage, die mit Sicherheit Herr Thanhouser würde beantworten können.

Cheng klopfte an dessen Türe.

»Was wollen Sie?« fragte der großgewachsene Mann, der aufsperrte und öffnete, und dessen rötelfarbener Körper mit weißer Hose und weißem Unterhemd bekleidet war. Die nackten Schultern und nackten Arme steckten wie mächtige Ruder am Rumpf.

Cheng wollte nicht das Wasser sein, in das solche Ruder gedroschen wurden. Er sagte: »Ich möchte Sie sprechen. Darf ich hereinkommen?«

»Wer sind Sie?«

»Ich bin ein Freund von Frau Reti.«

»Frau Reti liegt in ihrem Bett.«

»Ich meine die Frau Reti, die nicht in ihrem Bett liegt.«

»Ich verstehe nicht. Ich will auch gar nicht verstehen. Ich will, daß Sie gehen und mich in Frieden lassen.«

»Hören Sie, Herr Thanhouser«, sagte Cheng, die Macht einsetzend, die darin besteht, den Namen seines Gegenübers zu kennen, welcher umgekehrt nicht in der Lage dazu ist, »für Sie gibt es zwei Möglichkeiten. Entweder Sie reden mit mir oder in ein paar Stunden mit der Polizei.«

»Warum meinen Sie, mit Ihnen zu reden wäre das kleinere Übel?«

»Ja. Sie haben recht«, sagte Cheng, »das weiß man selten, worin ein kleineres Übel besteht. Entscheiden muß man sich trotzdem.«

Thanhouser betrachtete Cheng wie das Essen, das man nicht bestellt hat, und dennoch nicht zurückzuschicken wagt, wandte sich dann nach hinten und gab einer Person die Anweisung, sich anzuziehen und das Zimmer zu verlassen. Kurz darauf trat an Cheng vorbei eine junge Frau mit Kochschürze, welche mit einer Hand ihr Haar, mit der anderen ihre Schürze glattzustreichen versuchte. Sie bemühte sich um diese typische Ich-treib's-nicht-mit-jedem-Haltung.

»Na, dann kommen Sie!« sagte Thanhouser und wies in das Dunkel des Raums.

Nachdem Cheng hinter sich die Türe geschlossen hatte, schaltete Thanhouser eine kleine Lampe an, die einen schwachen, rötlichen Lichtkegel auf das weiße Leinen eines Krankenbetts warf. Hinter dem Spalt zusammengeschobener Vorhänge waren Äste zu sehen, auf denen der gefrorene Schnee wie gedrängtes Publikum saß. Cheng nahm in dem einzigen Stuhl Platz, während Thanhouser sich auf das Bett setzte, eine Packung Zigaretten aus der Hosentasche zog und Cheng eine davon anbot. Die beiden rauchten in der Art, wie Männer das tun, bevor sie sich töten.

»Wäre fein«, sagte Cheng, »wenn Sie mir die ganze Geschichte erzählen, ohne daß ich nochmals mit der Polizei drohen muß.«

»Ich weiß noch immer nicht, wer Sie sind.«

»Ich arbeite für die Regierung.«

»Für die österreichische?«

»Ist das wichtig?«

»Na ja«, meinte Thanhouser im Ton leidvoller Erfahrungen, »manchmal macht das schon einen Unterschied.«

»In diesem Fall nicht«, gab sich Cheng bedeckt. Und stellte die Frage nach Frau Reti. Und zwar nach jener dominanten, weißhaarigen und sonnengebräunten Dame, die Thanhouser in den Park geschoben hatte, als Anna Gemini nach Liesing gekommen war.

»Anna Gemini?«

»Eine Frau mit einem Jungen. Skateboardfahrer.«

»Ach ja, ich erinnere mich.«

»Also!« sagte Cheng und malte mit der Rauchschwade seiner Zigarette einen Strich in die Luft. »Reden Sie!«

»Man hat mich bezahlt, damit ich *nicht* rede.«

»Das ist mir schon klar. Aber Ihnen muß ja auch bewußt sein, daß jetzt ein Moment erreicht ist, wo Ihnen eine solche Loyalität nichts nützen, sondern nur schaden wird. Wenn wir uns unterhalten, vergesse ich vielleicht danach Ihren Namen wieder. Aber sicher nicht, wenn wir uns nicht unterhalten.«

Thanhouser legte den Kopf schief, blies Rauch aus, überlegte und seufzte durch die Nase. Dann begann er: »Das ist jetzt einige Zeit her, ein dreiviertel Jahr oder länger, da stand diese alte Frau vor dem Bett Mascha Retis. Ich bin zu ihr hin und habe gefragt, wer sie sei, ob ich ihr helfen könne. Vornehme Person, hat man gleich gesehen. Sie hat gesagt, sie sei die Schwester.«

»Die Schwester von Mascha Reti?«

»Ja«, antwortete Thanhouser und berichtete, daß jene Frau, die übrigens niemals ihren Namen genannt habe, ihm erklärte, zum ersten Mal seit einer kleinen Ewigkeit wieder Wiener Boden unter den Füßen zu spüren. Nicht zu ihrer Freude. Sie habe sich bisher geweigert, zurückzukehren an diesen fürchterlichen Ort, nein, sie sei keine Jüdin, auch nie bei den Kommunisten gewesen, nicht verfolgt worden, aber mancher Schrecken im Leben ergebe sich auch abseits des Politischen. Ein Schrecken, der aus dem Boden eines Ortes aufsteige. Die Luft, die man atmen müsse. Und die alles vergiftet. Dennoch sei sie heimgekehrt. Ein Brief habe sie veranlaßt, nach Wien zu reisen, um ein paar Dinge in die Hand zu nehmen, die zu erledigen ihre Schwester Mascha ja offensichtlich nicht mehr in der Lage sei.

»Was für ein Brief?«

»Keine Ahnung«, sagte Thanhouser. »Aber von Mascha Reti hat er nicht stammen können. Die war damals schon nicht mehr in der Lage, einen Stift in die Hand zu nehmen. Dämmerte so vor sich hin. Ihre Schwester aber ... topp', kann ich Ihnen sagen. Klar im Kopf, wie man das selten erlebt.«

»Und was wollte sie von Ihnen?«

»Sie hat Leute hier empfangen. Hier im Pflegeheim. Hat sich in den Rollstuhl ihrer Schwester gesetzt und sich von mir ins Freie schieben lassen, um sich als Mascha Reti zu präsentieren. Nicht, daß sie sich verkleidet hätte. Der Rollstuhl, das hat genügt.«

»Was für Leute sind da gekommen?«

»Ganz unterschiedlich. Männer, Frauen, jung, alt, aber immer nur Einzelpersonen. Von der Frau mit dem Jungen abgesehen. Sie hat mich stets als ihren Leibwächter bezeichnet. Womit ich leben konnte.«

»Um was ging es bei diesen Gesprächen?«

»Schwer zu sagen. Ich mußte ja meistens ein wenig abseits stehen. Hat mich auch nicht interessiert. Ich wurde nicht fürs Horchen bezahlt.«

»Können Sie sich an einen Gregor Pavor erinnern?«

»Die Leute wurden mir nicht vorgestellt.«

»Ein Mann von einem Bankinstitut. Es heißt, er hätte Mascha Reti in Finanzfragen beraten.«

»Ja, richtig. Das war so einer von einer Bank. Die schleimige Art.«

»Mit wem sprach er?« fragte Cheng. »Mit der richtigen oder der falschen Mascha Reti?«

»Der falschen natürlich, wenn überhaupt *falsch* das richtige Wort ist.«

»Wie meinen Sie das?«

»Na, wenn man bedenkt, daß sie Schwestern sind.«

»Das ist kein Grund, sich für die andere auszugeben«, sagte Cheng und fragte erneut nach Pavor.

Thanhouser zuckte mit den Schultern, erklärte aber, daß seine Auftraggeberin sich einmal fürchterlich über Pavor geärgert habe.

»Weshalb?«

»Es ging um eine Frau Kremser«, sagte Thanhouser, »ich erinnere mich an den Namen nur, weil unser Pförtner auch so heißt. Frau Reti hat getobt. Sie war laut genug, daß ich verstanden habe, wie sie sagte, Pavor sei wohl verrückt geworden, die alte Kremserin aufzuknüpfen. Ich nehme an, das war bildlich gemeint. War es doch, oder?«

Anstatt die Frage zu beantworten, stellte Cheng eine eigene: »Frau Reti – ich will sie Frau Reti nennen –, wie setzt Sie sich mit Ihnen in Verbindung?«

»Sie ruft an. In der Regel einen Tag vorher. Dann kommt sie, stellt ihrer Schwester ein paar Blumen auf den Nachttisch, hockt sich in den Rollstuhl und läßt sich von mir nach draußen schieben, wo dann meistens schon jemand wartet. Immer im Anstaltsgarten, immer im Rollstuhl. Gleich bei welchem Wetter.«

»Was sagen Ihre Kollegen dazu?«

»Ich hab denen zu verstehen gegeben, daß sie das nichts angeht. Und die halten sich daran. Jeder hat hier so seine Nebengeschäfte. Geht gar nicht anders, bei dem Verdienst. Hier wird sowieso mehr weggesehen als hingesehen. Was man verstehen muß. Sie sollten mal einen Tag…«

»Hören Sie auf, Thanhouser. Sie scheinen durchaus Ihren Spaß zu haben. Kleine Hausmacht, wie?«

»Sie haben erfahren, was Sie wissen wollten«, sagte der Pfleger und wies in Richtung auf die Türe.

»Sie haben also keine Ahnung, wo man Frau Reti finden kann?«

»Wäre schön blöd von ihr, mir das zu sagen.«

»Ja, das wäre es«, sagte Cheng und schrieb Thanhouser eine Telefonnummer auf, die er ihm überreichte.

Thanhouser nahm sie, meinte aber, daß er nicht so weit gehen würde, Frau Reti eine Falle zu stellen.

»Das ist die Nummer von Oberstleutnant Straka. Es ist sein Fall«, erklärte Cheng. »Wenn sich Frau Reti bei Ihnen meldet, rufen Sie Straka an. Er wird dann entscheiden, was zu tun ist.«

»Ich dachte, Sie wollten mir die Polizei vom Hals halten.«

»Tue ich auch. Ich sage Straka, daß man mit Ihnen reden kann. Und es also nicht nötig sein wird, harte Methoden anzuwenden. Mit Ausweisung zu drohen, zum Beispiel.«

»Erstaunlich, sowas von Ihnen zu hören.«

»Sie meinen, ich sehe selbst aus, als könnte man mich ausweisen. Nun, das ist ein Irrtum, Herr Thanhouser – mich nicht!« sagte Cheng, erhob sich und verließ den Raum. Es tat ihm gut, darauf hinzuweisen, *kein* Ausländer zu sein. Auch wenn sich das natürlich in dieser Form nicht gehörte. Aber es tat ihm nun mal gut. Punkt.

Am Weg durch den zugeschneiten und vereisten Park begegnete Cheng jener alten Frau, die ihn auf den Geruch von Knoblauch aufmerksam gemacht hatte. Sie kam vom Pförtnerhäuschen her, eine Plastiktüte im Arm, die sie gleich einem noblen Handtäschchen trug. Als sie am stumm grüßenden Cheng vorbeikam, sagte sie, noch immer zahnlos, wie durch eine Röhre sprechend: »Du suchst die Reti, Burschi, nicht wahr?«

Cheng blieb stehen, sah auf die Frau hinunter, diese Rosine von einem Menschen und antwortete: »Ja. Aber nicht die, die im Bett liegt.«

Die müsse man ja auch nicht suchen, meinte richtigerweise, ihre wache Intelligenz darlegend, das Weiblein.

Cheng fragte: »Sie wissen, wo ich sie finde?«

»Hundert Schilling«, forderte die Frau.

Cheng machte darauf aufmerksam, daß es Schillinggeld nicht mehr gebe.

Das wisse sie durchaus, sagte die Frau, sie sei ja weder unterbelichtet noch von gestern. Dennoch wolle sie einen guten alten

Hunderter, sie sammle diese Scheine. Das alte Geld sei so viel schöner als das neue. Ohnehin könne sie Europa nicht ausstehen. Europa sei eine dumme Erfindung, als sperre man alle Tiere in einen einzigen Käfig.

»Wo soll ich jetzt einen alten Schein hernehmen?« fragte Cheng.

»Deine Sache, Burschi.«

»Und es gibt keine andere Möglichkeit?«

»Keine«, sagte die Frau.

»Wie kann ich überhaupt sicher sein, daß Sie mich nicht bescheißen?«

»Ach, Burschilein, wenn ich dich bescheißen wollt…«, sagte sie, blieb aber schuldig, was sich für diesen Fall alles angeboten hätte.

»Wenn ich den Hunderter habe«, erkundige sich Cheng, »wo finde ich Sie?«

Die alte Frau mit der Gestalt eines verhungerten Marders erklärte, sie selbst liege neben Mascha Reti.

»Der richtigen Mascha Reti«, präzisierte Cheng.

»Wer da richtig oder falsch ist… meiner Seel«, seufzte das Weiblein im Stil wahrhaftiger Schwermut. »Ist ein Drache denn ein richtiges Monster? Wenn man bedenkt, daß es Drachen doch gar nicht gibt.«

Cheng wußte nicht genau, was die Frau meinte. Aber das war ja auch nicht wichtig. Er versprach ihr, den Hundertschillingschein postwendend zu besorgen. »Es wäre vorteilhaft«, meinte Cheng, »wenn Sie in der Nähe Ihres Bettes bleiben könnten. Ich will nicht nach Ihnen suchen müssen.«

»Findest mich schon, Burschi«, sagte die Frau und setzte ihren Weg fort.

Cheng verließ das Gelände und suchte nahe dem Busbahnhof nach der nächsten Telefonzelle. Er war ja nicht nur ein Detektiv, der die meiste Zeit ohne Waffe unterwegs war, sondern auch ein handyloser Mann, was ja eigentlich kaum vorstellbar ist. Ein Mensch ohne Handy erscheint wie jemand, der eigentlich nichts zu sagen hat, etwa wie ein Mensch ohne Auto den Eindruck der Bewegungsunfähigkeit vermittelt. Und wiederum ein Baby ohne Schnuller – man muß das einmal bewußt wahrgenommen haben – aussieht, als sei es kein wirkliches Baby, sondern eine Puppe. Eine Puppe ohne Schnuller. Während eine Puppe mit Schnuller wiederum für ein echtes Baby gehalten werden könnte.

Cheng marschierte also über den frostigen Platz und trat in eine Telefonzelle. Der Gestank von Urin hielt sich trotz des eisigen Windes, der durch die Schlitze strömte. Die beiden Telefonbücher lagen zerrissen auf einer verdreckten Platte. Auf den Scheiben Kratzspuren, Geschmiere, getrockneter Speichel. Es sah hier so aus, wie sich die meisten Leute Afghanistan vorstellen. Der Automat aber – glücklicherweise ein Münzgerät – funktionierte.

Cheng bekam Straka ans Telefon und berichtete lückenlos, was er von Thanhouser erfahren hatte, und daß man also die Schwester Mascha Retis ausfindig machen müsse.

»Kommen Sie nach Liesing«, bat Cheng, »und bringen Sie einen Hundertschillingschein mit.«

»Wie bitte?«

»Da ist eine Frau, eine Bettnachbarin von Mascha Reti, die vielleicht etwas weiß. Sie will aber nur reden, wenn ich ihr einen alten Hunderter besorge. Sie sammelt das Geld. Dabei scheint sie nicht wirklich verrückt zu sein. Sie handelt im Bewußtsein der Unsinnigkeit. Und sie ist hartnäckig.«

»Und Sie meinen, ich hätte noch Schillinge?«

»Ihr auf der Polizei werdet doch ein paar alte Scheine verfügbar halten. Schließlich ist die Umstellung ja keine tausend Jahre her, oder?«

»Also gut, Cheng. Ich besorge das Geld. Wo finde ich Sie?«

Cheng blinzelte durch die Scheibe des Telefonhäuschens und las den Namen einer Kneipe, auf dessen Leuchtreklame sein Blick fiel. Was er sah, war eins dieser Wunder, die es angeblich nicht gibt, sondern bei denen es sich um Zufälle handelt, die dann von anderen wieder in Fügungen uminterpretiert werden. Der Unterschied zwischen Wunder und Fügung ist, daß Gott von ersterem nichts weiß. Daraus besteht es ja, das Wunder. Aus seiner Freiheit vor Gott. Nicht weniger als vor den Gesetzen der Natur. Aus seiner Autonomie. Jedenfalls lautete der Name des kleinen Lokals: *Zum Golem.*

»Das ist nicht Ihr Ernst«, sagte Straka.

»Vielleicht träume ich.«

»Dann träumen Sie mich auch«, meinte Straka. Er fand es einen unangenehmen Gedanken, von jemand anders geträumt zu werden. So wie ihn auch die Vorstellung störte, möglicherweise bloß eine Romanfigur zu sein, ein Hirngespinst, Versatzstück im Kopf eines Autisten.

»Bis gleich!« sagte Straka so heftig, als wollte er das Reale seiner Existenz mittels Lautstärke glaubhafter erscheinen lassen.

Cheng verließ die Zelle, trat über den Platz aus Busstationen, diesen Weltraumbahnhof kleiner Leute, und ging über ein paar aufwärts führende Stufen in das schmale, schlauchartige und lichtarme Lokal, das vor allem aus einem dunklen Holztresen bestand, der aussah wie eine zusammengeschlagene Skihütte. Hinter der Theke stand ein Mann mit Glatze, der bis zu Chengs Eintreten sein einziger und eigener Gast gewesen war. Was er wohl auch gerne geblieben wäre. Denn dies hier war natürlich eine dieser Stammgastlokalitäten, die sich dadurch auszeichnen, daß ihre Besucher auf wundersame Weise immer schon Stammgäste gewesen sind. Immer schon hierherkamen, irgendwie das Stadium eines ersten Mals übersprungen habend.

Nun, Cheng war weder Stammgast noch sichtbar ein Kind Liesings, aber er war auch nicht der Typ, der sich von einem unfreundlichen Blick abschrecken ließ. Er schlüpfte geschickt aus seinem Mantel, nahm an der Ausschank Platz und bestellte ein Bier.

Der Wirt wollte etwas sagen, überlegte es sich aber und holte eine Flasche aus dem Kühlschrank, die er samt Glas und Flaschenöffner vor Cheng hinstellte.

»Könnten Sie mir das Bier bitte öffnen«, sagte Cheng.

»Wieso? Haben Sie keine zwei Hände?«

»Nein«, sagte Cheng und hob – ohne Dramatik, ohne Vorwurf – seinen linken Ärmel leicht an.

Das Gefühl der Peinlichkeit ergab sich nun für den Wirt nicht aus der übersehenen Invalidität seines Gastes, sondern daraus, wie sehr die eigene Unhöflichkeit ins Leere gelaufen war. Denn jemanden ein ungeöffnetes Bier hinzustellen, war ja auch als Beleidigung nur sinnvoll, wenn der Beleidigte es auch öffnen konnte. Ein Einarmiger aber...nun, der mußte nicht, wenn er nicht wollte. Cheng war ganz einfach in der besseren Position. Folgerichtig trottete der Wirt heran, nahm den Öffner, brach den Korken vom Hals und schenkte ein.

»Danke«, sagte Cheng im Ton der Sieger, die zu allem Überfluß auch noch freundlich sind. Er tat einen Schluck und holte eine Zigarette aus seiner Tasche. Der Wirt gab ihm Feuer. Mißmutig, aber doch.

»Darf ich Sie etwas fragen?« nutzte Cheng den Augenblick.

»Wenn's sein muß.«

»Der Name von dem Lokal hier, *Zum Golem*, was hat das zu bedeuten?«

»Wissen Sie nicht, was ein Golem ist?«

»O ja, das weiß ich. Aber wir sind hier nicht in Prag. Und...Na, um ehrlich zu sein, Ihr Lokal sieht mir aus, als sollte es *Chez Lotte* oder *Café Kurti* heißen.«

»Was hätte ich tun sollen? Hat schon so geheißen, wie ich's übernommen habe. Da hatte ich noch keine Ahnung, daß ein Golem quasi der Domestique von einem Rabbi ist.«

»Ein Domestique, der überschnappt«, fügte Cheng bei.

»Jedenfalls was Jüdisches. Eigentlich nix für mich, wenn Sie mich fragen. Aber ein Beisel heißt, wie es heißt. Was will ein ordentlicher Mensch daran ändern? Man kann ja auch nicht alle paar Jahre den Namen von einer Kirche auswechseln, oder von einem Bezirk, gleich wer da gerade an der Regierung ist. Wär doch deppert.«

»Trotzdem...«

»Schauen Sie dort rüber«, sagte der Wirt und zeigte in eine nach hinten gelegene Ecke des Raums. In einem kleinen, in Gesichtshöhe an die Wand montierten, länglichen Glaskasten war eine Figur zu erkennen. Nicht größer als eine Hand, aber fast ebenso breit. Sie war zu weit entfernt, als daß Cheng etwas Genaues hätte erkennen können.

»Unser Golem!« erklärte der Wirt. »Der war auch schon hier, als ich kam. Der Kasten ist so festgenagelt, den kriegen Sie nicht herunter. Ist mir auch wurscht. Stört ja nicht, so ein Figürl, so ein Minigolem, der keine Faxen macht und nicht wachsen tut. Meinen Gästen ist das egal, wer da hängt, ob ein

454

Jesus oder ein Golem. Uns sind die Juden egal, und die Araber. Und die Chinesen auch.«

»Schon gut«, sagte Cheng, rutschte von seinem Hocker und ging nach hinten. Er führte sein Gesicht nahe an das Behältnis heran und studierte die kleine Skulptur aus rötlichem Ton, die nicht aussah, als würde sie noch viele Erschütterungen überstehen können.

Deutliche Risse zogen sich durch den Körper, der massig war und auf dem ein im Verhältnis kleiner, aber kantiger Kopf aufsaß. Der Golem war nackt, sein Geschlechtsteil jedoch skizzenhaft undeutlich. Nicht minder skizzenhaft das Gesicht, mehr ein Mondgesicht: Punkti, Punkti, Strichi, Strichi, ist das nicht ein Mondgesichti?

Weder erinnerte der verglaste Golem an eine 4711-Flasche, wie Cheng ein wenig erwartet hatte (so wie man im Traum eine Überraschung erwartet, die dann also mehr durch ihr Ausbleiben als ihr Eintreten überrascht), noch war eine Kölner Hausnummer oder der aus vier Buchstaben bestehende Name Gottes in den Ton eingeritzt worden. Das war ganz einfach eine ziemlich ungeschickt gefertigte, mit auffallend kurzen, dicken Beinen ausgestattete, bröckelige Figur, die als Golem zu erkennen es eines Hinweises bedurfte. Der Golem von Liesing.

Das Wunder also, von dem zuvor gesprochen worden war, das Wunder eines solchen Lokalnamens, relativierte sich mittels des fehlenden Hinweischarakters dieser Figur. Sie half nicht, so wie ja leider auch die Statuen der Heiligen nicht helfen. Einfach dastehen ist halt ein bißchen wenig.

Cheng ging zurück zu seinem Sitz und trank sein Bier. Und zwar ohne großen Durst und ohne echtes Vergnügen. Er war noch nie ein leidenschaftlicher Biertrinker gewesen. Er trank es nur, wenn er dem angebotenen Wein mißtraute. Was an diesem Ort zutraf. Und auch während Chengs Stuttgarter Zeit häufig der Fall gewesen war. Dabei besitzt Stuttgart, heißt es, einen guten Wein. Die Frage ist nur, wo man ihn versteckt hält. Sicher nicht in den Kneipen und Restaurants der Stadt. Um den *guten* Stuttgarter Wein rankt sich ein großes Geheimnis. Er wird Jahr für Jahr angekündigt. Und dann…Beinahe könnte man an eine Verschwörung glauben.

Als sich eine dreiviertel Stunde später die Türe öffnete, war es Straka, der vom schneeverwehten Platz ins *Zum Golem* trat. In seiner Hand hielt er einen Hundertschillingschein, mit dem er winkte.

»Ein Bier?« fragte der Wirt.

»Kaffee«, bestellte Straka, obwohl Cheng auch davon abgeraten hätte. Von allem, was nicht fix und fertig angeliefert wurde.

»Ist doch ein Witz, nicht?« sagte Straka.

»Sie meinen den Namen.«

»Warum nicht gleich *4711*? Oder *Gemini*? Oder *Smoleks End*?«

»Ja, man könnte meinen«, sagte Cheng, »Gott will uns etwas sagen. Dumm nur, daß er das Rätsel liebt.« Sodann wies er hinter sich auf die tönerne Figurine, die nun auch Straka aus der Nähe betrachtete.

»Kunstgewerbe«, kommentierte der Polizist, und das war eigentlich schon ein Kompliment.

Die Männer tranken, schwiegen, zahlten und verließen das Lokal.

»Endlich«, brummte der Wirt hinterher. Er sehnte sie herbei, seine Stammgäste, von denen demnächst ein jeder aus seinem Mittagsschlaf erwachen würde.

456

33
2 × 2

»Wo ist die Frau?« fragte Cheng die Pflegerin, die bei Mascha Reti saß und ihr Blut abnahm. Dabei zeigte Cheng auf das Nachbarbett.

»Frau Seeliger?«

»Wenn die Dame so heißt, die üblicherweise dort liegt.«

»Wir sind hier nicht im Gefängnis«, erklärte die Schwester und betrachtete Cheng und Straka, als studiere sie betrübliche Röntgenbilder. Gleichzeitig zog sie den Kolben nach oben, und der Zylinder füllte sich mit Blut. »Unsere Patienten, wenn sie denn laufen können, dürfen das auch tun. Ohne sich vorher abzumelden. Frau Seeliger läuft gerne. Und sie sagt selten wohin.«

»Und Thanhouser?« fragte Cheng. »Noch nicht zurück?«

»Der macht jetzt seine offizielle Pause.«

»Ach so! Zuerst die Kür und dann die Pflicht.«

»Wovon sprechen Sie, Cheng?« wunderte sich Straka.

»Nicht wichtig«, antwortete der Detektiv und bat den Oberstleutnant, ihm zu folgen.

Die beiden Männer wechselten den Trakt und gingen zu jener Türe, hinter welcher Thanhouser seine Schäferstündchen zu absolvieren pflegte. Auch diesmal klopfte Cheng. Als sich aber niemand meldete, drückte er die Klinke. Die Türe war unversperrt. Er öffnete sie und trat in den Raum, in dem noch immer die Schreibtischlampe brannte. Ein müder Fleck von Licht streifte das Bett. Beziehungsweise die beiden Körper auf dem Bett. Den halbnackten, muskulösen, rotbraunen Körper des Mannes und das von einem ausgewaschenen, geblümten Kleidchen verhüllte Beinahenichts der Greisin. In Umarmung. Thanhouser und Frau Seeliger.

Das war zumindest der erste Eindruck Chengs, daß die beiden Menschen sich umarmt hielten. Was vielleicht mit seiner

457

noch frischen Erinnerung an Gregor Pavor und damit an die Vereinigung von Alt und Jung zusammenhing. Nachdem aber Straka die Deckenlampe eingeschalten hatte und der Raum zur Gänze in das fahle Licht zweier Neonröhren getaucht wurde, erkannte auch Cheng, daß die Körper ohne Berührung waren, bloß einander zugewandt.

Straka drängte sich vor Cheng, beugte sich zu den beiden Leibern hinunter und sah, ohne sie dabei anzufassen, von einem zum anderen. Er erinnerte dabei an einen Mann, der zwischen einem Gemälde und dessen Fälschung hin- und hersah, unsicher, welches er für was zu halten hatte.

Nun, eines war gewiß, da brauchte Straka niemand zu berühren, daß nämlich Thanhouser und die alte Frau Seeliger tot waren. Wobei der Eindruck von Original und Fälschung bei diesen an sich sehr verschiedenen Körpern daraus resultierte, daß beide von je zwei Kugeln getroffen worden waren, und zwar an völlig identischen Stellen. Man könnte sagen: wie mit dem Maßband erschossen. Je ein Projektil war mittig durch die Stirn in den Kopf gedrungen, das andere Paar auf Höhe Herz in den jeweiligen Leib. Wenn man sich nun vorstellte, daß Thanhouser und Seeliger im Moment der Tötung noch bei Bewußtsein gewesen waren, so war anzunehmen, daß der Täter zunächst einmal den kräftigen, beweglichen Thanhouser erschossen hatte (der somit das »Original« bildete) und erst dann Frau Seeliger (welche also die Kopie einer Tötung hatte hinnehmen müssen). Vielleicht war es so gewesen.

Straka holte sein Handy hervor, wählte eine Nummer und sprach: »Ist sie im Haus?« Der Angerufene antwortete ihm. Straka nickte und wiederholte dann seine Anordnung, Anna Gemini nicht aus den Augen zu lassen. Keine Sekunde. Dann fragte er: »Und Janota? – Aha! Ist also auch da. Gut. Bleiben Sie dran an denen.« Er legte auf, stellte einen neuen Kontakt her und wies Bischof an, nach Liesing zu kommen. Und auch gleich das ganze »Mobiliar« mitzunehmen, was bedeutete, daß Spurensicherung und Polizeiarzt auf dem Programm standen.

Straka schob das Handy zurück in seine Sakkotasche, in der Art, mit der man Dinge einsteckt, die zu bezahlen man gerne vermeiden würde.

458

»Sie lassen Frau Gemini beschatten?« erkundigte sich Cheng nach dem Offensichtlichen.

»Klar, was denken Sie denn?« antwortete Straka. »Ich halte die Frau für gemeingefährlich. Es ist das mindeste, daß ich ihr auf die Finger schaue, solange ich nicht in der Lage bin, die Hände dieser Finger in Handschellen zu legen. Außerdem läßt mich der Gedanke an Herrn Janota nicht los. Da können Sie noch so sehr auf seiner Harmlosigkeit bestehen.«

Mit Blick auf die zwei Toten meinte Cheng: »Na, wenigstens hierfür dürften Anna Gemini und Apostolo Janota wohl nicht in Frage kommen.«

»Ja, beide waren zu Hause.«

»Übrigens«, sagte Cheng, »werden Frau Gemini und ich heute abend ein Pärchen sein.«

»Ach was!? Schön, es noch zu erfahren, bevor meine Leute mir davon erzählen.«

»Vergessen Sie nicht, Straka, ich bin nicht in Wien, um Urlaub zu machen. Da ist ein Auftrag, den ich zu erledigen habe.«

»Was verlangt man von Ihnen?« fragte Straka. »Daß Sie Frau Gemini schützen?«

»Ich soll mit ihr auf ein Bankett. In der neuen Hauptbücherei.«

»O ja! Ich habe davon gehört...ich meine, von der Veranstaltung«, sagte Straka und erklärte, daß eine Spezialeinheit dorthin abkommandiert sei. Der Prominenz wegen. Allerdings wisse er nicht, worum genau es eigentlich gehe.

Cheng erklärte, daß ein Austausch zwischen Österreich und Norwegen stattfinde. So hochoffiziell wie feierlich.

»Und was wird getauscht?« fragte Straka.

»Handschriftliches«, antwortete Cheng. »Wittgensteinbriefe und Hamsunnotate. Aber das ist nicht das Thema, nicht unser Thema.«

»Welcher wäre?«

»Die Frau, die Wittgenstein übergibt und Hamsun übernimmt, die ist unser Punkt. Die Präsidentin der Norwegischen Literaturgesellschaft, Frau Gude.«

»Wie? Dieselbe Frau Gude...?«

»Genau die«, sagte Cheng, »aber darauf hätten Sie eigentlich auch selbst kommen müssen. Das ist schließlich keine Geheimveranstaltung.«

»Ich kann mich nicht um alles kümmern.«

»Klatsch und Kultur sollte man nie vernachlässigen«, empfahl Cheng und studierte erneut die beiden Leichname. Dabei fragte er Straka, ob er nicht vorhabe, das Gebäude nach einer Tatwaffe oder gar nach dem Täter absuchen zu lassen. Allzu lange könne das Verbrechen ja nicht zurückliegen.

»Das nicht«, sagte Straka, »aber Sie sehen ja selbst, daß hier kein Laie am Werk war. Natürlich werde ich suchen lassen. Aber was können wir schon finden? Wir finden selten etwas. Beziehungsweise finden wir viel zuviel, um uns ein vernünftiges Bild machen zu können. Die moderne Spurensicherung ist wie das Internet. Eine gewaltige Masse chaotisch verteilter Informationen. Mit dem Material, das einem die Spurensicherung liefert, könnte man dreißig Leute überführen. Man braucht in der Regel aber nur einen einzigen. Das ist die Schwierigkeit heutzutage. Ich könnte ganz Österreich festnehmen lassen. Aber was nützt mir das?«

Straka beschwerte sich – und er beschwerte sich zu Recht –, daß man im Fernsehen so tue, als würde die moderne Forensik einen jeden Täter an Hand seines Strickpullovers ermitteln können. Schön wär's! In Wirklichkeit aber würden sich die wenigsten Kriminellen noch darum kümmern, ob sie Spuren hinterließen oder nicht. Diese Leute hätten nämlich begriffen, daß so gut wie alles im Wust unzähliger Partikel und Kleinstteilchen unterging. Im Spurensalat.

»Ich müßte schon Nobelpreisträger sein«, sagte Straka, »um aus den Untersuchungsberichten einen wirklichen Nutzen zu ziehen.«

»Klingt deprimierend.«

»Das ist es. Aber die Arbeit muß natürlich trotzdem getan werden.«

Und das wurde sie auch. Chefinspektor Bischof erschien mit einem Teil der Mannschaft. Unter ihnen auch ein junger Arzt, der sich als erster an den Leichen zu schaffen machte und überaus versiert über die sichtbaren tödlichen Verletzungen referierte. Daß er statt Stirnbein *Os frontale* sagte, klang sehr viel freundlicher und erhabener, geradeso, als hätte die Menschheit das Schicksal ihrer Knochen fest im Griff. Wie wenig das leider der Fall war, dafür zeugten Herr Thanhouser und Frau Seeliger.

Der Arzt sprach von der wahrscheinlichen Projektilart und davon, daß Fundort und Tatort übereinstimmten. Er vermutete, daß das männliche Opfer in einem Abstand von drei Metern, die Frau in einem kürzeren erschossen worden war und bestätigte, daß die Parallelität der Eintrittstellen erstaunlich sei. Auch er verwendete das Wort »Maßband«. Das Wort drängte sich auf.

Im übrigen stellte der Arzt fest – und tat dies auf eine amüsiert beiläufige Art –, daß es sich bei der Frau um keine Frau handeln würde.

»Wie meinen Sie das?« fragte Straka.

»Sehen Sie selbst«, empfahl der Mediziner und wies auf den nun entblößten Unterleib Seeligers. »Das ist ja wohl ein Penis, nicht wahr?«

»Ja, sieht so aus«, meinte Straka und wandte sich ratsuchend an Cheng: »Sagten Sie nicht, daß diese Person auf der Frauenabteilung lag?«

»Natürlich. Neben Mascha Reti. Darum ging's ja schließlich.«

Der Arzt driftete ein Stück zur Seite, während Straka und Cheng näher an Seeliger herantraten, um dessen Gesicht unter dem Eindruck eines männlichen Geschlechtsorgans zu studieren. Nun, es war das Gesicht eines recht alten Menschen, dessen Haut in einem Gewitter von Runzeln steckte. Es war nicht explizit männlich oder weiblich zu nennen, ganz im Gegensatz zur Damenfrisur darüber und dem femininen Halsschmuck darunter. Sowie natürlich dem geblümten Kleidchen. Und erst recht dem kleinen Büstenhalter, in dem freilich kein Busen einsaß.

Es sollte sich in der Folge herausstellen, daß Franzi Seeliger in Wirklichkeit ein Franz Seeliger gewesen war, welcher in der Zeit vor und nach dem Zweiten Weltkrieg unter einem anderen, mondäneren Namen als Revuestar aufgetreten war. Nie als Transvestit, sondern stets als perfekte Frau, offensichtlich mit einer Stimme ausgestattet, die den Verdacht eines männlichen Kehlkopfes niemals hatte aufkommen lassen. Auch war Herr Seeliger einigermaßen zierlich gewesen. Der Rest ergab sich aus Tarnung und Anpassung. Fähigkeiten, die Herr Seeliger, nachdem er mit zunehmenden Alter in Vergessenheit und völlige Armut geraten war, eingesetzt hatte, um bei seiner Aufnahme in das Liesinger Pflegeheim statt in die Männerabteilung in die der Damen zu gelangen. Wobei Herr Seeliger sich zu keiner Zeit als Transsexueller empfunden hatte. Immer nur als Revuestar, und später eben als ein vergessener Revuestar. Seine Entscheidung für die Damenabteilung war eine ästhetische gewesen.

Es muß freilich gesagt werden, daß von seiten der Behörde eine korrekte Einweisung zu den Männern vorgelegen hatte. Doch Franz Seeliger war ganz einfach als die Frau aufgetreten, die er sein ganzes Leben lang gewesen war. Und weil er bei seiner Ankunft im Geriatrischen Zentrum Liesing hundertprozentig überzeugend gewirkt hatte, nämlich hundertprozentig weiblich, und eine beschämende Visitation nicht Sache des zuständigen Arztes gewesen war, war man von einem Fehler der Bürokratie ausgegangen, welche bekanntermaßen bei der Zuordnung der Geschlechter gerne schludert.

Da nun Franz Seeliger im Gegensatz zu seiner Bettnachbarin Mascha Reti über die Jahre mobil und selbständig blieb, war es ihm gelungen, sein kleines Geheimnis verborgen zu halten. Ein angenehmer Patient, zwar energisch und bestimmt, aber dennoch pflegeleicht. Alt, mittellos und spleenig (in seiner Matratze fand man ein kleines Vermögen in Hundertschillingscheinen), jedoch vorbildlich in Fragen der Hygiene. Und vor allem war er natürlich darauf bedacht gewesen, jenen ärztlichen Untersuchungen zu entgehen, die eine völlige Nacktheit mit sich gebracht hätten. Bei einem derart gesunden Menschen kein Problem. Es hatte nie Anlaß gegeben, ihm den Büstenhalter abzunehmen oder sich für seinen Unterleib zu interessieren. Baden konnte er alleine und bestand darauf. So einfach. Mit Schlamperei hatte das rein gar nichts zu tun. Wäre Franz Seeliger nicht erschossen worden, wäre er – von keinem Personal behindert oder traktiert – nicht bloß alt, sondern uralt geworden. Als die Frau, die er war.

»Also, ich glaube nicht, daß uns das zu beschäftigen braucht«, meinte Cheng bezüglich der geschlechtlichen Enttarnung des Herrn Seeligers. »Darum hat er nicht sterben müssen.«

»Woher wollen Sie das wissen?« mischte sich der Arzt ein.

Cheng ignorierte ihn. Er mochte diesen Jungen nicht. Es ging ihm dabei wie mit den neuen Häusern in Wien, die er nicht leiden konnte. Er konnte auch die neuen Gesichter nicht leiden.

Mit einer ausschließenden Geste richtete er sich an Straka: »Ich denke, Seeliger wollte abkassieren. Hundertschillingscheine abkassieren. Er wußte über die Schwester Mascha Retis Bescheid und daß Thanhouser in ihren Diensten stand. Vielleicht hat er sich, gleich nachdem ich weg war, an Thanhouser gewandt. Vielleicht haben die zwei zusammengearbeitet, bei der Schwester Mascha Retis angerufen und ihr gedroht. Mit der Polizei gedroht. So unbeliebt die Polizei auch ist, wird gerne mit ihr gedroht.«

Jetzt war es wieder Straka, der die toten Körper nachdenklich betrachtete. Er sagte: »Strenge Strafe für ein bißchen Drohung.«

»Mein Gott, die zwei wurden in einem Aufwasch erledigt. Vielleicht auch nur der Sicherheit halber. Um keine Brösel zu machen.«

»Brösel?«

»Wenn einer umgebracht wird und einer nicht, entstehen Brösel, so aber...«

»Denken Sie wirklich, die Frau hat die beiden erschossen?« zeigte sich Straka skeptisch. Gleichzeitig gab er Cheng zu verstehen, daß es besser sei, sich draußen zu unterhalten. Und nicht unbedingt in Gegenwart des jungen Arztes.

Cheng nickte. Man wechselte in den Gang.

»Kaum anzunehmen«, sagte Cheng sodann, »daß Retis Schwester das selbst erledigt hat. Sie mag ja rüstig sein. Aber da gibt es Grenzen. Nein, ich glaube in der Zwischenzeit, daß eine ganze Menge Leute für diese Dame arbeiten oder bis vor kurzem gearbeitet haben. Gregor Pavor und unser Herr Thanhouser auf jeden Fall. Vielleicht auch Anna Gemini und Kurt Smolek. Ich stelle mir diese Person als ein Imperium vor. Kein augenfälliges. Ein subtiles Imperium, vielleicht sogar eines ohne Sinn.«

»Viel Zeit war aber nicht«, gab Straka zu bedenken, »jemand zu beauftragen, die beiden hier zu töten.«

Cheng sah auf die Uhr und meinte, daß wenn man annehme, Seeliger habe sich augenblicklich an Thanhouser gewendet und dieser hätte nicht minder rasch mit Retis Schwesters Kontakt aufgenommen, so wäre mehr als eine Stunde zur Verfügung gestanden, die Sache ins reine zu bringen.

»Ich mag das nicht«, sagte Straka. »Mir gefällt nicht, wie schnell derzeit die Leichen zusammenkommen. Muß das sein?«

»Sie reden, als wär's meine Schuld.«

»Waren nicht Sie es«, erinnerte Straka, »der darauf bestanden hat, noch vor der Polizei nach Liesing zu fahren? Ich will Ihnen weder Pavor noch Smolek vorwerfen, aber diese beiden hier gehen schon ein wenig auf Ihre Kappe. Das hätte nicht sein müssen.«

»Was denn?« wehrte sich Cheng. »Kann ich mehr tun, als mich sofort bei Ihnen melden?«

Straka schüttelte den Kopf und sagte: »Sie wissen genau, daß ich Schwierigkeiten kriege, wenn herauskommt, welche Freiheiten ich Ihnen lasse. Ein Glück, daß Lukastik schweigt.«

»Ich glaube nicht, daß er mich mag.«

»Ja, aber er ist keiner, der petzt. Und er besitzt Geduld. Er schon. Nicht aber die Politik. Sie kennen das alte Spiel ja.«

»Ich denke, daß heute abend alles ein Ende nehmen wird.«

»Wie? Sie meinen die Feier in der neuen Hauptbücherei?«

»Ja«, sagte Cheng. »Magda Gude wird dort sein. Sowie Anna Gemini. Und wenn mich nicht alles täuscht, wird auch die Schwester Mascha Retis auftauchen.«

»Das verstehe ich nicht. Wozu dann die beiden Leichen hier, wenn die Frau gar nicht vorhat, sich zu verstecken.«

»Na ja, ich glaube nicht, daß wir sie gleich erkennen werden, wenn sie da ist.«

»Was soll das heißen?« fragte Straka im Ton leichter Gereiztheit. Ihn störte der immense Mangel an Handfestem und Konkretem. Aber das war typisch für Geschichten, die mit Cheng zusammenhingen. Nicht die Ereignisse erwiesen sich als prägend, sondern die Person Chengs, der durch sein Auftreten den Dingen ihre klare Gestalt nahm. Indem Cheng auf die Bühne trat, schien plötzlich alles unter Wasser zu stehen. Verschwommen zu sein. Kein Wunder also, daß Cheng die Frage seines alten Freundes nicht beantworten konnte. Er wußte nicht, in welcher Gestalt und Funktion Mascha Retis Schwester das Wittgenstein-Hamsun-Bankett besuchen würde. So wenig, wie er wußte, worum es wirklich ging.

Um den Golem? Um einen ermordeten Botschafter? Um einen geretteten Komponisten? Einen toten kleinen Gott? Um die echte Mascha Reti, die da in ihrem Bett lag und in ein Nichts hineinstierte?

Statt sich festzulegen, erklärte Cheng, es sei spät, er habe noch etwas zu erledigen, bevor er dann hinaus nach Mauer fahren und Anna Gemini abholen werde.

Straka versprach, daß seine Leute, die vor der Gemini-Villa postiert waren, auf Distanz bleiben würden. Einerseits. Andererseits würde er natürlich Vorsorge für die Veranstaltung in der Hauptbücherei treffen müssen. Auch wenn man ohnedies von hohen Sicherheitsstandards ausgehen könne, angesichts von Botschaftern und Industriellen und wer da alles anwesend sein werde. Andererseits: Was nütze die grobschlächtige Wachsamkeit sogenannter Spezialisten – Menschen, denen Würmer aus den Ohren hingen –, wenn man mit einer geheimnisvollen Dame im Stil eines Fantomas zu rechnen habe?

Cheng nickte und reichte Straka die Hand. Im Hinausgehen vernahm er, wie der Oberstleutnant sich an Bischof wandte und erklärte, sofort aufbrechen zu wollen, um sich die Janotas vorzuknöpfen. »Nicht nur den Apostolo, vor allem diese Nora. Vielleicht spielt die uns nur was vor.«

»Nora?« fragte sich Cheng, während er den Gang verließ und in eine Halle trat, in der die Heizungswärme zusammen mit der hereinströmenden Winterkälte ein luftiges Mosaik bildete.

Richtig, da war ja noch Janotas Ehefrau, die zwar ein Opfer sein mochte, aber letztendlich keine wirkliche Rolle zu spielen schien. Eine Frau im Irrenhaus. Immerhin aber die Enkelin Mascha Retis. Und somit – falls die Schwesterngeschichte stimmte – die Großnichte jener Frau, die hier den Ton angab.

»Nora!? Wenn jemand schon so heißt«, dachte sich Cheng und verließ das Pflegeheim Liesing.

34
Fliegen im Winter

»Eine Stunde höchstens«, sagte Cheng mit Blick auf seine Uhr, »dann muß ich weiter. Vorher würde ich aber gerne duschen. Man vergißt im Winter so leicht darauf. Im Winter verdrecken die meisten Menschen. Wenn sie im Frühling erwachen wie Tiere aus ihrem Winterschlaf, stellen sie fest, daß sie stinken und unter ihren Fingernägeln der Dreck wuchert.«

Ginette Rubinstein lachte und sagte: »Sehr nett.«

»Was?«

»Daß du zu mir kommst, um dich sauber zu machen. Sauberkeit ist ein guter Teil der Liebe. Und etwas ausgesprochen Familiäres.«

Dies sei auch der Grund, meinte Ginette weiter, daß man auf Geschäftsreisen – und würden da die Hotelbadezimmer noch so sehr funkeln – wenig Lust verspüre, sich zu waschen. Sie kenne das, habe das oft erlebt.

Cheng überlegte, daß er nicht einmal wußte, was diese Frau eigentlich arbeitete. Etwas hielt ihn ab, danach zu fragen. Und auch Ginette schien, wie schon zuvor, als es um ihren Vornamen gegangen war, keine Lust zu haben, davon zu reden. Wahrscheinlich war es einfach nicht von Bedeutung, womit genau sie ihr Geld verdiente. Wahrscheinlich sagte es so gut wie nichts über sie aus. Wahrscheinlich.

»Komm!« sagte Ginette, nahm Cheng an der Hand und führte ihn in den kleinen Naßraum, der einst den Charakter des ewig Feuchten besessen hatte. Und auch tatsächlich nie wirklich trocken gewesen war. Die Fliesen nicht, der Kasten der Klospülung nicht und erst recht nicht der Duschvorhang, der sich wie die Haut einer Robbe angefühlt hatte.

Das hatte sich natürlich geändert. Dank vollständiger Renovierung und Erhaltung derselben mittels automatischer Belüftung. Ein rahmenloser Spiegel führte über alle vier Wände. Das violette Waschbecken und der Toilettenkörper aus dunklem Zinnober strahlten vor dem Hintergrund reinweißer Fliesen. Dazu ein grüner Noppenboden. Man kam sich vor wie auf einer Wiese mit bunten Kühen. Eine Duschkabine fehlte, hätte auf einer solchen Wiese auch gestört. Statt dessen wuchs eine Stange von der Decke, in deren Verankerung ein flacher Brausekopf steckte. Er sah aus, als könnte man mit ihm telefonieren, wohl auch wegen der Tastatur. Tatsächlich aber entließ er einen gut eingestellten kräftigen Regen warmen Wassers. Eine Wanne gab es nicht. Man stand einfach auf der Wiese und duschte.

Also, man duschte nicht nur, sondern hatte auch Sex. Was Cheng in höchstem Maß schätzte, diese Verbindung von körperlichen Genüssen der Liebe wie der Sauberkeit. Das ist etwas, was viele Menschen nicht verstehen, weil sie das Bedürfnis nach Sauberkeit in Momenten des Geschlechtsverkehrs als persönliche Beleidigung ansehen. Als eine Beleidigung ihrer Körpersäfte und ihres Eigengeruchs. Als wäre dieser Eigengeruch ausgesprochen aromatisch. Was so gut wie nie der Fall ist. Babys ausgenommen, und zwar aus gutem Grund. Nicht aber bei Erwachsenen. Diese Leute, diese Eigengeruchsfanatiker, überschätzen sich schrecklich. Wenn sie stinken, halten sie das auch noch für einen Gewinn.

Ginette Rubinstein hingegen genoß eine solche Symbiose des Geschlechtlichen mit dem Reinlichen in ähnlicher Weise wie Cheng. Nach dem Sex rieb man sich mit Seife ein, eben nicht, um erneut ein Lustgefühl zu erzeugen, sondern vielmehr so, wie man nach einer netten kleinen, höchst gelungenen Feier gerne aufräumt. Zumindest wenn man gerne aufräumt.

In weiße, warme Frotteemäntel gehüllt, gingen Cheng und Rubinstein ins Schlafzimmer, wo sie mitsamt ihrer Mäntel unter die Decke krochen, der eine den anderen wie einen Ball umklammernd. In der Art von Torleuten, die das gefangene Leder eine Weile zu halten pflegen, als wollten sie es nie wieder an das Spiel zurückgeben.

Cheng war rasch eingeschlafen. Gleichwohl tickte er. Selbst im Schlaf noch war ihm bewußt, daß er wenig Zeit hatte. Daß Anna Gemini wartete. Und daß ihm ein harter Abend bevorstand. Dennoch fiel er in einen Traum, wie um alles zu erledigen, was man in fünfzehn Minuten Schlaf schaffen konnte. In diesem Traum war er deutlich gealtert. Zudem hatte sein Gehör erneut aufgegeben. Er war tauber denn je. Möglicherweise auch wegen der riesigen Ohrenschützer, die er trug, die aber die meisten Menschen trugen, denen er begegnete. Und das waren eine ganze Menge. Immerhin befand er sich in China, also in einem Land, in dem er im wirklichen Leben nie gewesen war. Aber was kümmert das einen Traum?

Cheng begriff, sich in der Millionenstadt Kunming aufzuhalten, die allerdings österreichische Züge trug. Man stelle sich eine Vase im chinesischen Stil vor, die Form, das Muster, alles wie es sich gehört, jedoch in den Farben Rot-Weiß-Rot gehalten. So war das. Cheng selbst arbeitete in einer U-Bahn-Station für den Reinigungsdienst. An seinem linken Armstumpf war ein Staubsauger montiert, in seiner rechten Hand hielt er einen Besen. Er kehrte und staubsaugte in einem fort, sah Menschen und U-Bahnen kommen und gehen und vernahm dabei keinen einzigen Ton. Hingegen registrierte er einen Zustand gleichbleibender Berauschtheit. Er trank nicht, war aber betrunken. Und das tat ihm gut. Es machte ihn milde. Leider hielt es ihn nicht ab, auf eine Frau am Bahnsteig aufmerksam zu werden. Eine Weiße mit Zigarette. Verbotenermaßen stellte Cheng seinen Besen zur Seite, koppelte seinen Staubsaugerarm vom Einzugschlauch ab und näherte sich der Person. Einfach darum, weil er an ihrer behandschuhten Hand ein lasch herabhängendes Glied bemerkt hatte, was auf einen fehlenden Finger schließen ließ. Der Anblick erinnerte Cheng an einen seiner alten Fälle, an eine Frau namens Grimus, die ihm entwischt war wie so manches.

Detektive sind natürlich wie alle Menschen, sie laufen ihrer Vergangenheit hinterher. Und erst recht den verpaßten Möglichkeiten. Und darum also folgte Cheng der Frau in das U-Bahn-Abteil, folgte ihr später in einen Aufzug und sodann hinauf in ein hochgelegenes Luxusrestaurant, wo er sich an schwerbewaffneten, explizit deutschen Wachleuten vorbeischwindelte, Karikaturen des Bösen, schwarz bis auf die Zähne.

Dort oben, in einem Lokal aus wehenden Palmen und fliegenden Kellnern, beobachtete Cheng, wie die Frau mit dem fehlenden Finger sich zu jemand setzte, den Cheng ebenfalls zu kennen meinte, den er aber für tot gehalten hatte. Einen einstigen Auftraggeber. Genau den, dessen Auftrag Cheng den Arm gekostet hatte.

Da saßen sie also, dieser Mann aus alten Zeiten und diese Frau aus alten Zeiten, plaudernd, amüsiert. Für Cheng war das, als verschwöre sich die Vergangenheit gegen ihn, als würde die Vergangenheit bei bestem Wein und bestem Fleisch sich mit sich selbst einig werden, ihn aber ausschließen. Wie um sich von der Last des Absurden zu befreien, das er, Cheng, verkörperte.

Cheng war wütend. Vorbei an erschrockenen Gästen, die einen unterprivilegierten Staubsaugermann an einem solchen Ort für eine Bedrohung hielten, eilte Cheng auf »seine« Vergangenheit zu, stellte sich vor den Tisch hin und betrachtete die Frau und den Mann mit stillem Vorwurf. Die Frau ignorierte ihn. Ganz in der Art derer, die immer und überall elegante Handschuhe tragen. Solche Frauen sind das Unglück unserer Welt.

Der Mann aber, Chengs ehemaliger, angeblich toter Auftraggeber erhob sich, produzierte ein schleimiges Lächeln und redete auf Cheng ein. Nun, Cheng verstand kein Wort. Er war ja taub. Darum sagte er: »Ich kann dich nicht verstehen.«

Das war eine unglaublich lächerliche Situation, selbst für einen Traum.

Der Mann, der auferstandene Auftraggeber, bemerkte nun, daß sich in Chengs Rücken etwas zusammenbraute. Er griff nach dem Handgelenk der Frau und zog sie zu sich hoch. Ein wenig sah es aus, als sei die Frau blind. Aber das wollte Cheng nicht glauben. Jedenfalls hielt der Mann die Schulter der Frau und dirigierte sie fort.

Von seiner Vergangenheit im Stich gelassen, wandte sich Cheng um. Die schwarzen Männer mit den schwarzen Zähnen hatten sich vor ihm aufgereiht, die Gewehre im Anschlag. Interessante Gewehre, formschön, elegant, ganz anders, als man hätte annehmen können, daß in Zukunft Gewehre aussehen werden. Weder besonders martialisch, noch besonders technoid. Eher wie schlanke Brotlaibe, friedlich also, biblisch.

Was nichts daran änderte, daß man damit schießen konnte. Tat man auch. Cheng vernahm die unzähligen kleinen Explosionen, die den Start eines jeden Projektils einleiteten. Plötzlich konnte er hören.

Nun gut, immerhin war er in diesem Moment erwacht. Nicht schweißgebadet, aber doch ein wenig angefeuchtet, so in der Art seines ehemaligen Badevorhangs. Cheng richtete sich auf. Ginette lag neben ihm, schlief. Er drückte ihr je einen Kuß auf die geschlossenen Lider, die ihm jetzt als Münder erschienen. Wie man seine Lippen auf einen Spiegel preßt. Sodann deckte er Ginette zu und stieg aus dem Bett.

Zehn Minuten später war er angezogen, hatte ein Taxi gerufen und ging soeben das Treppenhaus hinab. Erneut fielen ihm die Katzen ein. Er blickte sich um. Die drei leer geleckten Schalen standen noch immer am Boden, dort wo die Treppe in eine kleine Vorhalle mündete, von der zwei Gänge zu den ebenerdigen Wohnungen führten, ein weiterer in den Keller und ein vierter zum Haustor. In den Futternäpfen, in denen winzige Überreste getrockneten Fleisches klebten, saßen Fliegen.

Fliegen im Winter? Cheng dachte nach. Er hatte keine Ahnung von Fliegen. Wann sie da waren und wann nicht, wann und wo und weshalb, außer natürlich, daß man sie im Sommer häufig sah und sie eine bestimmte Funktion in der Bereinigung von Verderblichem spielten. Weshalb sie zu den Lieblingstieren von Gerichtsmedizinern zählten. Und von Kriminalschriftstellern und Detektiven, und von Leuten, die all diese Funktionen in einem dümmlichen Hobby vereinten, Leute, die eine Fliege nur anzusehen brauchten und wußten, in welche Art von Aas sie zuletzt ihre Eier abgelegt hatte und in welchem Zustand sich dieses Aas befinden mußte und wie das Aas mit Vornamen hieß. Cheng aber ... Wie gesagt, es war Winter und die Fliegen irritierten ihn.

Ihm kam ein unangenehmer Gedanke: tote Katzen.

Obgleich er ja schon einige Leichen in seinem Leben hatte betrachten müssen, und durchaus damit zurechtkam, schreckte ihn die Vorstellung toter Haustiere, so wie ihn die Vorstellung toter Kinder schreckte. Das waren Dinge, die er nicht aushielt, wobei er weder als typischer Tierfreund gelten konnte – Lauscher war ja kein wirkliches Tier –, und schon gar nicht war Cheng kinderliebend. Aber er empfand nun mal diese gewisse Unschuld von Kindern und Tieren. Dazu kam Chengs eigener, tiefer, wenn auch unausgesprochener Gottesglaube. Es quälte ihn, daß Gott sich nicht schützend vor die Schwachen stellte. Daß *Er* nicht ein Heer unbarmherziger Engel zur Erde schickte, die etwa den Kinderschändern ihre Schwänze aus dem Leib rissen.

Ja, so einfach dachte Cheng mitunter. Folglich widerstrebte ihm, hinunter in den Keller zu steigen, um möglicherweise etwas zu sehen, was er nicht sehen wollte. Andererseits war er nun mal der Detektiv hier. Es gehörte zu seinen Aufgaben, angesichts von Fliegen im Winter, ob das jetzt normal war oder nicht, nach dem Rechten zu sehen. Wenn es denn sonst niemand tat. Den Keller aufzusuchen, weil dies der logische Ort war. Logisch in bezug auf einen möglichen Kadaver.

Noch immer lag der Kellerschlüssel an der gleichen Stelle versteckt wie zu Chengs Wiener Zeiten. Eins von diesen Geräten, wie sie typisch für das alte Wien sind, so wuchtig, als könnte man damit eine ganze Stadt auf- und zusperren.

Cheng öffnete die Eisentüre und schaltete die Beleuchtung an, die dank nackter Glühbirnen ein feuchtes, unverputztes Gemäuer in ein vages Licht holte. Nach ein paar Metern bog er zu den hölzernen Verschlägen ab, die rechts und links zellenartig folgten. Vergleichbar dem Dachboden, schien die Renovierung des Hauses auch bis hierher nicht vorgedrungen zu sein. Bloß einige der Vorhängeschlösser waren neu, glitzernde Objekte des Heute im dunklen Wald von Gestern. Immerhin war es sehr viel wärmer als im Treppenhaus. Der vergangene Sommer hielt sich in kleinen Resten. Was wohl auch den Larven der Fliegen zugute kam, falls sie hier unten herumpuppten.

Cheng warf einen Blick in das verschlossene Abteil, das früher sein eigenes gewesen war und welches nun der Lagerung von Weinflaschen diente. Sie ergaben ein schönes Bild, diese ordentlich in einem Metallgerüst abgelegten dunklen Flaschen, auf denen der ansonst so billige Staub einen teuren Eindruck machte. Kein Staub von der Stange, was Besseres, Rothschildstaub.

Das Geräusch, das Cheng jetzt vernahm, kam freilich weder vom Wein noch vom Staub. Staub und Wein schnurren nicht, obgleich dies wenigstens zum Staub ganz gut passen würde. Wer schnurrt, das sind Katzen. Gottlob lebende Katzen.

Es war also ein willkommenes Geräusch, das der ehemals schwerhörige und in seiner geträumten Zukunft vollkommen taube, zur Zeit aber hellhörige Cheng nun registrierte. Allerdings kam es nicht aus dem Verschlag Rubinsteins, sondern aus jenem benachbarten, der zur Wohnung der ehemaligen Mieter Kremser und Pavor gehörte. Cheng tat die zwei Schritte, die nötig waren, vor die Türe zu gelangen. Durch die Spalten zwischen den Latten, im Licht einer ins Abteil hängenden Lampe, erkannte er jetzt...

Er war schon ziemlich überrascht, einen Mann zu sehen, der in einem alten, an vielen Stellen offenen, ausgeweideten Fauteuil saß, eine Katze im Schoß, welcher er den Kopf und Rücken kraulte, während die anderen beiden Kartäuser Seite an Seite auf einer der Armlehnen hockten und ihre Gesichter in den Unterarm des Mannes vergraben hielten. Wie Katzen das halt so tun, den Körperteil eines Menschen als Schlafmaske benutzend.

Wie gesagt, daß jemand hier unten saß, als befände er sich mitten in seinem Wohnzimmer, war verblüffend genug. Doch als Cheng nun die unversperrte Türe öffnete und solcherart die Streifen aus dem Bild verschwanden, erhielt seine Überraschung eine Wendung ins Atemlose: Der Mann war Kurt Smolek. Zumindest sah er ihm sehr ähnlich. Ganz sicher konnte Cheng da nicht sein. Immerhin war jener Smolek, den er zuletzt gesehen und in Erinnerung hatte, von den Folgen einer tödlichen Dosis 4711 verunstaltet gewesen. Dieser Mensch hier aber war am Leben, wenngleich er einen weltfernen Eindruck machte. Er blickte in ein Nichts und strich unaufhörlich über den Katzenkörper, welcher der Handbewegung hinterherzuckte. Das Schnurren glich dem Ton einer Maschine, die auch mit geringem Aufwand optimal funktionierte. Wie einer dieser neuen Geschirrspüler.

»Ach je, der Detektiv!« seufzte der Mann, während er den Kopf anhob und seinem leeren Blick eine Füllung verlieh.

»Sind Sie's oder sind Sie's nicht?« fragte Cheng.

»Glauben Sie an Wunder, junger Mann?«

»An solche eigentlich nicht«, antwortete der junge Mann.

»Dann muß der Kurt Smolek, den Sie tot sahen und welcher ein Übermaß 4711 intus hatte, wohl ein anderer gewesen sein.«

»Davon gehe ich aus«, versicherte Cheng. »Sagen Sie jetzt bitte nicht, das war Ihr Zwillingsbruder.«

»Ich habe keinen Zwillingsbruder«, betonte der lebende Smolek.

»Wovon sprechen wir dann? Von Ihrem toten Ebenbild? Einem mißlungenen Golem?«

»Wären wir bloß schon so weit«, meinte Smolek mit einem kleinen Glitzern in seinen müden Augen, »wenigstens von einem mißlungenen Golem sprechen zu dürfen. Von einem, dem, wenn schon nicht das Leben, so zumindest der Tod eingehaucht wurde. Der wenigstens wie ein richtiger Mensch stirbt, wenn er schon nicht wie ein richtiger lebt. Denken Sie an diese ersten Fluggeräte, die gerade so hoch kamen, um abstürzen zu können. So ist das halt am Anfang. Aber ohne Fluggerät auch kein Flugversuch. Nein, Cheng, von einem mißlungenen Golem kann leider keine Rede sein. Aber wir kriegen das schon noch hin.«

»Wer ist wir?«

»Das wissen Sie doch. Lilith und ich.«

»Lilith? Heißt so die Schwester Mascha Retis?«

»Wir sind alle Geschwister. Mascha und Lilith und ich. Ich bin der Nachzügler, wie Sie sich denken können. Jeder von uns hat so seine Golem-Geschichte und seine diesbezügliche Besessenheit. Ich bin für den Golem, Lilith dagegen. Ich experimentiere, sie verhindert.«

»Und Mascha?«

»Sie ist die Zweitgeborene. Das Zwischenkind. Zwischenkinder haben selten eigene Wünsche. Sondern wünschen sich immer nur das beste für die anderen. Mascha hat sich für mich den Golem gewünscht. Und für Lilith, daß es ihr gelingen möge, den Golem zu verhindern oder zu vernichten. So war sie. Darin bestand ihre Seeligkeit.«

»Mascha war also glücklich?«

»Sie war es, bis dieser Janota in das Leben ihrer Enkelin getreten ist. Daß Nora verrückt wurde, hat auch der guten

Mascha den Verstand gekostet. Eine komische Art von Loyalität. Nichts für mich und nichts für Lilith. Hätten wir uns früher um die Sache gekümmert, wäre dieser Janota längst tot und begraben. Er ist ein großes Stück Scheiße. Leider hat Anna Gemini in dieser Angelegenheit versagt.«

»Was Sie nicht sagen?« tönte Cheng. »Gemini hat nur versagt, weil *Sie* mich zu ihr geschickt haben.«

»Mein Fehler, Herr Cheng, mein Fehler, ich weiß. Ehrlich gesagt, war ich überzeugt, daß Anna spielend mit Ihnen fertig wird. Wie auch mit Janota.«

»Ach was! Waren nicht Sie es, der Janota sogar gewarnt hatte?«

»Eine alte Taktik«, verriet Smolek. »Die Opfer zu warnen. Das hat noch immer geklappt. Es ist wie mit dem Hundekot, auf den sie einen Passanten hinweisen. Umso sicherer steigt er hinein. Ich nenne es Smoleks Gesetz. Man kann es überall auf der Welt beobachten. Auf allen Ebenen. Sie brauchen nur *Achtung!* schreien, schon rutschen alle aus.«

»Hat aber diesmal nicht funktioniert.«

»Ich dachte mir die Sache perfekter. Immerhin bestand die Anweisung der Norweger, Ihnen unter die Arme zu greifen. Ich mußte also etwas tun. Da war ein bißchen viel auf einmal zusammengekommen. Darum meinte ich, wäre es vernünftig, Sie gleich in die richtige Richtung zu weisen. Warum auch nicht? Wie gesagt, ich hätte nie gedacht, daß sich Anna von einem Kerlchen wie Ihnen beeindrucken läßt. Was für eine scheußliche Welt ist das, in der man sich nicht einmal mehr auf eine Anna Gemini verlassen kann?«

»Warum ich?« fragte Cheng.

»Wie meinen Sie das?«

»Warum haben die Norweger mich beauftragt? Das war doch kein Zufall. So wie es kein Zufall sein kann, daß alles mit diesem Haus hier zusammenhängt. Frau Kremser wohnte hier. Ich wohnte hier.«

»Ja! Unsere norwegischen Freunde hatten mich gebeten, ihnen einen Mann zu empfehlen, der Wien kennt und sich um den Fall Gude kümmert. Abseits offizieller Wege. Der norwegische Staat ist nervös und paranoid wie alle Staaten. Ich habe mit

Lilith darüber gesprochen. Vergessen Sie nicht, Lilith war lange hinter der Kremser hergewesen und hatte auch Gregor Pavor auf sie angesetzt. Der dumme Kerl hat leider vollkommen versagt. Eine Niete. Gut, daß er tot ist.«

»Das beantwortet meine Frage nicht.«

»Ich sprach also mit Lilith über die Norweger. Und da kam meiner Schwester die Idee, diesen ehemaligen Nachbarn der Kremser, diesen komischen kleinen Detektiv ins Gespräch zu bringen.«

»Sie wußte von mir?«

»Ja. Sie hat sich für alles interessiert, was mit der Kremser zusammenhing. Natürlich auch, wer früher, also noch vor der Rubinstein, Kremsers Nachbar gewesen war. Sie wissen ja wohl in der Zwischenzeit, worum es eigentlich geht: 4711! Die Rezeptur. Die wirkliche Rezeptur, die aus einem Klumpen Erde einen Golem schafft. Und mit Golem ist hier ein richtiger Mensch gemeint: Adam.«

»An so einen Schwachsinn glauben Sie?«

Smolek lächelte großmütig. Dann erzählte er, daß Lilith es für eine zumindest interessante Idee gehalten hatte, ihn, Cheng, den ehemaligen Kremsernachbar und Wienflüchtling, den Norwegern vorzuschlagen. Und ihn solcherart nach Wien zu locken.

»Ich fand das ebenfalls einen netten Plan«, sagte Smolek. »Außerdem gefiel mir, wie sehr alles verwoben schien. Grotesk verwoben, aber verwoben. Sie kennen ja diese Spinnennetze, die unter dem Einfluß von Kokain entstehen. Allerdings hätte ich ahnen müssen, daß der Auftritt eines einarmigen Chinesen, der sich für einen einarmigen Wiener hält…«

»Ich halte mich nicht für einen, ich…«

»…nichts Gutes bringen wird«, vollendete Smolek.

»Ich bin mehr ein Wiener«, meinte Cheng trotzig, »als Sie es je waren.«

»Hören Sie auf, den Beleidigten zu spielen«, empfahl der kleine Gott. »Ich gebe ja gerne zu, daß es besser gewesen wäre, nicht auf Lilith zu hören.«

»Sie und Lilith wollen doch gar nicht das gleiche. Dachte ich.«

»Richtig. Aber wir haben uns darauf geeinigt, so lange zusammenzuarbeiten, bis wir die originale Rezeptur besitzen. Das ist wie eine Koalition im Krieg.«

»Ein Krieg gegen wen?«

»Es gibt genügend Leute, die die wahre Bedeutung von 4711 kennen. Wundert Sie das?«

»Was wird heutzutage nicht alles geglaubt«, sinnierte Cheng, der jetzt überzeugt war, hier mit einem Wahnsinnigen zu sprechen. Oder jemand, der vorgab, wahnsinnig zu sein. Freilich war ihm dieser Wahnsinnige noch eine Menge Antworten schuldig, vor allem auf die Frage, wer das nun gewesen sei, den man tot in Smoleks Wohnung gefunden hatte, in Smoleks Sessel liegend, betrauert von Smoleks Frau, und welcher dem kleinen Gott so täuschend ähnlich gesehen hatte. Cheng wiederholte die Frage.

»Ein Angestellter«, sagte Smolek, wie man sagt: Ein Pferd, das hinkt.

»Was soll das heißen, ein Angestellter?«

»Würde die Polizei ordentlich arbeiten«, bemerkte Smolek, »dann hätte sie zumindest feststellen müssen, daß der Tote nicht dieselbe Blutgruppe aufweist wie der Mann, für den man ihn hält. Wer ist eigentlich für die Leiche zuständig?«

»Dr. Hantschk.«

»Meine Güte, der lebt noch?«

»Sie kennen ihn?«

»Guter Schachspieler, auch ein guter Arzt. Ich meine, wenn Sie Schnupfen haben. Aber niemand, der wirklich mit einer Leiche umgehen kann. Na gut, er wird schon noch dahinterkommen. Jedenfalls wäre es weit übertrieben, von einem Doppelgänger zu sprechen. Die Leute schauen heutzutage nicht mehr richtig hin. Jeder ist geblendet vom Scheinbaren. Natürlich, dieser Mann hat meine Kleider getragen, besaß die gleiche Figur und Frisur, ähnliche Gesichtszüge. Aber zumindest meine Frau hätte erkennen müssen, daß ich das nicht bin. Daß dort im Sessel ein anderer liegt.«

»Sein Gesicht war entstellt«, sagte Cheng. »So eine Vergiftung ist kein Klacks.«

»Trotzdem. Er war nicht mein Doppelgänger«, wiederholte Smolek, »sondern mein Stellvertreter. Ein bezahlter Stellvertreter. Man kann nicht alles selbst machen, wenn man soviel am Hut hat wie ich. Auch ist es mitunter gefährlich, selbst aufzutreten. Sie wissen ja ganz gut, daß ich mehr zu tun hatte, als mich bloß um österreichische Landeskunde zu kümmern. Oder für meine norwegischen Freunde tätig zu werden. Darum ein Stellvertreter. Ich habe diesen Mann, den man in meinem Zimmer und in meinem Stuhl gefunden hat, und dessen Name nicht zu interessieren braucht, an meiner Stelle dorthin geschickt, wo ich selbst nicht erscheinen wollte. Oder mir einfach die Zeit fehlte.«

»Und da mußte er also auch an Ihrer Stelle sterben.«

»Gewissermaßen ja«, sagte Smolek. »Der Kerl hat nach und nach begonnen, sich äußerlich mir anzugleichen. Was ich nie verlangt habe. Wozu auch? Es wäre nicht nötig gewesen. Aber dieser Mensch wollte offensichtlich seine Rolle perfekt spielen. Ich habe es zugelassen, weil es nicht störte. Bis zu dem Moment, da er sich eingebildet hat, er könnte meine Position vollständig einnehmen. Es hat damit begonnen, daß er mit meiner Frau schlief. Man stelle sich das vor! Hat die Frechheit besessen, eines schönen Vormittags in meiner Wohnung aufzutauchen und sich für mich auszugeben. Um es meiner Frau, wie man so sagt, zu besorgen. Sie war mehr als überrascht gewesen. Freudig überrascht, wie ich leider sagen muß. Selbstverständlich hatten wir schon seit Jahren auf diesen Unsinn verzichtet. Es wird mit der Zeit ja nur noch peinlich. Und da kommt also dieser Saunigel, den ich dafür bezahle, dort zu sein, wo ich selbst nicht sein möchte, und macht meine Frau – wie sie mir später sagt – glücklich wie nie zuvor. Begreifen Sie, Cheng, was das heißt? Wenn die eigene Frau Ihnen in naivem Glauben davon berichtet, wie wunderbar zärtlich und einfühlsam und nicht zuletzt ausdauernd Sie heute morgen waren. Und daß es nie schöner gewesen ist. Und daß nun ein neues Leben anbrechen wird.«

»Ja, das tut wohl weh«, merkte Cheng an.

»Weh? Sie meinen, meine Frau so glücklich zu sehen? Daß hat mir nicht weh getan, bei Gott nicht, sondern mich angewidert. Dieses dumme kleine Glück einer Zukurzgekommenen. Ihr Gesülze dazu. Außerdem meinte sie natürlich, daß auch der Abend ebenso grandios ausfallen würde. Sie hatte diesen nimmersatten Ausdruck im Gesicht. Nun gut, ich habe ihr erklärt,

477

daß ich auch meine Ruhe brauche und so weiter. Danach habe ich diesen verdammten Trittbrettfahrer angerufen und ihn gefragt, was ihm einfällt.«

»Ist wohl auf den Geschmack gekommen.«

»Und wie. Er war auch einer von den Zukurzgekommenen, die dann plötzlich glauben, sie könnten das Schicksal umdrehen. Er hat ernsthaft von mir verlangt, das Feld zu räumen. Und damit gedroht, mich hochgehen zu lassen. Er hätte genügend in der Hand, das übliche Blabla. Er hat sich also vorgestellt, daß ich mit ein wenig Geld nach Kanada oder sonstwohin gehe und er meinen Sessel einnimmt, im Archiv, bei den Norwegern, bei meiner Frau, überall. Was durchaus hätte gelingen können. Wie ich schon sagte, wenn jemand eine bestimmte Krawatte und einen bestimmten Anzug trägt und ein bestimmtes Wort wiederkäut und sich in einer bestimmten Weise schneuzt, achten die Leute nicht mehr so genau auf die Details einer größeren oder kleineren Nase, einer höheren oder tieferen Stimme. Ich denke, selbst wenn der Kerl beschnitten gewesen wäre, hätte das meine Frau nicht irritiert. So sind die Menschen. Erst recht, wenn sie glücklich sind.«

»Kein Glück ohne Blindheit«, fand Cheng.

»In der Tat. Aber wirklich schlimm ist, daß wenn die Zukurzgekommenen dem Wahn der Macht verfallen, man nicht mehr mit ihnen reden kann. Unmöglich. Der Mann wollte alles. Und war auch noch so blöde, mich zu Hause aufzusuchen. Um ein Haar hätte meine Frau uns zusammen gesehen. Ich mußte tun, was ich tat.«

»Wieso 4711?«

»Ich wollte schon immer sehen, was eine solche Überdosis auslöst. Nun, ich muß zugeben, ein Wunder geschah nicht. Immerhin war der Mann danach tot.«

»Aber damit waren auch sie selbst gestorben.«

»Ich hatte natürlich vor, die Leiche verschwinden zu lassen. Und meinte, ich hätte genügend Zeit. Wie konnte ich ahnen, daß Sie und Gemini und Ihre Polizeifreunde in der gleichen Nacht in mein Arbeitszimmer dringen würden.«

»Wegen Carl«, sagte Cheng. »Anna Gemini dachte, Sie hätten ihn entführt.«

»Die dumme Nuß!« schimpfte Smolek und erklärte, daß er, nachdem er seinen Stellvertreter eliminiert und das Arbeitszimmer mit dem Toten versperrt hatte, zum Gartenbaukino aufgebrochen sei, um seine Schwester zu treffen.

»Lilith war dort?«

»Nicht direkt. Sie saß im Wagen, vor dem Kino. Sie wollte dabei sein, zumindest in der Nähe, wenn Janota stirbt.«

»Wieso das denn?« fragte Cheng.

»Mein Gott, sie bestand darauf, wie man darauf besteht, daß zu Weihnachten alle zusammenkommen. Und bat mich also, ebenfalls zu erscheinen. Nun, ich war spät dran. Immerhin hatte mich gerade die Ermordung eines Menschen mittels 4711 aufgehalten. Ich steige also zu ihr in den Wagen, und als wir da sitzen und durch die Scheiben ins Foyer schauen, meine ich Carl zu sehen. Zusammen mit so einem riesigen Weib.«

»Frau Dr. Sternberg.«

»Wenn sie so heißt? Jedenfalls war ich irritiert.«

»Weshalb?« fragte Cheng. »Das kam doch schon mal vor, daß Anna Gemini ihren Sohn bei einer Fremden ließ, um in Ruhe einen Auftrag auszuführen. Magda Gude. Sie erinnern sich ja wohl.«

»Ja, natürlich. Aber etwas paßte nicht. Und ich hatte ja auch recht, wenn ich mir dachte, daß etwas nicht paßt. Ich wollte mich überzeugen, bin hinein ins Kino. Und da stand also Carl mit diesem Fellini-Weib. Ich wußte dann auch gleich, was mich so verunsichert hatte. Diese Frau war ganz und gar nicht der Typ, welchen Gemini für ihren Carl ausgewählt haben würde.«

»Magda Gude ist auch kein Zwerg.«

»Aber ebensowenig ein Riese. Keine unförmige Masse mit Brille. Nein, ich war mir sicher, daß hier etwas faul war. Und gehe also zu der Frau hin, sage Servus zu Carl, und da erklärt mir die Riesin doch tatsächlich, Carls chinesischer Adoptivvater habe sie gebeten, eine Weile auf den Jungen achtzugeben. – Adoptivvater!? Etwas Dümmeres, Cheng, konnte Ihnen nicht einfallen?«

»Kein Grund«, sagte Cheng, »Frau Dr. Sternberg eine Waffe in den Bauch zu drücken.«

»Ich wollte den Jungen nach draußen bringen«, rechtfertigte sich Smolek. »So schnell wie möglich. Das Fellini-Weib hat sich aber geweigert, hat auf ihrer Aufsichtspflicht bestanden. Der blöde Trampel. Germanistin wahrscheinlich. Jedenfalls mußte ich eine Waffe ins Spiel bringen. Bei manchen Menschen ist das schlichtweg das einzige Argument, welches überzeugt.«

»Frau Sternberg hat behauptet, vor dem Kino hätte ein Wagen mit Chauffeur gewartet.«

»Kein Chauffeur«, korrigierte Smolek, »sondern Lilith. Sie saß ja noch im Wagen.«

»Was wollten Sie mit dem Jungen überhaupt?«

»Ihn in Sicherheit bringen. Was sonst? Ich konnte nicht wissen, was geschehen war, was mit Gemini und Janota und mit Ihnen los war, und was Carl in der Obhut einer Frau zu suchen hatte, die mitnichten Anna Geminis Wahl bedeuten konnte.«

»War das so schlimm?«

»Wenn man sich nicht auskennt, ist es immer schlimm. Wir sind dann also mit dem Jungen fort und eine Weile herumgefahren, haben die Sache besprochen. Carl hat vor sich her gequasselt, schien ganz fröhlich. Und dann kam mir die Idee, ihn zu seiner Freundin zu bringen, dieser klingonischen Amseldompteuse. Anna hatte mir von ihr erzählt. Allerdings mußten wir sie erst finden. Prächtiges Mädchen, trotz Piercing.«

»Sie sprachen mit ihr, oder?«

»Ja. Kurz. Hat vernünftige Ansichten, das Kind. Schöne Wortwahl. Gewitzt und erwachsen. Jedenfalls ist sie genau die richtige für Carl, eine Freundin statt der Mutter.«

»Eine gute Tat also«, kommentierte Cheng.

»Und wie hat man mir diese gute Tat gelohnt? Als Lilith vor meinem Haus hält, sehe ich die Festbeleuchtung hinter den Fenstern meines Arbeitszimmers. Können Sie sich den Schrecken denken? Und dann marschieren auch noch die Herren Polizisten an. Mir war klar, daß ich jetzt schwerlich würde nach oben gehen können, um wie geplant die Leiche meines Stellvertreters aus dem Zimmer zu schaffen.«

Als müßte er sich für etwas entschuldigen, erklärte Cheng: »Gemini war absolut überzeugt, Sie hätten Carl entführt.«

»Und? Hatte ich? Nein!« rief Smolek aus, machte sodann ein verdrießliches Gesicht und meinte: »Anna Gemini war mal eine gute Killerin. Aber bezüglich ihres Kindes ist sie eine Psychopathin. Krank und unberechenbar. Und jetzt ist sie nicht einmal mehr eine gute Killerin. Rennt mit diesem Janota durch die Gegend wie mit einem Spielzeug. Ist das noch normal?«

Cheng überlegte, daß hier ein jeder einen anderen im Verdacht hatte, verrückt zu sein. Aber das war wahrscheinlich immer so, in jeder Geschichte, in jeder Gesellschaft. Darin bestand der eigentliche Solipsismus heutzutage, daß jeder dachte, der einzige Normale unter lauter Irren zu sein.

Dann fiel Cheng etwas ein: »Als Sie mit Carl vom Gartenbaukino wegfuhren, haben Sie etwas aus dem Fenster gerufen: 4711. Nicht wahr? Das hat uns die vielgeschmähte Frau Sternberg berichtet. Darum auch glaubte Gemini an eine Entführung. Wegen der geheimen Rezeptur. Und weil Carl so eine Art Kartäuser ist.«

»Blödsinn!« stieß Smolek hervor. »Ich habe das nur gesagt, damit Gemini, falls sie mit diesem Fellini-Weib sprechen würde, gleich wüßte, daß alles seine Ordnung hat und bei wem sich Carl befindet. Ich wollte meinen Namen heraushalten, natürlich. Was hätte ich denn sagen sollen: Smolek was here? Darum die Erwähnung von 4711. Nur Gemini konnte wissen, was das bedeutet.«

»Wußte sie ja auch«, sagte Cheng. »Aber sie hat es anders interpretiert.«

»Dafür kann ich nichts«, erklärte Smolek gequält.

Cheng zündete sich eine Zigarette an. Über ihm, draußen auf der Straße, tobte ein Taxifahrer.

»Die Norweger«, sagte Cheng, »halten Sie für tot.«

»Jeder tut das.«

»Auch Ihre Schwester?«

»Haben Sie vergessen, daß Lilith vor dem Kino auf mich gewartet hat?«

»Richtig. Übrigens fällt mir ein, daß ich Sie fragen wollte, weshalb Thanhouser und ein Herr Seeliger sterben mußten.«

»*Herr* Seeliger?« wunderte sich Smolek.

»Ja«, sagte Cheng, »die Frau war ein Mann.«

»Na, was soll's«, gab sich Smolek großzügig. »Die beiden starben aus demselben Grund wie mein Stellvertreter. Sie wurden frech und hochmütig und unverschämt. Sie haben Lilith zu erpressen versucht. Und dachten wohl, sie befänden sich in Sicherheit. Nun, ich habe die Angelegenheit raschest in die Hand genommen. Rasch mußte es auch gehen. Wenn man einmal beginnt, sich von solchen Gestalten terrorisieren zu lassen...«

»Viel Zeit hatten Sie wirklich nicht.«

»Ich war bei meiner Schwester, als Thanhouser anrief. Danach mußte nicht viel überlegt werden. Ich habe mich ins Auto gesetzt und bin hinaus nach Liesing. Jetzt, wo ich offiziell tot bin, erlaube ich mir erst recht die Obszönität, gewisse Probleme eigenhändig zu lösen. Eigenhändig und ad hoc. Hat auch etwas. Beinahe schade, daß mein Nichtexistieren bald ein Ende haben wird. Denn auf Ihr Schweigen, Herr Cheng, darf ich wohl nicht rechnen.«

»Nicht unbedingt.«

»Egal. Es wäre so oder so herausgekommen. Wie gesagt, allein wegen der Blutgruppe und ein paar anderer Details. Auch meine Frau träumt nicht ewig.«

»Weshalb«, fragte Cheng, »sind Sie eigentlich hier unten?«

»Ein guter Platz, um nachzudenken. Etwa darüber, welche Bedeutung diese drei Katzen hier haben könnten. Zudem kann ich schwerlich in meinem Stammkaffee sitzen, nicht wahr?«

»Natürlich nicht«, sagte Cheng und sah auf die Uhr.

»Sie sind spät dran, richtig?« grinste Smolek, wie Steinfiguren auf Häuserfassaden zu grinsen pflegen. Steinern, aber auch irgendwie lebendig. Gruselig jedenfalls.

»Ja, ich muß gehen«, sagte Cheng, während er gleichzeitig daran dachte, augenblicklich Straka zu informieren, daß Smolek noch am Leben war und wo man ihn finden konnte.

»Haben Sie ein Handy?« fragte Cheng sein Gegenüber.

»Wozu?«

»Um die Polizei zu rufen.«

»Brillante Idee«, äußerte Smolek, erklärte aber, Handys nicht zu mögen. Es sehe einfach lächerlich aus, sich auf der Straße ein Telefon ans Ohr zu halten. Früher hätte man das für einen Witz gehalten.

»Zwei Handyhasser auf drei Quadratmeter«, sagte Cheng und wölbte anerkennend die Lippen. Dann fragte er: »Welche Rolle spielt eigentlich Magda Gude?«

482

»Frau Gude ist eine brave Frau, die Völker zusammenbringt«, sagte Smolek. Mehr sagte er nicht.

Bevor Cheng nun endlich ging, bat er Smolek, die Katzen zu verschonen.

»Wofür halten Sie mich?« ärgerte sich Smolek. »Für ein Monster?«

Cheng ging ohne zu antworten.

»Wofür halten Sie sich?« fragte der wartende Taxifahrer, der neben seinem Wagen stand und dessen hochroter Kopf jenen Glanz frisch gefangener Schalentiere besaß. Seine Augen wiesen übrigens einen Schnitt auf, der stark an jenen Chengs erinnerte. Ein Chinese. Optisch gesehen. Denn wie im Falle des Detektivs, besaß auch die Sprache des Taxifahrers kein noch so geringes Partikel eines fernöstlichen Klangs.

Die beiden Männer standen sich gegenüber wie Nesttiere, die keinesfalls aus dem gleichen Nest stammen wollten. Taten sie auch nicht. Cheng war in Kagran, später dann in der Nähe des Stadtparks aufgewachsen, der Fahrer hingegen kam aus Simmering. Zwischen ihnen lagen also Nestwelten.

»Sie hätten nicht warten müssen«, meinte Cheng kühl und setzte sich auf den Beifahrersitz, so rasch, daß der Fahrer also erst nach seinem Fahrgast in den Wagen stieg. Bevor er sich aber auch darüber erregen konnte, bat ihn Cheng um sein Handy.

»Sind Sie übergeschnappt, oder was?« meinte der Fahrer.

»Ich bezahle das, keine Sorge. Ich muß mit der Polizei reden.«

»Die kann ich über Funk erreichen.«

»Dafür ist keine Zeit. Geben Sie endlich her.«

Der Taxifahrer hätte sich gerne gewehrt. Zunächst einmal prinzipiell. Zudem aber auch, weil er Chinesen nicht ausstehen konnte. Japaner auch nicht, das ist klar. Aber im Angesicht eines Chinesen kam ihm vor, nicht ein Taxi, sondern eine Rikscha zu betreiben, jemand ziehen zu müssen, der nichts unternahm, sich leichter zu machen. Im Gegenteil, in einer Weise herumlümmelte, wie dies Großwesire in Bilderbüchern zu tun pflegen.

Andererseits war natürlich auch dem Taxifahrer rasch aufgegangen, es mit einem gebürtigen Wiener zu tun zu haben, wie er selbst einer war. Zudem mit einem Mann, der wußte, was er wollte. Nämlich ein Handy. Und zwar augenblicklich.

»Sie bezahlen das!« forderte der Fahrer.

»Verrechnen Sie, was Sie wollen«, sagte Cheng und griff nach dem Telefon, das der Fahrer eher weghielt als hinhielt.

Cheng packte es wie einen ausbrechenden Kanarienvogel und wählte Strakas Nummer. Gleichzeitig wies er den Fahrer an, die Wotrubakirche anzusteuern. Eine Destination, die weit genug entfernt lag, um den Taxler ein wenig mit der Situation zu versöhnen.

»Hallo Straka«, sprach Cheng in das Handy, »ich habe was für Sie. Smolek! Er ist putzmunter. Also zumindest ist er in der Lage zu atmen und Katzen zu streicheln und sich darüber zu wundern, daß niemand aufgefallen ist, wie wenig seine Blutgruppe mit jener der Leiche zusammenpaßt, die wir in seinem Zimmer fanden.«

»Peinlich!« kommentierte Straka. Und fragte: »Wer ist dann der Tote?«

»Keine Ahnung«, sagte Cheng. »Ein Mann, der für Smolek gearbeitet hat. So eine Art Verkleidungskünstler. Was weiß ich? Was jetzt aber wichtig wäre, ist, sich Smolek zu schnappen.«

»Soll das heißen, Sie sind nicht bei ihm?«

»Ich habe einen Termin, wie Sie wissen. Und ich bin nicht die Polizei. Ich lege keine Handschellen an. Sie finden Smolek in der Lerchenfelder Straße. Ich muß Ihnen ja nicht sagen, in welchem Haus. Man könnte meinen, ein magischer Ort. Jedenfalls hockt Smolek im Keller mit den drei Kremserkatzen. Wie es aussieht, war er es, der Thanhouser und Seeliger abserviert hat.«

Cheng vernahm vom anderen Ende der Leitung, wie Straka Anweisung gab, sofort Leute in die Lerchenfelder Straße zu schicken und so rasch wie umsichtig vorzugehen. Und sich nicht von der Harmlosigkeit des Anblicks täuschen zu lassen, den ein Mann und drei Katzen möglicherweise boten.

Sodann wandte sich der Oberstleutnant wieder an seinen Gesprächspartner: »Sie hätten bei Smolek bleiben müssen.«

»Ich hätte in Kopenhagen bleiben müssen«, sagte Cheng und legte auf. Auch Straka konnte ihm mitunter auf die Nerven gehen.

VIII

Die Gude-Story

Aber vergessen wir eines nicht: wenn ›ich meinen Arm hebe‹, hebt sich mein Arm. Und das Problem entsteht: was ist das, was übrigbleibt, wenn ich von der Tatsache, daß ich meinen Arm hebe, die abziehe, daß mein Arm sich hebt?

PHILOSOPHISCHE UNTERSUCHUNGEN, LUDWIG WITTGENSTEIN

35
3902

Was unterscheidet Kriminalromane von der Wirklichkeit? Nun, einmal abgesehen von einer zuweilen blumigen Autorensprache und der Abgehobenheit mancher Romanfigur, besteht der wesentliche Unterschied darin, daß im Kriminalroman das Verbrechen notwendigerweise thematisiert wird. Man spricht darüber, deckt es auf, löst den Fall. Und löst man ihn nicht, hat man dennoch zwei-, dreihundert Seiten diesem Verbrechen und seiner Unauflösbarkeit gewidmet.

Verbrechen hingegen, die in der Wirklichkeit geschehen, zeichnen sich fast immer durch ihre Unsichtbarkeit aus. Ihre Namenlosigkeit. Sie scheinen nicht zu existieren. Kein Detektiv, kein Polizist, kein Jurist, kein braver kleiner Held kümmert sich darum. Wie denn auch, wenn ein Zeichen fehlt? Natürlich, es gibt auch in der Wirklichkeit Verbrechen, die erkannt, die benannt und geahndet werden. Aber ihre Anzahl würde einem verschwindend erscheinen, wüßte man um die Übermacht unsichtbarer Delikte. Wüßte man um das viele, das sich hinter Häusermauern und in Garagen, an Mittagstischen, in Kinder- und Ehebetten, in Bädern und Kammern, in Hobbyräumen und Arbeitszimmern, in all diesen Verliesen des Alltags zuträgt. Das Verbrechen als etwas Schleichendes, das auf Zehenspitzen daherkommt, von keinem Nachbarn gehört, nicht zuletzt, weil die meisten Nachbarn mit den eigenen Zehenspitzen beschäftigt sind. Zumindest damit, sich die Wirklichkeit anders vorzustellen, als sie ist. Blumiger. Der Blick vieler Menschen ähnelt der Sprache der Autoren.

Ich bin Ärztin. Zumindest gelernte Ärztin. Ich kenne den menschlichen Körper ganz gut. Ich kenne dieses ziemlich perfekte Gedärm, kenne die Maschine aus Fleisch, die da in einem blutigen Saft kocht. Und ich kenne die Psyche. Soweit man ein

Ding kennen kann, von dem man nur den Schwanz zu sehen bekommt, weil es stets um die Ecke huscht und dabei ruft: »Scheißpsychologie!«

Dieser eingeengten Sichtweise, dieser bloßen Schwanzkenntnis wegen, glaubte ich lange, daß die Unterscheidung zwischen Gut und Böse in solcher Eindeutigkeit nicht getroffen werden könne. Nicht angesichts der Unklarheiten, die in Hinblick auf ein Dasein bestehen, das im eigenen Unterbewußtsein wie in einer Dampfkammer nistet. Man sieht nicht viel, infolge Dampfes, logischerweise. Und schwitzt auch noch. Der Dampf macht einen also blind und naß und ein wenig unschuldig. Einen jeden von uns. Dachte ich.

Aber das ist Unsinn. Das habe ich begriffen. Es gibt das Gute, weil das Böse besteht. Das Gute ergibt sich aus der Entscheidung gegen das Böse. Die Sache ist ganz einfach und gilt für ein jedes Leben, gleich, ob jemand ein Held ist oder nicht. Die Entscheidung fällt auf dem jeweiligen Niveau. Wenn man ein Held ist, kann man ein guter oder ein böser Held sein. Wenn man ein Angsthase ist, ebenso. Man kann ein guter oder böser Angsthase sein. Und nichts dazwischen. Ein böser Angsthase beteiligt sich an den Verbrechen der Mächtigen, um nicht aufzufallen. Ein guter Angsthase aber flüchtet. Er läuft lieber dreimal um die Welt oder versteckt sich in einem erloschenen Vulkankegel, nur um den Forderungen nach Anpassung auszuweichen. Er wird nie ein Held sein. Muß er auch nicht. Man stelle sich eine Welt voll von guten Angsthasen vor. Paradiesisch.

Das Relativieren der Begriffe »gut« und »böse«, das so typisch für den intellektuellen Charakter ist, für all die dialektischen Besserwisser, birgt einen großen Betrug. Man meint nämlich, sich auf die Position des Beobachters zurückziehen zu können. Das ist aber ein Irrtum. Es gibt Kriege, an denen ein jeder teilnehmen muß. Wer glaubt, sich herausreden zu können, steht schon auf der falschen Seite. Denn das Relativieren ist ganz eindeutig eine Domäne des Bösen. Es zeigt sich etwa darin, jemand mitten ins Gesicht zu schlagen, um sodann eine Diskussion zu entfachen, die daran rüttelt, ob dieser Schlag wirklich erfolgt sei. Wie sicher ist das denn? wird gefragt. Einem gebrochenen Nasenbein zum Trotz. Für gebrochene Nasenbeine bieten sich tausend andere Gründe an als ein Schlag mitten ins Gesicht. Eben fuhr eine Straßenbahn vorbei. Eben bogst du knapp um eine Häuserkante, viel zu knapp...

Das Böse ist ständig damit beschäftigt, die Wahrnehmung der Opfer in Frage zu stellen. Das ist sein Clou.

Um jetzt nur ja kein Mißverständnis zu verursachen, muß ich festhalten, daß das Böse eben nicht allein aus ein paar perversen Schweinen, ein paar Sadisten, ein paar enthemmten Waffenträgern besteht. Wenn's nur so wäre, hätte der Spruch von wegen alle an die Wand zu stellen, sogar seine Berechtigung. Nein, so geht das leider nicht. Man kann nicht die halbe Welt an die Wand stellen. Oder achtzig Prozent. Aber um den Krieg wiederum kommt man nicht herum. Auch darum nicht, sich für eine Seite zu entscheiden. Und mitunter die Fronten zu wechseln.

Ich habe sie gewechselt. Ich weiß jetzt, wo ich stehen muß. Und ich weiß, daß die Zeit der Ausreden vorbei ist. Es gibt nicht nur kein richtiges Leben im falschen, es gibt auch kein gutes im bösen.

Die Sache begann ein wenig wie in diesem Film *Das Fenster zum Hof*. Nun, ich hatte zwar kein Gipsbein. So wenig wie ich durch das Objektiv einer Kamera lugte. Auch war da niemand, der mich bemutterte. Woran ich freilich selbst schuld war. Ich schlug sämtliche Bemutterungsversuche guter Freunde aus. Während wiederum mein Mann meistens spät nach Hause kam. Wenn er sich nicht ohnehin auswärts befand. Als Diplomat war er ein Meister des Reisens. Ich fragte mich oft, warum ein Botschafter in Kopenhagen so selten in Kopenhagen war.

Doch auch ohne Gipsbein konnte ich mich schlecht bewegen. Ich hatte eine Operation hinter mir. Eine Schönheitsoperation, wie ich das nannte, wenn man mich fragte. Jedenfalls war ich ein paar »verdorbene Innereien« losgeworden. Ich fühlte mich in vieler Hinsicht hohl. Aber ich wußte, daß das vorbeigehen würde, und war ziemlich froh, früher als üblich aus dem Krankenhaus entlassen worden zu sein. Auf eigenen Wunsch.

Ich saß da also in unserer schönen großen Diplomatenwohnung, umgeben von Ramsch aus allen Herren Länder. Volkskunst zwischen hohen Spiegeln. Schwere Tische mit schweren

Schalen, in denen selbst das Obst schwer wirkte. Schwer und vergiftet. Obst war noch nie meine Sache. Daß es gesund sein soll, halte ich für einen Schwindel. Diese Früchte sind voll von exotischen Bakterien und unheilvollen Säften. Ich mache um Obst stets einen großen Bogen. Unser Dienstmädchen aber hatte die dumme Angewohnheit, sämtliche Schalen damit zu füllen. Doch was hätte ich tun sollen? Ihr sagen, wie ich über Obst denke?

Noch schlimmer als Obst sind Fische, Fische in Aquarien. Auch so ein Hobby Einars, welcher große Teile unserer Wohnung mit Aquarien zustellte, Aquarien, in denen kleine, seltsame Fische schwammen, einige davon giftiger als jedes Obst. Nicht, daß ich etwas für sie tat, sie etwa fütterte, diese stummen Dinger. Fünfhundert an der Zahl. Was man sich einmal vorstellen muß. Mit fünfhundert Aliens seine Wohnung teilen, so geräumig die sein mag.

Obst und Fische und Volkskunstramsch. Ich war gezwungen, in mein Badezimmer zu gehen, wollte ich meine Ruhe von dem Zeug haben. Selbst im Schlafzimmer stand ein Aquarium, ein Riesending, in dem widerliche Schildkröten herumtauchten, mit Köpfen, die wie Mikrophone aus ihren Panzern ragten. Man kann sich vorstellen, wieviel Spaß der Sex macht, wenn einem solche Schildkröten dabei zusehen. Jetzt einmal davon abgesehen, daß Einar zu den Männern zählte, die Sex mit einer Sportart verwechseln, die ihnen zu anstrengend ist. Gewichte stemmen oder zweihundert Kilometer Radfahren. So was eben. Und sich dementsprechend anstellen. Von Anfang an im Zustand der Erschöpfung. Erschöpfung als Versprechen.

Ich ließ einen von den leichteren Tischen gegen ein Fenster schieben, fernab des Obstes, und bemühte mich nun, ein paar Aufsätze zu verfassen. Aufsätze, um die ich gebeten worden war und die abzulehnen, ich nicht wagte. Nicht wegen einer angeblichen Schönheitsoperation.

Wie gesagt, ein Gefühl umfassender Hohlheit bestimmte meine Verfassung, als ich nun daranging, einen Text über das Schicksal einiger Autographen aus der Hand Knut Hamsuns zu verfassen. Das Konvolut lagerte idiotischerweise in Wien, ohne dort im geringsten wahrgenommen zu werden. Als halte man sich ein Krokodil, von dem nicht einmal das Geschlecht bekannt war.

Hamsun als Krokodil! Das waren so die Bilder, die mir durch den Kopf schossen. Kein Wunder, daß ich wenig zu Papier brachte, die meiste Zeit vor mich hin träumte, dann immer öfter auf die Straße sah, den Gehweg beobachtend, die Menschen, das gegenüberliegende Haus.

Gut möglich, daß ich den Mann, der bald meine Gedanken vollständig bestimmen sollte, schon früher wahrgenommen hatte. Aber eben bloß als Schatten, als Schablone oder Kontur. Wahrscheinlich hatte ich anfänglich gedacht, es handle sich um verschiedene Personen, die da immer wieder in dunklen Sportanzügen aus dem Haus gekommen waren, um die leicht ansteigende Straße aufwärts zu joggen. Ich selbst mag diesen Sport so wenig wie ich Obst mag. Dabei bin ich weder fett noch unbeweglich, habe nie in meinem Leben mehr als sechzig Kilo gewogen und besitze genügend lange Beine, um mich schwerzutun, sie unter dem Lenkrad eines kleinen Sportwagens unterzubringen. Aber weshalb laufen? Ich weiß schon, es geht um die Gesundheit. Immer geht es um die Gesundheit. Wie beim Obst, das in Wirklichkeit unsere Körper verseucht.

Andererseits bin ich nicht blind. Nicht blind dafür, wenn jemand seine Rennerei ausnahmsweise nicht so beginnt, als wäre er ein in Aspik eingelegter kleiner Block von nicht mehr ganz frischem Cornedbeef, welches aus einer Konservendose blubbert. Anders dieser Mann, der so gefaßt wie locker startete, ein wenig schwebend, als habe er eigentlich vor, eine Himmelstreppe hochzusteigen. Jedenfalls fiel er mir nach und nach auf, wenn er da in enger Sportkleidung aus dem weißen, hohen Gebäude einer ehemaligen Klavierfabrik trat, die aufwendig renoviert worden war und in die sich ein paar reiche Künstler eingenistet hatten. Zumindest Leute mit Geld, die gerne halbnackt durch riesige Lofts spazierten, selbstverständlich auf die Geschmacklosigkeit von Vorhängen verzichtend. Man sah diese Leute ständig durch ihre Zimmer wie auf Laufbahnen marschieren. Weingläser und Handys haltend, mitunter einen Pinsel, das aber selten. Es waren wohl keine

Künstler im traditionellen Sinn. Eher Leute, die mit Tokio telefonierten.

Das klingt, als wäre ich unmodern. Bin ich nicht. Ich gehöre auch zu denen, die immer wieder mal mit Tokio telefonieren. Und bin nicht selten nackt dabei. Allerdings posiere ich in solchen Momenten nicht am Fenster, wie diese jungen, reichen Leute auf der Gegenseite, deren Zurschaustellung im Widerspruch stand zu all ihren Heimlichkeiten. Auch Lofts haben Türen, versteht sich.

Es muß nun gesagt werden, daß ich als eine Dame der Gesellschaft gelte, wie man so sagt. Als eine Person, die ein gewisses öffentliches Interesse erweckt. Wenn ich ein Kleid trage, das meinen Busen größer erscheinen läßt, ruft die Presse an und fragt höflich nach, ob ich mich hätte operieren lassen. Wenn ich dann verneine, geben die auch gleich wieder Ruhe. Man kann diese Leute lenken. Drehen sie durch und verzapfen Blödsinn, so ist man meistens selbst schuld. Wenn jemand absichtlich auf eine Giftschlange steigt, wer ist dann der Idiot? Die Giftschlange?

Ich kann also ganz gut mit meiner Prominenz leben, die ja im Rahmen bleibt. Als Leiterin der Norwegischen Literaturgesellschaft und einiger dänischer Debattierclubs gehöre ich nicht zu denen, die täglich im Fernsehen stehen wie andere unter der Dusche. Aber in vernünftigen Abständen sage ich etwas halbwegs Gescheites oder Nettes oder provoziere ein klein wenig, indem ich die Unbildung oder auch nur stillose Kleidung einiger hoher Herren beklage. Wobei ich nie etwas gegen die Königshäuser sage. Das geht einfach nicht. Man muß sich da zurückhalten, auch wenn es sich hier um widerliche und dumme Leute handelt. Aber Monarchen muß man respektieren oder ihnen die Köpfe abschneiden. Wenn man letzteres nicht schafft, bleibt nur noch, den Mund zu halten.

Ich bin einundfünfzig. Das ist ein schlechtes Alter. Vor allem für Frauen, weil sie genau in diesem Alter anfangen, alt zu werden, es aber neuerdings nicht mehr dürfen. Mit fünfzig, heißt es, wird man erst so richtig schön. Was für ein Quatsch! In Wirklichkeit geht es endgültig bergab. Aber man ist nun mal gezwungen, diesen Abstieg zu vergolden, ihn wie ein flottes

Aufbäumen erscheinen zu lassen. Topfit zu sein, toplustig und topgebildet und topmodisch, und stets wie eine süße Rauchbombe duftend, wo man doch eigentlich ans Sterben denkt, und daran, wie lange das alles noch dauert. Am schlimmsten aber ist, daß man gezwungen ist, sich »sexualisiert« zu geben, leicht entzündbar, erotisch wie noch nie, langbeinig mit auch noch so kurzen, dicken Pflöcken, empfänglich für den großen Fick. Als wüßte man es nicht besser. Als hätte man nicht gerade das Leben so ziemlich hinter sich. Somit auch eine Menge Männer, die ja nicht alle lausige Liebhaber gewesen sein müssen. Aber eigentlich schon. Man kennt sich also bestens aus. Soll jedoch so tun, als bestünde da eine Chance. Eine Chance auf irgend etwas Großes, das man erreicht, wenn man nur genügend tolle Kleider trägt, erst recht famose Unterwäsche, und fünf französische Philosophen akzentfrei in einem Zug aufsagen kann.

Ich behaupte nicht, daß fünfzigjährige Frauen, erfolgreich und schick, Leiterinnen von allem möglichen, dämliche Puten sind, die sich auf das Aufsagen von französischen Philosophen beschränken. Nein, sie schaffen es sogar, mit kurzen Pflöcken langbeinig auszusehen. Ich bin eine von ihnen. Manchmal die schlimmste von allen. Aber ich bin aufgewacht. Ich spiele nur noch mit, weil das notwendig ist. Mitzuspielen. In die Kamera zu lächeln, wie ein verbeulter Kochtopf, der sich für das Eßgeschirr von Supergirl hält.

Von meinem Fenster im vierten Stock konnte ich die gesamte Front jenes südländisch weißen, gepudert wirkenden Lofthauses erkennen. Weit schwerer war es da, das Gesicht eines vorbeiziehenden Joggers auszumachen. Weshalb ich zu meinem Opernglas, später dann zum Feldstecher meines Mannes griff. Einar war hin und wieder verpflichtet, zur Jagd zu gehen. Nicht, daß ihm das gefiel. »Wozu auf Tiere schießen?« fragte er dann. »Tiere sind keine Gegner. Nicht, wenn man ein Gewehr in der Hand hält. Man würde schließlich auch nicht auf die Idee kommen, mit Delphinen um die Wette zu schwimmen.« Da hatte er wohl recht. Aber wie meistens, wenn er recht hatte, hielt er sich nicht daran. Darum der Feldstecher.

Mir wurde bald klar, daß ich das Gesicht des Läufers kannte. Wer nicht? Der Mann war eine Berühmtheit. Ein Geist der Zeit. Ein junger Schriftsteller als wilder Hund. Ein wilder Hund als Bestsellerautor, dem man die größtmögliche Zukunft voraussagte. So ein hübscher Kerl mit langem, glattem Haar von der Farbe eines Rehkitzes sowie dem Gesicht eines verrotteten Erzengels. Ein Erzengel mit Zigarette, was ja heutzutage anmutet, als würde jemand einen Knochensplitter seines amputierten Raucherbeins im Mund spazierenführen. Gut, die Kippe gehörte zur Show, wie auch das Gerücht, dieser hochtalentierte, unglaublich witzige und unglaublich sprachgewandte Autor würde ein paar Mädchen auf den Strich schicken. Nicht auf einen legalen Strich, natürlich nicht. Wobei der Sinn einer Show ja weder darin besteht, die Wirklichkeit widerzuspiegeln, noch sie zu konterkarieren, sondern sie zu verheimlichen. Ein Verbrechen zu verdecken. Die Show, im wörtlichen wie übertragenen Sinn, betont die nie begangenen Verbrechen, um solcherart die tatsächlich erfolgten zu überschatten. Selbstverständlich war mir der Name dieses Autors präsent, welcher nicht nur als ein Zuhälter, sondern vor allem als ein Popstar galt. Beziehungsweise handelte es sich um ein Pseudonym: Sam Soluschka.

Soluschka ist russisch und heißt *Aschenbrödel*.

Nun, wenn der gute Sam ein Aschenbrödel war, dann eines, das bereits zu seinem Prinzen gefunden hatte. Der Prinz in Sam Soluschkas Leben war die Gesellschaft, waren die Leser seiner Bücher wie die Leser all der Berichte über sein Leben, seine literarischen Höhenflüge, seine dramatischen Verfehlungen, seine Prozesse gegen Leute, die er beleidigt hatte, seine Liebschaften, seinen Hund Differ, seine Schlange Brando, und daß der Hund die Schlange gefressen hatte. Auch wenn es de facto umgekehrt gewesen war. Aber wie gesagt, das ist ja der Zweck einer Show: ein erfundenes Verbrechen anstelle eines wirklichen.

Das mit dem Hund erfuhr ich freilich erst später. Dummerweise wohnte Sam Soluschka im letzten Stockwerk, sodaß ich ihn in seiner Wohnung nur dann beobachten konnte, wenn er direkt am Fenster stand oder sich auf einem der metallenen Balkone aufhielt. Auch er zumeist mit einem Handy am Ohr. Nie aber mit Zigarette.

Auf Grund des ungünstigen Winkels konnte ich also auch nicht sagen, wie es in seiner Wohnung aussah. Welche Möbel, welche Menschen. Andere Gesichter tauchten selten an den beiden langgestreckten Fensterfronten auf. Hin und wieder eine ältere Frau. Eher seine Mutter oder Managerin als seine Freundin. Sam galt als bi, als ein Macho, ein Neutrum, ein unschuldiges Kind, als ein Ungetüm. Heute weiß ich, letzteres stimmt.

Irgendwann fing ich an – Hamsuns müde – genauer hinzusehen. Nicht nur, weil das ja ein ausgesprochen hübscher Bursche war. Da war noch etwas anderes. Mir fiel auf, daß Sam, der das Gebäude über einen seitlichen Ausgang verließ, von diesem Ausgang aus stets die für mich uneinsehbare Rückseite aufsuchte, einige Sekunden dort verblieb, und dann erst hinaus auf die Straße ging, um seinen Lauf zu beginnen. Genau auf diese Rückseite begab er sich auch, wenn er von seinem Training zurückkam. Welches nie länger als fünfzig Minuten dauerte. Ich war bald überzeugt, daß Sam seinen Schlüsselbund im rückwärtigen Teil des Gebäudes deponierte, dort, wo auch die Tonnen herumstanden, welche die Müllabfuhr über den unversperrten Weg abholte und geleert zurückschob.

Ich war nun soweit genesen, daß ich erste Spaziergänge unternehmen konnte. Nicht, daß ich ernsthaft daran dachte, mich dort drüben umzusehen. Etwa in einer Hecke oder einem Blumentopf nach einem Schlüssel zu wühlen. Unter Eimer und Abdeckungen zu spähen.

Nun, das war auch gar nicht nötig. Der Bund lag unverdeckt in der bodennahen Ecke eines Kellerfensters. Natürlich tat ich zunächst einmal nichts, was sich nicht gehörte. Ich stellte einfach fest, daß meine Vermutung stimmte, ließ den Schlüsselbund, wo er war, und kehrte zurück in meine Wohnung.

Da war nun aber ein Reiz, der etwas von einem Schalk hatte, der mir im Nacken saß. Ein Schalk, der sich verkrallte. Und solcherart Schmerzen verursachte, wobei es natürlich solche und solche Schmerzen gibt. Diese waren eher von der erquicklichen Art. Mich trieb der Gedanke, mir auf problemlose Weise Zugang zu einer fremden Wohnung zu verschaffen.

Aber wozu denn? Was wollte ich dort oben tun? Dinge anfassen, die mir nicht gehörten? Nachsehen, ob dieses Paradegenie in einem genialischen Chaos, in großer Ordnung oder verborgener Spießigkeit hauste? Ob er Badenten und Plüschtiere besaß oder das übliche Kunstzeug von der Wand hing?

Eines freilich brauchte nicht überprüft werden. Nämlich das Faktum, daß niemand sich in der Wohnung aufhielt, wenn Sam Soluschka sie verließ. Er hätte sonst kaum seine Schlüssel, die ihn beim Laufen wohl störten, hinter dem Haus ablegen müssen. Ein Haus, das selbstverständlich über eine Gegensprechanlage verfügte. Nein, in diesem Punkt war keine Gefahr zu erwarten. Und genau das dürfte es gewesen sein, was mich derart animierte. Die Sicherheit, in der ich mich wiegen konnte. Eine Fünfzig-Minuten-Sicherheit. Was kein Grund ist, aber doch ein wenig ein Anlaß. Wenn man bedenkt, wie wenig Sicherheit einem das Leben an sich bietet.

Übrigens war mir völlig entgangen, in einem Magazin gelesen zu haben, Sam Soluschka besitze einen Hund namens Differ, welcher eine Schlange namens Brando gefressen habe. Es fiel mir erst wieder ein, als ich dabei war, die Türe im obersten Stockwerk des Lofthauses zu öffnen. Quasi mit dem Eintreten in den Flur, ging mir schlagartig diese blödsinnige Tiergeschichte auf, sodaß ich ebenso schlagartig die Hände anhob, um einen vielleicht demnächst herbeistürzenden Köter abzuwehren oder wenigstens mein Gesicht vor dessen Zähnen zu schützen. Aber natürlich gibt es solche und solche Hunde. Nicht alle fletschen ihr Gebiß. Und es gibt sogar welche, die längst von einer Schlange verspeist wurden. Wie im Falle Differs.

Niemand sprang also heran. Die Schlange, an die ich nun erst recht nicht dachte, würde mir erst später begegnen. Was aber sogleich auffiel, war die große Sauberkeit, die hier vorherrschte. Und daß im langgezogenen Flur Licht brannte. Einzig und allein Licht, welches aus einer gleichmäßigen Reihe von Deckenöffnungen strömte und auf dem Grätenmuster des rotblonden Parkettbodens kleine Sternhaufen bildete. Ansonsten war der Raum leer. Keine Bilder, kein Schmuck, keine Garderobe, nichts. Schön leer.

Und dieser Schön-leer-Stil blieb auch erhalten. Nachdem ich um eine kurze Ecke gebogen war, entließ mich der Gang in einen weiten Hauptraum, der primär aus Tageslicht bestand.

Freilich, ein bißchen was an Möbeln stand schon herum, ein bißchen was an Kunst und an technischen Geräten. Eher salopp hingeworfen, als mit Absicht aufgestellt. Der flache Bildschirm wirkte wie an die Wand geklatscht, das überlange Sofa erinnerte an ein Ding, das vom Himmel gefallen war, ein David Bowie von Sofa. Ein paar großformartige, schwarzweiße, abstrakte Gemälde, die aussahen wie die frühen Beatles, standen an die Wand gelehnt. Alles sehr zufällig und lieblos, darin aber perfekt, perfekt lieblos und perfekt zufällig.

Hier stand ich also, mitten im kompakten Tageslicht und sah kurz auf die Uhr, das Überschreiten der ersten viertel Stunde registrierend. Erneut fragte ich mich, was ich an diesem Ort zu suchen hatte. Wozu das gut war. Und welche Folgen es haben würde, wenn man mich entdeckte. Aber irgendwie begriff ich, daß ich gelenkt wurde. Von Gott vielleicht. Vielleicht von Geistern. Vielleicht von meinem Instinkt, der einem höheren Auftrag verpflichtet war. Klingt komisch, erklärt aber viel. Erklärt auch das Unbehagen, welches über das Faktum meiner ungesetzlichen Handlung hinausging. Weit hinausging. Ich ahnte ja, daß ich nicht gekommen war, um die Fülle an Tageslicht zu bewundern.

Neben dem Zugang zum Flur befanden sich rechter Hand, im Abstand gleich großer Zimmer, drei Türen. Zusammengesetzt aus senkrechten Streifen von hellem Holz und dickem, bräunlichem Glasstein. Die Anordnung der Türen hatte etwas von einem Spiel, einem Hütchenspiel, bei dem man zweimal falsch und einmal richtig lag.

Freilich gehört es zu einem Hütchenspiel, daß sich die Hütchen anheben und bewegen lassen. Was hier jedoch bloß für zwei der Türen galt, welche beide in fensterlose Räume führten. Einmal in ein Schlafzimmer mit tempelartig erhöhtem Bett und glattgestrichenen Laken und Kissen, alles rostrot, bis hin zum Radio. Sodann, eine Tür weiter, ins Badezimmer, in ein Ding aus schwarzem Granit, in dem es trotz Beleuchtung schwerfiel, Einzelheiten wie Waschbecken und Dusche auszumachen. Vergleichbar einem monochromen Gemälde, dessen angebliche und angeblich vielfältige Oberflächenstruktur mehr der Beschreibung eines Kunstpädagogen zu verdanken ist, als daß sie dem

Eindruck des unbedarften Betrachters entspricht. Welcher blind bleibt, aber nicht unbelehrt.

Immerhin schien auch dieses Badezimmer nichts zu verbergen, was man durch ein Abschließen der Türe hätte bewahren müssen. Überhaupt fiel auf, wie gering Soluschkas Appartement gesichert war. Die Wohnungstüre besaß ein völlig durchschnittliches Schloß. Nirgends ergab sich ein offenkundiger Hinweis auf eine Alarmanlage oder Videoüberwachung, wie dies bei meiner eigenen Wohnung durchaus der Fall war. Schließlich lebte man hier in einer der besten Gegenden Kopenhagens, also in einem Viertel, in dem sich Einbrüche lohnten und folglich Schutzbedürfnis und Paranoia gesteigert ausfielen.

Doch Sam Soluschka präsentierte an diesem Ort das Bild eines legeren Menschen, der sich wenig darum scherte, ob jemand in seine Wohnung dringen konnte, um etwa die, wenngleich nachlässig an die Wand gehefteten, nichtsdestotrotz ziemlich wertvollen originalen Beuyszeichnungen mitgehen zu lassen. Oder, wenn denn Kunst kein Thema war, sich um eine Stereoanlage der Firma *The Cat Of Steven* zu kümmern. Die Gelassenheit, die Überheblichkeit dieses Mannes in materiellen Dingen war offenkundig.

War sie das wirklich? Denn aus welchem Grund hatte er die letzte der drei Türen versperrt. Sowie mit einem Schloß ausgestattet, das sich bei eingehender Betrachtung von den anderen unterschied, spezieller zu sein schien, raffinierter.

Nun, im Knacken von Schlössern lag meine Begabung sicher nicht. So wenig wie im Eintreten einer Türe, die des dicken Glassteins wegen äußerst massiv anmutete. Zudem war schon viel zuviel Zeit vergangen, um sich weitere Gedanken zu machen. Ich überblickte die Wohnung, um mich zu vergewissern, nichts zurückgelassen oder verstellt zu haben. Sodann trat ich auf den Gang, schloß ab, indem ich den Schlüssel einmal im Schloß drehte, und brachte ihn hinunter an die rückwärtige Stelle, an der er gelegen hatte, bemüht, die richtige Position zu treffen. Obwohl ich nicht eigentlich glaubte, daß dies von Bedeutung war. Andererseits bewies der Umstand eines versperrten Zimmers, daß Sam Soluschka so ganz unvorsichtig nicht sein konnte. Daß er wußte, wann und wo er achtzugeben hatte.

Fragte sich nur, zu welchem Zweck? Wieso diese *eine* Sorgsamkeit? Ich meine, wenn man die Beuysblätter bedachte, welche ohne Glas und ohne Rahmen von der Mauer hingen wie von einer Pinnwand. Was konnte einen solchen Wert besitzen, daß jemand wie Sam Soluschka es in einem Zimmer versteckte? Wenn nicht Beuys.

Faktum blieb, daß, auch wenn Sam dank seiner Lauferei mir die Möglichkeit bot, mich beinahe täglich in seine Wohnung einzuschleichen, ich nie in der Lage sein würde, ein solches Schloß und eine solche Türe aufzubrechen. Weder auf die heimliche noch auf die augenscheinliche Weise. Ich mochte ungeschickt sein, aber nicht dämlich. Jedem sein Geschäft. Und weil besagte Türe auch bei meinen folgenden Besuchen ein jedes Mal abgesperrt war, kam ich auf die Idee, jemand zu engagieren, der fähig wäre, zu öffnen, was nun mal in Herrgottsnamen geöffnet werden mußte.

Ich dachte an einen Mann, der mir im Haus einer Freundin über den Weg gelaufen war. Er hatte ihr eine Zeitlang als Leibwächter gedient, um einen verrückten Verehrer auf Distanz zu halten. Später, nachdem der Liebhaber sich die Pulsadern aufgeschnitten hatte, erfolgreich aufgeschnitten, kehrte der Leibwächter in seine norwegische Heimat zurück. Um was auch immer zu tun.

Viel war es nicht gerade, was ich von diesem Mann wußte. Aber ich hatte ihn gut in Erinnerung. Massig, kompakt, versiert. Zudem sprach er ein perfektes Deutsch. Das ist mir noch immer die liebste Sprache, nicht zuletzt wegen der Möglichkeit, sich zwischen einem »Sie« und einem »Du« auch wirklich entscheiden zu können.

Dieser deutschsprachige Norweger war es also, der mir in den Sinn kam. Ich eruierte seine Telefonnummer und rief ihn an. Er wußte sofort, wer ich war. Freute sich, von mir zu hören. Wie gesagt, ich bin keine Unbekannte. Erst recht nicht in Norwegen, deren literarischer Gemeinde ich einen Stempel aufgedrückt habe, in dem ein wenig Farbe steckt. Und auch Leute interessiert – der Stempel interessiert sie –, welche Literatur für ähnlich ungesund halten wie ich meinerseits Obst und Joggen.

»Ich arbeite nicht mehr als Leibwächter«, erklärte mir der Mann.

Ich sagte ihm, daß ich keinen Leibwächter, sondern einen Einbrecher benötigen würde. Und bevor er etwas erwidern konnte, erzählte ich ihm die Geschichte. Betonte somit auch diese gewisse Unsinnigkeit der Angelegenheit. Beziehungsweise ihren esoterischen Charakter.

»Sie sind in den Mann verknallt, nicht wahr?« meinte Dalgard. So hieß er: Ludvig Dalgard.

»Nein, Herr Dalgard«, sagte ich, »das ist es nicht. Mit Liebe hat das nichts zu tun.«

»Aber worum geht es dann?«

»Ich weiß es nicht. Darum muß ich ja in dieses Zimmer. Um zu begreifen, worum es eigentlich geht.«

»Meine Güte, Frau Botschafterin. Wahrscheinlich hat der Kerl dort drinnen seine schmutzige Unterwäsche abgelegt. Ein paar Flaschen Wodka. Ein paar Pornoheftchen. Frauenkleider. Einen häuslichen Vorrat an Kokain. Etwas in dieser Güteklasse. Ehrlich gesagt, ich lasse auch nicht alles frei herumliegen. Ein versperrtes Zimmer…Also, so was kommt schon mal vor. Ich finde nicht, daß man deshalb ein Delikt begehen sollte.«

»Sie brauchen ja nicht umsonst arbeiten.«

»Ich habe einen Job«, erklärte Dalgard. »Ich verdiene gut. Aber das ist gar nicht der Punkt. Ich würde Ihnen gerne einen Gefallen erweisen. Sogar sehr gerne. Aber ich müßte begreifen, wozu.«

»Vielleicht begreifen Sie es nachher.«

»Nachher«, sagte Dalgard, »gibt es immer einen guten Grund. Für alles. Im nachhinein wäre ein jeder bereit, die Welt zu retten. Aber eben nur im nachhinein.«

»Ich kann Sie nur bitten«, sprach ich, »für einen Tag herüber nach Kopenhagen zu kommen und sich die Türe anzusehen. Mir zu sagen, ob ich sie öffnen kann und wie.«

»Sie sind eine schöne Frau«, meinte Dalgard feststellen zu müssen.

»Danke«, sagte ich, wollte aber schon noch wissen, was für eine Rolle das jetzt spiele.

»Eine wichtige«, sagte er. »Ich würde sonst nämlich auflegen. Aber was soll ich tun? Sie sind nun mal der Star in meinem Herzen.«

Ich staunte. Und erinnerte ihn, ihm bloß hin und wieder über den Weg gelaufen zu sein.

»Viel zu selten, einerseits«, sagte Ludvig Dalgard. »Oft genug, andererseits.«

Ich hatte nicht geahnt, was für ein schräger Kerl dieser Dalgard war. Beinahe bereute ich, ihn angerufen zu haben. Aber im selben Moment erklärte er, in den nächsten Tagen nach Kopenhagen zu müssen. Da könne man ja einmal nach der Türe schauen.

»Und die Gegenleistung?« fragte ich. »Was erwarten Sie sich von mir?«

»Sie brauchen mich nicht zu küssen«, versprach Dalgard. »Ich meine, wenn es das ist, wovor Sie sich fürchten. Ich bewundere Sie, das genügt. Eine Türe für Sie zu sprengen, hat etwas Reizvolles und Außerordentliches.«

»Fein«, sagte ich und verabredete einen Termin für den Nachmittag. Meistens joggte Sam Soluschka nachmittags. Ich konnte nur beten, daß dies auch an jenem Tag der Fall sein würde.

Genau das tat es dann.

Dalgard saß mir gegenüber an dem ans Fenster gerückten Tisch. Hin und wieder sah er nach draußen, nippte dabei an seinem Tee. Er war wuchtiger als ich ihn in Erinnerung hatte. An seinem Brustkorb hätte man eine Garderobe montieren können. Er mochte Mitte Fünfzig sein. Er besaß den traurigen Blick kleiner Hunde. Ein Mann mit Halbglatze und Schnurrbart. Nicht eigentlich unattraktiv. Ein wenig verbaut, könnte man sagen. Wie eine dieser Villen, bei denen irgend etwas schief gelaufen ist, die aber natürlich weiterhin Villen bleiben, nicht bloß Wände mit einem Dach drauf.

Während Dalgard sich mehr auf mich als auf die Straße konzentrierte, blieb mein Blick pausenlos auf das gegenüberliegende Haus gerichtet, auf die seitliche Türe, aus welcher der Mann, der sich Aschenbrödel nannte, treten sollte und schließlich auch trat. Kurz nach drei.

»Jetzt!« rief ich und sprang von meinem Stuhl auf.

»Nicht hetzen«, meinte Dalgard ruhig.

Er hatte mir übrigens gestanden, für die norwegische Regierung zu arbeiten. Für eine Art Spezialeinheit, deren Aufgabe im Endeffekt darin bestand, die eigenen Leute in Schach zu halten, die eigene Polizei, den eigenen Geheimdienst, praktisch auch die eigene Regierung, zumindest wenn eins ihrer Mitglieder meinte, über Gebühr kreativ werden zu müssen. Sich verstieg.

Dalgard war somit Teil eines autonomen Sicherheitsprogramms, das sich ein Staat hatte einfallen lassen, der sich selbst nicht traute. Im Grunde eine gute Idee. Auch war die Sache so geheim, daß Dalgard getrost darüber reden konnte. Er selbst hatte kaum das Gefühl, zu existieren. Darum wohl auch die Ruhe, mit der er jetzt erklärte: »Nicht hetzen.«

Ich erinnerte ihn, daß wir kaum mehr als eine halbe Stunde Zeit haben würden. Länger wäre zu riskant.

Dalgard nickte, und wir gingen nach drüben. Alles verlief reibungslos. Keine Alarmanlage sprang an und kein Hund uns entgegen. Wir traten vor jene dritte Türe hin, jenes unverrückbare Hütchen, das wie gehabt verschlossen war. Fast war ich erleichtert. Eine offene Türe hätte mich als hysterische Kuh dastehen lassen. Als die ich nicht gelten mochte. Nicht vor einem Mann, der mir ein klein wenig gefiel.

Dieser Mann betrachtete das Schloß, ohne es zunächst zu berühren. Ohne auch nur nach der Klinke zu greifen.

»Ein harter Brocken«, sagte er. »So was kriegt man nicht auf, indem man eine Kreditkarte oder einen Haufen alter Schlüssel aus der Tasche zieht. Oder die Haarspange seiner Freundin.«

»Sondern?« fragte ich.

»Ich nehme doch an«, erkundigte sich Dalgard, »die Sache soll unter uns bleiben. Und ohne Spuren auskommen.«

»Besser wär's schon.«

»Hm.« Dalgard griff sich in den Nacken, als schlage er nach einer Mücke. Quasi mit dem Verdrehen des Kopfes fiel sein Blick auf einen Schalter neben dem Türrahmen. Er legte seinen Finger zögerlich darauf, dann drückte er. Nichts geschah. Vor allem sprang kein Licht an. Wohl auch im Inneren des Zimmers nicht, da ja der Schein zumindest vage durch den Glasstein der

501

Türe hätte dringen müssen. Wenigstens ein schwacher Schimmer. Nichts davon.

»Siehe da!« tönte Dalgard mit der Stimme seiner überbreiten Brust und zog die Abdeckung des vermeintlichen Schalters herab. Dahinter eröffnete sich zwar der Anblick einer technischen Einrichtung, aber nicht ganz von der Art, wie man das von einer simplen elektrischen Leitung gewohnt war.

»Nicht schlecht«, meinte Dalgard. »Eine Bombe.«

»Was für eine Bombe?« fragte ich.

»Na ja, man muß wohl den Schalter betätigen, bevor man den Schlüssel ins Schloß schiebt. Tut man das nicht, nützt auch der richtige Schlüssel nichts.«

»Und was wäre passiert?«

»Wie ich sagte, eine Bombe. Ein Stromstoß vom Feinsten. Mit Sicherheit tödlich.«

»Was? Das sehen Sie?«

»Das vermute ich«, sagte Dalgard und führte seinen Schraubenzieher tiefer in das Innere des Gemäuers. Er werkelte herum. Stöhnte. Ich fragte nicht nach, was genau er da tat. Es sah ziemlich professionell aus. Sehr männlich und agentenhaft.

In Übereinstimmung mit diesem Eindruck ertönte plötzlich ein leises Surren. Daneben auch ein Ton wie eine Stimme. Eine Stimme aus der Wand. Aber das war wohl Einbildung. Jedenfalls sprang die Türe auf, bildete einen schmalen Spalt und ließ sich nun vollständig zur Seite drücken.

»Ich gehe vor«, sagte Dalgard und trat in das Dunkel.

»Von mir aus«, gab ich zurück, blieb aber dicht hinter ihm. Ich wollte sehen, was zu sehen war.

Was hatte ich erwartet? Ernsthaft erwartet. Am ehesten wohl eine Folterkammer. Oder ein zweites Schlafzimmer mit einer bizarren Bettstatt. Im schlimmsten Fall Fotografien, die eine krasse Perversion dokumentierten. Oder gar einen Kühlraum, in dem Leichenteile lagerten. Etwas von dieser kannibalischen Scheiße, wie sie jetzt Mode war. Im geringsten Fall hingegen war mir eine im Grunde harmlose Sammlung in den Sinn gekommen. Gebrauchte Unterwäsche, gebrauchte Bierdeckel, gebrauchte Damenschuhe, etwas Gebrauchtes jedenfalls. Das Gebrauchte ist die Trophäe der harmlosen Jäger.

Aber Sam Soluschka war weder Kannibale noch ein harmloser Jäger. So wenig wie Zuhälter. Und so wenig wie sein Hund Differ noch am Leben war.

Indem Ludvig Dalgard mit zwei bedächtigen Schritten in das Innere des Raums vorstieß, der so fensterlos war wie Bad und Schlafzimmer, schien er einen Impuls auszulösen. Denn mit einem Mal ging ein Licht an, allerdings kein Alarm, zumindest kein offenkundiger. Eine einzige Leuchte entließ einen kräftigen Strahl, welcher aus einem herabhängenden Rohr flutete. Der quadratische Raum, in dem es ausgesprochen warm war, schien sehr viel höher als die anderen, reichte wahrscheinlich über das Flachdach hinaus. Allerdings lag der Plafond in einer kompakten Schwärze. Die Höhe des Raums war somit bloß zu vermuten. Wände und Boden bestanden aus einer lückenlosen hölzernen Täfelung, die dasselbe Rotblond aufwies wie das Parkett des Flurs. Der gebündelte Lichtstrahl erreichte jedoch nicht den Boden, sondern fiel auf einen Glaskubus, welcher auf einem Podest von dem gleichen Holz aufsaß. Was ungemein edel aussah. Und ausgezeichnet zu einem unter dem Glassturz ausgestellten Schmuckstück gepaßt hätte, einer alten Vase, einer Erstausgabe oder dem verbürgten Schreibgerät eines Dichterfürsten. Zu etwas Gebrauchtem also, nur eben von der noblen Art. Und einen Moment lang dachte ich auch, irgendeine hochkarätige Altware zu erkennen, eine gläserne Scherbe, das Bruchstück eines Gefäßes.

Um ein Gefäß handelte es sich ja auch. Freilich um ein vollständig erhalten gebliebenes, wie ich jetzt feststellte. Nur der geringen Größe wegen hatte ich kurz den Eindruck des Fragmentarischen gehabt. Auch konnte von einer Altware nicht die Rede sein, zumindest nicht im üblichen Sinn.

Mir war jedoch die Vorstellung, daß unter einem Glassturz sich in der Regel eine Antiquität befinden müsse, derart eingebrannt, daß ich zunächst davon ausging, es handle sich bei dem Objekt um ein historisches Flakon von Kölnisch Wasser der Marke 4711. Das war aber nicht der Fall. Denn soviel Ahnung von derartigen Dingen besaß ich schon, um wenigstens beim zweiten Blick zu erkennen, daß dieses Fläschchen nicht wirklich alt war. Hier stand bloß ein kleines Behältnis mit der bekannten geschwungenen Aufschrift, wie man es in jedem x-beliebigen Drogeriemarkt erstehen konnte. Und es war beim besten Willen nichts festzustellen, was die spezielle, museale Behandlung dieser kleinen Rollflasche rechtfertigte. Das Ding mochte ein paar Euro wert sein, auch war es bis oben hin gefüllt, was den Eindruck einer jüngst im Supermarkt erstandenen Ware nur noch verstärkte. An diesem Gegenstand war absolut nichts Mysteriöses, wäre es nicht an diesem Ort und auf diese Weise präsentiert worden. Oder besser gesagt versteckt worden. Denn unser Hiersein, unsere Betrachtung war ja keineswegs gewollt. Wir befanden uns schließlich in einem höchst privaten Raum, inmitten einer höchst privaten Inszenierung. Und fragten uns, wozu das gut sein sollte.

Ludvig Dalgard verzog das Gesicht, als beiße er auf ein Stück Rinde. Oder den Käfer auf der Rinde. Dazu entließ er ein verächtliches Geräusch. Dann sagte er: »Eine verdammte Kindergeschichte.«

»Wie meinen Sie das?« fragte ich.

»Der Kerl leidet wahrscheinlich unter einem Mutterkomplex. Oder eher noch unter einem Großmutterkomplex. Das ist ein deutsches Parfüm, nicht wahr? Eines, wie die Leute es früher geliebt haben.«

»Es wird noch immer verkauft«, erinnerte ich.

»Natürlich. Aber man muß doch wohl ein wenig betagt sein, um so was geschenkt zu bekommen.«

»Ich weiß nicht«, sagte ich. »Vielleicht ändert sich das gerade. Wir leben in einer Kultur der Renaissancen, der Coverversionen.«

»Das ist keine Coverversion«, sagte Dalgard, »sondern eine originale Krankheit.«

»Was? Das Fläschchen 4711?«

»Nein. Daß der Typ, der hier wohnt, sich einen Altar baut. Das ist krank. Aber natürlich nicht schlimm. Es gibt Abartigeres, denke ich, als auf solche Weise einem frühen Inzest zu huldigen. Oder der guten, alten Zeit, dem Geruch von Nelken.«

»Wieso Nelken?«

»Na, wonach das Zeug eben duftet«, meinte Dalgard.

»Lavendel, glaube ich.« Aber ich wußte es nicht wirklich. Eher war es so, daß für mich beinahe alle alten Gerüche jene

Aufdringlichkeit von Lavendel besaßen. Den Hang zum Violetten und damit zum Schwülstigen, zum gleichzeitig Öligen und Samtigen. Ein Violett auf dem Weg zum Rosa. Oder vom Rosa herkommend. Gerüche wie Nebel, der schwindsüchtig macht. Parfum als Gift, als ein schleichendes, mit dem sich Generationen unglücklicher Frauen langsam um den Verstand gebracht hatten. Weil ohne Verstand ein paar Dinge sehr viel besser auszuhalten waren. Und dann waren diese Herren mit ihren Zwiebelbärten und Stutzbärten und Kaiserbärten dahergekommen und hatten gemeint, ihre Frauen wären verrückt geworden. Mein Gott, wie richtig.

»Was machen wir jetzt?« fragte Dalgard.

Ich antwortete ihm, daß ich mir das Fläschchen gerne näher ansehen wolle.

Dalgard schenkte mir diesen typischen Männerblick, als betrachte er einen sprechenden Weihnachtsbaum. Ein intelligentes Geschöpf, keine Frage, aber eben ein Weihnachtsbaum. Dalgard sagte: »Es ist ein 4711-Fläschchen, nicht mehr. Sie kennen ja sicher diesen Ausspruch von Sigmund Freud, daß eine Zigarre manchmal nichts anderes ist als eine Zigarre.«

»Ja schon. Aber es gibt auch Zigarren, die Raketen sind und einem im Mund explodieren.«

»Haben Sie vor, sich zu parfümieren?«

»Weiß nicht. Ich sollte vielleicht vorsichtig sein. Andererseits genügt es mir nicht, zu glauben, wir befänden uns bloß im Meditationsraum eines Müttersöhnchens.«

Dalgard ging einmal um Podest und Kubus herum. Dann meinte er, daß angesichts der perfiden Sicherung der Türe anzunehmen sei, ähnliches gelte auch für das Kölnisch Wasser.

»Angsthase«, sagte ich und lächelte.

Na ja, das Lächeln hätte ich mir sparen können. Die Bemerkung ebenso. Im selben Moment sah ich nämlich das Tier, die Schlange. Sie kam von oben. Meine Augen hatten sich soweit an die Lichtverhältnisse gewöhnt, um zu erkennen, daß der gesamte Plafond mit einem kahlen, frei hängenden Geäst ausgefüllt war. Man könnte sagen: einem Mobile für eine Schlange.

Ich kenne mich mit Schlangen nicht aus. Diese hier war grün, relativ schmal und vielleicht zweieinhalb Meter lang, soweit man die Länge von solchen Kreaturen, welche ja nie aufrecht dastehen, überhaupt schätzen kann. Das ist wie mit den meisten kleinen Schauspielern oder kleinen Politikern, die äußerst selten eine gerade Haltung einnehmen, sich vielmehr in ständiger Bewegung oder uneindeutiger Krümmung befinden. Nicht, daß diese Leute größer wirken, als sie sind, aber auch nie so klein, wie das der Fall ist. Ihre Kleinheit bleibt stets im Nebel ihrer Vitalitäten und Verrenkungen verborgen.

Da war sie also, die Schlange Brando, die angeblich von einem Hund namens Differ gefressen worden war. Wie gesagt, ich habe keine Ahnung von Schlangen, dachte mir aber, daß grüne, schlanke Exemplare tendenziell zu den ziemlich giftigen zählen, so wie rote, flache Autos tendenziell zu den ziemlich schnellen. Naja, es mag auch ungiftige grüne Schlangen geben. Aber angesichts dieser ganzen verrückten Situation, ging ich davon aus, daß eine außerordentliche Gefahr bestand, auch wenn ich mir nicht vorstellen konnte, wie ein nur halbwegs ausgewachsener Hund in eine so dünne Schlange passen sollte.

Nun, vergiftet oder erdrückt zu werden, genügte ja bereits. Die Schlange, die mit ihrem vorderen Drittel in den Raum hing und deren Schädel gleich dem Arm eines ausholenden Sperrwerfers seitlich nach hinten gebogen war, schien auf Dalgards Kopf zu zielen, auch wenn noch so oft behauptet wird, daß Schlangen normalerweise keine Menschen von dieser Größe attackieren. Diese Schlange hier hatte es ganz eindeutig vor. Noch wartete sie, aber bald würde sie mit äußerster Rasanz zubeißen und ihr Gift in den Körper des Norwegers befördern.

Ich überlegte nicht. Dazu war keine Zeit. Schon gar nicht dafür, die Edgar-Wallace-Kasperliade einer solchen Schlange-Mensch-Konfrontation zu bedenken und sich zu wundern, was heutzutage noch alles möglich war. Nein, nein, da war diese Schlange, und sie würde töten, wenn man sie ließ.

Kein Wort. Kein Atmen. Nur Aktion.

Ich stand nahe genug, brauchte bloß meine Hand auszustrecken. Und genau das tat ich. Womit die Schlange namens Brando wohl nicht gerechnet hatte. Während sie noch in Lauerstellung Dalgard anpeilte, packte ich ihren Kopf. Und hätte ihn beinahe auch gleich wieder verloren, da augenblicklich der überraschend schwere Schlangenkörper aus dem Geäst rutschte und mit dem letzten Drittel auf den Boden klatschte. Ich mußte mit aller Kraft zudrücken, wobei ich meinen Daumen in die Unterseite des Mauls stieß und den ganzen Schädel nach oben bog. Das mochte nicht der beste Weg sein, aber es half. Kopf und geschlossenes Maul waren fixiert, der Körper nach einigen wilden Zuckungen rasch zur Ruhe gekommen. Es war, als wolle die Schlange erst einmal nachdenken.

»Heiliger!« rief Dalgard.

Ich sah ihn zum ersten Mal erschrocken. Ich kann mir nicht helfen, ich mag erschrockene Männer. Das ist nicht ironisch gemeint, auch nicht in einem männerfeindlichen Sinn. Ich mag es ehrlich. Ich finde es sexy.

»Was mache ich jetzt?« fragte ich. Ich hatte nicht wirklich Lust, dieser Schlange den Hals umzudrehen. Ebensowenig konnte ich einfach loslassen. Also sah ich Dalgard hilfesuchend an.

Der Mann fing sich. Leider, muß ich sagen, bezüglich »sexy«. Andererseits glücklicherweise. Er griff nach der Schlange, schob seine Hand unter die meine und übernahm die Fixierung des Tiers, und zwar in einer Weise, die um einiges gekonnter aussah.

»Eine grüne Mamba«, erklärte er, als spreche er von der Herkunft seiner Stiefschwester oder so.

»Die ist wohl giftig«, meinte ich.

»Die Art auf jeden Fall«, sagte Dalgard und drückte nun seitlich gegen den Kiefer der Schlange, sodaß sich ihr Maul öffnete und den Blick auf mehrere Reihen spitzer Zähne freigab, darunter auch zwei längere, die zuvorderst vom Oberkiefer abstanden.

»Keine Entschärfung«, stellte Dalgard fest. »Die Giftzähne sind da, wo sie hingehören.«

»Ich fand das schon immer ekelhaft«, sagte ich, »sich solche Viecher halten. Sie mit Mäusen füttern oder... In einer Zeitung stand, Sam Soluschkas Hund hätte Sam Soluschkas Schlange gefressen.«

»Na, die hier kann es nicht gewesen sein.«

»Nein«, sagte ich, machte einen Schritt auf den Glaskubus zu und hob ihn ohne Umstände und ohne ein klärendes Wort in die Höhe.

Es war einfach über mich gekommen. Ich dachte wohl, daß wenn ich eine Giftschlange packen konnte, ohne zu sterben, ich mir auch vor einem Fläschchen 4711 nicht in die Hose zu machen brauchte. Und tatsächlich blieb ein Alarm aus. Keine Falle schnappte zu, kein Boden öffnete sich, keine weitere Schlange tauchte auf. Auch nicht, nachdem ich den Glassturz am Boden abgestellt und das Flakon von seiner samtenen Unterlage genommen hatte.

Ich betrachtete das kleine Ding in meinen Händen. Es war mir unheimlich, obgleich nichts zu erkennen war, was über die Identität eines simplen Fabrikerzeugnisses hinausgewiesen hätte. Wie gesagt, eine Ware aus dem Drogeriemarkt. Allerdings spürte ich, daß da mehr war. Ich spürte es, wie man spürt, daß die nette, kleine, pummelige Dame, die einem gerade eben die Hand reichte und mit deren Gatten man sich so gut unterhielt, daß also diese freundliche, vornehme Person einem am liebsten das Gesicht zerkratzen möchte. Sie lächelt, sagt »Hallo, meine Liebe«, aber man spürt ihren Haß, der grell und heftig ist wie ein Stück von Strawinsky. Und genau so war das mit diesem kleinen Rollfläschchen in meiner Hand, welches in den Farben Gold, Schwarz und Blau die vier Ziffern in der weltbekannten Weise offerierte. Hinter Etikett und Glas verbarg sich jedoch eine Flüssigkeit, von der ich jetzt ahnte, daß ihr ein größeres und schrecklicheres Geheimnis innewohnte, als bloß jener aromatische Nebel, in den unsere Mütter oder Großmütter sich so gerne geflüchtet hatten.

Natürlich, ich hätte dieses Fläschchen augenblicklich zurückstellen und alles vergessen sollen. Da war nichts zu erkennen, was mich zum Handeln zwang. Die Tatsache, ein wenig Duftwasser von einer Schlange bewachen zu lassen, war kein Verbrechen. Ich hätte…Ich stellte es nicht zurück, sondern steckte es ein.

»Zum Einbruch der Diebstahl«, kommentierte Dalgard.

»Darum sind wir ja hier«, erklärte ich.

»Oha!« sagte Dalgard. Mehr sagte er nicht, als dieses hübsche, kleine, barocke »Oha!«, welches wie eine schimmernde

Seifenblase aus seinem Mund stieg. Dann – so plötzlich wie gelenk – warf er die Schlange in eine hintere Ecke und schlug vor: »Gehen wir.«

Wir gingen. Die Schlange Brando war genug Schlange, um sich dort, wo sie gelandet war, zusammenzurollen und ansonsten bloß noch ein wenig herumzuzischen. Jedenfalls verfolgte sie uns nicht. Wir hatten mehr Glück als dieser Hund namens Differ.

Ich trat mit Dalgard aus dem Raum, ohne aber die Türe wieder zu schließen. Wir hätten nur riskiert, doch noch einen Stromstoß abzukriegen. Ohnehin wäre es nun sinnlos gewesen, unser Eindringen verbergen zu wollen. Immerhin aber schloß ich die äußere Wohnungstüre hinter mir und versperrte sie. Soluschka brauchte nicht gleich zu sehen, was geschehen war.

Als ich nun den Schlüssel im Schloß drehte, da bemerkte ich zum ersten Mal die vier fingernagelgroßen Ziffern aus rötlichem Metall, die Soluschkas Türnummer bezeichneten. Auf der Holztüre, auch diese in Rotblond gehalten, waren die gestanzten Plättchen im raschen Vorbeisehen kaum wahrzunehmen. Jetzt aber erkannte ich deutlich die vierstellige Zahl.

Nein, es handelte sich nicht um 4711, sondern um 3902.

»Sehen Sie das?« sagte ich zu Dalgard und tippte auf die Kennzeichnung.

»Die Türnummer.« Dalgard hob seine Augenbrauen. »Na und?«

»3902!? Was soll das für eine Türnummer sein? Hier in der fünften Etage.«

Dalgard sah sich um, erkannte am Ende des Gangs eine weitere Türe und meinte, daß 02 wohl einfach den Umstand bezeichne, daß Soluschkas Loft das zweite von zweien auf dieser obersten Ebene sei.

»Und wofür soll 39 stehen? 39. Stockwerk? Blödsinn!«

»Was weiß ich?« hob Dalgard leicht seine Arme an und nickte in Richtung auf den Lift.

»Gleich«, sagte ich und ging rasch hin zu der anderen Türe. Auf einem modisch illuminierten Schild prangte der Name eines Graphikbüros. Aber keine Türnummer.

509

Ich kehrte zurück zu Dalgard, der bereits den Lift gerufen hatte, welcher sich nun mit dem üblichen Triangelton öffnete. Eine Kabine wie aus einem Film von David Lynch, vollständig mit rotbraunem Velours ausgekleidet. Ziemlich dunkel. Man hatte weniger das Gefühl, sich in einem Aufzug zu befinden, eher in einem langen Flur, wo ständig damit zu rechnen war, daß jemand um die Ecke kam. Jemand oder etwas.

Aber es kam nichts. Und auch als wir den Lift verließen, trat uns niemand entgegen. Wir konnten den Schlüssel unbemerkt an der alten Stelle deponieren, sodann das Grundstück verlassen und hinüber in meine Wohnung gelangen.

Ein paar Minuten später sahen wir vom Fenster aus, wie Sam Soluschka die Straße herunterlief. Er wirkte erholt und frisch und zuversichtlich wie immer. Nun, mit seiner Zuversicht würde es bald vorbei sein, dachte ich, überzeugt, daß der Verlust des Fläschchens 4711 sich eignete, ihn schier um den Verstand zu bringen.

Wir warteten. Aber nichts geschah. Keine Polizei erschien, auch stürzte der Bestohlene nicht aus dem Haus, um was auch immer zu unternehmen.

»Ich werde dann gehen«, sagte Dalgard. »Sie haben ja, was Sie wollen. Und ich wüßte nicht, was ich noch tun könnte.«

»Sie könnten sich überlegen, was es mit der Zahl 3902 auf sich hat.«

»Vierzehn«, sagte Dalgard.

»Bitte?«

»Die Summe der einzelnen Ziffern ergibt die Zahl Vierzehn. Und das ist darum interessant, weil dasselbe auch für 4711 gilt. Vierzehn.«

»Zahlenmystik?«

»Zahlenmystik«, erklärte Dalgard, »gehört zu den Dingen, die dann helfen, wenn gar nichts mehr hilft.«

»Das klingt wiederum zynisch«, fand ich.

»Ich bin bei sowas hin- und hergerissen«, gestand Dalgard. »Ich gehöre zu den Leuten, die mit Blumen reden, im Radio nach außerirdischen Stimmen suchen und sich vor dem Mond fürchten. Aber das würde ich niemals zugeben.«

»Haben Sie doch gerade.«

»Das war nur Spaß.«

»Auch gut«, meinte ich und fragte Dalgard, was ich ihm schuldig sei für seine Hilfe. Geldmäßig.

Dalgard winkte ab und erklärte, es sei ihm eine echte Freude gewesen. Vor allem von mir gerettet worden zu sein. So eine Schlange sei schließlich keine Kleinigkeit.

»Ja«, sagte ich, »das passiert mir auch nicht alle Tage.«

Dalgard erwähnte, im Hotel zu übernachten und morgen früh nach Oslo zurückzufahren. Dann ging er. Bei der Verabschiedung küßte er mir die Hand. Nicht, daß ich so was nicht gewohnt war, als Gattin eines Botschafters. Andererseits war das hier keine Botschaft, darum einigermaßen overstylt. Wenigstens verzichtete Dalgard darauf, mir einreden zu wollen, ich sei nun ein Leben lang für seinen Schutz verantwortlich. Das hätte mir noch gefehlt, mich um diesen Mann sorgen zu müssen.

Aber Dalgard blieb mir erhalten. Als ich am Abend zusammen mit meinem ausnahmsweise heimgekehrten Gatten vor dem Fernseher saß, da läutete das Telefon. Einar hob ab, hörte eine Weile zu, hielt sodann den Hörer in meine Richtung, machte ein angewidertes Gesicht und sagte: »Irgendeiner von deinen Freunden.«

Ich nahm den Apparat und ging in ein Nebenzimmer.

»Hallo, wer ist da?« fragte ich.

Statt seinen Namen zu nennen, sprach Dalgard: »3902.«

»Die magische Vierzehn«, sagte ich.

»Na ja«, meinte Dalgard zweifelnd und beeilte sich zu erklären, daß es nicht wirklich etwas zu sagen gebe. Er liege gerade in seinem Hotelbett und sehe sich im Fernsehen einen Film an. *North by Northwest* von Alfred Hitchcock. Besser gesagt: *Der unsichtbare Dritte*, da der Film in der deutschen Fassung laufe.

»Die Geschichte mit dem Flugzeug, hab ich recht?« sagte ich, auf jene berühmte Szene in den Maisfeldern anspielend.

»Ja.«

»Und was hat das mit 3902 zu tun?«

»Da ist eine Szene, wo Cary Grant und so eine dauergewellte Blondine sich gegenübersitzen. Cary Grant ist auf der Flucht, und das Mädchen bietet ihm Unterschlupf in ihrem Schlafwagenabteil an. Na, und jetzt kommt's. Dieses Abteil hat doch tatsächlich... die Nummer 3902. Die Blondine sagt das sehr, sehr deutlich. Kein Irrtum möglich. Die gleiche Zahl wie auf der Türe von diesem Schlangenhalter.«

»Meine Güte«, lachte ich und fragte, was davon zu halten sei.

»Nichts«, antwortete Dalgard. »Was auch sollte es bedeuten? Ich wollte Ihnen nur davon erzählt haben. Wie komisch manchmal die Dinge laufen. Wie schwindelerregend Zufälle sein können.«

»Zufälle sind feurige Drachen«, sagte ich. Ich meinte das auch so.

»Da könnten Sie recht haben«, überlegte Dalgard. »Drachen, die vor lauter Langeweile Verrücktes tun.«

Damit schloß er das Gespräch.

Am nächsten Tag kaufte ich mir den Film auf DVD und spielte ihn ab. Ebenfalls die deutsche Fassung. Und tatsächlich, die von Eva Marie Saint gespielte »dauergewellte Blondine« sagt: »3902.«

Cary Grant darauf: »Das ist eine entzückende Nummer.«

Schlafwagenabteil 3902 erweist sich in der Folge als Ort der Rettung und der Liebe. 4711 kommt freilich nicht darin vor. Zumindest nicht namentlich.

Ich wußte nicht, was ich damit anfangen sollte. Mit diesem kleinen Drachenzufall. Aber für sinnlos hielt ich ihn keinesfalls. Solche Zufälle prasselten nicht einfach auf die Erde, ohne eine Funktion zu besitzen. Aber selbige zu erkennen, darin lag natürlich eine Schwierigkeit. Ich würde aufpassen müssen.

Zunächst aber öffnete ich das entwendete Fläschchen Echt Kölnisch Wasser und legte meine Nase über den offenen, bestäuberfreien Flaschenhals. Eine plötzliche Angst ließ mich die Luft anhalten. Was nichts daran änderte, daß der süßliche Geruch aufstieg und sich in meinem Naseninneren breitmachte.

Eine offene Nase ist eine offene Nase. Bloß die Luft anzuhalten, ist etwa so wirksam, als wollte man versuchen, durch das Schließen der Augen beim Essen die Gefahr des Dickwerdens zu verringern.

Ich nahm die Flasche herunter, drückte die Öffnung gegen eins meiner Handgelenke und verrieb die Essenz.

Nichts geschah. Ich fühlte mich weder besser noch schlechter. Schon gar nicht explodierte ich oder fing Feuer. In keiner Hinsicht.

Und doch war es mir unmöglich, die Sache einfach abzubrechen, wie man Spiele abbricht, wenn die Felder unter Wasser stehen und ein paar Leute nasse Füße bekommen. Kein schlechtes Wetter würde diese Geschichte außer Kraft setzen können. Der einmal gewählte Weg war zu Ende zu gehen. Und der nächste Schritt konnte nur darin bestehen, einen persönlichen Kontakt zu Sam Soluschka herzustellen.

36
Wenn Aschenbrödel böse wird

Das war nicht wirklich schwierig für mich. Soluschka war ein Star, aber ein Star, wenn auch eine Stufe darunter, war ich ja selbst. Ich ließ mich einfach von einem befreundeten Journalisten auf eine Party mitnehmen, die Soluschka gab. Leider nicht in seiner Wohnung, die keiner zu kennen schien, da er jedermann, selbst seine Eltern noch, in Hotelbetten unterzubringen pflegte.

Man feierte also in einem gemieteten Nobelrestaurant, das in einer ehemaligen Werkshalle eingerichtet war. In dem hohen Raum entwickelten die Gespräche einen Klang, als würden sich Maschinen lieben. Was den Leuten aber gefiel, diese schreckliche Akustik, die Kälte, der Dreck auf dem Boden. Das Lokal war berühmt dafür, daß der Boden, auf dem man sich bewegte, stand oder saß, niemals gereinigt wurde, daß noch Staub lag aus Industriezeiten, während etwa die Kellner oder Kellnerinnen geschleckter nicht sein konnten. Man atmete Staub, aber es war eben alter Staub, so wie der Wein und der Cognac alt waren. So einen Staub bekam man kaum noch wo.

Soluschka war eigentlich ein kleiner Mann, während die Mädchen, die um ihn herum standen wie um einen Modeschöpfer oder Handballtrainer, ihn alle um einen Kopf und mehr überragten. Er genoß es sichtlich, klein zu sein, ohne leiden zu müssen. So wie man genießt, eine Katastrophe überlebt zu haben. Ein Musterschüler zu sein, aber kein Streber. Mamas Liebling, aber dennoch ein Frauenheld.

Ich bemerkte gleich, daß Soluschka flache Schuhe trug. Er hätte wohl noch kleiner sein wollen, aber ein Zwerg war er nun mal nicht. Auch kein Gnom, sondern ein aparter Junge mit langen Wimpern und langen Haaren und einem Gesicht, das auf eine schmuckvolle Weise zerkratzt anmutete. Jawohl, zerkratzt. Seine schmale Nase, seine vertieften Wangen, sein gestochener Mund, erst recht seine schlanken Augen besaßen den Charakter von Wunden, aparten Wunden eben. Zum Unterschied von häßlichen Wunden wie Beulen. Oder lächerlichen wie zwei gebrochenen Beinen.

Er trug ein dottergelbes, flatteriges Hemd sowie ein dunkelrotes Halstuch um den weiten, offenen Kragen. Dazu eine Cordhose aus zweiundzwanzig verschiedenen Farben, so ungefähr. Seine Schuhe waren aus orangem Leder genäht. Der ganze Soluschka, das ganze Aschenbrödel also, hatte etwas von einer Frühlingswiese, durch die ein warmer, aber kräftiger Wind zog. Er roch auf zehn Meter nach einem Parfum namens *Blinder Wolf*. So kräftig allerdings die Geruchsnote war, so wenig war zu klären, worin der Duft oder Gestank eines blinden Wolfs bestand. Im Gegensatz etwa zu einem sehenden.

»Stell mich dem Buben vor«, bat ich meinen Journalistenfreund.

»Der Bube ist nicht ganz einfach. Mitunter kann er zu Frauen sehr häßlich sein.«

»Beleidigen kann ich auch«, sagte ich.

»Hast recht«, meinte der Freund, drängte ein paar dünne Mädchen zur Seite und gab Soluschka ein Zeichen. Ich wußte nicht, was das Zeichen bedeutete. Aber es funktionierte. Soluschka ließ es zu, daß man uns bekannt machte.

»Ach ja«, sagte er, »die Dame von der Norwegischen Literatur.«

»Literaturgesellschaft«, korrigierte ich.

»Was tust du da genau?« fragte er.

»Ich spreche Mut zu. Autoren brauchen das mitunter, wenn sie nicht Sam Soluschka heißen und alle fünf Minuten vor einer Fernsehkamera stehen.«

»Soll das heißen, daß du deinen Busen zur Verfügung stellst, damit sich ein paar Versager daran ausheulen können?«

Er sah mich spöttisch an. Klar, zwischen uns lagen in etwa fünfundzwanzig Jahre. Das war mir bewußt wie ein Merkzettel, den man sich an die Unterwäsche heftet. Und eben weil mir dies so deutlich vor Augen stand, sagte ich jetzt: »Wenn du so weiterlebst, wie du lebst, und einmal so alt bist wie ich, dann wirst du aussehen wie eins dieser vergammelten Spielzeuge, die auf dem Boden von Kinderzimmern verenden.«

»Bist du sauer auf mich«, fragte Soluschka, »weil ich von deinem Busen sprach? Habe ich vergessen zu sagen, daß es ein toller Busen ist?«

»Ich bin schrecklich konservativ«, offenbarte ich. »So ein Weib aus den späten Sechzigern. Du weißt ja, daß sind die, die gleich sauer werden, wenn man sie auf ihre sekundären Geschlechtsmerkmale festlegt.«

»Wie kommst du denn da drauf?« gab sich Soluschka befremdet. Dann lachte er und sagte: »Ich bin auf deinen Busen nicht angewiesen. Ganz im Unterschied, scheint mir, zu einigen meiner Kollegen.«

»Du magst die Kollegen nicht, was?«

»Ich will mich nicht mit Leuten verbrüdern, deren ganzer Verdienst darin besteht, Skandinavier zu sein.«

»Wie meinst du das?«

»Ich meine, daß ein Autor, bloß weil er den hohen Norden im Blut hat oder im Blut zu haben meint, noch kein Genie ist. Aber die Leser da unten in Deutschland, die lassen das die Skandinavier glauben. Das führt dazu, daß wenn ein Finne drei Wörter aneinanderreiht, jedermann, erst recht der Finne selbst, dahinter eine Sensation wittert.«

»Der Skandinavierbonus ist aber auch *dein* Bonus«, erinnerte ich ihn.

»Da hast du leider sehr recht. Egal, was ich rede, es wird stets der skandinavischen Sensation zugeordnet. Ich wäre so gerne eine Eidechse. Werde aber dauernd für ein Rentier gehalten. Es ist tragisch.«

»Du hast mein Mitleid.«

»Danke. Aber sag mal, Frau Botschafterin…«

»Frau Gude.«

»Ach ja, eine Frau aus den späten Sechzigern. Also, Frau Gude, was willst du eigentlich von mir?«

»Dich einladen, was denn sonst? Es wäre schön, wenn du einen Vortrag halten könntest.«

»Vor deinen Norwegern?«

»Ja.«

»Denkst du wirklich, ich würde so was tun?«

»Es wäre eine feine Geste.«

»Wieso das denn?« fragte Soluschka und zündete sich eine Zigarette an, deren Filter über ein kräftiges, fruchtiges Rot verfügte. Es sah aus, als halte er sich eine kleine, bleiche und steife Frau mit roten Haaren zwischen die Lippen. Eine winzige rothaarige Leiche.

Ich sagte ihm, daß es vielleicht mal was anderes wäre, einen ernsthaften Vortrag zu halten, anstatt in Talkshows den wilden Hund zu mimen.

»Ich mime keinen wilden Hund«, sagte Soluschka. »Und ich halte keine Vorträge. Worüber denn auch? Über den schwedischen Fußball, den dänischen Film, über Finnen, die drei Wörter aneinanderreihen? Nein, wirklich nicht.«

»Das muß ich akzeptieren«, sagte ich.

»Ja, das mußt du«, sagte Soluschka, besaß aber die Freundlichkeit, mich an die Bar einzuladen, wo er mittels einer unsichtbaren Geste den Barmixer dazu animierte, zwei Gläser und eine volle Flasche Barbados-Rum auf die Theke zu stellen.

»Du trinkst doch, nicht wahr?« fragte Soluschka. Es hörte sich an, als wollte er bestätigt haben, daß ich mir die Achseln rasiere.

Ich sagte: »Rum eigentlich nicht.«

»Du wirst ihn lieben«, ignorierte Soluschka meine Antwort und schenkte uns beiden ein.

Wir stießen mit schweren Gläsern an. Es sah aus, als kollidierten zwei Aquarien. Tatsächlich schmeckte die barbadische Zuckerrohrdestillation besser, als ich erwartet hatte. So gut aber auch wieder nicht, daß ich Herrn Soluschka gleich in die Arme gefallen wäre.

Es wurde nun einigermaßen kompliziert, sich mit ihm zu unterhalten. Ständig kamen Männchen und Weibchen herbeigeflogen, um Küsse in einer seiner konkaven Wangen unterzubringen. Als legten sie Eier, diese Tussis und Tunten, Kuckuckseier.

»Was feiern wir eigentlich?« fragte ich zwischen zwei Eierablagen.

»Mein Agent starb letzte Woche.«

Ich machte ein verblüfftes Gesicht und fragte, ob Soluschka wirklich glaube, daß diese Art von Totenfest seinem Agenten gefallen hätte.

517

»Keineswegs. Darum ist ja auch alles, wie es ist. Ich konnte diesen Kerl nie ausstehen. Wir hatten einen dummen Vertrag, der mich an ihn gebunden hat. Das ist jetzt vorbei. Manchmal ist der Tod auch für den eine Erlösung, der zurückbleibt. Der Mann hatte Krebs, ich meine Sorgen mit ihm. Jetzt sind wir beide beides los. Wenn das kein guter Grund ist, um zu feiern.«

»Im Ernst?«

»Warum nicht, Magda? Ich darf dich doch Magda nennen?«

»Wenn du meinst, Sam.«

Der Mann, der Sam war, produzierte einen von diesen Blicken, die wie ein kleines, hübsch verpacktes Geschenk, mehr ein Geschenkchen, durch die Luft schweben, um dann knapp vor den Augen des Adressaten zu explodieren. Keine Frage, Sam Soluschka hatte in diesem Moment beschlossen, mit mir zu schlafen. Besser gesagt, mich zu ficken. Leute wie er ficken immer nur.

Mir selbst wiederum war klar geworden, daß ich genau daran nicht vorbeikommen würde. Das gehörte dazu wie das Aufbrechen der Zimmertüre in seiner Wohnung. Ohnehin störte mich das nicht, das bißchen Sex, wenn es denn nötig war. Allerdings fürchtete ich, Sam könnte wie die meisten starken Trinker darauf bestehen, daß ich ihm einen blase. Das ist etwas, was ich hasse. Wobei dies nichts mit Prüderie zu tun hat, sondern mit Ekel. Was wiederum nur für ausgesprochene Schweine das gleiche ist. Ich schätze es durchaus, mittels einer männlichen Erektion befriedigt zu werden. Aber wieso soll ich ein Ding, das in meine Scheide gehört, in meinen Mund stecken? Ich käme auch nicht auf die Idee, mit den Ohren essen zu wollen. Oder den Löffel zum Umrühren mit meinem Nabel festzuhalten. Bin ich ein Zirkushund?

Typen, die auf diese Blaserei nicht verzichten können, müssen dann eben auf mich verzichten. Genau das sagte ich zu Sam Soluschka, als wir eben aus dem Taxi gestiegen waren und durch das Vestibül des Hotels marschierten.

»Kein Problem«, meinte er. »Was nicht sein muß, muß nicht sein.«

Woran er sich auch hielt. Allerdings war seine Art des Eindringens eher von der harten Sorte. Als wollte er eine Barriere durchbrechen. Oder eine aufbauen. Wie man einen Ziegelstein über den anderen legt und irgendwann der Ausblick versperrt ist. Keine Ahnung. Ich ließ einfach geschehen, was geschah. Ein wenig sogar rührte mich seine verzweifelte Art des Zustoßens, obgleich er mir natürlich weh tat und ich üblicherweise nicht zulasse, einen Schmerz zu erleiden, der mir nicht behagt. Aber ich war nun mal nicht hier, um diesen Mann aus dem Bett zu werfen und zu belehren. Ich war hier, um zu begreifen, wer er war. Und vor allem war ich natürlich hier, um herauszubekommen, was es mit dem Fläschchen 4711 auf sich hatte.

Nachdem er sich in sein Präservativ entladen hatte und wie ein vom Sattel geschossener Indianer oder Kavallerist von mir heruntergerutscht war, fragte ich ihn, ob er eigentlich eine Ahnung hätte, daß wir praktisch Nachbarn seien.

»Wie Nachbarn?« fragte er und drehte sich halb zu mir.

»Ich wohne im Haus gegenüber«, sagte ich.

»Was für ein Haus?«

Ich erklärte ihm, was für ein Haus und daß ich ihn sehen konnte, wenn er am Fenster oder auf dem Balkon stand.

Ich spürte seine Unsicherheit. Er wirkte nachdenklich. Überlegte wohl, ob ich eventuell mit dem Verschwinden seiner 4711-Kostbarkeit zu tun hatte.

»Das ist ja interessant«, sprach er ein wenig hilflos.

Ich war natürlich auf diesen Moment vorbereitet. Ich stieg nackt wie ich war aus dem Bett. Nackt bis auf meine Highheels. Ich ziehe unter keinen Umständen meine Schuhe aus. Und zwar sicher nicht aus erotischen Gründen. Sondern aus Gründen der eigenen Sicherheit. Ohne Schuhe käme ich mir verloren vor. Sie sind der Boden unter meinen Füßen. Sie sind das einzig wirklich Materielle, über das ich verfüge. Der Rest ist Einbildung.

Ich ging auf einen großen, wandhohen Spiegel zu, in dessen Rahmen drei spanische Thronfolger samt ihren Lieblingsjagdhunden Platz gefunden hätten. Ich betrachtete mich ein bißchen selbstverliebt, griff dann nach meiner Handtasche und zog ein Fläschchen 4711 heraus, öffnete die Kappe und beträufelte Hals und Schulter. Augenblicklich stand Sam neben mir und hatte mich am Handgelenk gepackt. Mit einem fiebrigen Blick stierte er auf das kleine, runde Behältnis.

»Was ist denn?« tat ich erstaunt.

Er beruhigte sich. Beziehungsweise zwang er sich, die Kontrolle zurückzugewinnen. Er nahm mir das Fläschchen aus der Hand, allerdings so behutsam wie nur möglich. Sodann hielt er sich die Öffnung an die Nase und sog vorsichtig den Duft ein. Ich bemerkte seine Erleichterung bei gleichzeitiger Enttäuschung. Sam sah mich an, als studiere er eine suppenschlürfende Schreibtischlampe. Als studiere er etwas höchst Dubioses. Dann hielt er mir das 4711 entgegen und fragte, was das solle.

»Was soll was?« fragte ich zurück und griff nach dem Echt Kölnisch Wasser, das ich am Nachmittag in einem Drogeriemarkt erstanden hatte.

»Willst du mir weismachen«, erkundigte sich Sam, »daß das dein Duft ist?«

»Warum nicht. Ich mag ihn. Er paßt zu mir. Er paßt, wenn du so willst, zu meinem großen Busen. Sehr viel besser als so ein Jungmädchenbukett für die Gewichtsklasse bis vierzig Kilogramm. Oder das ganze Zeug, das wie ein Aufruf zur Gewalt stinkt. Nein, Sam, 4711 ist genau das richtige. Das meinte schon meine Mutter. Und ich bin alt genug, um nicht alles schrecklich zu finden, was meine Mutter gut fand.«

»Das soll ich dir glauben?«

»Das mußt du mir glauben«, sagte ich und fragte Sam, warum ihn das überhaupt interessiere. Und wieso er wie ein aufgeschrecktes Huhn aus dem Bett springe, um mir mein Parfum aus der Hand zu reißen.

»Ein persönliches Trauma«, wich Sam aus und begab sich ins Badezimmer, wo er hörbar in die Toilette pißte.

Wenn noch irgend etwas gefehlt hatte, Sam unsympathisch zu finden, dann war dies jetzt erfüllt. Männer, die wenn sie aufs Klo gingen, darauf verzichteten, die Türe hinter sich zu schließen, waren wie ein Makel in der Natur. Man konnte nur hoffen, daß sie irgendwann einer Selektion zum Opfer fielen, irgendwann aussterben würden.

Während Sam wie in einem dümmlichen Sketch ewig lange seine Blase leerte, zog ich mich an. In der Zeit, in der er pinkelte, hätte ich mir einen Feuerwehranzug überstülpen können. Es handelte sich aber bloß um ein wenig Unterwäsche und ein

Abendkleid. Ohne ein Wort verließ ich das Zimmer. Ich beschloß, die Sache fürs erste ruhen zu lassen. Genaugenommen, wußte ich nicht, was weiter zu tun war.

Nun, es war dann auch Sam, der die Akzente setzte. Als ich zwei Tage später abends nach Hause kam, saß er zusammen mit meinem Mann im Wohnzimmer. Sie schienen sich gut zu unterhalten. Was mich wunderte. Einar konnte Schriftsteller nicht leiden, ganz prinzipiell und nicht zuletzt, weil eine Menge von ihnen zu meinen Freunden zählten. Einar lebte mit der Phantasie, daß man eine Frau ganz für sich haben konnte. Gleichzeitig lebte er mit der Phantasie, daß ich mit jedem Mann, der auch nur ein Gedicht verfaßt hatte, ins Bett stieg. Was nicht der Fall war. Ich wählte meine Affären sparsam aus und war nicht so verrückt, mich dabei auf die schreibende Zunft zu beschränken. Ausgerechnet.

Wie gesagt, die beiden schienen sich zu amüsieren. Sie begrüßten mich, als wäre ich ein verspäteter Skatpartner. Als mein Blick auf den niedrigen Glastisch fiel, der wie ein zu groß geratener Plattenteller zwischen den zwei Männern stand, erschrak ich, und zwar ordentlich. Auf der Fläche, auf der ansonsten irgendwelche verdammten Obstschalen zu finden waren, thronte jetzt ein Fläschchen 4711.

Freilich konnte es nicht jenes sein, das aus Soluschkas Wohnung stammte. Ich hatte es in einem Schließfach deponiert, wo es sich noch immer befand.

»Du hast mir gar nicht erzählt«, begann Einar in jenem vergnügten Ton, den er immer dann benutzte, wenn er innerlich kochte, »daß Herr Soluschka gleich gegenüber wohnt.«

Ich zuckte mit der Schulter. Mehr fiel mir auf die Schnelle nicht ein.

»Wir haben uns gerade bekannt gemacht«, erklärte Einar. Und ergänzte, daß er selbstverständlich Herrn Soluschkas Bücher kenne. »Nur du, mein Schatz, hältst mich für einen ungebildeten Trottel.«

»Tue ich das? Na, wenn ich das tue, wird es einen Grund haben.«

Einar wandte sich mit einer Kammerspielgeste an seinen Gast und sagte: »Du siehst, meine Frau hat ein großes Herz.«

521

»Glaube ich sofort«, nickte der Gast.

»Herr Soluschka«, sagte Einar und drehte sich mir wieder zu, »ist hier, um dir dein Parfum wiederzubringen.«

»Nett von ihm«, sagte ich beiläufig.

Sam grinste mich an und meinte, ich hätte das Fläschchen auf seiner Party stehenlassen.

»Du kleiner Arsch«, murmelte ich unhörbar.

Nun, der kleine Arsch tat so, als wäre nichts Besonderes an der Sache, als sei das eben seine Art, Damen ihre Kosmetika nachzutragen. Weshalb noch lange niemand zu denken bräuchte, etwas Intimes sei vorgefallen. Von einem Hotelzimmer war also keine Rede, nur von einer Party, auf der man sich kennengelernt und den Umstand der Nachbarschaft konstatiert habe.

Eines aber stimmte. Das Fläschchen 4711 gehörte mir. Ich hatte es im Hotelzimmer auf den Tisch gestellt und beim Weggehen vergessen. Denn schließlich war sein Zweck erfüllt gewesen, Soluschka in Verlegenheit zu bringen. Eine Verlegenheit, die er jetzt an mich zurückreichte. Er war gekommen, um mir zu signalisieren, daß er wußte, wer da in seine Wohnung eingedrungen war. Er hatte nachgedacht, ein paar Dinge, wie man so sagt, zusammengezählt, und schließlich kapiert.

Gut! So wollte ich es ja auch. Obgleich es auch einfacher gegangen wäre. Aber einfacher wäre falsch gewesen.

Völlig fehl am Platz, wenn auch notwendigerweise, war natürlich mein Mann, der gute Einar, seines Zeichens der harmloseste Mensch auf der Welt, welcher nun meinte: »Ich wußte gar nicht, Magda, daß du 4711 verwendest. Das hätte mir eigentlich auffallen müssen.«

»Ja, das hätte es«, gab ich den ungeliebten Ball an ihn zurück.

Einar sah gar nicht gut aus mit diesem Ball auf seinem Schoß. Er sah unförmig aus, versteht sich. Und natürlich witterte er ein Verhältnis zwischen mir und Soluschka, seines Zeichens Schriftsteller, noch dazu ein berühmter, der gut aussah. Aber was sollte Einar machen? Es entsprach nicht seiner Art, Sam Soluschka einfach vor die Türe zu setzen. Vielmehr sagte er noch ein paar nette Worte über dessen hochgelobte Bücher und erklärte dann, einen langen Tag hinter und einen langen Tag vor sich zu haben und deshalb sein Bett aufsuchen zu wollen.

»Bleib doch bitte noch«, bat er Sam, »meine Frau wird dich gerne statt meiner unterhalten. – Das wirst du doch, mein Schatz, nicht wahr?«

»Natürlich, Darling«, sagte ich. Unsere Schatz-Darling-Kommunikation funktionierte im Grunde ausgezeichnet. Das ist mehr als in den meisten Ehen.

Einar reichte Soluschka die Hand, küßte mich auf die Wange, wobei er deutlich die Luft durch die Nase einsog, um ein etwaiges 4711-Odeur zu registrieren, welches nicht zu registrieren war, und trat dann aus dem Zimmer.

»Ein freundlicher Mensch«, stellte Sam fest, ohne Spott, wie es schien.

»Weil er deine Bücher lobt?«

»Weil er uns alleine läßt. Er begreift offensichtlich, daß wir etwas zu besprechen haben.«

»Er denkt sicher an das Falsche«, sagte ich.

»Und zwar?«

»Daß wir ein Paar sind.«

»Sind wir das nicht?«

»Wegen einer Nacht, Sam? Ich bitte dich.«

»Ich spreche natürlich nicht von der Nacht«, sagte Sam und machte ein sehr unangenehmes Geräusch, als hätte Sex für ihn die Bedeutung einer Kotentleerung. Und zwar unter den Vorzeichen von Verstopfung oder Durchfall.

»Wovon sprichst du dann?« fragte ich und machte einen Schluck aus Einars Whiskyglas. Auch darin besteht eine Ehe, die Reste zu vertilgen.

»Ich will zurückhaben«, erklärte Soluschka, »was du mir genommen hast. Ich rede nicht von Diebstahl. Das wäre kleinlich. Ich gehe davon aus, daß du dir einfach einen Spaß gemacht und mich beobachtet hast. Manche Leute stehen auf so was. Warum nicht? Wer ist schon normal? Alles kein Problem. Aber jetzt ist das Spiel vorbei, und ich kriege, was mir gehört.«

»4711 kannst du um die Ecke kaufen.«

»Oje! Oje!« jammerte Soluschka. Er schien ehrlich überrascht und meinte jetzt: »Schade. Ich dachte, du bist dir im klaren, einen Fehler begangen zu haben. Einen schweren Fehler. Und froh darum, ihn wiedergutmachen zu können.«

523

»Was ist das für ein Teufelszeug in dem Fläschchen?«

»Willst du das wirklich wissen?«

»Ja, das will ich.«

»Warum nicht. Du sollst begreifen, daß das hier kein Witz ist. Der Behälter an sich ist natürlich nichts Besonderes. Wie du selbst sagtest, den kriegt man um die Ecke. Aber die Flüssigkeit, die sich darin befindet... Es handelt sich um das erste je hergestellte 4711, lange bevor der eigentliche Markenname existierte, lange bevor irgendwelche Leute in Köln Wunderwässerchen fabrizierten. Und doch hat die Mixtur von Beginn an diesen Namen getragen: 4711.«

Soluschka erzählte von jenem Haus in Köln, das im Zuge einer Registrierung eine vierstellige Zahl erhalten hatte, welche in der Folge dem dort hergestellten Duftwasser den Namen geben sollte. Ohne daß selbst der Mann, dem der Einfall zu verdanken war, hatte ahnen können, daß diese Bezeichnung längst bestand. 4711 war immer schon 4711 gewesen.

»Ehe etwas entsteht«, sagte Soluschka, »hat es einen Namen. Ohne den Namen kein Gegenstand. Wenn es heißt *Und Gott sprach: Es werde Licht! Und es ward Licht*, so muß es natürlich tatsächlich so gewesen sei, daß Gott zunächst einmal das Wort *Licht* schuf, und in der Folge etwas, was diesem Wort entsprach. Also, am Anfang steht der Name 4711 und erst danach dieses Elixier, das perfekt das darstellt, was 4711 bedeutet.«

»Und zwar?«

»Leben.«

»So einfach?«

»So einfach«, sagte Sam und lächelte wie ein Kind mit seinem ersten Bonbon im Mund.

»Was für Leben?« fragte ich.

»Menschliches. Zumindest, wenn man einen Golem für einen Menschen hält, einen ersten Menschen. Du weißt doch, was ein Golem ist?«

»Ein Kerl aus Lehm.«

»Ein Kerl aus Lehm, der lebt. Im günstigsten Fall.«

»Du hältst mich zum Narren«, sagte ich.

»Du wolltest hören, Magda, worum es geht. Glaub mir oder glaub mir nicht. Auf jeden Fall möchte ich dir dringend raten, mir das Wässerchen auszuhändigen. Nicht irgendwann. Sofort.«

»Willst du mir einreden, du arbeitest an einem Golem, den man mit einem Schluck 4711 zum Leben erweckt?«

»Nicht, daß dich das was angehen würde«, meinte Sam, »aber glaube mir, ich habe anderes im Sinn als einen gespenstischen Typen, der durch Prag marschiert.«

»Meine Güte, das klingt nach Allmachtsphantasien.«

»Meine Güte«, äffte Sam nach und verzog den Mund, als biege er Eisen. »Man sollte im Leben mehr zustande bringen, als ein paar Bücher schreiben. Ich bin fünfundzwanzig. Soll ich Bestseller verfassen, bis sie mir zum Hals raushängen?«

»Wäre vielleicht die bessere Variante.«

»Was willst du überhaupt mit dem 4711?« fragte Sam.

»Es aufbewahren. Es vielleicht vernichten.«

»Vorher drehe ich dir den Hals um«, kündigte Sam an.

Ich empfahl ihm, zur Polizei zu gehen und mich anzuzeigen. »Erzähl denen doch, ich hätte dir ein Parfum gestohlen, das ich partout nicht wieder rausrücke. Wir können auch, wenn du willst, die Presse einschalten. Laß die Journaille doch berichten, wie hier zwei Armleuchter um ein Fläschchen 4711 streiten. Schön komisch.«

»Gar nicht komisch, Honey«, meinte Sam. »Darum nicht, weil du mich nicht ernst nimmst. Wahrscheinlich wegen der bunten Hemden, die ich trage. Es sind die bunten Hemden, nicht wahr?«

Ich antwortete nicht. Aber ein kleiner verächtlicher Blick auf sein grüngelbes Papageien-Kolibri-Phantasieblumen-Shirt entfuhr mir. Gegen meinen Willen. Denn an einem Hemd lag es natürlich wirklich nicht, ob jemand eine Bedrohung war oder nicht.

Während Sam sich erhob, fragte ich ihn, woher diese 4711er-Ursuppe eigentlich stamme. Ich hoffte wohl, er hätte sie ebenfalls gestohlen. Sam aber sagte: »Ein Erbstück. So in der Art eines Rembrandt, den man die längste Zeit für Schmiererei hielt.«

»Ich geb's dir trotzdem nicht zurück«, erklärte ich kühl. So kühl es eben ging.

Sam erhob sich. Er machte ein trauriges Gesicht und schüttelte den Kopf.

»Du findest alleine hinaus«, gab ich ihm eine kleine Unfreundlichkeit mit auf den Weg.

»Klar«, sagte er und verließ den Raum.

37
Dürer und Tod

Was hatte ich eigentlich geglaubt? Daß Sam klein beigeben würde? Daß er bereit wäre, auf sein Erbstück zu verzichten?

Nun, das tat er natürlich nicht. So wenig, wie nach einer Kriegserklärung eine Welle vernünftiger Gespräche sich ausbreitet. Obgleich interessanterweise kriegserklärende Parteien genau das erwarten. Demut beim Gegner. Tiefere Einsicht. Friedensbemühungen. Kriegserklärende Parteien rechnen absurderweise mit dem Gegenteil eines Krieges. Während jene, denen der Krieg angetragen wird, sich ausgesprochen konventionell verhalten und völlig uninspiriert zurückschießen.

Als ich zwei Tage später mit dem Leiter eines großen amerikanischen Verlagshauses beim Mittagessen saß, spazierte Sam an unserem Tisch vorbei. Er trug ein Hemd, das aussah wie ein explodierter Früchtekorb. Rechts und links im Arm hatte er zwei Püppchen, von denen wenigstens eines schon mal einen Grammy gewonnen hatte. Aber was bedeutet das schon? Ich meine, wenn man bedenkt, daß Hillary Clinton einen Grammy dafür bekam, ihr eigenes Buch vorgelesen zu haben. Was an sich eine gute Sache ist. Jeder Autor sein eigener Leser. Das ist sozial und ausgewogen. Aber wozu gleich einen Grammy?

Es versteht sich, daß mein amerikanischer Freund begeistert war, als sich herausstellte, daß ich Sam persönlich kannte. Sam wiederum – eigentlich berühmt dafür, Verlegern ins Gesicht zu treten – gab sich hocherfreut. Und schon saß er mit seinen beiden Kerzenleuchtern bei uns am Tisch. Ich würde es so sagen: Mein Verlegerfreund hatte nur noch Augen für Sam. Dennoch ergab es sich nach einigen Cocktails, daß mittels einer Rochade Sam neben mir zu sitzen kam. Während die beiden Grammymädchen dem Verleger auf den Schoß rückten (vielleicht, weil sie dachten, wem man einen Grammy schenkt, dem schenkt man auch einen Pulitzer), drehte sich Sam in vertrauter Weise zu mir und führte seinen Mund nahe an mein Ohr heran. Beinahe dachte ich, er wolle mich küssen oder mir ins Ohrläppchen beißen. Statt dessen erklärte er mit ruhiger, leiser, ein wenig feuchter Stimme: »Ich habe dir Zeit gelassen, um zur Vernunft zu kommen.«

»Spar dir die Zeit«, sagte ich.

»Du hast recht, Honey, ich werde dir zeigen müssen, wie wichtig mir diese Sache ist. Wobei es nicht nötig sein wird, gleich das Äußerste zu tun. Nur nicht übertreiben. Andererseits würdest du mich kaum ernst nehmen, wenn ich bloß mit dem Wagen deine Katze platt fahre.«

Ich sagte Sam, daß ich keine Katze habe. Auch keinen Wellensittich.

»Ist mir auch lieber so. Wer mag schon Tiere opfern? Nein, Magda, ich dachte dabei an deinen Mann. Ich weiß nicht, wie sehr du ihn liebst oder brauchst oder verachtest. Egal. Er soll uns als Exempel dienen. Als Vorschau auf Schlimmeres, falls du nicht endlich das 4711 dorthin zurückstellst, wo du es genommen hast. Denn darauf bestehe ich jetzt, nicht nur auf der Zurückgabe, sondern auch darauf, daß du alles wieder so herrichtest, wie es war. Picobello und besenrein.«

»Und wenn nicht?«

»Dann wird dein Mann sterben. Ohne freilich zu leiden. Soweit sind wir noch nicht. Es soll ein milder Anfang werden. Ich schätze alles Milde. Anfangs.«

»Reizend.«

»Wie gehabt, Magda. Du nimmst mich nicht ernst.«

Ich sagte ihm: »Wie denn auch? Du hast ja schon wieder ein scheußliches Hemd an.«

Er senkte die Lider und lächelte wie der hübscheste Dorfpfarrer aller Zeiten. Dann wandte er sich schlagartig dem Amerikaner zu und rettete ihn vor den Begehrlichkeiten der beiden Kerzenleuchter.

Als ich nachmittags nackt bis auf meine Highheels vorm Spiegel stand und mir das Haar richtete, überlegte ich, daß Sams scherzhafte Weise nicht heißen mußte, daß er auch immer scherzte. Seine Scherzerei war Pose. Aber was steckte hinter die-

528

ser Pose? Bloß ein großes Maul? Oder war ihm zuzutrauen, daß er, nur um seine Bereitschaft zu weit Krasserem zu bekunden, Einar töten würde? Beziehungsweise jemand zu diesem Zweck engagierte. Sam mochte kein Zuhälter im klassischen Sinn sein, aber er besaß mit Sicherheit Kontakte zur Unterwelt. Das war genau sein Stil, dieses Liebäugeln mit dem Abschaum.

Ich verwarf die Hoffnung, Sam Soluschka könnte bloß ein wenig bluffen. Wenn jemand so verrückt war, an die Erschaffung eines Golems oder von etwas noch Monströserem zu glauben, warum sollte ihn die Tötung eines im Grunde bedeutungslosen Botschafters schrecken?

Ich dachte nach. Denken ist ein notwendiges Unglück.

Es kommen einem manchmal Ideen, die wären einem lieber nicht eingefallen. Sind sie aber. Und dann verliebt man sich auch noch in sie. So widerlich oder absurd sie sein mögen. Doch ihr Reiz ist ungleich größer als der Horror, den sie einem verursachen.

Die Idee, die mir wie Muttermilch einschoß, bestand nun keineswegs darin, das 4711 ganz einfach ins Klo zu schütten, was ja das einfachste gewesen wäre, sondern ich überlegte, Sam Soluschka zuvorzukommen. Ihn überdeutlich in seine Grenzen zu weisen. Ganz nach dem Motto, daß ich mir von niemand meinen Mann töten ließ. Daß ich zu einer solchen Handlung durchaus selbst in der Lage war. Und zwar nicht aus Haß oder Habgier, sondern um das Unvermeidliche in die Hand zu nehmen. Wenn es denn unvermeidbar war.

Was sonst hätte ich tun können? Einar warnen? Ihm diese abstruse Geschichte auftischen? Ihn überreden, sich einen Leibwächter à la Ludvig Dalgard zu nehmen? Er hätte mich ausgelacht und mir den Weg in die Psychiatrie empfohlen. Und er hätte mir vorgeworfen, meine heimliche Fickgeschichte mit Soluschka in eine Räuberpistole umzuinterpretieren. Bizarre Kompensation zu betreiben.

Es gab keine andere Möglichkeit. Ich mußte schneller als Sam sein, ohne zu wissen, wieviel Zeit ich hatte. Aber viel würde es nicht sein. Ich rief eine Freundin an, dieselbe, die einst Ludvig Dalgard zu ihrem Schutz engagiert hatte und welche überhaupt eine Meisterin im Engagieren von Leuten war. Zudem konnte man mit ihr in einer Offenheit sprechen wie mit sonst niemanden. Ohne Umschweife.

Ich sagte zu ihr: »Ich brauche einen Killer. Und zwar rasch.«

»Kannst du haben, Schätzchen«, sagte sie. »Doch von den Typen hier in Kopenhagen würde ich dir abraten. Überhaupt von Typen. Aber ich kenne jemand in Wien, eine Frau. Sie ist perfekt. Sie hat ein behindertes Kind.«

»Meinst du, sie ist perfekt, weil sie ein behindertes Kind hat?«

»Nicht direkt. Aber wenn du zweimal um die Ecke denkst, dann hat es etwas Vollkommenes.«

»Ich möchte diese Frau beauftragen«, sagte ich.

»Wer ist denn der Glückliche?«

»Einar.«

»Nicht sehr originell, Schätzchen. Der eigene Ehemann.«

»Ich weiß, daß das nicht originell ist. Aber es muß sein.«

»Natürlich muß es sein. Ich fand schon immer, daß Einar verzichtbar ist.«

»Es schreckt mich«, sagte ich, »wenn du so redest.«

»Natürlich tut es das. So wie ein Echo einen schreckt.«

Meine Freundin gab mir eine Telefonnummer. Ich rief in Wien an und sprach mit jener Frau. Sie fragte nicht, warum und wieso. Sondern beschränkte sich darauf, eine Summe zu verlangen, die fünfzigtausend Dollar entsprach (die einzige Währung, in der ich ab einer bestimmten Größe zu denken vermag). Merkwürdigerweise forderte sie, daß dieses Geld von Einar stammen müßte. Gleich wie ich das anstellen mochte. Aber darin bestehe ihr Prinzip, ihre Moral. Sie verlasse sich darauf, daß ich mich daran halten würde.

Ich versprach es ihr, nicht zuletzt darum, weil mir die Idee bei näherem Hinsehen gefiel und auch einleuchtete. Stellte sich die Frage nach dem Ort und der Zeit. Da erinnerte ich mich, daß Einar vor kurzem eine Einladung nach Wien erhalten hatte, um sich die dortige Dürerausstellung anzusehen. Er hatte mir davon erzählt, jedoch nur um zu sagen, daß er abgelehnt habe. Es könne Wien nicht leiden. An der Stadt sei etwas, daß ihn krank mache. Womit er nichts Seelisches meinte, wie man glauben sollte, sondern etwas wie…Schnupfen.

Ich beschloß, Einars Ausschlagung der Wienreise rückgängig zu machen. Es würde alles sehr viel einfacher sein, wenn die Frau (ich scheue mich davor, von einer Killerin oder einem Killer zu sprechen, obgleich sie genau das war), wenn die Frau also dort bleiben konnte, wo sie war. Einar würde somit nicht nur seine Ermordung selbst bezahlen, er würde auch den Weg dorthin eigenständig zu gehen haben.

Ich engagierte die Frau aus Wien, und sie nannte mir das Konto einer Bank, die ihren Sitz oder auch nur ihren Postkasten an einem Ort namens Bouvet hatte.

»Bouvet?« fragte ich. »Bouvet, die Insel?«

»Die Insel«, antwortete die Frau.

Ich sagte ihr, daß das ganz unmöglich sei. Bei Bouvet handle es sich um ein vollkommen unbewohntes und unbewohnbares Eiland tief im Süden des Atlantik, so ziemlich das entlegenste Stückchen Felsen, das auf dieser Welt existiere. Steine, Eis, Pinguine, aber sicher keine Postkästen. Da dieses Stückchen Felsen zufälligerweise unter norwegischer Verwaltung stehe, gehöre es zu meiner Allgemeinbildung, über Bouvet Bescheid zu wissen. Über das Nichts, das dort herrsche.

»Wollen Sie, daß ich Ihren Mann töte oder nicht?« fragte die Frau.

»Ja.«

»Dann überweisen Sie das Geld nach Bouvet«, bestimmte sie, erklärte aber, daß ich mir damit Zeit lassen könne. Ob die Leistung sofort oder in einem Monat beglichen werde, kümmere sie nicht.

»Ich könnte auf die Idee kommen«, sagte ich zu ihr, »nach getaner Arbeit darauf zu vergessen, die getane Arbeit zu bezahlen.«

»Auf die Idee kommen Sie nicht«, meinte die Wienerin. Ja, sie hatte recht. Sie war nicht die Person, die man betrügen wollte. Und wenn sie meinte, daß man Geld nach Bouvet transferieren konnte, dann wußte sie wohl, wovon sie sprach.

Wir waren uns einig. Ich legte auf und fühlte mich eigentümlich erleichtert. Allerdings war noch einiges vorzubereiten. Am gleichen Abend bat ich Einar um fünfzigtausend Dollar. Ich sagte, ich bräuchte das Geld für ein Geschenk. Ein Geschenk an ihn. Das war natürlich schon als bloßes Argument, ohne den Hintergrund eines Mordauftrages, eine Frechheit. Aber ich bestand auf dieser Frechheit. Und noch in der Nacht gab Einar klein bei und versprach mir den Geldbetrag. Wie ich ihn dazu brachte, braucht hier nicht gesagt zu werden. Es ist ohne Bedeutung. Vielmehr ist hervorzuheben, wie geschwind dies alles ablief. Mittags die Drohung durch Sam, nachmittags der Anruf bei meiner Freundin, dann das Gespräch mit Wien, abends und nachts die Geldbeschaffung im Sinne – im moralischen Sinne – der Auftragnehmerin.

Was fehlte, war die Reise nach Wien. Auch diesbezüglich mußte eiligst gehandelt werden, da der Termin für die Führung durch die Dürerausstellung für den übernächsten Tag angesetzt war. Ich rief also den norwegischen Botschafter in Wien an, den ich persönlich gut kannte, und sagte unser Kommen zu. Erst dann telefonierte ich mit Einar, teilte ihm mit, was ich getan hatte und bat ihn, sich um die Buchung des Fluges zu kümmern.

»Bist du verrückt?« fragte er.

»Ich liebe Dürer«, sagte ich.

»Seit wann denn das?«

»Immer schon«, log ich.

»Das habe ich nicht bemerkt«, äußerte Einar. »Außerdem kannst du nicht einfach über meinen Kopf hinweg...Ich habe Termine.«

»Bist du jetzt der Botschafter oder nicht? Erzähl mir nicht, daß es irgendeine Sache gibt, die du nicht verschieben oder jemand anders hinschicken kannst. Lieber Einar, sei mir nicht böse, aber niemand vermißt dich, wenn du ein, zwei Tage nach Wien gehst.«

»So muß man das nicht sagen«, meinte Einar.

Nein, so mußte man das wirklich nicht sagen. Also äußerte ich noch etwas Nettes, dann war die Sache geregelt. Wir flogen nach Wien. Wir flogen zu Dürer, den ich nebenbei gesagt überhaupt nicht mag. Seine Genauigkeit hat etwas Abstoßendes und Kleinliches. Wie eine dieser Hausfrauen, die ständig herumputzen, selbst noch, wenn sie in fremde Wohnungen kommen, wo sie dann heimlich Klobrillen reinigen und den Staub von den Blättern der Topfpflanzen pusten. Wenn ich Dürers berühmtes großes Rasenstück betrachte, frage ich mich, welches Problem der Mann hatte. Soviel Grün auf einem einzigen Bild ist ungesund. Dürers Genauigkeit ist ohne wirklichen Sinn. Die Dinge werden nicht klarer. Im Gegenteil. Sie verschwinden hinter dem spitzen Strich.

Als wir nun aber die Ausstellung besuchten, war ich gezwungen, meine angebliche Liebe für Dürer zum besten zu geben. Da hatte Einar es leichter. Er mußte nichts vorgeben, er zeigte unumwunden, wie sehr es ihm auf die Nerven ging, inmitten dieser Masse von Besuchern zu stehen. Die geplante Führung, die unser norwegischer Freund selbst hatte vornehmen wollen, war unmöglich geworden, zu viele Leute scharten sich um die Gemälde und Zeichnungen und erlitten kleine und große Orgasmen angesichts der ganzen Dürerschen Welt aus Petitessen.

Plötzlich war Einar verschwunden. Möglicherweise wollte er Luft schnappen oder auch nur ins Restaurant auf einen Kaffee gehen. Jedenfalls ließ er mich ohne ein Wort in der Runde aus Botschaftern und Botschaftergattinnen zurück. Derartiges tat er hin und wieder. Flüchten.

Und dann sah ich sie. Die Frau mit dem Kind. Der hochgeschossene Junge, der eine dunkle, tief ins Gesicht stehende Mütze trug, darauf ein Symbol, das ich nicht kannte, war merkbar behindert. Er grimassierte, hatte seinen Kopf fest gegen die eine hochgezogene Schulter gepreßt und schlug mit einem Finger fortwährend in die Luft, als versuche er ein Insekt im Flug zu erschlagen. Ein dünner Junge. Dünn wie man nur dünn sein konnte. Aber ein hübsches Gesicht, schmal, blaß, fein, glasig, das Gesicht der Mutter, unverkennbar.

Durch das Stimmengewirr hindurch, vernahm ich jetzt die Frau, wie sie fragte, ob jemand so freundlich sein könne, kurz auf ihren Sohn aufzupassen. Sie müsse für einen Moment hinaus und…

Die Leute sahen erschrocken zur Seite. Einige auch vorwurfsvoll. Nichts gegen Behinderte, aber Dürer war Dürer und die Albertina einfach der falsche Ort, um mit einem solchen Kind hier herumzuspazieren. Ganz abgesehen davon, daß auch ein Behinderter angesichts von Dürer seine Mütze hätte vom Kopf nehmen können. Beziehungsweise hätte seine Mutter dafür sorgen müssen. Dachten die Leute, wie man ihnen ansah.

Als ich losging, zu der Frau und ihrem Sohn hin, tat ich das, ohne zu überlegen. Ein reiner Impuls. Obgleich ich ja wußte, um wen es sich handeln mußte und warum sie hier war. Wobei dies keineswegs einer Abmachung entsprach. Wir hatten also nicht vereinbart, wo und wann genau Einar sterben sollte. Ich hatte in einem zweiten kurzen Telefonat bloß erwähnt, unter welchem Vorwand ich die Reise erzwungen hatte und an welchem Vormittag wir die Ausstellung besuchen würden beziehungsweise wie lange wir in der Stadt bleiben wollten. An die Ausstellung als Ort der Tötung hatte ich keinen Moment gedacht. Nun aber stand diese Frau vor mir, eine blonde Person, hager wie ihr Sohn. Ein wenig kränklich vom Stil her, attraktiv kränklich, zudem elegant gekleidet, klassisch, eine Ballerina am Ende ihrer Laufbahn. Zumindest als Ballerina.

Ich betrachtete die Tasche, die sie am Arm trug, und überlegte, daß dies wohl der logische Platz einer Waffe sei. Zwischen Lippenstift und Terminkalender. Ein wenig klischeehaft, aber praktisch. Ich blickte sie mit einem Lächeln an und sagte: »Kann ich Ihnen helfen?«

»Mein Sohn heißt Carl«, sagte sie und daß sie einen Vierzehnjährigen unmöglich auf die Damentoilette mitnehmen könne, andererseits Carl es nicht gerne habe, allein gelassen zu werden. Gerade nicht in einer solchen Menge von Menschen.

Nun, mir schien eher, daß die Frau das Problem hatte, nicht ihr Sohn. Daß sie, die Mutter, sich schwertat, ihren Jungen auch nur eine Sekunde sich selbst zu überlassen. Und somit in Ausnahmefällen wenigstens jemand anders die Rolle des Behüters und Unterhalters zu übernehmen hatte. Und genau das tat ich nun. Die Frau zeigte sich erleichtert, gab ihrem Sohn einen Kuß auf die verdeckte Stirn und ging. Ich war überzeugt, daß sie nicht wußte, wer ich war, daß sie meine Stimme nicht erkannt hatte. So wie ich überzeugt war, daß der gute, arme Einar nur noch wenige Momente zu leben hatte. Mir wurde schwindelig.

Carl und ich verstanden uns. Ich redete mit ihm wie mit einem normalen Jungen, obgleich er das ganz eindeutig nicht

534

war. Er war besonders. Behindert, das auch, aber in besonderer Weise.

Wirklich faszinierend war der Augenblick, da Carl unter Ausstoßen spitzer Laute eine Mimik produzierte, die mir sofort bekannt vorkam. Was kein Wunder war. Ich begriff, daß Carl das Gesicht von Kaiser Maximilian I. vorführte, so wie der Habsburger von Dürer porträtiert worden war. Ich hatte das Bild ja eben noch betrachtet. Was der Junge da aufführte, war keine Karikatur, sondern bewies, wie genau er das Gemälde studiert hatte und wie sehr er diesen lasziv-größenwahnsinnigen Monarchenblick anzunehmen verstand. Ich muß gestehen: Carl verschaffte mir einen Zugang zu Dürer. Zumindest einen idealeren, als ich bisher besessen hatte.

Es mochten wenig mehr als fünfzehn Minuten vergangen sein, als Carls Mutter zurückkam. Sie wirkte in keiner Weise erregt oder gehetzt, nicht einmal künstlich gelassen. Sie trat auf wie jemand, der etwas länger als geplant auf der Toilette gewesen war, bedankte sich bei mir, hängte sich in Carls Arm ein und dirigierte ihn durch die Menge, auf ein bestimmtes Bild zu. Offensichtlich hatte sie vor, sich die Ausstellung zu Ende anzusehen. Ich begann zu zweifeln, daß sie jene Person war, für die ich sie gehalten hatte. Zweifelte, daß Einar tot war.

Aber da irrte ich. Eine halbe Stunde später spürte ich die Hand eines Mannes auf meinem Arm, welcher sich nahe heranbeugte und mich im Flüsterton fragte, ob ich Frau Gude sei. Als ich nickte, bat er mich, ihn zu begleiten. Weil ich nun aber fand, daß dies dazugehörte, erkundigte ich mich, was geschehen sei.

Der Kerl mit der Flüsterstimme machte das Gesicht eines Oberkellners, dem es nicht zustand, über die Buchhaltung des Hauses Auskunft zu geben. Er schwieg also. Und brachte mich, um bei dem Bild zu bleiben, zum Chefbuchhalter. Beziehungsweise zu den Buchhaltern. Eine Runde von Herren, zwei Kriminalisten, dazu der Leiter der Albertina sowie ein Polizist in Uniform. Man empfing mich in einem Büro. Der Museumsdirektor übernahm die Vorstellung. Damit war sein Zweck erfüllt, und er durfte nach hinten treten. Es war nun einer der Kriminalisten, der ohne weitere Umschweife – er hatte wohl wenig Zeit und große Sorgen – erklärte, was geschehen war, daß mein Mann im unteren Museumsbereich, inmitten Fotografien Brassaïs, erschossen worden war.

Ich behielt die Kontenance, schrie nicht, heulte nicht, machte niemandem Vorwürfe. Die Herren waren sogleich angetan von mir. Nicht nur in der üblichen Weise. Man war einfach froh, daß ich es unterließ, die Zicke zu markieren. Statt dessen hörte ich gefaßt zu und begleitete ebenso gefaßt die vier Männer hinunter in die abgesperrte Brassaï-Ausstellung, zur Leiche meines Mannes.

Es war schon ein wenig betrüblich, Einar zu betrachten, wie er da hinter einer Sitzbank auf dem Boden lag, die Füße noch auf dem Leder, sodaß er an einen umgeworfenen Stuhl erinnerte. Es sah unwürdig aus, clownesk. Aber noch war nicht gestattet, die Position des Körpers zu verändern. Fotos wurden gemacht, Männer und Frauen knieten gleich Archäologen neben der Leiche und fahndeten nach Spuren.

»Ist das Ihr Mann?« fragte der eine Kriminalist.

Ich nickte. Sogleich brachte man mich wieder hinauf. Auf dem Weg durch einen separierten Bereich der Eingangshalle fiel mein Blick auf zwei Personen, die jenseits der Absperrung zwischen anderen Besuchern feststeckten. Die Frau und das Kind. In der Zwischenzeit hatte sich herumgesprochen, was geschehen war. Die Menschen wollten das Gebäude verlassen, wurden jedoch zuvor angewiesen, sich einer Visitation zu unterziehen.

Ich faßte nun meinerseits nach dem Ärmel des Kriminalisten und fragte ihn, ob er mir eine Bitte erfüllen könne. Dann zeigte ich hinüber zu der Frau mit dem Jungen und erklärte, die beiden zu kennen. Der Junge sei behindert. Weshalb es wichtig wäre, ihn nicht der Tortur des Wartens auszusetzen. Bevor er vielleicht einen seiner Anfälle erleide.

Der Polizeimensch sah keine Schwierigkeit, meinem Wunsch zu entsprechen, winkte einen jüngeren Kollegen herbei und gab ihm den Auftrag, zu tun, worum ich gebeten hatte.

Natürlich war gut möglich, daß sich die Frau längst ihrer Waffe entledigt hatte. Das wäre vernünftig gewesen. Aber mein Instinkt sagte mir, daß sie nicht zu denen gehörte, die ein solches Ding etwa in einen Mülleimer fallen ließen. Ein Kind hätte die Pistole herausholen und sich oder jemand anders verletzen

können. Nein, das war nicht die Frau, die eine Waffe weg-
schmiß wie einen angebissenen Apfel. Sie war kein Terminator,
sondern eine verantwortungsvolle Mutter.

In jedem Fall war ich froh, zu sehen, wie man sie und ihren
Sohn aus dem Haus brachte. Und zwar ohne irgendeine Kontrolle vorzunehmen. Diese Wiener Polizei war sehr viel höflicher, als es ihrem Ruf entsprach. Allerdings auch ein bißchen
blöd.

So also starb Einar. Und wenn es denn einen Himmel und eine
Hölle gibt, so wird er sicher am freundlicheren der beiden Orte
gelandet sein. Kein guter Mensch, aber ein guter Kerl, wenn
man versteht, was ich damit sagen will. Sein Tod war eine Frage
mißlicher Umstände. Allerdings muß ich gestehen, daß er mir
als Ehemann nicht wirklich abging. Schon eher unseren beiden
erwachsenen Kindern, denen aber schnell etwas abgeht.

Als ich eine Woche nach den Ereignissen Wien verließ, saß
ich im selben Flugzeug, in dem auch Einars Leiche transportiert
wurde. Ich hatte das weniger gewollt, als daß es sich ergeben
hatte. Und dagegen konnte ich nun wirklich nichts einwenden,
auch wenn es mir ausgesprochen unangenehm war. Ich fühlte
mich während des Fluges wie eine Grabbeigabe.

So kamen wir also nach Norwegen. Ich ließ Einar hoch im
Norden beerdigen. Gar nicht darum, weil er von dort her-
stammte. Er war Osloer von Geburt, hatte diese Stadt aber
immer schrecklich gefunden. Darum ja auch sein Gang in die
Diplomatie. Um wegzukommen von der Stadt, von der er – wie
im Falle Wiens – behauptet hatte, sie verursache ihm einen
Schnupfen.

Nun, es gibt Schlimmeres als einen Schnupfen hin und wieder. Dennoch bedachte ich Einars Aversion gegen Oslo und ließ
ihn nahe Narvik begraben. Was nichts daran änderte, daß es ein
Staatsbegräbnis wurde. Man hielt Einar für einen Helden, der
im Kampf gefallen war. Im Kampf wofür? Für die Demokratie?
Für den König? Er selbst hätte nicht sagen können, was das
ganze Theater soll.

Zwischenzeitlich waren die Ermittlungen ins Stocken geraten.
Eine Menge Leute, auch Dänen, auch Norweger, waren in die

Wiener Polizeiarbeit involviert worden. Offiziell glaubte man an ein politisches Attentat, immerhin war Einar einst Botschafter in Chile gewesen. Aber alle, die sich auskannten, wußten, daß das ganz schön dämliche Terroristen hätten sein müssen, die einen Operettendiplomaten wie Einar Gude als Ziel auswählen. Weshalb man nicht umhin kam, sich auch über meine Rolle ein paar Gedanken zu machen. Aber dabei kam nichts heraus. Kein Verdacht hielt. Schon gar nicht jener, ich hätte etwas damit zu tun, daß Einar vor seiner Abreise nach Wien fünfzigtausend Dollar von seinem Konto abgehoben hatte. Wohin auch immer das Geld verschwunden war. Man ließ mich bald wieder in Ruhe. Ich durfte ungestraft Witwe sein.

Soweit das Offizielle.

38
Fünf

Noch am Tag bevor ich nach Narvik reiste, um Einar unter die Erde zu bringen, kam Sam herüber. Weshalb ich die drei Freunde, die gerade im Zimmer standen, um mir in der schweren Stunde beizustehen, mit Aufgaben betraute und wegschickte. Das Dienstmädchen wies ich an, Obst einzukaufen. Ich sagte ihr, daß Einar es geliebt hätte, wie hübsch sie stets das Obst in den Schalen drapiert hatte, wie delikat und dekorativ. Das Dienstmädchen verließ unter Tränen die Wohnung.

Nachdem wir endlich alleine waren, ließ sich Sam aufs Sofa fallen, an die Stelle, an der beim letzten Mal Einar gesessen hatte. Keine Frage, er wußte ganz gut, daß das Einars Platz war und es sich nicht gehörte, so kurz nach dem Tod des Botschafters sich genau dort niederzulassen. Aber so war Sam nun mal. Er grinste auf seine bissige wie laszive Art, schlug die Beine übereinander, lehnte sich weit zurück, sah mich von oben bis unten an und fragte: »Was soll das?«

»Was soll was?« fragte ich zurück, ohne mich zu setzen.

»Tu nicht so, Magda.«

»Einar ist tot«, sagte ich. »Es wird dir also schwerfallen, mir damit zu drohen, ihm weh zu tun. Oder was auch immer du vorhattest, zu unternehmen.«

»Soll ich wirklich glauben, er wäre das Opfer einer politischen Intrige?«

»Gerade das, lieber Sam, sollst du nicht glauben. Ist ja auch nicht der Fall. Vielmehr ging es darum, dir zu zeigen, wie wenig deine Mafiamethoden mich beeindrucken. Da mußt du früher aufstehen, schöner Mann.«

Sam wand sich ein wenig. Er fragte, ob ich ihm ernsthaft einzureden versuche, ich hätte meinen Mann auf dem Gewissen, Einar erschießen lassen, um ihn aus seinem, Sams, Schußfeld zu bekommen. Lieber so tot als anders tot.

»Die Schlüsse mußt du selbst ziehen«, sagte ich, »aber zieh die richtigen. Und glaub nicht, du könntest mir angst machen. Indem du weiter damit drohst, böse zu sein und ein Mitglied meiner Familie zu gefährden.«

»Ich kann nicht fassen«, sagte Sam, »daß du deinen Mann hast töten lassen, um ihn in Sicherheit zu bringen. Das wäre verrückt.«

»Verrückt ist es, an einem Golem zu basteln.«

»Ich sagte schon, um einen Golem geht es nicht.«

»Worum geht es dann?«

»Um den alten Traum vom ewigen Leben. Für jemand, der nicht an die Erlösung mittels Paradies glaubt, ein nachvollziehbarer Traum.«

»Und du meinst, ein Fläschchen 4711 könnte dir diesen schwachsinnigen Traum erfüllen?«

»So heißt es.«

»Wo heißt es *so*?« fragte ich.

»In einer alten Aufzeichnung, die von Kartäusermönchen stammt.«

»Wie? Du glaubst zwar nicht an Gott, nimmst aber ein von masochistischen Christen verfaßtes Papierchen für bare Münze?«

»Wer sagt denn, daß ich Gott leugne? Ich meinte nur, daß wir uns sparen können, an Erlösung von oben zu glauben. Erlösung setzt einen milden Schöpfer voraus. Aber wieso sollte ein Schöpfer milde sein? Nur, weil das eine nettere Vorstellung ist? Weshalb setzen wir so etwas voraus? Bei einem Gott – nehmen wir den Urknall –, der mit einer solch wütenden Entladung beginnt. Nein, da glaube ich schon eher an ein Zauberwässerchen, das mir die Möglichkeit gibt, mich immer wieder zu erneuern. Mich immer wieder frisch aus der Taufe zu ziehen. Mein eigener Golem zu sein.«

»Was muß man dazu tun?« fragte ich. Und zwar im Ernst. Ich war jetzt wohl auch endgültig übergeschnappt.

»Einen Schluck nehmen«, erklärte Soluschka. »Im Moment des eigenen Todes.«

»Und wenn man zu früh schluckt?«

»Habe ich versucht. Ich dachte mir das in einem homöopathischen Sinn. Nach dem Motto, daß wenn es nichts nutzt, es auch nichts schadet. Aber das war ein Irrtum, und was für einer. Ein Tröpfchen bloß – und schon ging ich durch eine Hölle von Schmerzen. Kurz, sehr kurz, aber nie war etwas länger.«

»Na, du lebst ja noch.«

»Ja, der Tod ist so gesehen das kleinere Problem.«

»Und trotzdem willst du ewig leben.«

»Wenn man diese Arznei richtig einnimmt, wirkt sie auch richtig. Richtig heißt also, im Augenblick, da man stirbt. Nicht davor, und auch nicht danach, wie sich denken läßt. Jetzt verstehst du vielleicht, warum es mich nervös macht, daß das 4711 bei dir ist, statt bei mir. Ich hätte es gerne in meiner Nähe.«

»Bewacht von einer Schlange?«

»Ich hätte einen Gladiator hinstellen sollen. Noch besser wäre freilich gewesen, das Fläschchen niemals aus der Hand zu geben. Aber da gibt es ein Problem. In dieser alten Schrift der Kartäuser wird davor gewarnt, dringend gewarnt, das 4711 allzu großen Erschütterungen auszusetzen.«

»Was könnte geschehen?« fragte ich.

»Etwas in der Art einer Explosion«, erklärte Sam. »Die Mönche sagen nicht, wie man sich diese Explosion genau vorzustellen hat. Aber ungemein wirksam und ziemlich erdumspannend. Jedenfalls fand ich es zu riskant, das Fläschchen zum Joggen mitzunehmen.«

»Ich war schon immer der Meinung, daß diese Lauferei unsinnig ist.«

»Eine Sucht«, stellte Soluschka fest. »Schlimmer als Kokain, schlimmer als alles andere. Kaum zu begreifen. Traurig eigentlich.«

Nun, weit trauriger fand ich die Möglichkeit, daß die Welt eventuell an einer irgendwie zerberstenden Rollflasche 4711 zugrunde gehen könnte. Oder noch ungemütlicher wurde, als sie das ohnehin schon war. Man stelle sich vor: ganz Europa als Westjordanland. Oder: ganz Europa wie in einem perversen Videospiel, in dem »ganz normale« Zwölfjährige die Länder regieren. Oder was man sich sonst noch so ausdenken kann an Steigerungen des Ungemütlichen.

Wenn ich in dieser Geschichte von einer geheimen Kraft, einem Instinkt, einem tiefen Wissen oder ähnlichem angetrieben worden war, schien das also wirklich seinen guten Grund zu haben. Dieses Fläschchen 4711 war eine Bombe, deren Wirkung so beträchtlich wie namenlos schien. Ein Fläschchen, das sehr viel besser in einem Tresorraum aufgehoben war als im privaten Schlangenzimmer eines poppigen Starschriftstellers, der vom ewigen Leben träumte. Sam war verblendet. Rücksichtslos gegen die Welt. Wenn er darauf geachtet hatte, daß das 4711 nicht auseinanderflog, dann nur darum, weil er als erster mitgeflogen wäre.

Ich sagte ihm, er sei der letzte, der sich eignen würde, das Fläschchen aufzubewahren.

»Deine Meinung«, sagte Sam.

»Meine Meinung zählt«, erinnerte ich ihn und verwies darauf, daß ich das 4711 an einem sicheren Ort deponiert habe und er doch wohl begreifen müsse, wie wenig mich seine Einschüchterungsversuche tangieren würden.

Er war so schnell von seinem Sitz aufgesprungen, daß ich kaum dazu kam, meine Hände schützend anzuheben. Sein Schlag mit der offenen, flachen Hand traf mich im Gesicht und schleuderte mich nach hinten, denn ich war ja noch immer aufrecht dagestanden. Ich prallte gegen die Wand, beziehungsweise stieß mein Hinterkopf gegen das Profil eines Bilderrahmens. Ich spürte Blätter und Ranken und Obst, vergoldete Ornamente, ich spürte sie vor allem darum, weil Sam mir rasch gefolgt war, meinen Schädel gepackt hatte und gegen den Rahmen drückte.

Ich war kurz davor, das Bewußtsein zu verlieren. Ich registrierte eine aufsteigende Bodenlosigkeit unter den Füßen. Ein Gefühl, als lösten sich meine Highheels auf. Dennoch versuchte ich aus meinem zusammengedrückten Mund, den gegeneinander verschobenen Lippen einen erhabenen Tonfall zu entlassen. Freilich klang es ziemlich zerquetscht, als ich jetzt meinte: »Das bringt dich auch nicht weiter, Sam.«

»Gib mir das 4711!« schrie Sam. Er zitterte.

»Nein«, sagte ich. Soviel kriegte ich noch hin. Meine Highheels waren verschwunden. Ich fiel in eine Nacht ohne Sterne. Ohne Mond. Ohne Kirchengeläut.

Als ich erwachte, lag ich auf dem Sofa. Über mir das Dienstmädchen. Neben mir unser Hausarzt, der meine Hand hielt. Ein

Glück, daß das Dienstmädchen sich geweigert hatte, den Raum zu verlassen, nachdem sie mich gefunden hatte. Dieser Arzt war ein Dreckskerl. Niemand, dem ich mich bewußtlos gerne ausgeliefert hätte. Als Mediziner besaß er freilich seine Qualitäten. Ihm war klar, daß ich geschlagen worden war. So wie ihm klar war, daß ich darüber nicht sprechen wollte.

»Eine kleine Gehirnerschütterung«, sagte er schließlich. »Und wie ich dich kenne, wirst du dich weigern, zur Kontrolle ins Krankenhaus zu gehen.«

»Da kennst du mich richtig«, sagte ich.

Er seufzte in der typischen Hausarztmanier und erklärte – mit Blickrichtung auf die Hausangestellte –, daß eine solche Ohnmacht angesichts des Todes meines Mannes nur verständlich sei. Sodann schrieb er die Namen zweier Präparate auf ein Formular, welches er dem Dienstmädchen reichte. Die Tabletten waren gewissermaßen für den Hund. Ich wäre nie bereit gewesen, etwas einzunehmen, was mich aufblähte. Und eine jede Medizin bläht einen auf. Gleich, was behauptet wird.

»Draußen warten Freunde von dir«, sagte der Arzt mit Neid in der Stimme.

»Laß sie rein. Dann kannst du gehen. Die passen schon auf mich auf.«

Erneut seufzte der Arzt. Er hätte ein Buch über seine Seufzerei schreiben können. Aber welcher Arzt nicht?

Nachdem Sam, der coole Sam, sich dieses eine Mal vergessen und mich geschlagen hatte, änderte er seine Taktik. Was bedeutete, daß er die Idee aufgab, mich mittels der Drohung weichzuklopfen, jemanden aus meiner Familie zu entführen, zu quälen oder zu töten. Er vermutete wohl, daß ich bereit gewesen wäre, selbst die Gefährdung eins meiner erwachsenen Kinder in Kauf zu nehmen. Und mir dabei etwas ähnlich Schräges wie im Falle Einars hätte einfallen lassen.

Nun, es besteht natürlich ein Unterschied zwischen den eigenen Kindern und dem eigenen Ehemann. Doch Sam Soluschka hielt mich anscheinend für skrupellos genug, diesen Unterschied nicht zu machen. (Es war unser aller Glück, daß er das glaubte, daß er mich für ein Schwein hielt, das ich nicht war. Aber die

Ermordung meines Mannes warf nun mal ein schlechtes Bild auf mich. Und das sollte es ja auch.)

Sam war jedenfalls dazu übergegangen, mich nicht mehr aus den Augen zu lassen. Wobei er dies nicht heimlich tat, sondern die Bewachung auf eine offenkundige Weise betrieb. Ich sah ihn jetzt des öfteren auf seinem Balkon stehen, wie er mit dem Feldstecher zu mir heruntersah. Alte Geschichte: Ich war von der Beobachterin zur Beobachteten mutiert. Ging ich aus dem Haus, kam Sam wenig später aus dem seinen. Er war in Narvik genauso anwesend, wie er später dieselben Lokale aufsuchte. War ich in London, war er auch in London. Besuchte ich eine Sitzung der Norwegischen Literaturgesellschaft, war er plötzlich als deren Ehrengast zugegen. Auch setzte er Leute auf mich an, kleine Ganoven wohl, vielleicht auch Angestellte einer Sicherheitsfirma. Typen halt, die um die Ecke standen, in ein Taxi stiegen, wenn ich in ein Taxi stieg, neben mir in der Bücherei saßen und so weiter. Ich befand mich unter rigoroser Kontrolle.

»Denkst du, das stört mich?« fragte ich ihn, als er wie zufällig in einem Restaurant neben mir zu sitzen kam. Ich war dort mit einer Freundin, der die Augen aus den Höhlen fielen, als sie Sam sah.

»Wenn es dich *jetzt* nicht stört«, sagte Sam, »stört es dich später.« Und prophezeite, daß wenn es soweit wäre, daß ich das Fläschchen 4711 von wo auch immer abholte, er zur Stelle sein würde.

»Vielleicht hole ich es gar nie ab«, gab ich zu bedenken.

»Das wirst du mit Sicherheit«, meinte Sam. »So ein Ding läßt einem keine Ruhe, man kann es nicht einfach irgendwo einsperren und vergessen.«

»Wir werden ja sehen«, sagte ich.

»Aber natürlich«, antwortete Sam mit seinem berühmten Grinsen, drehte sich von mir weg, stand auf und empfing irgendeine Berühmtheit. Ich glaube, es war Madonna, die gerade plante, einen Text von Sam vertonen zu lassen.

»Ich werde verrückt«, sagte meine Freundin, »Madonna und Sam Soluschka. Und wir sitzen daneben und essen Muscheln.«

»Die Muscheln halten das schon aus«, sagte ich.

Die Freundin fragte mich flüsternd, ob ich was mit Soluschka hätte.

»Kannst du etwas für dich behalten?« fragte ich.

»Aber sicher«, antwortete sie.

»Ich werde Soluschka töten.«

Sie kicherte.

Das war das erste Mal, daß ich an eine solche Möglichkeit dachte. Recht spät eigentlich. Zumindest wenn man bedachte, mit welcher Leichtigkeit ich den Tod meines Mannes in Kauf genommen hatte. Anstatt gleich auf die Idee zu kommen, Sam Soluschka auszuschalten.

Meine Freundin kicherte also und fragte: »Was hat es denn mit dem 4711 auf sich?«

»Vierzehn«, sagte ich. »Die Summe der vier Ziffern ergibt eine Vierzehn. Unsere Glückszahl.«

»Wie niedlich«, meinte sie und kicherte in ihre Muscheln hinein.

Hinter mir hörte ich diese Madonna über Tolstoi reden. Muß das eine Kuh sein!

Sam hatte schon recht. Das Fläschchen 4711 ließ mir keine Ruhe. So sehr auch ein kleines Schließfach hinter Tonnen von Stahl und was weiß ich für Sicherheitstüren der richtige Platz zu sein schien. Aber das beruhigte mich nicht wirklich. Sicherheitstüren sind keine echte Garantie. Ständig werden sie geöffnet, natürlich von Leuten, die befugt sind. Aber kann man solchen Leuten trauen? Natürlich nicht. Wenn Sam einmal herausbekam, in welchem Schließfach das 4711 lag, würde es ihm wenige Schwierigkeiten bereiten, an den Inhalt zu gelangen. So gesehen waren irgendwelche Idiotenverstecke – Baumhöhlen, Matratzen, Kaffeedosen – sehr viel vernünftiger, weil unauffälliger. Schließfächer, Tresore, Konten, nicht zuletzt Paßwörter, luden geradewegs dazu ein, geknackt zu werden. Ein Paßwort und ein Schließfach verhielten sich wie ein übereifriges Kind in einem Versteckspiel: Hier bin ich!

Ich entschied mich das zu tun, worauf Sam natürlich wartete. Das Fläschchen 4711 aus dem Versteck zu holen und es an einen anderen, einen sichereren Ort zu bringen. Die Möglich-

545

keit, es einfach zu vernichten, es aus dem Schließfach zu nehmen und in der nächstbesten Toilette hinunterzuspülen, verwarf ich endgültig. Solange ich nicht wirklich wußte, womit ich es zu tun hatte, erschien mir dieser Weg zu riskant. Vielleicht hätte ich solcherart ganz Skandinavien verseucht, vielleicht die ganze Welt. Welche dann in einen endlosen Alptraum hinabgesunken wäre, in eine 4711-Hölle.

Ich überlegte, daß der sicherste Weg, den Inhalt dieses Fläschchens zu entsorgen, darin bestehen müßte, daß jemand es zur Gänze austrank. Wobei ich nicht an einen Menschen dachte, der sich gerade im Todeskampf befand und dem ich solcherart zu einer Lebensverlängerung verhelfen würde. Ewiges Leben erschien mir als perverser Kleinbürgertraum, von Großbürgern geträumt. Nein, derartiges kam nicht in Frage. Dann schon eher ein Golem. Ich fand nämlich, daß es bei weitem sinnvoller war, eine tote Masse zu beleben, als eine lebende bis zum Sankt-Nimmerleins-Tag in der Aufrechten zu halten. Hinzu kam ein urologischer Aspekt. Ein lebender Mensch war schließlich gezwungen, seine Harnblase zu entleeren und solcherart eine Menge Gift auszuscheiden. Da hätte ich das Zeug auch gleich ins Waschbecken schütten können. Anders war die Sache mit einem Golem. Dachte ich mir. Denn ich konnte mir einen solchen Homunkulus schwerlich als jemand vorstellen, der eine harnfähige Stoffwechselschlacke aus seinem Lehmkörper herauspinkelte wie irgendein Herr Maier.

Praktisch betrachtet, suchte ich ein ideales Gefäß für die 4711-Ursuppe. Ein Gefäß, in welchem das kartäusische Elixier seine »Sprengkraft« verlor, indem es einer Verwendung zugeführt wurde, die darin gipfelte, geknetete Erde zum Leben zu erwecken. Wobei es dann der fehlenden Ausscheidung wegen – man kann sich einen Golem ja ebenso wenig schwitzend vorstellen – zu einer Neutralisation des 4711 kommen würde. Zu einem Nutzen, nämlich für den Golem, ohne Nebenwirkung für die Welt. Abgesehen von jener, daß dann erneut ein kräftiger Kerl aus Lehm durch irgendein Ghetto marschieren würde. Aber das erschien mir wirklich als das geringere Übel.

Mir gefiel die Idee. Fehlte freilich der Golem, dem ich das Fläschchen 4711 – an Sam Soluschka vorbei – würde einflößen müssen. Und was sonst noch an Kultischem dazugehörte. (Obgleich ich glaube, daß Kult eine bloße Zierde darstellt. Die Wirklichkeit ist Chemie. Auch die Wirklichkeit des Mystischen und Metaphysischen ist Chemie.)

Wo sucht man einen Golem? In Prag selbstverständlich, obgleich ich wirklich kein Freund von Prag bin. Eine überschätzte Stadt, der alten Substanz wegen, die sich eignet, vor solchem Hintergrund historische Filme zu drehen und junge, reiche Amerikaner zu begeistern, die sonst keine Sorgen haben. Aber was ist schon dran, daß eine Stadt alt ist und vieles Altes erhalten? Was ist an einer Mehlspeise dran, die seit Tagen auf dem Tisch steht, kalt und hart und trocken? Und die man lieber nicht kosten möchte. Mit jedem Tag weniger. Überhaupt diese Tschechen! Leute, die sich mal für einen Schriftsteller als Präsidenten entschieden haben, sind mir verdächtig. Eben weil ich so viel mit Schriftstellern zu tun habe. Lauter Kerle, die mit dem Schreiben nicht wirklich weiterkommen und sich jederzeit zu Präsidenten von allem möglichen wählen lassen würden und auch wählen lassen. Ein Schriftsteller, der weiterkommt mit seinem Schreiben, kann auf derartiges verzichten. Das ist kein Geheimnis. Die aber, die nichts mehr zu sagen haben, oder noch nie etwas zu sagen hatten, werden Präsidenten von Schriftstellervereinen und Zeitschriften und unaussprechbaren Instituten, und hin und wieder halt auch von irgendeiner Bananenrepublik.

Das mußte ich Sam Soluschka lassen, er hätte sich für solchen Unfug niemals hergegeben. Hatte es eben auch nicht nötig. Sein Größenwahnsinn zielte in eine ganz andere Richtung.

Es erschien mir also zwangsläufig, einen Golem dort zu suchen, wo er traditionellerweise aufzutauchen pflegte. Ob mir diese Stadt nun gefiel oder nicht.

Da ich nun aber unter der permanenten Beobachtung von Sam und seinen Leuten stand – es mochten auch Frauen darunter sein, die ich noch gar nicht bemerkt hatte, weil ich Frauen selten bemerke –, entwickelte ich einen komplizierten Plan, der gewährleisten sollte, daß Sam mir nicht allzu rasch auf die Pelle rückte. Weshalb ich auf die Einfachheit verzichtete, das Fläschchen 4711 aus meinem Schließfach zu holen und ins nächste Flugzeug nach Prag zu steigen. Ich wäre kaum weit gekommen.

Sam hätte sich gezwungen gefühlt, augenblicklich zu handeln. Prag, das wäre für ihn ein Fanal gewesen.

Vielmehr wartete ich einen Termin ab, der mich nach Wien führen würde. Wien war nicht Prag, natürlich nicht, aber doch ziemlich in der Nähe. Wien bedeutete ein ideales Sprungbrett Richtung Prag.

Zudem erschien mir Wien wesentlich geeigneter als Kopenhagen oder Oslo oder irgendeins dieser skandinavischen Nester, um Sam und seine Leute abzuschütteln. Das mochte ein Klischee sein, nämlich die labyrinthische Qualität der Stadt Wien, wo Menschen verlorengingen wie anderswo linke oder rechte Socken. Andererseits ergab sich gerade aus dem Klischee die Möglichkeit, seinen Verfolgern zu entkommen. Man kann sagen: Das Klischee ist das beste Labyrinth überhaupt.

Man hatte mich nach Wien eingeladen, um einem festlichen Akt beizuwohnen, der dazu diente, wertvolle Autographen auszutauschen. Ein bißchen in der Art von Kriegsgefangenen, aber, wie gesagt, sehr feierlich. Die Norweger würden endlich ihre Hamsunpapiere bekommen, die Österreicher endlich ihre Wittgensteinbriefe, wozu ich nicht unwesentlich beigetragen hatte. Kein Wunder also, daß man dabei an mich als Vertreterin des norwegischen Staats dachte. Nicht ohne zu berücksichtigen, welch schmerzliche Erinnerung mich mit Wien verband. Aber ich beeilte mich zu erklären, daß ich nicht so kindisch sei, eine ganze Stadt für den Tod meines Mannes verantwortlich zu machen. Und das wäre ja auch ziemlich keck gewesen.

Ich plante also meine Wienreise. Und bestand auf gleich fünf Begleiter. Sämtliche Herren waren Mitglieder in der Norwegischen Literaturgesellschaft und große Hamsunverehrer. Nicht zuletzt auch Verehrer meiner Person. Ich beschloß, diese fünf Männer, die alle keine Zwerge waren, für die Zeit, da ich nach Wien reisen würde, ständig um mich zu haben. Ich errichtete mir ein Bollwerk. Ein Bollwerk aus fünf großgewachsenen Literaturwissenschaftlern. Die Herren waren erfreut und verwirrt. Erst recht, als ich sie bat, mich in meine Bank zu begleiten, wo ich aus dem Schließfach ein wertvolles Familienerbstück holen wolle, um es mit nach Wien zu nehmen. Die Leute von der Bank waren nicht minder erstaunt, als ich da mit fünf Mann hoch auftauchte, welche sämtlich über jene vornehme Art des Untröstlichen verfügten. Männer wie aus dem neunzehnten Jahrhundert. Für ein Bollwerk nicht das schlechteste. Umso mehr, als dies einen absolut heutigen Menschen wie Sam Soluschka zutiefst verunsichern mußte. Sam logierte in einer Welt der Drogen, der Filmstars, der Cocktails am Vormittag, der dünnen, langen Mädchen mit ihren Grammys, in einer Welt, in der man eher einem Waffenhändler als der eigenen Mutter traute, eher mit einer schlangenhaften Steuerberaterin ins Bett ging als mit seiner Jugendliebe. Sam war gewohnt, gleich nach dem Joggen einem Kulturminister ins Gesicht zu spucken und dafür gefeiert zu werden, er war aber nicht gewohnt, daß fünf Herren, *Herren!*, in der aufmerksamsten Weise um eine Dame standen, ohne zu fragen, welchem Zweck das diente. Wobei diese Herren eine solche Frage nicht nur aus Höflichkeit unterließen, sondern auch, weil sie meinten, daß sich der Zweck eines Gefechts nicht vor dem Gefecht, sondern danach herausstellte. Neunzehntes Jahrhundert eben. Ganz anders Sam. Und obgleich er ja ein Literat war, *der* Literat, und diese fünf Männer Literaturwissenschaftler, konnte der Unterschied zwischen ihnen nicht größer sein.

Natürlich mußte Sam klar sein, daß wenn ich mich in solch massiver Herrenbegleitung in eine Bank begab, ich beim Herauskommen mit großer Wahrscheinlichkeit das Fläschchen 4711 bei mir haben würde. Was ja auch der Fall war. Ich hatte die Mutter aller Eau de Colognes aus dem Schließfach genommen, in einen wattierten, metallenen Behälter gefügt und diesen in meiner Handtasche verstaut. Dort lag es nun eingebettet zwischen zwei Kopftüchern, einem Ersatzbüstenhalter und einem ebenfalls kartonierten Flakon von Elizabeth Arden, *It's You*. Zudem befand sich in dieser Handtasche, deren Oberfläche von rotem Leder aussah wie ein auf Büttenpapier zerriebenes Kilogramm Kirschen, mein obligates Taschenmesser. Zauberischerweise hatte diese handliche Stichwaffe bisher eine jede Flughafenkontrolle überstanden. Freilich nur darum, weil in meiner Tasche stets auch ein zerlesenes Exemplar von Thomas von Kempens *Die Nachfolge Christi* steckte. Genau das richtige Buch, wenn man gerade keine Antwort auf eine Frage wußte oder sich elend fühlte, und dann also mittels Lektüre erfuhr, daß es gut und richtig war, sich elend zu fühlen. Wie heißt doch ein Kapitel: Vom *Segen der Trübsal*.

Es ist immer das gleiche auf Flughäfen. Natürlich sieht man auf dem Schirm das kleine Messer. Natürlich fordert man mich auf, in meine Tasche zu greifen und es vorzuweisen. Statt dessen ziehe ich aber die *Nachfolge Christi* heraus – eine deutschsprachige Ausgabe, deren Umschlag eine Rembrandtzeichnung schmückt: *Christus heilt die Schwiegermutter des Petrus* – und halte dieses Buch wie ein Kreuz in die Höhe. Als müßte ich Vampire abwehren. Die Beamten sind dementsprechend konsterniert, legen ihre Stirn in Falten und erklären die Kontrolle für beendet. Das Messer vergessen sie. Selbst die Frauen, was ich erstaunlich finde. Eine Frau, die ein Messer vergißt, kann man schwerlich noch als ganz normal bezeichnen. (Auch wenn man mich für diese Bemerkung jetzt vierteilen möchte, muß ich sagen, daß Männer auf Bücher fixiert sind, Frauen aber auf Messer, gleich wie viele Bücher sie herumstehen haben, um sich gleichwertig zu fühlen.)

Ich verstaute also das 4711-Fläschchen in meiner Ein-Kilo-Kirschen-Tasche und fuhr mit meinen fünf Begleitern zum Flughafen. Der hochoffizielle Hamsun-Wittgenstein-Akt war für den folgenden Abend geplant.

»Da hinten, ist das nicht Sam Soluschka?« fragte einer von den Fünfen, als wir gerade unsere Plätze im Flieger einnahmen.

Natürlich war es Soluschka. Er lächelte herüber und nickte wohlwollend, als wollte er sagen, wie gut es war, daß ich endlich das 4711 aus meinem Versteck geholt hatte. Zugleich lag in seinem Nicken auch Spott darüber, mich hinter fünf unschuldigen Literaturwissenschaftlern verbarrikadiert zu haben. Was ihn immerhin daran gehindert hatte, mich auf dem Weg zum Flughafen kidnappen zu lassen. Meine Begleiter mochten ungeeignet sein, ihn einzuschüchtern, aber er konnte auch nicht so tun, als wären sie nicht da.

39
Stadt der Zungen

Am Flughafen wurden wir von ein paar hocherfreuten Menschen empfangen, die mit viel Geschick durcheinandersprachen. In der Art eines polyphonen Chors.

Die Chorknaben brachten uns ins Hotel Sacher. Und das ist eigentlich schon ein Witz, dieses Hotel nämlich. Ein Witz darum, weil man sich in eine steingewordene, fleischgewordene und schokoladegewordene Fiktion begibt. Eine Hotelfiktion, berühmt für seine gleichnamige Torte, für seine Altehrwürdigkeit, für seine angeblichen und wirklichen Gäste, vor allem auch – wie ich mir erzählen ließ – für eine einstige Fernsehserie, in deren Mittelpunkt ein Portier des Hotels stand, wobei mir nicht klar wurde, ob dieser Portier nun tatsächlich im Hotel Sacher tätig gewesen war oder ein Schauspieler die Rolle verkörpert hatte. Aber eine solche Frage ist unerheblich, weil ohnedies alles an und in diesem Hotel auf einer Erfindung beruht. Nicht zuletzt der als ausgezeichnet geltende Geschmack der Sachertorte. Man benötigt die Einbildungskraft eines Zweimetermannes, der sich für Napoleon hält, um an dieser Süßigkeit seinen Gefallen zu finden. In Wirklichkeit schmeckt das Ding, so wie es aussieht: ein braunes Loch statt einem schwarzen.

Von meinem Zimmer aus sah ich auf das Gebäude der Staatsoper, und das wiederum ist ein weiterer Witz, ein solches Opernhaus nämlich in der Mitte einer Metropole, umspült vom zeitgenössischen Verkehr der Autos und Passanten. Eine verzierte Schachtel, die sehr viel besser in einen Dschungel oder auf eine Gebirgsspitze gepaßt hätte, solcherart die Geisteskrankheit eines einzelnen Opernliebhabers dokumentierend. Indem diese Schachtel aber aus dem Zentrum Wiens aufragte, spiegelte sie zwangsläufig eine kollektive Geisteskrankheit wieder, ohne daß ich sagen möchte, alle Wiener seien geisteskrank. Andererseits pflegen nicht wenige von ihnen – erst recht Personal und Leitung des Hotels Sacher – einen Kult des Trottelhaften. Das Trottelhafte scheint die eigentliche Tradition darzustellen, die trotz aller Modernität aufrechterhalten werden muß. Es besteht eine Hans-Moser-Komik, die hier überall, auch vom noch so aufgeklärten und heutigen Zimmerdiener kultiviert wird. Es verbirgt sich ein Nuscheln und Räuspern in jedem noch so klaren Ton, ein Wackeln und Tänzeln in jeder noch so steifen Bewegung. Und da haben wir es wieder: ein Klischee als Wirklichkeit, nicht überdeutlich, aber fundamental. Ein Hotel als Irrenhaus mit irren Ärzten und irren Pflegern. Und euphorisierten Gästen, die diese ganze trottelhafte Eleganz für das Schönste auf der Welt halten. Die eigentlich Verrückten sind also nicht die Wiener, sondern die Leute, die so gerne nach Wien fahren.

Die Zahl der Literaturwissenschaftler, die mich schützend umgaben, stieg in den nächsten Stunden bedeutend an. Sam hätte schon ein Gemetzel riskieren müssen, um an mich und meine Kirschentasche zu gelangen.

Sam?

Seit wir in Wien angekommen waren, war er aus meinem Blickfeld verschwunden. Allerdings durfte ich überzeugt sein, daß er mich nicht aus den Augen ließ. Er konnte sich ja denken, daß ich an diesem labyrinthischen Ort – in der fast jedes Gebäude wie die ausgestreckte Zunge einer unterirdischen Kreatur anmutete –, daß ich es hier versuchen würde, ihn abzuschütteln. Wenn sich denn eine ideale Möglichkeit ergab. Eine Möglichkeit, auf die ich wartete, wie man auf Sonne wartet, oder auf Regen, oder auf einen medizinischen Befund, der das Gegenteil von dem bestätigt, was man befürchtet. Ich war ohne Konzept, aber voller Hoffnung.

Und dann war es soweit. Nach einer Reihe kleinerer Empfänge, nach einer Nacht und einem Tage im sich verwandelnden Kreise von Hamsunverehrern und Wittgensteinverehrern und nicht zuletzt auch Verehrern meiner eigenen Person, stieg ich die breiten Stufen aufwärts, die zum Eingang der neuen Wiener Hauptbücherei führten, eins von diesen Gebäuden, die quasi nur noch in ihrer ausgestreckten Zunge bestanden, einer abgeschnittenen Zunge also, die ohne Untergrund blieb, nicht zuletzt, da dieser Untergrund von einer Trasse der Wiener U-Bahn besetzt war.

Es herrschte ein großes Gedränge, obgleich nur geladene Gäste Einlaß fanden. Aber man hatte wohl alle eingeladen, die wußten, wo Norwegen lag. Zumindest ungefähr lag. Im Licht einer Fernsehkamera rekelten sich Menschen, die ich noch nie gesehen hatte, von denen man mir aber einige vorstellte, als seien sie die wichtigsten Leute auf der Welt. Wobei ich nie erfuhr, worin die aktuelle Funktion der einzelnen Personen bestand, sondern immer nur, was sie früher einmal gewesen waren. In dieser Stadt schien die Stellung, die jemand in vergangenen Zeiten bekleidet hatte, viel wichtiger als die zu sein, die er im Moment einnahm. Man verschwieg das Aktuelle, als handle es sich um eine Niederlage oder ausgesprochene Schweinerei.

Und da stand ich also und mußte mir eine Menge Schwachsinn zum Thema Norwegen und zum Thema Hamsun anhören. Über Wittgenstein wurde jetzt weniger gesprochen. Als hätte man Angst vor dem Knaben. Wie auch immer, ich nickte freundlich und zeigte mich angetan von allem möglichen. Sogar noch vom Sekt, der mit einer Grandezza serviert wurde, als handle es sich um eine ausgepreßte Kaiserkrone, die allerdings ein bißchen sehr nach Regenwasser schmeckte. Was soll's? Ich war ja nicht zum Sekttrinken hergekommen.

Sondern?

»Magda, Liebste!« begrüßte mich der norwegische Botschafter. »So schön, daß du da bist. Wir sind alle sehr gespannt auf deine Rede.«

Ich hätte ihm gerne gesagt, daß er ein komischer, kleiner Wicht ist. Aber das wußte er ja auch ohne mich. Weshalb ich ihm die Hand gab und meine fünf Begleiter vorstellte. Dann warf ich einen Blick auf die illuminierte Stadt hinter hohen Scheiben und fragte: »Wo ist der Fisch?«

»Wie meinst du, Magda?« zeigte sich der alte Freund verwirrt.

»Ich hab doch sicher Fisch hier.«

»Äh...aber natürlich. Das Buffet ist dort drüben. Übrigens, Magda, ich finde es ganz wunderbar, daß du ihn mitgebracht hast.«

»Wen habe ich mitgebracht?«

»Soluschka natürlich. Wir sind hier schrecklich stolz auf ihn. Der Mann leistet Enormes. Den Schweden wird gar nichts anderes übrigbleiben, als ihn auszuwählen, so jung er sein mag.«

»Du sprichst vom Nobelpreis?«

»Das tue ich.«

»Wäre das nicht übertrieben?« fragte ich.

Der Botschafter sah mich groß an, meinte aber leise: »Genau das wird von den Schweden erwartet, eine Übertreibung. Alle erwarten das, seit Jahren. Jetzt ist es wirklich an der Zeit, finde ich.«

»Wo ist Soluschka?«

»Dort drüben«, sagte der Botschafter und zeigte in die Mitte des Raums.

Richtig. Zwischen dunklen Anzügen und dunklen Kostümen und dunklen Abendkleidern sah ich etwas Kleines, aber Buntes hervorstechen. Etwas ausgesprochen Dominantes.

Indem ich nun aber in den Raum blickte, gewahrte ich nicht nur die farbige, geradezu giftige Gegenwart Sam Soluschkas, sondern eine weitere Person, die ich kannte. Und dann auch noch eine dritte. Die drei standen voneinander entfernt, als hätten sie nichts gemein: Ludvig Dalgard, Sam Soluschka und schließlich jene Frau, die ich beauftragt hatte, meinen Mann zu töten. Überraschenderweise war sie ohne ihren Sohn, den sie doch angeblich nie alleine ließ. Statt dessen befand sie sich in Begleitung eines Asiaten, eines Chinesen wohl.

»Liebe Magda, darf ich dir den ehemaligen…«

Der norwegische Botschafter präsentierte mir einen Menschen, der einmal Theaterdirektor oder Leitartikelschreiber oder so gewesen war. Fett und unförmig und mit der Stimme einer Fleischmade. Ich mußte ihn ansehen, diesen Kerl, weil er sich gar so sehr freute. Er gestand mir – wie man eine höhere Sünde gesteht –, ein begeisterter Leser Hamsuns zu sein.

»Armer Hamsun«, dachte ich. »Arme Schriftsteller, die nie die Leser bekommen, die sie verdienen. Auch in hundert Jahren nicht.«

Und wie war das mit Soluschka? Hatte er die Leser, die er verdiente?

Als ich jetzt wieder in den langgestreckten, überfüllten Raum sah, waren sie verschwunden, alle drei: Sam, Dalgard und die Frau. Nur der Chinese stand da. Er schien verwirrt und aufgeregt. Drehte den Kopf hin und her, als suche er etwas.

Ich konnte seine Nervosität gut verstehen. Denn es war wohl soweit. Etwas würde geschehen. Und danach würde Ruhe sein. In welcher Form auch immer.

IX

Die Gefahren der Nachspielzeit oder Glück und Unglück der Finalisten

Ich schaue auf die brennende Lunte, folge mit
höchster Spannung dem Fortschreiten des Brandes und wie
er sich dem Explosivstoff nähert. Ich denke vielleicht überhaupt
nichts, oder eine Menge abgerissener Gedanken. Das ist gewiß
ein Fall des Erwartens.

PHILOSOPHISCHE UNTERSUCHUNGEN, LUDWIG WITTGENSTEIN

40
Hamsun ohne Dame

Sieben Uhr abends. Es hatte wieder zu schneien begonnen. Die neuen Flocken legten sich auf die Preßspanplatten alten Schnees. Der Anblick hatte dennoch etwas Frühlingshaftes, als trieben Löwenzahnblüten durch eine helle Nacht. An einigen Stellen der Stadt fielen zusammen mit dem Schnee auch Frösche vom Himmel, aber das bemerkte niemand. Was übrigens für einen Großteil wunderlicher Erscheinungen gilt. Solange die Fülle fehlt, bleibt das Wunder ungesehen. Ein Frosch hier und da besitzt geringe Wirkung. Auch weil die Leute viel zu aufgeklärt sind, um nicht für den einen oder anderen vom Himmel gefallenen Frosch eine plausible Erklärung parat zu haben. Würde es aber Frösche hageln, tonnenweise, stundenlang, wäre die Sache eine andere. Aber wie gesagt, die Frösche blieben auch an diesem Tag vereinzelt. Der niedersinkende Schnee bestimmte das Bild.

Das Wirtshaus *Adlerhof* und jenes neue, auf hohe Pfeiler gestützte Gebäude der Wiener Hauptbücherei trennten nur drei Autobusstationen. Wobei es nicht viel bedeutet, wie nahe Dinge beieinander liegen. Auch Ehepaare liegen beieinander. Für einen Abgrund aber ist immer Platz. Abgründe müssen ja nicht unbedingt breit sein. Tief müssen sie sein. Zwischen diesen beiden Orten jedenfalls, dem Wirtshaus und der Bibliothek, klaffte ein Nichts. Ein Nichts aus drei Busstationen und jeder Menge Lokalitäten.

Lauscher lag auf dem Wirtshausboden und döste. Wobei er sich nicht etwa hinter die Theke oder in eine Ecke des Gastraums verkrochen hatte, sondern genau in der tischfreien Mitte niedergegangen war. Und auf diese Weise so ziemlich den Weg versperrte, sodaß Besucher, die in den hinteren Teil des Lokals oder auf die Toilette wollten, über den Hund zu steigen hatten. Was niemandem ein Problem bereitete. Man war schließlich in

Wien, wo die Leute gewohnt waren, über Hunde zu steigen wie vielleicht anderswo über heilige Kühe. Auch kam keiner der Gäste auf die Idee, den Wirten des Lokals, jenen ewigen und gesegneten Sparmeister namens Stefan, Herrn Stefan also zu fragen, ob das nun *sein* Hund sei, oder was der Köter hier eigentlich verloren habe. Die Existenz des Tiers wurde hingenommen, als sei es nie anders gewesen, als steige man seit Jahr und Tag über das feuchte, borstige Fell dieses Geschöpfs. Und als bestünde ein Wirtshaus zu allererst aus einem Wirtshaushund, als sei der Wirtshaushund die Keimzelle, aus der heraus der Rest entsteht. Was man den meisten Lokalen auch anzusehen meint. So wie der Haushund ja auch die Keimzelle seines Herrchens oder Frauchens zu sein scheint. Ein spezielles Auto die Keimzelle seines Benutzers. Das Buch die Keimzelle des Lesers. Die Sorge die Keimzelle dessen, der sich sorgt. Und so weiter. Und niemals umgekehrt.

Lauscher fühlte sich ausgesprochen gut aufgehoben. Nicht, daß er grunzte. Nicht, daß er sich ungebührlich streckte oder rekelte. Er behielt sein Wohlempfinden für sich, wie das Lebewesen mit ein wenig Anstand zu tun pflegen. Man muß sein Glück oder auch nur seine Zufriedenheit nicht jedermann unter die Nase reiben. Vielleicht geht es dem anderen ja nicht so gut, und das letzte, was der andere brauchen kann, ist eine hysterische Demonstration fremden Glücks.

Daß Lauscher sein Herrchen Cheng nicht vermißte, nicht zu vermissen brauchte, wurde schon erwähnt. Es sei aber nochmals betont, wie perfekt diese Beziehung zwischen Detektiv und Hund war, gerade dadurch, daß sie nicht nötig war. Wie auch die einzig vernünftige Liebe die wäre, auf die man jederzeit verzichten kann. Das Unglück der meisten Liebe resultiert genau aus dem gegenteiligen Anspruch, eben nicht verzichten zu können und zu wollen, sondern mit Haut und Haaren...

So frei Cheng in bezug auf sein Hündchen auch war, so wenig galt dies für seine Gefühle gegenüber Ginette. Er spürte dies deutlich, nicht unbedingt das übliche Ziehen in der Brust, aber doch etwas Körperliches. In der Art eines Stollens, der quer durch seinen Leib verlief, von einer Hüfte zur anderen, und durch den der kalte Wind strömte. Ginette fehlte ihm. Auch hatte er plötzlich Angst vor dem Leben. Einerseits, es zu verlieren, und nie wieder mit Ginette zusammen sein zu können, andererseits davor, es eben nicht zu verlieren und demnächst eine Menge Dinge in Angriff nehmen zu müssen, welche unangenehm privater Natur waren. Man denke nur an die kleine Lena, diese obergescheite Göre. Cheng witterte Schlimmes. Wenn Kinder sich derart ins Zeug legten, daß sie einem sogar das Leben retteten, dann hatten sie etwas vor. Etwas Weitreichendes, das die Erwachsenen erst begriffen, wenn es zu spät war.

Trotzdem: Das Gefühl der Liebe hielt Cheng umfangen wie ein schöner, warmer Schal. Ein Schal, lang und fest genug, um sich daran aufzuhängen. Und welcher Liebende würde nicht ans Aufhängen denken.

Diese Liebe begleitete Cheng hinaus nach Mauer, wohin jener Taxifahrer ihn brachte, welcher wie er selbst einem Chinesen glich, ohne einer zu sein. Die Wahrheit bestand darin: Ein Wiener chauffierte einen anderen Wiener. Das übrige war eine Illusion des Optischen.

Cheng bezahlte die Taxirechnung, ohne den anderen anzusehen, stieg grußlos aus dem Wagen und trat vor das Haus der Gemini-Villa. Der Schnee glühte im Licht der Straßenlaternen und eines klaren, mondigen Abendhimmels. Cheng erkannte sofort, in welchem Gefährt die Beamten saßen, die hier zur Beschattung einer Mordverdächtigen abkommandiert waren. Nichts gegen Polizisten, aber zur Observation wurden stets die unfähigsten und auffälligsten eingeteilt. Wie im Film, wenn sie mit Kaffeebechern und über die Finger hängenden Pizzas in ihren Autos hocken und die Frigidität ihrer Ehefrauen beklagen. Währenddessen triumphiert das Verbrechen.

Cheng drückte auf den Knopf der Gegensprechanlage. Sprechen aber mußte er nicht. Das Tor sprang auch so auf. Er trat in den Garten, der restlos im Schnee steckte. Ein Weg war nicht auszumachen. Cheng stapfte durch das weiße Kalt auf das Haus zu. Im Schein der Eingangstüre stand ein zerrupftes Mädchen mit Farbe im Haar. Dreizehnjährig vielleicht. Freilich mit dieser speziellen Körperhaltung einer schwerwiegenden Biographie. Jedenfalls kein Kind mehr. Sie trug ein dünnes, schwarzes T-Shirt, das vor allem aus Löchern bestand, wobei schwer zu

560

sagen war, ob diese Löcher einem Design oder einem Elend entsprungen waren. Egal, auf der Schulter des Mädchens saß ein Vogel, eine Amsel. Cheng erinnerte sich. Das mußte der Vogel sein, von dem Straka erzählt hatte. Er wirkte sehr gerade und ordentlich, hatte etwas ausgesprochen Strenges an sich. Nun gut, immerhin war auch er ein Kartäuser. Bruno. Ein Asket und Heiliger. Sein Gezwitscher kam kurz und prägnant und spitz, eher ein Stachel als ein Ton.

»Ich bin Qom«, sagte das Mädchen.

»Ich bin Cheng.«

»Gibt es Sie also wirklich. Ich dachte, Detektive wie Sie sind eine Erfindung.«

»Ach weißt du, ich dachte bisher, Klingonen seien eine Erfindung.«

»Lustig sind Sie also auch«, sagte das Mädchen und machte ein wenig Platz frei.

»Ich kämpfe um jeden Bissen Humor«, antwortete Cheng und trat an Qom vorbei ins Haus. Er betrachtete kurz den Dobrowsky, diesen treuen expressionistischen Wachhund im Flur der Anna Gemini, und war schon im Begriff, ins Wohnzimmer zu wechseln, als das Punkmädchen ihn aufhielt und ersuchte, seine schneenassen Schuhe auszuziehen. Des Parketts wegen.

»Du kümmerst dich um den Boden?« staunte Cheng.

Qom sagte nichts. Sie hatte es wohl endgültig satt, daß alte, dumme Menschen nicht in der Lage waren, die Existenz eines Punks mit einer gewissen Häuslichkeit und einer Achtung vor Gegenständen der bürgerlichen Kultur zusammenzubringen. Sie blickte bloß in Richtung einer Reihe von Hausschuhen und ging schon einmal vor.

Cheng vertauschte also das Schuhwerk und bewegte sich sodann ohne die übliche Eleganz seines Schritts. Hausschuhe besitzen leider Gottes die Schwerfälligkeit von Gravitationsstiefeln. So sehr sie dem Schutz der Böden dienen, verunstalten sie den Gang des Menschen.

Solcherart gehandikapt, trat Cheng in die Wärme hinein und konstatierte erneut die geschmackvolle Behaglichkeit der Geminischen Wohnwelt. Kaminfeuer prasselte im Hintergrund, dazu der Klang des Klaviers, eines schweren, schwarzen Flügels, glänzend wie einer dieser gestrandeten Wale, die man dann feucht hält, bis sie sterben. Vor der Klaviatur saßen Carl und Janota. Janota spielte. Möglicherweise Brahms. Qom hatte sich neben das Instrument gestellt und warf einen gütigen Blick auf den Jungen und den Mann. Sie war wohl so eine Art Prinzessin. Eine Prinzessin von der guten Art. Trotz Löcher im Hemd.

Anna Gemini saß entfernt davon auf einem länglichen Sofa aus sandfarbenem Stoff. Sie trug ein Kostüm von derselben Farbe. Zusammen mit ihrer hellen Haut und den blonden Haaren ergab das eine ziemlich perfekte Mimikry. Sie hätte sich auf diesem Sofa vor der Polizei verstecken können. Nicht aber vor Cheng, obgleich der lange nicht so gut sah wie er hörte. Mit der zauberischen Genesung seines Gehörs war gleichzeitig seine Sehkraft deutlich geschwächt worden. Wie beim Eishockey, wenn ein zusätzlicher Feldspieler den Tormann ersetzt und dann also die Übermacht im Felde eine gähnende Leere des Tors nach sich zieht. Auf Brillen aber verzichtete Cheng. Schließlich trug er auch keine Armprothese. Defizite waren Zeichen, die man zu interpretieren, nicht zu beheben hatte. Lauscher etwa besaß eindeutig zu kurze Beine. Niemand wäre aber auf die Idee gekommen, seine Beine verlängern zu lassen.

Anna Gemini blätterte in einem Magazin. Dieses Magazin war es, welches die Mimikry aus Sofa und Frau durchbrach, die Tarnung aufhob.

Cheng nickte in Richtung auf das ferne Klavier und sagte: »Eine richtige Familie haben Sie heute.«

»Dieser Janota ist eine echte Plage«, meinte Gemini, wechselte die Stellung ihrer dünnen, in vanillefarbene Strümpfe gehüllten Beine und legte das Magazin zur Seite.

»Wieso Plage?«

»Er schleimt sich bei den Kindern ein. Und er will mich heiraten.«

»Heiraten kommt wieder in Mode«, sagte Cheng und fand, daß das eine nette Idee sei.

»Er glaubt«, erklärte Gemini, »auf diese Weise aus dem Schneider zu sein. Daß ich ihn nie und nimmer umbringe, wenn er erst einmal mit mir verheiratet ist und für meinen Jungen den Vater spielt.«

562

»Er spielt doch gut«, sagte Cheng.

»Er ist ein Verrückter, der an Zeitlöcher glaubt.«

»Meine Güte, Gemini, was wollen Sie? Der Mann ist erfolgreich, ein großer Komponist, wie es heißt. Ich will jetzt nicht von Robert de Niro sprechen…Jedenfalls verhält Janota sich ausgesprochen klug. Das ist doch was. Außerdem sieht es hübsch aus, wie er da neben Ihrem Sohn sitzt und Brahms spielt.«

»Zemlinsky. Er spielt Zemlinsky.«

»Von mir aus. Jedenfalls verfügt er über eine Menge Pluspunkte. Ich denke, es gibt Schlimmeres, als sich für Zeitlöcher zu begeistern.«

»Wieso machen Sie Werbung für ihn?«

»Ich werbe nicht. Ich denke. Und ich schaue. Und was ich sehe, ist, wie ideal hier alles zusammenkommt. Bei Kaminfeuer und Zemlinsky. Eine Punkerin, die darauf achtet, daß man Hausschuhe anzieht, Vater und Sohn am Klavier, die perfekte Mutter inmitten ausgesuchter Möbel…«

»Was soll der Spott?«

»Ich spotte nicht. Das ist ein schönes Haus. Hier nistet eine gute Atmosphäre.«

»Wenn ich mich recht erinnere«, sagte Anna Gemini, »besteht Ihr Auftrag darin, mich zu überführen. Nicht, mich zu verheiraten.«

»Mein Auftrag besteht darin, die Rolle Magda Gudes zu klären. Wofür nicht nötig sein wird, eine Familie zu zerstören, die gerade erst im Begriff ist, eine solche zu werden.«

»Ich kenne diesen Janota doch kaum.«

»Sie wollten ihn töten, haben es aber nicht getan. Das ist ein guter Anfang für eine Ehe.«

»Ich habe ihn nicht getötet, weil es nicht ging. Dank Ihnen. Außerdem ist er verheiratet. Sie vergessen das. Wie Sie vergessen, weshalb ich ihn töten sollte, weil er nämlich seine kleine, liebe Frau ins Irrenhaus gebracht hat. Netter Mann, von dem Sie da schwärmen.«

»Man kann sich scheiden lassen. Und man kann sich ändern«, sagte Cheng. Und fragte sich in Gedanken: »Meine Güte, was rede ich da?«

Aber es stimmte schon, der Detektiv Cheng besaß einen Hang zu Idyllen. Erst recht in diesem Moment, da er selbst von größter Liebe erfüllt war. Jawohl, er war weit davon entfernt, Anna Gemini ins Gefängnis bringen zu wollen. Ganz im Gegenteil. Er war jetzt wirklich der Engel, der gekommen war, um die Welt zu retten. Nicht die ganze, wie Magda Gude das versuchte. Bloß ein Stück davon. Dieses kleine Familienstück, in dem ein behinderter Junge eine famose, beamselte Punkerin als Freundin und einen Komponisten als Stiefvater haben konnte und eine Frau wie Anna Gemini eigentlich nicht mehr zu tun brauchte, als fortgesetzt das Haus zu renovieren und ihre Familie zusammenzuhalten. Wie man Dinge zusammenhält, indem man sie verschraubt.

»Hören Sie zu!« sagte Cheng, wobei er seine periodische Entschlossenheit verspürte. »Wir gehen jetzt zu diesem Festakt, weil das so sein muß. Sie versprechen mir aber, nichts anderes zu tun, als ein Glas Sekt in der Hand zu halten, hübsch dazustehen, sich von niemand ansprechen zu lassen, schon gar nicht von Frau Gude, und im übrigen absolut unbeteiligt zu bleiben, was auch immer geschieht. Vor allem lassen Sie bitte Ihre Pistole zu Hause.«

»Was denken Sie, was dort geschehen wird?«

»Das kann ich nicht sagen. Aber was auch immer es ist, es soll Sie nicht kümmern. Daran müssen Sie sich halten.«

»Und dann?«

»Ich vergesse ganz einfach, daß Sie den Mann, den Sie bald heiraten werden, erschießen wollten. Auch werde ich allen, die es wissen wollen, erklären, Sie hätten mit der Ermordung eines gewissen Botschafters nichts zu tun.«

»Ich habe auch nie etwas anderes behauptet.«

»Schon gut«, meinte Cheng. »Allerdings müssen Sie aufhören, auf diese gewisse Weise Ihr Geld zu verdienen. Das geht nun nicht mehr. Egal, was ich aussage, man wird nicht darauf verzichten, Sie im Auge zu behalten.«

»Sie sind ein merkwürdiger Mensch«, sagte Anna und erhob sich.

»Ich glaube nicht, daß ich ein Mensch bin«, antwortete Cheng. Das war richtig und auch wieder nicht. Die Wahrheit ist mitunter komplizierter als eine Quizsendung, bei der es darum geht, einen Gecko von einem Skink zu unterscheiden.

Anna Gemini trat hinüber zu der kleinen Klaviergruppe, strich ihrem Sohn über das Haar und warf Qom einen Von-Frau-zu-Frau-Blick zu, und zwar einen von der freundlichen Art. So was gibt es auch. Ja, Anna hatte sich überwunden. Sie akzeptierte dieses Mädchen, akzeptierte ihre Rolle als künftige Beschützerin Carls. Und Carl benötigte nun mal Schutz. Was Anna freilich überhaupt nicht akzeptierte, war dieses Manns-bild am Klavier. Dennoch sagte sie nun an Janota gewandt, er solle gut auf das Haus aufpassen.

Das war natürlich zynisch gemeint. Aber Janota unterbrach sein Spiel und versicherte mit einer drolligen Ernsthaftigkeit, auf alles, die Kinder wie das Haus, achtgeben zu wollen. Für das Abendessen sei gesorgt, das Huhn im Ofen.

»Das Musikgenie als Hausmann«, kommentierte Anna.

»Warum auch nicht«, sagte Cheng, hob einen offensichtlich bereitgelegten hellgelben Damenmantel vom Stuhl und reichte ihn Anna. Sie nahm das blasse, dünne Mäntelchen und schlüpfte hinein wie in die Haut einer Fee. Sodann wechselten die beiden hinaus in den Dobrowsky-Flur, wo Cheng wieder seine ledernen Halbschuhe anzog, welche, sobald man nach draußen trat, an einen Snob am Südpol erinnerten, die Schuhe. An so einen Kerl mit Schnupftuch und dünnem Blazer, der behauptet, niemals zu frieren.

Auf dem Weg durch den Garten sagte Anna. »Janota will nicht *mich* heiraten, sondern das Haus. Der Typ ist auf Häuser fixiert.«

»Er mag Ihren Sohn«, erwiderte der Heiratsvermittler Cheng. Als sei das ein Kompliment.

»Meinen Sie?«

»Das sieht man.«

»Ich weiß nicht«, sagte Anna, »warum ich überhaupt mit Ihnen rede.«

»Das fragen sich viele Leute«, gestand Cheng. Und wollte wissen: »Wo steht Ihr Wagen?«

Anna zeigte auf etwas, das gerade noch zu zehn Prozent vom Schnee unbedeckt war. Eigentlich hätte man Strakas Leute bitten können, beim Freimachen zu helfen. Aber die würden wohl gemeint haben, man wolle sie verarschen. Weshalb Anna einen Handschuh von derselben Farbe des Mantels von ihrer Hand zog und damit gerade soviel Schnee vom Wagen wischte, wie absolut nötig war. Sodann stieg man ein, drückte mittels Autoreifen den frischen Schnee platt und fuhr los. Die Polizei im Rücken.

41
Der Wind

Die Welt ist Modell. So wie Konrad Lorenz sagt, die Welt ist Aquarium. Und was würde dem Modellcharakter besser entsprechen als ein Aquarium? Nur, daß wir dabei stets an relativ kleine Glaskästen denken und an ziemlich stumme Fische und an das bißchen Tod und Leben, das in diesen transparenten Schachteln exemplarisch über die mit Filtersystemen ausgestattete, beleuchtete Bühne zieht. Aber selbstverständlich ist der Lorenzsche Ausspruch wortwörtlich zu nehmen. Die ganze Welt ist ein Aquarium, und die Frage lautet, ob es sich dabei um einen Ort der Nachstellung handelt oder bloß um eins dieser Architekturmodelle, die nie gebaut werden.

Gebäude nun, sind sie groß genug und in reichem Maße bevölkert, verweisen natürlich stärker auf den Modellcharakter der Welt als ausgedehnte, menschenleere Landstriche oder niederösterreichische Kleinstädte nach sechs Uhr abends. Eine solche erleuchtete, belüftete, von lebendigen Menschen frequentierte Architektur ist wie ein Aquarium im Aquarium. Ein Modell für sich. Ein attraktives Objekt.

Und genau dies konnte man an diesem verschneiten Abend von der Wiener Hauptbücherei behaupten, welche aus dem Gefunkel der umliegenden Verkehrslandschaft in den nächtlichen Himmel aufragte, sehr in der Art eines soeben untergegangenen Schiffes. In den Etagen herrschte Großbetrieb. Das war alles andere als eine intime Feierstunde norwegischer und österreichischer Handschriftensammler. Denn obgleich ja nur ein ausgesuchtes und eingeladenes Publikum zugelassen war, berührte das Thema des Abends vielerlei Bereiche. Die Diplomatie war zugegen, die Wirtschaft, Vertreter der Kirche, der Kultur sowieso, und zwar vom Burgschauspieler bis zum Stararchitekten. Und welcher Wiener Häuselbauer hätte sich nicht als letzteres empfunden? So wie sich in Wien jeder Katholik ein

567

wenig als Kardinal oder Bischof fühlt, als Theologe ohnedies, und als Inquisitor sowieso. Die Wiener sind nicht größenwahnsinnig, sondern Umverteiler der Begabungen.

Natürlich waren auch die Freunde des Hauses gekommen, sowie Freunde aus befreundeten Häusern. Nur die Politik schien sich fern zu halten, was die Stimmung nicht gerade trübte. Politiker, gleich welchen Couleurs, sind im Grunde zu bedauern. Ihre Präsenz wird selten wirklich goutiert. Man hält sie für ungebildet und ordinär, ein wenig in der Art, wie man einst über Fußballer dachte. Was sich freilich geändert hat. Fußballer dienen heutzutage als Ausblick in die große, weite Welt. Während Politiker für all die unerfreulichen Entwicklungen im eigenen Lande geradezustehen haben. Man spuckt auf die armen Kerle. Darum auch fungieren sie so selten als Zierde einer Veranstaltung. Wer möchte schon mit einem Bespuckten gesehen werden?

Die Stimmung war also ausgesprochen gut. Nicht zuletzt, da jener norwegische Konzern, der diese Veranstaltung sponserte, auch für ein ordentliches, zumindest ein ausreichendes Catering gesorgt hatte. Die Gäste griffen zu wie nach tausend Jahren Hunger. Das ist übrigens auch so eine Wiener Spezialität, in Fragen der Stürmung von Buffets jegliche Scham vermissen zu lassen. Eher gehört der Ansturm zum guten Ton. Zurückhaltung ist verdächtig. Hat etwas von einem Protest an sich, einer radikalen Verweigerung. Militanter Vegetarismus, zum Beispiel. Vielleicht auch Spionage. Der Essende fühlt sich vom Nichtessenden beobachtet.

Es soll aber nicht verschwiegen werden, daß auch die ausgestellten Objekte, die Wittgensteinbriefe und Hamsunnotate, gewürdigt wurden. Immerhin war das der einzige Abend, an dem sie zu sehen waren. Sodann würden sie in den geheimen Gängen der Wissenschaft verschwinden. Wo mit ihnen alles mögliche geschehen konnte. Auch für Handschriften gab es Schreckenskammern. In bezug auf die Lagerung und in bezug auf die Auswertung. Jedenfalls standen nicht wenige Leute mit Häppchen aus miederartig verpacktem Reis und Fisch vor den Vitrinen und versuchten, sich ein Bild zu machen. Fach- und Laiengespräche entbrannten. Über Hamsun, den Nazi, und

Wittgenstein, den Schwulen. (Damit sei zumindest der unterschwellige Charakter dieser Diskussionen auf den Punkt gebracht. Über Nazis und Schwule läßt sich nun mal ungleich kurzweiliger debattieren, als wären allein Dichtung und Philosophie das Thema.)

Über die mächtige Außentreppe, die man vom Schnee befreit hatte und die jetzt wie eine aufgefaltete, verknitterte Tageszeitung dalag, stiegen Cheng und Gemini zum mittleren Eingang, wo sie ihre Einladungskarten vorzeigten und sodann durch eine Schranke in die Vorhalle traten. Sie gaben ihre Mäntel ab, zogen zwei Gläser Wein von einem hingehaltenen Tablett und gingen zum entgegengesetzten Teil der Etage, dorthin, wo eine in Rechtecke gegliederte, hohe und breite Glasfront den Blick hinunter auf die Furche der U-Bahntrasse und ein historisches Stadtbahnhäuschen freigab. Dahinter das nächtliche Häusermeer und ganz im Norden die vagen Konturen diverser Erhöhungen, mehr eingesunken als erhöht.

»Auf eine gute Ehe!« verkündete Cheng und stieß sein Glas gegen jenes Geminis, welches sie wie zur Abwehr auf Brusthöhe geparkt hatte.

»Sie können nicht aufhören damit, was?« sagte Anna.

»Natürlich, ich bin lästig. Ich weiß selbst nicht warum, aber...«

Er redete nicht weiter. Jemand war von hinten an ihn herangetreten und hatte mit kräftiger Stimme seinen Namen genannt. Er drehte sich um und blickte in das Gesicht einer Frau.

»Meine Güte, Irene«, stöhnte Cheng.

»Was anderes fällt dir nicht ein?« beschwerte sich die Frau, die Irene war, Chengs Ex-Frau, eine ganz wunderbare Person, die ein klein wenig breiter geworden war, aber auch sehr viel gesünder aussah als in den alten, schlechten Zeiten. Sie lächelte ihren Geschiedenen an und meinte in spielerischem Tonfall, es sei eine Gemeinheit von ihm, nach Wien zu kommen, ohne sie vorher angerufen zu haben.

»Du bist ein Hund«, sagte sie. »Und zu meiner Hochzeit bist du auch nicht gekommen.«

»Das tut mir wirklich leid«, sagte Cheng und fragte: »Ist dein Mann hier?«

Nicht, daß er ihn kennenlernen wollte.

»Helwig!« rief Irene.

Helwig kam angetrottet, wie das Helwigs zu tun pflegen. Ein großer, dicklicher Mann, bärenartig, gewissermaßen tatzig, nicht aber plump, zudem gut gekleidet, was kein Wunder war, wenn man bedachte, daß Helwig in einem Modegeschäft arbeitete. Sein Spezialgebiet waren Damenhandtaschen. Wenn es nach seiner Meinung gegangen wäre, hätte es mehr geschmackvolle Taschen auf der Welt und sehr viel weniger Produkte von Louis Vuitton gegeben. Nicht, daß Helwig solche Meinungen zu äußern pflegte.

»Mein Mann – mein Ex-Mann«, machte Irene den einen mit dem anderen bekannt. Es bereitete ihr sichtliches Vergnügen. Nicht zuletzt das Vergnügen, Markus Cheng unbeschadet überstanden zu haben.

»Ich gratuliere«, sagte Cheng zu seinem Nachfolger.

»Sie ist mein ganzes Glück«, versicherte Helwig und blickte zärtlich zu seiner Irene hinunter.

Cheng war gerührt. Er sah, wie gut es den beiden miteinander ging. Wie einfach sie es hatten. Wie wenig sie hinterfragten, weil da nichts zu hinterfragen war. Das soll es nämlich auch geben: man heiratet, hat sich gern, lebt ein bißchen, danach stirbt man ohne Groll.

Das erinnerte Cheng daran, daß es zumeist komplizierter ablief, leider. Er wandte sich um, im Begriff, Anna Gemini vorzustellen.

»Was ist denn?« fragte Irene, die Verwirrung ihres Ex-Mannes erkennend.

»Scheiße!« fluchte Cheng, wie Leute im Film fluchen, wenn ein Seil reißt. Und ein Seil war ja tatsächlich gerissen. Andererseits mangelte dem Umstand ein Gefühl wirklicher Überraschung. Cheng sagte sich: So muß es sein, alter Junge. Es gehört dazu. Es ist Teil einer Geschichte, die sich nicht umschreiben läßt.

»Tut mir leid«, sagte Cheng zu Irene und Helwig, »ich muß los. Ich habe zu tun.«

»Deiner Katze geht es gut«, rief Irene hinter Cheng her. Sie meinte Batman, den Kater, der also noch immer am Leben war.

Er war übrigens schon lange nicht mehr Chengs Katze, sondern Helwigs Katze. Was der Katze freilich gleichgültig war. Katzen sind Wesen höherer Art. Wesen höherer Art, die nicht ganz begreifen, was sie auf diesem Planeten eigentlich verloren haben.

Nun, das galt hin und wieder auch für nichthöhere Wesen.

Während Cheng recht ziellos den Raum querte, kam ihm Oberstleutnant Straka entgegen.

»Smolek ist weg«, erklärte Straka mit Verärgerung.

»Gemini auch«, antwortete Cheng, als sei das ein guter Ausgleich.

»Na wunderbar!« ächzte Straka. »Was passiert hier eigentlich? Was spielen wir? Freßschach? Sie hätten unbedingt bei Smolek bleiben müssen. Und jetzt verlieren Sie auch noch die Gemini.«

Cheng ignorierte den Vorwurf. Statt dessen fragte er: »Und die Katzen?«

»Was für…? Ach so! Irgend jemand im Haus sagte, diese Frau Rubinstein hätte die Viecher zu sich genommen…«

»Ginette«, entfuhr es Cheng. Es war wohl so, daß er diesen Namen einfach gerne aussprach.

»Wie bitte?«

»Ginette Rubinstein«, sagte Cheng. Ein Rest von Verlegenheit köchelte.

»Haben Sie was mit der Frau?« fragte der Oberstleutnant.

»Sie lebt in der Wohnung, in der ich mein Büro hatte.«

»Das beantwortet meine Frage nicht«, stellte Straka fest, bohrte aber nicht weiter nach, sondern erkundigte sich nach Anna Gemini.

»Sie stand gerade noch da hinten«, sagte Cheng und streckte seinen verbliebenen Arm in Richtung auf die hohe Scheibe.

»Was heißt *gerade noch*?«

»Daß sie jetzt weg ist. Allerdings dachte ich, Ihre Leute hätten das im Griff.«

»Meine Leute sind im Gebäude«, sagte Straka. Wie man sagt: Meine Kinder können tauchen. Was nicht viel bedeutete. Es gab Kinder, die konnten tauchen, aber trotzdem nicht schwimmen.

Straka fühlte sich unwohl, höchst unwohl. Die Dinge gingen aus dem Leim, nicht wie Möbel aus dem Leim gehen, sondern Menschen, die zu dick werden, deren Form kaum noch diesen Namen verdient. Welche die Übersicht über sich selbst verlieren, wie auch jeder Betrachter die Übersicht über einen solchen Körper verliert. Mein Gott, wie gerne hätte Straka endlich einen polizeilichen Strich gezogen, sprich Verhaftungen vorgenommen. Smolek verhaftet, und Smoleks Schwester, dazu Anna Gemini, vielleicht auch diesen Komponisten. Und nicht zuletzt Armbruster. Verhaften ist noch immer das beste. So wie es das beste ist, jemand zu küssen, anstatt nur dauernd davon zu reden.

»Bei allem Respekt, Cheng«, sagte Straka, »mir wäre schon recht, wenn Sie jetzt mal etwas Konstruktives tun könnten. Oder noch besser ... gar nichts.«

Straka ging. Im Gehen holte er sein Funkgerät aus der Tasche. Cheng sah ihm traurig hinterher. Straka war sein Lieblingspolizist. Niemand, den er gern enttäuschte. Aber was sollte er tun? Auch er, Cheng, konnte die Leute nicht festbinden. Niemand, der sich halbwegs anständig verhielt, konnte das. Woraus sich ja all diese verworrenen Geschichten ergaben, eben weil die Leute nicht angebunden waren, sondern sich recht frei im Raum bewegten.

Und während Cheng daran dachte, an den Raum und die viele freie, mitunter auch *zu* freie Bewegung im Raum, erblickte er sie. Oder meinte die Frau zu erkennen, die er ja noch nie gesehen hatte, von der er aber ein festes Bild besaß: Lilith, die Schwester Smoleks, die Frau, die sich für Mascha Reti ausgegeben hatte und die nun ohne Thanhouser und Rollstuhl sich bestens auf ihren beiden Beinen hielt. Eine elegante Greisin im grauen, nadelgestreiften Hosenanzug. Jugendlich, ohne sich lächerlich zu machen. Eine schlanke, große Neunzigjährige, ein Dior-Mannequin von Rentnerin, eine Kombination aus Coco Chanel, Lauren Bacall, russischer Krankenschwester, durchtriebener Laborantin und der bereits erwähnten Touren-Skifahrerin Leni Riefenstahl, deren Name allein Beweis wäre dafür, daß die Wirklichkeit eine Persiflage auf etwas sein muß, das wir nicht kennen.

Lilith...und wie weiter? Ebenfalls Smolek? Cheng wußte es nicht. Allerdings war er sich trotz einiger Entfernung sicher, daß sie es war, die hier mit ein paar Leuten vor einem Schaukasten stand und sich unterhielt. Nun gut, immerhin hatte Cheng ja erwartet, daß diese Frau an diesem Abend auftauchen würde.

Cheng blickte zur Seite, in die Richtung, in die sich Straka entfernt hatte. Er wollte den Polizisten zurückrufen, jetzt keinen Fehler mehr machen. Straka die Möglichkeit geben, eine Entscheidung zu treffen, die auch darin bestehen konnte, die Schwester Smoleks augenblicklich festzunehmen. Damit dann wenigstens *eine* Person »angebunden« war.

»He!« rief Cheng seinem liebsten aller Polizisten nach.

Aber Straka hörte nicht, war bereits zu weit entfernt, auch zu sehr damit beschäftigt, per Funk Anweisungen zu geben.

Cheng sah wieder hinüber zu der Frau, die Lilith war. Ihre Blicke trafen sich. Die alte Dame nickte freundlich, sie wußte wohl, wer Cheng war und welche Rolle er spielte. Natürlich, ihr Bruder mußte ihr berichtet haben.

Sie drückte nun einem der Umstehenden ihr Sektglas in die Hand, dankte der Gesprächsrunde und entfernte sich. Nicht hektisch, aber doch rasch genug, daß Markus Cheng sie wohl verloren hätte, hätte er zuerst Straka geholt. Das war ganz typisch. Typisch dafür, daß Cheng einfach keine Chance bekam, seinem Oberstleutnant ein Geschenk zu machen. Vielmehr mußte er sich beeilen, hinter der alten Dame herzukommen. Sie stieg hinauf ins zweite Stockwerk, wo kaum jemand sich aufhielt. Cheng konnte gerade noch erkennen, wie Smoleks Schwester flink zwischen zwei Regalreihen verschwand. Er folgte ihr dorthin, fand sie aber nicht. Statt dessen registrierte er aus dem Augenwinkel heraus ein Buch, das in der Lücke eines Fachs lag. Mehr hingeworfen als abgelegt, so als gehöre es nicht an diesen Platz.

Doch es war etwas anderes, das Cheng irritierte. Nämlich der Umstand, daß dieses Büchlein seinen Namen zu tragen schien. Seinen Namen als grellfarbenen Titel. CHENG. Mehr war nicht zu erkennen gewesen. Schließlich hatte er weder richtig hingesehen noch seinen Schritt unterbrochen. Und hatte auch gar nicht vor, zu dem Buch zurückzukehren, um einen Irrtum aufzuklären. Oder schlimmer noch, *keinen* Irrtum aufzuklären. Ihn bestürzte die Vorstellung, jenes schmale, rote Bändchen könnte tatsächlich seinen Namen anführen. Wer mochte schon wie ein Buch heißen? Wer mochte schon ein Mann ohne Eigenschaften sein? Oder eine Frau von dreißig Jahren?

Cheng schloß für einen Moment die Augen. Wie um das Unheimliche einer solchen Begegnung – einer Begegnung mit einem Buch, das wie man selbst hieß – auszugleichen, tat er jetzt etwas, was er sehr selten tat. Er holte eine Pistole aus der Innentasche seines Jacketts, eine kleine, flache, leichte Waffe, die sich nicht störender auswirkte als eine normale Geldbörse. Oder eine Packung Taschentücher. Und mehr als das sollte eine Waffe einen Mann und seinen Anzug nun wirklich nicht beeinträchtigen.

Cheng vermied es, die Waffe hochzuhalten. Schließlich wollte er niemand damit erschrecken, sondern sich selbst schützen. Also richtete er den Lauf abwärts. Gleichzeitig bog er um die Ecke…und jetzt sah er sie. Sah sie von hinten, wie sie gerade irgendein Ding, wohl einen Chip, an ein Kästchen hielt. Dann öffnete sie eine Türe und marschierte in den als Nottreppe ausgewiesenen Gebäudeteil. Mit der leichtfüßigen Rasanz eines Luftgeistes verschwand sie nach oben.

Auch Cheng beeilte sich. Er erreichte die Türe gerade noch, bevor sie wieder zufiel, und begab sich auf den Stufengang. In dem erstaunlicherweise auch das gerahmte Foto des Bundespräsidenten hing, freilich nicht mehr jenes des zuvor erwähnten Rudolf Kirchschläger, welches Strakas Büro zierte, sondern das des aktuellen Staatsoberhauptes, eines Mannes, von dem man sagen konnte, daß er nicht einmal mehr aus seinem Namen bestand. Er bestand aus rein gar nichts. Er war nur noch ein Foto an der Wand.

Cheng gab Tempo, stieg nach oben, wo er hinaus auf die größtenteils freiliegende, schneeverwehte Fläche trat, welche das begehbare Dach der Bibliothek bildete. Der Bereich war zur Freitreppe hin abgesperrt worden, doch Cheng befand sich am anderen Ende, oberhalb jener Panoramascheibe, vor der er mit Anna

Gemini gestanden hatte. Der Ausblick hier war natürlich noch besser, wenngleich weniger gemütlich. Es blies ein kalter Wind, und der Schnee spürte sich um einiges kratziger an als auf Straßenebene. Man konnte sich wie im Gebirge fühlen. Die Luft pfiff.

Gegen das Geländer der Breitseite hin, hinter dem Licht, das von einer schmalen Überdachung fiel und die Haufen von Schnee glitzern ließ, standen zwei Personen. Cheng ließ seine Hand samt Waffe in der Hosentasche verschwinden und trat hinüber zu den beiden: Lilith und Smolek. Wobei der Mann, der einst ein kleiner Gott gewesen war, und welcher ja noch Stunden zuvor recht selbstherrlich in einem Keller in der Lerchenfelder Straße logiert hatte, jetzt einen verzweifelten Eindruck machte. Es hatte sich, könnte man sagen, ausgegottet. Smolek war mittels Handschelle am Geländer fixiert. Trotz Mantel und Schal zitterte er. Nun, er stand wohl schon um einiges länger hier als seine Schwester, die jetzt sehr erhaben wirkte, in der Art, wie es zuvor von Chengs Halbschuhen behauptet worden war. Gleich einem Dandy im dünnen Blazer, der erklärte, niemals zu frieren. Dieser Frau glaubte man es auch. Daß sie nicht fror, und daß sie entschlossen war, zu tun, was getan werden mußte.

»Ich bin Cheng«, stellte sich der Detektiv vor.

»Ich weiß, wer Sie sind«, antwortete Lilith.

»Ich kann Sie mir gar nicht im Rollstuhl vorstellen«, bemerkte Cheng.

»So manches«, erwiderte die Dame im Schnee, »läßt sich von einem Rollstuhl aus sehr viel besser erledigen. Man sollte das nicht glauben, aber es ist so.«

»Und jetzt?«

»Ein paar Dinge freilich muß man im Stehen tun«, erklärte Lilith, sah neben sich und schenkte ihrem Bruder einen mitleidslosen Blick.

Smolek reagierte postwendend und sagte: »Du alte kranke Sau.«

Lilith lächelte das Lächeln derer, die *nicht* an ein Geländer angebunden sind. Dann sagte sie, an Cheng gerichtet: »Sie müssen wissen, daß mein Bruder jetzt sterben wird. Sterben muß. Das macht ihn ungnädig, verständlicherweise.«

»Wieso sollte er sterben müssen?« fragte Cheng.

»Hat er Ihnen nicht berichtet, worum es geht?«

»Er will einen Golem schaffen«, sagte Cheng, »Sie wollen ihn verhindern.«

»Genau«, antwortete Lilith. »Und weil nun heraus ist, wie es funktioniert, höchstwahrscheinlich funktioniert, muß ich die Sache zu einem Ende bringen.«

»Was wäre so schrecklich an einem Golem?« fragte Cheng.

»Die Masse. Die Masse an Golems. Jeder kleine Möchtegern-künstler könnte sich in der nächsten Parfümerie ein Fläschchen 4711 besorgen und seine läppischen Tonfiguren zum Leben erwecken. Halten Sie das für eine nette Vorstellung?«

»So einfach geht es ja wohl nicht.«

»Oh doch, vorausgesetzt der Name Gottes wird bekannt. Der richtige Name, welcher sich aus vier geheimen Buchstaben zusammensetzt. Nur, daß es sich nicht wirklich um Buchstaben handelt.«

»Sondern um Ziffern«, folgerte Cheng. »4711!«

»Ja, statt der Buchstaben Ziffern. Aber nicht 4711. Das war der Irrtum. Das Parfüm dient als lebenserweckendes Elixier, das ist richtig. Es ist gleich dem Atem des Magiers, welcher einer Figur aus Lehm den Odem einhaucht. Das Odeur als Odem. 4711 belebt im wahrsten Sinne des Wortes. Aber das allein genügt nicht. Es braucht den Namen Gottes, der als Pentakel – wobei wahrscheinlich auch ein Computerausdruck reicht – dem Golem an die Stirn geheftet oder ins Maul geschoben wird. Ohne den Namen Gottes können Sie 4711 verschütten, bis Sie blöde werden. Wir haben ja gesehen, was aus dem Doppelgän-ger meines Bruders geworden ist.«

»...kein Doppelgänger...«, stammelte Smolek.

»Außerdem war der Mann nicht aus Lehm geformt«, ergänz-te Cheng.

»Natürlich nicht. Aber darum geht es auch nicht. Sondern darum, daß wir jetzt wissen, wie die vier Ziffern lauten, die den Namen Gottes symbolisieren. Nicht, daß wir ihren Sinn begrei-fen würden. Aber ums Begreifen geht es auch gar nicht, sondern allein darum, die vierstellige Zahl zu kennen. Sie benutzen zu können. Oder darauf zu verzichten. Selbstverständlich würde sich mein Bruder für ersteres entscheiden. Und damit eine Lawine auslösen. Derartiges bleibt ja nie geheim. Kaum versieht man sich, rennen mehr Golems durch die Gegend als Haushunde. Haushunde freilich kann man kontrollieren, im großen und ganzen, Golems aber...«

»Das Geheimnis liegt bei den Katzen, habe ich recht? Die drei Kartäuser der verstorbenen Frau Kremser.«

»So ist es. Die alte Kremser kannte die Formel, das Emblem.«

»Vier Ziffern«, sagte Cheng, »aber nur drei Katzen.«

»Es spielt auch nur eine davon eine Rolle. Der gute Helios.«

»Helios?«

»Der Kater heißt so. Die anderen beiden sind Weibchen. Versteht sich, daß Frau Kremser sie nach den Schwestern des alten Sonnengottes Helios benannt hat. Selen und Eos. Aber die beiden sind unwichtig. Allein Helios ist von Bedeutung.«

»Bezüge zum Griechischen sind lächerlich«, sagte Cheng mit ehrlicher Verachtung.

»O ja, wie recht Sie haben«, pflichtete Lilith bei. »Aber was soll man machen? Frau Kremser durfte sich aussuchen, was sie wollte. Es waren schließlich ihre Katzen. So wie sie es war, die den wirklichen Namen Gottes kannte, den sie in einer alten Mönchsschrift entdeckt hatte. Vier Ziffern.«

»Welche wären?« fragte Cheng.

»Was denken Sie sich eigentlich?« meinte Lilith und schüttelte verwundert den Kopf.

»Es mußten viele Leute sterben«, erinnerte Cheng.

»Na und? Ist das ein Grund, Ihnen die Zahl zu nennen? Es müssen ständig viele Leute sterben. Es wäre schon ein Fortschritt, würde man immer nur etwas Eigenes töten. Den eigenen Chauffeur, den eigenen Liebhaber, den eigenen Bruder. Das mag schrecklich klingen, aber die Welt wäre erträglicher, könnten sich die Leute daran halten.«

»Die Zähne, Cheng!« schrie nun der Mann, der einst ein kleiner Gott gewesen war. »Helios' Zähne!«

Das war sein Vermächtnis.

So schnell konnte der kurzsichtige Cheng gar nicht schauen, da hatte die Frau, die Lilith hieß, eine Pistole in der Hand, mit welcher sie augenblicklich abdrückte. Smolek gab ein Geräusch

577

von sich, das den Verdacht nahelegte, daß er selbst bereits ein Golem gewesen war. Er schrie nicht, er stöhnte nicht, er blies bloß ein wenig Luft aus, wie bei einem Ballon. Ja, vielleicht war der Mensch, jeder Mensch, ein Ballon mit Luft. Und dann eben nur noch ein Ballon ohne Luft. Jedenfalls knickte Smolek ein, fiel auf sein Hinterteil und blieb nur darum aufrecht sitzen, weil sein rechtes Handgelenk an der Geländerstange hing. Blut sah man nicht, wohl des dicken Wintermantels wegen, hinter dem die Eintrittsstelle der Kugel klaffte.

Cheng hatte seine Pistole gezogen und hielt sie gegen die noch immer bewaffnete Frau.

»Was haben Sie denn vor?« erkundigte sich Lilith mit leichter Entrüstung, als bemängle sie einen Verstoß gegen die guten Sitten. »Ich sagte doch schon. Jeder sollte nur den töten, der ihm zusteht. Stehe ich Ihnen zu?«

»Das ist nicht der Punkt«, fand Cheng.

»Das ist sehr wohl der Punkt«, entgegnete Lilith. »Hören Sie also bitte auf, mit Ihrer Pistole in meine Richtung zu fuchteln.«

Während die Frau noch sprach, war eine weitere Person ins Freie getreten und hatte »Hände hoch!« gerufen, was sich natürlich ein wenig kindisch anhörte. Sagte man das wirklich, *Hände hoch*? Das klang so ungemein altbacken und auf eine dürftige Weise nach Zeichentrick. Doch wie sonst hätte man es ausdrücken sollen?

Oberstleutnant Straka sprach also in Ermangelung von etwas Passenderem: Hände hoch! Worauf er jedoch verzichtete, war die Anweisung, die Waffe fallen zu lassen. Dies tat Lilith von sich aus. Die Pistole landete im Schnee wie einer dieser toten Vögel, die in Apokalypsen von den Ästen kippen. Allerdings unterließ es Lilith, ihre Arme in die Höhe zu heben. Verständlicherweise. Es widerstrebte ihr völlig, jene plumpe Haltung des Mit-gehobenen-Armen-Dastehens einzunehmen. Außerdem brauchte sie ihre Hände.

So rasch wie sie zuvor die Waffe gezogen hatte, hob sie jetzt ein Bein an, griff ans Geländer und rutschte in der Art, mit der Damen einst auf Pferden zu sitzen pflegten, auf die Brüstung hoch. Eine Sekunde nur, in der sie wohl über die Stadt sah, dann ließ sie sich mit dem Rücken voran in die Tiefe fallen.

Sie schrie nicht. Natürlich nicht.

Straka war zu Cheng geeilt und fragte: »Verletzt?«

»Intakt«, antwortete Cheng.

Gemeinsam traten sie zum Geländer und sahen die vielen Meter hinunter zu den Gleisen der U-Bahn. Ein Schrecken ereilte sie wie aus einem Traum, der sich als echt herausstellte. Denn da war nichts zu sehen. Kein lebloser Körper, keine auf den Schienen zerschmettert daliegende alte Frau. Dann aber registrierten Straka und Cheng die Rufe mehrerer Menschen, die offensichtlich dort unten, vor hier oben aber nicht zu erkennen, zusammenliefen und nach Rettung und Polizei riefen.

»Der Wind«, sagte Cheng.

Straka nickte. So war es anscheinend gewesen. Eine heftige Böe mußte die Stürzende, nachdem sie die hohe Verglasung passiert hatte, unter den spangenartig auskragenden Gebäudeteil gedrückt haben, sodaß der Aufprall an einer Stelle erfolgt war, die für die auf dem Dach stehenden Beobachter nicht einzusehen war. Es hatte alles seine Ordnung.

Na gut, alles vielleicht nicht. Aber zumindest der Tod von Kurt Smolek und seiner Schwester Lilith stand im Einklang mit den gewohnten Naturgesetzen, nach denen ein menschlicher Körper weder eine durchs Herz gehende Kugel noch einen Sturz aus solcher Höhe gut vertrug.

Natürlich sah sich Straka sofort den festgebundenen Smolek an, mußte aber erkennen, daß dem Mann nicht mehr geholfen werden konnte. Und keine weltliche Polizei ihn würde befragen können. Weshalb sich Straka an Cheng wandte und wissen wollte, was das hier zu bedeuten habe. Daß er dabei ohne ein Zeichen von Genervtheit sprach, war das eigentliche Wunder.

»Ich habe versucht, Sie zu rufen«, sagte Cheng und berichtete, wie er Lilith gefolgt war. Und weshalb diese Frau, die jetzt auf den Gleisen der Wiener U-Bahn lag, gemeint hatte, ihren Bruder ins Jenseits befördern zu müssen.

»Sind die Leute denn noch normal?« schüttelte Straka den Kopf.

»Das ist kaum die richtige Frage«, meinte Cheng, welcher es übrigens unterließ, von einem Kater namens Helios zu sprechen. Davon, fand er, brauchte nicht erzählt zu werden. Umso mehr, als völlig unklar war, was Smoleks letzter Ausruf bedeutet hatte: *Helios' Zähne.* Helios' Zähne?

»Ist Ihnen eigentlich aufgefallen«, fragte Straka, »daß immer wenn Sie mit einem Fall beauftragt werden, eine Menge ziemlich verrückter Menschen sterben? Fast schon in einem mathematischen oder geometrischen Sinn.«

»Ich kann mir das nicht aussuchen«, meinte Cheng.

»Sie könnten Ihren Beruf an den Nagel hängen.«

»Ich glaube nicht«, sagte Cheng, »daß ich das wirklich kann.«

»Sie könnten es versuchen.«

»Wollen Sie mich zwingen oder bitten, Oberstleutnant?«

»Na, die Geschichte ist ja noch nicht zu Ende«, erinnerte Straka. »Immerhin müssen wir noch Frau Gemini finden. Aber wenn Sie mich schon fragen, ich fände es wirklich sinnvoll, würden Sie sich ins Privatleben zurückziehen. Ich spreche als Freund.«

»Bin ich denn reich?«

»Lassen Sie eine Frau für sich arbeiten«, riet Straka. Er sagte das, als gebe es nichts Leichteres. Er sagte das, wie man sagt: Kaufen Sie sich einen Hamster.

Doch Cheng wußte, Straka hatte recht. Er würde aufhören müssen. Nicht sofort, aber bald. Demnächst.

42
Alibis

Wie nicht anders zu erwarten, war auch Smoleks Schwester Lilith sofort tot gewesen. Als Cheng und Straka die U-Bahn-Station erreicht hatten, die unter dem auf hohen Stützen stehenden Büchereigebäude sich märklinartig erstreckte, hatte man den Körper der Frau bereits von den Geleisen auf den Bahnsteig gehievt. Zufälligerweise waren gleich drei Ärzte zur Stelle gewesen, sodaß nun eine gewisse Konkurrenz entflammt war. Nicht, daß die beiden Herren und die eine Dame an der Leiche zerrten, aber es herrschte eine spürbar gereizte Stimmung. Ein unfreundlicher Disput wurde geführt, geradeso, als könnte die richtige Lagerung der Toten eine Auferstehung begünstigen. Währenddessen beklagte das umstehende Publikum alles mögliche, nicht zuletzt Architekturen, die Selbstmördern einen derartigen Anreiz bieten würden.

Es wäre nun festzustellen, daß die Frau, die Lilith gewesen war, im Liegen noch, ja im Totsein noch, die beste Figur machte. Sie wirkte geradezu unverletzt, tipptopp in ihrem enganliegenden Kostüm, eine späte Marlene Dietrich. Jetzt, hier auf dem kalten Boden, umgeben von kleinkarierten Medizinern und einer aufgeregt keuchenden Menge, schien sie Cheng als ein letzter Gruß aus dem zwanzigsten Jahrhundert, welches ja schließlich auch sein Jahrhundert und das Jahrhundert Strakas und einiger Leute mehr gewesen war. Aber diese Epoche mit ihrer tiefen Schönheit und ihrem banalen Schrecken war nun endgültig vorbei. Und daß sie ausgerechnet mit einem Mord und einem Selbstmord geendet hatte, besaß die gleiche Stichhaltigkeit wie der Umstand, daß diese alte, tote Frau einen absolut perfekten, modischen, unbeugsamen und intelligenten Eindruck machte.

»Ach was!« sagte Straka und tat sich gar nicht erst die Mühe an, die drei engagierten Ärzte aufzufordern, ihre Finger von der

Leiche zu lassen. Diese Arbeit überließ er seinen Kollegen, die eben eingetroffen waren. Einen zog er zu sich und sagte: »Schaffen Sie den Leichnam fort.«

»Wie meinen Sie das?« fragte der Mann.

»Ich meine augenblicklich. Es ist nicht nötig, hier herumzufotografieren und sonst was zu tun. Einfach wegbringen.«

Der Mann nickte.

Zu Cheng gerichtet, sagte Straka: »Gehen wir. Sehen wir nach, ob Frau Gemini aufgetaucht ist.«

Als sie den Lift erreichten, verließ soeben Chefinspektor Lukastik die Kabine. Er blieb stehen und gab Straka ein Zeichen.

»Einen Moment«, sagte der Oberstleutnant und griff nach Chengs Arm. Also, er griff in der Eile nach jenem Arm, der gar nicht da war. Auch das eine Geste, die aus der Vergangenheit stammte, als an dieser Stelle noch etwas gewesen war. Jedenfalls spürte Cheng den Griff, und Straka spürte den Arm. Wie alte Leute, die gemeinsam fischen, ohne auch nur eine Angel in der Hand zu halten. Man sitzt da, sieht aufs Wasser und meint, man fischt.

Wie auch immer, Cheng kapierte. Er blieb stehen, während Straka auf Lukastik zuging und die beiden sich eine Weile unterhielten. Cheng verstand kein Wort. Bemühte sich auch gar nicht, dem Gespräch zu folgen. Statt dessen nutzte er die Zeit, die Pause in der Zeit, eine Zigarette zu rauchen. Und dachte sich: »Man sollte wieder öfters rauchen.«

Straka und Lukastik trennten sich. Lukastik, der Cheng mit keinem Blick gewürdigt hatte, ging auf eine Gruppe von Personen zu, gab Instruktionen. Straka kehrte zu Cheng zurück und sagte: »Viel schlimmer kann es nicht mehr kommen.«

»Wieso?«

»Wir haben jetzt noch eine Leiche. Der Mann heißt Soluschka, Sam Soluschka.«

»Ist das nicht dieser norwegische Schriftsteller, von dem neuerdings alle sprechen?«

Straka nickte und meinte: »Und die, die es bisher nicht taten, werden es jetzt tun. Der Mann liegt mit einer Kugel im Kopf neben einem Getränkeautomaten.«

»Wieso Getränkeautomat?«

»Man fand ihn in der Betriebskantine. Dabei heißt es, der Personalbereich sei abgesperrt gewesen. Aber das spielt jetzt auch keine Rolle mehr.«

»Was ist mit Gemini?« fragte Cheng.

»Ja, das ist ein bißchen dumm. Ich fürchte, wir werden der Dame nichts anhängen können.«

»Sagen Sie jetzt nicht«, flehte Cheng, »daß sie auch tot ist.«

»Keineswegs. Sie steht oben, mitten unter den Gästen. Zusammen mit einem Mann, der beschwört, sich die ganze Zeit über mit ihr unterhalten zu haben. Ja, er sprach sogar von Ihnen, Cheng. Nicht namentlich, sondern, daß Frau Gemini neben *so einem Chinesen* gestanden habe, als er sie ansprach. Und daß der *Chinese* anderweitig beschäftigt gewesen sei.«

»Meine Frau. Ich traf meine geschiedene Frau«, erklärte Cheng. »Und als ich mich umdrehte ... Was für ein Mann soll das sein?«

»Nun, das ist ja das Blöde. Kein Typ von denen, die wir verdächtigen könnten, eine Killerin zu decken, kein spinnender Tonkünstler oder so, sondern ein norwegischer Geheimpolizist. Schwer an seiner Aussage zu zweifeln.«

»Wie heißt er?« fragte Cheng.

»Ich denke nicht, daß Sie ihn kennen.«

»Ich denke schon.«

»Lukastik sagte mir, es handle sich um einen gewissen Ludvig Dalgard. Und es sei absolut in Ordnung, daß er hier ist. Vollkommen offiziell. Zum Schutz von Frau Gude. Damit nicht auch die Witwe noch zu Schaden kommt. Nun ja, Frau Gude geht es gut. Und das ist in dieser Geschichte fast schon eine Sensation. Sie hält gerade ihre Rede.«

»Wie?« staunte Cheng. »Man zieht die Veranstaltung durch?«

»Ja. Wir wollen so tun, als hätten wir Soluschka noch gar nicht gefunden.«

»Damit werden Sie den Täter kaum verwirren.«

»Nein, wahrscheinlich nicht«, gestand Straka ein. Er hörte sich müde an. Müder konnte ein Mann gar nicht sein. Er sehnte sich jetzt nicht einmal mehr nach einer Verhaftung. Er sehnte sich, genaugenommen, auch nach keinem Bett. Es gibt eine Müdigkeit, die ist wie ein Panzer. Ein Schildkrötenpanzer. Man wird dadurch nicht gerade schneller oder flexibler, aber man fühlt sich aufgehoben. Aufgehoben in der eigenen Müdigkeit.

Solcherart gefestigt, sagte Straka: »Ich muß hinauf.«

»Natürlich«, antwortete Cheng.

Gemeinsam betraten sie den Aufzug. Mit ihnen kam Bischof. Er grinste blöde. Was hätte er auch tun sollen? Jetzt flogen die Toten schon vom Himmel herab.

»Wie ist das eigentlich?« richtete sich Straka erneut an Cheng, ohne aber wirklich interessiert zu klingen. »Kennen Sie diesen Norweger, diesen Dalgard?«

»Ja, das tue ich.«

»Er aber Sie nicht, wie es scheint. Können Sie mir das erklären?«

»Der Kerl blufft.«

»Sie verlangen jetzt hoffentlich nicht, daß ich ihn festnehme und seine Waffe konfisziere.«

»Seine Waffe?«

»Na, was denken Sie, Cheng. Der Mann ist von seiner Regierung hierher geschickt worden, um Frau Gude zu beschützen.«

»Und da hat er soviel Zeit, mit Anna Gemini zu flirten?«

»Seine Methoden«, sagte Straka, »stehen nicht zur Diskussion. Vergessen Sie nicht, Dalgard ist ja nur hier, weil man nämlich uns Österreicher punkto Personenschutz für ziemliche Versager hält. Eine Anschauung, die angesichts des Todes von diesem Superschriftsteller nicht gerade revidiert werden wird, oder?«

»Nicht unbedingt, nein.«

»Und in dieser unvorteilhaften Situation werden wir uns also kaum mit Herrn Dalgard anlegen können. *Seine* Schutzbefohlene lebt ja noch. Er würde nicht darauf verzichten, uns diesen Umstand unter die Nase zu reiben. Nein, das ist vollkommen korrekt, wenn Dalgard eine Waffe trägt.«

»Und wieso verschafft er Anna Gemini ein Alibi?«

»Was heißt *verschafft*? Nicht, daß ich Frau Gemini traue. Andererseits wüßte ich nicht, weshalb ich Herrn Dalgard mißtrauen sollte. Sagen Sie mir doch, wieso.«

Noch bevor die Lifttüre sich öffnete, war bereits das Getrommel klatschender Hände zu vernehmen. Offensichtlich hatte Magda Gude soeben ihre Rede beendet.

»Ein Alibi ist immer auch ein Alibi für den, der es gibt«, sagte Cheng, während die Lifttüren auseinanderglitten und der Applaus wie ein blutiger Sturzbach in die Kabine schwappte. Als laufe der Film *Shining* rückwärts.

»Ja«, nickte Straka, »da haben Sie recht. So ist das mit Alibis.«

»Wo waren *Sie* eigentlich?« Es war Bischof, der gefragt hatte. Es ging ihm wie Lukastik. Er konnte Cheng nicht ausstehen.

»Auf dem Dach. Zum Plaudern«, sagte Cheng, nickte Straka zu und begab sich ans andere Ende der langgezogenen, durchgehenden Etage, dorthin, wo sich das Publikum drängte und in diesem Moment eine letzte Ovation verklang. Magda Gude trat hinter einem Pult hervor, eine kirschrote Tasche im Arm, die sie an sich drückte, ein wenig wie man das mit sehr kleinen Hunden tut, die auf den Boden abzusetzen viel zu riskant wäre. Sofort war sie umgeben von einer Gruppe von Herren, welche geradezu eine Gugelhupfform um sie herum bildeten.

Die Masse des Publikums bröckelte. Klumpen bildeten sich. Auf einen davon bewegte sich Cheng zu. Dieser Klumpen bestand aus Ludvig Dalgard und Anna Gemini. Und peinlicherweise aus Irene und Helwig, die mittels ihrer Verheiratung als Herr und Frau Brawenz hier auftraten.

»Da sind Sie ja endlich, Cheng«, sagte Gemini. »Wo haben Sie gesteckt?«

Es klang nicht gekünstelt. Es klang wie immer, wenn Anna Gemini sprach. Und nicht minder glaubwürdig hörte es sich nun an, als Anna Gemini das Ehepaar Brawenz sowie Herrn Ludvig Dalgard aus Oslo vorstellte, lauter Personen, die sie im Laufe des Abends kennengelernt habe.

»Das ist ein Witz«, sagte Cheng. Und eigentlich meinte er alles. Diese Situation hier, aber auch die ganze Welt. Eine Welt, die solche Situationen hervorbrachte.

Irene Brawenz grinste breit und erklärte nun, weshalb Herr Cheng von einem Witz sprechen würde: »Er ist mein Ex-Mann.«

»Großartig!« lachte Dalgard. Alle lachten. Sogar Cheng, in etwa wie ein Baum lacht, wenn er umgeschnitten wird.

Cheng brauchte gar nicht erst nachzufragen. Es würde schlußendlich so aussehen, daß Dalgard, seines Jobs ein wenig müde, Anna Gemini angesprochen hatte und man später mit dem Ehepaar Brawenz ins Gespräch gekommen sei, alles zufällig, um dann zu viert der Rede Magda Gudes zu lauschen. Perfekt! Ausgerechnet Chengs Ex-Frau würde somit Anna Geminis Alibi abrunden können. Und somit auch Ludvig Dalgards Alibi. Es hatte sich geradezu ein Netz von Alibis ergeben, in dem die Akteure scheinbar willenlos hängengeblieben waren.

Nur Cheng hing nicht. Eher stand er im Regen. Immerhin machte er sich noch die Mühe, Dalgard eine Frage zu stellen: »Könnte es sein, daß wir uns kennen?«

»Nicht, daß ich wüßte«, antwortete Dalgard. »Jedenfalls waren wir zwei, glaube ich, noch nie miteinander verheiratet.«

Wieder wurde gelacht. Sodann ging man dazu über – wie um das Lachen nicht zu übertreiben –, die Rede Magda Gudes zu kommentieren und festzustellen, wie akzentfrei ihr Deutsch sei. Scheinbar wußte niemand, daß Frau Gude geborene Deutsche war. Nun, Dalgard wußte es ganz sicher.

»Ihr Deutsch ist aber auch nicht schlecht«, sagte Cheng, an Dalgard gerichtet.

»Wir Skandinavier bemühen uns. Bemühen Sie sich auch, Herr Cheng?«

»Was meinen Sie? Beim Erlernen einer Sprache? Nein! Ich bemühe mich nicht.«

Was Cheng damit sagen wollte, war wohl, daß er den Fall aufgab. Was hätte er auch tun sollen? Dalgard am Kragen packen? Gemini am Kragen packen, wenn sie denn einen Kragen besessen hätte? Schreien? Sich festnehmen lassen wegen Erregung öffentlichen Ärgernisses?

Nein, wirklich nicht! Ohnehin waren so gut wie alle tot, die sich für das Totsein angeboten hatten. Deren Opfer sich aufgedrängt hatte. Zuletzt auch noch ein Superstar namens Soluschka, ohne daß Cheng hätte sagen können, wieso der denn eigentlich.

»Auch egal«, murmelte Cheng.

»Was ist egal?« fragte Dalgard.

»Fremdsprachen«, sagte ‾Cheng. Doch so ganz loslassen konnte er noch immer nicht. Wenigstens wollte er die Schriftsteller-Leiche einmal gesehen haben. Also entschuldigte er sich, aber er müsse noch rasch jemand guten Tag sagen.

»Wem denn?« Es war natürlich Irene, die gefragt hatte. Ein Affekt. Ein Ehefrauenaffekt.

»Einem Toten«, antwortete Cheng.

»Ach du mit deinen Bildern!« rief ihm Irene hinterher.

Cheng ging in die Vorhalle, wo er Bischof traf und sich hinunter zu der Stelle bringen ließ, an der die Leiche Sam Soluschkas lag. Der tote Mann lehnte noch immer am Getränkeautomaten. Die Spurensicherung kniete wie üblich auf dem Boden herum. Die Leute wirkten unaufgeregt, beinahe vergnügt. Als gewöhne sich auch die Polizei langsam an die vielen Leichen.

»Häßliches Hemd«, sagte Cheng zu Straka, mit Blick auf Soluschka.

»Wenn man so berühmt ist wie dieser Knabe«, erklärte der Oberstleutnant, »darf man sich die Zehennägel lackieren und gilt nicht mal als schwul. – Was Neues, Cheng?«

Cheng erzählte von seiner Ex-Frau, die nun also würde bezeugen können, Dalgard und Gemini seien zusammengewesen, als man sich zufälligerweise kennenlernte.

»Das ist ja köstlich«, kommentierte Straka, der beschlossen hatte, sich nicht mehr zu ärgern und nicht mehr zu wundern. Dank Schildkrötenpanzer.

»Trotzdem«, sagte Cheng, »hätte einer von den beiden, Gemini oder Dalgard, die Zeit gehabt, hier herunterzukommen und Soluschka zu erschießen.«

Straka überlegte, zuckte mit der Schulter und meinte dann, man könne ja, wenn Cheng darauf bestehe, bei Anna Gemini nach der Tatwaffe suchen.

»Die Tatwaffe hat Dalgard«, zeigte sich Cheng überzeugt.

»Wenn Sie das einfach nur behaupten, Cheng, ist das zu wenig. Viel zu wenig.«

»Ich weiß. Ich müßte Dalgard abknallen, dann könnten Sie ihn in aller Ruhe überprüfen.«

»Ja, das wäre eine gute Idee«, sagte Straka. Und ein bißchen ernster: »Gehen Sie schlafen, Cheng.«

»Die beste Idee von allen«, meinte der Detektiv und verließ augenblicklich den Raum.

Hinter sich hörte er, wie Bischof von seinem Chef verlangte, diesen »irren Detektiv« endlich mal in die Zange zu nehmen. Es gehe nicht an, jemand wegen eines verlorenen Arms ewig lange Sonderrechte einzuräumen.

»Halten Sie den Mund«, bat Straka.

»Hallo!«

Cheng drehte sich um. Anna Gemini stand vor ihm. Man befand sich am unteren Ende der großen Freitreppe.

»Wohin rennen Sie?« fragte Gemini.

»Ich renne nicht. Ich gehe nach Hause.«

»Sie können mich doch nicht so einfach stehenlassen.«

»Wieso nicht? Sie haben doch Ihren Dalgard.«

»Er ist nicht *mein* Dalgard«, wehrte sich Gemini. Sie sei von diesem Mann, wie sie ja bereits erklärt habe, angesprochen worden. Aber: »Darum ist er noch lange nicht mein Begleiter.«

»Nur Ihr Auftraggeber«, sagte Cheng.

»Reden Sie keinen Stuß«, erwiderte Gemini und hakte sich bei Cheng unter. Und zwar auf der richtigen Seite. Sie war nicht von *gestern*, so wie Oberstleutnant Straka.

Als die beiden wenig später im Auto saßen und Anna losfuhr, fragte Cheng: »Wieso Sam Soluschka? Was hat der Mann verbrochen?«

Anna Gemini sah zu Cheng, hob die Augenbrauen und fragte: »Wie kommen Sie auf den? Ich glaube, ich sah ihn heute abend. Aber wieso soll der Mann etwas verbrochen haben? Ich finde seine Bücher gar nicht so schlecht.«

»Und seine Hemden?«

»Was für Hemden?«

»Sie haben mein Vertrauen mißbraucht«, sagte Cheng.

»Ich weiß nicht, was Sie meinen«, sagte Gemini. Gab ihm aber den Rat: »Nehmen Sie sich nicht so ernst.«

Mehr war nicht mehr zu sagen. Anna Gemini setzte Cheng vor dem Wirtshaus *Adlerhof* ab. Dann fuhr sie weiter. Hinaus nach Mauer. Unbewacht. Die Polizei hatte aufgehört, sie zu beschatten.

43
Zähne

Als Cheng das Wirtshaus des Herrn Stefan betrat, empfing ihn der Lärm gutgelaunter Menschen. Tische waren am hinteren Ende des Raums zusammengeschoben worden und dienten einer Gesellschaft als langgezogene Tafel. Davor lag noch immer Lauscher, nun aber sehr viel weniger an ein behaartes Ei erinnernd, denn an einen dieser Hasen, die sich totstellen, um ihren Jägern zu entkommen. Was übrigens unter Weidmännern kein Geheimnis ist, daß nämlich nicht nur Feldhasen, sondern das gesamte jagdbare Wild sich totzustellen pflegt. Umgekehrt führt dies dazu, daß Jägersleute wie tollwütig durch die Gegend schießen. Es macht sie rasend, diese Feigheit der Tiere vor dem Feind. Eine Feigheit, die dann auch noch raffiniert daherkommt.

Nicht, daß Lauscher sich totstellte, oder auch nur totzustellen brauchte. Niemand bedrohte ihn. Hier schon gar nicht. Der schlimmste Säufer noch gab acht, Lauscher nicht auf den Schwanz zu treten.

»Was wollen Sie?« fragte der Wirt.

»Ich möchte meinen Hund...«

»Ich sagte doch morgen abend«, erinnerte der Wirt.

»Die Dinge haben sich geändert«, behauptete Cheng.

»Meine Dinge nicht«, erwiderte Herr Stefan. Und verwies darauf, daß der Hund jetzt schlafe und man ihn unmöglich wecken dürfe.

Nun, Lauscher schlief die meiste Zeit. Andererseits war Cheng ganz einfach im Unrecht. Es gab eine Vereinbarung, welche einzuhalten war. Ob das nun einen Sinn ergab oder nicht. Wiener konnten unnachgiebig sein. Prinzipienreiter. Erst recht wenn sie Ungarn waren.

»Also gut«, kapitulierte Cheng, »ich hole ihn morgen.«

»Ja, ja«, sprach Herr Stefan und vollzog eine Armbewegung,

mit welcher er den Detektiv geradezu aus dem Lokal zu kehren schien. Wie Griechen das tun, wenn sie den Dreck vom Schiff fegen.

Der solcherart »entfernte« Markus Cheng hielt an der nächsten Ecke ein Taxi an. Er fühlte sich außerstande, auch nur eine halbe Gasse lang noch seine Beine zu benutzen. Nun, viel mehr als eine halbe Gasse war tatsächlich nicht zurückzulegen. Die Lerchenfelder Straße, in die Cheng gebracht werden wollte, befand sich praktisch um die Ecke.

Der Fahrer drehte sich um und fragte: »Wollen Sie mich frotzeln?«

»Keineswegs. Kutschieren Sie mich ruhig ein bißchen in der Gegend herum. Vielleicht zum Donaukanal und wieder zurück. Ganz wie Sie wollen. Das ist mir alles lieber, als die paar Meter gehen.«

»Na gut, Ihre Sache«, sagte der Taxichauffeur, ein Herr in den besten Jahren mit Dauerwelle, der Verrückteres kannte, als sinnlos durch die Gegend zu fahren. Er startete, wobei er seinen Wagen mehr rollen ließ, als daß er Gas gab. Manche Leute bedienen ihre Autos wie Segelflugzeuge. Manche Leute sind wirkliche Künstler. Übrigens: Im Radio spielte man gerade einen alten Falco-Hit.

»Der Falco war super«, sagte der Chauffeur, ein umsichtiger Mensch, welcher seinen Fahrgast dank der Aussprache sofort als gebürtigen Wiener erkannt hatte.

»Der Falco war der beste«, bestätigte Cheng und fragte, ob er rauchen dürfe.

Dem Fahrer schien ein Stein vom Herzen zu fallen. Geradezu euphorisch hielt er Cheng eine offene Packung nach hinten. Cheng dankte und nahm sich eine. Nicht minder euphorisch. Die Welt war seltsam geworden. Wenn zwei Leute in einem Wagen rauchten, taten sie, als hätten sie Sex miteinander. Guten Sex, aber Sex eben.

Es war kurz nach Mitternacht. Cheng sperrte vorsichtig die Türe zu seiner alten Wohnung auf. Er wollte das Kind nicht wecken. Man weiß ja, wie Balletteusen sich aufführen, wenn sie aus dem Schlaf gerissen werden. Den Schlüssel hatte er von

Ginette. Noch im Treppenhaus schlüpfte Cheng aus seinen nassen Schuhen, hob sie hoch und betrat den beleuchteten Vorraum. Auf ein bereitgelegtes Tuch – für ihn bereitgelegt – stellte er das verdreckte Schuhwerk ab. So schnell konnte es also gehen.

Nachdem Cheng seinen Mantel aufgehängt und sich einen kleinen Moment im Vorzimmerspiegel betrachtet hatte – als suche er in seinem Gesicht nach einer kleinen Aufmerksamkeit, die er jetzt hätte mitbringen können –, betrat er das Wohnzimmer. Ginette lag auf dem Sofa und las in einem Buch. Sie blickte auf und lächelte ihren Geliebten an. Ja, man könnte sagen, daß Ginette in Chengs Gesicht tatsächlich etwas wie ein Geschenk entdeckte. Sie war in diesem Moment ganz der Typ, der, wenn er sucht, dann auch findet.

Ginette richtete sich halb auf. Cheng setzte sich neben sie und ließ sich von ihr in die Arme nehmen. Einen Moment bestanden die beiden Personen zur Gänze aus Ruhe und Harmonie. Welche sich nicht zuletzt daraus ergab, daß genau an der Stelle, an der Chengs linker Arm fehlte, Ginette Rubinstein einen Teil von sich wie in einer Nische abstellte. Einen perfekten Teil in einer perfekten Nische.

Als Ginette dann nach einer Weile zu sprechen begann, tat sie dies mit einer Sorgsamkeit, als lege sie ein Fotopapier über das andere: »Ich habe was für dich. Ein Mann war hier.«

»Aber geh?« sagte Cheng, wie man sagt: Und die Maniküre gibt's wirklich umsonst?

»Ich soll dir diesen Zettel geben, wenn du nach Hause kommst«, erklärte Ginette, besagtes Papier aus ihrem Buch ziehend.

»Nach Hause?« staunte Cheng.

»Ja, er schien bestens informiert.«

»Das muß Smolek gewesen sein.«

»Ein älterer Herr«, erklärte Ginette, »höflich, freundlich, ein bißchen verwahrlost.«

»Sag jetzt nicht«, meinte Cheng, »daß auf dem Zettel eine vierstellige Zahl steht.«

»Keine Zahl, Schatz«, sagte Ginette. »Aber mit vierstellig liegst du schon richtig. Gratuliere!«

Ginette reichte Cheng ein handspiegelgroßes, zerknittertes und leicht vergilbtes Papier. In einer Schrift, die mehr gespuckt als geschrieben wirkte, waren untereinander vier Begriffe notiert. Alle vier benannten Zahnarten. Da stand: Eckzähne, Schneidezähne, Vorbackenzähne, Backenzähne.

»Oha!« staunte Cheng. »Mit so was habe ich eigentlich nicht gerechnet.«

»Sondern?«

»Mit einer Zahl, einer Formel, einem Gedicht, einem Geständnis. Mit etwas Dramatischem, etwas Endgültigem.«

»Man kann nicht wissen«, meinte Ginette, »was in einem Zahn alles steckt.«

»Damit hast du auch wieder recht. Ich muß mir das überlegen.«

»Tu das. Aber nicht zu lange. Ich geh mal ins Badezimmer. Wir sehen uns dann im Bett, gut?«

»Sehr gut«, sagte Cheng und nahm einen Schluck Wein. Über den Glasrand hinweg betrachtete er Ginette, wie sie den Raum verließ. Sie besaß einen schönen Gang. Den Gang großer Frauen, die aber nicht so groß waren, daß sie ständig gegen Türstöcke prallten oder den Eindruck machten, über tote Männer zu steigen.

Die Katzen hatte Cheng vergessen. Die Katzen vergaß er die meiste Zeit. Sie mußten sich schon selbst in Erinnerung bringen, was sie nun auch taten. Denn während Cheng den Zettel mit den vier dentalen Begriffen studierte, vernahm er ein dreiblätteriges Geräusch, das sich aus dem Geschnurre der kartäusischen Geschwistergruppe zusammensetzte. Cheng hob den Kopf. Und nun sah er sie: Frau Kremsers Katzen, nicht umzubringen. Auch nicht durch Frau Dussek, die sich übrigens nicht wieder beruhigt hatte und in dieselbe Anstalt gebracht worden war, in der auch Nora Janota wortlos vor sich hin dämmerte. Dort würde die alte Dussek bis ans Ende ihrer Tage toben und den österreichischen Staat verfluchen können. Und niemand würde es kümmern.

Cheng blinzelte hinüber zu den dreien, die auf einer nestartig aufgebauschten Decke einen kompakten, haarigen Haufen bildeten. Keine Frage, Smolek hatte nicht nur den Zettel vorbeigebracht, sondern auch die drei Katzen. Gut möglich, daß genau zu dieser Zeit die Polizei im Haus gewesen war, um den Keller nach ihm abzusuchen.

Nun, für Smolek wäre es besser gewesen, er hätte das kleine Papier nicht gefunden. So wie es besser gewesen wäre, er hätte sich festnehmen lassen. Wie es schien, hatte er die Bereitschaft seiner Schwester Lilith unterschätzt, im Ernstfall einen radikalen Schlußpunkt zu setzen. Allerdings, so gänzlich unvorstellbar war ihm diese Möglichkeit vielleicht doch nicht gewesen. Wieso hätte er sich sonst die Mühe gemacht, die Notiz in Rubinsteins Wohnung abzuliefern? Aus purer Verspieltheit? Ein letztes Mal den kleinen Gott gebend?

Cheng überlegte. Was hatten die vier Begriffe zu bedeuten?

Ihm fiel nun wieder ein, daß Lilith davon gesprochen hatte, daß allein der Kater mit dem Namen Helios von Bedeutung sei. Nicht aber die beiden Weibchen. Zudem war auch Kurt Smoleks allerletzter Ausruf zu bedenken: *Helios' Zähne!*

Helios' Zähne also. Cheng erhob sich und näherte sich dem Knäuel aus drei Katzen. Der Kater Helios war auch ohne Blick auf sein Geschlechtsteil sofort auszumachen. Bei Kartäuserkatzen gilt die Regel, daß die Männchen nicht bloß größer und fetter sind, sondern auch einen ganz speziellen belemmerten Gesichtausdruck darbieten. Kartäuserkater sehen aus, als hätten sie ein Spiegelei im Hirn, und nichts sonst.

Cheng griff also nach der Katze mit dem Spiegeleihirn. Helios fauchte kurz, ergab sich aber rasch seinem Schicksal. Mit dem Abstand zu seinen Schwestern wuchs seine Wehrlosigkeit. Ein besonders tolles Gebiß besaß er ohnedies nicht... Gebiß?! Zähne?!

Cheng setzte sich mit Helios aufs Sofa, fixierte ihn zwischen den eigenen Schenkeln und öffnete mit seiner nun freigewordenen Hand das Katzenmaul, indem er gegen die Scharniere des Kiefers drückte. Der arme Helios steckte jetzt rücklings in Chengs Schoß, als liege er auf einem Zahnarztstuhl. Im Einklang mit diesem Bild, offenbarte er ein trauriges Gebiß, ziemlich dunkle Zähne, gelbbraun wie das Leder alter Schultaschen, von den Lücken einmal abgesehen, die überall klafften.

Cheng sah auf den Zettel, den er neben sich liegen hatte und blickte dann in die Mundhöhle, die einen Schwall allerschlech-

tester Luft entließ. Luft wie nach einem dramatischen Fisch-
sterben.

Von den vier möglichen Eckzähnen – denn »Eckzähne« war
an erster Stelle notiert worden – hatte Helios nur einen verloren. Oder gerissen bekommen, je nachdem. Drei Eckzähne also.
Dazu neun Schneidezähne, keinen einzigen Vorbackenzahn
mehr und von vier möglichen Backenzähnen zwei Stück. Woraus sich ergab: 3 und 9 und 0 und 2, also: 3902.

Cheng ließ den Kiefer los und lockerte den Druck seiner
Oberschenkel. Der verschreckte Sonnengott aber blieb regungs-
los liegen. Zudem vergaß er, seinen Mund zu schließen.

»Hau ab!« fuhr ihn Cheng an.

Das schien der Kater immerhin zu verstehen. Er drehte sich
auf die Seite, stieß sich ungestüm und krallenlos ab, rutschte an
Cheng herunter und erfüllte wenigstens die alte Katzenregel, auf
allen vieren zu landen. Sodann trollte er sich zu seinen Schwestern, die nun ihrerseits den Bruder anpfauchten. Du blöder
Esel, schienen sie zu sagen.

Die Frage, die sich für Cheng zuallererst stellte, war die, weshalb Frau Kremser überhaupt den aus vier Ziffern bestehenden
Namen Gottes mittels ihres Katers Helios festzuhalten oder zu
verschlüsseln versucht hatte. Um einem schlechten Gedächtnis
zuvorzukommen? Weil sie zum Dramatischen neigte? Zum
Katzendrama? Weil sie sich hatte absichern wollen? Gegen den
eigenen Tod absichern? Und wie um Himmels willen hatte es
sich ergeben können, daß die ganz persönliche Zahlformel des
Kater Helios mit dem wahren und geheimen Namen Gottes
übereinstimmte? War das vorstellbar, daß die alte Frau Kremser – nicht weniger verrückt und unmenschlich als alle anderen
– ihrem geliebten Kater die entsprechenden Zähne hatte ziehen
lassen? Oder hatte sie überall nach einer Entsprechung gesucht
und sie dann zufälligerweise im desolaten Maul einer ihrer
Kartäuserkatzen gefunden?

Nun, so waren die Leute nun mal. Sie tendierten dazu, ihre
Geheimnisse festzuhalten, Tagebücher zu führen, Geheimzahlen
auf Zettelchen zu notieren, Codes zu entwerfen, Signaturen,
mathematische Rätsel, Sprachspiele, Stolpersteine. Manche

Menschen konnten sich einfach nicht damit zufriedengeben, vier Ziffern für sich zu behalten und mit in den Tod zu nehmen.

Frau Kremser hatte ein Geheimnis gehütet. Wer nun aber hütet, braucht einen Hut. Und manchmal ist der Hut eine Katze.

»Neununddreißignullzwei also«, murmelte Cheng, richtigerweise den Namen Gottes in der geteilten Form von 4711 aussprechend.

Er stand auf, faltete das kleine Papier und schob es sich in die Innentasche seines Jacketts. Dann wechselte er hinüber ins Schlafzimmer, wo Ginette ihn mit einem Körper empfing, den man nicht erst zum Leben erwecken mußte. Was für ein Glück!

Epilog für die,
die immer alles genau wissen müssen

Es kann nun beim besten Willen nicht gesagt werden, ob 4711, egal ob als überall erhältliches Produkt und kombiniert mit dem Namen Gottes, oder auch nur jenes spezielle Kölnisch Wasser aus Soluschkas Besitz, dazu geeignet war, einen Golem zu erschaffen, eine ganze Welt zu vernichten oder im Moment des Todes eingenommen, diesen Tod zu überwinden. Für die Handlungen der Menschen zählt selten das Faktische, sehr viel mehr das Angenommene. Wofür man Verständnis haben sollte. Denn würden wir uns bloß auf unser Wissen verlassen, würden wir ständig zu spät kommen. Einzig und allein im Zaudern verharren.

Zeitlöcher mochten existieren oder nicht, Apostolo Janota ein Spinner sein oder tatsächlich aus einer sehr fernen Zukunft stammen. Wer wollte das bestimmen? Tatsache war, daß der Vierhandpartner Robert de Niros nicht aufhörte, nach diesen Raum-Zeit-Perforationen zu suchen. Gleichzeitig aber kam er auch zur Ruhe, indem er sich von seiner endgültig ins Schweigen zurückgezogenen Frau scheiden ließ und Anna Gemini um den Finger wickelte und heiratete. Und solcherart Haus und Grundstück unterhalb der Wotrubakirche problemlos und in aller Ruhe nach eben jenen geheimnisvollen zwischenweltlichen Transportröhren durchforsten konnte. Diesmal aber nicht den Fehler machte, mittels Psychoterror seine Ehefrau aus dem Haus treiben zu wollen. Oder sonst etwas Hinterhältiges zu versuchen. Nein, er kümmerte sich rührend um Carl und Qom und finanzierte Geminis Leidenschaft für teure Möbel und aufwendige Renovation. Genaugenommen finanzierte er ihren Ausstieg aus dem alten Beruf. Und wenn man sich daran erinnert, daß ein Prinzip von Anna Gemini – ein vom kleinen Gott Smolek übernommenes – darin bestand, das Mordopfer seine Tötung selbst bezahlen zu lassen, dann war dies wenigstens insofern erhalten geblieben, als Apostolo Janota dafür blutete, am Leben gelassen zu werden. Geldmäßig und überhaupt. Er wurde ein Ehemann, wie man ihn sich wünschte.

Welcher solcherart das Leben führte, das Clemens Armbruster gerne geführt hätte. Aber sind wir ehrlich, Immobilienmakler sind nicht die Leute, für die man sich wünscht, ungeschoren davonzukommen. Das sah auch Chefinspektor Lukastik so, dem ein Foto in die Hände fiel, welches aus einem Automaten der Verkehrsüberwachung stammte und jenen Wagen zeigte, der Clemens Armbrusters Frau gehört hatte und hinter dessen Steuer man das Gesicht Armbrusters einwandfrei identifizieren konnte. Dazu gab es natürlich auch ein Datum, vor allem aber eine Uhrzeit, die darauf verwies, daß Armbruster nach bereits erfolgter Hausexplosion sich in diesem Wagen befunden hatte, obwohl er doch eigentlich längst unter dem Schutt des zusammengefallenen Gebäudes hätte liegen müssen.

Es ließ sich unschwer folgern, daß Armbruster zusammen mit der Leiche seiner Frau in diesem Wagen gesessen hatte. Alles ließ sich folgern, genau so, wie es gewesen war. Dank des Fotodokuments war ein Damm gebrochen. Plötzlich regnete es Indizien, meldeten sich Zeugen, sodaß man alsbald eine Verhaftung vornehmen konnte. Endlich eine Verhaftung!

Und dann tauchte auch noch Chengs Arm auf. Tatsache! Im Spätsommer fanden Bergsteiger im Eis einer Gletscherspalte die bestens konservierte Gliedmaße des Detektivs. Was natürlich erst einmal festzustellen war, wem nämlich dieser Arm wirklich gehörte. Umso mehr als Cheng sich weigerte, den Fund anzuerkennen und mit den Behörden zu kooperieren. Er wollte nichts von diesem Arm wissen. Er tat geradezu, als sei er einarmig zur Welt gekommen. Und das hatte ja auch etwas für sich.

Der Arm wäre besser im Eis geblieben.

Nie wieder hingegen tauchte jener Zettel auf, den Cheng in seinem Jackett deponiert hatte. Cheng vergaß schlichtweg, ihn wieder herauszunehmen. Möglich, daß jemand aus der Reinigung dies erledigte und das Papierchen achtlos entsorgte. Möglich, daß der Name Gottes in irgendeiner Altpapierverwertung auf ewig unterging.

Und sonst: Anna Gemini war aus dem Schneider, und erst recht Magda Gude, welcher nach Soluschkas Tod sehr viel wohler war. Das Fläschchen 4711 beließ sie der Einfachheit halber in jener schönen roten Lederhandtasche, welche sie nun aber in ihren Schrank stellte und nicht wieder herausnahm, um also eine Kettenreaktion infolge einer Erschütterung ausschließen zu können. Nicht, daß sie zu hundert Prozent an eine solche Möglichkeit glaubte. Wahrscheinlich nicht einmal zu fünfzig Prozent. Was aber, wenn es stimmte? Wenn etwas stimmte, bedeutete es kaum eine Rettung, vorher nicht daran geglaubt zu haben.

Nein, Magda Gude war überzeugt, richtig gehandelt zu haben, indem sie Ludvig Dalgard gebeten hatte, sich um dieses Ekelpaket Soluschka zu kümmern. Für Dalgard war es selbstverständlich gewesen, der bewunderten Dame einen weiteren Wunsch zu erfüllen, umso mehr als dies seinem grundlegenden Rezept entsprach: die Dinge in Gang zu halten. Für Leute wie Dalgard bestand allein darin der Sinn, nämlich Stillstände zu vermeiden, Verwirrung dort zu stiften, wo eine Klarheit der Verhältnisse drohte. Wer letztendlich wen betrog und tötete und kontrollierte, war für Dalgard nicht wirklich von Bedeutung. Hauptsache, die Welt war in Bewegung, Hauptsache, sie stand nicht still wie am ersten Tag.

Was nun sicherlich am meisten erstaunt, ist das Überleben des Markus Cheng. Denn dies war keineswegs der Plan gewesen. Cheng hätte sterben sollen. Ja, man könnte sagen, daß diese ganze verrückte Geschichte in erster Linie darum entstanden war, um schlußendlich den Tod des nach Wien heimgekehrten Detektivs herbeizuführen und solcherart einen Kreis sauber und endgültig zu schließen. Jedenfalls war Chengs Tod sehr viel eher auf dem Programm gestanden als jener von Leuten wie Smolek, Pavor, Thanhouser oder eines Mannes, der harmloserweise Hundertschillingscheine gesammelt hatte und harmloserweise vorgegeben hatte, eine Frau zu sein. Vollkommen notwendig hingegen waren die Morde an Smoleks namenlosem »Stellvertreter« sowie an dem literarischen Popstar Sam Soluschka. Es gibt nun mal Leute, die den eigenen Tod erzwingen, gewissermaßen solange keine Ruhe geben, solange provozieren und mit dem Finger auf sich zeigen, bis also endlich jemand sich ein Herz nimmt und zusticht oder abdrückt oder eben eine Überdosis 4711 in den fixierten Körper einflößt. Aber wie gesagt, ganz oben auf der Liste war der Name Chengs notiert gewesen. Sein gedachter Tod hatte die Richtung, die Farbe, den Geschmack und den Charakter der Ereignisse bestimmt. Und was macht der Mann? Anstatt beispielsweise beim Versuch, Kurt Smolek zu retten, von der Aussichtsplattform der Wiener Hauptbücherei zu stürzen oder am Dachboden seines alten Wohnhauses erhängt zu werden, entgeht Cheng dem Wiener Minenfeld ohne jede Blessur. Benimmt sich wie ein Golfball, der in einem emmentalerartigen Grün in kein einziges Loch fällt.

Es darf nun gesagt werden, daß Cheng, wie erwartet, den Ansprüchen seiner elfjährigen Lebensretterin entsprach und Ginette Rubinstein heiratete. Woraus eine ziemlich gute Ehe hervorgehen sollte, die zweite gute Ehe also, die dieser Geschichte zu verdanken war. Und wie viele Geschichten können so etwas schon von sich behaupten? Eine Unmenge Tote gibt es auch anderswo, aber gute Ehen …?

Freilich bestehen auch Grenzen der Idylle. Der Hund, der Lauscher war, starb noch in derselben Nacht, in welcher sein Herrchen Cheng im Maul eines Kartäuserkaters den geheimen Namen Gottes feststellte. Lauscher war aus dem letzten Schlaf seines Lebens einfach nicht mehr erwacht und würde auf diese Weise bis in alle Ewigkeit meinen, bloß zu schlafen und demnächst zwischen Wirthausstühlen zu erwachen. Und bei genauer Betrachtung stimmte das ja auch. Nicht das Leben, sondern der Tod war die Illusion. Und es war ja nun ganz typisch, daß Lauscher dieser Illusion schlafenderweise nicht erlag. Alle anderen, die im Laufe dieser Geschichte gestorben waren, taten das. Bildeten sich ein, tot zu sein.

Apropos Illusion. Wenn zu Anfang gesagt wurde, daß die Bedeutung von 4711 und 3902 unklar bleiben muß (und dem Wahnsinn oder der Weitsicht der einzelnen Figuren überlassen ist), so kann aber wenigstens erwähnt werden, daß die Ziffernfolge 3902 auf einem Mißverständnis basiert, respektive auf einem Übersetzungsfehler. Denn sowohl Ludvig Dalgard als auch Magda Gude – beide Freunde des Deutschen – bezogen sich auf die deutschsprachige Fassung von Hitchcocks *North by Northwest*, sprich auf *Der unsichtbare Dritte*. Keiner von ihnen machte sich aber die Mühe, einmal in die Originalfassung hineinzuhören, in welcher nämlich das Zugabteil, von dem die Rede ist und in das sich Cary Grant flüchtet, die Nummer 3901 trägt, eine Zahl, die etwa auch in den Untertiteln der norwegischen und dänischen Übersetzung aufscheint, in der deutschen Synchronisation jedoch mit besagter 3902 versehen wird. Das mag simple Schlamperei sein oder auch damit zusammenhängen, daß die Lippenbewegung von »zwei« eher jener von »one« entspricht, zumindest mehr als die von »eins«, welches auszusprechen eine Verbreiterung des Mundes nach sich ziehen müßte.*

Freilich besteht neben dem für jedermann nachprüfbaren Übersetzungsfehler auch ein höchst privater Rechenfehler, der von Ludvig Dalgard in die Welt gesetzt wurde, indem er behauptete, die Summe der einzelnen Ziffern von 4711 ergebe die Zahl 14, wie auch im Falle von 3902. Nun, wie jedes Kind leicht nachrechnen kann, führt die Addition von Vier und Sieben und den beiden Einsen zur Zahl 13. Dennoch nimmt auch Magda Gude diesen Fehler wie selbstverständlich an, offensichtlich ohne Prüfung, höchstwahrscheinlich diese gewisse Übereinstimmung von 4711 und 3902 dankbar hinnehmend. Selbst als sie einer Freundin davon erzählt, fällt niemand etwas auf. Niemand macht sich die Mühe, nachzurechnen. Oder kann einfach nicht rechnen. Jedenfalls zeigt es wieder einmal, wie sehr Fehler unser Denken leiten. Nicht, was stimmt, sondern, was nicht stimmt, hält die Welt in Bewegung und in Atem.

---

* Es darf vielleicht noch darauf hingewiesen werden, daß in einem weiteren Hitchcockfilm, nämlich in *Der Mann, der zuviel wußte*, jene Hotelzimmertüre, in der die Londoner Freunde der unsäglichen Doris Day den halben Film lang herumstehen und warten, daß diese Türe die Nummer 392 trägt. Da fehlt zwar eine Null, aber auch ohne Null ergibt die Summe der einzelnen Ziffern die Zahl Vierzehn. Zudem resultiert die Einerstelle »2« diesmal nicht aus einer falschen Übersetzung, sondern ist ebenso schön und deutlich zu lesen wie auf der Wohnungstüre Aschenbrödels. Deutlicher noch als beim Blick in ein Katzenmaul.

Aber jeder Fehler führt auch zu etwas Richtigem. Dalgards »Irrtum« nämlich ins Kalkül ziehend, ergibt sich wiederum, daß 4711 und die korrekte Ziffernfolge 3901 identische Summen bilden, nämlich jene ohnehin stark belastete und vielgescholtene Zahl 13.

Faktum bleibt bei alledem, daß die Nummer 3902 nicht dem Original von Meister Alfred entspricht. Da nun aber genau diese Ziffernfolge auf Soluschkas Wohnungstüre prangte, und sich die Zahl vor allem aus jener speziellen Zahnformel ergab, die von Frau Kremser stammte und aus dem Maul des Kartäuserkaters Helios herausgelesen werden konnte, muß es dabei bleiben, daß der geheime Name Gottes 3902 heißt. Und somit der falschen deutschen Übersetzung des Hitchcockklassikers entspricht.

Man muß es so sagen: Der Name Gottes beruht weniger auf einem Fehler, als daß er einen solchen darstellt. Und das ist weniger komisch als tragisch. Ein Zeichen. Ein böses Zeichen.

Anmerkungen
des Autors

Die alte Geschichte. Ich schwöre hoch und heilig, daß sämtliche Figuren und Handlungen frei erfunden sind, und außerdem bedanke ich mich bei allen mir bekannten Stadtbüchereien.

Aber man kann nun mal nicht alles erfinden. Was nicht nur für das Schreckliche, sondern auch für das Schöne gilt. Nicht zuletzt die Idylle benötigt ein Vorbild.

Das in diesem Roman beschriebene »himmlische« Gasthaus namens *Adlerhof* existiert tatsächlich und tatsächlich an angegebener Stelle. Das gleiche gilt für den Wirt, der auch im wirklichen Leben von allen Herr Stefan genannt wird.

Natürlich ist der Einsatz dieses Wirtshauses und seines Betreibers im Text ein fiktiver, darum heißt es ja auch »Roman« und nicht »Dokumentation«. Aber die Inspiration beruht auf dem Faktum von Ort und Person. Deshalb habe ich verzichtet, die Gaststätte »Sperlingsklause« und den Wirt »Herr Josef« zu nennen. So wie ich es unterließ, aus »4711« ein »5822« zu machen. Für wie blöd soll ich die Leute denn halten, bloß um ja nicht an der Wirklichkeit anzukommen?

Man könnte sagen, die Geschichte spielt in einem Wiener Paralleluniversum. Vieles ist haargenau so, wie wir es kennen, einiges aber scheint verändert, leicht oder stark, manches ist besser geworden, anderes schlechter. Plötzlich steht da eine Türe, die es vorher nicht gab. Oder sie fehlt.

Das Entscheidende bei Paralleluniversen ist folgendes: Sie entstammen alle dem gleichen Nest.

Kunst ist der Versuch, das Wesen des Nests zu bestimmen.

Heinrich Steinfest

Cheng

Sein erster Fall. 272 Seiten
Piper Taschenbuch

Markus Cheng ist Privatdetektiv in Wien. Seine Geschäfte gehen schlecht, und zudem wird auch noch sein letzter Klient mit einem Loch im Kopf aufgefunden. In diesem Loch steckt ein Zettel mit einer rätselhaften Botschaft: »Forget St. Kilda«. Und ob Cheng nun will oder nicht – damit steckt er mitten im Schlamassel. Denn eine unbekannte Dame erweist sich als eine knallharte Mord-Maschine mit System ...
Heinrich Steinfests ausgesprochen skurriler Humor und einzigartiger Schreibstil machen diesen Krimi zu etwas ganz Besonderem.

»Amüsant, wie Heinrich Steinfest die Ikonen der Gesellschaft unverschlüsselt und unverklausuliert aufs Korn nimmt.«
Falter

Heinrich Steinfest

Ein sturer Hund

Kriminalroman. 314 Seiten.
Piper Taschenbuch

Wer ist die Mörderin, die ihre Opfer porträtiert und anschließend mit ritueller Präzision köpft? Und was hat sie mit dem Wiener Privatdetektiv Cheng zu tun? Denn als er sich selbst porträtiert findet, startet sein Wettlauf gegen die Zeit, und er muß feststellen, daß nicht nur sein Mischlingsrüde Lauscher ein sturer Hund ist ... Der zweite Roman um den einzelgängerischen, sympathischen Detektiv Cheng.

»Ein Virtuose des geschmackvollen Pöbelns, ein Meister der schrägen Figuren, ein sanfter Terrorist.«
Thomas Wörtche

Heinrich Steinfest

Nervöse Fische

Kriminalroman. 316 Seiten.
Piper Taschenbuch

Für den Wiener Chefinspektor Lukastik, Logiker und gläubiger Wittgensteinianer, steht fest: »Rätsel gibt es nicht.« Das meint er selbst noch, als er auf dem Dach eines Wiener Hochhauses im Pool einen toten Mann entdeckt, der offensichtlich kürzlich durch einen Haiangriff ums Leben kam. Mitten in Wien, achtundzwanzigstes Stockwerk. Und von einem Hai keine Spur. Nun steht der Wiener Chefinspektor nicht nur vor einem Rätsel, es sind unzählige: Ein Hörgerät taucht auf, zwei Assistenten verschwinden. Und die Haie lauern irgendwo ... Der neue Krimi Heinrich Steinfests, 2004 Preisträger des Deutschen Krimipreises.

»Ich wiederhole mich: Herrlich! Göttlich! Steinfest!«
Tobias Gohlis, Die Zeit

Heinrich Steinfest

Tortengräber

Ein rabenschwarzer Roman.
288 Seiten. Piper Taschenbuch

Klaus Vavras tägliche Freuden sind es, Croissants zu essen und Frauen am Telefon anzuschweigen. Seine beiden Gewohnheiten bringen ihn in ernste Gefahr: Vavra kann es nämlich nicht unterlassen, die auf einem Geldschein – den er natürlich beim Croissant-Kauf bekommen hat – gekritzelte Nummer zu wählen und wie gewohnt zu schweigen. Wenige Minuten später stürmt die Polizei seine Wohnung. Und damit beginnt eine ebenso mord- wie wendungsreiche und hoch komische Rallye quer durch Wien.

»Heinrich Steinfest verfügt über ein schamlos bloßlegendes Sprachbesteck.«
Der Standard

Volker Klüpfel, Michael Kobr

Erntedank

*Kluftingers zweiter Fall. 384 Seiten.
Piper Taschenbuch*

Der Allgäuer Kriminalkommissar Kluftinger traut seinen Augen nicht: Auf der Brust eines toten Mannes in einem Wald bei Kempten liegt, sorgfältig drapiert, eine tote Krähe. Im Lauf der Ermittlungen taucht der Kommissar immer tiefer in die mystische Vergangenheit des Allgäus ein, und es beginnt ein Katz-und-Maus-Spiel mit dem Mörder, bei dem die Zeit gegen ihn arbeitet. Denn alle Zeichen sprechen dafür, dass das Morden weitergeht ...

Mit eigenwilligen Ermittlungsmethoden riskiert der liebenswert-kantige Kommissar einen Blick hinter die Fassade der Allgäuer Postkartenidylle und deckt Abgründe auf.

»Kommissar Kluftinger hat in seinen Kniebundhosen durchaus das Zeug zum Columbo von Altusried. Und schon deshalb wird dieser Krimi auch über die Grenzen des Allgäus hinaus bekannt werden.«
Die Welt

Volker Klüpfel, Michael Kobr

Seegrund

*Kluftingers dritter Fall. 352 Seiten.
Piper Taschenbuch*

Am Alatsee bei Füssen macht der Allgäuer Kommissar Kluftinger eine schreckliche Entdeckung – am Ufer liegt ein Taucher in einer riesigen roten Lache. Was zunächst aussieht wie Blut, entpuppt sich als eine seltene organische Substanz aus dem Bergsee. Kluftinger, der diesmal bei den Ermittlungen sehr zu seinem Missfallen weibliche Unterstützung erhält, tappt lange im Dunkeln. Der Schlüssel zur Lösung des Falles muss tief auf dem Grund des sagenumwobenen Sees liegen ...

Kluftingers dritter Fall von dem erfolgreichen Allgäuer Autoren-Duo Volker Klüpfel und Michael Kobr.

»Kommissar Kluftinger hat in seinen Kniebundhosen das Zeug zum Columbo von Altusried!«
Die Welt